解读要点：

《红楼梦》作者是曹頫；

脂砚斋、畸笏叟、立松轩、梦觉主人等都是曹頫化名；

十二钗隐寓清朝十二帝；

宝玉，主隐曹頫，兼隐曹氏族人。

高曰解红楼

◎高曰　著

山西出版传媒集团
山西人民出版社

图书在版编目（C I P）数据

高曰解红楼 / 高峰著. ——太原：山西人民出版社
2016. 12

ISBN 978-7-203-09781-5

Ⅰ. ①高… Ⅱ. ①高… Ⅲ. ①《红楼梦》研究 Ⅳ. ①I207.411

中国版本图书馆CIP数据核字（2016）第257172号

高 曰 解 红 楼

著 者：高 曰
责任编辑：员荣亮
装帧设计：侯亚萍

出 版 者：山西出版传媒集团·山西人民出版社
地 址：太原市建设南路21号
邮 编：030012
发行营销：0351-4922220 4955996 4956039 4922127（传真）
天猫官网：http://sxrmcbs.tmall.com 电话：0351-4922159
E-mail：sxskcb@163.com 发行部
sxskcb@126.com 总编室
网 址：www.sxskcb.com

经 销 者：山西出版传媒集团·山西人民出版社
承 印 者：太原康全印刷有限公司

开 本：890mm × 1240mm 1/16
印 张：28.5
字 数：600千字
印 数：1-1000册
版 次：2016年12月 第1版
印 次：2016年12月 第1次印刷
书 号：ISBN 978-7-203-09781-5
定 价：86.00元

写在前面的话

由于《红楼梦》采用了隐蔽“本旨”、“本事”的策略,以及奇特的内在结构,诡异的写作秘法,神奇多变的文笔,致使《红楼梦》成了一部无人读得懂的奇书、天书。

作者深知这一点,因此,在第一首标题诗中就发出“谁解其中味”的呼吁。“谁解其中味?”如同一张招贤榜,二百多年来,解者如云,让无数的探索者坠入其中,形成一股浩浩荡荡的红学潮流。

二百多年来,具有代表性的解读有:

乾隆:明珠家事。

周春:“序金陵张侯家事也。”

胡适:《红楼梦》是一部隐去真事的自叙,里面的甄、贾两宝玉,即是曹雪芹自己的化身。

王国维:“《红楼梦》是一部具厌世解脱之精神的悲剧。”

王梦阮、沈瓶庵:写的是顺治皇帝和董鄂妃的故事。

蔡元培:“康熙朝之政治小说。”

邓狂言:“明清兴亡史。”

寿鹏飞:“清世宗与众兄弟争立之事。”

赵同:是将曹家家族史同雍正“夺嫡”事混在一起,写成贾家家族史。

张晓琦:“顺治夺弟妻。”

霍国玲、霍纪平:《红楼梦》的背面隐藏着曹雪芹与竺香玉的一段血泪恋爱史。

隋邦森、隋海鹰:《红楼梦》是写满、汉、蒙民族大融合。

崔耀华:将《石头记》看成经书,改为《石头经》。

刘铄:“《红楼梦》应是一部以反清及吊明之亡为主题的政治小说。”

土默热:作者是洪昇,写的是洪昇家事和“感叹明清兴亡”。

刘传福:贾宝玉就是曹頫。

陈绍初:《红楼寻径》探索清史踪迹。

刘心武:秦可卿是胤礽之女。

冒廉泉:作者是冒辟疆,写的是冒辟疆事。

……

笔者不自量力,也加入了解读行列。

笔者吸取了前人的经验教训，应用新的理念，新的切入点，新的观念，新的思路，新的路径，新的方法，新的视角……，坚持“有根、有据、有证，合情、合理、合榫”的原则，对《红楼梦》进行全面的彻底的解读。

历经六年多，有十二项重大发现和研究成果：

一、发现了曹頫“异笔”；

二、作者是曹頫；

三、脂砚斋、畸笏叟、立松轩、梦觉主人等都是曹頫化名；

四、发现九个古钞本是曹頫原本；

五、划清了曹頫的十个批次；

六、探析出曹頫著书“本旨”；

七、探析出曹頫的“写作秘法”；

八、辨析出《红楼梦》的“内在结构”；

九、辨析出曹頫的奇异“文笔”；

十、完成了“文本人物”与“历史人物”的链接；

十一、探析出《红楼梦》中所写的“本事”；

十二、判断出八十回《红楼梦》是完本，没有后回。

我的解读澄清了关于《红楼梦》的所有的谜案、疑案、公案。

走进红楼“真境界”，如闯迷宫，探溶洞；如登险峰，凌绝顶，瑰丽多姿，奇妙无比。

其境：扑朔迷离，变幻莫测；其意：深邃高远，无与伦比；其情：憎爱分明，催人泪下；其理：纵横千古，史家绝唱。

不信吗？请一页一页看下去……

论“红学革命”（代序一）

进入二十一世纪，《红楼梦》研究呈现出停滞状态。

2007年，余英时先生在《明报月刊》上发表了一篇论文：《近代红学的发展与红学革命》①，这篇论文高瞻远瞩，客观地、深层次地阐明了《红楼梦》研究发展的规律，敏锐地指出了未来《红楼梦》研究发展的趋势，具有卓越的预见性。

同时，一语中的，切中要害，适时地提出来了“红学革命”的命题。

目前，红学处境确实不佳，《红楼梦》研究陷入令人尴尬的困境，宛如走进了一个死胡同。实际上，二百多年来的《红楼梦》研究，一直就是在歧路、岔道上艰难地行进，俗解、误解、曲解、妄解、谬解……，主导着红学界。

余先生慧眼巨识，适时地提出了“红学革命”命题，革命，就是变革和完善。

要革命，就需要更新思维，更新观念，更新视角，更新目标，更新路径，更新方法，更新切入点，只有这些更新才能使《红楼梦》研究走出困境。

余先生应用孔恩的《科学革命的结构》的理论，阐述了新“典范”必然要替代旧“典范”，红学需要革命的观点，余英时先生的“红学革命”的观点为红学研究指明了方向。

一、旧“典范”的梳理

余英时先生说：“依我个人的看法，目前红学的危机主要是来自它的内部，只有先弄清楚了这个危机的性质，我们才能为红学研究寻找出一条可能的新路。”

这句话击中了要害。

为了迎接新“典范”的诞生，首先需要对旧“典范”进行一次全面的认真的彻底的梳理。

余英时先生说：“考证的红学发展到今天已显然面临重大的危机。”考证派的核心是“自传说”理论。目前“自传说”受到了三方面的挑战，即：索隐派，“斗争论”，以及“可能建立新典范的”一派的挑战。

面临重大危机的岂止“考证红学”？“文本红学”的冷凄，“索隐红学”的茫然一样处于不知何去何从的困境中。

笔者认为：“文本红学”也应列入“旧典范”的范畴。

读者也许会奇怪，“文本红学”也在“旧典范”之中吗？是的，回答是肯定的。“文本红学”也在“旧典范”之内。

“危机”一词是孔恩的提法，在《红楼梦》研究中，用“缺陷”一词更恰当些。

二百多年来了，《红楼梦》研究，形成了三个大的流派，即：文本派、考证派、索隐派。三个流派都属于旧的“典范”，都属于红学革命的范畴。

三大流派各有千秋，各有利弊，发展到今天，到底谁是谁非呢？

笔者有些见解不同于余先生。

1.索隐派

自乾隆开始，《红楼梦》爱好者争相索隐解读，前仆后继形成一个庞大的索隐阵线。索隐，方向是正确，可是，他们大都在隐寓对象上失误，加上索隐方法不科学，形成众说纷纭局面。如：

(1)清·乾隆说：是明珠家事。

此说偏离了作者的“立意本旨”。

(2)清·周春说：“相传此书为纳兰太傅而作。余细观之，乃知非纳兰太傅，而序金陵张侯家事也”(江宁一等侯张谦)。

同样也是偏离了作者的“立意本旨”。

清王朝灭亡后，人们敢于谈“清”了，索隐进入第一个高潮。如：

(3)1914年，王梦阮、沈瓶庵撰《红楼梦索隐》，说：写的是顺治皇帝和董鄂妃的故事。

(4)1916年，蔡元培著《石头记索隐》，说是“康熙朝之政治小说”。

(5)1919年，邓狂言著《红楼梦择真》，说是“明清兴亡史”。

(6)1927年，寿鹏飞的《红楼梦本事辩证》说：写的是“清世宗与众兄弟争立之事。”

由于不了解曹頫的“拟书底里”，“立意本旨”，隐寓对象严重错榫，解读失败。

进入80年代后索隐掀起第二个高潮。

(7)1980年，台湾学者赵同著《红楼猜梦》，说：是将曹家家族史同雍正“夺嫡”事混在一起，写成贾家家族史。

(8)张晓琦的《红楼谜话》提出：“顺治夺弟妻”说。

(9)1989年，霍国玲、霍纪平的《红楼解梦》认为：《红楼梦》的背面隐藏着曹雪芹与竺香玉的一段血泪恋爱史。

(10)隋邦森、隋海鹰的《<红楼梦>人物之谜》认为：《红楼梦》是写满、汉、蒙民族大融合。

(11)2006年，崔耀华的《丹道天成解红楼》，将《石头记》看成经书，改为《石头经》。

(12)2010年，刘铄的《红楼梦真相》认为：“《红楼梦》应是一部以反清及吊明之亡为主题的政治小说。”

(13)2006年，《土默热红学》认为作者是洪昇，写的是洪昇家事和“感叹明清兴亡”。

……

索隐派历史悠久，人员广泛，歧见也最多，但绝大多数是俗解、误解、曲解、谬解、妄解……其根本原因是索隐对象与历史错榫，没找准链接的对象。

2.考证派

20世纪20年代，胡适开创了一条“考证”研红的路子。

平心而论，考证，是研红的必经之路，《红楼梦》的作者是谁？批者是谁？以及著书背景，版本源流，“本旨”、“本事”等等，确实需要考证。胡适先生的“考证”法是他对《红楼梦》研究的重大贡献，功勋卓著，不愧为新红学的开创者。

但是，胡先生把考证应用到《红楼梦》书中时，却走向谬误。

1921年11月12日的《<红楼梦>考证》(改定稿)②是他的代表作，有六条结论，第六条说：

《红楼梦》是一部隐去真事的自叙：里面的甄、贾两宝玉，即是曹雪芹自己的化身；甄、贾两府即是当日曹家的影子。(故贾府在“长安”都中，而甄府始终在江南。)

“《红楼梦》是一部隐去真事的自叙”完全正确，但认为《红楼梦》里的宝玉是“曹雪芹自己的化身”，却大错特错，张冠李戴，应该是曹頫，绝不是曹雪芹。须知“失之毫厘，谬以千里”，《红楼梦》中的“本旨”、“本事”必然会发生严重错位。胡适的“自传说”，就成了“曹雪芹说”，后周汝昌先生进一步发展为“新自传说”。

考证派虽然看出了《红楼梦》中的隐“曹”线索，但不知为何隐“曹”，如何隐“曹”，隐哪个“曹”，误认为是曹雪芹“自传”，误认为作者是曹雪芹，错了对象，误解了红楼。

“自传说”没有错，《红楼梦》有自传成分，但是谁的“自传”，考证派误解了。他们的错位，影响着《红楼梦》研究的整个发展进程，是如今《红楼梦》研究滞步的根本原因。

同时，考证派还忽略了另一个重大内容，《红楼梦》既是“自传”，也是“他传”——“几个女子”之传，只讲“自传”，是以偏概全，是主次颠倒，“他传”是第一位的，“自传”是第二位的。

以上是考证派的两大缺陷，是考证派气息奄奄的痼疾。

考证派的基本观点：“《红楼梦》的作者是曹雪芹。”这是目前《红楼梦》研究健康发展的第一重障碍。

3.文本派

余英时先生没有谈到文本派的危机，其实“文本派”的危机才是当前红学的最大危机。它的“《红楼梦》是最伟大的小说”的概念是《红楼梦》研究深入发展第二重障碍。

“《红楼梦》是最伟大的小说”的说法，是片面的，它违背作者创作“本旨”，也不符合《红楼梦》的客观实际。特别是它为准确地解读《红楼梦》设下了障碍，使一部“黄钟宝鼎”般的巨著不能为人们所认识。

余英时先生为什么忽略“文本派”呢？细阅他的论文，他自己实际上没有跳出“文本派”的圈圈，他的思想，他的观念仍然停止在“文本派”的框架里。

余英时先生既期盼着新“典范”诞生，却又为新“典范”的诞生设下了障碍，他说：“新典范与其他几派红学最大的分歧之一便在于它把《红楼梦》看作为一部小说，而不是一种历史上文件。”

《红楼梦》正面看确是小说，但正面仅仅是表面现象，正面不能表达作者的“本旨”，真正的“本旨”在反面。而反面正是一种历史文件，即一部杰出的政论，这部政论可以与“《三坟》、《五典》、《八索》、《九邱》、《春秋》、《尚书》、《志乘》、《梼杌》”等书媲美。写的是“圣贤齐治，世道兴衰”。

与此同时，余先生还强调了曹雪芹是《红楼梦》的作者。

笔者认为曹雪芹绝不是《红楼梦》的作者，如以曹雪芹为《红楼梦》的作者，就不永远不能准确地、彻底地解读《红楼梦》。

这两个障碍将影响和阻碍新“典范”的诞生，所谓的“红学革命”也只能是一场空谈。

文本派需要梳理。

文本派的特点是：注重文本，强调文本，注重文学性，强调美学价值。这一派人多势众，是主流派、正统派。

代表人物是王国维，他认为：“《红楼梦》，是一部具厌世解脱之精神的悲剧。”是一部悲剧小说。

苏缨在介绍王国维的评论时说：“借此而还小说于小说，还文学于文学，还文艺评论于文艺评论。”③

《红楼梦学刊》主编张庆善先生说：“《红楼梦》是一部伟大的文学作品，它既不是什么朝的政治小说，也不是曹雪芹的自传，它是曹雪芹伟大的艺术创作。”④

他们认为：《红楼梦》是一部真正意义上的小说，认为索隐、探真、释梦、解读是画蛇添足，多此一举；认为即使索隐出某某人，也毫无意义。

这一派的致命缺陷是：“俗眼”看红楼，“溺词失旨”。

他们所看重的文本，作者自己就说：“满纸荒唐言”；脂砚斋斥为：“老婆舌头”（庚·43F·ZⅡ2047）；他们读《红楼梦》的方法，畸笏叟斥为：“此以俗眼读《石头记》也”（靖·9F·ZⅢ0004）。

立松轩说得更干脆：“以古词小说目之则大罪过”（府·22F·LⅠ0467）。

作者的立意本旨，《红楼梦》真正的思想价值，艺术价值，不是体现在文本上，而是蕴涵在“隐寓”中。

应必诚先生说：“《红楼梦》的本体性质是审美的、文学的、小说的，而不是‘史’和‘史的支流’。”⑤

还说：“《红楼梦》的价值是审美的，包括《红楼梦》在内的优秀艺术作品的目的是用以满足人的文化的、精神的，审美的需要，在审美愉悦中提升人的精神世界，伸进人的感性的健康发展，促进人的全面发展，而不是满足科学认识历史的需要。”⑥

2015年《红楼梦学刊》第三辑上，应必诚先生发表了《红学何以可能》（上）一文，他说：“当今红学家提出的《红楼梦》是小说的命题，提出《红楼梦》的审美的、文学的、本体性质，不是干巴巴的，‘乏味的’，‘老生常谈的常识’，而是包含着生动的、深刻的、丰富的，而且不断发展着的内容，是对包括建国30年在内的红学全部历史进行反思批判的结果，是对历史上的红学，特别是新红学的超越。”

并说：“这是中国红学家在新时期红学研究取得的重大理论成果。”⑦

但是，笔者不这样看，“《红楼梦》是小说的命题”的提法不科学，不准确，具有很大的片面性。

它不仅不是“对包括建国30年在内的红学全部历史进行反思批判的结果”，而是一个大倒退；它不应该是“中国红学家在新时期红学研究取得的重大理论成果”，而是一个大失误；尤其对未来红学的发展是一个大灾难；是准确地科学的解读《红楼梦》的大障碍。

曹頫的败落，已成历史，在历史的长河中，微不足道。但是《红楼梦》就是凭这微不足道的小小的“历史”，演绎出鸿篇巨制，这点历史能割断吗？

“历史”带给曹頫的伤痛，曹頫能无动于衷吗？没有曹頫对这一段历史的剖析，就没有《红楼梦》，《红楼梦》不是那种无病呻吟的小说，而是一部关于“大清王朝”衰亡的挽歌。

《红楼梦》命题深远博大，它论及的是“世道兴衰”的宏大课题，仅以小说来看是对《红楼梦》的曲解和贬低。

《红楼梦》最伟大的价值，就是要让人们科学的、深刻的认识“清王朝”的衰亡史。因此，满足科学认识历史的需要应该是第一位的。要知道，曹頫写书时，正是清王朝鼎盛时期，准确地把握它的走向，精确地预见到它的“运终数尽”之数，是历史上罕见的。

不探求《红楼梦》的隐寓，就不能洞悉作者的“立意本旨”，辜负作者的著书目的，就不能正确的判断《红楼梦》的思想意义,就不能告慰作者的在天之灵。《红楼梦》研究就不完整,不健全,不彻底。

文本派,只看表面,犹如贾瑞正照“风月鉴”,跌进了“消愁解闷”的行列,这正是作者、批者强烈反对的。

文本派犹如“买椟还珠”,恰恰丢掉了“隐寓”这颗珍珠。文本派对《红楼梦》解读最大的失误是俗解红楼。

总而言之,旧“典范”均具有致命的缺陷:

“文本派”坚信《红楼梦》作者是曹雪芹,固守《红楼梦》“是一部小说”的阵地;

“考证派”坚持认为《红楼梦》是曹雪芹的自传,同时还忽视了“他传”——“几个女子”传;

“索隐派”主要人物的索隐大都错榫,以致牛头不对马嘴,其根本原因是置索隐依据于不顾,陷入盲目的泥沼,不可自拔。

以上这些致命缺陷不排除,旧“典范”无论如何都不会走向新“典范”。

二、新“典范”的构想

“红学革命”期待着新“典范”诞生,那么,新“典范”究竟是什么样的呢?

余英时先生对新“典范”有一个构想,他说:“这个可能建立的新典范是把红学研究的重心放在这部小说的创作意图和内在结构的有机关系上。”

余先生对新“典范”的构想,令人瞩目。

其一,突出了“创作意图”,也就是脂砚斋说的“拟书底里”,通常说的“本旨”,作者的“本旨”到底是什么?这个课题还很少有人深入研究过。

“本旨”是《红楼梦》的灵魂,是《红楼梦》的中轴线,绝对不能忽视。

揭秘“本旨”,就成了创建未来新“典范”的第一步,只有真正揭开“本旨”,才能顺藤摸瓜,如解九连环一样,一环一环地解开《红楼梦》之谜。

其二,余先生还提出“内在结构”问题,这个问题也至关重要。

《红楼梦》是一部奇书,奇就奇在它有一个独特的、罕见的、复杂的“内在结构”。

笔者认为:仅此是不够的,必须还得有几项重要突破才能完成新“典范”。

三、《红楼梦》研究的终极目标

《红楼梦》研究长期以来一直呈现出众说纷纭,杂乱无章的局面,它有没有一个核心的东西,能够起到提纲挈领,纲举目张的作用?敲碎濛头甕,澄清所有谜案、疑案,让《红楼梦》的真旨大白于天下。

有!这就是准确地、彻底地解读《红楼梦》,这也是《红楼梦》研究的最终目标。

准确地、彻底地解读《红楼梦》是完成“红学革命”的要点,目标。

1.《红楼梦》需要“解读”

首先,这是作者、批者曹頫的殷切期望,一生中曾三次呼唤。

第一次是书成时，约1751年，在第一首标题诗中写道："谁解其中味？"。

时隔三年—1754年，第二次在《脂Ⅱ评》中说："谁是智者，谁又能通？"(甲·2F·ZⅡ0078)。

又过了十四年—1768年，曹頫假托立松轩在第五十三回回前：

噫！文心至此脉绝血枯，谁是知音者？(府·53F·LⅠ0708)

能不能读懂《红楼梦》，理解《红楼梦》是作者最牵肠挂肚的一个心事，也是他最为担心的心病，因此一次又一次的发问。

二十年间，三次表明自己的担心，事实证明，曹頫的担心不是没有原因的，《红楼梦》面世已经二百六十多年，有谁真正准确地、彻底的解读了《红楼梦》？

没有，曹頫的担心真成了千古之忧！

其次，长期以来，许多有识之士都感悟到：《红楼梦》是一部奇妙的天书，难以读懂，需要解读。

如：冯其庸先生说："……《红楼梦》是一部著名的难读的书，它平易而深奥，易知而难解。"

胡文彬先生也说："《红楼梦》是一部难以真正读懂的奇书。"

有些有识之士蒙眬中感悟到《红楼梦》话中有话。

如：戚蓼生在《戚序本》的序言中说："吾闻绛树两歌，一声在喉，一声在鼻；黄华二牍，左腕能楷，右腕能草。神乎技也，吾未之见也。今则两歌而不分乎喉鼻，二牍而无区乎左右，一声也而两歌，一手也而二牍，此万万不能有之事，不可得之奇，而竟得之《石头记》一书。嘻！异矣。"

清·紫琅山人似乎看得更清楚些，他认为：《红楼梦》的小说部分是"土鼓瓦缶"，而隐藏的历史部分则是"黄钟宝鼎"。

预言："或数世，或十、百世，终会有识者出之。"

可惜，紫琅山人只是感叹而已。

陈维昭先生是《红楼梦》研究理论家，他在《红楼梦学刊》(2013年第三期)发表了一篇《"红学'何以为"学"》的文章，说："《红楼梦》绝不仅仅是一部小说。"并说："曹家历史和清宫秘史在《红楼梦》中留下了蛛丝马迹，这些蛛丝马迹在作家所构筑的结构整体中又是如何形成独特的阅读张力的？这些都是我们把握《红楼梦》独特魅力的有效途径。"

这里，陈先生感触到了《红楼梦》，"不仅仅是小说"和"曹家历史和清宫秘史在《红楼梦》中留下了蛛丝马迹"。这个感悟，是十分恰当的。

2."解读"现状

纵观现状，目前的解读是：浮、散、乱、错。

浮，表现为浮浅，只是就文本解读，难得深入；

散，表现为零散，只有个别人物，各别字句的解读，缺乏综合性；

乱，乱象丛生，每一个人物，每一件事都有无数的答案，形成无数个疑案、公案；

错，长江后浪掩前浪，前一个观点大都被后一个观点否定，甚至有一些错误的观点被奉为经典。

对《红楼梦》的解读，孙小峰，胡适，周汝昌三位红学家的三次否定说明：迄今为止，《红楼梦》还没有被解读。

1873年，孙小峰在《妙复轩评石头记叙》中说："是书之作，六十年来无真能读，真能解者……"

1921年，胡适在《红楼梦考证》中说："向来研究这部书的人，都走错了道路。"

2012年，周汝昌在《红楼新境》中说："《红楼梦》是到底有没有所谓的密码？我说确实是有的，但我们很难窥破解开。"

3.《红楼梦》未被解读的原因

我们不能责备曹頫隐藏"本旨"、"本事"的著书策略，曹頫是万不得已之策，何况他还为我们留下了"解读"的线索，解读方法，只是我们没有看出来罢了。

确切地说，是我们的智商不够，致知格物参玄悟道功力不够，从这点出发，《红楼梦》还是一部智商检测仪。

二百多年来，《红楼梦》的解读者成千上万，可是没有一个是准确地、彻底的、完整的、科学的解读，究其原因主要是：

(1)作者不确；

(2)批者不明；

(3)版本不清；

(4)"本旨"不晓；

(5)"内在结构"没搞清楚；

(6)"写作秘法"没有破解；

(7)对《红楼梦》没有树立起"一书二读"的观念；

(8)研究《红楼梦》，缺乏综合性；

(9)缺少"巨眼"看红楼梦的视角；

(10)没有判明"文本"与"批语"之间的锁、钥关系；

(11)"文本"人物与"历史人物"未能准确链接；

(12)"历史事件"与"幻笔情节"未能准确链接。

应该说，找到问题，离解决问题就不会太远了。

四、"红学革命"的先驱者

余英时先生说得好："危机导向革命，新的典范这时就要应运而生，代替旧的典范，而成为下一阶段科学研究的楷模。"

根据其理论新"典范"一定会出现，"红学革命"也必然会发生。"红学革命"是一面鲜艳的旗帜，它指出了《红楼梦》研究的方向。

回顾《红楼梦》研究的历史，"红学革命"的曙光已经出现，一批先驱者开拓出了通向新"典范"的道路。

20世纪70年代，潘重规"究竟谁之红楼？究竟谁之血泪？"的质疑，赵同的《颠倒红楼》指明作者是曹頫，余英时的"两个世界"的理论，赵冈、陈仲毅等对《甲戌本》笔迹的判断等都是"红学革命"的先声。这方面，感谢香港的《明报月刊》为新"典范"的诞生做了有益的工作，香港的《明报月刊》是"红学革命"的发源地。

潘重规先生质疑《红楼梦》作者，为新"典范"诞生迈出了关键性的一步。"作者"问题是一个至关重要的问题，首先需要解决的一个根本问题，研究《红楼梦》弄不清作者是谁，所有的研究都难说有什么价值。弄清作者是谁，才能明确是谁的"自传"，与谁相关的"他传"。

令人遗憾的是，潘重规先生没有点出作者是谁

赵同先生关于《红楼梦》作者的研究始于1966年，那时他就写了一篇文章《红楼梦的作者不是曹雪芹》，1980年写成《红楼猜梦》，将作者锁定为曹頫。

赵冈先生、陈仲毅先生的《从曹頫的笔迹看"石头记"抄本》开创了曹頫笔迹研究的先河。可惜的是这项研究没能继续深入下去。

余英时先生关于《两个世界》的理论，说明他对《红楼梦》研究具有"格物参玄"的感悟力，也稍具"巨眼"。但是他对两个世界的划分笔者却不敢苟同。

《红楼梦》中有两个世界，这是客观存在，但绝不能划分为"大观园的世界"和"大观园以外的世界"。这样划分，实质上还是在"文本"上跑马，永远跑不出"文本"领域。

以上几位都是"红学革命"的先驱者，他们勇于探索的精神，值得我们学习。尽管有所不足，这是正常的，毕竟为我们指明了方向，开拓出前进的道路。"红学革命"要获得圆满的结果需要一个较长的时间，如传接力棒，一棒一棒地传下去，直到成功。

余英时先生说："红学革命在内地虽然一时无法顺利进行，但在海外仍有发展余地。"

笔者认为：完成"红学革命"，应该在内地，内地，是《红楼梦》诞生的故乡。最近几年，陈维昭《红学通史》中关于"本旨"、"本事"的论述，刘传福的《曹頫，红楼梦中的贾宝玉》，陈绍初的《红楼寻径》等，或多或少在一些理论上、内容上做了一些探索，有一些新的见解，使"红学革命"有所突破。

五、"红学革命"的未来

关于新"典范"，余英时先生说："目前要想预测它的前途，实嫌言之过早。"

目前要做什么呢？余英时先生说："新'典范'在理论上加以系统化"，及"找出新'典范'的内在根据"。

新"典范"需要有一个系统的理论来指导，这个"系统的理论"是什么？同其他的公案，疑案一样，众说纷纭。

至于内在根据，却比较明确，其一：就在"文本"中，其二：曹頫的批语中，其三：历史档案和各种资料里。

笔者认为："新典范"首先应该解决《红楼梦》的解读问题，即：准确地、完整地、彻底地、科学地解读《红楼梦》，这也是《红楼梦》研究的根本目的，最终目标。

解读问题是《红楼梦》研究中最关键、最迫切、最重要、最有意义的问题。新"典范"必须对这个问题做出回应，否则就称不上新"典范"。

《红楼梦》面世已经二百六十多年了，迄今为止还没有一个人看得懂，的确是一件憾事，二百多年来来，人们一直戴着"濛头甏"，如瞎子摸象似的看《红楼梦》，这种状况应该结束了。

解读《红楼梦》，这是一个宏大的、艰难的课题，是《红楼梦》所有研究的前提。这是《红楼梦》研究中最重大、最艰难、最迫切的课题，也是新"典范"要解决的一个核心问题。

但这又是一个不容回避，必须正视的问题。要想准确地、完整地、彻底地、科学地解读《红楼梦》，还须闯过以下三关。

第一关，必须解决的三个基本前提

1.作者是谁？

孟子云：“颂其诗，读其书，不知其人，可乎？”⑧

《红楼梦》有自传成分，弄不清作者是谁，就弄不清谁的自传，谁的“亲闻亲睹”。就会出现张冠李戴，牛头不对马嘴的笑话。

2.批者是谁？

脂砚斋、畸笏叟、立松轩、梦觉主人以及诸公等人是些什么人？与作者是什么关系？明确他们是谁，才能明确这些批语的价值和地位。

3.版本真伪。

《红楼梦》抄本中的哪些是原本，哪些是衍本？《红楼梦》研究是一项严肃的工作，只能依据原本。有的学者利用衍本大做文章，必然偏离作者本旨。

第二关，必须突破以下四个关键问题

新“典范”产生，它还需要一个新的观念，新的视角，新的路径，新的方法。

1.新的观念——确立“一书二读”观念；

2.新的视角——“巨眼”看红楼；

3.新的路径——《红楼梦》的“内在结构”，写作秘法和文笔特点；

4.新的方法——文本，批语，清史，曹史综合研究。

第三关，必须准确地完成两个链接

1.“文本”人物 ⟷ “历史”人物链接

主要有：A、十二钗，B、副、又三钗，C、宝玉，D贾政、贾敬、薛蟠、刘姥姥等人物，E、甄士隐、贾母、平儿、北静王等五组人物。

2.“幻”（文本情节）⟷ “真”（历史史实）链接

注意区别，正笔正文：1705年——1751年，属曹頫亲身经历的事，是详写。

幻笔幻文：1616年——1705年前；属曹頫身前事，是略写；1751年——1912年，属曹頫身后事，是略写。

以上九个方面问题，无疑是九个分课题，只有每个课题都有了准确答案，《红楼梦》才能准确、科学解读，否则无解。其中只要一个问题不解，新“典范”就难以完成。

余英时先生期盼的新“典范”，是一个宏伟的，复杂的工程，因此，这场“红学革命”也必将是一场惊天动地的壮举。

阅读《红楼梦》易，解读《红楼梦》难，难于上青天，这也就是为什么二百多年来《红楼梦》解读不了的根本原因。

什么时候能够解读呢？

紫琅先生认为：数世，十数世后，必能破解。

冯其庸先生认为解读必有一个时间。

其实作者设计过一个解读时间：“大清”灭亡以后，1912年，“大清”灭亡，掀起一股解读浪潮，可惜，由于资料匮乏，没能准确地彻底地解读；20世纪80年代后，以台湾，香港《明报月刊》为中心，又掀起一波解读浪潮，但由于“两大障碍”没有排除，解读最终没能完成。

本书揭开了“红学革命”的序幕，但愿一场轰轰烈烈的“红学革命”从此开始！

笔者认为：21世纪初叶，将是《红楼梦》科学的彻底的解读时。

笔者的拙作《高曰解红楼》，就是在“红学革命”旗帜下的尝试，解读是否准确、是否科学？理论是否合理？根据是否坚实有力，是否站得住脚？笔者自始至终诚惶诚恐，现将《高曰解红楼》提交给红学家们与广大观众评品鉴定，倘能起到抛砖引玉的作用，也就心满意足了。

注释：

①《四海红楼》，作家出版社，第4页。代序中所引余英时文字均出自该文。

②《红楼梦十五讲》“解读红楼梦之路”第32页。

③《王国维点评<红楼梦>》，第4 页。

④《百年红学》代序，第5页。

⑤⑥《红楼梦学刊》，2012年第5辑，《红学为何 红学何为》第275页，277页。

⑦《红楼梦学刊》2015年第3辑，应必诚《红学何以可能》（上）第98页。

⑧《孟子·万章下》。

“21世纪红学”构想与展望(代序二)

陈维昭先生的《超越模仿,旨在建构》一文,高瞻远瞩,对21世纪红学方向提出了建设性的意见,他说:“在古典小说研究界,在红学界,寻找‘未来的研究方向’成了学界的共同期望。”

陈维昭先生预言:“21世纪的红学将超越模仿阶段而进入富于独创性的新纪元。”

但是,“21世纪的红学方向”,到底是什么,如何具体表述?

陈维昭先生谈到“21世纪的红学方向”时,着重参照了宁宗一教授“回归文本”的观点,并阐明:“回归文本实质上也就是‘文献、文本和文化的融通与创新’呼唤着新的组合。”

接着是对研究者的期望和要求:“他(她)在考证学、文艺学、美学和价值学等方面必须具有丰富的修养和实践。”

笔者经过几年的《红楼梦》研究,切实体会到陈先生《超越模仿,旨在建构》一文的重要,犹如茫茫红学海洋中的一座灯塔,为我们指明了红学前进的方向。

陈维昭先生是红学界著名的资深的理论家,他的话具有提纲挈领般的指导意义。

笔者根据这几年解读《红楼梦》的探索,斗胆草拟了一份《21世纪红学方向》构思与展望方案,以供参考。

“21世纪红学”构想

一、更新立场——坚持唯物解读,摈弃唯心解读

回眸20世纪红学,基本上是唯心解读占主导,请看三大派功过

1. 索隐派

方向正确,但人物隐寓大都凭个人认识决定,随意链接。

如“宝玉”隐寓,乾隆等认为隐寓纳兰性德;蔡元培认为隐寓胤礽;上默热认为隐寓洪昇……

又如林黛玉:

王梦阮、沈瓶庵认为隐寓董小宛;蔡元培认为隐寓朱竹垞;霍国玲、紫军认为隐寓竺香玉;葭水认为隐寓叶小鸾;褚丽婷认为隐寓年贵妃……

再如薛宝钗:

蔡元培认为隐寓高江村；孔祥贤认为隐寓李玉钗；还有学者认为隐寓柳如是，屈慧兰等。

蔡元培等的“本事相类”，“遗事相证”，“姓名相关”法，明显的依据不足，证据乏力，给人以“牵强附会”的感觉，无形中陷入了唯心解读泥潭。

2.考证派

考证法，是研红最重要的方法，看出《红楼梦》中的自传成分，是胡适对红学的重大贡献，但，确定为曹雪芹（霑）自传，却是张冠李戴，从而，使胡适及他的弟子们都陷进了唯心解读的泥潭。

第一，不符合事实真相；第二，说曹雪芹（霑）是作者，缺乏坚实有力的证据；第三，从全书的解读来看，难以自圆其说。

自传说是对的，但是谁的自传，由于考证“结果”错误，使“考证派”从此陷入唯心解读深渊，不可自拔。

事实上应该是曹頫的自传，而不是曹雪芹（霑）的自传。

考证派误在谁是作者的问题上。

3.文本派

该派从诞生起就一直滚在唯心解读的泥潭中，只重表面，不看实质，还深深地陷在形而上学之中。

该派的两大重要成果（一）、作者是曹雪芹，（二）、《红楼梦》是小说。是红学发展的两个重大障碍。

21 世纪红学要发展，首先需要清除这两大障碍。

唯物解读，必须客观的实事求是的依照作者的“本旨”，即作者的创作思想、创作意图去解读，否则，就是唯心解读。

关于《红楼梦》的一切，只有作者一个人说了算，背离作者“本旨”的所有解读都站不住脚。

二、选择好新切入点，

《红楼梦》宛如一座神秘的迷宫，找不到“生门”，就走不出迷宫。

《红楼梦》的作者问题，已到了必须解决的地步，作者问题不解决，《红楼梦》的研究将无法进行下去。

这里不仅关系到是谁的自传问题，更重要的是关系到《红楼梦》的准确解读问题。

因此，21 世纪红学首先要解决的是：《红楼梦》的作者问题，这个问题不解决，红学将寸步难行。

三、确立一个新观念—— 一书二读

《红楼梦》是一部正、反两读的书，这是客观实际，必须承认，必须正视。

第十二回，形象地展现了书的两面，正面，反面。

《王府本》第五十四回有一条重要批语说：

……是作者借他人酒杯消自己块垒，画一幅行乐图，铸一面菱花镜，为全部总评。(府·54F·LⅠ0712)

曹頫借立松轩明白地告诉人们，他的书是："一面菱花镜"，有正有反，正面写"女儿"们的荣华富贵，反面写"大清"灭亡。

四、选择一个新视角——"巨眼"看红楼

"巨眼"看红楼，是作者的提示和要求，是解读《红楼梦》必须遵循的法则，而"文本派"的俗眼读法，则是背道而驰。

五、摸索出一条解读的新途径

这条新途径，就是五"破解"。

1.破解作者的"立意本旨"；2.破解《红楼梦》的"内在结构"；3.破解《红楼梦》的"写作秘法"；4.破解《红楼梦》的"奇异文笔"；5.破解作者的"著书策略"。

没有五破解，就打不破"濛头甕"。

六、摸索解读《红楼梦》的新方法

宁宗一教授"回归文本"的观点阐明："'文献、文本和文化的融通与创新'呼唤着新的组合。"

具体而言，就是：清史、曹史、文本、批语、文献典籍五融合。

七、确定新的主攻方向

陈维昭先生说："我始终主张红学研究要明确主攻方向，要加强主力攻坚，……"

说得太好了，没有主攻方向，四处出击，遍地开花，让人永远走不出迷茫。

但主攻方向是什么？我认为，应该是：准确地科学地彻底地全面地解读《红楼梦》。

《红楼梦》不能准确地科学地彻底地全面地解读，任何其他研究都无从谈起，这是一个基础工程。

八、揭开研红的新解读法——作者自我诠释法。

当我们弄明白《红楼梦》的作者、批者都是曹頫后，书和批语之间的关系就是锁、钥关系，也就是曹頫的自我诠释。

因此，研究曹頫的诠释艺术就成了一个新的课题。

凡解必有证据，杜绝任何猜想，推测。

这就是：凡言必证，凡证必据，凡据必验。

以上就是我的“21世纪红学”构思方案，是否合适，尚不得而知。我的《高曰解红楼》就是一次初步尝试，就是一次初步探索。

“21世纪红学”展望

一、“21世纪红学”将终结18——20世纪索隐、考证、文本等各派的主观、唯心解读，走上正确的客观、唯物解读新轨道。

二、“21世纪红学”将采用新立场，新观念，新视角，新思路，新方法，新途径，新的切入点，开创新的研红局面。

三、“21世纪红学”将挑战“作者是谁”，“批者身份”，“红楼真谛”三大难题，努力攻坚，以此突破红学瓶颈，使红学走出困境。

四、“21世纪红学”将正本清源，彻底澄清关于红学的所有公案，谜案，疑案……。

五、“21世纪红学”将使关于《红楼梦》的文献、文本、文化三者有机地结合起来，天衣无缝。

六、“21世纪红学”将为二百多年的《红楼梦》研究提供一份准确的、彻底的、科学的、全面的答卷。

2016.6.9

目 录

下篇　揭秘红楼

上篇 趣解红楼

篇前语

《趣解红楼》采用了：

新发现——作者是曹頫，批者是曹頫；

新视角——“巨眼”，更换眼目；

新观念——“一书二读”，看反面；

新方法——文本、批语、清史、曹史四融合；

新途径——本旨、秘法、结构、文笔四结合；

新目标——彻底地、准确地、科学地、全面地解读《红楼梦》，敲碎濛头甕。

第一章 《楔子》解读

一、曹頫郑重声明：作者不是曹雪芹

《甲戌本》第一回，从开篇到“都云作者痴，谁解其中味”为止，计1895个字。

按畸笏叟说法，这段文字就叫《楔子》。详析《楔子》，它实际上是一篇序言，主要内容是对《石头记》一书全面的扼要的介绍。

有：《石头记》书名命名缘由；《石头记》来历；《石头记》朝代年纪；《石头记》主要内容；《石头记》作者；《石头记》内容特点；《石头记》本旨；《石头记》是一本什么样的书？等等。

不过，这些问题，作者或用烟云模糊法，或用隐语微词，写的虚无缥缈，扑朔迷离，让人不知所以。

由于曹頫的著书策略是：刻意隐蔽自己，隐蔽“本旨”，隐蔽“本事”，所以才写的迷迷茫茫，语焉不详，形成许多空前绝后的大谜，有的还成了千古之谜，如：作者之谜。

谁是《红楼梦》的作者，二百多年来，众说纷纭，人们猜谜似的竟然罗列出37个作者，形成一桩疑案、悬案、公案。

“文本派”坚信作者是曹雪芹，而且说这是三十年来红学研究的“最新成果”，为红学深入发展设下第一重障碍。

《甲戌本》第16页，畸笏叟有一段眉批，说：

若云雪芹披阅增删，然后开卷至此，这一篇楔子又系谁撰？足见作者之笔，狡猾之甚。后文如此者不少。这正是作者用画家烟云模糊处，观者万不可被作者瞒弊了去，方是巨眼。（甲·1F·JⅢ0031）①

这是畸笏叟的郑重声明：作者不是曹雪芹。

是谁呢？畸笏叟没有明说，只是委婉地指出了探索方向：“这一篇楔子又系谁撰？”

答案就在《楔子》中。

《楔子》在石头偈后说“诗后便是此石坠落之乡，投胎之处，亲自经历的一段陈踪故事。”

说白了就是“自传”。

还有：“我半生亲睹亲闻的这几个女子”。

只有弄清楚是谁的自传？这几个女子是什么人？作者之谜才能水落石出。

那就让我们耐心地一步一步地探析下去吧！

“《红楼梦》作者之谜”，是红学界一桩公案，也是世界文化三十个大谜中的一个。五年前，我正是看了《千古之谜》中的“《红楼梦》的作者不是曹雪芹”一文，才步入《红楼梦》研究的。

有人统计，目前关于《红楼梦》的作者有37种说法，谁是谁非，难下结论。

不弄清作者是谁，《红楼梦》的研究就无法进行，谁的自传？与作者相关的几个“女子”是什么人？

事关重大，必须搞清楚。

2014年11月22——24日在河北省廊坊市召开了《纪念伟大曹雪芹（曹霑）逝世250周年纪念大会暨学术研讨会》，《红楼梦学刊》社社长张庆善在会上说：“曹雪芹（曹霑）的著作权不可动摇！任何否定曹雪芹著作权的人都必须把《红楼梦》书中的记载，把脂砚斋批语的铁证、把明义、永忠记载的证明等等都否定了才行。”

如果证据仅是这些《红楼梦》著作权问题就好解决了，上述三条不值一驳。

世上的事“无巧不成书”，认为曹雪芹（曹霑）是《红楼梦》的作者，是多种因素巧合的结果。计有：

曹頫假托；

曹雪芹（曹霑）接轨；

敦敏、敦诚兄弟误会；

明义、永忠等道听途说；

程伟元猜测；

胡适“自传说”，周汝昌“新自传说”铁定。

当六种因素神差鬼使地汇集到一起时，假的就变成了真的。

笔者经过六年多的研究认为《红楼梦》的作者是：曹頫。

证据是：有八个古钞本的“异笔”字同曹頫当年的奏折一致，说明《红楼梦》自始至终都是曹頫在写作，与曹雪芹（曹霑）无关。

二、“女娲补天遗石”含义

女娲补天遗石，是作者为自己塑造的第一个意识形象，这块遗石承载着作者一生遭遇的信息，以及作者原先的宏伟抱负和之后的雄心壮志。

1.曹頫一生遭遇的信息

《郑藏本》第36页有一个怪字，器，写作：“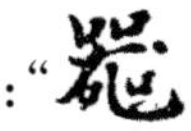”。一般人看了都不当回事，岂知这里边却大有文章。这个字具有极深的含义，曹頫落笔时，是下了千斤之力的。它承载的信息量和含义力达千钧。

先看来历：雍正五年正月十八日，两淮巡盐噶尔泰向雍正奏称：“访得曹頫年少无才（雍正朱批：原不成器），遇事畏缩，织造事务交于管家丁汉臣料理。”

“原不成器”，出自雍正皇帝之手，曹頫结局可想而知了。

“原不成器”四字像一座沉重的大山压到了曹頫身上，终身不忘，耿耿于怀。不久，曹頫被革职抄家，一败涂地。

“原不成器”是雍正的定评，也是曹頫败落的因由。

曹頫真的不成器吗？

曹寅在世曾预言：“成才在四、三”，“四”指曹頫，曹寅对他很器重。

康熙经过调查后对曹頫也十分器重，1715年，在曹頫十七岁那年钦命为江宁织造。

只有雍正对曹頫看不上眼。

曹頫因此积愤积忧，苦苦思索了十多年，我曹頫真的不成器吗？曹頫思来想去：我究竟是个什么“器”？

当历史的车轮驰过若干世纪后，曹頫果成“大器”，一部《红楼梦》，震惊世界，成旷世经典。

2.“女娲补天遗石”，暗示曹氏乃是华夏后裔。

“补天遗石”冠以“女娲”二字，是彰显它的来历——华夏后裔。

意为：满族是一个弱小民族，统治中华，它需要汉民族的支持。这里作者暗示清王朝需要汉族也包括曹氏家族的支持。

你说“我”不成器，可“我”是女娲的补天石，这里曹頫把自己看成是补天石，历史久远，华夏后裔。

3.不能补天，就做败石

曹頫在赤瑕宫故事中选用“神瑛”，取其“败石”之意，尽情发挥其败石作用。

正月二十一日，恰好是民俗“天穿节”，天穿了，自然需要补天，“女娲补天遗石”应运而生。

但是，什么时候“天穿”？作者推测在乾隆时代，因此，正月二十一日生日，是“宝钗”生日，《红楼梦》第二十一回，专写宝钗生日，而此时宝玉则向往“剃度莲台下”，不想去补天。

对于“大清”之天，“我”绝不去补，而要当“神瑛”做败石。看你运终数尽，为你送葬，直到“白茫茫大地真干净”时为止。“我”的真知灼见就写在《石头记》上，白纸黑字，让历史验证。

三、《石头记》的时间跨度，朝代年纪

开篇第一句话，作者就说：“你道此书从何而来”？顺着作者的话，可以看到《石头记》来历脉络：

女娲遗石——→幻化为玉——→夹带入世——→(经过)几世几劫——→回归山下(带着字)——→空空道人抄录——→曹雪芹披阅增删。

经历了七个阶段始成书。

这个过程前三阶段虚幻缥缈,后三阶段则是玩太极,空空道人是谁?曹雪芹又是谁?让人不知所以。

仔细分析,上述七个阶段中的第四阶段:“几世几劫”大有文章,是作者刻意遮掩的地方。“几世几劫”是《红楼梦》第一个关注点,是需要破解的第一个关结。

一部小说,三大要素是:时间、地点、人物。地点,后文委婉地告诉了我们,人物将有专论。那么,时间呢?一部巨著,绝不会没有时间坐标。

为此,当空空道人诘问:“无朝代年纪可考”时,作者先以可以假借汉唐之说来搪塞,后又说:“我师何太痴也,……我想历来野史皆蹈一辙,莫如我这不借此套者反倒新奇。”

空空道人被搪塞过去了,观者也被搪塞过去了,二百多年来,人们大都被作者瞒过去了。《红楼梦》成了一部没有时间坐标的书,于是乎,元、明、清三代众说纷纭,索隐者让自己的想象任意驰骋,论坛上异彩纷呈,十分热闹。

绘图上,戏曲中,电视剧里《红楼梦》人物身着汉衣、唐裙、宋冠、明履,至今弄不明白是哪朝哪代人。

《红楼梦》真的没有时间坐标吗?脂砚斋揭示说:据余说,却大有考证。(甲·1F·JⅢ0015)

肯定地说:有!作者是蓄意隐瞒,将“时间坐标”隐藏在《红楼梦》的字里行间。

“几世几切”,是一个含糊不清的朦胧的概念,但是,又必须搞清楚,因为他与《红楼梦》中所写内容,所写时段密切相关。试想,这个时段不搞清楚,你能搞清楚他的内容吗?

你可能会说:“作者没说呀!”

说了!你没看出来。这正是作者的“不写之写”之笔。

几世几劫?

根据脂砚批语,我们可以推断出是:“十二世三劫”。

“三劫”是道人说的:“三劫后,我在北邙山等你”。

“十二”是作者在书中“千皴万染”多次突兀显现的,如:(遗石)高经十二丈;十二支宫花;正册十二钗;冷香丸中的十二两白牡丹、白荷花、白菊花、白梅花等;还有秦可卿葬礼上出现的官员暗隐地支十二神……。作者对“十二”这个数字,特别重视,千皴万染,让你牢记于心。

“十二”是一个运终数尽之数,十二钗与十二世相呼应。

但是,仅“十二世三劫”也说明不了问题。还是不知道是那朝那代,及具体时间。

再找一找作者书中有无隐藏的密码?

“青埂峰”,对!,就是它。

根据谐音秘法,“青埂峰”谐音“清根逢”,意即:曹家与爱新觉罗家相逢在“大清”初建时。这个“青”字,即谐音“清”,1784年,梦觉主人在《甲辰本》上第八回批语中赫然写成“清”,这不是笔误,而是特意点明。

原来一部巨著写的是“大清”之事。写“大清”尤其是贬清,那是要掉脑袋的,杀身灭族的,所以曹頫不敢明说。

根据历史,努尔哈赤在赫图阿拉称汗是1616年。

1616年,就是“几世几切”的开始,也是《红楼梦》写作内容的开始。

什么时候结束呢?再往下看。

道人说："三劫后，我在北邙山等你，会齐了同往太虚幻境销号。"

"北邙山"，又一个需要解读的密码，"北邙山"，什么意思？

北邙山，在洛阳以北，是北魏贵族的墓地。显然，就是结束的意思。

清帝国的结束时间是——1912年2月12日，隆裕皇太后颁布《清帝退位诏书》为止。

至此，可以看出《红楼梦》的"时间坐标"就是：1616年——1912年。

你可能奇怪，曹頫到1784年已经是86岁高龄老人，他怎么能看到以后的事呢？

别忙，石头偈告诉你："此系身前身后事"，有身后的事。如何写的，仿《推背图》预测写的。

"时间坐标"找到了，有什么用？有了它，它能帮我们判明宝玉的身份。

1616年——1912年，其间长达296年，宝玉作为主人公，一个人无论如何活不了那么久，因此，他只能是一个家族的化身。

当作者写道："无材补天，幻形入世"时。脂砚批道：

八字便是作者一生惭恨。（甲·1F·ZⅡ0018）这里，脂砚把"石头"与作者联系起来了，至此我们可以明白了："女娲遗石"就是曹氏家族的意象，"宝玉"就是曹氏家族的化身。

296年，是"大清"运数，曹頫用"十二世"来表示，即十二位帝王，他们在书中是怎么表现的？《红楼梦》将深入细致的描述。

当十二世在书中演绎成十二钗时，十二钗隐寓当不言而喻。

四、《石头记》不能只当小说看

石头在回答空空道人的责难时说："历来野史皆蹈一辙，莫如我这不借此套者反倒新奇别致，不过只取事体情理罢了。"

这是作者在暗示：《石头记》不是小说，但人们都不理会。

直到1768年，曹頫才借立松轩之口说：

作者倍菩提心，捉笔现身说法，每于言外警人再三再四，而读者但以小说古词目之，则大罪过。（府·22F·LⅠ0467）[②]

作者不主张将《红楼梦》当小说读。

石头批驳佳人才子时说："至若佳人才子等书，则又千部共出一套云云"，作者在此暗示《石头记》绝非佳人才子之类的书。

五、《楔子》中的重要提示

《楔子》中，披露了《石头记》的内容特点，主要有三点。

1.追踪蹑迹，不敢稍加穿凿

这是说：凡事皆有实迹，是可信的。

2.此系身前身后事

这个提示，非常重要，作者不仅写了身前事，还写了身后事。不然，仿《推背图》预测后世就没有依据。

3.只取事体情理就是了

书是用荒唐言写成的,看到荒唐不必大惊小怪;还有"只取其事体情理罢了",意思是:不要顾及荒唐,只取事体情理就是了。

六、第一首标题诗解

《楔子》最后是一首五言绝句,云:

满纸荒唐言,一把辛酸泪;都云作者痴,谁解其中味?

畸笏叟注明:此是第一首标题诗。(甲·1F·JⅢ0032)

这首诗看似简单明了,但是,要真正读懂它却非易事,笔者用了五年多的时间,才真正读懂。

"满纸荒唐言",可是,当你读完《红楼梦》后,非但没有荒唐感,而且还有一种愉悦感,那里来的荒唐?

有人说:黛玉年龄或大或小,大观园方位或东或西,有的人名错乱,有的关系不清,秦钟似乎是多余的,尤氏二姝故事如同一块补丁……

这些算不得荒唐,至于神话中的虚无缥缈,梦幻中的曲折离奇,也属正常,也不能说是荒唐。那么"荒唐"何在?

其实,"荒唐"是在书的反面,在它的隐寓中。

清代十二帝共同浓缩在大观园中,一同生活、嬉戏;贾宝玉寿命长达296岁;作者生前写身后事;纯情"女儿",竟然隐寓泥浊男子……,这才是真正的"荒唐"。

甲午年(1774年),畸笏叟将一条批语写在此诗下,说:"能解者方有辛酸之泪……"(甲·1F·JⅢ0033)

这句话应该反过来读,有辛酸之泪(即相似的不幸经历)才能解开《红楼梦》。

"都云作者痴","痴"字如何理解?当研究《红楼梦》进入第六个年头时,突然有一天,对"痴"字大彻大悟:"痴",针对"情"而言,是痴情;针对"清"而言,是"忠清"。

体现在"宝玉"身上,有阶段性:

A,宝玉同兼美成婚,是暗喻曹世选同努尔哈赤结合,此时"痴情",是被诱痴情。

B,宝玉同元春亲如姐弟,是暗喻曹振彦同皇太极的关系,此时"痴情"是真挚的。

C,宝玉同妙玉的相慕之情,是暗喻曹振彦同顺治的关系密切,此时"痴情"也是真挚的。

D,宝玉同黛玉相恋之情,是暗喻曹玺、曹寅、曹颙、曹頫等同康熙的关系,亲密无间,此时"痴情"是"真情"。

E,宝玉同王熙凤,应该看贾琏同王熙凤的关系,貌似夫妻,实是同床异梦,贾琏先后三次叛"情","痴情"演变为"叛情"。

F,宝玉同宝钗的关系,作者已声明:只要木石姻缘,不要金玉姻缘。

宝玉之"痴",只存在于A、B、C、D中,还有副、又三钗:香菱、袭人、晴雯之中。

而对阿凤、宝钗是无"痴"情的。

这样看宝玉同前六钗的关系,才有助于解开"其中味"。

曹頫明白,他的拟书底里隐藏的太深,他的写作秘法运用的太深奥,加上时机不到,一直无人能解。曹頫聪明绝顶,他设计的解读时间就在改朝换代以后。1912年前,清王室没有垮台时,谁能想到曹頫会写身后事,况且也不敢往清代帝王身上想。

辛亥革命已经一百多年，虽然想到了与“清”有关，可是苦于找不到路径，找不到依据，理不出头绪，说服不了人。

曹頫的担心还真成了“千古之忧”了。

《红楼梦》写成，作者心情十分矛盾，既想让人看懂，又怕人看懂，既想叫人早点看懂，又怕人们过早看懂。所以要说的真话，隐蔽的极深极深。

约在1751年，《红楼梦》写成，曹頫就担心地说：“……谁解其中味？”

1754年，又借脂砚斋之批说：谁为智者？又谁能通？（甲·2F·ZⅡ0078）

1768年，再借立松轩之笔说：噫！文心至此脉绝血枯，谁是知音者？（府·53F·LⅠ0708）

时至今日，曹頫的担心真成千古之忧了，迄今没人能读懂《红楼梦》，没有人能准确地解读《红楼梦》。

二百多年过去了，曹頫期盼的那个“谁”，何时才能出现？

注释：

①（甲·1F·JⅢ0031）：

甲，代表《甲戌本》；F，代表章回；J，代表畸笏叟；Ⅲ，代表批次；0031，代表序号。下同。

②（府·22F·LⅠ0467）：

府，代表《王府本》；L，代表立松轩。下同。

后文引用中还有：郑，代表《郑藏本》；卞，代表《卞藏本》；列，代表《列藏本》；靖，代表《靖藏本》；己，代表《己卯本》；庚，代表《庚辰本》；梦，代表《梦觉本》。

Z，代表脂砚斋；M，代表梦觉主人。下同。

第二章 《引子》纵论

脂砚斋在第二回回前批说："此回亦非正文"，这就是说第一回，第二回都不是正文。除去"楔子"外，剩下部分叫什么？说书人叫开场白，著书人叫"引言"或"引子"。我们就叫它"引子"吧。

这两回虽非正文，但对解读全书意义十分重大。

下面是一、二回解读，我们只要弄明白曹頫几个关键的"密码"，第一、二回就迎刃而解了。

一、"甄士隐"含义

1.作者公告：真事隐

当甄士隐名字出现时，脂砚斋批道："托言将真事隐去也。"（甲·1F·ZⅡ0028）

2.隐寓李煦

当甄士隐名字出现时，脂砚斋批道："托言将真事隐去也。"（甲·1F·ZⅡ0028）

隐去的是什么事？又影射谁？有人说：这是影射曹頫。笔者认为：不是曹頫。

作者在这里留下了解读密码："地陷东南"，暗喻胤禛争夺帝位时。

"一场大火"，谐音：一场大祸，暗喻李煦雍正元年被革职抄家一事。

这里，脂砚有一批："写出南直召祸之实病。"（甲·1F·JⅢ0087）

南直，就是南直隶，包括南京、苏州、扬州一带，这是事件发生的地点。"实病"是实际原因：乃是殃及，城门失火，殃及池鱼。殃及，是影射李煦买"女子"送给允禩之事，允禩罹难，殃及李煦。

雍正五年，又将李煦发往打牲乌拉，两年后，死于打牲乌拉。李家从此一落千丈，从荣华富贵跌入困境。

依据作者密码和脂砚斋批语，借甄士隐荣枯披露出李家兴衰事，由此可知，甄士隐，影射李煦。

3.羲皇上人

当作者写道：只因这甄士隐禀性恬淡，不以功名为念。

这时脂砚说：自是羲皇上人，便可作是书之朝代年纪矣。……（甲·1F·JⅢ0036）

奇怪！"甄士隐"能考证出朝代年纪吗？

能！羲皇上人，根据文意，这里是指羲和，他是传说中黄帝时期掌天文历法的官吏，《史记·历书》"索引"引《系本》说：黄帝命羲和占日。

那么一部《红楼梦》所写的朝代年纪便一目了然了，李煦遭抄家之祸，在雍正元年。那么，《红楼梦》

所写的朝代年纪，就昭然若揭了——康熙、雍正时代。

4.甄士隐入梦

（1）赤瑕宫

梦中，甄士隐首先听到僧道谈赤瑕宫神话，这是讲黛玉、宝玉前世的一段恩怨。这段恩怨构成《红楼梦》二玉故事。神瑛侍者的付出，暗隐曹氏的付出，同时，暗显出康熙、曹家之间的特殊关系。

（2）甄士隐还听到那僧说："待这一干风流孽鬼下世已完，你我再去，如今虽已有一半落尘，然犹未全集。"

这可是非常重要的一句话，第一，再次暗显了书中主要人物"十二钗"——实质上是风流孽鬼，足可以看出作者对其态度，表面上一个样，背面又一个样。他们隐寓谁？自然很明白了。

第二，他们下世的状况，一半落尘，但犹未全集。作者著书时，正当乾隆时期，乾隆为"大清"第六帝，下世六个。不正是"十二钗"的一半——"大清"前六帝吗？

（3）梦中，甄士隐与那块玉有一面之缘，看到了"通灵宝玉"四字。

后文谈到甄、贾两家是"老亲""世交"，正是说出了李煦与曹寅两家的关系。

（4）梦中，甄士隐看到了"太虚幻境"两边的对联：

假作真时真亦假，无为有处有还无。

这是作者一笔多意，"真假"二字，隐书中真假之事，让人真假难辨，真假难分，如入云雾之中。使一部《红楼梦》几百年来说不尽，道不明，讲不清，论不完。

5.好了歌和解好了歌

第一回回末，跛脚道人唱了一支《好了歌》，甄士隐听了，大彻大悟，接着唱了一支《解好了歌》。这是借甄士隐表达衰落以后的人生感悟，什么都看开了，洒脱了。特别是《解好了歌》，是专为"大清"唱的一支挽歌。

跛脚道人是雍正的百变之身，两歌含义：你让我觉醒，我让你看"大清"结局。

"解好了歌"，是宁、荣未败之先和既败之后的对比歌，如：陋室空堂，是既败之后；当年笏满床，是未败之先。

有畸笏叟批语为证：陋室空堂，当年笏满床

宁荣未有(败)之先。（甲·1F·JⅢ0091）

衰草枯杨，曾为歌舞场。

宁荣既败之后。（甲·1F·JⅢ0092）

这种批语直到丁亥年（1767年）后，曹頫才敢下笔，曹頫去世后才敢公开。

6.士隐小荣枯——真事欲显

第二回，脂砚斋有一批云：士隐家一段小荣枯，至此结住，所谓真不去假焉来也。（甲·2F·JⅢ0119）这就是说，以后写的是贾氏。

第七十一回，脂砚斋也有一批，与之呼应：好！一提甄事。盖真事欲显，假事将尽。（庚·71F·ZⅡ2240）这就是说：前边写的是假氏。

两批相隔69回，竟然前后呼应。这说明从第三回起到七十一回止，这69回写得全是假事——贾氏。

这个提示极为重要，有助于我们区分真假。

甄士隐，谐音“真事隐”，但是如果你真相信了甄士隐仅仅就是隐藏了李煦一事时，那就又中了作者“烟云模糊”之计了。

《红楼梦》真正隐藏的事是一件惊天动地的事，即“隐清”，在当时，是一件足以杀身灭族的事，至于如何“隐清”，后文将抽丝剥茧，一点点地揭秘。

二、贾雨村——雍正幻入红楼第一身

贾雨村，引子中的二号人物。此人有无隐寓？作者设计这个人物有什么用意？不深入剖析，确实让人费解。

1.贾雨村，是“假语村言”的简称

第一回，作者写道：“士隐正痴想，忽见隔壁葫芦庙内寄居的一个穷儒走了出来，这人姓贾名化，表字时飞，别号雨村……”

贾化，谐音“假话”，自有出处。

1727年（雍正五年）正月十九日，雍正发布谕旨：“上年已令九卿酌定条例，向后倘有侵欺亏空之员，则按所定之例治罪，有应正法者即照例正法。其搜查宦囊家产并追寄于寄放宗族亲戚之处不必行矣。自此喻下之日，俱著停止。”

可是话音未落，同年十二月二十四日，却下令抄了曹頫家。

作为一个皇帝，一言九鼎，岂能出尔反尔呢？因此，曹頫写作《红楼梦》时，便将其命名“贾化”（假话），对其进行调侃。

关于“雨村”二字，脂砚批道：

雨村者，村言粗语也，言以村粗之言，演出一段假话也。（甲·1F·ZⅡ0049）

《王府本》“村言”后多“粗言”二字。《梦觉本》：“粗语”作“俗语”。

显然，“贾雨村”是因事命名，是“假语村言”的省略称谓。蔡义江先生认为：其谐音隐义是：“假语存（焉）。”因此批评说：“脂砚斋偏偏又听错了‘存焉’二字，以为是说‘假语村言’遂写入《凡例》，还用于批语，以至讹传至今。”

笔者认为：“假语存”说法背离作者原意。“贾雨村”的深层含义，就是：“假语村言”，实质是调侃雍正圣旨。

《甲戌本》第一回，作者写道：甄士隐“他岳丈名唤封肃”眉页上批道：

托言大概如此之风俗也。（甲·1F·ZⅡ0051）

《王府本》封肃下，直书：风俗。（府·1F·LⅠ0034）

雍正二年，雍正在谕旨中斥责曹頫：“因你们向来混账风俗惯了……”

风俗，这里指“行为不端”，这是作者用雍正之言，调侃雍正。显现出作者对这条“圣旨”的不满，作者无疑是在说：所谓圣旨，不过是些假语村言而已。

说村言粗语的人一般是村民农夫，但也不尽然。雍正为人刻薄残酷，常以粗俗丑恶的语言丑化他

所痛恨的人。如钱名世写了首歌颂年羹尧的诗，雍正恨之入骨，特意写了一块《名教罪人》的匾挂到钱名世家的大厅上，并令385名举人、进士写诗丑化钱名世。

阅读《雍正奏折》批语，村言粗语，比比皆是。如：

“朕将王嵩调到，看伊竟是一不堪弃物，满脸鄙俗之气。”

“旗下人员，只以见钱，眼都黑了。”

“你下作贱态毕露，小心可也，身家性命在里许。……”

假话，最明显的是关于年羹尧的批语。如：

“朕极爱你，”

“亲自接你，”

“我二人做个千古君臣知遇榜样。”

可是，最终，年羹尧难免一死。

2.隐寓未登帝位时的胤禛

作者为此可谓煞费苦心，只怕人们看不出来，反复暗示。

(1)穷儒，卖字作文为生

胤禛年轻时，一次，在杭州遇到一位书生卖字，他让书生写了一副对联，其中有一“秋”字，书生将“火”偏旁放到左边。胤禛说：这个字不对吧。书生找出碑帖，指给胤禛看，说碑帖上就是这么写的。胤禛说：你挺有学问的，为什么不去应试。书生表示：路费无措。胤禛慷慨地送了一些银子。

数年后，胤禛登基，见新选翰林中有该书生名字，立即召见，并写了一个“和”字，不过这个“和”字是“口”在左边，问他：这是什么字？书生摇摇头，说不认得。

胤禛笑了笑，写了一份圣旨，交给他带到浙江上任。浙江巡抚打开圣旨一看，竟然写的是：着该员卖字三年，再予任职。

《红楼梦》中，贾雨村表示路费无措时，是甄士隐予以资助。

作者以“往事再现”手法，将胤禛往事颠倒移植到贾雨村身上。

(2)飞腾之兆

雨村醉后，高吟《对月寓怀》口号一绝，后二句是：“天上一轮才捧出，人间万姓仰头看。”

宋代陈师道在《后山诗话》中记载，赵匡胤未黄袍加身时，写了一首咏月诗，中有两句：“未离海底千山黑，才到中天万国明。”徐铉看后，认为这是帝王之兆。

贾雨村的诗，是仿赵匡胤之作，正显示出他的帝王气象。

贾雨村影射胤禛，应无疑问。

(3)清代帝位中，雍正的位置

第一回，贾雨村高吟一联：“玉在匮中求善价，钗于奁内待时飞。”

玉指黛玉，黛玉隐寓康熙，钗指宝钗，宝钗隐寓乾隆。

“求善价”是说康熙一生为立太子一事，煞费脑子，胤礽两立两废。三十多个儿子，不知那个是最好的，举措不定。最后索求到胤祯。胤祯就是“善价者”，胤祯继位后，他的儿子弘历(乾隆)才顺理成章当了皇帝。这就是说的宝钗待时飞。“时飞”就是贾雨村的表字。

此联揭示了贾雨村的序号，黛玉(康熙)之后，宝钗(乾隆)之前，那不就是雍正吗？

此联，排出了黛(康)、凤(雍)、钗(乾)次序为：前、中、后。

(4)侥幸成为“主子”

书中,贾雨村娶“娇杏”,有无寓意?当娇杏出现,脂砚批道:

侥幸也。托言当日丫头回顾,故有今日,亦不过偶然侥幸耳,非真实风尘中英杰也。(甲·2F·ZⅡ0055)

“非真实风尘中英杰”,显然,不是指“娇杏”,而是指“贾雨村”。影射说:胤祯当皇帝,是侥幸,实“非真实风尘中英杰”也,假如康熙不废太子,岂能轮上胤禛?

为此,脂砚斋感慨地在“谁想他命运两济”句上批道:

好极,与英莲“有命无运”四字,遥遥相映射。莲,主也,杏,仆也,今莲反无运,而杏则两全,可知世人原在运数,不在眼下之高低也。此则大有深意存焉。(甲·2F·JⅢ0120)

大有深意,就是说的“原在运数”了。

(5)生性狡猾

第二回,作者假借贾雨村被参,写道:“生性狡猾,擅纂礼义,且沽清正之名,而暗结虎狼之属,致使地方多事,民命不堪。”

“清正”,是“清朝雍正”的缩写,作者隐的相当巧妙。

这是对雍正品行的评价,是直书其人。

综合以上五点,足证贾雨村隐寓雍正。

3.一代奸雄

甄士隐自引子中出现后,正文中再不见踪迹。为什么呢?这是因为李煦被孤身流放打牲乌拉,两年后病死。因此线索中断。《红楼梦》中以出家暗喻。

而贾雨村却贯穿全书。

脂砚斋对贾雨村的态度

第一回,当作者写道:(贾雨村)生得腰圆背厚,面阔口方,更兼剑眉星眼,直鼻权腮。

脂砚批道:是莽、操遗容。(甲·1F·JⅢ0066)

真奸雄也。(列·2F·ZⅠ0025)

雨村有一首“口号一绝”,说:满把晴光护玉栏。脂砚揭示说:奸雄心事,不觉露出。(ZⅡ0112)

第二回,写到贾雨村,脂砚斋连下三批:

且又恃才侮上,那些官员皆侧目而视。此亦奸雄必有之理。(甲·2F·ZⅡ0065)

致使地方多事,民命不堪。此亦奸雄必有之事。(甲·2F·ZⅡ0066)

却面上全无一点怨色,仍是喜悦自若。此亦奸雄必有之态。(甲·2F·ZⅡ0067)

字里行间,看得出作者、批者均对其恨之入骨。

第四回提起英莲一事,又批道:

但以英、冯遭遇自释,便将前买妾时历甄家娘子之语,悉置为腥风臭屁,虽能言之,鸟兽不若,是之忍也,宁不耻。(列·4F·ZⅠ0122)

这些批语对贾雨村态度十分明确,斥之为“奸雄”,“鸟兽不若”。这里,我们仿佛听到了批者的咬牙切齿之声。

第八回,宝玉为自己卧室写了一个匾,叫“绛芸轩”,他叫黛玉看,黛玉笑道:“怎么写得这么好了?明儿也替我写一个匾。”

也是调侃雍正写匾。

第十七回，贾政请贾雨村写匾，是讽刺雍正赏赐匾额一事。雍正上台，常以匾额赏赐部属。仅雍正四年(1726年)二月初七这一天，就为六部和中央府、寺、监各部门书写匾额17块。另外从中央到地方许多人都得到过雍正的御书匾额，如：怡亲王胤祥，吏部尚书隆科多，兵部尚书张廷玉等。

贾雨村隐寓雍正，作者态度极其显明，毫无掩饰。

4.“应劫”，而生者

第二回，冷子兴说宝玉：“将来色鬼无疑了”。

雨村罕然厉色忙止道：“……若非多读书识事，加以致知格物之功，悟道参玄之力不能知也。”接着说：“大仁者，则应运而生，大恶者则应劫而生，运生世治，劫生世危。”

后边列出应运而生者，有：尧、舜、禹、汤、文、武、……

应劫而生者，有：蚩尤、共工、桀、纣、始皇、王莽、曹操……

很明显，这不是在议论、评论贾宝玉，这是在议论、评论贾雨村影射的那个人——雍正。从作者、批者的对贾雨村的态度来看，是在说：贾雨村是应劫而生者。

三、赤瑕宫神话

“女娲补天遗石”为什么又赋予“神瑛”含意？

神瑛来历：乾隆十六年，乾隆前往西陵途中的良乡田间发现一块巨石，长三丈，广七尺。此石玲珑、嶙峋，经了解，乃是明代太仆寺少卿米万钟欲从房山移往自己勺园的，中途因受魏忠贤迫害罢官而止，弃于此地。

乾隆遂命运往清漪园(颐和园前身)，因石大，不得不破门而入。其母不悦，说：“既败米家，又破我门，其石不祥。”

乾隆却赐名“青芝岫”，御题“神瑛”，“玉秀”。

曹頫在赤瑕宫故事选用“神瑛”，取其“败石”之意，尽情发挥其败石作用。

赤瑕宫神话，注明了宝玉另一隐者(曹寅)的入世时间，同黛玉一同入世——即康熙时代。

四、“两大笔”用意

《王府本》第二回回前，有一条批语说：

“以百回之大文，先以此回作两大笔以帽子，诚是大观，世态人情，尽盘旋于其间，而一丝不乱。非具龙象力者，其孰能哉！”(府·2F·LⅠ0042)

强调第二回有两大笔是《红楼梦》全书总帽，没有龙象之力者是万万写不出的。

《王府本》第二回，有一条立松轩批语说：

雨村之遇娇杏，是此文之总帽，故在前。冷子兴之谈，是事迹之总帽，故绪写于后，冷暖世情比比如画。(府·2F·LⅠ0062)

根据立松轩提示，这两大笔是：

1.贾雨村娶娇杏

这是一句隐语，暗示贾雨村侥幸成为主子，即是说：胤禛侥幸当了皇帝。

作者将其当作一大笔，是告诉人们：《红楼梦》重点是写雍正的，雍正是第一主角，《红楼梦》书中回回写雍正，雍正是作者“指奸责佞，贬恶诛邪”的靶子。

2.冷子兴演说荣国府

冷子兴为贾府排列出一份详细的家谱：

宁国公系

第一代，宁国公，演。

第二代，贾代化。

第三代，贾敷早死，贾敬。

第四代，贾珍。

第五代，贾蓉。

荣国公系

第一代，荣国公，源。

第二代，贾代善。

第三代，长子，贾赦，第四代，贾琏。

次子，贾政，

第四代，长子，贾珠，早死；次子宝玉；

第五代，贾兰。

乍看，这是一幅完整的贾府家谱。

其实，这是作者的瞒人之笔，作者本意并不是为贾府排序，而是在为《十二钗》排序，你能看得出来吗？

读懂这两大笔，十分重要，可以说这两大笔是彻解红楼的要点，是《红楼梦》的重点内容，是书中的纲。

因为是惊世骇俗之笔，所以看懂它很不容易。

因此，立松轩才有：“诚是大观，世态人情，尽盘旋于其间”之语，没有龙象力者，是万万写不出的。

五、漫话“女儿”

细心的读者都会发现，《红楼梦》中对“女儿”的态度是矛盾的，甚至是对立的，这是怎么回事？令人费解，让人疑惑。

先看看作者对“女儿”的盛赞。

第一回，冷子兴对雨村说贾宝玉：“他说女儿是水做的骨肉，男人是泥作的骨肉。见个女儿我便清爽，……”

雨村对冷子兴说起甄宝玉：甄宝玉说：“这女儿两个字极尊贵、极清净的，比那阿弥陀佛、元始天尊的这两个宝号还更尊荣无对的呢！”

再看看作者又如何贬“女儿”。

《甲戌本》第一回，僧道对话，道人说：“原来近日风流冤孽又将造劫历世……”

僧说：“待这一干风流孽鬼下世已完……”

几个女子能“造劫历世”吗？显然不是针对几个女子说的，而是针对她们所隐寓的那些人说的。

作者称她们为“风流孽冤”，“风流孽鬼”，很明显是贬义。

对此，二知道人蔡家琬一言点破玄机。他在《红楼梦说梦》一书中说“蒲松龄之孤愤，假鬼狐以发之；施耐庵之孤愤，假盗贼以发之；曹雪芹(应为曹頫)之孤愤，假儿女以发之。同是一把酸辛泪也。”

20世纪70年代，基辛格借姑娘做掩护秘密完成访华使命，一时传为佳话。

其实，借姑娘做掩护的鼻祖是曹頫，《石头记》中，一大群豆蔻年华的妙龄少女，令人眼花缭乱，心荡神移。

作者明言：绛珠草，幻化为女体，已经说得再清楚不过了。

作者将十二钗统称为：风流孽鬼。与《凡例》中“其行止见识皆出于我之上”的态度截然不同，此态度是“愧则有余”。而“风流孽鬼”则是鄙视、调侃、愤恨。

第二回，畸笏叟有一批说得明白，雨村谈到甄宝玉：“每打的吃痛不过时，他便姐姐妹妹乱叫起来。”畸笏在此批道：

自古未闻之奇语，故写成自古未有之奇文。此是一部书中大调侃寓意处。(甲·2F·JⅢ0137)

“大调侃寓意处”，调侃，是取笑、嘲弄的意思，而寓意处，则是明告“女儿”乃是有寓意。

为续《庄子因》数句，真是打破胭脂阵，坐透红粉关，另开生面之文，无可评处。(庚·21F·JⅠ0090)

“女儿”，不过是作者“明修栈道，暗度陈仓”的帷幕罢了，“打破胭脂阵，坐透红粉关”，意思就是要从“女儿”的帷幕中走出来。

六、宁、荣二府

1.百年误解

二百多年来，许多人都把贾府当曹府看，因此深陷泥潭不可自拔。

其实，《红楼梦》中，只有第三回，第十八回等，贾府是指曹府，其他，大都代表清室。

荣，欣欣向荣；宁，丧也；荣、宁，隐意是“兴衰”。

宁国府，为秦可卿所设，秦可卿隐寓努尔哈赤，辽宁宁远，古称宁，努尔哈赤1626年1月攻宁远时受炮伤，几个月后去世。

荣国府，为王熙凤而设，王熙凤隐寓雍正，荣谐音“雍”。

宁、荣二府，合称“贾府”，实为十二钗之家，即清帝王之家。

按理，“宝玉”是没有资格进入清之皇宫的，而且还是“主子”，这只能是在“幻笔幻文”下的特殊情况下，也是曹頫自己申明的“满纸荒唐言”。

2.“宝玉”在贾府中、大观园中的角色

贾家的贾府，及大观园，除第三回，第十八回均隐寓清王室，《红楼梦》中多有暗示，如：不管谁病，请的都是“太医”，动不动就是“上用”，家具用品，大都是古董名器，进贡之物。

第十回，张友士来为秦可卿看病时，一位贴身婆子说：“如今我们家里，现有好几位太医老爷瞧着呢，都不能说得这么的当真切。”

"我们家里，好几位太医"。什么人家养"太医"？除了皇家，再无别家。

宝玉在贾府是什么角色？

第三十七回，秋爽斋偶结海棠社时，大家起别号时，李纨说宝玉："你还是你的旧号'绛洞花主'就好。"

"十二钗"被称为"诸艳"，而宝玉则称为"花主"，之间关系不言而喻。

还有，脂砚斋有一批说得更明确：

宝玉系诸艳之贯，故大观园对额必得玉兄题跋，……（庚·37F·ZⅡ1104）

"诸艳之贯"，贯穿者也。

"宝玉"是一个旁观者，是一条贯穿十二钗的线索。

从本事角度看，第一、二回，主要写了：

1708年9月，胤礽第一次被废（英莲丢失）；

1722年，胤禛登基（贾雨村出任应天府知府，侥幸成为主子）；

1723年，李煦被抄（甄士隐一场大火）等。

七、第一女子

第一回，当癞僧看到甄士隐抱着英莲时，便哭着说："施主，你把这有命无运，累及爹娘之物抱在怀中作甚？"

畸笏叟在此连下四条重批：

八个字屈死多少英雄，屈死多少忠臣孝子，屈死多少仁人志士，屈死多少词客骚人，今又被作者将此一把眼泪，洒与闺阁之中，见得裙钗尚遭逢此数，况天下之男子乎。（甲·1F·JⅢ0050）

看他所写开卷之第一个女子，便用此二语以订终身，则知托言寓意之旨。谁谓独寄兴于一"情"字耶？（甲·1F·JⅢ0051）

武侯之三分，武穆之二帝，二贤之恨，及今不尽，况今之草芥乎？（甲·1F·JⅢ0052）

家国君父，事有大小之殊，其理、其运、其数，则略无差异。知运知数者，则必谅而后叹也。（甲·1F·JⅢ0053）

纵观全书，英莲不过是一个被人买去的丫头而已，畸笏为何这样慷慨激昂，议论横生，下如此重笔？

这些重批，是另有所指，具有深邃的、揭秘性的意义。

英莲隐寓谁？一部《红楼梦》众多女子，竟然从他开始。

香菱——隐寓胤礽。

爱新觉罗·胤礽，生于1674年5月3日，小名保成。母亲是孝诚仁皇后赫舍里氏，两岁被康熙立为皇太子。1708年9月第一次被废，第二年复立为皇太子；1712年，第二次被废。1724年，幽禁死，51岁。雍正追封理亲王，谥"密"。

副册十二人，只显现出英莲一人，此人绝非一般人。他是全书的关键人物，是准星，搞清楚他是谁，对搞清"十二钗"至关重要。辨识"英莲"，是解读《红楼梦》的重要一步。

书中，关于英莲的主要情节有：被拐丢失，被抢做妾，宝钗改名，学诗咏月等。

从《太虚幻境》"薄命司"的副册中看：

只见画着一株桂花，下面有一池沼，其中水涸泥干，莲枯藕败，后面书云：

根并荷花一茎香，平生遭际实堪伤

自从两地生孤木，致使香魂返故乡。

这个人是谁呢？

从上一章“士隐小荣枯”中，我们知道了那是隐李煦家败之事，而李煦家败与“英莲”相关。

这叫我们很自然地想起这个人，他就是故太子——胤礽。

有三处可证：

第一处：“英莲”改名“香菱”

英莲被薛蟠抢去后，宝钗为其改名为“香菱”。

莲花，属诸艳之一；菱角花，草芥也。身份，地位截然不同了。

《庚辰本》第四十八回，脂砚批道：

细想香菱之为人也，根基不让迎、探，容貌不让凤、秦，端雅不让纨、钗，风流不让湘、黛，贤惠不让袭、平，所惜者青年罹祸，命运乖蹇，……（庚·48F·ZⅡ2130）

此人堪与迎、探、凤、秦，纨、钗，湘、黛等比美，畸笏叟在脂砚批语下赞道：

此批甚当。（靖·48F·ZⅢ0035）

此人“根并荷花一茎香”，开始时地位相当，后降级了。由此使人想到康熙时期的胤礽，原是太子，是准皇帝，如果顺顺利利继位，当了皇帝，自然就是“莲”一级人物。

第二处：“自从两地生孤木”

这是拆字法，隐一个“桂”字。

胤礽于1708年9月（康熙四十七年）第一次被废，1712年9月（康熙五十一年）第二次被废，都是在九月，九月是桂花残败之时。

第三处：图中一株桂花树，一个池沼，水涸泥干，莲枯藕败。

水涸泥干，莲枯藕败，寓胤礽被圈禁后的景象。

从第四十八回、四十九回香菱咏月诗中可以看出：“梦醒西楼人绝迹”，“缘何不使永团圆？”这才是胤礽此时此刻的处境，心态，这正是他圈禁后的月下之咏。

脂批（庚·48F·ZⅡ2130）说：“所惜者青年罹祸，命运乖蹇，……”

这条批语中的“青年”二字泄露出天机，英莲“丢失”时才三岁，薛蟠“抢去”时也只十来岁，本是幼年，少年，怎么能说是“青年”呢？看起来此批不是说英莲，倒像是直指胤礽的。

胤礽第一次被废，是1708年，那年，胤礽34岁，正是青年时期。

八、解《好了歌》深意

第一回，疯跛道人吟唱“好了歌”后，作者借甄士隐之口吟唱“解好了歌”。

《石头记》问世十七年，《解好了歌》一直没有批语，人们根本不知道《解好了歌》含义。丁亥年（1767年）后，曹頫才为《解好了歌》写下二十条批语，

根据这些批语，方才看出《解好了歌》的含义。

这是作者借甄士隐之口回敬雍正：你让我（士隐）“了”（了结）我让你看看你（雍正）和你的王朝（大清）怎么“了”（了结）！

陋室空堂，当年笏满床。

畸笏叟批道：宁荣未有之先。（甲·1F·JⅢ0091）

衰草枯杨，曾为歌舞场。

畸笏叟批道：宁荣既败之后。（甲·1F·JⅢ0092）

笔者解读：这是曹頫的游龙之笔，站在历史高度，纵横三百年，“陋室空堂”，“大清”初创时，白手起家情景，不久，“笏满床”，喻夺得政权。“衰草枯杨，曾为歌舞场。”，一瞬间，二百多年过去了，当年的歌舞场，变为“衰草枯杨”。

蛛丝儿结满雕梁。

畸笏叟批道：潇湘馆、紫芸轩等处。（甲·1F·JⅢ0093）

绿纱今又糊在篷窗上。

畸笏叟批道：雨村等一干新荣暴发之家。（甲·1F·JⅢ0094）

畸笏叟批道：先说场面，忽新忽败，忽丽忽朽，已见得反覆不了。（甲·1F·JⅢ0095）

笔者解读：当康熙繁华时代过去后，进入雍正时代。

说什么脂正浓，粉正香。

畸笏叟批道：宝钗、湘云一干人。（甲·1F·JⅢ0096）

如何两鬓又成霜。

畸笏叟批道：黛玉、晴雯一干人。（甲·1F·JⅢ0097）

昨日黄土陇头送白骨，今宵红灯帐底卧鸳鸯。

畸笏叟批道：熙凤一干人。（甲·1F·JⅢ0098）

畸笏叟批道：一段妻妾迎新送死，倏恩倏爱，倏痛倏悲，缠绵不了。（甲·1F·JⅢ0099）

金满箱，银满箱，展眼乞丐人皆谤。

畸笏叟批道：甄玉、宝玉一干人。（甲·1F·JⅢ0100）

正叹他人命不长，那知自己归来丧。

畸笏叟批道：一段石火光阴，悲喜不了，风露草霜，富贵嗜欲，贪婪不了。（甲·1F·JⅢ0101）

笔者解读：沧海桑田，曹家败落了，但是雍正很快也去世了。以下写雍正后世结局。

训有方，保不定后日做强梁。

畸笏叟批道：言父母死后之日。柳湘莲一干人。（甲·1F·JⅢ0102）

择膏粱，谁承望流落在烟花巷。

畸笏叟批道：一段儿女死后无凭，生前空为筹画，计算痴心不了。（甲·1F·JⅢ0103）

因嫌纱帽小，致使锁枷杠。

畸笏叟批道：贾赦、雨村一干人。（甲·1F·JⅢ0104）

昨怜破袄寒，今嫌紫袍长。

畸笏叟批道：贾兰、贾菌一干人。（甲·1F·JⅢ0105）

畸笏叟批道：一段功名升黜无时，强夺苦争，喜惧不了。（甲·1F·JⅢ0106）

乱哄哄，你方唱罢我登场。

畸笏叟批道：总收。（甲·1F·JⅢ0107）

笔者解读：“乱哄哄，你方唱罢我登场”，大约又过了六、七世。

反认他乡是故乡。

畸笏叟批道：太虚幻境，青埂峰，一并结住。（甲·1F·JⅢ0108）

畸笏叟批道：总收古今亿兆痴人，共历幻场。此幻事，扰扰纷纷，无日可了。（甲·1F·JⅢ0109）

笔者解读：“太虚幻境，青埂峰，一并结住。”意为“大清”结束时。

“反认他乡是故乡”，意为：在“辽、沈创业”，在“北京”结束。

甚荒唐，到头来都是为他人作嫁衣裳。

畸笏叟批道：语虽旧句，用于此妥极是极。苟能如此，便能了得。（甲·1F·JⅢ0110）

笔者解读："大清"扩建中南海，营造颐和园、避暑山庄等都是在为别人服务。

《红楼梦》，正文正笔还没开始，《解好了歌》便展现出"大清"衰败的结局，这是作者"有始有终"的写法，"始"，"终"放在一起，由"始"看"终"。

第三章　黛玉入府

一、黛玉入府

第三回是《红楼梦》正笔正文开端，何为正笔正文呢？

笔者认为就是曹頫亲身经历的人和事，主要是康熙，雍正，乾隆三位帝王。

在《红楼梦》中就是黛玉、熙凤、宝钗三人，这都是详写内容。

对其三人总的基本笔调是：褒黛、贬凤、戏钗。

根据作者的"立意本旨"，细细品味曹頫对黛、凤、钗的态度十分有趣。

对黛玉（康熙），《红楼梦》宛如一篇悼词；对熙凤（雍正），《红楼梦》宛如一篇讨伐檄文；对宝钗（乾隆），《红楼梦》宛如一篇"不清"宣言。

第三回，第一件事写的就是黛玉入府，这是俗眼看。

而"巨眼"看，则另是一番景象，黛玉入府隐寓1705年4月康熙第五次南巡，抵达江宁织造府情景。

这里的贾府，是指江宁织造府，地点在南京。

二、二玉"初会"

解读"第三回"，应特别注重批语的作用，曹頫为了让人们读懂"第三回"，三十多年在第三回页眉，行间共写下340条批语，这些批语为我们今天的解读提供了开启《红楼梦》的钥匙。

"二玉初会"就是解读第三回的一把钥匙

脂砚斋有一条批语提道："初会"。

观此初会二人之心，则可知以后之事矣。（甲·3F·ZⅡ0263）

"初会"，即第一次相见。

曹頫少时随伯父曹寅在江南长大，恰逢康熙南巡抵达江宁，曹寅接驾时，曹頫有幸第一次见到康熙，印象特别深刻。没想到后来又被康熙钦点过继曹寅，继任织造。如此隆恩，曹頫刻骨铭心。因此，绝不会忘记当年"初会"情景。这也是一种缘分，因此写《红楼梦》时，正笔正篇从"初会"开始。

1705年4月，正笔正文起始时间。

三、黛玉隐寓——康熙

黛玉隐寓康熙。

康熙一生最大的特点就是用情专一。康熙对前皇后赫舍里氏，恩爱至深，皇后在随康熙巡行时，病死在济南。以后康熙四过济南而不入。

由于“用情专一”，立赫舍里氏所生之子胤礽为太子，后又两立两废，为兄弟相残埋下祸根。

康熙晚年喜怒无常，爱使小性子，常常说些让人莫名其妙的话，做些让人莫名其妙的事。

《红楼梦》中，黛玉的性格：用情专一，爱使小性子，与康熙一模一样。

至于康熙的丰功伟绩，如平定三藩，收复台湾，拓展疆域等却一概不提。

康熙对曹玺、曹寅、曹颙、曹頫一家三代四人极好，所以书中，黛玉，宝玉关系有如恋人，亲密无间。虽有不虞之隙，但两心始终如一。

1.黛玉前生

《红楼梦》中，作者为两个人安排有前生：一个是宝玉，另一个就是黛玉。赤瑕宫神话中，宝玉前生是神瑛侍者，黛玉前生是绛珠草。

赤瑕宫神话撰写的目的有二：

一是明黛玉身份，二是明二玉关系。

两人是什么关系呢？“三生石畔”四字暗示出：是“情人关系”，神瑛侍者日以甘露灌溉，而绛珠草又“修成个女体”。之后，一同下世为人。下世后，神瑛侍者成为宝玉，绛珠草成为黛玉。

绛珠草下世，目的是报恩：“但把我一生所有的眼泪还他，也偿还得过他了。”

于是，遂演绎出一段二玉情恋。

2.黛玉身份

第二回的冷子兴话代排序，其目的是为“十二钗”排序，宝玉排在第四代，黛玉同宝玉一起下世，自然也是第四代。“大清”第四代皇帝是康熙，因此黛玉隐寓康熙。

康熙，爱新觉罗·玄烨（1654、5、4——1722、12、20），8岁登基，在位61年，开创了康熙盛世。是一位英明的君主，伟大的政治家。

黛，黑色，玄，也是黑色之意，玉，出自何处？查康熙赐他的老师陈廷敬的条幅中有一条幅写着：“玉在挥毫”。

在《红楼梦》中，对康熙的丰功伟绩只字未提，只是写了他与曹家的关系。

这就是贯穿全书的二玉关系，二玉关系是《红楼梦》中的一条主线，纯真、深厚，但由于不虞之隙，形成龃龉、缠绵的特殊表现方式。

《红楼梦》中，作者多次暗示了黛玉身份。

第十七—十八回，有一段黛玉剪香袋的情节，后面还有两次黛玉动剪刀，为何要三番五次地写黛玉动剪刀呢？

1705年，康熙第五次南巡，到达江宁后，曹寅陪同康熙曾到机房观看匠人织绸缎，事后，康熙写了一首诗：

终岁勤劳匹练成，千丝一剪截纵横。

此观不为云章巧，欲俭骄奢睹未萌。[①]

黛玉剪香袋，是诗化的情节，这里作者暗示了那是康熙的事，康熙的话。

还有，这次南巡，曹寅进献了许多古董，康熙只“捡”了玉杯一只，白玉鹦鹉一架。

这两件器物也分别出现在书中：

第三十八回，作者写道：黛玉放下钓竿，走至座间，拿起那乌银梅花自斟壶来，捡了一个小小的海棠冻石蕉叶杯。

脂砚斋批道：妙杯，非写杯，正写黛玉。“捡”字有神理。(ZⅡ2206)

脂砚说了，不是写杯，是写人，是写黛玉，而且是正写，这正是由杯及人，当年康熙“捡”杯的形象宛如眼前。

那架鹦鹉，《红楼梦》中也让它出尽了风头。

第三十五回，黛玉回到房中，那鹦哥便叫：“雪雁，快掀帘子，姑娘来了！”接着念道：“侬今葬花人笑痴，他年葬侬知是谁？……”

作者在《红楼梦》中，一方面暗示了“玉杯”和“鹦鹉”是曹寅进奉给康熙的，另一方面，又赋予它们活力，使文章增加了灵气

3.黛玉形象

《甲戌本》第三回，黛玉入府，在宝玉眼中展现了黛玉形象：

两湾似蹙非蹙笼烟眉，一双似□非□□□□；态生两靥之愁，娇袭一身之病；泪光点点，娇喘微微；闲静时如娇花照水，行动时如弱柳扶风；心较比干多一窍，病如西施胜三分。

关于眉目的描写，各版本出入较大。

约1752年，《列藏本》是：两弯似蹙非蹙罥烟眉，一双似泣非泣含露目；

约1753年，《卞藏本》是：两弯似蹙非蹙罥烟眉，一双似飘非飘含露目；

1754年，《甲戌本》：两弯似蹙非蹙笼烟眉，一双似□非□□□□；

1756年，《庚辰本》是：两弯半蹙鹅眉，一对多情杏眼；

1759年，《己卯本》是：两弯似蹙非蹙罥烟眉，一双似笑非笑含露目；

约1768年，《王府本》是：两弯似蹙非蹙罩烟眉，一双俊目；

1784年，《梦觉本》是：两弯似蹙非蹙笼烟眉，一双似喜非喜含情目；

仅仅是一个眉目，就如此异常，确实令人费解。笔者认为这是曹頫对康熙情重意深，无限怀念，难以下笔的缘故。

目前红学界多称道《列藏本》正确，认为符合黛玉常常流泪的性格。

笔者认为：《梦觉本》的描写最正确，是曹頫的定稿，《列藏本》是从文本出发，描写的是小说人物“黛玉”形象；而：《梦觉本》则是描写的康熙形象，是实写，写照，是“写形追像”，如不信，请看附图康熙图像，那双眉的后半部分，虚化如烟，特征就是“罥烟”，眼睛凝视着前方，似有所思。他的一生无比辉煌，是喜，而为选后继人，煞费苦心，忧心忡忡，喜中有忧，所以说“似喜非喜”。

康熙对曹頫一家恩重如山，曹頫从小就见过康熙，对康熙的相貌了如指掌，关于康熙眉毛的特征，曹頫自然清楚。

下面是一张康熙的中年像，眉毛两端虚散如烟，特征十分明显。

罥，缠绕，牵挂的意思。罥烟眉，说得相当准确。

康熙画像

4.太虚幻境中的黛玉

关于黛玉的图和判词：图上画着一株枯木，上悬着一圈玉带。写着：……堪怜咏絮才，玉带林中挂……

句下有一脂批：寓意深远，皆非生其地之意。（甲·5F·ZⅡ0417）

康熙死，葬景陵（河北遵化县），非其原籍。

《红楼梦新曲》中写道：

第三支枉凝眉

一个是阆苑仙葩，一个是美玉无瑕；若说没奇缘今生偏又遇着他，若说有奇缘如何心事终虚话；一个枉自嗟呀，一个空劳牵挂；一个是水中月，一个是镜中花；想眼中能有多少泪珠儿，怎经得秋流到冬尽，春流到夏？

宝玉听后，认为"不见得好处"，只是因为"其声韵凄惋，竟能销魂醉魄，因此也不察其原委，问其来歷，就暂以此释闷而已。"

脂砚批道：妙，设言世人亦应如此法看此《红楼梦》一书，更不必追究其隐寓。（甲·5F·ZⅡ0451）

其实，这是一句反话，此曲有三点可取：

（1）"阆苑仙葩"，"美玉无瑕"。高度赞美了康熙和曹玺、曹寅等；

（2）康熙与曹氏相处是奇缘，但最终成虚话；

（3）表达了曹氏对康熙的无穷思念，"泪珠儿，秋流到冬尽，春流到夏"。谁的泪珠儿，实际是曹氏后人的，是作者的。

著书时，曹頫在写实、写虚之间犹豫不定，因此出现了以上异文。

现《甲戌本》，曹頫认为“似泣非泣”，不够准确，出于对康熙的真诚的爱戴，本想过后重拟，不料，一放就再也没补起。

黛玉形象，除了美以外，还有两点值得注意，一是病，一是弱。

黛玉之“弱”，是曹頫1715年继任江宁织造后，康熙的形象特征。康熙从1708年（康熙四十七年）11月起，身体开始衰弱，这年是56岁。他在川陕总督齐世武的请安折上批道：“自尔去后，朕体渐弱，心跳加增甚重。……目下想是无妨，只是虚弱。”

同年十二月，又在直隶总督赵弘燮的奏折上批道：“气血不能全复，甚弱。”

到康熙五十六年（1717年），也就是曹頫任职两年时，康熙在大臣们面前直言道：“至今朕体未见甚好，行走需人搀扶，甚虚弱。”

这一年的《康熙起居注》中记载：“凡事易忘，间有怔忡之疾，每一举发，愈觉晕迷。”

还说：“手颤头摇，观瞻不雅，或遇心跳之时，容颜顿改。骤见之人，必致妄起猜疑。”

“虚弱”二字，康熙晚年一直不离口，这也是他晚年的特征之一。

曹頫著书，一笔多意，黛玉体弱多病，同时暗示先天不足，以一个少数民族主宰庞大中华，自然是先天不足了。

其心病，寄人篱下，孤独无援，异族入主中华，总有些寄人篱下的感觉。这些，在《红楼梦》中，表现得淋漓尽致。

赤瑕宫中，绛珠草修成女体后：“终日游于离恨天外，饥则食密青果为膳，渴则饮灌愁海水为汤。”“离恨天”，“灌愁海水”，一个恨字，一个愁字，写尽了康熙晚年的心态。两废太子后，康熙精神上处于崩溃状态。

这个结局，因为是康熙自己制造的，所以说：“蜜青果”，自己酿造的苦果，自己吃去。

这种手法，正是脂砚斋点明的“奇食”中的秘法。

至于黛玉对宝玉的那种“缠绵”，赤瑕宫神话中，说得明白：“因尚未酬报灌溉之德，故其五衷便郁结着一段缠绵不尽之意。”

“灌溉之德”，曲笔暗示了曹家对清王朝的建立是立过大功的。

黛玉还泪之说，就是酬报那“灌溉之德”。

四、曹頫笔下的康熙

1.红楼第一事

第三回正文开始，也就是说：从这开始所写内容均是“真事”，曹頫眼中第一件真事竟然是康熙的一件陋事。

1705年4月，康熙住入江宁织造府后，曹頫亲眼看到康熙的一举一动，给一个七岁的孩子留下了不可磨灭的记忆，

头一天，康熙用过饭后，侍女献上漱口茶，康熙以为是饮用茶，后见别人用来漱口，才没出丑。曹頫十分不解，身为皇帝怎不知道饭后先漱口呢？

曹頫有一批评说此事：

今看至此，故想日后以阅王敦初尚公主，登厕时不知塞鼻用枣，敦辄取而啖之，早为宫人鄙诮多矣。今黛玉若不漱此茶，或饮一口，不无荣婢所诮乎。观此则知黛玉平生之心思过人。（甲·3F·ZⅡ0235）

曹頫，童言无忌，直述所见。这一件小事，史无记载，是曹頫的独家新闻。

2.康熙的几个特征

（1）心理特征

寄人篱下

（2）体质特征

体弱多病

第三回详写了黛玉的身体："面庞怯弱不胜。便知他有不足之症"。

黛玉说："从会吃饮食时便吃药，到今未断"。

"不足之症"，表现为身体虚弱，娇小，后文写他不停地吃药，咳嗽、畏寒、气喘、吐血等症状。作者在此写的是政体病，表明满族是一个弱小民族，特别是在汉民族面前。

同时，也是康熙身体虚弱的真实反映。

（3）眉目特征

罥烟眉，一般来说是男人眉，而非女儿眉，可它为什么安在黛玉眼上？这是对康熙的写形追加像笔。请大家注意观察一下康熙的画像，两道眉后稍如烟雾笼罩，罥烟眉，是一句写真句。

黛玉之目则各本均不一样，曹頫因对康熙爱戴至深，从1738年至1784年，用了近五十年时间推敲。有似飘非飘，似泣非泣，似笑非笑，似喜非喜等。

直到1784年，最后选定了似喜非喜。

（4）性格特征

心眼小，疑心重，爱挑剔，晚年，感情脆弱，常常无缘无故痛哭流涕。

3.伏线千里

康熙在织造府的日子里，曹頫近距离地接触了康熙，记下他许多事，但第三回却没有竹筒倒豆子，一下子全写出来，而是留给后面，一点一点地写。有：

（1）据记载，曹寅敬献了许多古董，康熙只选了一只玉杯，白玉鹦鹉一架。

后玉杯出现在第三十八回黛玉手中，是一只海棠冷冻蕉叶杯。

鹦鹉，却让曹頫给写成活鹦鹉，第三十五回，黛玉回来，鹦鹉喊道："雪雁，快掀起簾子，姑娘回来了！"活灵活现，增加了灵动感。

鹦鹉还学着黛玉吟诗。

（2）曹寅带着康熙到机房观看机工织锦，康熙为此写诗一首，其中有一句：千丝一剪截纵横。

织女纺织画面，第一次出现在第五回巧姐图中，第二次出现在第十四回，宝玉带着秦钟观看二丫头纺线。

千丝一剪，引申为第二十九回，黛玉剪宝玉通灵宝玉的穗子。

（3）康熙有一次看竹笋一夜爆出，十分有趣，此事写在第二十五回，黛玉观笋。

(4)康熙走后遗留下几块旧手帕,曹家十分珍惜,留作纪念。第三十四回,宝玉让晴雯去送给黛玉,黛玉因此手帕题诗。

五、曹頫自画像

红学家都认定,《红楼梦》中有作者自传,但是谁的自传说法不一。

胡适、周汝昌等坚持认为是曹雪芹自传,可能吗,二玉初会时(1705年),曹雪芹(霑)尚未出生。

笔者认定,作者是曹頫,是曹頫自传,有曹頫批语为证。

1.“宝玉”年龄

正文开笔,曹頫必然要交代一下“宝玉”的年龄,可是文中却没有明说,是通过曲笔,拐弯抹角地写出来。

书中是这样写的:

(1)第二回中写道:黛玉,年方五岁。

(2)接着,又写道:堪堪又是一载的光阴。

(3)出月初二,小女入都。(黛玉六岁)

(4)黛玉说:“这位哥哥比我大一岁,小名就唤宝玉。”

按此推算,“宝玉”此时年龄七岁。“宝玉”七岁,实质上就是曹頫此年七岁。

(5)曹頫七岁那年,在他身边发生了一件大事,就是亲眼见到了康熙——二玉初见,查这一年是1705年,康熙第五次南巡。

据此推算曹頫当生于1698年。

《红楼梦》中,所有人年龄中,这是唯一的一次“真”,因为这是一个基点,假不得。

这也是曹頫暗笔交代《红楼梦》正笔正文的起始时间。时间是一部小说的三大要素之一,少不得,假不得。

宝玉生辰,《红楼梦》中暗喻是四月二十六日。

周汝昌先生在第二十七回回后中批注说:“四月二十六日,明写饯花古俗,暗写宝玉生辰。”

第二十九回,张道士也说:“前日四月二十六日,我这里做遮天大王圣诞,……”

作者为何对四月二十六日如此重视?其中必有缘故。

周汝昌先生由此说是作者生辰?笔者认为说是宝玉生辰是对的,小说人物“宝玉”这天诞生,而不是作者生辰。四月二十六日,是一个令人难以忘怀的日子。

雍正二年四月二十六日,雍正责问李煦、曹頫等说:“人参在南方为何卖的那么贱?”雍正对李煦、曹頫已流露出不满。

这一天,是曹頫开始罹难之日。

作者将这一天定为饯花日,饯花日,顾名思义,是告别“诸艳”之日,“诸艳”是对”十二钗”的总称,而”十二钗”又隐寓清帝。这一天,实质是思想上对“清”决裂之日。

年份为真,生辰是假。

2."宝玉"形象

作者为塑造宝玉形象,采用立体式、全方位地进行打造。

(1)首先由冷子兴口述,生的与众不同:衔玉而生。且聪明乖觉,百个不及。

(2)贾政眼中:酒色之徒。

(3)借贾雨村之口预测:逸士高人,陶潜、阮籍之类人物。

(4)王夫人口中:孽根祸胎,混世魔王。

(5)黛玉眼中:面若中秋之月,色如春晓之花,鬓如刀裁,眉如墨画,眼似桃瓣,睛若秋波,虽怒时而若笑,即瞋视而有情。

脂砚斋在此批道:此非套满月。盖人生有面扁而青白色者,则皆可谓之秋月也。用"满月"者,不知此意。(甲·3F·ZⅡ0241)

少年色嫩不坚劳,以及非夭即贫之语,余犹在心,今阅至此,放声一哭。(甲·3F·ZⅡ0242)

真真写杀。(甲·3F·ZⅡ0243)

三条批语证实,以上内容正是曹頫自己对自己的真实记录。

黛玉再看:面如敷粉,唇似施脂,转盼多情,语言常笑,天然一段风骚,全在眉梢;平生万种情思,悉堆眼角。

当年曹頫形象。

3.宝玉的性格特征

西江月二首,专写宝玉。

其一:无故寻愁觅恨,有时似傻如狂。纵然生得好皮囊,腹内原来草莽。

潦倒不通事务,愚顽怕读文章。行为偏僻性乖张,哪管世人诽谤。

其二:富贵不知乐业,贫穷难耐凄凉。可怜辜负好韶光,于国于家无望。

天下无能第一,古今不肖无双,寄言纨绔与膏粱,莫效此儿形状。

至此,我们对宝玉就有了一个全面的认识了,从表到里,从外到内,作者倾注了全部心血,我们仿佛看到了字里行间的那些血和泪。

4.对织造府的怀念

1727年5月,曹頫奉雍正之命,押送龙衣进京,到京后,先以骚扰驿站罪羁押在京,后以转移财物罪被枷号数年,再也没有回到织造府。

但走时家中摆设,始终在心,写《红楼梦》时,原样写出:

东廊三间小正房内,正面坑上……垒着书籍茶具……

曹頫后来看到这里,不由得写道:

伤心笔,堕泪笔。(甲·3F·JⅢ0179)

如是外人何至于此。

5.当时心境

曹頫不隐瞒自己的观点，第一次见到康熙，康熙的显赫身世吸引了他，他当时的心境是：恨不同根，狠命地摔自己的玉。

6.曹頫对自己的总体评价

借王夫人之口，说宝玉是“孽根祸胎”，这是一笔两意。

一是说曹頫是曹家的败落者，二是曹頫表示他将是“大清”王朝的祸胎。

曹頫的武器就是《红楼梦》。

六、王熙凤——雍正幻入红楼第二身

康熙第五次南巡，胤禛随康熙同抵曹府，胤禛的眼睛、眉毛长的与众不同，很是特殊，眼是三角眼，眉是掉梢眉，在曹頫心目中留下不可磨灭的印象。

在写《红楼梦》塑造王熙凤形象时，作者巧妙地将“三角眼，掉梢眉”嵌入“丹凤”、“柳叶”等字眼中。

“三角眼，掉梢眉”是胤禛留给曹頫的第一印象，极深极深，一生不忘。

第三回作者这样写王熙凤：一双丹凤三角眼，两弯柳叶掉梢眉。

除去“丹凤”“柳叶”等溢美之词，再看：三角眼，掉梢眉。我突然想起在哪里见过，急忙从网上搜出雍正画像，仔细看，正是雍正的眼和眉，像极了。特别是眉毛，出奇的短，完全是掉了梢的样子。

1754年，脂砚批道：为阿凤写照。（甲·3F·ZⅡ0184）

写照，自然是真实形象。

这哪里是为阿凤写照，分明是在为雍正写照。请看，附图：《雍正皇帝》画像。

《雍正皇帝》画像

1767年后，畸笏叟批道：试问诸公，从来小说中，可有写形追像至此者？（甲·3F·JⅢ0162）

《王府本》上，立松轩特写道：

非如此眼，非如此眉，不得为熙凤，作者读过麻衣相法。（府·3F·LⅠ0087）

前三句表明，此眼此眉为“熙凤”特有，之后，提示说：“作者读过麻衣相法”。显然这是提示。三角眼，掉梢眉出之麻衣相法。

笔者立即从网上搜寻出《麻衣相书》有关眉眼部分，果然有以下句子：

“眉短于目性情孤僻”，“形如三角恶劣之辈”。

这分明是作者在暗示，王熙凤及他所隐寓的那个人是“恶劣之辈”。

第六十八回，作者再次写道：眉弯柳叶，高吊两梢；目横丹凤，神凝三角。更似雍正晚年像。

王熙凤隐寓雍正，这是证据之一。

证据之二，“不识字”。

作者在介绍王熙凤时说：“学名叫王熙凤”，脂砚斋点出：“偏有学名的反倒不识字”，（甲·3F·ZⅡ0186）“不识字”三字，大有出处，它蕴含着一件“文字狱”大案。

雍正年间，翰林徐骏在奏章中将“陛”字写成“狴”，雍正阅后，将其革职。后又在他的诗集中发现一句：“清风不识字，何必乱翻书”。雍正大怒，以对“大清”国号“大不敬”罪将其斩首。

“不识字”案是雍正处理的，作者斗胆将“不识字”三字安到王熙凤头上，借以表明王熙凤身份和其隐寓。

作者为了突出“不识字”三个字，在批语中制造结节，在彩明身上大做文章，让读者明白，“不识字”与王熙凤紧紧相连。

此外，胤禛还有些事，曹頫作为伏笔留下了，有：

曹頫与胤禛合不来，两人无话可说，此事写在第二十六回，贾芸见宝玉。

胤禛到过曹頫卧室，此事写在第四十一回，劫遇母蝗虫。

七、一个隐身人——胤祥

康熙第五次南巡，第十三子胤祥随行，但第三回却没有他的身影，而是作为伏笔处理。

胤祥，后来封为怡亲王，雍正二年，雍正曾对曹頫说：“王子甚疼怜你”，可见胤祥对曹頫很好。从第二十一回“俏平儿软语救贾琏”看，曹頫的生命是由胤祥保下来的。

《红楼梦》中，对平儿处处礼赞，笔笔誉写，均是曹頫的心里话。

八、三春初现

第三回，贾母一声令下：“请姑娘们来！”，迎春、探春、惜春在奶嬷嬷、众丫鬟的簇拥下走来。

作者写道：迎春，观之可亲；探春，见之忘俗；惜春，形容尚小。

这里，三春具体地指她们三人。

可是在《红楼梦》一书中“三春”却有一个特定的概念，它代表曹頫身后“大清”诸帝。

如：三春争做初春景，三春去后诸芳尽等均为“后世”含义。

许多人对此迷惑不解，连周汝昌先生都说：到底三春是几春？

这是作者一笔两意，既指迎春、探春、惜春三人，也指她们代表的后世。

九、五线谱式的脉络结构

第三回是全书脉络的总根源，以后各回均是在这回脉络的基础上发挥。

细细剖析，全书一共有五条脉络：

——黛玉脉络；

——宝玉脉络；

——王熙凤脉络；

——宝钗脉络；

——身前、身后脉络。

五条脉络呈交错式网状并进，铸成了一部旷世巨著。

第四章 宝钗出场

一、宝钗入京待选

第四回,作者写宝钗入京的理由是:“凡世宦名家之女,皆报名达部,以备选择为公主、郡主入学陪侍,充为才人赞善之职。”

正当理由就是“待选”,可是翻遍《红楼梦》却再也不见“待选”后文。

有人说,这是作者的败笔,其实曹頫只是找一个理由而已,表面上的东西他并不看重,他把写作的重点放在书的反面,“待选”另有含义。

首先,我们探析一下,宝钗,隐寓谁?

黛玉、王熙凤可以从“写像追形”上判断出他们的隐寓,宝钗从哪里判断?

只有一个方面,即序列上。

表面看,黛、凤、钗三人,王熙凤年龄稍长,宝钗次之,黛玉最小。

而反面看却不是这样,整个十二钗系列都是漫拟,似乎没有排序,其实作者暗中为他们排有序列,特别是前六钗。

第二回冷子兴演说荣府时,暗中已为黛玉排序:第四代。

黛、凤、钗是书中三主角,黛是第四代,那么凤、钗呢?

第一回,贾雨村高吟一联:

玉在匮中求善价,钗于奁内待时飞。

此联让无数红学家陷入迷茫中,到现在仍然是一个死结,无人解得开。

笔者认为:此联用意是作者专为黛、凤、钗排序而作,“玉”指黛玉,暗隐当年康熙晚年为立储费尽心血,左挑右拣,想选择一位理想的继承人,最后选择了胤禛。有人说当年,康熙首先看中了弘历,选择胤禛就是为弘历着想。

时飞是贾雨村的表字,所以说:钗于奁内待时飞。

这样黛玉、时飞、宝钗三人的序列就出来了,又因为贾雨村,王熙凤同隐雍正,黛、凤钗序列就是四:黛,五:凤,六:钗。

待选,待时飞,表明一个时间段,即乾隆登基前,也就是雍正在位时期。

二、薛蟠命案——雍正幻入红楼第三身

薛蟠,是第四回的中心人物,他的恶迹:强抢英莲,打死冯渊。

先看薛蟠隐寓:

薛,由“孽”字化出,孽子,即庶出之意。

蟠,《尔雅·释虫》解:蟠,鼠负。长约半寸,色如蚯蚓,背有横纹,腹下有足,生长于水缸底和墙根湿处。

用“蟠”命名,明显是贬义。

又云:字表文龙,名蟠字文龙,合意为蟠龙。《辞海》“蟠龙”条下说:未升天之龙,谓之蟠龙。字表文龙,正是表明其身份。

第四回,薛蟠带着人命案出场,贾雨村正要发籤时,人报:“王老爷来拜!”

脂砚在此批道:横云断岭法,是板定大章法。(甲·4F·ZⅡ0306)

“王老爷来拜”有无含意,有!暗示下面说的这个人的身份,是“王”。

当薛蟠案了结后,作者才正笔写薛蟠:那薛公子亦系金陵人氏。

脂砚批道:

本是立意写此,却不肯特起头绪,故意设出乱判一段戏文,其中穿插至此,却淡淡写来。(甲·4F·ZⅡ0336)

脂砚斋揭露原是“立意写此”,区区一个薛蟠,值得作者同十二钗一样下笔,说明此人不寻常。

接着介绍薛蟠:虽也上过学,不过略识几字,同王熙凤“不识字”差不多。

脂砚批道:这句加于老兄,却是实写。(甲·4F·ZⅡ0337)

雍正生于1678年10月。其时,正是康熙平定吴三桂、耿精忠、尚之信之时。8月,吴三桂死,削藩取得重大胜利。

削藩,谐音“薛蟠”,根据其恶迹,薛蟠隐寓雍正。

阅读“第四回”,须注意两个问题,一是写作秘法中的“仿《庄子》”秘法,一是它的《推背图》式的语言。

如:“强抢英莲”,就是仿《庄子》手法,编一则故事,寓一件史实。

英莲被薛蟠强抢为妾,改名“香菱”,寓1712年,太子胤礽第二次被废,由“莲”降为“菱”。

“打死冯渊”,就完全用的《推背图》式语言。冯渊字下,脂砚斋有一批云:

真正是冤孽相逢。(甲·4F·ZⅡ0309)

打死冯渊,暗喻雍正清理了他的政敌皇八子允禩、皇九子允禟等后乾隆才得以继位。

“薛蟠命案”暗含着乾隆登基的前提和背景,乾隆继位是一次风平浪静,最顺利的一次继位。

三、《护官符》解

当门子谈起《护官符》时说:“一时触犯了这样的人家,不但官爵,只怕连性命还保不成呢!”曹頫写到这里,想起自己抄家革职正是这样,感慨万分地批道:

可怜可叹,可恨可气,变作一把眼泪也。(甲·4F·ZⅡ0299)

对于这把眼泪,曹頫又在《王府本》第四回前写道:

请君着眼护官符,把笔悲伤说仕途。作者泪痕同我泪,燕山仍旧窦公无。(府·4F·LⅠ0139)

这把眼泪盖由自己的“仕途”不幸而流。

这首诗提醒我们“请君着眼护官符”,这里面大有文章。

表面看,护官符写的是四家:贾、史、王、薛,其实写的是一家,这家也不姓贾,姓爱新觉罗,这家富贵无比,白玉为堂金作马,东海缺少白玉床,龙王来请金陵王;住所,有如阿房宫,三百里;生活奢侈,珍珠如土金如铁。

这是谁家？只能是大清帝王家。

谈到护官符时，门子有几句话："一时触犯了这样的人家，不但官爵，只怕连性命还保不成呢。"

脂砚批道：可怜可叹，可恨可气，变作一把眼泪也。（甲·4F·ZⅡ0299）

护官符中的四大家族贾、王、史、薛就是大清帝王。

这时，脂砚联想到往事，曹頫正因为触犯雍正而败落，故有变作一把眼泪之说。

第四回回前诗，是曹頫因"护官符"而产生的感叹，当年曹頫不谙官场潜规则，得罪了权势，以至于仕途坎坷。一切都没变，但是"窦公"不存在了。

窦公，系指窦仪（914——966）渔阳人，五代、后晋时进士，宋太祖时任工部尚书。曾奉命主撰《宋刑统》三十卷。

曹頫以窦公自喻，这是曹頫抄家三十多年后的感慨。

四、梨香院与杨妃

第四回，宝钗入京后，贾政使人对王夫人说："咱们东北角上梨香院，一所十来间房，白空闲着，打扫了，请姨太太和哥儿、姐儿住了甚好。"

作者拐弯抹角将宝钗安排住进梨香院，有无用意？有！

唐代安史之乱时，唐玄宗带着杨贵妃逃至马嵬坡时，士兵们停止不前，一致要求杀死杨贵妃，无奈，唐玄宗只好令高力士将杨贵妃缢死在佛堂梨树下。

唐，李肇《国史补》说："玄宗至马嵬驿，令高力士缢贵妃于佛堂梨树之前。"

白居易《长恨歌》有："玉容寂寞泪阑干，梨花一枝春带雨。"

"梨树"，"杨贵妃"，二者在唐代与安史之乱联系在一起，那么《红楼梦》中，"梨香院"，"杨贵妃"二者有无联系，又同谁有联系？

《红楼梦》中，作者多次将宝钗比作杨贵妃，如第二十七回，回目："滴翠亭杨妃戏彩蝶"，不言而喻，"梨香院"，"杨贵妃"二者同时用在宝钗身上，自然同宝钗有联系。

"梨香园"，"杨妃"，都是暗喻乾隆是唐玄宗一类帝王。

宝钗隐寓乾隆，这是作者暗喻乾隆是唐玄宗一类人物，一个风流天子，乾隆确实也是，曹頫评价中肯。

五、删去回前诗用意

第四回回前原有一首回前诗：

捐躯报君恩，未报躯犹在。眼底物多情，君恩或可待。

曹頫对待乾隆心理是矛盾的，乾隆上台，免除了曹頫的欠银，并追封曹頫先祖曹振彦为资政大夫，曹頫似乎看到了希望。因此《列藏本》、《卞藏本》上写下"君恩或可待"的期盼。

随着时间的推移，仅此而已。期望破灭，1754年《甲戌本》删掉了第四回回前诗。

六、渐入鲍鱼肆，反恶芝兰香

此联仅见于《梦觉本》，是曹頫1784年最后一次改笔。

它是针对薛蟠“引诱的薛蟠比当日更坏了十倍”而写的，斥责薛蟠香臭不分，好歹不识。

薛蟠隐寓雍正，矛头所指不言自明。

第五章 红楼梦，千古一梦

第五回的红楼大梦，是书名《红楼梦》的点睛之笔。

作者是怎么想到写这么一个大梦的？

雍正六年，发生了一件曾静反清案，曾静指责雍正弑父、逼母、杀兄、屠弟……

雍正得知后，“惊讶坠泪”，说：“梦中也未料到逆情如此之大也。”

曾静案轰动一时，曹頫灵感由此而生，巨笔一挥，写下这千古一梦。

一、《红楼梦》写了多少钗？

第五回，正册、副册、又副册一共写了15钗，有人推算三册应该是36钗。

如按畸笏叟说法：树(数)处引十二钗总未的确，皆系漫拟也。至末回警幻情榜，方知正、副、再副及三、四副芳讳。壬午季春，畸笏。(府·18F·JⅠ0066)

按畸笏叟说法，应该是60钗。

周汝昌先生研究推算出108钗，刘心武为此搞了一个《情榜》。

钗，就是“女儿”，笔者认为全是假象，事实上一个钗也没有。

二、《红楼梦》总纲

脂砚斋在第六回开头，回顾第五回时说：数句文完一回提纲文字。(甲·6F·ZⅡ0482)

该批证实第五回是全书的提纲，因此第五回在《红楼梦》中地位显赫，作用特殊，《红楼梦》的书名就是因此回而定。

《庚辰本》上“梦”字，有时写作“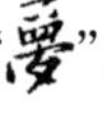”，显然这是“云”字和“梦”字的组合，“云梦”意为“说梦”。作者意思是说：此回大有讲究，须认真地说梦，辨梦，释梦，解梦……

梦，就是幻，梦幻之笔，光怪陆离，瞬息万变。

三、谁是红楼第一钗？

1.十二钗排序

《红楼梦》中，作者对十二钗明着没有排序，暗中却井然有序，特别是前六钗。

如：冷子兴演说荣府一节，借“宝玉”第四代为黛玉排序：第四代。

又借贾雨村高吟一联:“玉在匮中求善价,钗于奁内待时飞”为黛、凤、钗排序:四、五、六。

那么谁是十二钗中第一钗?第二钗?第三钗?

不要认为排序问题无关紧要,这是一个至关重要的问题,十二钗系列顺序关系到“幻境界”与“真境界”准确链接问题,关系到《红楼梦》的准确解读问题,岂能掉以轻心。

2.秦可卿——红楼第一钗

按冷子兴演说荣府,贾蓉排在第五代,秦可卿为贾蓉之妻,自然是第五代了,其实不然,那是作者的瞒人之笔,是作者故意在隐瞒事实。

之后,却借批语予以校正。

第五回,当秦可卿出现后,脂砚斋有一批说:

这是第一家晏,偏如此草草写。此如晋人倒食甘蔗,渐入佳境一样(甲·5F·ZⅡ0377)。

“倒食甘蔗”,就是其校正语,第五代倒过来不就是第一代吗?

同时,作者还借回前诗再一次挑明真相。

第五回回前诗云:“问谁幻入华胥境,千古风流造业人。”特意点明此人是:“千古风流造业人”。千古风流人物,历史上凡杰出人物,都可称之。但加上“造业人”就缩小了范围,只能是各个朝代的开创者。如:秦始皇、刘邦、李世民、赵匡胤、成吉思汗、朱元璋、努尔哈赤等,有清一代,非努尔哈赤莫属。

3.谁为情种?

第一支红楼梦引子第一句就是:开辟鸿濛,谁为情种?

问得好,“谁为情种”,四个字是解读《红楼梦》的关节点。人们读到此,都会想当然地说:“当然是宝玉了”。

是宝玉吗?脂砚斋说:非作者为谁?余又曰:亦非作者,乃石头耳。(甲·5F·ZⅡ0445)

石头就是宝玉啊!读者千万不要上当,脂砚斋话没说完,应该接着说:“……亦非石头,乃××××耳。”

请你想一想,舞曲演的是“十二钗”,与作者何干?与宝玉何干?因此绝非作者,亦非宝玉。

那么,他是谁?是秦可卿,——努尔哈赤。

谁能“情天情海幻情身”?使江山姓“清”,使自己成为“清”的化身,“清”的象征,只有努尔哈赤一人。

4.秦氏引梦,秦氏出梦

《石头记》第五回,宝玉在秦可卿房中睡觉:“犹似秦氏在前,遂悠悠荡荡,随了秦氏,至一所在。”

脂砚斋在此批道:此梦文情固佳,然必用秦氏引梦,又用秦氏出梦,竟不知立意何属。惟批书人知之。(甲·5F·ZⅡ0391)

秦氏引梦,秦氏出梦。立意是什么?脂砚斋却神秘地说:“惟批书人知之。”作者的立意,除脂砚斋外,无人知道。脂砚斋为什么不说?他不敢说。《王府本》时,曹頫怕惹是生非,特意删掉了“惟批书人知之。”这句话。

这里所说的梦,就是曹家的百年大梦,谁引“他”——“宝玉”——曹氏家族化身——入梦呢?是努尔哈赤,1621年,曹世选在沈阳中卫被努尔哈赤俘获,入梦正是指这件事;出梦则是指1727年(雍正五年)曹家被抄,大梦惊醒。

以前，人们将秦可卿的“秦”谐音为“情”，谓之“情可寝”。其实，应该谐音为“清”，是“清克清”。

5.情天情海幻情身

第五回《红楼梦曲》中说：“情天情海幻情身，情既相逢必主淫，漫言不肖皆荣出，造衅开端实在宁。”“身”字，《甲戌本》旁改为“深”，接着又用朱笔圈去，在“身”旁用朱笔△标记。这里特意强调是“身”，不是“深”。

“幻情身”正是点明身份。

谁能使江山易色，苍天、大海，自身全都为“情”——属“清”呢？只有努尔哈赤。

“宁”字，是努尔哈赤意象符号，末一句是说：爱新觉罗家族的不幸，从努尔哈赤起就开始了。

6.是谁悬梁自尽？

正册上还有一幅图：高楼大厦中一美人悬梁自尽。书中暗喻秦可卿之死，是因乱伦而悬梁自缢。

当年，努尔哈赤去世后，皇太极等逼曾与大贝勒关系暧昧的大妃纳剌氏·阿巴亥悬梁自缢。这是以努尔哈赤身边事显喻其身。

畸笏叟批道：“秦可卿淫丧天香楼”，作者用史笔也。（靖·13F·ZⅢ0013）史笔，正是指此事。

在《红楼梦》新曲中，有一句：“画梁春尽落香尘”也是说这件事。

以上六条，从不同侧面，不同角度证明了秦可卿隐寓就是努尔哈赤。

此外，还有畸笏叟的“《离骚》之亚”批，和脂砚斋的“天下旺族”批，直揭秦可卿的地位是“帝王”，八证合一，应该说没有疑义了。

曹頫、脂砚斋、畸笏叟异口同声，他们分别采用谐音法、比对法、暗喻法、漫指法等从地位、次序及不同角度、不同层次全方位地揭示出秦可卿隐寓。

解读秦可卿隐寓，是破解”十二钗”的第一步，所以，在曹頫、脂砚斋、畸笏叟等批语中千皴万染，费尽心机极力彰显其隐寓。

四、《仙姑赋》

《仙姑赋》塑造了一位绝世佳人，“瑶池不二，紫府无双”。但最后一句，“果何人哉，如斯之美也！”这才是点睛之笔，他是谁？

是谁，是关键，是焦点，是关注点。好多年，笔者一直当作是天上的一位仙女。直到读懂了脂砚斋的一条批语后，才恍然大悟。脂砚说：前有宝玉二词，今后见此一赋，何也？盖此二人乃通部大纲，不得不用此套。（甲·5F·ZⅡ0398）

仙姑是谁，竟然与宝玉同是《红楼梦》一书的通部大纲，联想到“秦”“玉”大纲目一批，显然仙姑就是秦可卿的化身，后文“兼美”也是秦可卿化身。

秦可卿，仙姑，兼美，三人一身，在梦中不足为奇，作者正是借梦演绎。

“宝玉”是被引入梦者，警幻仙姑说：“故特引前来，醉以灵酒，沁以仙茗，警以妙曲，再将吾妹一人，乳名兼美字可卿者许配与汝……”并令当晚成婚。

脂砚在此批道：妙，盖指薛、林而言也。（甲·5F·ZⅡ0476）

前面，见到“吾妹”时，就指出：“其鲜艳妩媚有似乎宝钗，风流袅娜则又如黛玉。”

脂砚批道：难得双兼，妙极。（甲·5F·ZⅡ0496）

仔细品读第五回，方才弄明白：警幻仙姑，兼美，秦可卿三个人，实际是一个人。在梦中三人一身。梦么，变幻莫测，这是常有的事。

作者为什么要将秦可卿、黛玉、宝钗三人混在一起呢？

不仅如此，还有香菱。第七回，周瑞家的送宫花，见到香菱时说：“倒好个模样儿，竟有些像咱们东府里蓉大奶奶的品格。”

脂砚斋在此批道：

一击两鸣法。二人之美，并可知矣。再忽然想到秦可卿，何玄幻之极。假使说像荣府中所有之人，则死板之至，故远远以可卿之貌为譬，似极扯淡，然却是天下必有之情事。（甲·7F·ZⅡ0614）

何谓：“天下必有之情事”？令人不解！无非是一家人，故长相相似而已。

还有，第八回，提到晴雯时，脂砚批道：

……余谓晴有林风，袭乃钗副，真真不错。（甲·8F·ZⅡ0807）

将秦可卿、黛玉、宝钗、香菱、袭人、晴雯六人，暗示为一样品格，用意何在？

原来，他们本是一家人，都属于爱新觉罗家族。

难怪，查抄大观园时，探春流着泪说：“……必须先从家里自杀自灭起来，才能一败涂地。”

这里，宝玉隐寓曹氏入清第一代始祖曹世选，他原是“大明”辽阳地区的一名小军官，兵败被俘，在努尔哈赤逼迫引诱下降清。

成婚是《推背图》式语言。

五、太虚幻境中的宝玉

“宝玉”是《红楼梦》中的主人公，对他的解读，至关重要，“宝玉”是解读《红楼梦》的一个要点，一个关键点，也是一个难点。

二百多年来来，许多人由于不了解“宝玉”含义，而俗解、误解、曲解、谬解《红楼梦》，致使红楼之谜一直解不开。

什么明珠、傅恒、张侯、曹雪芹、传国玉玺、洪昇……说法种种，让人无所适从。

1.辨析“宝玉”

辨析“宝玉”，须揭开他身上的三重帷幕，也即三重假象。

第一回，脂砚斋在：“须得在镌上数字，使人一见便知是奇物方妙。”句下批道：

世上原宜假不宜真也。谚云：“一日卖了三个假，三日卖不出一个真。”信哉。（甲·1F·ZⅡ0013）

在“宝玉”身上一样，他身上的几个“假”，人们很快就接受了，而“真”却至今未识。

这三个假是：

（1）“宝玉”不姓“贾”，姓“假”，是假的，这是第一重帷幕，姓氏帷幕；

（2）“宁国府”，“荣国府”中，姓贾的不是一家人，这是第二重帷幕，即家族帷幕；所谓其父母，姐妹，嫂嫂，弟弟等全是假的。试看宝玉的名字，书中从不见大名，只是一个小名，为什么？表面上看，似乎是祖母溺爱，不叫大名。作为第四代，好像是“玉”字辈，其实又有区别，同贾珍、贾琏、贾环等不一样。这样做,作者正是要显示区别,显示不一样,与贾家不是一家人。

(3)“宝玉”非一重身份,而是多重身份,即主隐一人,即曹頫;兼隐数人,即曹家氏族。这是第三重帷幕。

二百多年来,有些红学家,稍有“巨眼”,能揭开第一、第二重帷幕,于是对“宝玉”形象产生了诸多说法:如明珠家事说,傅恒家事说,和坤家事说,张说家事说,清世祖说,玉玺说等等。

潘重规先生看得深,他说:“是一位民族主义者”,但未指明是谁;

胡适先生、周汝昌先生进了一步,创立了“宝玉”是曹雪芹(曹霑)说,有点影子,但是片面的,表面的,是张冠李戴,是一种误解。

赵同先生说作者是曹頫,“宝玉”也隐曹頫,此说更进一步,但说“宝玉”隐曹頫,不完全是,“宝玉”还隐寓与清帝相对应的曹氏家族,未看到他的多重身份。

怎么认识“宝玉”,才是准确科学的?

首先要从《红楼梦》的正、反两面来看,正面看“宝玉”是作者借用曹雪芹的年龄,生活素材,但这是“借笔”,借来一用而已。胡适先生、周汝昌先生被迷惑了。

其次从反面看,要区分开正笔正文,同幻笔幻文。正笔正文中“宝玉”隐寓曹頫;幻笔幻文中,前三钗(秦可卿、元春、妙玉)时,“宝玉”隐寓曹氏对应的先辈,而后六钗(探春、湘云、迎春、李纨、惜春、巧姐)隐寓曹氏对应的后人。

因为《红楼梦》重点放在正笔正文上,所以写曹頫是正笔、正文,是主要的。从这个意义上讲,这一部分基本上是“曹頫传”。

总而言之:宝玉,主隐一人,即曹頫;兼隐数人,即曹氏家族。

2.“宝玉”隐寓

解读“宝玉”,不能单从文本上抠字眼,应从作者著书背景,《红楼梦》内在结构,作者写作秘法,曹頫文笔特点,曹家兴衰史,以及畸笏叟、脂砚斋批语等入手。

根据畸笏叟:“两山对峙”和脂砚斋“秦玉大纲目”的批语,我们就能想到书中的两山:

一是“十二钗”;一是“宝玉”。

“十二钗”也就是脂砚说的“秦”;“宝玉”就是脂砚说的“玉”。

这是书中的两大纲目,也就是书中的两条主线,两条主脉络。

根据曹頫“笔似游龙,变化莫测”文笔提示,“宝玉”,一样具有变化莫测的特性。

“宝玉”作为第一男主角,贯穿《红楼梦》全书,而《红楼梦》幻笔写的又是“大清”自始至终296年间的事,这样“宝玉”就不会是只隐寓一人。

再根据石头偈“此系身前身后事”的提示,《红楼梦》中所写既有作者身前事,也有作者身后事。由此可知:《红楼梦》中的“宝玉”隐寓如下:

　　　↗ 曹頫身前事——前世宝玉,隐寓曹世选,曹振彦,曹玺,曹寅,曹顒等;
宝玉 → 曹頫亲睹事——正文宝玉,隐寓曹頫;
　　　↘ 曹頫身后事——后世宝玉,曹氏后人。

阅《红楼梦》,“宝玉”应一分为三来看,当“宝玉”与前三钗(秦可卿,贾元春,妙玉)相处时,此时的“宝玉”为前世宝玉;当“宝玉”与第四,第五,第六钗(林黛玉,王熙凤,薛宝钗)相处时,此时的“宝玉”为作者曹頫。以上“宝玉”,作者是仿《庄子》手法来写的。当“宝玉”与后六钗(贾探春,史湘云,贾迎春,李纨，贾惜春，巧姐）相处时，此时的"宝玉"为后世宝玉，作者是仿《推背图》来写的。

"曹頫亲睹事"，特以"正笔正文"标示。

"宝玉"三分法详述如下：

曹氏	对应者	十二钗	作者态度	十二钗结局
入梦	曹世选	秦可卿	怀金	宿孽总因情
梦中	曹振彦	元春	怀金	虎兔相逢大梦归
	曹玺	妙玉	怀金	终陷泥淖中
	曹寅	黛玉	悼玉	玉带林中挂
	曹顒	黛玉	悼玉	
	曹頫	黛玉	悼玉	
罹难	曹頫	王熙凤等	秉刀斧之笔	哭向金陵事更哀
决裂	曹頫	薛宝钗	不清	金钗雪里埋
预测后世	曹氏后人	探春	冷眼旁观	骨肉家园齐抛闪
	曹氏后人	湘云	冷眼旁观	云散高唐，水涸湘江
	曹氏后人	迎春	冷眼旁观	一载赴黄粱
	曹氏后人	李纨	冷眼旁观	昏惨惨黄泉路近
	曹氏后人	惜春	冷眼旁观	谁见把秋熬过
	曹氏后人	巧姐	冷眼旁观	势败休云贵，家亡莫论亲。

根据脂砚斋"正笔正文"的提法，《红楼梦》主要写康雍乾三朝，这个时期曹氏主要人物是曹頫。

所以，宝玉"主隐曹頫，兼隐曹氏"。

3."宝玉"五部曲

《红楼梦》中，"宝玉"的一生，显示出曹氏家族百年五部曲

（1）入梦

《庚辰本》楔子中说："凡用'梦'用'幻'等字，……亦是此书立意本旨。"

"梦"，"幻"二字，是作者著书本旨，在《红楼梦》中均具有特殊的含义，过去的一百多年，曹頫将它看作为是一个"百年大梦"。

曹家是如何入梦的呢？第五回，曹頫形象地再现了入梦全过程。

随谁入梦？

第五回，宝玉来到秦可卿卧室，秦可卿安顿他入睡。合眼后，"犹似秦氏在前，遂悠悠荡荡随了秦氏至一所在，……"

接着，走出一位警幻仙子，作者特意写出一赋，形容她的容貌品质："方离柳坞，乍出桃房，……"

警幻仙子是谁？这么美：应惭西子，实愧王嫱。

过去，一直认为警幻仙子与秦可卿是两人，读了脂砚斋的一则批语，才弄明白原来警幻仙子与秦可卿是一个人，根据作者暗示：兼美同秦可卿也是同一人。脂批说：

按此书凡例，本无赞赋闲文。前有宝玉二词，今后（复）见此一赋，何也？盖此二人乃通部大纲，不得不用此套。……（甲·5F·ZⅡ0398）

"盖此二人"，哪二人？哦！是宝玉和警幻仙子。通部大纲，脂砚说的是"秦""玉"。

"玉"是指宝玉，显然，警幻仙子同秦可卿是一个人，梦中么，变化莫测。

入梦时，"宝玉"影射曹世选。

1621年，曹雪芹六世祖曹世选在沈阳中卫被俘，后编入多尔衮正白旗，开始了从明朝进入清朝的生活。

宝玉"入梦"，书中详述了引诱过程，先是佳境，之后是美色，还有：仙茗、醇酒，歌舞，最后是婚媾云雨。

入梦后，警幻仙子曾有两次点拨，一次是观看正册、副册、又副册，一次是给他听"红楼梦新曲"，宝玉均未醒悟。这是对的，倘若那时醒悟了，岂会有一部《红楼梦》？

此梦结尾，暗示了前景险恶："一道黑溪阻路，又无桥梁可通。"紧接着，宝玉被迷津内夜叉海鬼拖将下去。

宝玉入情，是被诱入情——即入清。

（2）梦中

曹家从此开始了"梦"中生活，曹世选、曹振彦、曹玺、曹寅、曹顒、曹頫前期等因功受封，过着富贵荣华的生活。1621年——1727年，安富尊荣。

书中，宝玉凡同秦可卿、元春、妙玉、黛玉在一起时，均还在"梦中"，这时"宝玉"影射曹世选、曹振彦、曹玺、曹寅、曹顒、曹頫等。

如第十八回，元妃省亲；第四十九回，宝玉乞梅等。

（3）罹难

1727年，是曹家数终运尽之年，这一年，曹頫先是因骚扰驿站案受审，接着被抄家，一败涂地。

遇劫，罹难，是曹家的转折点。

《红楼梦》中，暗示出了几次劫难。

第二十五回，贾环蜡油烫面，宝玉遭五鬼魇魔，第三十三回，宝玉遭毒打等。此时，宝玉隐寓曹頫。

（4）觉醒

劫难之后，曹頫方大梦方醒。《庚辰本》第十一回前，畸笏叟题了一首诗，云：

一步行来错，回头已百年，古今风月鉴，多少泣黄泉。（JⅠ0014）

"古今风月鉴"是说"大清"自成立到今天，"多少泣黄泉"是说多少人死在"大清国"？这是一首对"大清"的控诉诗。

第二十五回，宝玉遭魇魔后，脂砚斋批道：

三次锻炼，焉得不成佛作祖？（甲·25F·ZⅡ1739）

宝玉三次劫难，正是三次锻炼。至此，谁还不觉悟？

（5）决裂

觉醒之后，必然是行动。

宝玉的行动是什么？——不情，即不清。脂批透露：宝玉最后是"悬崖撒手"——出家，曹頫以"出家"，表示决裂。

在当时条件下，宝玉也只能如此。

第十九回，脂砚有一批云：

……后观情榜评曰："宝玉情不情，代玉情情。"此二评自在评痴之上，亦属囫囵不解，妙甚。（甲·19F·ZⅡ1362）

宝玉在末回《情榜》中的判词是"情不情"。

这个词的谐音是："清不清"，清人不清之意。

“情不情”，暗隐着作者一个冲天秘密，斗胆宣言：“不清”。不敢明说，暗说。

反面看主线就是“不情”，即不清，就是非清、贬清、责清之意，这里面的文章就多了。

有人说：《红楼梦》主题是反清，不完全是。按作者说法是“不清”。

这个“不”字，含义很广、很深。既有否定之意，又有抛弃之意，还有反对之意。书中作者借袭人之口诠释过这个“不”字。第三十四回，宝玉被贾政鞭打后，王夫人和袭人有段对话，袭人说：“若要叫人说出一个‘不’字来，我们不用说粉身碎骨，罪有万重……”

这里隐藏着：一旦有人识出这个“不”字，后果不堪设想。

从书中看，作者对十二帝是区别对待的，对前四帝“怀金悼玉”对康熙（黛玉）尤其情真意切；对雍正（王熙凤）恨之入骨，是秉刀斧之笔；对乾隆（宝钗）是决裂，对后六帝是用同情眼光看衰亡。

六、理顺次序看兴衰

根据脂砚斋提示，作者写“十二钗”是“漫拟”，即没有按次序写。

不按次序，让人如坠云雾之中，不知作者用意，这是作者的基本策略——隐蔽“本旨”所决定的。

要揭秘“本旨”，首先要理顺次序，以红楼新曲为例，十二钗先后次序是：

1.秦可卿，隐寓努尔哈赤——原第十三支；总评：情天情海幻情身。

2.贾元春，隐寓贾元春——原第四支；总评：三春争及初春景。

3.妙玉，隐寓顺治——原第七支；总评：气质美如兰，才华阜比仙。

4.林黛玉，隐寓康熙——原第三支；总评：阆苑仙葩。

5.王熙凤，隐寓雍正——原第十支；总评：箕裘颓废皆从敬。

6.薛宝钗，隐寓乾隆——原第二支；总评：山中高士晶莹雪。

7.贾探春，隐寓嘉庆——原第五支；总评：才自精明志志自高。

8.史湘云，隐寓道光——原第六支；总评：云散高唐，水涸湘江。

9.贾迎春，隐寓咸丰——原第八支；总评：金闺花栁质，一载赴黄粱。

10.李纨，隐寓同治——原第十二支；总评：桃李春风结子完。

11.贾惜春，隐寓光绪——原第九支；总评：勘破三春景不长。

12.巧姐，隐寓溥仪——原第十一支。总评：事败休云贵，家亡莫论亲。

从以上总评中可以看出，前四帝是“大清”初创时期，蓬勃向上，是兴旺期。

按作者意思从第五帝雍正（贾敬隐寓雍正）开始败落。

后，第六帝，第七帝还可以，从第八帝起江河日下，第十二帝“事败”，“家亡”。

收尾曲直接点明：落了片白茫茫大地真干净。

七、宝玉——主隐曹頫，兼隐曹氏

《庚辰本》第十四回，十五回有两条畸笏叟批语，指出《红楼梦》中有些内容属于“正笔、正文、正人。”如：

第十四回，因问贾政道：“那一位是衔宝而诞者？”

忙中闲笔，点缀玉兄，方不失正文中之正人。（庚·14F·JⅠ0030）

第十五回，水溶见他语言清楚，谈吐有致。

八字道尽玉兄。如此等方是玉兄正文写照。（庚·15F·JⅠ0033）

笔者在研究中发现：所谓正笔、正文，是指作者“亲睹亲闻”中的亲睹部分，即作者亲身经历的事。亲睹的人就是“正人”。综观脂批、畸批，属于这个范畴的主要人物有：宝玉、黛玉、王熙凤、宝钗等。

“正文正笔”中的宝玉从书的正面看是曹頫借用曹雪芹年龄及生活素材塑造的一个艺术形象，而反面则是隐寓曹氏及曹頫等人，其中曹頫占的比重大（特别是与凤姐在一起时）。

《红楼梦》批语中，脂砚斋对宝玉用的多是囫囵不解之语。

第十九回，脂砚斋有两条批语，其一：

按此书中写一宝玉，其宝玉之为人，是我辈于书中见而知有此人，实未目曾亲睹者。又写宝玉之发言，每每令人不解；宝玉之生性，件件令人可笑；不独于世上亲见这样的人不曾，即阅今古所有之小说奇传中，亦未见这样的文字。于颦儿处更为甚，其囫囵不解之中实可解，可解之中又说不出理路。合目思之，却如真见一宝玉，真闻此言者，移之第二人万不可，亦不成文字矣。余阅《石头记》中至奇至妙之文，令（全）在宝玉、颦儿至痴至呆、囫囵不解之语中，其诗词雅谜酒令奇衣奇食奇玩等类，固他书中未能，然在此书中评之，尤为二着。（甲·19F·ZⅡ1313）

其二：

这皆（是）宝玉意中心中确实之念，非前勉强之词，所以谓今古未之一人耳。听其囫囵不解之言，察其幽微感触之心，审其痴妄委婉之意，皆今古未见之人，亦是未见之文字；说不得贤，说不得愚，说不得不肖，说不得善，说不得恶，说不得正大光明，说不得混账恶赖，说不得聪明才俊，说不得庸俗平（凡），说不得好色好淫，说不得情痴情种，恰恰只有一颦儿可对，令他人徒加评论，总未摸着他二人是何等脱胎，（何等心臆），何等骨肉。余阅此书，亦爱其文字耳，实亦不能评出此二人终是何等人物。后观情榜评曰：“宝玉情不情，代玉情情。”此二评自在评痴之上，亦属囫囵不解，妙甚。（甲·19F·ZⅡ1362）

这两条脂批是对宝玉评价入木三分，他就是这样的人：“说不得贤，说不得愚，说不得不肖，说不得善，说不得恶，说不得正大光明，说不得混账恶赖，说不得聪明才俊，说不得庸俗平（凡），说不得好色好淫，说不得情痴情种。”

结尾以“情不情”，一言以蔽之。初看似“情”，却以“不情”而终。全书字字句句写情，实质是为写“不情”伏笔，“不情”者，不清也。

这两条批语，可看作是曹頫对“宝玉”的解读和诠释。

八、“第一淫人”解

第五回，作者写道：吾所爱汝者，乃天下古今第一淫人也。

“第一淫人”，放在贾琏身上，再恰当不过了。原是为贾琏设计的，后贾琏变成隐性主角，此话就好像没有着落了。

脂砚斋惊异地批道：多大胆量，敢作如此之文。（甲·5F·ZⅡ0472）

多大胆量？惊天拔地之胆量！这一句话，让红学家们极度迷茫，不知所措。

脂砚写下上述批语后，唯恐泄漏天机，在“唯心会而不可言传，可神通而不可语达。”句旁，小心翼翼地批道：

按宝玉一生心性,只不过是体贴二字,故曰意淫。(甲·5F·ZⅡ0475)

"第一淫人",具有多层含义,其一是说:作者是第一个将"淫"字冠于"清"字之上的人,是为"淫清",既有脏唐臭汉,岂无"淫清"?其意是贬清。其二是自我讽刺:曹頫先人曾是极度忠清之人。

九、虎狼同群,夜叉直扑

一日,至一个所在,但见荆榛遍地,虎狼同群。

忽而,有一夜叉般怪物窜出,直扑而来。

"虎狼同群"喻虎狼当道,"夜叉直扑"暗示雍正五年那场劫难。

虎狼,夜叉,是意象描写,表示曹氏进入了败落期。

夜叉,好像在哪里见过。

第四十四回,贾琏同鲍二家的偷情,鲍二家的说:"多早晚你那阎王老婆死了,就好了。"

贾琏道:"我命里怎么就该犯了夜叉星?"

第四十四回有一首回前诗写道:

富贵少年多好色,那如宝玉会风流,阎王夜叉谁曾说,死到临头身不由。(府·44F·LⅠ0689)

谁说过?作者说过,贾琏说过,由此可知:作者—贾琏—宝玉,三位一体。

十、尾联析

《庚辰本》尾联是:一场幽梦同谁诉,千古情人独我痴。

《己卯本》尾联是:梦同谁诉离仇恨,千古情人独我知。

《梦觉本》尾联是:一觉黄粱犹未熟,百年富贵已成空。

笔者认为《己卯本》最确,红楼大梦,谁也不知道含义,是作者感憾之声。

《梦觉本》是作者晚年(1784年)最后一次对"大清"运数的判断,"一觉黄粱犹未熟",梦还没醒,败象已见。

第六章 二宝合传

一、宝玉、宝钗初会

写到第八回,宝玉,宝钗两人才第一次正式见面。

作者写道:宝钗抬头,只见宝玉进来。脂砚斋批道:

此则神情尽在烟飞水逝之间,一展眼便失于千里矣。(甲·8F·ZⅡ0705)

按脂砚斋批语,曹頫见过弘历。回忆起见过弘历那一刻,感慨万端地说:“此则神情,一展眼便失于千里矣”。

再见时已是:“运败金无彩,时乖玉不光”,曹頫认为,乾隆时期已开始运败,“大清”走向衰落,当然曹頫也玉不光了,早已败落。

宝钗的神情正是弘历当年见到曹頫时的神情,追忆过去烟飞水逝,几十年时间快就过去了。

二、宝钗身份

宝钗隐寓乾隆,即爱新觉罗·弘历。

弘历,雍正十一(1733)年被封为宝亲王,宝钗取其宝字,再加一个代表女性的“钗”字——宝钗,成为乾隆在《红楼梦》书中的代码。

第四回,宝钗进京即暗喻乾隆继位,其背景是:薛蟠打死冯渊,强抢英莲,宝钗恰好要进京选秀。可是翻遍全书,找不到选秀文字,可见这这不过只是个借口而已。

“薛蟠打死冯渊”,暗喻雍正继位后为巩固皇位先后整死、整垮一些“逢冤”者,如:皇八子,皇九子,年羹尧,隆科多等。

“强抢英莲”,香菱由“莲”变“菱”,暗寓了太子胤礽被废,得益者自然是雍正、乾隆父子。

第五回,宝钗的图、判词、曲。

图:一株枯木,一堆雪,雪下一股金钗。

判词:可叹停机德……金钗雪里埋。

枯木象征死,金钗雪埋象征冰封。

《红楼梦曲》第二支说:

都道是金玉良姻,俺只念木石前盟。空对着山中高士晶莹雪,终不忘世外仙姝寂寞林。

叹人间美中不足今方信,纵然是齐眉举案,到底意难平。

作者借此曲直抒心意:今朝再好,不忘前朝。对着雪(宝钗——乾隆),不忘林(黛玉——康熙)。

一句话——“意难平”。

曹頫在雍正时期的遭遇,永远不会忘记。

三、宝钗品貌

第五回，写到宝钗的品貌：品格端方，容貌丰美；行为豁达，随分从时。

第八回，再写：唇不点而红，眉不画而翠，脸若银盆，眼如水杏，罕言寡语，人谓藏愚，安分随时，自云守拙。

弘历十七岁婚后，将自己的书房命名："随安"，取"随遇而安"之意。"安分随时，自云守拙"就是暗示其书房名。

这里，畸笏叟有一批云：

画神鬼易，画人物难。写宝卿正是写人之笔，若与黛玉并写更难。今作者写得一毫难处不见，且得二人真体实传，非神助而何。（甲·8F·JⅢ0236）

"真体实传"，四字透露出宝钗不仅是书中人物，而且是现实中人物。

尤其是性格：罕言寡语，安分随时，与乾隆性格极为相似。

"宝钗"原型是乾隆的孝贤纯皇后富察氏，察哈尔总管李荣宝的女儿，十三岁嫁于乾隆。二人感情恩爱甚笃。乾隆十三年，随乾隆东巡，返京途中去世。一说是病死，一说在船上落水而死。

《红楼梦》中，金钏儿跳井就是影射"落水而死"一说，有脂批为证：金钏宝钗，互相映射，妙。（甲·7F·ZⅡ0587）

孝贤纯皇后贤淑节俭，以通草织绒作首饰，身上不佩戴金玉珠翠等物件，还常常用鹿皮、绒毡给皇帝做荷包、佩囊，表示不忘关外先世之遗风。乾隆对孝贤纯皇后十分敬爱，以至四过济南而不入，"十七年过恨未平"。

四、通灵宝玉和金锁

第八回，首次展现出"宝玉""金锁"上的文字；

"宝玉"上写着：莫失莫忘，仙寿恒昌。

"金锁"上写着：不离不弃，芳龄永继。

宝钗的丫鬟莺儿说："我听这两句话到像和姑娘的项圈上的两句话是一对儿。"

宝玉笑问宝钗："姐姐这八个字到真与我的是一对儿。"

不知你是否注意到"通灵玉"与"金锁"上有机轴?

"通灵玉"上是："莫失莫忘"四字；"金锁"上是"不离不弃"四字。这八个字均是暗示乾隆：不要忘记曹頫。

当然，这仅仅是一个一厢情愿的期待而已。

"莫失莫忘"，"不离不弃"，好似是两句提醒语，倘能如此，也许会"清祚恒昌"，"江山永继"。

但是，宝钗没有回答，用话茬开了，谶言失效。

"金""玉"互见，给人一个印象：金玉姻缘是上天安排的，两人相配是绝好的一对。

五、宝钗之病

宝钗的病是热毒症，药方十分奇特，制作过程也很奇特，要用：

春天的白牡丹花蕊十二两；夏天的白荷花花蕊十二两；秋天的白菊花花蕊十二两；

冬天的白梅花花蕊十二两。

必须在春风这天晒干，然后再用：

雨水这天的雨水十二銭；白露这天的露水十二銭；霜降这天的霜十二銭；小雪这天的雪十二銭；蜂蜜十二銭；白糖十二銭。最后，用黄柏十二分送服。

奇药，是作者的"春秋"之笔，"十二"照应"运终数尽"之数，白花，是送丧色调。药名"冷香丸"，暗示当局莫热昏了头。

奇药含义是：一切顺应自然，顺应潮流。

热毒症，是作者专为宝钗设计的，这个病名是一个秃头和尚起的，秃头和尚，是一僧一道中的一僧，癞僧是作者的意识形象。

作者命名"热毒症"，然后以"冷香丸"医治，言外之意：乾隆需要冷静，顺应自然，顺应潮流。

书中，宝钗听从了癞僧的话，发病时吃一丸。

可是，乾隆却没听，乾隆看过《红楼梦》，可惜，他没看懂，没看出"宝钗"就是隐寓他，反说：写的是明珠家事。

乾隆时，西方"工业革命"已蓬勃发展起来，而乾隆则继续实行"文字狱"禁锢人们的思想，仍然"重农抑商"压制"资本主义"萌芽发展，妄自尊大，故步自封。

乾隆将英国赠送的座钟、地球仪，望远镜、气象仪器、手枪、步枪、榴弹炮等视为"奇技淫巧"，未予重视。

不能顺应自然，顺应潮流，开始拉大中国与西方国家的差距。致使国家日渐衰落，为"大清"后世的衰败埋下祸根。

乾隆之病，病在膏肓，曹頫提示，置若罔闻，"大清"必败。

曹頫是一位高超的医国手，远见卓识，英明、伟大，人所不及。

第七章　阿凤正传

一、刘姥姥——雍正幻入红楼第四身

第六回，突然出现了一位刘姥姥，令人不解。

直到第四十二回，黛玉笑道："别的草虫不画罢了，昨儿'母蝗虫'不画上，岂不缺了典？"这才明白，刘姥姥是《行乐图》上人物，笔者由此判断：刘姥姥隐寓雍正，是雍正幻入《红楼梦》第四身。

作者为什么要塑造一位贫穷、猥琐、寒酸、直率、卑微的农村老太太呢？

原来，作者是与凤姐对比，有一条批语说：

写凤姐之珍贵，写凤姐之英气，写凤姐之声势，写凤姐之心机，写凤姐之骄大。（甲·14F·ZⅡ0965）

凤姐的"珍贵，英气，声势，心机，骄大"同刘姥姥的"贫穷、猥琐、寒酸、直率、卑微"成鲜明的对比。

写刘姥姥，是为了突出阿凤。

二、阿凤声势、威严、衣着、神态

脂砚斋在第六回回前批道：此回借刘妪，却是写阿凤正传，并非泛文，（甲·6F·ZⅡ0480）

根据脂砚批语提示，重读第六回，果然看出些道道。

首先，通过周瑞家的讲述，概括地简介了王熙凤的品行："这位凤姑娘，年纪虽小，行事却比世人都大呢。如今出挑的美人一样的模样儿，少说些，有一万个心眼子。再要赌口齿，十个会说话的男人也说不过他。……就只一件，待下人未免太严了些。"

接着，写王熙凤下来时的声势、威严、衣着、神态。

最后，写王熙凤见刘姥姥时的六笑，最初看《红楼梦》，根本没注意过这六笑。脂砚是如何看阿凤的？他说：又一笑，凡六。自刘姥姥来，凡笑五次，写得阿凤乖滑伶俐，合眼如立在前。（甲·6F·ZⅡ0574）

突然，脂砚斋笔锋一转，说：问看官：常有将挪移借贷已说明白了，彼仍装聋装哑，这人为（比）阿凤若何？呵呵，一叹！（甲·6F·ZⅡ0574）

后一句与第六回毫无关联，"挪移错贷"指什么事？"彼"又是指那一位？让人摸不着头绪。其实，是曹頫针对当年家被抄一事在发牢骚。当年，曹頫已说明别人尚欠他三万二千两银子，可抵亏空。雍正"装聋装哑"，仍旧抄了曹頫的家。

这一回，头绪纷繁，的确不好理解。所以脂砚说：作者真笔似游龙，变幻难测，非细究至再三再四不记（计）数，哪能领会也。（甲·6F·ZⅡ0584）

雍正的生母姓乌雅氏，小名叫小凤，"阿凤"之称可能与此有关。

雍正聪明过人，为登帝位，费尽心机，绞尽脑汁，是一个心狠手辣之人，兄弟们都说他阴鸷、刻薄、虚伪、狠毒。

雍正的上述性格特征全部体现在王熙凤身上，一丝一毫都不差。

第五回，《红楼梦》新曲第十支说："聪明累，机关算尽太聪明，反算了卿卿性命。生前心已碎，死后性灵空。家富人宁，终有个家亡人散各奔腾。枉费了意悬悬半世心，好一似荡悠悠三更梦。忽喇喇如大厦倾，昏惨惨似灯将尽。呀！一场欢喜忽悲辛。叹人世，终难定。"

这是对王熙凤一生的概括、评价，"机关算尽"是他一生的性格特征，"反算了卿卿性命"是最后结局。

这首新曲，同时也充满了调侃、讥讽。

雍正为人冷峻，严酷无情，且猜忌多疑，善耍手段，雍正十三年(1735年)8月23日暴死在床上。

从《红楼梦》曲中看得出作者的欣喜之情，"呀！一场欢喜忽悲辛。"万分感慨地说："生前心已碎，死后性灵空。家富人宁，终有个家亡人散各奔腾。枉费了意悬悬半世心，好一似荡悠悠三更梦。忽喇喇如大厦倾，昏惨惨似灯将尽。"

曹家因雍正而败落，曹頫对其恨之入骨，书中必然将其作为"秉刀斧之笔"，口诛笔伐的对象。当然，作者不能明言，只能通过他的书中形象——王熙凤表现出来的。

王熙凤隐寓雍正，隐藏的极深，极巧妙，应用了多重帷幕。

性别帷幕——以女子身份出现；

关系帷幕——是宝玉的表姐，兼嫂子；表面上看，凡事两人捆绑在一起，难分彼此，如：同遭五鬼魇魔。

姓氏帷幕——作者说她姓王，其实姓爱新觉罗氏。

身份帷幕——皇帝变为荣国府当家人等等。

所以，二百多年来，一直没人看得出。

《红楼梦》中，对王熙凤明褒暗贬，实际上是对其"万箭穿心"，一支支利箭均射向他。

三、《风月宝鉴》

第十二回，作者为我们绘制了一个《风月宝鉴》，风月，情也，谐音"清"，因此《风月宝鉴》就是《清鉴》。宝鉴有正、反两面，喻《红楼梦》一书也有正、反两面。正面，是王熙凤风月事，是"情"，反面是枯骨，是死亡，喻必亡。

按立松轩批语："铸一面菱花镜"之意，《红楼梦》全书就是一面《风月宝鉴》。

当代儒夫妇大骂："是何妖镜！"时，脂砚斋有两条批语直接点明"镜"就是"书"，请看：

此书不免腐儒一谤。(甲·12F·ZⅡ0924)

凡野史俱可毁，独此书不可毁。(甲·12F·ZⅡ0925)

《风月宝鉴》是曹頫第一稿书名，作者著书本旨很明显，就是警示人们：沉湎于情(清)者，死路一条。

正面，暂时盛世；反面，最终死亡。

四、脂砚斋、畸笏叟提示看反面

第十二回，脂砚斋、畸笏叟两次提示看反面

观者记之,不要看这书正面,方是会看。(甲·12F·ZⅡ0917)

勿作正面看为幸。畸笏。(庚·12F·JⅠ0001)

看反面的目的之一是要"明阿凤身份",明阿凤所为。

阿凤者,隐寓雍正。

第十二回,着重写王熙凤情诱贾瑞,然后设圈套,泼污秽,反反复复,直至贾瑞去世。这是作者幻笔幻文,但其中必有影射。

历史上,年羹尧等人的死,就如同贾瑞之死。

年羹尧,字亮工,康熙三十九年(1700)进士,聪明豁达,娴于辞令,精通墨翰。早年,被胤禛拉入门下,为其效力。1722年,康熙驾崩,雍正令年羹尧节制川陕云贵督抚,提防允禵发难。接着,年羹尧平定了青海罗卜藏丹津的叛乱。为此,雍正称之为"恩人"。并肉麻地说:"朕不知如何疼你,方有颜对天地神明也。"并发誓:"不但朕心倚眷嘉奖,朕世世子孙及天下臣民当共倾心感悦。若捎有负心,便非朕之子孙也;稍有异心,便非我朝臣民也。"

对年羹尧的赏赐空前绝后,旬赏月赐,不可计数。有自鸣钟,枷楠暖手,珐琅杯,鲜荔枝,诗扇,大正东珠。得知年羹尧心脏不太好,立即送去天王补心丹,紫金锭等名贵药。

雍正还信誓旦旦地说:"凡谕尔之言,字字皆实,出于至诚,若心口稍异,天诛地灭。"

雍正二年九月二十四日,年羹尧从西安赴京朝觐,雍正破格迎接,令礼部制定迎接仪注。十二月初九,年羹尧返回。

不料,两天后,雍正态度急转,十二月十一日,雍正在年羹尧的抵署日期折中写道:"凡人臣图功易,成功难;成功易,守功难;守功易,终功难。……"

雍正三年正月十八日,雍正在年羹尧的认罪"谢恩折"上批道:"可惜朕恩,可惜已才,可惜奇功,可惜千万年謦名人物,可惜千载奇逢之君臣遇合。若不知悔,其可惜处不可枚举也。"

几天后,借口年羹尧贺表中"朝乾夕惕"错写成"夕惕朝乾",雍正立命九卿劾奏,拟出年羹尧九十二款大罪,四月解除了年羹尧川陕总督、抚远大将军职,降为杭州将军。

不久,雍正赐年羹尧自裁。

这正是《红楼梦》中王熙凤说的:"叫他死在我手里,才知道我的手段。"

笔者认为:看"反面",即是看隐寓,看作者隐蔽的"本旨","本事"。

五、阿凤的珍贵,英气,声势,心机,骄大

王熙凤一出场就受到批者的责骂,第三回有两条批语批道:

贼耶鬼耶?(列·3F·ZⅠ0081)

前熙凤一味慷慨,故能入耳,而听此数语,一片究言令,使人入骨之麻。(列·3F·ZⅠ0083)

这绝不会是无缘无故的,原因何在?

答案只能从历史中寻找,王熙凤隐寓的就是使曹家败落的那个人——即雍正;批者就是曹家败落的当事人——即曹頫。

第十四回是专写凤姐的,写他的珍贵,英气,声势,心机,骄大。

写凤姐,正是写雍正,且看:

"那是个有名的烈贷,脸酸心硬,一时恼了,不认人的。"

凤姐“威重令行,心中十分得意。”

六、凤姐本质

曹頫写《红楼梦》,意在让人们认清“凤姐”本质。

凤姐的“本质”是什么？通过第十一回,第十二回,“凤姐”诱害贾瑞一事,揭露他的本质是——害人。

第十一回,凤姐说:“死在我手里,才知道我的手段。”

要手段,害人,是雍正一生最突出的恶迹,也是他的典型特征,曹頫抓住他的特征予以鞭笞。

雍正一生,刻薄狠毒,连对自己的兄弟们也极其残忍。如:

皇三子允祉,被削职禁锢。

皇八子允禩,被终身圈禁,改名“阿其那”。

皇九子允禟,发往西宁,由年羹尧监管,改名“塞思黑”。

皇十二子允祹,被革职;

皇十四子允禵,先降为郡王,拘禁汤山;后再降为贝子,圈禁。

对朝廷重臣,也一一加以剪除,如年羹尧、隆科多等。

书中,三次写王熙凤害人,均是揭露他的本质。

第八章　秦可卿之死

第七、九回—第十一回，第十三回—第十六回，这八回主要写秦可卿、秦钟、秦业，因为他三人都隐寓努尔哈赤，所以这八回书从“本事”角度看，是：“努尔哈赤篇”。

一、秦可卿隐寓

第八回，作者介绍秦可卿来历时说，是从养生堂抱的。脂砚斋于此批道：

如此写出，可见(儿)来历亦甚苦矣。又知作者是欲天下人共来哭此情字。(甲·8F·ZⅡ0828)

“来历亦甚苦矣”，正是努尔哈赤的童年，努尔哈赤12岁被继母撵出家门，流浪时被明军俘获。16岁做过辽东总兵李成梁的义子。

秦可卿、秦钟、秦业三人共同隐努尔哈赤一人，秦钟(终)是为彰显秦氏(始)，秦业是诠释“清”之罪恶——孽。脂砚批云：妙名。业者孽也，盖云情因孽而生也。(甲·8F·ZⅡ0826)

“业”字取自努尔哈赤死后谥号中最后一个字，谥号是：“承天广运，圣德神功，肇纪立极，仁孝睿武，端毅钦安，弘文定业。”

当作者写道：“现任营缮郎”时，脂砚又批道：官职更妙。设云因情孽而缮此一书之意。(甲·8F·ZⅡ0827)

此批袒露了作者“本旨”，就是为了彰显“清孽”。

努尔哈赤创业初，对辽、沈一带汉人，凡不归顺者杀戮殆尽。

1623年，努尔哈赤听说复州汉民接受“大明”札付，立即派代善等率兵两万前往镇压、屠杀，男人全部杀光，子女和妇女掳回。

1624年，努尔哈赤连下九道汗喻，凡汉民家中储粮不足五金斗的，一律“视为仇敌”，凡抗金者，全部处死。

仅此，就可以看出努尔哈赤“罪孽”深重。

二、金魁星

第八回，贾母送给秦钟一个金魁星，畸笏叟在此批道：作者今尚记金魁星之事乎？抚今思昔，肠断心摧。(甲·8F·JⅢ0248)

金魁星一事，应该是一件实事。

这里是反笔，当年努尔哈赤曾赏赐给曹世选一个金魁星，这里是借贾母赏赐暗示出来，作者在写《红楼梦》时，顺笔写出。意为：还你金魁星。

彼一时，此一时，景移时迁，畸笏叟阅至此不由得肠断心摧。

三、顽童闹学堂

清代宗学，始于顺治。顺治二年设置八旗官学，顺治十年设宗学；康熙二十五年设景山官学，康熙三十年设八旗义学。雍正时代共设各类宗学七所，特别是“觉罗学”专收八旗子弟，八岁——十八岁，月给银、米、纸、笔、墨诸物。

第九回，写顽童闹学堂，多重含意。

一是喻宝玉带努尔哈赤学习汉文化；一是调侃清代宗学，同时暗示“秦钟”是以情乱学者。努尔哈赤起初反对习汉俗，学习汉文化，后来在皇太极等人劝说下，才同意习汉文化。

开始时，对汉文化一知半解，如李贵所说：“哥儿已念到第三本诗经，什么呦呦鹿鸣，荷叶浮萍……”

这是对当时情景的再现。

顽童闹学堂，写秦钟以情（清）乱学，汉文化被“清”蹂躏。

根据畸笏叟提示：

前有幻景遇可卿，今又出学中小儿淫浪之态，后文更放笔写贾瑞正照，看书人细心体贴，方许你看。（靖·9F·ZⅢ0006）

学堂小儿淫浪，与梦境遇可卿，贾瑞正照合看，放手写淫也就是放手写“情”。情，谐音“清”，淫就是孽，那就是“清孽”了。

第八回回末有一联写道：早知日后闲争气，岂肯今朝错读书。

此联让红学家们迷惑不解，它是指什么而言？读书还有错吗？

看了畸笏叟批语，才有所悟。

这是隐语微词，岂独指此一事哉。〇余则为（谓）读书正为争气，但此争气与彼争气不同，写来一笑。（甲·8F·JⅢ0250）

“此争气与彼争气不同”，说明“争气”二字别有含义。

因学习汉文化引起“争气”，显然与“文字狱”有关，学会汉字，发现汉人竟在文字上大肆反清，不得不大兴“文字狱”。康熙13起，雍正朝也是13起，乾隆时竟然达160起。

特别是雍正时的曾静案，让雍正伤透了脑筋。

与其这样，还不如不读书，不学汉文化呢！

四、梦中警示

第十三回，秦可卿托梦王熙凤，作者刻意作了“大清必亡，早做退路”的暗示。

秦可卿梦中告诉凤姐：“还有一件心愿未了”，接着说：“常言月满则亏，水满则溢，又道是登高必跌重，如今我们家赫赫扬扬已将百载，一日倘或乐极悲生，若应了那句树倒猢狲散的俗语……”

当王熙凤幻想永保无虞时，作者借秦可卿之口肯定地说：“否极泰来，荣辱自古周而复始，岂是人力能可保常的。”

最后，秦可卿告诉王熙凤：“临别赠你两句话，须要记着。”因念道：“三春去后诸芳尽，各自须寻各自门。”

脂砚在此批道：此句令批书人哭死。（甲·13F·ZⅡ0938）

脂砚斋的批语给人一个假象，好像这是说曹家事。作者在瞒人，曹頫败落，是在春末，毫无疑问。所以有“令批书人哭死”之说。但此处却是给人假象，作者实质上在写“清室”。将爱新觉罗家同曹家混在一起写，是“瞒人之笔”，如曹寅说过的“树倒猢狲散”，这里借来说清帝国。

三春，不是指物候时令，而是指迎春、探春、惜春隐寓的三位清代帝王，“三春去后诸芳尽”他们结束后，大清就灭亡了。

五、秦可卿丧礼

秦可卿丧礼，完全是一副帝王气派。

秦可卿葬礼的铭旌上写着：“兆年不易之朝……享强寿贾门秦氏……”按书中所写秦氏顶多20岁，谈不上享强寿。倒是努尔哈赤活了65岁，恰如其分。

“兆年不易之朝”，显然是讽刺之语。

大明宫掌宫内相戴权来上祭时，贾珍想为贾蓉捐个前程，戴权心领神会，说：“想是为丧礼上风光些？”当即应允让户部起一张“五品龙禁尉的票”。

这个情节读过多次，均未引起注意。

一天，突然悟道：“五品”，有所指，“五品”，不是泛笔闲文。

1626年努尔哈赤去世时，他的势力范围仅限于辽沈一带，权限充其量不过是一个“五品州官”，当时，还是大明天下，大明有四百个州。大明宫戴权（脂批：妙！大权也。），正是一种暗示。

努尔哈赤去世时，尚未强盛起来。

六、天下人共来哭此情字

从第十四回葬礼来看秦可卿葬礼，非同一般，十二地支都来送葬。

脂砚斋在此批道：牛，丑也；清属水，子也。柳折卯字；彪折虎字，寅字寓焉。陈即辰；翼火为蛇，巳字寓焉。马，午也；魁折鬼字，鬼金羊，未字寓焉。候猴同音，申也；晓鸣，鸡也，酉字寓焉。石即豕，亥字寓焉；其祖曰守业，即守镇也，犬字寓焉。所谓十二支寓焉。（甲·14F·ZⅡ0967）

大门外耸立的两面朱红销金大字牌，上书：“防护内廷紫金道御前侍卫龙禁尉”，一副帝王气象。

曹頫对秦可卿葬礼，特加渲染，声势浩大，摇山振岳，有无蕴意、深意？脂砚斋提示说：“是欲天下人共来哭此情字”。

明白了，这是暗示：要天下人来为“秦”送葬，也就是为“清”送葬。这也是《红楼梦》一书的根本旨意，写“大清”衰亡。

七、十三副盔甲

1584年，努尔哈赤以十三副盔甲起事，开始了统一女真族各部落的战争，这是努尔哈赤是建立大清基业的起点。“十三”是努尔哈赤的吉祥数字,也是大清的吉祥数字。

而曹頫偏偏把秦可卿的死安排在第十三回,以示始终。

八、宝玉谒北静王

此时的“宝玉”影射谁? 北静王又影射谁?

北静王属四大郡王,努尔哈赤时代有四大贝勒,他们是:代善、阿敏、莽古尔泰、皇太极。此时的贝勒,地位相当于郡王。

北静王水溶影射皇太极,宝玉影射曹振彦。曹振彦军功卓著,是曹家兴盛的起点。所以北静王说:“雏凤清于老凤声”,后曹振彦在皇太极时代屡建战功,以至到乾隆继位第一天就追封曹振彦为资政大夫,二等将军。

北静王赠给宝玉一串鹡鸰香念珠,暗示了当日皇太极与曹振彦的关系密切,有如兄弟。

九、奸淫尼庵

第十五回,秦钟同智能儿正在云雨时,被宝玉当场捉住。

宝玉说:“你可还和我强? ”

秦钟服软了,说:“好人,你只别嚷得让众人知道,你要怎么样,我都依你。”

宝玉说:“这会子也不用说,等一会睡下,再和你算账。”

可是如何算账,却一字未提。为此,作者交代说:“宝玉不知与秦钟算何账目?未见真切,未曾记得,此系疑案,不敢篡创。”

这段话,含含糊糊,欲言又止,让人丈二和尚摸不着头脑,作者到底想说什么?

针对这几句话,脂砚斋特有一批:

忽又作如此评断,似自相矛盾,却是最妙之文。若不如此隐去,则又有何妙文可写哉? 这方是世人意料不到之大奇笔。若通部中万万件细微之事俱备,《石头记》真亦太觉死板矣。故特用此二三件隐事,惜石之未见真切,淡淡隐去,越觉得云烟渺茫之中,无限丘壑在焉。(甲·15F·ZⅡ1024)

秦钟,隐寓努尔哈赤,宝玉隐寓曹世选,这一件隐事是什么?

1762年,时隔八年后,畸笏叟批语点出这一件隐事是:

实表奸淫尼庵之事如此。壬午季春。(庚·15F·JⅠ0040)

努尔哈赤生前必与尼庵有染,一句“实表”表明是真事,当然这件事史无记载,是曹家前辈口耳相传传下来的。

“算何账目? ”有了结论,原来是奸淫尼庵。

二三件隐事,不只这一件,根据“业者,孽也。”的提示,努尔哈赤作孽多端,如屠杀汉人,不计其数等。

十、二丫头纺线

秦可卿葬礼途中，王熙凤中途在一个村庄休息，宝玉趁机带秦钟闲逛，在一间机房中看二丫头纺线。这个画面出现在第五回巧姐的图中：有一座荒村野店，有一美人在那里纺织。

这是作者仿《推背图》创作的预兆图像，按巧姐是十二钗最末一位，其结局就是平民化。

这里，是宝玉暗示秦钟：这就是“大清”的结局。

十一、秦钟之死

第十三回，写秦氏去世，第十六回，写秦钟去世，两回书作者要说明什么？

根据“氏”谐音“始”，“钟”谐音“终”，显然是写“大清”的一始一终。

第十六回，秦鲸卿夭逝黄泉路，一个“鲸”字显示出庞大无比。

作者借都判官之口说宝玉是“运盛时旺”，意为：当大清灭亡后曹氏依然“运盛时旺”。

秦钟死时说：“以前你我见识自为高过世人，我今日才知自误，……”

畸笏叟在此批道：

……读此则知全是悔迟之恨。（庚·16F·JⅠ0053）

第九章 元妃省亲

第十七、十八回充分体现了作者"一笔多意"的文笔特点，文中至少写了三个人的事：曹寅长女省亲；皇太极政改；康熙南巡等。

元妃一人，身兼数身：原型，塑型，隐型，借型。

元妃原型是曹寅长女，塑型是小说中人物贾元春，隐型是皇太极，借型是康熙。

读这两回书，让人眼花缭乱，重点还是康熙南巡。

一、蕉棠两植

蕉棠两植，"红香绿玉"，是意象描述法，作者在幻笔中，正是双赢局面。喻在康熙时代，还是蕉棠并茂时期。

二、回前诗

"豪华虽足羡，离别却难堪"，包含着丰富内容，自康熙四十六年(1707)第六次南巡后(离别后)，曹家落到这个地步，处境确实"难堪"。

"博得虚名在，谁人识苦甘？"曹家只落了一个四次接驾的虚名，其中的酸甜苦辣谁知道？

回前诗，多是作者内心表白，这一首也是。

回后诗

第十八回，有一首回后诗，为《梦觉本》独有：

暖入金沟细浪添，津桥杨柳绿纤纤。

卖花声动天街晓，几处春风揭绣簾。

这是康熙走时的物候和曹頫当时及后来的感受——惆怅。

三、元春隐寓——皇太极

第五回中，关于元春的判词，引人注目。

二十年来辨是非，榴花开处照宫闱。

三春争及初春景，虎兕相逢大梦归。

1616年，清太祖建立后金，至1636年，20年间，是是非非问题多如牛毛，国号问题、与蒙古关系问题、族名问题、与明军争战问题、如何对待汉人问题、如何对待汉文化问题等等。皇太极快刀斩乱麻，一一予以解决。

清代的基本国策,大都是这个时期制定的,宣布法纪,修明典常,建立八衙门制度,完善蒙古八旗,汉军八旗,"辨是非"即是定国策。

1636年4月11日(农历),皇太极在沈阳举行登基大典,改国号为:"大清",称"宽温仁圣皇帝"。这时正是石榴花开时节。

虎兕相逢,这是曹頫早年原笔,意为两大势力相逢。此时清军已完善八旗制度,军事力量与明军实力相当。后,曹頫感觉到明、清不是实力相当,而是悬殊,遂改为:"虎兔相逢大梦归"。

大梦归,是指生命终止。

《红楼梦》中,侧重突出了他的两点,一是武功卓著(图中的弓),二是他的重要举措——更改国名、族名。

第五回,当作者写道:"因此上演出这怀金悼玉的红楼梦。"时,脂砚斋批道:

怀金悼玉,大有深意。(甲·5F·ZⅡ0447)

"怀金悼玉"如何理解? 为什么说:"大有深意"呢?

怀:缅怀,追忆;悼:悼述,哀叹。金:指谁? 是宝钗吗? 绝不是,"宝玉"已声明:"只要木石前盟,不要金玉良缘"。

"金"是指清朝前期,1616年,努尔哈赤统一女真族各部,在赫图阿拉称汗,国号"金",史称"后金",1636年,皇太极时改国号为"清"。

努尔哈赤、皇太极、包括顺治,都是作者亲闻人物,不是亲睹人物,所以这里的"怀金",是泛指前三帝时期,即努尔哈赤、皇太极、顺治时期。那一时期,曹振彦立有战功,正是曹家兴隆发达时期。

"悼玉",因黛玉隐寓康熙,"悼玉"是指悼康熙。

"金陵十二钗"第二幅图上画着一张弓,一只香橼,暗示此人与弓有缘,金戈铁马生涯。

皇太极一生对弓特别重视,自幼随努尔哈哈赤打猎出征,体格健壮,勇力过人。沈阳实胜寺曾藏有一张他的旧弓,矢长四尺多,一般人很难拉开。

1637年,皇太极喻诸贝勒:"我国家以骑射为业,今若轻循汉人之俗,不亲弓矢,则武备何由而习乎? ……后世子孙勿轻变其祖制。"

顺治亲政后,再三强调:"弓乃吾朝定鼎之物"。

皇太极,统一东北,一生五次出关攻明。正册上有一句词:"虎兕相逢大梦归。"虎兕是指两大势力,明军,清军相争,拼死决战,不正是虎兕相逢吗?

皇太极改女真族为满洲,将国号"金"改为"清"。

《石头记》中,元春进了大观园,随处题名。如整个园子赐名"大观园",

有凤来仪,改为潇湘馆;

红香绿玉,改为怡红快绿,即怡红院;

蘅芷清芬,改为蘅芜苑;……

皇太极,元春都是改名癖。

1634年,皇太极娶孝庄的姐姐,封为宸妃。这一年,宸妃26岁,气质高贵,温文尔雅,贤淑文静,举止端庄。皇太极宠爱至极。不料,1641年,宸妃去世,皇太极悲痛万分。十月二十七日,追封为敏惠恭和元妃。

元春,书中也称元妃,这同秦可卿一样,都是以身边事显隐。

《红楼梦》曲中说:"喜荣华正好,恨无常又到。眼睁睁,把万事全抛。"

此人突然暴病而死,谁呢? ——清太宗皇太极。1643年8月9日,皇太极在沈阳皇宫东暖阁猝然中风而死。

《红楼梦》曲第四支说:“恨无常又到,眼睁睁把万事全抛。”正是说此事。

《红楼梦》中,按作者提示,元春,也是暴死宫中。

四、大观园

大观园究竟在何处?

据胡文彬先生统计约有12种说法①,这些说法谁对谁错?

还是二知道人说得对,那是虚构,他说:“雪芹(应为曹頫)先生所记之大观园,恍然五柳先生所记之桃花源也。”

笔者认为:为何起造大观园,如何造园,景致如何等都是作者的铺设,而造大观园的实际意义,它的作用,含义,才是曹頫的“立意本旨”。

第十七回,脂砚斋有一批,道出原委,他说:

……观者则为大观园废(费)尽精神,余则为若许笔墨,却只因一个葬花冢。(庚·17F·ZⅡ1221)

脂砚说得明白:看书人为它的地点、结构费尽了精神,其实,作者只为突出一个葬花冢。瞧!脂砚对天上人间诸景皆备的大观园,不置一顾,对葬花冢却倍加关注。

脂砚的意思是:不要在“大观园”上费神了,且注意一下“葬花冢”吧! 那才是作者关注的要点。

第十六回,脂砚斋说:

……大观园系玉兄与十二钗之太虚玄(幻)境,……(庚·16F·ZⅣ0161)

笔者关注的是,大观园设立的深意、隐意、寓意。

1.大观园的命名

大观园命名,灵感来自曹顒的字若孚。

《易经·观卦》云:

观:下坤上巽,盥而不荐,有孚颙若。

初六:童观,小人无咎,君子吝。

六二:窥观,利女贞。

六三:观我生,进退。

六四:观国之光,利用兵于王。

九五:观我生,君子无咎。

上九:观其生,君子无咎。

《大观园》里,观国,观天下,观自己,观他人,都是没有灾异的。

一个“童观”,启发作者将惊天骇地事件都放到一群小儿女眼中。一个“利女贞”,启发作者将清帝均异化为女子。

根据“观卦”内涵,作者借此观自己,观他人,观天下。

这样大观园就是一座观察“大清王朝”兴衰的舞台,观察的对象是:

A、宝玉——即曹氏家族荣枯经过,觉醒过程,最后结局。

B、十二钗兴衰——即“大清十二帝”兴衰，直至灭亡。

C、香菱、晴雯、袭人三人的沉浮。

2.大观园是曹家私邸与皇宫的组合体

康熙四十四年（1705），曹寅在江宁宝塔湾西边为康熙南巡建了一座豪华行宫。

第十七回，营建大观园，就是影射其事。

脂砚斋有一批说：

……大观园系玉兄与十二钗之太虚玄（幻）境，……（庚·16F·ZⅣ0161）

正是暗示其事。

第十七回，题写匾额、对联时，贾政说：“将雨村请来，令他再拟。”前已证雨村影射胤禛。这里，为何点出雨村呢？这是因为，康熙曾赐胤禛一座圆明园，胤禛初建20景，自己题写了匾额对联。点出雨村，暗示大观园，乃如皇家园林。

3.大观园的时、空

第四十一回，刘姥姥醉入怡红院，酒醒后说：“我就像到了天宫里一样。”

有专家说：大观园里的方位错乱，十二钗的年龄或大或小。

其实，作者心目中另有一种时、空观念。

地域上，大观园（包括会芳园）汇聚了努尔哈赤称汗的赫图阿拉，沈阳，北京等地，使各地的清代帝王汇在一起。

时间上，凝聚了自1616年努尔哈赤开国到1912年清帝国灭亡。

至于各景点，不过是点缀而已。

4.大观园实质

第十七—十八回，写大观园宏伟，壮丽，让无数观者倾心，但脂砚一句话，让人扫兴。他说：至此方完大观园工程公案，观者则为大观园废尽精神，余则为若许笔墨，却只因一个葬花冢。（庚·17F·ZⅡ1221）

原来偌大一个工程，却只为一个“葬花冢”。

为什么会是这样？令观者大惑不解。

其实，脂砚是从书的反面来说的，《红楼梦》的本旨就是践花、葬花，就是为埋葬“大清”王朝而作。

五、贾政隐寓——雍正幻入红楼第五身

贾政，隐寓何人？且看他的门客们的名字谐音。

詹光——沾光；单聘仁——善骗人；吴新登——无星戥；戴良——大量。

根据曹頫“身边人寓主人”写作秘法，可知贾政是一个贪婪、手段卑鄙的人，此人就是雍正。

雍正有一个嗜好——写匾，在位期间，为各衙门写下无数匾额，仅赏赐文武大臣就达750多块。这

两回书,作者大施“游戏笔墨”,对其进行调侃。

第十七回中,题匾前,贾政说:“将雨村请来”,就是暗示,写匾同雍正有关。

题匾时,贾政隐寓雍正,宝玉自是曹頫,为写匾二人斗智斗勇,十分有趣,经历了六个回合。

第一回合,进园一带翠嶂,贾政的清客们欲题:“叠翠”、“锦嶂”等,宝玉则说:“古人有云:‘编新不如述旧,刻古终胜雕今’。”而题:“曲径通幽处”。

清客们自己承认:“读腐了书”。

第二回合,当来到清溪、石桥、亭子处时,贾政亲题:“泻玉”。

宝玉则说:“用此等字眼,亦觉粗陋不雅。”而题:“沁芳”。

“泻”有急下,排泄之意,“泻玉”,言外之意,是损玉。贾政此匾直指宝玉。宝玉则针锋相对,以“沁芳”回敬,“沁”为渗透,汲取之意,是消芳,众钗诸芳,均暗隐“清帝”。后取“沁芳”,宝玉战胜贾政。

第三回合,来到“数楹修舍”前时,清客们有题“淇水遗风”的,有题:“睢园雅迹”的,贾政谓之“俗”,宝玉说:“太板腐了”。宝玉题:“有凤来仪”。

第四回合,来到黄泥短墙,杏树掩隐处时,清客们题“杏花村”。宝玉说:“俗陋不堪”,题:“杏帘在望”,村名叫:“稻香村”。

第五回合,又一处,水声潺湲,泻出石洞,上则罗薜倒垂,下则落花浮荡。

清客们有题:“武陵源”的,有题:“秦人旧舍”的,宝玉说:“越发过露了”,而题:“蓼汀花溆”。“过露”,是点题之语,过露了什么?显然是“寻得桃源好避秦”,“避秦”根据谐音即“避清”,宝玉以“蓼汀花溆”进行掩饰,实质是欲盖弥彰。

第六回合,当行至一巨大玲珑山石时,只见许多奇花异草,味芬气馥,两旁是游廊。有清客题:“兰风惠露”,宝玉说:照此题“就题二百联也不能完”,宝玉题:“蘅芷清芬”。

并题一联:“吟成豆蔻才犹艳,睡足酴醾梦也香。”

宝玉所有题咏都获得众人称赞。

其间,贾政批宝玉,表面上看好像是父责子,其实隐雍正对待曹頫的态度。如:“胡说”,“打嘴”,“叉出去”等等。

贾政,隐寓雍正,但不是一成不变,读者不要做“念死书之子”,只有在“宝玉”隐寓曹頫时是这样。别的场合却需认真辨析。

由于《红楼梦》书是正反两面,有时不得不兼顾正面,如第十八回,元妃入园后,影射康熙时,贾政隐寓就是曹寅。

六、元妃入园

曹頫起造大观园,目的之一,就是让元妃入园。元妃隐寓皇太极,写大清兴衰,岂能不写皇太极?

第十八回是极为复杂的一回,生活素材来自曹寅长女省亲一事,大约在1719年前后。

元春入大观园,借省亲一事而方得入。作者则又借元春入园,写了南巡之事。而南巡之事则是康熙之事。这样这一回中就既有皇太极之事,又有康熙之事了。

先说皇太极之事,元妃省亲,是《红楼梦》中元春唯一的一次正面露面,其余均是暗笔。

元春题匾赐名后,第二项活动是题诗酬答,并命宝玉等题咏。

大观园题额时,宝玉题词:“有凤来仪”。

元春将“省亲别墅”赐名“大观园”，将“红香绿玉”改为“怡红院”……

是暗示皇太极将国号“后金”改为“大清”，将“女真族”改为“满洲族”的那次改革。

元妃命题诗，宝玉的《怡红快绿》有深意。

深庭长日静，两两出婵娟。

……

对立东风里，主人应解怜。

两两，指蕉、棠，一红一绿，代表两股势力。这两股势力，也正是书中的“两山对峙”者，一为《十二钗》，一为《宝玉》。

主人指谁？这里应是指乾隆，期望他能醒悟，了解对方也系“婵娟”。

诗中有几句显真语，如：

迎春诗：“谁信世间有此境”，暗示大观园是虚拟的。

李纨诗：“未许凡人到此来”，暗示这里是皇宫。

宝玉诗：“好梦昼初长”，皇太极时代曹家正处在蒸蒸日上时期。

“对立东风里，主人应解怜”。蕉、棠两植，一红一绿，主人应明白怜谁爱谁。

第三项活动是点戏看戏，元春点了四出戏，都有寓意。

元妃点四出戏，系作者“草蛇灰线”之笔，伏贾家之败，伏元妃之死，伏黛玉之死。伏甄宝玉送玉，甄宝玉，隐寓曹頫，送玉，即是指曹頫为康熙送葬。

第一出，《豪宴》，脂砚批道：

《一捧雪》中，伏贾家败。（列·18F·ZⅠ0127）

第二出，《乞巧》，脂砚批道：

《长生殿》中，伏元妃死。（列·18F·ZⅠ0128）

第三出，《仙缘》，脂砚批道：

《邯郸梦》中，伏甄宝玉送玉。（列·18F·ZⅠ0129）

第四出，《离魂》，脂砚批道：

《牡丹亭》中，伏代玉死。所点之戏剧伏四事，乃通部书之大过节、大关键。（列·18F·ZⅠ0130）

四出戏伏四件大事，用戏曲同书中事件联系起来，这是作者的写作手法。

元妃赏赐了龄官后，命再唱两出，贾蔷想让她唱《游园》《惊梦》二出，但，龄官自为此二出原非本角之戏，执意不作，定要作《相约》《相骂》二出。

《相约》、《相骂》，选自元代戏曲《荆钗记》，写王十朋考中状元后，拒绝丞相逼婚，被贬湖州。其妻钱玉莲在富豪孙汝权逼迫下，走投无路，投江自杀，被人救起，后夫妻团聚。

写《荆钗记》有无作者隐意？有！脂砚斋批道：

《钗钏记》中，总隐后文不尽风月等文。（庚·18F·ZⅡ1296）

第四十三回，凤姐过生日，当日演的还是《荆钗记》。

根据《荆钗记》内容看，是写的另一种情，丞相、富豪两相逼情，而王十朋、钱玉莲二人却是宁死不从。作者选演此戏，深有用意，脂砚斋下列批语可以证明：

……使言《石头记》之为书，情之至极，言之至恰，然非领略过乃事，迷陷过乃情，即观此茫然嚼蜡，亦不知其神妙也。（庚·18F·ZⅡ1297）

“领略过乃事，迷陷过乃情”，无疑，作者经历过被逼迫，自己反而迷陷其中之事，这正是曹頫在雍正二年—雍正五年的遭遇。

《荆钗记》赞扬了逼情不从的高贵品质。

七、奢华靡费

文中，显示了作者笔似游龙，一笔多意的特点，许多事影射康熙，第六次南巡前康熙曾对曹寅等三织造说：“尔等三处，千万不可如前岁侍候……”

书中，元妃临别说：“倘明岁天恩仍许归省，万不可如此奢华靡费了。”

脂砚斋在此有一批：

妙极之谶。试看别书中专能故用一不祥之语为谶，今偏不然，只有如此现成一语，便是不再之谶。只看他用一“倘”字使隐讳，自然之至。（庚·18F·ZⅡ1304）

在“倘”字上大做文章，说这是“不再之谶”，谁不再之谶？这是康熙最后一次南巡，事实上，康熙从此再也没有南巡，所以说这是不再之谶。

“奢华靡费”，是当年康熙说的话，康熙多次暗示了接驾花费巨大。

八、“亏空”缘由

作者借赵妪之口，揭示出“亏空”之缘由。

赵妪说：“江南的甄家，……独他家接驾四次”，谁家？历史上只有一家——曹家。

还说：“把银子都花的淌海水似的。”

贾蔷透露：仅“割聘教习，采买女孩子，置办乐器、行头”就花了三万两银子。

曹寅亏空原因，康熙心知肚明，不仅不逼，还督促曹寅想办法补上。

九、妙玉入园

妙玉隐寓顺治皇帝—福临，《红楼梦》突出了顺治倾心佛教的秉性。

福临六岁继位，十四岁亲政。后与弟媳董鄂氏相恋，顺治13年，其弟博果尔去世。顺治将董鄂氏纳为已妃。顺治十七年8月，董鄂妃去世。顺治痛不欲生，由法师茆溪森执刀，剃度为僧。

皇帝出家，这还了得。国师玉林琇绑起茆溪森扬言要火焚，顺治方同意蓄发亲政。

顺治痴迷佛教，西苑万善殿，是他的参禅殿，有一副楹联：

万象证圆通，金轮妙转；

三乘皈定慧，华海长涵。

身边的佛友们说他是：金轮王转世。顺治特书：“金轮妙转”四字，悬于殿堂。

这里，曹頫取其“妙”字，暗隐顺治。

顺治二十四岁突然去世，有人说是病死了，有人说是出家了。出家传说风闻朝野，并说是在五台山出家，乾隆还去五台山看过他。

曹頫取名“妙玉”，正是暗喻其出家一说。

第六十三回，宝玉过生日，妙玉拜贴上，自称“槛外人”。

宝玉为回贴署名发愁，不知该如何下贴。这时，岫烟出现了，告诉宝玉：“如今他自称槛外之人，是自谓蹈于铁槛之外了，你如今只下槛内人，便合了他的心了。”

一语道破天机，“槛内人”正是皇帝的身份。连准皇帝——太子都没有资格称“槛内人”。

妙玉想当“槛外人”，这正是顺治的真实念头，背着太后，毅然削发。

正册中第五幅图上，一块美玉落在泥垢之中。

其断词是：欲洁何曾洁，云空未必空，可怜金玉质，终陷泥淖中。

《红楼梦》曲中，唱词是：

……可叹这青灯古殿人将老，辜负了红粉朱楼春色阑，到头来依旧是风尘骯髒违心愿，好一似无瑕白玉遭泥陷。”

一块美玉，陷落在污泥中。什么意思？

佛家以入佛门为“洁地”，市俗为“污泥”，顺治想出家，但不能，所以说：美玉落陷污泥中。也就是“依旧是风尘骯髒违心愿”，“风尘骯髒”代表市俗。

十二金钗中，妙玉是唯一一个与贾家无亲缘关系的人。作者绝不会无缘无故把她放进来，写她，是因为她隐寓着一代君王。

前三帝因是虚写、略写，所以点到为止，只是缅怀（怀金）而已

注释：

① 胡文彬《红楼梦与中国文化论稿》第173–178页。

第十章 袭人篇

一、袭人原型

第三回末，黛玉入府后，作者介绍袭人说："原来这袭人亦是贾母之婢，本名珍珠。贾母因溺爱宝玉，生恐宝玉之婢无竭力尽忠之人，素喜袭人心地纯良，克尽职任，遂与了宝玉。"

原型是：顺治去世，八岁的康熙继位后，孝庄皇太后放心不下，将自己慈宁宫内的宫女阿露给了康熙，专管康熙的饮食起居，阿露暗喻珍珠。

康熙十二岁时，早上起床，留下一片黏糊糊的东西，阿露虽说比康熙大两岁，但也不知是什么。遂问老太监赵盛："是从那里流出来的？"赵盛也是孝庄皇太后送给康熙的，他告诉阿露，这是男子成熟的标志，皇帝能结婚生子了。

这是清宫秘史，外人是不知道的，那时曹寅母亲孙氏为康熙乳母，这些事瞒不过她，也是曹家的独家新闻。

以上情节，说明作者凡事均有所本。但作者是一笔多意，将事件原型移花接木，从康熙身上移植到宝玉身上。

二、袭人隐寓

第十九回是袭人篇，也即多尔衮专文。

又副册第二位图案是：一簇鲜花，一床破席。判词是："枉自温柔和顺，空云似桂如兰。"

"一簇鲜花，一床破席。"喻生前鲜花簇拥，死后只得一张破席。所以说："空云似桂如兰。"一生辉煌，最后，一无所有。

第三回，作者写道：并大丫头名唤袭人者。

脂砚斋批道：奇名新名，必有所出。（甲·3F·ZⅡ0271）

袭人，一个普通丫鬟，突然加了一个"奇"字，奇在哪里？从"必有所出"上想吧，按拆字法，即龙衣人。当年，多尔衮因龙衣获罪，被削爵掘坟。多尔衮原是正白旗主，曹氏属正白旗，因此，曹頫对多尔衮的遭遇极其同情。

多尔衮是努尔哈哈赤第十四子，正白旗旗主，曹振彦系其属下。现实中，多尔衮是主子，曹振彦系属下。书中，颠倒过来了，宝玉是主子，袭人是奴婢。

第六回，宝玉、袭人偷试云雨情节，表现出当时曹家与正白旗旗主多尔衮的关系。

袭人隐寓多尔衮，宝玉、袭人偷试云雨情节，用来说明曹氏归入正白旗后，曹氏与多尔衮的密切关系。

曹頫著书，常常将原型、塑型、隐型混在一起，让人一头雾水，不知所以。

皇太极去世，按多尔衮当时的声望和实力，能够承继大业，但他没有这样做。当时皇太极长子豪格，对帝位虎视眈眈，为了大清事业，多尔衮提名年仅六岁的福临继位，平息了一场风波。

宝玉偷探袭人，表明曹頫对多尔衮的怀念之情.

袭人突然提出“明年他们上来，就赎我出去的呢。”宝玉听了这话，越发怔了。这时，脂砚的批语却让我沉思。他批道：

即余今日尤(犹)难为情，况当日之宝玉哉？（庚·19F·ZⅡ1367）

“余今日”，当然是曹頫了，“当日之宝玉”是那个？

“赎身”显然是一个“密码”，笔者破解为：“出旗”，即脱离正白旗。对出旗一事，曹頫今日犹难为情，因为旗主多尔衮对曹家太好了，曹家的荣华富贵均来自那个时期。

当日之宝玉，是曹振彦，是否曾有过“出旗”之念？

酥酪一事，写了袭人顾全大局，息事宁人的性格，这正是多尔衮一生的特性。

作者借袭人规劝，再次凸现了“宝玉”性格缺陷：性格异常，任性恣情。袭人提出三条劝语后说：“百事检点些，不任意任情的就是了”。

脂砚批道：总包括尽矣。其所谓“花解语”者大矣，不独冗冗为儿女之分也。（庚·19F·ZⅡ1415）

看此批语，不只是说文本故事，“不独冗冗为儿女之分也”另有所指。

第二十回，袭人突然遭到李嬷嬷非议，指责袭人拿大。宝玉劝导袭人，袭人说：“要为这些事生气，这屋子一刻还站不得了呢。”

脂批道：实言，非谬语也。（庚·20F·ZⅣ0274）

这里，是作者曲笔写多尔衮受到非议，得祸。

多尔衮是努尔哈赤第十四子。

1643年，皇太极暴卒时，多尔衮手握重兵，继位呼声很高。但在孝庄皇后的周旋下，由皇太极6岁的幼子顺治继位，多尔衮为摄政王。

第二年，多尔衮率兵攻入北京，之后南征北战，为清王朝打下多半个天下。

三、多尔衮遭遇

顺治七年十二月，多尔衮死于喀喇城，顺治尊称其为“成宗义皇帝”。

不料，风云突变，多尔衮下属苏克萨哈等告发多尔衮死时，“其侍女吴尔库尼将殉，请以王所制八补皇袍……置棺内。王(多尔衮)在时欲以两固山驻永平，谋篡大位”

为此，顺治下谕：“……多尔衮逆谋果真，神人共愤。谨告天地太庙社稷，将伊母子并妻所得封典悉行追夺。……”

多尔衮因龙衣获罪，《红楼梦》中，“袭人”拆字就是龙衣人。

第三十六回，宝玉同袭人突然议论起生死，袭人的观点是：“人生百岁，横竖要死，这一口气不在，听不见，看不见就罢了。”

这是对多尔衮死后惨景无可奈何的表述。

宝玉则大批“文谏死，武战死”，认为那都是沽名钓誉：“可知那些死的都是沽名，并不知大义。”

这里作者是有所指的。

这一段话，袭人以一句“疯话”，轻轻掩饰过去，许多读者也以“疯话”来看，其实内涵极其丰厚。作者对当年多尔衮让位顺治，认为是过于注重名节了。

四、宝玉——今古未有之一人

第十九回，宝玉同袭人说话时自称："……我们这种浊物，倒生在这里。"

"浊物"，奇谈妙谈，脂砚斋连下两批：

妙号，后文又曰须眉浊物之称。今古未有之一人，始有此今古未有之妙称妙号。（庚·19F·ZⅡ 1361）

……所以谓今古未有之一人耳。听其囫囵不解之言，察其幽微感触之心，审其痴妄委婉之意，皆今古未见之人，亦是未见之文字；说不得贤，说不得愚，说不得不肖，说不得善，说不得恶，说不得正大光明，说不得混账恶赖，说不得聪明才俊，说不得庸俗平（凡），说不得好色好淫，说不得情痴情种，恰恰只有一颦儿可对，令他人徒加评论，总未摸着他二人是何等脱胎，（何等心臆），何等骨肉。余阅此书，亦爱其文字耳，实亦不能评出此二人终是何等人物。后观情榜评曰："宝玉情不情，代玉情情。"此二评自在评痴之上，亦属囫囵不解，妙甚。（庚·19F·ZⅡ 1362）

"浊物"，又称"须眉浊物"，怎么就是："今古未有之妙称妙号"？

笔者不由得反复推敲，"须眉浊物"，原来对应的是"女儿清人"，即"十二钗"等。

"宝玉"，怎么就又是"今古未有之一人"呢？

批语中有十一个"说不得"："说不得贤，说不得愚，说不得不肖，说不得善，说不得恶，说不得正大光明，说不得混账恶赖，说不得聪明才俊，说不得庸俗平（凡），说不得好色好淫，说不得情痴情种"。

十一个"说不得"，恰成五对正、反义词：

贤——愚，不肖；

善——恶；

正大光明——混账恶赖；

聪明才俊——庸俗平（凡）；

好色好淫——情痴情种。

这是批者在蒙人，其中自有取舍，表面上：愚，不肖；恶；混账恶赖；庸俗平（凡）；好色好淫。

实质上是：贤；善；正大光明；聪明才俊；情痴情种。

何等脱胎？有如孙大圣破石而出；

何等心臆？巨笔如椽，直指"大清"；

何等骨肉？铮铮铁骨。

宝玉是何等人物？情不情，根据谐音：清不清，清人不清之意。

写宝玉之"不清"，是作者写《红楼梦》的要旨，本旨。

第三十四回，袭人对王夫人说："若要叫人说出一个不字来，……二爷一生的声明品行岂不完了？"点破玄机。

第十一章　续《庄子》

一、风波处处

为了理直气壮地续《庄子》，作者采用了“背面敷粉”法，即铺垫法，先写了几处风波。

1.贾环风波

贾环同宝钗、莺儿玩掷骰子，输急了，开始耍赖，明明是“幺”，他偏说是“六”，说罢就拿钱。莺儿不服，说：“一个作爷的，还赖我们这几个钱。”

贾环说：“都欺负我不是太太养的。”

贾环这句话，大有深意，“不是太太养的”那就是庶子，这是暗示雍正庶出，这一点雍正十分在乎。

贾环，隐寓雍正。

2.二玉风波

湘云来了，宝玉去看她。

黛玉问宝玉：“在那里来？”

宝玉说：“在宝姐姐家里。”

黛玉说：“亏在那里绊住，不然早就飞了来了。”

宝玉说：“只许同你顽，……”

一句话，引起黛玉不满，二人遂发生口角，不再理宝玉。

3.黛、湘风波

湘云见宝玉只跟着黛玉，不理她，遂找他们说：“二哥哥，林姐姐……我好容易来了，也不理我一理儿。”

黛玉讥笑她：“二哥哥”，念成“爱哥哥”。

湘云遂又同黛玉斗起嘴来。

“二”念成“爱”，实际上是讽刺爱新觉罗氏，有人将“爱”念成“二”。

4.袭人风波

湘云为宝玉梳头，被袭人看见，袭人遂生了气，赌气不理宝玉。

宝玉不知缘故，索性连麝月也不理了。

5.四儿乘虚而入

四儿乖巧，见宝玉用她，极力讨好宝玉。四，是胤禛兄弟排行数，这里隐寓胤禛。

这一段写了几个女儿？有湘云，黛玉，宝钗，袭人，麝月，四儿等六个，俗眼看红楼者沉迷在这些娇花嫩柳中，而不知作者深意。

壬午（1762）年，畸笏叟再也忍不住了，批道：

为续《庄子因》数句，真是打破胭脂阵，坐透红粉关，别开生面之文，无可评处。（庚·21F·JⅠ0090）

"打破胭脂阵，坐透红粉关"，什么意思呢？就是说不要沉迷于"胭脂"，"红粉"中，冲出女儿国吧！

二、续《庄子》

晚上，宝玉喝了两杯酒，一边喝茶，一边看《南华经》，注意，他看的是：《外篇·胠箧》，云："故绝圣弃知，大盗乃止。摘玉毁珠，小盗不起。……"

这里，曹頫仿《庄子》手法，"自执金戈又执矛"，先得罪黛玉，后又得罪袭人，一气之下，谁也不理了，趁着酒劲，醉读《南华经》，看到《外篇·胠箧》时，不禁提笔续曰：

"焚花散麝，而闺阁始人含其劝矣。戕宝钗之仙姿，灰（毁）黛玉之灵窍，丧减情意，而闺阁之美恶始相类矣。彼含其劝，则无参商之虞矣。戕其仙姿，无恋爱之心矣，灰其灵窍，无才思之情矣。彼钗、玉、花、麝者，皆张其罗而穴其隧，所以迷眩缠陷天下者也。"

续《庄子》，看似针对四人，"焚花散麝"，"戕宝钗之仙姿，灰黛玉之灵窍"，其实重点在后一句："戕宝钗之仙姿，灰黛玉之灵窍"。

作者为什么要"戕钗""灰黛"？

宝钗隐寓乾隆，黛玉隐寓康熙，"戕钗""灰（毁）黛"，其意不言自明。

末一句，作者直言道："皆张其罗而穴其隧，所以迷眩缠陷天下者也。""迷眩缠陷天下者"，是什么？是情，即"清"也。

初看，宝玉醉续《庄子》，细读，则直指清室，这就是深藏在文献典故中的深意、隐意、寓意、他意……

请注意，《外篇·胠箧》本身的含义：小盗撬箱，中盗窃箱，而大盗却窃国。如田成子窃齐，十二世而有齐国。

曹頫暗示，满清占据中华，亦将十二世而终。

《胠箧》最终说的是"大盗窃国"，并以田成子窃齐国为例，这里暗喻努尔哈赤窃中华。

如何防止此类大盗呢？"绝圣弃智"，因此，有戕钗毁黛之语。

关于续《庄子》一事，己卯年（1759），脂砚斋有一批说：

趁着酒兴不禁而续，是非（作）者自站地步处。谓余何人耶？敢续《庄子》。然奇极怪极之笔，从何设想，怎不令人叫绝？己卯冬夜。（庚·21F·ZⅣ0335）

此批直言，书中宝玉就是他本人。

三、贾琏叛情

第二十一回，因巧姐出痘疹，贾琏便搬进外书房住。

不几日，贾琏就忍不住了，找来多浑虫老婆多姑娘陪伴。这里作者的意思是，写贾琏叛情。

有意思的是特写了多浑虫一笔：不想荣国府内有一个极不成器破烂酒头厨子，名唤多官。

“极不成器”，回应雍正五年雍正针对曹頫的批语：“原不成器”，这是曹頫反唇相讥：“你才是极不成器。”

四、平儿救贾琏

巧姐疹落病愈后，贾琏搬回来，平儿在收拾铺盖时：不承望枕套中抖出一绺青丝来，平儿会意，忙拽在袖内。

这里脂砚斋有一批云：

好极。不料平儿大有袭卿之身份，可谓何地无材，盖造际有别耳。（庚·21F·ZⅡ1540）

脂砚将平儿与袭人相提并论，平儿与袭人一样，应该属于又副册中人。

平儿为什么没入副册？

这是一个唯一有隐寓但没入又副册之人，平儿隐寓怡亲王允祥，允祥对曹頫具有好感，曹頫获罪不死，就是允祥竭力保护的结果。

当年，曹頫被抄家时，发现他家有一对允禟寄放的渡金狮子，这件事足可以使曹頫人头落地，但此事不了了之，其原因就是允祥庇护了他。

《红楼梦》中，平儿藏发就是暗隐这件事。

正册，副册，又副册共十五人，全在薄命司。薄命，是曹頫谶言寓意，曹頫绝不会让允祥进入薄命司。

第十二章 拒不补“天”

一、宝钗生日

贾母提出要给宝钗过生日，作者什么意思呢？

看了脂砚斋批语，自然明白。

……最奇者代玉乃贾母溺爱之人也，不闻为作生辰，却云特意与宝钗，实非人想得着之文也。此书通部皆用此法，瞒过多少见者，余故云不写而写是也。（庚·22F·ZⅡ1562）

首先，脂砚发出疑问：为什么不给黛玉做生日？

其次，脂砚点明：“瞒过……。”这是瞒人，哄人。“……多少见者”有人看见为××做生日了。

第三，“不写而写”，说明实际为黛玉做过生日。

曹家在乾隆朝绝不会为其祝寿，而在康熙朝，必是年年为康熙贺寿。

奇怪的是，宝钗生日是正月二十一日。作者有无寓意？

红学家们对此多有论述，1995年，杜景华在《红楼梦学刊》上发表的《红楼梦人物生辰补谈》中说：薛宝钗，生于正月二十一日。宋庄绰《鸡肋篇》卷上：“襄阳正月二十一日，谓之‘穿天节’，云交甫解佩之日。……”

“穿天节”是纪念女娲补天的日子。

“交甫解佩”典出南朝萧统《文选·江赋》中的注释中，引《韩诗内传》说：“郑交甫遵彼汉皋台下，遇二女，与言曰：愿请子之佩，二女与交甫。交甫受而怀之，超然而去，十步循探之，即亡（无）矣。回顾二女，亦即亡矣。”

“穿天节”喻着两典，作者在这里是什么意思呢？

宝玉，原是补天遗石，宝钗“穿天”，需遗石补天。这里，贾母意欲弥合二人。但宝玉的意思全在那首《寄生草》中，已立志出家，悬崖撒手了。

“交甫解佩”典，交甫求婚，终成泡沫。

二、寄生草和一偈

宝钗生日那天，宝钗对宝玉说：“一套北《点绛唇》，铿锵顿挫韵律不用说是好的。只那词藻中有一支《寄生草》填得极妙……”

北《点绛唇》出自《鲁智深醉闹五台山》，《鲁智深醉闹五台山》又叫《山门》或《醉打山门》，是清初邱园所做的《虎囊弹》中的一出。写鲁智深打死恶霸郑屠后，到五台山出家避难，但他不守佛门清规，醉酒后大闹山门，被师傅智真长老打发离山。

宝钗接着念道：

慢揾英雄泪，相离处士家。谢慈悲，剃度在莲台下，没缘法，转眼分离乍。赤条条，来去无牵挂。那里讨，烟蓑雨笠卷单行，一任俺，芒鞋破钵随缘化。

宝玉听后，喜不自禁。

后，因与黛玉闹矛盾，也填写了一首《寄生草》：

无我原非你，从他不解伊。肆行无碍凭来去。茫茫着甚悲愁喜，纷纷说甚亲疏密。从前碌碌却因何，到如今，回头试想真无趣。

用《鲁智深醉闹五台山》的《寄生草》引出宝玉的《寄生草》，前《寄生草》表达的是"悬崖撒手"的决心，后《寄生草》直抒心意，"回头试想真无趣"。

作者对曹氏以前的历史作了一个概括：一切都错了。

借戏曲，表明自己的思想，是曹頫常用的手段。

第二十二回，作者写道："贾母深爱那作小旦的……"并命人带进来，细看，赏赐。

湘云心直口快，说这个小旦："倒像林妹妹的模样儿"，宝玉怕引起黛玉生气，使眼色制止。结果两人均不领情，都对宝玉不满。宝玉又想起《庄子》中的"山木自寇""源泉自盗"，立占一偈：

你证我证，心证意证。

是无有证，斯可云证。

无可云证，是立足境。

后黛玉补一句：无立足境，是方干净。

脂砚有一批：

拍案叫绝。此又深一层也。亦如谚云："去年贫，只立锥；今年贫，锥也无。"其理一也。（庚·22F·ZⅡ1614）

到"无立足境"时，方干干净净。

偈后题写了《寄生草》。

宝钗说："这个人悟了。"这个人是谁？是曹頫，他明白：康熙也罢，雍正也罢，"着甚悲愁喜"，"说甚亲疏密"。过去，为他们制作龙衣，碌碌不息，回头想一想，太无趣了。不如："肆行无碍凭来去"。

三、灯谜，谶言

元春送回一个灯谜，谜语写得什么，书中没写明。众姐妹，以及宝玉、贾环、贾兰都将猜的谜底及自己拟的谜语挂在灯上送回宫中。

晚上，元春赏赐出来。各人写得什么，也没说明。只有贾环的谜语，因元春猜不出，方写出来。

是："大哥有角只八个，二哥有角只两根，大哥只在床上坐，二哥爱在房上蹲。"

众人看了，大发一笑。直到今天，人们看到这里，也只是大发一笑而已。

其实，正是这个俗而又俗的谜语，被人不置一顾的谜语中，蕴藏着作者的深意。

贾环自揭的谜底是：一个枕头，一个兽头。床上坐的大哥——"枕头"喻"草包"，大哥是谁呢？是暗寓允禔，允禔一生平庸，所以讽为"草包"。

"二哥"当指胤礽，是当日太子，蹲在房上的"兽头"，看似雄伟，其实无用。

作者瞒人手段就是高明，将自己的隐意，藏在一个令人不屑的谜语中，瞒过了多少读者，以及红学家。

贾母一时兴起，说了一个谜：

猴子身轻站树梢。——打一果名。

贾政心里猜谜底是荔枝，但他没说，只是乱猜。

不看脂批，似乎没什么寓意，但看了脂批，就恍然大悟了。

脂砚斋批道：所谓“树倒猢狲散”是也。（甲·22F·ZⅡ1632）

这句话是曹寅说的，果然康熙死后，曹家遭了殃。但，这里不是说曹家，说谁呢?

猴子是指谁？同一回，前面王熙凤同贾母开玩笑，贾母说：“我也算会说的，怎么说不过这猴儿？”

这是作者的草蛇灰线法，前边露出尾，后边看见头。猴子直指王熙凤，及他的王朝，此谜寓意不言自明，暗指清王朝也有倒的一天。

接下来是贾政的灯谜：

“身自端方，体自坚硬，虽不能言，有言必应。”

贾政怕贾母猜不着，悄悄把谜底告诉宝玉，让宝玉再悄悄告诉贾母。贾母猜是“砚台”

这里脂砚有一批：

好极。的是贾老之谜，包藏贾府祖宗自身，“必”字隐“笔”字。妙极妙极。（甲·22F·ZⅡ1634）

其实此谜还有一个谜底，应该是玉玺，“有言必应”，圣旨加印，谁敢不应?

其后，贾母让贾政猜他们姊妹们的灯谜，这些灯谜正是前边没有显露出的灯谜。

当然，贾政一猜便中。

元春之谜，谜底：爆竹，回身相看已成灰，喻瞬间消失。

迎春之谜，谜底：算盘，有功无运也难逢，命运决定一切，而不是丰功伟绩。

探春之谜，谜底：风筝，游丝一断浑无力，凭风借力，全在一线之间。

惜春之谜，谜底：佛像，莫道此生沉黑海，茫茫人世，宛如黑海。

宝钗之谜，谜底：更香，煎心日日复年年，像更香一样，剪完为止。

立松轩批语提示：禅理偏成曲调，灯谜巧隐谶言。（府·22F·LⅠ0466）

“灯谜巧隐谶言”，谶言，预示了清帝国的结局。

第十三章　入住大观园

根据元春旨意，让诸艳和宝玉都是住进大观园。脂砚批道：

大观园原系十二钗栖止之所，然工程浩大，故借元春之名而起，再用元春之命以安诸艳，不见一丝扭捻。己卯冬夜。（庚·22F·ZⅣ0384）

于是，薛宝钗住了蘅芜苑，林黛玉住了潇湘馆，贾迎春住了缀锦楼，探春住了秋爽斋，惜春住了蓼风轩，李氏住了稻香村，宝玉住了怡红院。

一、百年富贵

宝玉自进入大观园中，心满意足，优哉游哉，仿雍正十二月诗，写了一组四时诗：

春夜即事

霞绡云幄任铺陈，隔巷蟆更听未真。
枕上轻寒窗外雨，眼前春色梦中人。
盈盈烛泪因谁泣，点点花愁为我嗔。
自是小妆娇懒惯，拥衾不耐笑言频。

夏夜即事

倦绣佳人幽梦长，金笼鹦鹉唤茶汤。
窗明麝月开宫镜，室霭檀云品御香。
琥珀杯倾荷露滑，玻璃槛纳柳风凉。
水亭处处齐纨动，帘卷朱楼罢晚妆。

秋夜即事

绛芸轩里绝喧哗，桂魄流光浸茜纱。
苔锁石纹容睡鹤，井飘桐露湿栖鸦。
抱衾婢至舒金凤，倚栏人归落翠花。
静夜不眠因酒渴，沉烟重拨索烹茶。

冬夜即事

梅魂竹梦已三更，锦罽鹴衾睡未成。
松影一庭唯见鹤，梨花满地不闻莺。
女儿翠袖诗杯冷，公子金貂酒力轻。
却喜侍儿知试茗，扫将新雪及时烹。

这些诗是“宝玉”的第二部曲——梦中状态，书中片刻时间，历史上却长达百年。暗隐着曹家1621年–1727年百年荣华富贵。

二、会真记

宝玉在茗烟帮助下，搞了一套《会真记》，一天正在沁芳闸桥边，桃花底下，一块石上坐着细看，不料，黛玉走来发现，接书来瞧。

下边描写的是她入神的神情：“从头看去，越看越爱看，不顿饭工夫，将十六出俱已看完，自觉词藻惊人，余香满口。虽看完了书，却只管出神，心内还默默记诵。”

历史上，康熙真的喜欢《会真记》。

看表面，它同后边的《牡丹亭》一样作用似乎是“警芳心”。其实，作者这样写，另有他意。

康熙生前，非常喜欢《西厢记》，《牡丹亭》。

第二十三回，黛玉与宝玉合看了《西厢记》后，接着，宝玉去后，黛玉无意中又听到《牡丹亭》戏文。这几句戏文是：

原来姹紫嫣红开遍，似这般都付于断井颓垣。

良辰美景奈何天，赏心乐事谁家院？

则为你如花美眷似水流年。

你在幽闺自怜。

这时，黛玉又想起，

诗中：水流花谢两无情，

词中：流水落花春去也，

《西厢记》中：花落水流红，闲情万种。

黛玉看《西厢记》，听《牡丹亭》，什么意思？初看的确不理解，看了畸笏叟回后批才明白。

畸笏叟批道：前以《会真记》文，后以《牡丹亭》曲，加以有情有景销魂落魄诗词，总是争(急)于令颦儿种病根也。看其一路不迹(即)不离，曲曲折折写来，令观者亦难技(支)持，况瘦怯怯之弱女乎。(庚·23F·JⅠ0100)

什么是“种病根”？种什么病根？令人费解。

两出戏都是谈情的，再看上边的那几句戏词，诗词：

“情”，——水流，花谢，春去……

“水流，花谢，春去……”一个不可抗拒的自然规律，“情”不会永远不去，“清”也不会万古长存，有朝一日，大清帝国也将似水流，花谢，春去……

病根，原来是心病！

康熙喜欢《会真记》，喻康熙懂情，识情。情，清也，康熙一生都是在为“大清”兴衰着想。

乾隆时，对《会真记》深恶痛绝，喻乾隆不懂情，自然也不识情，即不识清，看不出“大清”兴衰。

第十四章 “宝玉”罹难篇

第二十五回—第三十三回，从“本事”角度看，是“曹頫罹难篇”。

“宝玉”接连遭到“毁面”、“魇魔”、“毒打”等灾难。作者用暗笔、隐笔再现了曹頫从雍正二年至雍正五年的遭遇。

一、毁面

贾环是什么人？

贾环——雍正幻入红楼第六身。

第二十五回，作者写：那贾环正在王夫人炕上坐了，命人点上灯，拿腔作势的抄写。

这时脂砚批道：小人乍得意者，齐来一玩。（甲·25F·ZⅡ1675）

脂砚眼中将贾环视为小人，作者笔下将贾环写成害宝玉者，根据作者“游戏笔墨”、“刀斧之笔”笔法，此人也隐寓雍正。

第七十五回，作者借贾赦的口对贾环说：“想来咱们这样人家，……可以做得官时跑不了一个官的，……将来这世袭的前程定跑不了你袭呢。”

事实果然如此，作者在这里显露出玄机。

王夫人命贾环抄写《金刚咒》，贾环见宝玉离他很近，“便要用热油烫瞎他的眼睛，因而故意装作失手，把那一盏油汪汪的蜡灯向宝玉脸上只一推”。

王夫人急的骂赵姨娘：“养出这样不知道理，下流、黑心种子来，……”

这是骂谁，脂砚称贾环为“小人乍得意者”，由此来看，贾环影射雍正。

雍正二年——雍正四年，曹頫受到雍正一连串的打击，如：责备，削减责任，罚俸等等。这里，曹頫巧妙地用“毁面”来表示。

二、魇魔

赵姨娘、马道婆——雍正幻入红楼第七、八身。

魇魔，梦中遇到可怕的事，惊恐，尖叫，意为梦中劫难。《红楼梦》中则为暗中实施恶毒的害人手段，第二十五回宝玉，王熙凤同受魇魔，但表现却不一样。

宝玉被魇魔后，表现为拿刀弄杖，寻死觅活。

王熙凤被魇魔后的表现却是：“只见凤姐儿手持一把明晃晃钢刀砍进园来，见鸡杀鸡，见狗杀狗，见人就要杀人。”

杀人是本质，这是对雍正杀人本性的大暴露。

后，幸有僧道相救，那和尚说：“青埂峰一别，展眼已过十三载矣！……沉酣一梦总须醒，冤孽偿清好散场。”

“十三载”,是个实数,正是书中宝玉岁数。曹頫从出任江宁织造到被革职、抄家恰好十三年。

三、毒打

贾政毒打宝玉,贾政隐寓雍正,宝玉隐寓曹頫,正是当年抄家事件的异象表现。宝玉被毒打,理由如下:

(1)贾政说:“方才雨村要见你,叫你那半天,你才出来。既出来了全无一点慷慨挥洒谈吐,仍是葳葳蕤蕤。”

雨村,隐寓也是雍正,对雍正如此,岂不是“不敬”,不敬,自然是大罪一桩。

(2)蒋玉菡逃离忠顺王府,忠顺王府长史官前来贾府要人。不但知道宝玉与蒋玉菡相与甚厚,而且还知道蒋玉菡私相表赠宝玉红汗巾子一事。

实际上红汗巾是赠给了袭人,系在了袭人腰上。袭人隐寓多尔衮,这里表达了作者对多尔衮不幸遭遇的同情,希望有一天重系红带子,昭雪平反,恢复名誉。

(3)贾环进谗言说:“宝玉哥哥前日在太太屋里,拉着太太的丫头金钏儿强奸不遂,打了一顿。那金钏儿便赌气投井死了。”

金钏儿,因宝玉调情,太太怒斥其勾引坏了宝玉,撵了出去,自己投井而死。但在贾环口中却变了样。这里无疑是讲宝玉太“痴情”。

三条理由隐现了当年曹頫被抄时的背景。

贾政毒打宝玉,语言十分恶毒,如:“堵起嘴来,着实打死!”;“明日酿到他弑君杀父,你们才不劝不成。”;“不如趁今日一发勒死了,以绝将来之患。”

针对“毁面”、“魇魔”、“毒打”诸事,畸笏叟晚年有一批说:

想兄在青埂峰上,经锻炼后,参透重关至恒河沙数,如否?余曰:万不能有此机栝,有此笔力。(庚·8F·JⅡ0001)

此“兄”就是指书中“宝玉”,现实中的自己。

第十五章　红玉与贾芸的故事

一、贾芸

贾芸出现在第二十四回，根据他的“种树人”身份，可以判定，贾芸系雍正幻入《红楼梦》的第九身。

贾芸，一个“种树的”，“种树的”是暗指胤禛未登基时，韬光晦迹，曾一度专心致志地在圆明园种树养花。

贾芸见到宝玉立即认宝玉为父亲，认宝玉为父亲，是游戏笔墨，调侃雍正。

二、认宝玉为父

第二十四回，宝玉去贾赦府的路上，碰见贾琏，两人说话时，旁边转出一个人来。

宝玉一时想不起是谁，贾琏告诉他：“他是后廊上住的五嫂子的儿子。”

宝玉说：“你倒比先越发出挑了，倒像我的儿子。”

贾琏笑道：“好不害臊！人家比你大四五岁呢？”

宝玉连忙问：“你今年十几岁了？”

“十八岁。”贾芸立即表示：“俗话说的：摇车里的爷爷，拄拐的孙子。……如若宝叔不嫌侄儿蠢笨，认作儿子，就是我的造化了。”

这是一段游戏之笔，幻中，你当过贾政，当过我的父亲；这次让你当当我的儿子。

三、贿求种树种花

贾芸想找个差事干，遂找到舅舅想要些冰片、麝香，送给凤姐。

舅舅卜世仁不答应，无奈从倪二手里借了些银子买了些冰麝，送给了凤姐，凤姐才同意让他去管理种树种花一事。

“种树种花”人，暗隐康熙将圆明园赏给胤禛，胤禛韬光养晦，表面上一心“种树种花”，似乎对继位不感兴趣。

四、红玉，康熙化身

紧随其后出现的是红玉，根据脂砚斋提示：

“红”字切绛珠,“玉”字则直通矣。(庚·24F·ZⅡ1661)

原来“红玉”是黛玉另一身,红玉同黛玉一样也隐寓康熙。

第二十七回,作者借凤姐之口说:红玉父母“一个天聋,一个地哑”。天聋、地哑是文昌帝君两位守护神,作者借此暗示红玉身份不凡,是帝君一类人物。

第二十四回—二十七回,断断续续写了贾芸、红玉故事。

这是作者仿《庄子》通过这个故事暗喻康熙如何选择了胤禛。

五、谁看上了谁?

第二十六回,李嬷嬷说:“好好的又看上了那个种树的,什么芸哥儿雨哥儿的。”

脂砚在此批道:囫囵不解语。(甲·26F·ZⅡ1759)

这确实是一句囫囵不解语,似乎是说宝玉看上了“种树的”,既然看上了,来了后宝玉却无话可说。

奇怪,作者到底是什么意思?

宝玉没看上他,脂砚斋批语特意反复说明:“无话可说”,

那么,谁看上了他?文中自有交代,是红玉,实际是说康熙看上了。

搞清楚以上关系,作者的用意就昭然若揭了。

贾芸,红玉情节,是作者仿《庄子》手法,用这个故事寓康熙选择储君一事。

当年,康熙常住在畅春园,离胤禛住的圆明园不远,胤禛韬光养晦,在圆明园大量种树种花,吸引康熙五次驾幸,就在这个过程中,康熙慢慢属意胤禛。

这个过程,曹頫清楚,他用幻笔写出,用“囫囵不解语”来暗示。

第二十七回,晴雯调侃说红玉:“原来爬上高枝儿去了。”暗示胤禛得势了。

第十六章　宝钗扑蝶与黛玉葬花

一、宝钗扑蝶

第二十七回,作者用文字为我们绘制了一幅美艳图:宝钗扑蝶。

在胤禛的邀请下,康熙晚年五幸圆明园,胤禛之子弘历,聪明伶俐,六岁就能背诵《爱莲说》,深受康熙喜爱。

宝钗扑蝶就是小弘历的一件往事,童子之扑蝶之戏,让老皇帝格外开心。

一次,在滴翠亭,宝钗偶然间听到小红、坠儿的对话。

笔者认为,这里边暗藏着一段史实:当年,康熙同某人在圆明园某一个亭里谈话,谈话中暗示了对胤禛有好感,恰好弘历在亭外扑蝶,听到了。

二、饯花日

饯花日——四月二十六日,作者将这一天称为饯花日,同时也是宝玉生日,这里深有用意。雍正二年四月二十六日,雍正下旨责备李煦、曹頫等:"人参在南省售价为何这么贱?",这一天是曹頫罹难的开始之日。

饯,就是告别,决裂。曹、清决裂从这一天开始。

第二十七回回后有两批,揭示了饯花、葬花的实质。脂砚说:

饯花辰不论典与不典,只取其韵致生趣耳。(甲·27F·ZⅡ1858)

作者将四月二十六日定为践花日,细查,此节无典。所以脂砚其后有批云:"饯花日不论其典与不典,只取其韵耳。"显然,作者这样设典,别有用意。笔者已说过,这一天正是曹頫蒙难的开始日。饯花,表示永别。

关于葬花,脂砚说得更明白:乃诸艳归源。"诸艳"者,十二钗也。归源,就是葬花冢——坟墓,就是灭亡。作者在这里明确地指明了十二钗的最后结局——灭亡。

三、黛玉葬花

黛玉葬花,是《红楼梦》中的经典片段,人们都为之倾倒。

黛玉的"葬花吟"是千古名诗,人们都为它的诗句优美,缠绵悱恻,悲情万千所倾倒,但对它的隐意却不甚了了。

除了美的诗境、意境、画面外,作者有无其他含义?

脂砚回前批已说得十分明白，他说：埋香冢葬花，乃诸艳归源，《葬花吟》又系诸艳一偈也。（甲·27F·ZⅡ1863）

葬花吟系“诸艳”一偈，什么偈？归源之偈。归源，是最后结局，也就是全部被埋葬，而“诸艳”正是指“十二钗”。

《葬花吟》中“红消香断”是最后的结局，花开花落，这是自然规律。规律中却隐含着一个不可抗拒的法则——即任何事物都有败亡之日。

葬花，须同饯花辰合起来看。

《甲戌本》回后有两条脂批：

饯花辰不论典与不典，只取其韵致生趣耳。（甲·27F·ZⅡ1858）

埋香冢葬花，乃诸艳归源，《葬花吟》又系诸艳一偈也。（甲·27F·ZⅡ1863）

“饯花”“葬花”指什么？就是指花吗？非也，是指人，指谁？

前文中，脂砚斋、畸笏叟都将“十二钗”统称为“诸钗”或“诸艳”，因此“饯花”“葬花”都是葬”十二钗”。“埋香冢葬花，乃诸艳归源”说得再清楚不过了。

到《庚辰本》时，两批合并，写在回前。第一句就说：“葬花吟是大观园诸艳之归源小引……”“大观园诸艳”说得更加明确。

因此，“葬花吟”乃是”十二钗”之葬歌，也即是《清十二帝》之葬歌。

且听黛玉是如何说：

……侬今葬花人笑痴，他年葬侬知是谁？

……一朝春尽红颜老，花落人亡两不知。

第二十八回，作者借宝玉发了一通议论：“试想林黛玉的花颜月貌，将来要到无可寻觅之时，宁不心碎肠断？既黛玉终归无可寻觅之时，推之于他人，如宝钗、香菱、袭人等亦到无可寻觅之时矣。宝钗终归无可寻觅之时，自己又安在哉？且自身尚不知何在何往，则斯处斯园斯花斯柳又不知当属谁姓氏矣……”

“斯处斯园斯花斯柳”如换成“社稷”二字，意义则更明了。此是点睛之笔，江山当不知属谁氏也。

作者在这里反复推求，其意是说“一切都会消失，何况十二钗”呢？

对此，脂砚赞道：“非大善知识道不出此等语来。”

“葬花”，实质上是作者借黛玉之口，为清王朝唱一曲葬歌。是作者著书的“本旨”。

“葬花”的创意来自曹寅的号：“西堂扫花行者”。

四、宝玉诠释《葬花吟》

第二十八回，作者借宝玉诠释《葬花吟》。

《葬花吟》的主题：“花落人亡”，由“花落”联想到“人亡”，作者说：

——黛玉，无可寻觅之时

——宝钗、香菱、袭人无可寻觅之时

——自身尚不知何在何往

——斯处、斯园、斯花、斯柳又不知当属谁姓矣

——一而二，二而三，反复推求了去

"反复推求"，这里作者的意思是：直到十二钗全不在了，江山也不知谁姓矣。

这一段话，是作者想象中的结局，也是作者对"大清"朝必然灭亡规律的揭示。

作者笔似游龙，很快，作者又从梦幻回到现实，眼下依旧是：花影不离身左右，鸟声只在耳西东。也就是说：身子还在清朝，他们的声音依旧还在。

五、"客"是哪一位？

《甲戌本》第二十七回末、第二十八回前有两批点出一位神秘人——"客"，他是谁？

请看：

余读《葬花吟》至再至三、四。其凄楚感慨令人身世两忘，举笔再四不能下批。有客曰："先生身非宝玉，何能下笔？"即字字双圈，批词通仙，料难遂颦儿之意。俟看玉兄之后文再批。噫唏！阻余者想亦石头来的，故停笔以待。（甲·27F·JⅢ0117）

不言炼句炼字词藻工拙，只想景想情想事想理，反复追求悲伤感慨乃玉兄一生天性，真颦儿不（之）知己则实无。再有者昨阻余批《葬花吟》之客，嫡是玉兄之化身无疑，余几点金成铁之人，笨甚。（甲·28F·JⅢ0118）

《庚辰本》也有两批与上述批语大同小异：

余读《葬花吟》凡三阅，其凄楚感慨，令人身世两忘，举笔再四，不能加批。先生想身（非）宝玉，何得（碍）而下笔，即字字双圈，料难遂颦儿之意。俟看过玉兄后文再批。噫嘻，客亦《石头记》化来之人，故掷笔以待。（庚·27F·JⅠ0123）

不言炼句炼字，辞藻工拙，只想景想情想事想理，反复推求悲感，乃玉兄一生之天性。真颦儿之知己，玉兄外实无一人。想昨阻批《葬花吟》之客，嫡是宝玉之化身无移。余几作点金为铁之人。幸甚幸甚。（庚·27F·JⅠ0124）

我们先分析一下此"客"身份。

1.阻止曹頫下批，理由是："先生身非宝玉，何能下笔？"

这句话告诉我们，"黛玉葬花"时，相对应的宝玉不是曹頫。

2."阻余者想亦石头来的"，石头来的，是说"客"也是从"女娲补天遗石"演化来的。

这句话是说，"客"也隐寓在"石头"中。

3.实是"颦儿知己"

黛玉的知己，即康熙的知己。

4."玉兄之化身"

再次强调是"玉兄之化身"。

综合以上四点，笔者认为此"客"就是大名鼎鼎的曹寅。曹寅自号"西堂扫花行者"，曹頫写黛玉葬花，创意即来自"扫花"二字。

六、黛玉病，用什么药？

黛玉得的到底是什么病？主要表现是"虚弱"，"虚弱"是康熙晚年身体的特征。

作者借宝玉之口说："是内症，先天生得弱，……"满族，与汉族相比，是一个弱小民族。

吃什么药呢？什么“金刚丸”，“菩萨散”，“天王补心丹”。

宝玉说：“都是不中用的，太太给我三百六十两银子，我给妹妹配一料丸药，……”

接着，宝玉列出一些稀奇古怪的药来：头胎紫河车，人形带叶参，三百六十两，六足龟，大何首乌，千年松根伏苓脂。

这些药是配不成的，黛玉的病，自然是不治之症。

读《黛玉葬花》，有两点必须明白：其一，变换视角，是作者借黛玉之口，说自己的心里话。其二，花一钗一人，一脉相承。

如能做到这两点，你就能领会到“黛玉葬花”实际上是一篇“埋葬大清王朝”的宣言。

七、红麝串

宝玉要看宝钗手腕上的红麝串，宝钗脱下时，宝玉为她的一段雪白酥臂迷住了，忽然又想起金玉之说，又见宝钗脸若银盆，眼似水杏，唇不点而红，眉不画而翠。比林黛玉另具一种妩媚风流，不觉就呆了。

此时，宝玉动心了。《列藏本》第四回回前诗：“捐躯报君恩，……君恩或可待。”这是作者曾经一度对乾隆怀有幻想，后不再幻想时，删除了这首诗。

真正做到“不情”，也是很难的。

第十七章　薛蟠酒令

一、薛蟠不识唐寅

第二十六回，作者安排了一次宝玉、薛蟠等聚会。出人意料的是，薛蟠以宝玉父亲的名义将宝玉哄出来。

妙的是，作者让薛蟠说出来："改日你也哄我，说我的父亲就完了。"

看似笑话，实则是调侃。

接着，宝玉骂焙茗："反叛肏的，还跪着做什么？"

王熙凤是不识字，薛蟠好一点，略识几个字。作者在"略识几个字"上，大做文章。

当宝玉得知是薛蟠过生日请他时，说要送他一幅字或画。这时，薛蟠说："你提画儿，我想起来了。昨儿我看见人家一张春宫，画的着实好。……只看落的款，原来是庚黄画的。"

宝玉想了想，在手心里写下"唐寅"两字，让他认："别是这两个字罢。"

这里是一语双关，一是讽刺薛蟠是不学纨绔，二是说，不认得唐寅，更不认曹寅了。同样是讥讽雍正：三四辈的老脸都不顾及了。

再看那天请吃的是：粉脆的鲜耦，特大的西瓜，新鲜的鲟鱼，灵柏香熏的暹猪。

耦瓜鱼猪，读此谐音，好像是一句骂人的话。

还有身边参加聚会的那几个人：詹光、程日兴、胡斯来、单聘仁，据脂砚谐音揭示，是：沾光、成日兴、胡死来、善骗人。

这里是暗喻薛蟠本性，也是对雍正的讥讽。

二、薛蟠酒令

第二十八回，冯紫英请客，座中有：宝玉，薛蟠，蒋玉菡，云儿等，宝玉发一新令："如今要说悲，愁，喜，乐四字，都是要说出女儿来，还要注明这四字的缘故。说完了，饮门杯。酒面要唱一个新鲜时样的曲子，酒底要席上生风一样东西，或古诗、旧对、《四书》、《五经》成语。"

薛蟠听了，拦住道："我不来，别算我。这竟是捉弄我呢！"

脂砚对这句话写下两条批语：

爽人爽语。（庚·28F·ZⅣ0768）

岂敢？（庚·28F·ZⅣ0769）

"岂敢"两字，披露出脂砚心态。须知薛蟠隐寓的是"雍正"，品味"岂敢"这两个字，仿佛让我们看到了脂砚的那副挑战者的姿态。

薛蟠说对了，作者就是要借此捉弄他，请看：

薛蟠吞吞吐吐地说："女儿悲，嫁了个男人是乌龟；女儿愁，绣房蹿出个大马猴；女儿喜，洞房花烛朝慵起；女儿乐，一根鸡巴往里戳。"

接着，薛蟠唱道："一个蚊子哼哼哼，两个苍蝇嗡嗡嗡……"

薛蟠声称：这是个"新鲜曲儿，叫哼哼韵。"

这个酒令充分显示了薛蟠的不学无术和粗鲁，这里面，"史公用意"何在？

笔者说了：薛蟠，是雍正幻入《红楼梦》中的百变之身，即雍正又一个形象，这是调侃雍正爱讲村言粗语的性格特点。

此酒令是作者的游戏之笔。

《红楼梦》中，作者紧紧抓住一个"呆"字，写薛蟠，呆霸王，呆兄，读者都觉得薛蟠"呆"得可爱，形象生动活泼。但是，你可知道，这个"呆"字，自有出处。

雍正批李卫折，说："好事！好事！览而不嘉悦者除非呆皇帝也。"

言外之意，雍正不是呆皇帝。

作者抓住这个"呆"字，好，你不愿当呆皇帝，我让你当一回"薛呆子"。

三、茜香罗

蒋玉菡说酒令，最后完令时说了一句："花气袭人知昼暖。"

别人都依了，薛蟠跳起来不依，喧嚷道："该罚，该罚！这席上并没有宝贝，你怎么念起宝贝来了？"

经云儿解释，蒋玉菡才知道袭人是宝玉的大丫鬟。

之后，蒋玉菡、宝玉解手时，蒋玉菡将自己的大红汗巾子赠予宝玉，而宝玉则将他身上的一条松花汗巾子回赠蒋玉菡。

宝玉与蒋玉菡互换汗巾后，夜里，宝玉将那条大红汗巾悄悄系到袭人腰上。

交换汗巾，表面看，是暗示二人日后成亲，实则是表明了作者对多尔衮的同情，希望有朝一日为多尔衮平反昭雪，恢复红带子。

脂砚斋批道：

茜香罗、红麝串写于一回，棋官虽系优人，后回与袭人供奉玉兄、宝卿得同终始者，非泛泛之文也。（甲·28F·ZⅡ1912）

曹頫预测，后世必能为多尔衮平反昭雪，果然，乾隆下令按郡王爵重修坟茔，时时供奉。

第十八章　为谁打醮

一、为谁打醮？

第二十九回，作者借元妃之口说："在清虚观初一到初三打三天平安醮。"为谁打醮，没说。

回末却说："初三日，乃是薛蟠生日。"

作者又在瞒人了，初三日，不是薛蟠生日，而自有人，此人就是胤礽。

胤礽生于一六七四年五月初三日，作者借小说为其打平安醮，以寄托思念。

打醮，是道教设坛祭祷求福消灾的一种仪式。

二、刻画王熙凤

作者借打醮重笔刻画王熙凤，一进门，因小道士一头撞在凤姐怀里，凤姐便一扬手，把小道士打了个筋斗，并骂道："野牛肏的，……"

清虚观中王熙凤同张道士有几句顽笑话，颇有深意、寓意。

王熙凤说张道士："打发人和我要鹅黄缎子。"鹅黄缎子，是皇家物品，此处暗示王熙凤身份。

当张道士用盘子托出大姐儿的符来时，王熙凤开玩笑说："倒像是和我们化布施来了。"

贾母说："猴儿，猴儿，你不怕割舌头下地狱。"

凤姐儿笑道："他怎么常常的说我该积阴骘，迟了就短命呢？"

这里，作者借开玩笑，让王熙凤自己说出来。不积阴骘，必然短命。

三、张道士身份

张道士出现，书中写道：这张道士当日是荣国公的替身，先皇御口亲封为"大幻仙人"，如今现掌道录司印，又是当今封为"终了真人"，现今王公藩镇都称他为"神仙"。

一大串头衔，他究竟是谁？说穿了，是雍正幻入红楼又一身份。

他送了宝玉一个金麒麟，还要为宝玉说媒，害的黛玉为此同宝玉大闹一场。

而书中已交代，湘云有一个金麒麟。

有好事者续《红楼梦》时，便让宝玉同湘云成婚。

其实，这是作者暗示到湘云（道光）时代，曹氏还会得到重用。

四、重申不要“金玉姻缘”

因张道士给宝玉提亲，宝玉同黛玉再次发生口角。

黛玉因“金玉姻缘”之说形成心病，她心里想：“为何我一提金玉之事，你就着急？”

宝玉一时有口难辩，便狠命砸玉：“什么捞什骨子，我砸了你完事！”以此表明心迹，重申只要“木石姻缘”，不要“金玉姻缘”。

此回，一笔多意，一箭三雕。

第十九章　龄官画"蔷",脚踢袭人

一、龄官画"蔷"

第三十回,宝玉见一女子在蔷薇花架下金簪画"蔷",一遍又一遍,宝玉按她的规矩写了写,原来是个"蔷"字,数了数,十八笔。

第三十六回回前,立松轩写道:"画蔷亦自非容易,解得臣忠子也良。"

龄官画"蔷",事在第三十回,"蔷"字,按繁写体,有十六画,(薔);十七画,(薔);十八画,(薔)三种写法。(薔)的写法,不多见,十八画,给人一种硬凑的感觉。

曹頫为什么要搞一个"十八画"?

细阅第三十六回,宝玉讲了一阵"文谏死,武战死"后,突然又去找龄官唱曲,让人丈二和尚摸不着头脑。

画蔷,臣忠,两件事有关系吗?

"十八画",几十个"十八画",千皴万染,必有用意。

巧得很,"雍正"二字不多不少,恰恰"十八画"。将"十八画","文谏死,武战死","画蔷亦自非容易","臣忠"等词用"草蛇灰线"连接起来,"史公用意"便一目了然了。

显然,"十八画"暗隐雍正,"蔷"字"十八画",贾蔷隐寓雍正。龄官如此痴情,自然是忠心耿耿了,结局如何? 作者没说,但现实告诉你:请看年羹尧、隆科多等人的结局。

"十八画",暗示贾蔷是雍正幻入《红楼梦》百变之身之一。

二、脚踢袭人

第三十回,《红楼梦》中突然出现宝玉"脚踢袭人"情节,让读者不可理解。两人关系那么好,袭人那么尽心尽责,怎么会挨宝玉的窝心脚呢? 脂砚斋也表示不可理解,他批道:

脚踢袭人,是断无是理,竟有是事。(庚·30F·ZⅡ1920)

根据脂砚斋《红楼梦》中无闲笔泛文的提示,笔者判断这是作者的仿《庄子》笔,追踪蹑迹之笔,必然影射一段历史,必然是多尔衮的一场不幸。"竟有是事",必有事实。

果然,史载1841年(皇太极崇德六年),多尔衮率兵围困锦州,皇太极下令:围困到底,直至锦州总兵祖大寿投降为止。

可是,多尔衮却自作主张,令其属下轮流回沈阳探亲。

皇太极闻讯大怒,命兵部参将谭拜取代多尔衮,并令其自议罪名。多尔衮认罪道:"遣兵回家,违抗上谕,理应处死。"

皇太极将其由睿亲王降为郡王，一个多月后，方允许他入朝议事。

这是多尔衮生前唯一的一次挫折，被曹頫幻入《红楼梦》中。

顺治七年十二月，多尔衮死于喀喇城，顺治尊称其为“成宗义皇帝”。

不料，风云突变，多尔衮下属苏克萨哈等告发多尔衮死时，“其侍女吴尔库尼将殉，请以王所制八补皇袍……置棺内。王（多尔衮）在时欲以两固山驻永平，谋篡大位。”

为此，顺治下谕：“……多尔衮逆谋果真，神人共愤。谨告天地太庙社稷，将伊母子并妻所得封典悉行追夺。……”

多尔衮因龙衣获罪，《红楼梦》中，“袭人”拆字就是龙衣人。

第二十八回，蒋玉菡情赠茜香罗，蒋将一条大红汗巾赠予宝玉，宝玉夜间悄悄系在袭人的腰上。这是隐寓，但愿有朝一日，能为多尔衮平反昭雪，恢复“红带子”。

毕竟，曹家是随着多尔衮发迹的，多尔衮对曹家有恩。

果然，时隔127年后，到1778年（乾隆四十三年），乾隆下旨为多尔衮正式平反：“宜复还睿亲王（多尔衮）封号，追谥曰忠，配享太庙。依亲王园寝制，修其茔墓，令太常寺春秋致祭。其爵世袭罔替。”

此事在曹頫《红楼梦》一书写成30多年后，曹頫料事如神。

三、晴雯撕扇

第三十一回写了晴雯撕扇，有什么含义呢？

2013年8月，9岁的小孙女看了《红楼梦》电视剧后，兴致勃勃地给我讲晴雯撕扇，她说：“太有意思了，《红楼梦》中我最喜欢的就是晴雯撕扇。”

她的话，让我陷入沉思：晴雯撕扇情节说明什么？

作者在《楔子》中说过：“至若离合悲欢，兴衰际遇，则又追踪蹑迹，不敢稍加穿凿，……”

表面看，是突出晴雯放任不羁的性格，是女儿中的精彩一幕，但作者写“晴雯撕扇”必有用意。

“晴雯撕扇”，实质是“宝玉撕扇”。

康熙四十四年（1705年）第五次南巡，四月，驻跸江宁织造府。据吕德芝（字时素）《读陈沧州（即鹏年）虎邱诗》序云：“先生守江宁日，值圣祖南巡幸苏，左右求贿不得，谗以行宫不敬，下狱议死。方待命，会织造曹公寅之子，方八岁，捧一扇来献。上喜其慧，问地方事，以陈鹏年真清官对。因释其狱，仍守苏州。”

捧一扇来献，是献给康熙，这次南巡，尚有胤禛等，想必也同样有送扇之举。

寅之子，樊志宾先生推测是曹頫献扇，送扇实有其事。

《关于江宁织造曹家档案史料》第156页–165页记载：“雍正元年，曹頫进洒金笺纸三百张，乳金宫绢四十张，洒金绢六十张，湖笔四百枝，锦扇一百柄。”

“锦扇一百柄”后有“上留用”字样。

进扇之事得以证实。

后，曹頫还有一次进笺纸、湖笔、锦扇，雍正在“锦扇一百柄”后批道：“此种徒费事，朕甚嫌，……”

曹頫进扇，费力不讨好，事后一想，不如撕毁。

幻入《红楼梦》后，晴雯在宝玉的提示下，“奉命”撕扇，表达了当初进扇的懊悔，愤而撕之。

四、湘云论阴阳

第三十一回，湘云与翠缕论起阴阳来，作者什么用意？

脂砚斋有一条批语说：

大则天地阴阳，小则功名荣枯，……（庚·22F·ZⅡ1591）

立松轩也有一条批语：

阴阳交结变无伦，幻境生时即是真。（府·4F·LⅠ0139）

第二十二回，迎春的谜语中有一句：因何镇日乱纷纷，只为阴阳数不同。

显然，“阴阳”，事关大局。

湘云与翠缕论阴阳，翠缕明言：“姑娘是阳，我就是阴。”

此外，还有湘云爱穿宝玉的衣服，爱一身男子打扮等等，都暗示湘云是一位男子，是一位帝王。

第二十章　逼死金钏与情悟梨香院

一、逼死金钏

第三十回，宝玉来到王夫人房间时，金钏儿正给睡午觉的王夫人捶腿，宝玉遂悄悄说："我明儿和太太讨你，咱们在一处罢。"

金钏儿说："金簪子掉在井里头，有你的只有你的。……"

这时王夫人醒了，狠狠打了金钏儿一个嘴巴子，并撵了出去。

金钏儿，什么角色？第二十三回，宝玉去见贾政时，一步挪不了三寸，金钏儿一把拉住说："我这嘴上是才擦的香浸胭脂，你这会子可吃不吃？"

虽是开玩笑，但听口气是吃过的。

金钏儿是一个以情相诱者，因此给她安排了一个结局——跳井。

第三十二回，金钏儿跳井身亡。

根据脂批：妙！金钏、宝钗相互映射。

这里，似乎将二人合一了。

相传，乾隆十三年带孝贤纯皇后东巡，返京途中，皇后落水而死。金钏儿跳井，应是影射这件事。

二、金线络玉

第三十五回，袭人让宝玉请莺儿打络子，先打装"汗巾子"的，宝玉的"汗巾子"是大红的，莺儿说："大红的，须是黑络子才好看。"

宝钗来了，提议："倒不如打个络子把玉络上呢。"

宝玉问："只是配个什么颜色才好？"

宝钗道："把那金线拿来，配着黑珠线儿，一根一根的拈上，打成络子，这才好看。"

络玉，就是笼络玉，意为控制，掌控，当然这是一厢情愿了。

金线络玉，用意可知。

三、绛芸轩梦兆

第三十六回，宝钗来看宝玉，宝玉睡着了，恰好袭人有事要出去一下。宝钗就坐到宝玉身边。这时宝玉突然说起梦话："和尚道士的话如何信得？什么是金玉姻缘，我偏说是木石姻缘。"

薛宝钗听了怔了。

宝玉这几句话，是发自肺腑的心里话，也是曹頫积在心中的肺腑之言。

第二十一章　探春起社

一、探春，“蕉下客”

探春欲起诗社，黛玉、李纨提议每人起个别号。探春给自己起了一个“蕉下客”，黛玉打趣说：“你们快牵了他去，炖了脯子吃酒。”

原来，“蕉下客”是蕉叶下覆盖的鹿。

典出《列子·周穆王》，大意说：郑国有一个樵夫，碰见一头惊骇的鹿，杀死后，怕人发现，藏在一个坑里，上边覆盖蕉叶。但忘了所藏的地方，自己反以为是一场梦，沿途边走边说。傍人按其所说找到了这头鹿。

曹頫借黛玉之口，点出“蕉下客”出处。

但作者的深意却在后边：樵夫得知“傍人”找到鹿，二人便找“士师”打官司争鹿。找到鹿的这个“傍人”说：樵夫的梦是真的，他的梦也是真的。“士师”将鹿平分，一人一份。

郑君听说后，问国相：“士师以复梦分人的鹿，可以吗？”

国相说：“梦与不梦，臣所不能辨也，只有黄帝、孔丘能辨，今无黄帝、孔丘，只有按士师说的办。”

这是在说《红楼梦》之梦，真梦，假梦？是梦，非梦？谁能辨之？

二、潇湘妃子与蘅芜君

海棠诗社成立时，探春送给黛玉一个雅号：潇湘妃子，并说：“当日娥皇、女英洒泪在竹上成斑，故今斑竹又名湘妃竹，如今他住的是潇湘馆……”

黛玉同潇湘、娥皇、女英联系在一起，作者有什么隐寓？

娥皇、女英是尧的两个女儿，一同嫁给舜为妃。后，舜南巡死在苍梧，娥皇、女英赶到南方，泪洒潇湘。

《红楼梦》中，一再将黛玉同潇湘联在一起，暗喻黛玉所隐寓的康熙乃是尧、舜一类的帝王，这是曹頫对康熙的崇高评价。

蘅芜，香草名，《拾遗记·前汉上》：“帝息于延凉室，卧梦李夫人授帝蘅芜之香，帝惊起，而香气犹著衣枕，历月不歇。”

蘅芜君，与汉武帝相连，意为宝钗也是其一类人物。

三、白海棠诗解

探春诗解读

李纨提议:咏白海棠。

于是,迎春限韵,让小丫头随便说一个字,小丫头随口说了一个“门”字,又让小丫头随手从韵匣子里抽出四个字:盆、魂、痕、昏。众人依韵写作,探春第一个写好:

斜阳寒草带重门,苔翠盈铺雨后盆。
玉是精神难比洁,雪为肌骨易销魂。
芳心一点娇无力,倩影三更月有痕。
莫谓缟仙能羽化,多情伴我咏黄昏。

有一本《红楼梦》辞典在解读《白海棠诗》时说:这些诗内容空虚贫乏,抒发的是贵族公子、小姐的闲情逸致。

这样解释,说明辞典的编辑者还没有跳出“俗眼”,根本看不出诗中的深层含义。

首先,《红楼梦》中的诗词,不能当成诗词看,这是立松轩最反对的,要当作“政论”来看。

其次,要弄明白“探春”隐寓谁?探春,隐寓“大清”第七位皇帝,具体隐寓谁,曹頫自己也不知道,但他知道是他去世后的第一位。我们现在知道他就是嘉庆。

那么,站在嘉庆的角度来看这首诗,就好理解了。

“斜阳”,日薄西山景象,“寒草”,深秋季节,寒冬将至,暗示嘉庆所处“大清”兴衰中的位置——黄昏时期(衰落期)。

“苔翠盈铺”,这是嘉庆自喻,他的形象仅仅是微不足道的“苔”而已。

“玉是精神难比洁”,“玉”,黛玉,隐寓康熙,意为康熙的丰功伟绩为“大清”树立了光辉形象,自叹是不能比的。

“雪为肌骨易销魂”,“雪”谐音“薛”,指宝钗,宝钗隐寓乾隆,乾隆继承了康熙盛世让世人惊叹。

“芳心”指花蕊,也是自喻,“一点娇无力”是比喻嘉庆时代已衰落,无法与康熙、乾隆相比了。

“倩影三更月有痕”,康熙、乾隆他们的影响力像三更月一样一直影响后世。

“莫谓缟仙能羽化”,“缟仙羽化”是指道士成仙,这里暗指雍正。不必再说雍正羽化了。

“多情伴我咏黄昏”,多情,指宗祠里高悬着“大清”的前六代帝王:努尔哈赤、皇太极、顺治、康熙、雍正、乾隆,他们陪伴着我(嘉庆)叙说着“大清”的黄昏岁月。

这首诗用意象法,借咏白海棠,隐蔽地巧妙地表现了作者对“大清”前七帝的论述,他的见解,完全符合历史,是英明的史论。

探春(嘉庆)时代,清王朝将快速进入衰亡期。

宝钗诗解读

李纨评诗时说:“含蓄深厚,终让蘅芜。”认为宝钗的诗最好。

宝钗的《咏白海棠》，好在哪里？请看：

珍重芳姿昼掩门，自携手瓮灌苔盆。
胭脂洗出秋阶影，冰雪招来露砌魂。
淡极始知花更艳，愁多焉得玉无痕。
欲偿白帝凭清洁，不语婷婷日又昏。

我们看一看好在哪里？

宝钗，隐寓乾隆，读此诗须与乾隆联系在一起。

"珍重芳姿昼掩门"，什么意思？脂砚斋一条批语点出要害："宝钗诗全是自写身份，讽刺时事，……"（庚·37F·ZⅡ1961）

自写身份，不是写宝钗，而是写乾隆。不然怎么叫"讽刺时事"？

"讽刺时事"，指讽刺哪一件时事？为"珍重芳姿"，大白天都关着门，显然是讽刺"妄自尊大，闭关自守"政策。这项政策，拉开了中国与西方世界的差距，是中国落后于世界的弊端。可惜的是：清当局执迷不悟，

洗出"秋阶影"，招来"露砌魂"，暗示乾隆时代，已显露出"衰败"的苗头

"淡极始知花更艳"，这一句也不好理解，好在有一条批语揭秘："好极。高情巨眼能几人哉？……"（庚·37F·ZⅡ1963）

"高清巨眼"，看得好高好远好真切，指什么？

哪种花更艳？作者说了吗？说了，在第十七回，焦棠两植，焦，代表绿色，棠，代表红色。宝玉，喜欢红色，因此，住处叫"怡红院"，诗号：怡红公子。

红，是曹氏家族的象征，也是汉民族的象征，绿，是清王朝的象征。

"白""红"比较，才知"红海棠"更艳。单是颜色比较还不能叫"高清巨眼"，只有上升到两个民族的比较，才可称为："高清巨眼"。

"欲偿白帝凭清洁"，也有一条批语点拨："看他自己收到身上来，是何等身份。"（庚·37F·ZⅡ1965）

"是何等身份"？白帝，是古代神话传说中五个天帝之一，主管西方，季节属秋。收到自己身上，暗示宝钗就是帝王身份。

"不语婷婷日又昏"，亭亭玉立，指宝钗，尽管你默默无言，黄昏已经来临，这是不以人的意志为转移的。

乾隆时代进入"大清衰落"期，这是不争的事实。

曹頫，远见卓识，世界上罕见的旷世奇人。

宝玉诗解读

贾芸（隐寓雍正）明明知道宝玉喜欢红海棠，偏偏送他两盆白海棠。

宝玉收下后，借白海棠叙述"大清"帝王事。可见白海棠树是"大清"之树，"门"也是爱新觉罗之门。以这种理解解读宝玉之诗，一通百通。宝玉诗：

秋容浅淡映重门，七节攒成雪满盆。

出浴太真冰作影，捧心西子玉为魂。
晓风不散愁千点，宿雨还填泪一痕。
独倚画栏如有意，清砧怨笛送黄昏。

“秋容浅淡映重门，七节攒成雪满盆。”《红楼梦》在时令上的表达是“悲春伤秋”，悲、伤均为大清衰亡。“七节”，暗指大清前六帝和嘉庆（探春）。

“出浴太真冰作影，捧心西子玉为魂。”前一句指宝钗（乾隆），如雪如冰，已是冬季，一年将尽。后一句指黛玉（康熙），是使曹頫丢魂落魄者，是“玉”，珍贵无比。

“晓风不散愁千点，宿雨还填泪一痕。”此句下脂砚斋批道：这句直是自己心事。

曹頫被革职抄家后，愁绪千点，下了一夜的雨，仍旧泪痕不止。

不是曹頫，谁有此种愁？

“独倚画栏如有意，清砧怨笛送黄昏。”前一句是祈求上天垂怜，后一句是曹頫愿望，清砧，砧，谐音“禛”，胤禛，雍正也。意为清除雍正，在怨笛声中送走黄昏，即送走大清的衰落岁月。

这首诗曲折、隐秘地表达了曹頫当年的心情。是曹頫的真情表达，不是公子小姐的闲情逸致。

黛玉诗解读

半卷湘帘半掩门，碾冰为土玉为盆。
偷来梨蕊三分白，借得梅花一缕魂。
月窟仙人逢缟袂，秋闺怨女拭啼痕。
娇羞默默同谁诉，倦倚西风夜已昏。

“半卷湘帘半掩门，碾冰为土玉为盆。”“半掩门”，康熙喜欢西学，允许传教，康熙时“国门”半开。白海棠花生存的条件，一是土，一是盆。冰，即雪，即宝钗，即乾隆。玉，即黛玉，即康熙。

乾隆与康熙是“大清”鼎盛时期，是“大清”赖以生存的根基。

“偷来梨蕊三分白，借得梅花一缕魂。”海棠的洁白和香魂从哪里来的？“偷”的，“借”的。正如“小耗子偷香芋”故事中所说，满族从汉民族中偷、借汉文化，汉俗。如：尊孔祭孔，编撰《古今图书集成》、《康熙大字典》、《全唐诗》等。

“月窟仙人逢缟袂，秋闺怨女拭啼痕。”这一句指羽化仙人，即雍正。康熙、雍正、乾隆三人，康、乾是大清的中流砥柱，而雍正则只是“秋闺怨女”。

“娇羞默默同谁诉，倦倚西风夜已昏。”冥冥中的康熙看着“大清”进入黄昏没落阶段，无可奈何，默默无语。

湘云诗解读

其一

神仙昨日降都门，种得蓝田玉一盆。
自是霜娥偏爱冷，非关倩女亦离魂。
秋阴捧出何方雪，雨渍添來隔宿痕。
却喜诗人吟不倦，岂令寂寞度朝昏。

其二

蘅芷阶通萝薜门，也宜墙角也宜盆。
花因喜洁难寻偶，人为悲秋易断魂。
玉烛滴干风里泪，晶帘隔破月中痕。
幽情欲向嫦娥诉，无奈虚廊夜色昏。

读这两首诗，一定要同第五回“第六支”《红楼梦新曲》（乐中悲）同看，它们都是曹頫预测大清第八位帝王的。

第八帝是道光，湘云隐寓道光。

《红楼梦》中，湘云一生，既有“英豪阔大”的一面，也有“云散高唐，水涸湘江”的一劫。

现实中，道光一生，正是如此，既有虎门销烟的壮举，也有鸦片战争失败，签订《中英南京条约》的悲剧。

“神仙昨日降都门，种得蓝田玉一盆。”“昨日”，指1616年正月初一，努尔哈赤称汗，建立“大金”（后改为“大清”），种下了这棵玉一般的海棠树。“大清”的建立是历史发展的必然趋势。

“自是霜娥偏爱冷，非关倩女亦离魂。”“离魂”，丢魂失魄，一声巨大的灾难，鸦片战争失败，《中英南京条约》签订让道光丢魂失魄，六神无主。

“秋阴捧出何方雪，雨渍添来隔宿痕。”道光时期，自己无所建树，只有乾隆时代，以及前朝的规章制度。

“却喜诗人吟不倦，岂令寂寞度朝昏。”“诗人”指湘云（道光），不甘心，总想自己要大干一番。

“蘅芷阶通萝薜门，也宜墙角也宜盆。”蘅芷、萝薜都是香草，既能入盆为玉树，也有可能移至墙角，暗示出另一种结局。

“人为悲秋易断魂。”1842年阴历8月29日，正是一个秋天，这一天签订了《中英南京条约》，这是一个令人断魂的日子。

“玉烛滴干风里泪，晶帘隔破月中痕。”当《中英南京条约》送到道光手里时，道光连续几天彻夜不眠，泪流满面，真是“玉烛滴干风里泪”。

“幽情欲向嫦娥诉，无奈虚廊夜色昏。”虚廊，太虚幻境的廊上，夜色已昏，喻“大清”国势衰微，毫无办法了。

曹頫的预测紧紧抓住道光时将“云散高唐，水涸湘江”，意思是劫难将发生在南方某一地区。《南京条约》，将中国带入半殖民地半封建社会的深渊，正发生在南方。

曹頫预测“大清”第八帝遭遇的准确性令人惊异。

第二十二章 菊花诗与螃蟹咏

一、菊花诗

菊花诗，是宝钗帮湘云拟好题目，然后让大家自选的。

因湘云手头费用不足，是宝钗帮着张罗的。这里暗隐湘云（道光）时代，经济不振。

宝钗选了《忆菊》，《画菊》；黛玉选了《咏菊》，《问菊》，《菊梦》；宝玉选了《访菊》，《种菊》；探春选了《簪菊》，《残菊》；湘云选了《对菊》，《供菊》，《菊影》。

（一）雍正《十月》诗与宝玉《种菊》诗

第三十七回，吟罢“海棠诗”，宝钗邀湘云往蘅芜苑去安歇。

湘云说“我如今要作个菊花诗，如何？”

宝钗替他想了一个新构思：“以菊花为宾，以人为主，……又是咏菊，又是赋事，……赋景咏物两关着，又新鲜，又大方。”

宝钗这段话十分重要，揭示出《咏菊诗》的手法：咏菊，赋事，赋景咏物。

第三十八回，黛玉、宝钗、湘云、探春、宝玉五个人写了十二首《咏菊诗》，只看这些诗，让人茫茫然，看不出一点头绪，不知道要表达什么意思。

联想到作者的写作秘法——仿《雍正十二月诗》，找来《雍正十二月诗》细看，第十首，正是“咏菊”，全首如下：

金风待振秋蝉咽，玉露樊笼都唱歇。

谁种无声菊满山，使之焕发于朝野。

宝玉的《种菊》诗首先是对雍正《十月》诗的回应，请看：

携锄秋圃自移来，篱畔庭前故故栽。

昨夜不期经雨活，今朝犹喜带霜开。

冷吟秋色诗千首，醉酹寒香酒一杯。

泉溉泥封勤护惜，好知井径绝尘埃。

雍正问：“谁种……”宝玉答：“携锄秋圃自移来，篱畔庭前故故栽。”坦言是自己种。

其次，细读宝玉诗，感觉到诗的内容不像是写“菊”，“菊”焉能“冷吟秋色诗千首，醉酹寒香酒一杯”？

宝钗说了：“以人为主，……又是咏菊，又是赋事。”

对，以人为主，实质上是曹頫在“吟”，“酹”，通过什么“冷吟秋色诗千首，醉酹寒香酒一杯”？根据立松轩“自尽性情”和“用意之深”的提示，无疑，“菊”，象征着他的《红楼梦》。第十二回，作者就曾借“风月宝鉴”寓书(脂砚斋提示)。

宝玉采用借寓手法,《种菊》形象地表达他的著书经过和目的。

试解如下:

携锄(捉笔)秋圃(经典文献中)自移来,篱畔(田野之家)庭前(清廷)故故(特意)栽。

昨夜不期经雨活,今朝犹喜带霜开。(想不到能传世,喜出望外)

冷吟秋色诗千首,醉酹寒香酒一杯。(千首诗为秋色而吟,一杯酒为诸艳祭奠)

泉溉泥封勤护惜,好知井径绝尘埃。(泥封护惜,须知那是迷宫般的井径隔绝了尘世。)

“井径”,井田阡陌,远远望去大地如同一幅迷宫图,仙境般的图画,隔绝了尘世。

(二)宝钗《忆菊》诗解

《红楼梦》诗词,约有一百多首,简称《红》诗。

《红》诗,在中国诗坛上是一个新的门类,它具有鲜明的特点,独特的地位,易读难懂,目前尚无人能够准确解读。

它的特点是:

1.优美,如《葬花吟》;2.内涵深;3.难懂。

这几天连续解读《白海棠诗》,《菊花诗》,才感觉到《红》诗的以上特点。

《忆菊》 蘅芜君

怅望西风抱闷思,蓼红苇白断肠时。
空篱旧圃秋无迹,瘦月清霜梦有知。
念念心随归雁远,寥寥坐听晚砧痴。
谁怜我为黄花病,语慰重阳会有期。

宝钗,隐寓乾隆,他真的是在忆“菊”吗?

从诗中看,不是的,他是在忆“人”,忆谁?他的父亲——雍正。

请看,惆怅、郁闷的时间:蓼红苇白,蓼,水蓼,夏秋之际开红花,苇,芦苇,秋季开白花,这个时间,是八月底。特别是一句“断肠时”,点睛之笔,何事断肠?雍正八月二十三日去世,亲人去世,岂不断肠?

“空篱旧圃秋无迹”,旧宅、圆明园都没了他的踪迹。

“瘦月清霜梦有知”,月残秋来,只能梦中相见了。

“念念心随归雁远”,眷念之心随着大雁远去,

“寥寥坐听晚砧痴”痴呆呆地听着断断续续的晚砧声,万人捣砧(禛),这是为什么?

“谁怜我为黄花病”,正因为太销魂了,我比黄花还瘦,谁怜惜我呢?

“语慰重阳会有期”,有人安慰说:重阳佳节快到了,菊花开了,赏菊可以消愁。

(三)黛玉《问菊》诗解

第三十八回的“菊花”诗如何解,立松轩有一条批语提示说:

……且笔下各能自尽其性情,毫不乖舛,作者之锦绣口毋庸赘渎,其用意之深,奖劝之勤,读此文者亦不得轻忽戒之也。(府·38F·LⅠ0637)

“自尽其性情”,每个人的诗须从作诗人(其隐寓身份)去考虑,“其用意之深”,则应从大事情上着

眼。

如黛玉“问菊”，则要从黛玉，即康熙身份考虑，问菊是“明修栈道”，那么什么是“暗度陈仓”？

问菊 潇湘妃子

欲讯秋情众莫知，喃喃负手叩东篱。

孤标傲世偕谁隐，一样花开为底迟？

圃露庭霜何寂寞，鸿归蛩病可相思？

休言举世无谈者，解语何妨片语时。

《问菊》，接连提出四问。

1.想问问“秋情”，为什么谁都不知道？

2.偕谁隐，菊花同谁一起归隐了？

3.园中为什么那么寂寞？谁是他最相思的人？

4.举世就没有一个可谈论的人吗？

这是问“菊”吗？绝不是，这是问世人，问苍天。

康熙是千古一帝，但有一件事没处理好，那就是立储问题。

因此，康熙去世，雍正继位就给后人留下一个巨大的疑问，直到现在，还解不开的疑问。

1.康熙六十一年（1722）十一月八日，康熙病重，太医治疗后住入畅春园。身边只有一位大臣——步兵统领隆科多。隆科多手握重兵，严禁王公大臣入内，一直到十三日，康熙突然病逝。

关于康熙“病情”，众人一概不知，为什么？言外之意，隆科多封闭了消息。

2.菊花开谢，谁同它一道消失了？十一月十三日，康熙病逝，显然，是康熙。

3.“鸿归蛩病”，这里暗指第十四皇子胤禵，1718年，命胤禵为抚远大将军，进军青海。康熙病逝，他还远在青海。

4.据传，胤禛只凭隆科多口传康熙圣旨继位，隆科多系胤禛的舅舅，众皇子不服。这里曹頫借《菊问》表示：为什么生前不将继位一事讲明？事实上只要片语即可。

《菊问》，不只是曹頫一个人的疑问，当时，人们都这么问。二百多年来，一直到现在，疑问仍然没有消失。

（四）宝钗《画菊》诗解

画菊 蘅芜君

诗余戏笔不知狂，岂是丹青费较量。

聚叶泼成千点墨，攒花染出几痕霜。

淡浓神会风前影，跳脱秋生腕底香。

莫认东篱闲采掇，粘屏聊以慰重阳。

细细品味，这是作者借宝钗之手评论雍正的两幅画作，一幅是《雍正十二美女图》，一幅是《雍正行乐图》。

“诗余戏笔不知狂”，戏笔，游戏之笔，过于狂了。《行乐图》中雍正一身五十种变化，为后人留下了笑料。

“岂是丹青费较量”，人们已不把它们当作画来看，而当成了谶语谶言。

“聚叶泼成千点墨，攒花染出几痕霜”。弄巧成拙，聚叶抹黑，攒花染霜，显现出败象痕迹。。

"淡浓神会风前影，跳脱秋生腕底香"。前一句指《行乐图》，"风前影"《红楼梦》中五十种影子，招摇风前；后一句指《美女图》，腕底生香。

"莫认东篱闲采掇，粘屏聊以慰重阳"。唯一的作用是粘在屏风上，《十二美女图》原先一直保存在圆明园深柳读书堂屏风上，后雍正命揭下收藏起来。

乾隆对其父雍正许多做法不认可，如执法过严，颁布《大义觉迷录》，包括画《行乐图》等，乾隆继位后一一作了调整。

（五）湘云《供菊》诗解

供菊　枕霞旧友（湘云）

弹琴酌酒喜堪俦，几案婷婷点缀幽。
隔座香分三径露，抛书人对一支秋。
霜清纸帐来新梦，圃冷斜阳忆旧游。
傲世也应同气味，春风桃李未淹留。

李纨评论诸钗《菊花》诗时说："《咏菊》第一，《问菊》第二，《菊梦》第三，题目新，诗也新，立意更新，恼不得要推潇湘妃子为魁了。"

但黛玉却说："据我看来，头一句好的是'圃冷斜阳忆旧游'，这句背面传粉，'抛书人对一支秋'已经妙绝，……"

黛玉推崇湘云的《供菊》，《供菊》有什么含义？

毫无疑问，湘云的《供菊》诗是主题诗，体现着作者的"本旨"。

正常条件下菊花的开放期是农历十月，如不放置室内，遇上寒流，往往被霜打蔫。因此，人们便将做供的菊花移入室内，供在几案上，此为供菊。

既为"供菊"，必有享供人，通常都是先辈。那么，湘云（道光）的先辈就是努尔哈赤，皇太极，顺治，康熙，雍正，乾隆，嘉庆七位。

"弹琴酌酒喜堪俦，几案婷婷点缀幽。"俦，指伴侣，同类，他们同湘云一样均是帝王。

"隔座香分三径露，抛书人对一支秋。"三径，陶渊明归隐后门前有三径，但不走，道光同前七帝只隔"三径"，但路已不通。抛书人，即前七帝，面对着"一支秋"，即湘云（道光）。

"一支秋"，作者巧妙、委婉地将道光皇帝的处境展现出来，暗示时局维艰。

"霜清纸帐来新梦，圃冷斜阳忆旧游。"供菊在纸帐中做着新梦：未作为"供菊"前，在冷冷的花圃中，一缕斜阳照着，时令和节令都到了艰难时期。

"傲世也应同气味，春风桃李未淹留。"清帝、菊花傲世气味相投，喜冷喜霜喜秋风，难与桃李为伍。

二、海棠冻石蕉叶杯

写《菊花》诗前，湘云将诗题都绾在墙上后，大家都去构思了。

黛玉钓了一会鱼，然后，放下钓竿，走至座间，拿起那乌银梅花自斟壶来，拣了一个小小的海棠冻石蕉叶杯。

"拣了一个小小的海棠冻石蕉叶杯"，这一句是"实笔""史笔"，有记载为证。

周汝昌先生在他的《红楼梦新证》第250页记载着：

一七零五年　康熙四十四年　乙酉

三月，帝（康熙）南巡至于上元，以织造府为行宫。

（曹寅）复进古董等物，帝收玉杯一只，白玉鹦鹉一架。

还有脂砚斋批语佐证：

妙杯，非写杯，正写黛玉。“拣”字有神理。（庚·38F·ZⅡ2005）

周汝昌的记载比较笼统，什么样的玉杯没有说。

曹頫在他的《红楼梦》中，不但点明是“海棠冻石蕉叶杯“，还突出了康熙取杯时的动作神态：“拣”。

脂砚斋特意点出这个“拣”字有神理。

这件事，在轰轰烈烈的历史中是一件微不足道的小事，可是，在目前《红楼梦》研究现状特殊的状态下，——即作者不明、本旨不清、本事不知的状态下却意义非凡。

这件小事证明了：

（一）《红楼梦》记载的是曹頫的亲闻亲睹事，而不是曹雪芹（霑）的亲闻亲睹事，从而证明作者是曹頫；

（二）证明了笔者对“黛玉”的隐寓（康熙），序号（四）的判断是正确的；

（三）证明了笔者对“宝玉”的隐寓和“正笔正文”含义的判断是正确的。

三、咏螃蟹诗

第三十八回，原是诗社咏菊，写了十二首咏菊诗，黛玉夺冠。接下来吃螃蟹，宝玉一时兴起，写了首咏蟹诗。

作者在这里，耍了一个手腕，似乎咏菊是主调，咏蟹是余波。其实恰恰相反，作者的寓意正是在余波中。

先看宝玉写的：“持螯更觉桂阴凉，泼醋擂薑兴欲狂，饕餮王孙应有酒，横行公子却无肠。……”

黛玉马上作了一首：“铁甲长戈死未忘，堆盘色相喜先尝。……”吟罢立即烧掉了，说宝玉的好。

宝钗一时兴起，也作了一首：“桂霭桐阴坐举觞，长安涎口盼重阳。眼前道路无经纬，皮里春秋空黑黄。酒未敌腥还用菊，性妨积冷定用姜。于今落釜成何益，月浦空余禾黍香。”

众人都说这首写得好，特别是第三句。

这里需弄明白，螃蟹影射谁？前边平儿将蟹黄抹了凤姐一脸，其意已明，直指王熙凤，也就是他所隐寓的那个人——雍正。

作者借宝钗之口，道出：敌腥用菊，防冷用薑。暗示乾隆继位纠正了雍正的许多做法，如：起复旧员，免除欠银，收止雍正的《大义觉迷录》等。

尾联道出，螃蟹死了，不再危害禾黍，禾黍更香了。

第二十三章　刘姥姥

一、刘姥姥隐寓之根据

第三十九回——第四十二回作者重笔写了一个乡下老太太——刘姥姥，这是《红楼梦》中一个形象特殊、性格鲜明的人物，她的蕴意扑朔迷离，让人不可捉摸。

刘姥姥，有无隐寓？隐寓谁？

第四十二回，有一段情节值得推敲。

黛玉拉着探春问她："我且问你，还是单画这园子呢，还是连我们众人都是画在上头呢？"

惜春道："……昨儿老太太又说，单画园子成了个房样子了，叫连人都画上，就像行乐图似的才好。"

黛玉笑道："别的草虫不画罢了，昨儿'母蝗虫'不画上，岂不缺了典？"

当众人都笑得合不拢嘴时，黛玉又说："你快画罢，我连题跋都是有了，起个名字，就叫作《携蝗大嚼图》。"

黛玉一席话，直截了当，叫将刘姥姥画到画上，惜春暗示，仿《行乐图》。

这说明，刘姥姥是《行乐图》上人物，笔者由此判断：刘姥姥隐寓雍正，是雍正幻入《红楼梦》又一身份。

二、捉弄刘姥姥

捉弄刘姥姥，就是捉弄雍正。

刘姥姥，粗鲁、愚昧，受人嘲笑，被人捉弄。

先是凤姐将一盘子菊花横三竖四给刘姥姥插了一头，打扮成妖精，接着给刘姥姥用一把四楞象牙镶金筷子。开饭时还让刘姥姥即兴表演："老刘老刘，食量大如牛，吃个老母猪不回头！"

三、酒令揭秘

第四十回，金鸳鸯三宣牙牌令，让人云遮雾罩，不知所云，其实，一经点破，谁也能看得懂。

"要点"在哪里？在酒令中的数字上，这些数字和"大清"历代皇帝的序号链接则一通百通。请看：

（一）贾母酒令

第一副牌：贾母酒令

鸳鸯道："左边是张天"，贾母道："头上有青天"；（身在"大清"朝）

鸳鸯道:“当中是个五与六”,贾母道:“六桥梅花香彻骨”;(请注意:避开了“五”。)

鸳鸯道:“剩得一张六与幺”,贾母道:“一轮红日出云霄”;

鸳鸯道:“凑成便是个蓬头鬼”,贾母道:“这鬼抱住钟馗腿”。

这个酒令,实质上是对清代第六帝、第一帝、第五帝的评论。

酒令中“六”,对应的是:六桥梅花香彻骨,第六帝乾隆,花开正盛,故以香彻骨来喻。

“幺”,对应的是:一轮红日出云霄,正是第一帝努尔哈赤腾空而出。

“五”对应的是什么? 显然是:“蓬头鬼”,这个“蓬头鬼”抱住钟馗腿不断求饶。

相传唐明皇时,一次梦见一大鬼捉一小鬼啖之,唐明皇惊问其故,大鬼说:“我叫钟馗,生前曾应武举不中,死后决心消灭天下妖孽。”

蓬头鬼——妖孽也,属“风流孽鬼”,可他为什么与“五”相关联?

查雍正在“大清”皇帝系列中排第五位,哦! 原来如此。

链接上面的内容,可以看到这样一个式子:

蓬头鬼=五=雍正。

《红楼梦》中,还有一个人与蓬头鬼有联系,这人就是王熙凤。

第五十二回,晴雯头痛,宝玉让麝月去找风姐要些西洋膏药贴,晴雯贴到太阳穴后,麝月说:“病的蓬头鬼一样,如今贴了这个到俏皮了,二奶奶贴惯了,到不大显。”从麝月这一段话看,点明:王熙凤=蓬头鬼。

两个式子合并:蓬头鬼=五=雍正=王熙凤。

贾母的酒令,暗藏了对清代第一帝努尔哈赤、第六帝乾隆的评论,也表达了对第五帝雍正的态度和仇恨。

不过作者的表达方式极其隐蔽,手法十分巧妙。

(二)薛姨妈酒令

鸳鸯道:“左边是个‘大长五’”,薛姨妈道:“梅花朵朵风前舞”;

鸳鸯道:“右边还是个‘大五长’”,薛姨妈道:“十月梅花岭上香”;

鸳鸯道:“当中二五是杂七”,薛姨妈道:“织女牛郎会七夕”;

鸳鸯道:“凑成二郎游五岳”,薛姨妈道:“世人不及神仙乐”。

这副牌提到的数字是:五、十、七、二。

前边已说过,解读的“要点”是将这些数字分别同清代帝王序号链接,酒令中的含义和深意便一目了然。

“五”,仍然指雍正,“梅花朵朵风前舞”,好像是赞美,其实是说花残,花落,香消,香殒,衰亡已经开始。

“十”,指清代第十帝同治,“十月梅花岭上香”,意为第十帝会有所作为,是个中兴之主。当然,第十帝是曹頫身后事,是预测。预测准不准?通过历史检验可知,同治时期,太平天国起义,捻军起义相继被镇压,派军队援越抗法,通过谈判,使日本撤出台湾。以上种种,史称“同治中兴”,有过一段短暂的盛兴。

“七”,“织女牛郎会七夕”,即《天仙配》,这个神话故事,是赞美织女与牛郎爱情的,但作者却取另外的意思,即:王母银钗一划,银河隔断织女与牛郎的爱情,情断银河。作者用意很明显,到第七帝时,“情”(谐音“清”)只剩七夕一天“鹊桥相会”那一点点情了。

第七帝是曹頫身后事,也是预测,衰败是天意。

“二”,清代第二帝是皇太极,皇太极是“大清”重要奠基人之一,此人一生戎马倥偬,五次率兵出山海关攻打明朝,五次大获全胜,明军望风而逃。“二郎”攻取大明如同游五岳,那样轻松自在。“凑成二郎游五岳”,“世人不及神仙乐”,正是说这件事。

“二”、“五”两帝是曹頫亲闻亲睹的,酒令表述准确无误,当然语言用的是仿《推背图》语言。

“七”、“十”系曹頫身后事,是曹頫预测,只能做一个大致判断,估计一下走向、趋势而已。

(三)湘云酒令

第三副牌:

鸳鸯道:“左边‘长幺’两点明”,湘云道:“双悬日月照乾坤”;

鸳鸯道:“右边‘长幺’两边明”,湘云道:“闲花落地听无声”;

鸳鸯道:“中间还得‘幺四’来”,湘云道:“日边红杏依云栽”;

鸳鸯道:“凑成‘樱桃九点熟’”,湘云道:“御园却被鸟衔出”。

这副牌,涉及二、一、四、九,四个数字。

“二”,指“大清”第二帝皇太极,“双悬日月照乾坤”,是说皇太极时,“大明”“大清”两个政权并存。

“闲花落地听无声”,是说以后“大清”替代“大明”,像“闲花落地”一样,是必然的,是自然规律。

“日边红杏依云栽”,“日”,代表努尔哈赤,“一轮红日出云霄”;“红杏”(四)代表第四帝康熙,一树红杏,果实累累,康熙一生有许多丰功伟绩。

“凑成‘樱桃九点熟’”,酒令中,2+2+1+4=9,凑成一个“九”,该酒令重点就在“九”这个数字上。

“九”,对应的是:“御园却被鸟衔出”,这一句话,红学界有许多解法,但都不为人们认可。如果将“九”同“大清”第九帝咸丰链接起来,难题便迎刃而解。

“御园却被鸟衔出”,“御园”就是皇家园林,“却被鸟衔出”,意即被毁了,什么“鸟”?作者用的是《推背图》语言,他要预言一百多年后的事,能说准吗?

事实却证明了作者的预测相当准确,咸丰十年九月初三(1860年10月8日),英法联军火烧圆明园。圆明园中的无数价值连城的珍宝,被抢劫一空,仅一个十二行肖的猴头就值千万元。

圆明园被毁是中华民族的一场浩劫,曹頫在一百多年前就能预见这场劫难,他有预见未来的功能吗?还是历史的巧合?如是巧合,为什么关于“大清”后世的预见均那么准确?

下边,接着看迎春酒令。

(四)迎春酒令

第六副牌:

鸳鸯道:“左边‘四五’成花九”,迎春道:“桃花带雨浓”。

众人以错了韵,打住。

这副牌,也是专讲“九”的,仍然是说“大清”第九帝——咸丰。

1860年,英法联军侵入北京,咸丰匆匆忙忙逃至避暑山庄。

第五回,迎春的图和判词:画一恶狼,追扑一美女,欲啖之。判词:子系中山狼,得志便猖狂。金闺花柳质,一载赴黄粱。“桃花带雨浓”,暗示是血泪。

画图中形象地展现了咸丰被追逼的狼狈情景，中山狼，不就是英法联军吗？

咸丰逃到避暑山庄后，迷恋酒色，时而暴怒，时而暗泣流泪，一年后病逝。应了那句："一载赴黄粱"的谶言。

曹頫，一个伟大的预言家。

(五)黛玉酒令

第五副牌：

鸳鸯道："左边一个天"，黛玉道："良辰美景奈何天"；

鸳鸯道："中间'锦屏'颜色俏"，黛玉道："纱窗也没有红娘报"；

鸳鸯道："剩了二六八点齐"，黛玉道："双瞻玉座引朝仪"；

鸳鸯道："凑成'篮子'好采花"，黛玉道："仙杖香挑芍药花"。

"良辰美景奈何天"是《牡丹亭·惊梦》中杜丽娘的唱词，"良辰美景"四个字高度概括了康熙时期曹家的处境。康熙时代，曹玺、曹寅、曹顒、曹頫一家三代四人前后六十年出任江宁织造，享尽了荣华富贵。曹家这段历史，曹頫曾说：这是"亘古浩荡宏恩"。

"中间'锦屏'颜色俏"，是说曹寅时期是曹家历史上最盛时期。

"纱窗也没有红娘报"是《西厢记》中张生的唱词，大部分版本是："纱窗外定有红娘报"红娘是张生与莺莺中间的信使，"纱窗也没有红娘报"是说康熙时代，曹、清之间的关系不需要红娘来报。

康熙酷爱戏曲，第五次南巡在苏州、扬州、江宁、杭州，五十天中就有二十五天都在看戏，所以作者选用戏词来表达自己的见解、看法和思想。

"剩了二六八点齐"，作者设计出一副有："二、六、八"三个数字的牌，在这三个数字上做文章。同先前一样，暗示"大清"第二帝、第六帝、第八帝。他们之中有什么故事？关键在下一句："双瞻玉座引朝仪"。

"双瞻玉座引朝仪"，这句诗出自杜甫《紫宸殿退朝口号》："户外昭容紫袖垂，双瞻玉座引朝仪"，原诗只是显现退朝时的庄严肃穆，作者这里的"双瞻玉座"则别有用意，是暗指第二帝、第六帝、第八帝时会发生两人争夺储位的现象。

第二帝皇太极时，曹頫是清楚的，他十分了解当时情况。皇太极突然去世，谁继位，差一点引发火并。当时，"双瞻玉座"者有两人，一个是皇太极之弟多尔衮，一个是皇太极长子豪格，双方势均力敌，相持不下。最后，多尔衮提议由皇太极第九子福临继位，他任摄政王，平息了这场争执。

曹頫预测第六帝、第八帝时会有同类事件发生。

第六帝乾隆，在乾隆六十年那年让位给嘉庆，但他又不放权，做起了太上皇，御座上出现两位皇帝。

第八帝道光，在选储上颇费周折，皇四子奕詝，为皇后所生，虚怀若谷，为人厚道，道光认为有帝王之风。皇六子奕䜣，博学多识，聪明异常，道光认为有帝王之才。

道光举措不定，不知该选择谁好，两个皇子的师傅也费尽心机，各自出谋划策。

最后，道光选择了奕詝，就是后来的咸丰，此人虽然厚道，但无才，为"大清"急速衰败埋下伏笔。

"凑成'篮子'好采花"，"仙杖香挑芍药花"。仙杖挑着花篮，花篮里面装着芍药花，这不正是黛玉《葬花图》吗？

作者的创作思路是："葬花"，就是"葬十二钗"，就是"埋葬大清王朝"。

四、巧姐命名

巧姐，隐寓溥仪，是十二钗中着墨最少的一个，刘姥姥二进荣国府重重写了一笔。

第四十二回，大姐儿不舒服，刘姥姥说：这是“撞客着了”，意为遇着鬼了。

接着翻看《玉匣记》，说：“八月二十五日，病者在东南方得遇花神。”

这是一句隐语，须知，雍正是八月二十三日去世，且葬在清西陵，巧姐所处位置正在东南方。意为雍正早为溥仪的灭亡埋下了根子。

接着，凤姐请刘姥姥给“大姐儿”起个名字，刘姥姥问：“不知他几时生的？”

凤姐儿道：“正是生日的日子不好呢，可巧是七月七日。”

刘姥姥忙笑道：“这个正好，就叫他巧哥儿，这叫做‘以毒攻毒，以火攻火’的法子。……”

“巧哥儿”，“七月七日”，有没有其他含义？

牛郎织女故事中，王母银钗一划，一条银河将织女与牛郎隔开，只有七月七日，才能通过鹊桥一见，有情难成。

情，谐音清，情断银河，暗隐大清结局到此了结。

历史的发展正是如此，溥仪时，大清被推翻。

立松轩在第四十二回回后点明说：……其中隐语警人，不一而足，作者之用心诚佛菩萨之用心，读者不可因其浅近而渺忽之。（府·42F·LⅠ0674）

“隐语警人”，一句话点明了作者用意。

五、佛手指迷津

奶妈抱大姐儿来，大姐儿怀抱柚子，当看到板儿抱着佛手时，又要佛手。一件极普通的事，脂砚批道：

柚子即今香团（橼）之属也，应与缘通。佛手者，正指迷津者也。以小儿之戏，暗透前后通部脉络，隐隐约约毫无一丝漏泄，岂独为刘姥姥之俚言博笑而有此一大回文字哉？（庚·41F·ZⅡ2035）

迷津，指什么？指十二钗归属。大姐儿与板儿有缘，高鹗续书理解成婚缘，其实也是政治缘，大姐儿，是十二钗中最后一位，板儿，意即最后一位。他的结局：第五回正册中巧姐的图中是一女子在纺织，含义就是平民化，平民化就是他的归属。

六、胤禛进过怡红院

第四十一回，写刘姥姥误入怡红院。

“袭人转过集锦槅子，就听得鼾齁如雷。忙进来，只闻见酒屁臭气，满屋一瞧，只见刘姥姥扎手舞脚的仰卧床上。”

脂砚批道：此回栊翠品茶，怡红遇劫。……故老妪眠其床，卧其席，酒屁熏其屋，却被袭人遮过，则仍用其床其席其屋。亦作者特为转眼不知身后事写来做戒，纨绔公子可不慎哉？（庚·41F·ZⅡ2031）

“怡红遇劫”指什么？笔者推测，当年胤禛随康熙南巡时，曾到过曹頫卧室，数十年后方有此一笔。

第二十四章 凤姐生日

一、攒金庆寿

《红楼梦》中凡写到王熙凤，大都是贬。如：

第三十九回，作者借平儿之口，揭露王熙凤的聚财之道，“只他这梯已利钱，一年不到，上千的银子呢！”

再借袭人之口，进一步点明：“拿着我们的钱，你们主子、奴才赚利钱，……”

第四十一回，借刘姥姥的口说：“那笼子里的黑老鸹子怎么又长出一个凤头来，也会说话呢？”

第四十二回，八月二十五日，贾母病了，大姐儿也病了。《玉匣记》说：“东南方得遇花神”，需送祟。

哪一位花神？既是花神，就是十二钗中人，他，就是雍正。八月二十三日，雍正突然暴死，作者不敢明写二十三日，推后二日写。贾母之病，大姐儿之病均由雍正引起。

王熙凤，隐寓雍正，写他的生日，作者用意何在？第四十三回脂砚斋有一批，说得明白，他说：……所谓此书救世之溺，不假。（庚·43F·ZⅡ2061）

溺，沉湎之意，救世之沉湎，就是救世。且看作者如何救世？

回目说：攒金庆寿，暗喻为庆寿敛财。

二、口诛笔伐，矛头所指

一部《红楼梦》，口诛笔伐，矛头所指只有一人，他就是王熙凤，请看：

1.第六回，刘姥姥一进荣国府时，周瑞家的说王熙凤：“行事都比世人都大……少说些有一万个心眼子，……待下人未免太严了些。”“一万个心眼子”，雍正本性——心机。

2.第七回，作者借焦大之口，痛骂：“那里承望到如今生下这些畜生来，每日家偷狗戏鸡，爬灰的爬灰，养小叔子的养小叔子……”爬灰，是骂贾珍，养小叔子，指王熙凤同贾蓉等的暧昧关系。

3.第八回，回前诗云：“古鼎新烹凤髓香”读了全回，哪里有凤髓？只有在薛姨妈处吃鹅掌鸭信。这是借此烹凤髓，以泄胸中郁闷，恨之入骨，恨不得对“凤”抽精吸髓。

4.第十二回，充分表现了王熙凤害人的手段：狡诈，阴险，毒辣，残忍。雍正的害人手段，使曹頫酝酿出正反《风月宝鉴》，正面是以色诱惑，反面是阴森恐怖，陷阱暗害。《风月宝鉴》，是影射雍正的害人手法。

有人报：“瑞大爷来了！”凤姐急命快请。脂砚在此批道：“立意追命。”（庚·12F·ZⅣ0012）矛头直指凤姐。畸笏叟此回批道：“勿作正面看为幸。”（庚·12F·JⅠ0001）提议观者注意看反面。

5.第十三回，贾珍说凤姐：“从小儿大妹妹玩笑着就有杀法决断。”

脂砚批道：写凤姐之珍贵，写凤姐之英气，写凤姐之声势，写凤之（美）心机，写凤之骄大。（甲·14F·

ZⅡ0965）

《庚辰本》眉批为：

写凤之心机，写凤之珍贵，写凤之（美）英勇，写凤之骄大，如此写得可叹可笑。（庚·14F·JⅠ0026）

可叹可笑，什么意思？前面说了，雨村、凤姐是一对奸雄，分明不是好人。

秦可卿临死前托梦给凤姐，说："常言：'月满则亏，水满则溢'；又道：'登高必跌重'。如今我们家赫赫扬扬已将百载，一日倘或乐极悲生，应了那句：'树倒猢狲散'的俗话，岂不虚称了一世的诗书旧族了！"

初读这一回，以为说的是曹家事，如："树倒猢狲散"就是曹寅说的。但当识破作者的"混一秘法"后，才明白差一点被作者瞒过。这是作者借秦可卿之口警告王熙凤（雍正）："登高必跌重"！

6.第十四回，作者借总管来昇之口说王熙凤："那是个有名的烈货，脸酸心硬，一时脑了不认人的。"

王熙凤上任后，公然说："……你有徇情，经我查出，三、四辈的老脸就顾不成了。"

三、四辈，恰恰是曹玺、曹寅等辈，这里似有所指。

7.第十五回，作者写到（王熙凤），从来不信什么是阴司地狱报应的。

脂砚批道：批书人深知卿有是心，叹叹。（庚·15F·ZⅣ0111）

8.第十六回，《甲戌本》回前批云：幼儿小女之死，得情之正气，又为痴贪辈一针疚（灸）。凤姐恶迹多端，莫大于此件者，受赃（逼）婚以致人命。……（甲·16F·ZⅡ1030）

凤姐受赃银，害死金哥和守备之子，脂砚说其"恶迹多端"，看来并非指这一件事。

因此，作者写道：（王熙凤）便恣意的作为起来，也不消多记。

脂砚又批道：一段收拾过阿凤心机胆量，真与雨村是对乱世之奸雄。后文不必细写其事，则知其平生之作为。回首时，无怪乎其惨痛之态，使天下痴心人同来一警，或可期共入于恬然自得之乡矣。（甲·15F·ZⅡ1039）

这里，雨村与王熙凤并提，是一对乱世奸雄。

9.第二十二回，脂砚有一批说：……可笑阿凤是机心所误。（庚·22F·ZⅡ11591）

是说王熙凤一生都是用尽心机。

10.第二十五回，书中写道：

"只见凤姐手持一把明晃晃钢刀砍进园来，见鸡杀鸡，见狗杀狗，见人就要杀人。"

脂砚在此批道："此处焉用鸡犬，然辉煌富丽非处家之常也……"（甲·25F·ZⅡ1720）这里说得明白，辉煌富丽之家，哪来的鸡犬？这是有所指，是揭露雍正害人行径，"见人就要杀人"。

11.第二十七回，李纨说王熙凤："都像你泼落户才好。"作者借李纨之口，责骂王熙凤。

12.第二十九回，王熙凤把小道士一巴掌打了个筋斗，骂野牛肏的。

"野牛肏的"，好一句"村言粗语"。

贾母却百般安慰，赏赐。作者用对比法，表现阿凤狠毒。

接下来，王熙凤说张道士："打发人向我要鹅黄缎子"，"鹅黄缎子"是皇家专用物。

第三十四回，王夫人拿出两瓶玫瑰露给袭人让给宝玉喝，王夫人特意说："那是进上的，你没看见鹅黄签子。"这两处都在暗示王熙凤的身份是皇帝。

王熙凤调侃了张道士后，贾母说："猴儿猴儿你不怕割舌头下地狱？"

阿凤这时说："他怎么常常的说我，该积阴骘，迟了就短命呢！"

看这一段对话，完全是作者心里话。是说王熙凤吗？还是说他所隐寓者？不言自明。

13.第三十八回，凤姐与贾母开玩笑，贾母说："这猴儿惯的了不得，只管拿我取笑起来，恨的我撕你那油嘴。”

王夫人接着说:“明日越发无礼了。”

看似玩笑话,实是作者心里话。不然,一而再,再而三,岂无用意?

这回的咏螃蟹诗,是有感而发,当宝钗写到“眼前道路无经纬,皮里春秋空黑黄”时,宝玉大喊“痛快!”

末尾,作者有一段话,值得思忖。写道:“众人看毕,都说这是食螃蟹绝唱,小题目原是要寓大意才算是大才,只是讽刺世人太毒了些……”

“寓大意”,明明白白告诉人们有寓意。

14.第三十九回,平儿无意中向袭人透露出凤姐拿他们的月例放债,利钱一年不到上千的银子呢。袭人不满地说:“拿着我们的钱,你们主子奴才赚利钱。”

充分表现出凤姐的盘剥。

此回写刘姥姥二进荣国府,“见凤姐儿站着说笑”。这是极平常的一句话,不料脂砚斋却大发议论,他说:奇奇怪怪文章,在刘姥姥眼中以为阿凤至尊至贵,普天下人独该站着说,阿凤独坐才是,……真妙文字。(庚·39F·ZⅡ2022)

说“刘姥姥眼中”,不如说“雍正”在“世人眼中”,文字之妙,正在此。

15.第四十一回,刘姥姥二进荣国府,刘姥姥指着笼子说:“那笼子里黑老鸹怎么又长出凤头来,也会说话呢?”众人听了都笑将起来。

很明显,这是在取笑王熙凤,恣意调侃。

16.第四十三回,写贾母为凤姐生日凑份子,攒金庆寿,是影射雍正敛财一事。

雍正继位,国库空虚,只有存银800多万两。雍正接受山西巡抚诺岷建议,推行“耗羡归公”,即一个官员,按照职务上交“耗羡”多少,如一个巡抚一年上交十万两等。

很快,国库存银就达到6000万两。

作者借尤氏之口说:“弄这些钱那里使去,使不了明儿带了棺材使去。”

脂砚斋在此批道:此言不假,伏下后文短命。……(庚·43F·ZⅡ2053)

凤姐生日那天,连场好戏。先是宝玉,偏偏出门探丧去了;接着,贾琏外遇,找来鲍二家的同床共枕。

鲍二家的说:“你那阎王老婆死了就好了。”

贾琏说:“死了再换一个还不是一样?”

被凤姐发觉后,贾琏提着宝剑要杀凤姐。

贾琏说他:“太要足了强,也不是好事。”

书上说凤姐“黄黄的脸儿”,贾母说:“霸王似的一个人。”

雍正,当时,就是霸王。

17.第四十五回,李纨带着姊妹们来找凤姐,凤姐奚落了李纨几句,李纨反唇相讥,说:“我说了一句,他就疯了,说了两车的无赖泥腿市俗……的话,若是生在贫寒小户人家作个小子还不知怎么贫嘴恶舌的呢?天下人都被你算计去了。”

二人本是开玩笑,却一语惊人:“天下人都被你算计去了。”

18.第五十回,芦雪广联诗,王熙凤不识字,不会作诗,但却争着说第一句。

他说了句什么呢?他说:“一夜北风紧。”

这一句,看似平淡,细思则大有文章。暗示出雍正当政时的政治气候。

19.第五十一回，袭人因母病危回家，王熙凤着意打扮袭人，说："先笑话我当家到把人弄出个花子来。"

"当家人"，自揭身份。

20.第五十二回，王熙凤对贾母开玩笑说："我活一千岁，等老祖宗归了西，我才死呢！"

贾母说："众人都死了，单剩下咱们两个老妖精有什么意思。"

看似玩笑，实是调侃"万岁"，这里不敢说"万岁"，只能说"千岁"了。

21.第六十一回，王熙凤出了一个整人的法子，他说："只叫他们垫着磁瓦子，跪在太阳底下，茶饭也别给吃，一日不说跪一日，便是铁打的，一日也管招了。"

揭露其整人手段。

22.从第六十四回到第六十九回，写王熙凤如何设计害死尤二姐，是重场戏。

有人说：这几章与原文脉络不一致，像是一块补丁。

其实，根据作者的拟书底里，恰恰是作者浓墨重彩，放手刻画王熙凤阴险狠毒，频频害人的重要篇章。

王熙凤与尤二姐是妻妾关系，残害尤二姐，影射雍正残害其兄弟的事。

雍正一朝最令人触目的事，就是残酷地迫害自己的兄弟，残酷地打击，迫害政敌。

书中，作者对其进行了无情的揭露和鞭笞。

王熙凤隐寓雍正，第一次害的人是：贾瑞；

第二次受赃银害死的是：金哥和守备之子；

第三次就是害死尤二姐。

一部书，连写三次残害人命，可见作者用意。

这几回作者借众人之口，痛斥王熙凤，如：

贾琏说："……都说我们那夜叉婆齐整，如今我看来，给你拾鞋也不要。"

尤三姐说："我也要会会那凤奶奶去，看他是几个脑袋几只手，……再和他拼了这命。"

兴儿说凤姐："心里歹毒，口里尖快。……嘴甜心苦，两面三刀；上头一脸笑，脚下使绊子；明是一盆火，暗是一把刀，都占全了。"

凤姐先是将尤二姐嫌入大观园，然后唆使张华告状，挑唆秋桐施威，接着大闹宁国府。闹大后，又后悔，要杀张华。最后，活活把尤二姐逼的吞金而死。

真是算尽了心机。

尤二姐死前梦见小妹尤三姐对他说："休信那妒妇花言巧语，外作贤良，内藏奸狡，他发狠定要弄你一死。……依我将此剑斩了那妒妇，……"

贾琏在安葬尤二姐时发恨说："终究寻出来，我替你报仇。"

凤姐设计害死尤二姐，暗喻了雍正同室操戈，迫害同胞兄弟的事。以上几回，将王熙凤的面目暴露得淋漓尽致，性格刻画得入木三分。

23.第七十四回，"抄检大观园"。

王熙凤主持，王善保家的具体执行。王善保家的，意为皇帝指派的人。在这里，曹頫充分发挥出他的游戏笔墨，调侃人生的笔法，看王善保家的好看。

首先是晴雯："将箱子掀开，两手提着，底子朝天，往地下尽情一倒，将所有之物尽都倒出。"给了王善保家的一个没趣。

接着，在探春那里，王善保家的不知天高地厚，竟掀探春的衣襟，被探春："拍"的一声，狠狠打了一巴掌。

后，又在迎春那里，查出自己亲外孙女儿司棋与表兄定情之物。又气又臊，回手打了自己一个耳光，自己骂道："老不死的娼妇，怎么遭下孽了！说嘴打嘴，现世现报在人眼里。"

骂得好！作者岂无所指。

对抄家一事，狠狠地讽刺挖苦了一番。

24.第七十五回，探春有一句话，可谓入木三分。

她说："咱们到是一家子亲骨肉呢，一个个不像乌眼鸡，恨不得你吃了我，我吃了你。"

这是对雍正时期，兄弟相残的高度概括。

25.第七十六回，中秋赏月，尤氏给贾母讲了一个笑话，她说："一家子养了四个儿子，大儿子只一个眼睛，二儿子只一个耳朵，三儿子只一个鼻子，四儿子到都齐全，偏又是个哑巴。……"

说到这里，看看贾母好像已朦胧双眼，便停住不说了。

这是一句潜隐句，如果这时贾母说话，必是："快别养了，再养，老五也不是好人。"

老五，雍正在清帝系列中的排位。

26.第七十七回，周瑞家的带司棋出大观园，司棋提出要辞一辞众姐妹。周瑞家的说："谁是合你一个衣包里爬出来的……"

言外之意，一个衣包里爬出来的还翻脸不认人呢。

一部《红楼梦》，作者、批者均将矛头对准了王熙凤，还借书中各种人物之口，对其鞭笞、贬斥。这些人物有：贾母、黛玉、李纨、王夫人、贾琏、探春、尤氏、袭人、鸳鸯、尤三姐、周瑞家的、焦大、刘姥姥、鲍二家的、来昇、兴儿等。上自贾母，下至丫鬟、仆人。

脂砚说了，王熙凤的一生，是为"机心所误"，也就是《红楼梦新曲》中说的"聪明反被聪明误"。雍正自以为久在藩邸，谙识世情，聪明过人，毒辣狠毒得罪了许多人。

综上所述，完全看得出，作者对王熙凤，恨之入骨，借各种人之口，对之口诛笔伐，万箭穿心；借诗词曲赋、酒令、笑话等对之讽刺、挖苦、贬斥，以泄其国恨家仇之孤愤。

三、宝玉吊孝

王熙凤寿日，宝玉干什么去了？吊孝去了，金玔儿同王熙凤一样，两人同一天生日，都是九月初二，明眼人一看就明白，这是在为王熙凤吊孝，恨不得其早死。

王熙凤生日，由尤氏主持，听听尤氏说了些什么：

"没足厌的小蹄子"；

"你这阿物儿，也太行了大运了"；

"太满了就泼出来了"；

"我说你肏鬼呢"；

"使不了，明儿带了棺材里去"；脂批：此言不假，伏下后文短命。（庚·43F·ZⅡ2053）

"他坐不惯首席，坐在上头，横不是竖不是的……"；

"过了后儿，知道还得像今儿这样不得了，趁着尽力灌丧两钟罢"。

尤氏，好像是开玩笑的话，又句句似谶语。

四、贾琏叛情

前边王熙凤过生日，后边贾琏与鲍二媳妇偷情，鲍二媳妇还说："多早晚你那阎王老婆死了，就好了。"

这个诅咒，正是一些人的心声。

作者写道："凤姐儿站在那边，也不盛装哭得眼睛肿着，也不施脂粉，黄黄脸儿，……"

此句下脂砚斋批道：大妙大奇之文，此一句便伏下病根了，草草看去，便可惜了作者行文苦心。（庚·44F·ZⅡ2085）

脂砚提示，这一句不要草草看去，话中有话，大有文章。笔者反复推敲后，认为："黄黄的脸儿"一句是显真句，是某人的写真。他，就是雍正。

接着，作者借众人之口，继续贬凤。

贾琏说她："太要足了强，也不是好事。"

第四十五回，又借李纨之口说："你们听听，我说了一句，他就疯了，说了两车的无赖泥腿市俗专会打细算盘，分斤拨两的话出来。……若是生在贫寒小户人家，作个小子，还不知怎么下作贫嘴恶舌的呢！"

这是庆寿吗？这是折寿。

凤姐无奈地对李纨说："你今儿反倒逼我的命了。"

五、贾琏，隐形主角

曹頫过继给曹寅后，因曹顒排行老大，曹頫自然排行老二，曹頫在曹府被称为"二爷"。

"二爷"是曹頫生活中的专称，曹頫为显真移植到《红楼梦》中，尊称宝二爷。因此，"宝二爷"呼声亲切悦耳，纵贯全书。

奇怪的是贾琏，没有长兄，但也称二爷，人们叫他琏二爷。许多红学家对这种情况迷惑不解，有的认为是作者笔误。不是的，"二爷"是曹頫身份的标志，宝二爷是主隐曹頫，琏二爷是暗隐曹頫。

贾琏与王熙凤，名为夫妻，实则同床异梦。请看第二十一回，大姐儿出麻疹，贾琏趁机与多姑娘淫乱，叛情。第四十四回，凤姐生日，贾琏趁乱同鲍二家的鬼混，一个唤凤姐为"阎王"，一个唤凤姐为"夜叉星"。第六十五回，索性偷娶尤二姐。贾琏三次背叛王熙凤，三次叛情，说明什么？均暗喻"叛清"。

从以上内容可以看出，贾琏是一个叛情者角色，意即："叛清者"。

贾琏是曹頫幻入《红楼梦》中的隐性主角。

第二十五章 鸳鸯拒婚

第四十六至四十七回，是鸳鸯篇，作者仿《庄子》，编了一个鸳鸯拒婚的故事。

鸳鸯作为贾母的贴身丫鬟，贾府上下没有不尊重的。可是贾赦突发奇想，想将鸳鸯收到自己房中做妾。

自此，作者用两回书，详写鸳鸯拒婚。

最初，面对邢夫人的劝说利诱只是“低头不语”，躲了起来。

接着，在平儿面前袒露心迹：“就是这会子太太死了，他三媒六聘娶我去做大老婆，我也不能去。”

后又当着平儿、袭人的面再次表明态度：“总到了至急为难，我剪了头发作姑子去。不然，还有一死。”

鸳鸯拒婚，态度十分坚决。

最后还当着贾母、王夫人、薛姨妈、李纨、凤姐儿、宝钗等姐妹的面，再次申明：“若说我不是真心，暂且拿话来支吾，日后再图别的，天地鬼神，日头月亮照着嗓子，从嗓子里头长疔，烂了出来，烂化成酱在这里。”

说罢，拿出剪刀，打开头发，右手便铰。

作者通过这则故事想说明什么？

绝情——根据谐音，是绝清？与清一刀两断。

曹頫，经过雍正五年那场劫难后，又经过深沉的思索，决心与“清王朝”一刀两断，他的《红楼梦》一书就是他的宣言，他的实践。

《王府本》第四十六回，立松轩批语说得很明白：

鸳鸯女从热闹中别具一副肠胃，不轻许人一事，是官途中药石仙方。（府·46F·LⅠ0693）

将“鸳鸯拒婚”同“官途中药石仙方”联系起来，表示绝不再为“清”效力。

第二十六章　薛蟠被打

一、学中乱情

第九回，顽童闹学堂，重点是写秦钟。但作者没放掉薛蟠，虽然文中薛蟠没有出场，却照样重笔写。

作者写道：薛蟠动了龙阳之兴，也来到学中。"……有好几个小学生，图了薛蟠的银钱、吃穿，被他哄上手的，……"

"更又有两个多情的小学生，……只因生的妩媚风流，满学中都是送了他两个外号，一号'香怜'，一号'玉爱'。虽都有窃慕之意，……只是都惧怕薛蟠的威势，不敢来沾惹。"

薛蟠虽未出场，但胜似出场，聊聊几句，把薛蟠的淫浪之态刻画得淋漓尽致。

薛蟠乱情，就是乱清。

二、打死宝玉

第三十四回，宝玉挨打，这与薛蟠本没有什么关系，可是因为他的性格，许多人都怀疑与他有关，包括宝钗。

事实是雍正抄了曹頫的家，按书上说，不是薛蟠，所以薛蟠不承认也对。

薛蟠说："既拉上我，也不怕，越性进去把宝玉打死了，……"

"把宝玉打死"，一句话，让人触目惊心。

因薛蟠隐寓雍正，"把宝玉打死"，正是雍正当时心态。

"秦"、"玉"两家，斗争激烈，你死我活，这才是本来面目，双方格格不入。

三、柳湘莲怒打薛蟠

第四十七回，柳湘莲、薛蟠等在赖尚荣家中相聚，薛蟠向柳湘莲调情。

柳湘莲怒从心底起，将薛蟠轰出北门外。

请看柳湘莲如何毒打薛蟠：

"只听'噹'的一声，颈后好似铁锤砸下来，只觉得一阵黑，满眼金星乱迸身不由己，便倒下来。"

"……只使了三分气力，向他脸上拍了几下，登时便开了果子铺。"

"又被湘莲用脚尖点了两点，仍旧跌到。"

"……便取了马鞭过来，从背至颈，打了三四十下。"

"又掷下鞭子，用拳头向他身上擂了几下。"

薛蟠苦苦求饶，连叫："好兄弟"，"好哥哥"，"好老爷，饶了我这没眼睛的瞎子罢！从今以后，我敬你怕你了。"

薛蟠"后悔自己不该误认了人"。

这一段，用"巨眼"看，才解气呢！

为谁出气？湘莲二字，使人联想到英莲："应怜"；香菱："相怜"，正是为他出气。

湘莲，是香菱、英莲二名的组合。

第六十七回，《靖藏本》有一条畸笏叟的批语证实了以上推断。

原批是：似糊涂却不糊涂若非有风缘根基有之人，岂能有此□□□姣姣册之副者也。（靖·67F·ZⅢ0045）

杨传镛先生校读为：

似糊涂却不糊涂。若非有夙（风）缘有根基有之人，岂能有此大彻悟（□□□），副册之佼佼（姣姣）者也。

"副册之佼佼者"，副册上，只有香菱一人，由此可知湘莲与香菱共同隐寓着一个人，他就是胤礽。

该批是批在下列句下：

薛姨妈说："可是柳相公那样一个年轻聪明的人，怎么就一时糊涂，跟着道士去了呢？我想他前世必是有夙缘的有根基的人，所以才容易听得进这些度他的话去。"

作者借薛姨妈之口，用"前世"两个字，将柳湘莲同胤礽联结起来。

第六十六回，情小妹耻情归地府，冷二郎一冷入空门。

作者借尤三姐之手，用鸳鸯剑斩情断情，大有深意。"情"谐音"清"，尤三姐梦辞柳湘莲时说："来自情天，去由情地。前生误被情惑，今既耻情而觉，与君两无干涉。"

柳湘莲被超度了去，也是悬崖撒手。

第二十七章　香菱学诗——胤礽篇

第四十八回，脂砚斋有一批语，讲作者如何让香菱入园，他说：

然此一人，岂可不入园哉？故欲令入园，终无可入之隙，筹画再四，欲令入园，必呆兄远行后方可。然阿呆兄又如何方可远行？曰：名不可，利不可，正事不可，必得万人想不到、自己忽一发机之事方可，因此思及“情”之一字，及（乃）呆素所误者，故借“情误”二字生出一事，使阿呆游艺之志已坚，则菱卿入园之隙方妥。回思因欲香菱入园，是写阿呆情误；因欲阿呆情误，先写一赖尚华（荣），实委婉严密之甚也。脂砚斋评。（庚·48F·ZⅡ2130）

为使香菱入园，先写赖尚荣升任州官，接着设宴，宴请亲朋好友，薛蟠、柳湘莲自然相遇，薛蟠情误被打，立意出门，然后，香菱顺理成章地入园。

仅为香菱入园，就费这么多周折。

香菱隐寓胤礽，是副册中唯一榜上人物，岂能不入园？

香菱向黛玉学诗，是实写。事实上，胤礽，从五六岁起，康熙就手把手，亲自教胤礽读书。黛玉教香菱写诗，正是当年遗事再现。

学诗，自然要写诗，黛玉出题让她写“月”。

胤礽于康熙五十一年第二次被废，一直禁锢在咸安宫内，十年后，康熙去世，胤禛继位，改迁到郑家庄禁锢，两年后病死。

十二年的禁锢生活，胤礽所接触的只有明月了，由他写月再恰当不过了。

香菱的三首诗是：

第一首

月桂中天夜色寒，清光皎皎影团团。
诗人助兴常思玩，野客添愁不忍观。
翡翠楼边悬玉镜，珍珠帘外挂玉盘。
良宵何用烧银烛，晴彩辉煌映画栏。

第二首

非银非水映窗寒，试看晴空护玉盘。
淡淡梅花香欲染，丝丝柳带露初干。
只疑残粉涂金砌，恍若轻霜抹玉栏。
梦醒西楼人绝迹，余容犹可隔帘看。

第三首

精华欲掩料应难，影自娟娟魄自寒。
一片砧敲千里白，半轮鸡唱五更寒。

绿蓑江上秋闻笛，红袖楼头夜倚栏。

博得嫦娥应借问，何缘不使永团圆？

这三首诗，许多人下气力比较优劣，其实三首诗，只是代表胤礽三个阶段的景象、心态。

第一首，“晴彩辉煌映画栏”是胤礽为太子时的景象。

第二首，“梦醒西楼人绝迹”是胤礽的太子被废后的景象。

第三首，“一片砧敲千里白”，已经是晚年，康熙去世，雍正继位，胤礽失去了一切，而且还不能与家人团聚。此时此刻，胤礽只能仰头长叹：“何缘不使永团圆？”

第二十八章　一夜北风紧

一、《即景联句》解读

第五十回，诗社由李纨主坛，诗题是：《即景联句》。

参加联句的有：李纨、香菱、探春、李綺、李纹、邢岫烟、湘云、宝琴、黛玉、宝钗、宝玉，后王熙凤也加入了，共十二人。

形式新颖，阵容庞大，联句时，争先恐后，非常热闹。

过去，人们多是看热闹，其中含义不甚了了。

《即景联句》，很有趣，宝钗首先提议："到底分个次序。"原不在诗社的王熙凤，抢先说了第一句：一夜北风紧。

这里，《庚辰本》有一条误入正文的批语：一定要按次序，恰又不按次序，似脱落处而不脱落，文章歧路如此。

"似脱落处而不脱落"，此句是说：王熙凤说第一句正是按次序。

人们对这一句赞不绝口：这正是会作诗的起法，不但好，而且留下多少地步与后人。

《即景联句》共70句，第1句是第一部分，后边69句是第二部分。

两部分之间是因果关系，"一夜北风紧"，造成了后边的后果。

什么后果呢？请看："有意荣枯草"，"价高村酿熟"，"寒山已失翠"，"冻浦不闻潮"，"林斧不闻樵"，"深院惊寒雀"，"空山泣老鸮"，"僵卧谁相问"，……

这一切都是"一夜北风紧"造成的，谁说的？王熙凤说的。王熙凤隐寓谁？隐寓雍正，是他造成了以上后果。

其中，宝玉的一句话最有分量："清梦转聊聊"，聊聊，短暂的意思，全句的意思是：大清之梦从此快结束了。

也就是说：从王熙凤（雍正）的"一夜北风紧"开始，由盛转衰。

"一夜北风紧"，不只是时令气候，而是政治气候。

"一夜北风紧"，衰亡的起点。

立松轩有一条批语直揭要害：

……李纨主坛而起句却在凤姐。李纨主坛结句却在最少之李绮，另是一样弄奇。（府·50F·LⅠ0701）

起句有奇，结句也有奇。我说过批语中凡有"奇"字处必有玄机。

结句是："凭诗祝舜尧"，这是一句反话，与诗的格调、内容极不协调，给人以粉饰太平的感觉。

谁说过？雍正《塞外中秋》诗中有一句："溢彩浮尧曌，流辉拂舜宴。"

二、《咏红梅花》解读

咏红梅花 得“红”字 邢岫烟

桃未芳菲杏未红，冲寒先已笑东风。魂飞庾岭春难辨，霞隔罗浮梦未通。
绿萼添妆融宝炬，缟仙扶醉跨彩虹。看来岂是寻常色，浓淡由他冰雪中。

咏红梅花 得“梅”字 李 纹

白梅懒赋赋红梅，逞艳先迎醉眼开。冻脸有痕皆是血，酸心无恨亦成灰。
误吞丹药移真骨，偷下瑶池脱旧胎。江北江南春灿烂，寄言蜂蝶漫疑猜。

咏红梅花 得“花”字 薛宝琴

疏是枝条艳是花，春妆儿女竞奢华。闲庭曲槛无余雪，流水空山有落霞。
幽梦冷随红袖笛，游仙香泛绛河槎。前身定是瑶台种，无复相疑色相差。

历代写诗咏红梅花都是“赞”，这里曹頫却出人意料，是“贬”。

一贬红梅花，——不是“寻常色”

此色会变，当梅子绿萼出现时，红妆像火炬一样消失了，花残时如白衣仙子一样映入彩虹。大庾岭梅花开时还看不到春天的影子，罗浮山虽有梅花开放，但好梦不通。

隋代赵师雄游罗浮山遇到一位仙女，与之饮酒言谈，赵酩酊大醉，醒后卧在梅树之下。

“罗浮梦未通”喻没有好梦。

最后说：这株梅花不是“寻常色”，不同于寻常梅花之色，让它独自在冰雪中待着吧！

二贬红梅花，——“偷下瑶池”

醉眼看它：“冻脸有痕皆是血，酸心无恨亦成灰。”殷红的花瓣像血一样，梅子酸的让人心灰意冷。读这一句，隐约感到这里的“红梅花”暗寓着一个人。

果然，“误吞丹药移真骨”，点破玄机，他，就是那个因吞金丹殒命的人——雍正。

“偷下瑶池”，相传梅花是瑶池侍女偷了王母的碧桃下世变的，暗隐雍正继位不是光明正大。“寄言蜂蝶漫疑猜”，雍正到底如何继位的，直到现在仍然议论纷纷，猜疑不断。

三贬红梅花——“色相差”

尽管漫山遍野都是梅花，但是，凄凉的笛声启动了衰落的步子，“绛河槎”，银河里的木船，银河将割断情缘，准备乘船远逝吧！

“前身定是瑶台种”，不错，是爱新觉罗子孙，但“色相差”，太差了，颜色诡异，品质恶劣。

作者借众钗——十二钗，隐寓大清十二帝，又借诸艳——各种花卉，影射清帝，因此在诗词雅谜中均寄托着自己的喜怒哀乐。

尤其是对雍正，处处口诛笔伐，时时万箭穿心，雍正是曹頫发泄的箭靶。

三、《访妙玉乞红梅》解读

宝玉因《即景联句》说得少，李纨罚他去栊翠庵折一支红梅。折梅回来，湘云提议再罚宝玉做一首《访妙玉乞红梅》。

宝玉全诗如下：

酒未开樽句未裁，寻春问腊到蓬莱。
不求大士瓶中露，为乞嫦娥槛外梅。
入世冷挑红雪去，离尘香割紫云来。
槎枒谁惜诗肩瘦，衣上犹沾佛院苔。

这首诗写的是谁的事？什么事？作者想要说什么？

破解《访妙玉乞红梅》的要着，首先要找到这首诗的时间坐标。

前边说过妙玉是顺治幻入《红楼梦》里的代码。1943年8月皇太极逝世，顺治继位。曹頫第二代先祖曹振彦进入顺治朝代。

显然，这首诗写的是1643年以后的事。

此时的宝玉，应该是顺治时期的曹振彦，这就弄清楚了，《访妙玉乞红梅》写的是顺治与曹振彦之间的事。

“酒未开樽句未裁”，开樽，开始饮酒，句未裁，诗句还没推敲，剪裁。

这是写当时的时代背景：“大清”还没有统一全国，尚处于开创时期，顺治继位时，势力范围仅限于东北辽沈一带。

“寻春问腊到蓬莱”，腊，蜡梅，这个时候，曹振彦沿着“春”的脚步来到“蓬莱”，作者将顺治朝誉为“仙境”。

“不求大士瓶中露，为乞嫦娥槛外梅”，大士，指观音菩萨，这里，“大士”，“嫦娥”均是指顺治。当时，曹振彦并没有太高的要求，只求一支“槛外梅”。

“入世冷挑红雪去”，1644年3月，李自成攻陷北京，崇祯自缢，“大明”灭亡。4月，吴三桂降清，5月，多尔衮率清军攻占北京。

这期间，曹振彦随着多尔衮南征北战，战功显赫，在北京贡院附近获得宅院一处，圈地几百亩，即是获取的“红雪”。

“离尘香割紫云来”，曹振彦去世后，其子曹玺，其孙曹寅，其重孙曹顒、曹頫均享受到了曹振彦带给他们的富贵。

“槎枒谁惜诗肩瘦”，槎枒，即坎坷，一百多年的坎坷岁月，曹氏几代人为谱写“大清”诗篇，从来没有叫过苦。

“衣上犹沾佛院苔”，一心向佛是顺治的心愿，顺治还曾一度削发出家，“佛院”既指“栊翠庵”，也暗示顺治。

乾隆继位，立即追封曹振彦为二等将军，还免除了曹頫所欠的三百多两银子，所以说“衣上犹沾佛院苔”。

《访妙玉乞红梅》追忆了顺治时代曹、清之间亲密无间的关系，表达了对顺治、对先祖曹振彦的深切怀念。

第二十九章　晴雯——弘皙篇

一、晴雯隐寓

又副册，第一位图案是：乌云浊雾，判词是：霁月难逢，彩云易散，心比天高，身为下贱。

“乌云浊雾”，是指政治气候，“霁月难逢，彩云易散”是指机会难逢易失，“心比天高，身为下贱”指有登天之心，但，终成下贱。

从现实中比对，此人显然是胤礽之子——弘皙。弘皙以故太子之子自居，身边簇拥着一帮亲信，对帝位虎视眈眈。

乾隆四年(1739)，十月，宗人府议奏：康熙帝十六子庄亲王允禄与其子侄辈弘皙、弘升、弘昌、弘晈等“结党营私，往来诡秘”，议请予以查处。

乾隆对允禄并不放在心上，认为他是一个“庸碌之辈”。而对弘皙却倍加警惕，说：“自以为旧日东宫之嫡子，居心甚不可问。”联想到乾隆诞辰时，弘皙送了一顶鹅黄肩舆，乾隆猜疑道：“朕若不受，伊即将留以自用矣。”

乾隆遂决定：革去允禄亲王双俸及议政大臣等职，革去弘皙的亲王衔，圈禁郑家庄。

十二月初六日，巫师安泰供出：弘皙曾向他询问：准噶尔能否到京？天下太平与否？将来我还升腾与否？皇上寿算如何？等等。

乾隆认为弘皙“心怀异志”，“其所询问妖人之语俱非臣下所宜出诸口，所忍萌诸心者”。

还发现弘皙仿内务府擅自设立会计、掌仪等司。于是乾隆下令将弘皙革除宗籍，永远圈禁景山东果园，改名“四十六”(该年46岁)。三年后弘皙病死东果园。

判词中“心比天高”，即是说弘皙有窥视帝位之心，“身为下贱”，是说他的结局。

第二十六回，有一天晚上，宝钗来到怡红院。晴雯为此大发牢骚。脂砚斋在每一句旁都写了一条批语。

请看：

有事没事，跑了来坐着。

犯宝钗如此写法。(甲·26F·ZⅡ1814)

宝钗隐寓“乾隆”，一个“犯”字，岂了得。

叫我们三更半夜的不得睡觉。

指明人，则暗写。(甲·26F·ZⅡ1815)

晴雯越发动了气，也并不问是谁。

犯黛玉如此写明。(甲·26F·ZⅡ1816)

便说道：“都睡下了，明儿再来罢。”

不知人，则明写。(甲·26F·ZⅡ1817)

什么犯宝钗，犯黛玉？什么明人暗写，暗人明写，让人不知所以。

幸有畸笏叟一条批语，可以解惑。

晴雯迁怒是常事耳，写钗、颦二卿身上，与踢袭人之文，令人于何处设想着笔？丁亥夏，畸笏叟。（甲·26F·JⅡ0023）

“令人于何处设想”？

晴雯迁怒钗、黛，单从文本中说，可能吗？一个小小丫鬟，再放肆也不至如此。只有从隐寓处设想，才合情合理。

乾隆（宝钗）将弘皙（晴雯）圈禁郑家庄，这里晴雯（弘皙）自然要迁怒宝钗（乾隆）了。

但为什么要给黛玉（康熙）以闭门羹呢？晴雯（弘皙）所以有如此结局，全怪康熙（黛玉），倘若当初康熙（黛玉）不使雍正继位，哪有今日。

所以“晴雯迁怒”是正常的。

二、晴雯病补雀金裘

第五十一回至五十二回，按宝钗隐寓乾隆、晴雯隐寓弘皙来看，作者旨意一目了然。

（1）宝钗说：“下次我邀一社，……每人四首诗，四阕词。头一个诗题，咏太极图，限一先的韵，五言律，要把一先的韵都用尽了，一个不许剩。”

宝琴说：“这分明是难人。”说对了，乾隆在难人，难谁？——弘皙。

（2）偏偏晴雯不防，为吓麝月，大冷的天，穿着单衣就跑出门外去了。

平儿来找秋纹谈事，晴雯认为她们鬼鬼祟祟，必是说她“病了也不出去”。其实，平儿是怕她“爆炭”脾气，嚷出来不好。

宝玉推情度理地给晴雯解释了一番，看到这里，一般人都是不会多想。

可是，脂砚斋有一条批语，却让你不得不想，他说：宝玉一篇推情度理之谈，以射正事，不知如何。（庚·52F·ZⅡ2154）

“以射正事”，必然影射着一件正事。

乾隆怀疑弘皙有不臣之心，弘皙是原东宫之子，乾隆的怀疑是正常的。

（3）新来的太医，乱用虎狼之药，喻新皇帝用虎狼手段。

后，弘皙被禁拘郑家庄，直到去世。

（4）晴雯病补雀金裘，钟敲四下，暗喻曹寅时，弘皙父子与曹家有过某种关联。

查，当时胤礽曾向曹寅借银五万两，曹頫被抄时尚欠三万二千两。

晴雯病补雀金裘，暗喻弘皙补上了这笔欠款。

第三十章　谁家宗祠?

一、黑山村进贡

贾珍,珍,谐音“禛”,是雍正幻入红楼又一身。

第五十三回写了黑山村庄头乌进孝进贡,这是清代许多皇庄的缩影。清当局为了保证宫室用度,在各地设置了许多皇庄。

乾隆年间,各类皇庄发展到1900余所,壮丁七万余人。除粮庄外,还有银庄,棉庄,盐庄以及果园,瓜菜园等。

黑山村收获锐减,是表示江河日下。

二、祭宗祠

祭宗祠,规模宏大,气势磅礴。

只见贾府诸人分昭穆排班立定:贾敬主祭,贾珍献爵,贾琏、贾琮献帛,宝玉捧香,贾菖、贾菱展拜毯,守焚池。……

奇怪的是:里边香火辉煌,锦幛绣幕,虽列着些神主却看不真切。

这是作者的烟云模糊之笔,如果看清楚了,《红楼梦》谁也能读懂了。

根据“天下旺族”之批,我们已知“贾府”就是爱新觉罗府,那些神主自然是“大清”前四帝:努尔哈赤,皇太极,顺治,康熙。

贾敬主祭,贾敬,隐寓雍正。

脂砚斋有一批耐人寻味:

祭宗祠,开夜宴,一番铺张浪费叙隐后回无限文字。亘古浩荡宏恩,母孀兄先(死),无依,屡遭变故,(生)不逢辰,令人肠断心摧。

积德于今到子孙,都中旺族首吾门,可怜立业英雄辈,遗脉谁知祖父恩。(靖·53F·ZⅢ0037)

此批是写在《靖藏本》上的,因为祭祀的神主中有康熙,想到康熙对曹家的宏恩,曹頫身不由己,下笔写道:“亘古浩荡宏恩,母孀兄先(死),无依,屡遭变故,(生)不逢辰,令人肠断心摧。”

这是曹頫出自脏腑的真情实语,句句感人,字字泪下。

接着,曹頫笔锋一转,感叹当今继位者(雍正、乾隆等):“可怜立业英雄辈,遗脉谁知祖父恩。”

第三十一章 黛玉回苏州

读懂《红楼梦》，关键的一步是要有一双“巨眼”，有了“巨眼”，才能看到作者的不写之写内容。

第七十八回，有三条批语三番五次点明“诔明雯”实际是“诔黛玉”。请看：

如此我亦为(谓)妥极，但试问当面用尔、我是(字)样，究竟不知是为谁之谶，一笑一叹。一篇诔问(文)，总因此二句而有，又当知虽来(诔)晴雯，而又实诔黛玉也，奇纫(幻)至此。若云必因请(晴)雯来(诔)，则呆之至矣。(庚·78F·ZⅡ2418)

慧心人可为一哭。观此句，便知诔文实不为晴雯而作也。(庚·78F·ZⅡ2419)

观此知虽诔晴雯，乃诔黛玉也。试观证前缘回，黛玉逝后诸文便知。(靖·78F·ZⅢ0046)

读者读了脂砚斋批语后会问：“黛玉没死，怎么会是诔黛玉？”

是的，作者没有明着写黛玉之死，他不愿黛玉死，也绝不会去写黛玉死，可是不写又不行，怎么办，暗中写了黛玉死。这就是第五十七回。

紫娟提起黛玉吃燕窝一事，说：“原来是你说了，这又多谢你费心。……”

宝玉笑道：“这要天天吃惯了，吃上三、二年就好了。”

谁知，风云突变，紫娟突然说：“明年家去，那里有闲钱吃这个。”

宝玉听了，吃了一惊，忙问：“谁？往那个家去？”

紫娟道：“你妹妹回苏州家去。”

开始，宝玉还不信，后，听紫娟说得有情有理，有鼻子有眼，再也说不出话来。

恰好，晴雯来找，将宝玉拉回怡红院。

黛玉回苏州，笔者认为这是一句暗语，是一句隐语微词，真正的含义是：康熙逝世。

当笔者判断出《红楼梦》是完稿，就止于八十回后，曾反复思忖，作者为什么不写康熙之死？肯定地说是不忍下笔，但是第七十八回却要诔康熙，没有死，焉能诔？

康熙是曹頫心目中的一尊天神，在他思想中，永远不会死。可是写《红楼梦》，写《清鉴》怎能避免写康熙之死，况且，曹頫还要表达自己真挚的感情。

曹頫思来想去，只有以“回苏州”代表去世，请看，此后，宝玉的表现：

两个眼珠儿直直起来，口角边津液流出，皆不知觉；

袭人描绘说：“眼也直了，手脚也冷了，话也不说了，李妈妈掐着也不疼了，已死了大半个了。”

尔后，不许别人姓林，藏起自行船等一系列疯癫事。

宝玉的表现，实是康熙去世后曹頫的真实心态，天塌地陷，如丧考妣。

作者借王太医之口说出宝玉病因：“这病乃是急痛迷心。”这下正是“甄宝玉送玉”时的真实表现。

回苏州，暗写康熙去世，但黛玉还在，在曹頫心中康熙永远活在他的心中。

第三十二章　探春主政

一、探春，是后六帝唯一一位详写的帝王

《梦觉本》成书是甲辰（1784）年。

1784年，曹頫尚在人世，该年是乾隆49年，离嘉庆时代只有十余年时间，嘉庆作为皇子颙琰，时为24岁，曹頫多少了解他一些，因此预测嘉庆时代，准确度比较高。

第五十五回，由于凤姐病了，王夫人便命李纨、探春合同裁处，后又请了宝钗共同料理。表面上形成了李纨、探春、宝钗联合执政局面。其实重点写的是探春，突出的是探春。

宝钗协理，正是暗隐乾隆当了三年多太上皇。如第五十五回中写道：宝钗“……在上房监察”。从座位上看：“宝钗面南，探春面西”，这同乾隆当太上皇时，处理朝政时太上皇南向坐、嘉庆东向坐一模一样。

李纨协理，暗示同治时代大致同此。

第五十五、五十六回立松轩有两条回前批，可以帮助我们理解作者用意。

此回接上文恰似黄钟大吕，后转出羽调商声，别有清凉滋味。（府·55F·LⅠ0713）

叙入梦境，极迷离，却极分明，牛鬼蛇神不犯笔端，全从至情至理中写出，齐谐莫能载也。（府·56F·LⅠ0715）

“转出羽调商声，别有清凉滋味”，含义为：哀伤曲奏响了，“大清”从此进入快速衰亡期。

“牛鬼蛇神不犯笔端”，“牛鬼蛇神”，指谁？第五十六回，主要写探春，另有宝钗、李纨、平儿、贾母、宝玉、袭人等。这里面有“牛鬼蛇神”吗？

请注意：“不犯笔端”，就是说没有露出原形，可是，梦境中却极分明，至情至理。

当我们剥去“梦境”外衣时，“牛鬼蛇神”原形毕露，他们就是探春的隐寓者嘉庆，宝钗的隐寓者乾隆，李纨的隐寓者光绪。

称“清帝”为“牛鬼蛇神”，同第一回的“风流孽鬼”一样，是蔑称，这才是“大清帝王”在曹頫心目中真正的地位。

《红楼梦》中调侃说“倒了一个巡海夜叉，又添了三个镇山太岁”，异曲同工。

关于探春，有两点值得注意：

其一，他的“庶出”身份。

乾隆曾立永琏为太子，永琏是皇后所生，是嫡子，但乾隆三年永琏因病去世了。后皇后又生永琮，乾隆欲立永琮，不幸的是永琮因出痘去世。无奈之下乾隆只好立贵妃魏佳氏所生之子顒琰为太子。

第五十五回，有一大段凤姐同平儿议论“正出”、“庶出”，就是为了突出探春的“庶出”身份。

其二，精明能干。

第五十五回，作者借凤姐之口说：“好个三姑娘，我说他不错。”

立松轩有一批也称赞说：探春看得透，拿得定，说得出，办得来，是有才干者，故赠以“敏”字。（府·56F·LⅠ0716）

颙琰以“克勤力学”著称，他的师傅朱珪称赞他：“好学敏求”。请注意，探春的“敏”字，正是从此处而来。

二、探春政绩

主要写了他四件事。

处理赵国基去世案

其舅父赵国基去世，给多少钱。按常规是二十两银子。探春可以加一些，但探春坚持旧规不变。虽有其母赵姨娘闹事，探春也不为所动。

此情节暗示：嘉庆当是一个守成之君。

紧缩开支

一是蠲去了贾环、贾兰等人的重叠费用，如学里的八两。二是减免了小姐们的脂粉钱二两。

《红楼梦》中说，这是要找个体面人开刀。

嘉庆四年，乾隆刚刚去世不久，嘉庆立即将权臣和坤扳倒，令其自尽。

改革措施

将大观园园子分片承包。

正面看，是写探春如何如何能干，有胆有识。实质里，作者预测探春（嘉庆）继位时，败象已显，不得已，变通手段，以应付局面。

作者在这里，似赞探春，而实贬形势。

乱象丛生

第五十八回，藕官因在大观园烧纸与夏婆子争执，宝玉过来煽风点火，暗助藕官。

芳官因洗头同她干娘在怡红院大吵大闹。

第五十八回，因老太妃过世，尤氏做主解散梨香院，遣发十二个小戏子。不愿走的，分发到各处。文官跟了贾母，芳官给了宝玉，蕊官送与宝钗，藕官指与了黛玉，葵官送了湘云，荳官送给宝琴，艾官与了探春，尤氏留下茄官。

作者这样写有无深意，他意，寓意？

笔者认为这是暗隐雍正的“解贱从良”政策，作者全方位写雍正，雍正的所作所为在《红楼梦》中均有踪迹。

雍正元年三月监察御史年熙上书雍正请除豁山西、陕西乐户贱民的贱籍。

当时，士工农商是良民，教坊司是官妓，是贱民，贱民是被侮辱、被歧视的人群。

雍正批准乐户改业从良，说实在的，这是雍正的英明之举，是进步措施，雍正还把这一政策推广到全国。惠及广东的旦户，徽州的伴当，绍兴的丐民等。

但效果不理想，原因是没有解决好他们的就业问题。

《红楼梦》中，戏子们进入大观园后，第一件事就是清明节藕官烧纸，烧纸看似一件小事，但在清代却是一件大事。烧纸是汉俗，满族严令禁止，为此努尔哈赤曾处死许多属下。

《红楼梦》中，宝玉明目张胆地支持藕官，并扬言：“替我烧了祝赞。”分明是公然对抗。

大观园乱了。

第五十九回，在莺儿挑逗下，春燕的姑姑、母亲打骂春燕，将怡红院搅成一锅粥。

第六十回，蕊官给芳官一些蔷薇硝，贾环要一些，芳官给了些茉莉粉，赵姨娘看不愤，来到怡红院兴师问罪。藕官、蕊官、葵官、荳官看不忿，四人上来与赵姨娘手撕头撞，弄得不可开交。

第六十一回，司棋因没要上炖鸡蛋，将柳嫂子的厨房折腾的翻了天。

芳官给五儿玫瑰露，不想又引出茯苓霜失窃案，王夫人的茯苓霜被窃，这可不是小事。

平儿说："这三、四日的工夫，一共大小出来了八、九件。"

平儿还说："各处大小人儿都造起反来了。"

柳嫂儿的哥嫂都知道："闻得里头家反宅乱。"

探春、李纨执政时期，暗喻嘉庆、同治当政时的政局——天下大乱。

嘉庆时爆发了川、陕、楚大起义，成德皇宫行刺，天理教攻打紫禁城。同治时爆发了捻军大起义，甘肃、新疆回民起义等。

对于探春主政，第五回判词中说："才自精明志自高，生于末世运偏消。"

作者在这里点明了问题的实质：末世之运，走下坡路了。

第三十三章 湘云醉卧

一、湘云，香梦沉酣

第六十二回，宝玉、宝琴等过生日，正玩得高兴，一个小丫头来说："姑娘们快瞧云丫头去，吃醉了图凉快，在山子后头一块青板石头上睡着了。"

众人忙过来看时，果见湘云卧于山石僻处一个石凳子上，业经香梦沉酣，四面芍药花飞了一身，满头脸、衣襟上皆是红香散乱，手中的扇子在地下，也半被落花埋了，一群蜂蝶闹嚷嚷地围着他，又用鲛帕包了一包芍药花瓣枕着。

湘云口内犹作睡语说酒令，唧唧嘟嘟说："泉香而酒洌，玉盌盛来琥珀光，直饮到梅梢月上，醉扶归，却为宜会亲友。"

无疑，湘云梦中还在饮酒取乐，作者有何意图？

看了立松轩一则批语，才有所醒悟，他批道：

看湘云醉卧青石，满身花影，宛若百十名姝抱云笙月鼓而簇拥太真者。（府·61F·LⅠ0733）

湘云满身花瓣"红香散乱"，如同"百十名姝抱云笙月鼓而簇拥太真者"，太真，就是杨贵妃。这是曹頫用幻觉幻笔来彰显湘云身份——乃是一代帝王。

二、湘云隐寓

湘云隐寓道光。

道光（1821–1850），爱新觉罗·旻宁。

作者认为他同探春一样，是"大清"衰落过程中的第二个强势帝王。

第五回的判词、舞曲中有"英豪阔大宽宏量，霁月光风耀玉堂"的赞词，1839年道光的"虎门销烟"让全世界震惊。

但他毕竟避免不了衰落的命运，判词、舞曲中还说："展眼吊斜晖，湘江水逝楚云飞。"

终究是"云散高唐，水涸湘江"。

1842年，中国第一个不平等条约就是道光同意签订的，从此中国沦落为半殖民地半封建社会，历史学家认为："大清"衰落，道光是光大者。

完全正确。

《红楼梦》中，曹頫两次暗示湘云身份，是男子，是帝王。

一次是第三十一回，湘云与翠缕论阴阳，翠缕明言："姑娘是阳，我就是阴。"此外，还有湘云爱穿宝玉的衣服，爱一身男子打扮等等。

另一次是第六十二回，湘云醉眠芍药裀。

太真，杨贵妃，“百十名姝抱云笙月鼓而簇拥”的还应该有一个与杨贵妃在一起的人，他就是唐玄宗，曹頫在此描绘出一幅幻影图，暗示了湘云帝王身份。

曹頫暗示，湘云（道光）时醉生梦死。

第三十四章 宝玉生辰

重点写宝玉生辰，可是，末尾却突然写了贾敬死。

一贺一吊，一喜一悲，“宝玉”隐寓曹頫，“贾敬”隐寓雍正，这两回作者用意不言自明。

一、五儿被冤

五儿——雍正幻入红楼第十三身。

五儿被冤，白白地被拘了一夜，受尽委屈，这是戏弄五儿。

五儿，五，取大清第五帝之意。作者让其受一下委屈，感受一下被冤的滋味。

二、太祖太爷和元春的生日

探春叙述贾府中各人生日，说太祖太爷和元春的生日均是大年初一，这是指努尔哈赤和皇太极建元之日。努尔哈赤1616年正月初一称金国汗，建元天命。1626年8月，努尔哈赤去世，皇太极继位，第二年正月初一改元天聪。

三、酒令中的深意

众钗为宝玉庆寿，是借宝玉生辰，隐诸钗结局，几则酒令，含有深意。

黛玉说：榛子非关隔院砧，何来万户捣衣声。砧，隐胤禛之”禛”字，胤禛当政，怨声鼎沸。

湘云说：这鸭头不是那丫头，头上那讨桂花油。这是调侃凤姐。

宝玉、宝钗射覆，宝钗覆：“宝”字，宝玉射：“钗”字，并解释说：“旧诗曾有：‘敲断玉钗红烛冷’”。

“敲断玉钗”，足见宝玉对宝钗的态度，冷酷无情。这才是作者的真实情感。

四、香菱斗草

香菱斗草时拿的就是蕙兰，他说：“凡蕙有两枝，上下结花者为兄弟蕙，有并头结花者为夫妻蕙。我这是枝并头的，怎么不是？”

荳官以“老子、儿子蕙”，“仇人蕙”予以反驳，到底什么“蕙”呢？

请看题诗：连理枝头花正开。

“连理枝头花正开”，出自宋代朱淑贞《落落》诗：“连理枝头花正开，妒花风雨便相催。原教青帝长为主，莫遣纷纷落翠苔。”

显然是暗示“兄弟蕙”了，“连理枝头花正开”，而且开得正好：“联春绕瑞”。

其时，胤礽被禁管，而胤禛却坐镇紫金城，但两枝连理花都是开着，“妒花风雨便相催”一句，点明了当时兄弟二人的处境，截然不同。

看似游戏，大有用意。

石榴裙经水掉色，宝玉说：“这石榴红绫，最不经染。”这是针对雍正四年雍正责难的回击。作者借香菱的口说：“那些促狭鬼使黑心。”

五、拈花名的寓意

是夜，众钗再次云集宝玉卧室，玩拈花名，细析花名、题词、诗句很有意味。

请看：

宝钗，牡丹，题词：艳冠群芳；题诗：任是无情也动人。

探春，杏花，题词：瑶池仙品；题诗：日边红杏依云栽。

李纨，梅花，题词：霜晓寒枝；题诗：竹篱茅舍自甘心。

湘云，海棠，题词：香梦沉酣；题诗：只恐夜深花睡去。

麝月，荼蘼，题词：韶华盛极；题诗：开到荼蘼花事了。

香菱，惠兰，题词：联春绕瑞；题诗：连理枝头花正开。

黛玉，芙蓉，题词：风露清愁；题诗：莫怨东风当自嗟。

袭人，桃花，题词：武陵别景；题诗：桃红又是一年春。

第六十三回，借宝玉生辰“拈花名”，别具一格。

作者不是为写花而写花，而是别有用意，什么用意呢？请看“占花名”。

(1)打点第一个是宝钗，宝钗掣了一支牡丹，题为：“艳冠群芳”，诗云：任是无情也动人。“任是无情也动人”出自唐代罗隐的《牡丹花》一诗，诗中写了韩令不学儿女子命铲除宅中牡丹。作者只取“任是无情也动人”一句，隐藏了其中的典故。可是下边芳官一曲却直显本意。

宝钗依签语，让芳官唱一曲《赏花时》，这一曲暗显了真意，深意。请看：

翠凤毛翎扎箒叉，闲为仙人扫落花，您看那风起玉尘沙，猛可的那一层云下，抵多少门外即天涯，您再休要剑斩黄龙一线儿差。……

又是“扫落花”，又是“斩黄龙”，这才是作者真实的意图、本旨。

综上所述，虽然偶然间宝玉也羡宝钗“美艳”，但骨子里是厌弃，是不情。

(2)探春拈的是杏花，题为：“瑶池仙品”，诗云：日边红杏依云栽。探春(嘉庆)时依日依云，暗示嘉庆时代依仗乾隆余荫。

(3)李纨拈的是梅花，题为：“霜晓寒枝”，诗云：竹篱茅舍自甘心。李纨(同治)时衰败景象有如晨霜中的寒枝。

(4)湘云拈的是海棠，题为：“香梦沉酣”，诗云：只恐夜深花睡去。好景不长了。

(5)麝月拈的是荼蘼花，题为：“韶华盛极”，诗云：开到荼蘼花事了。注云：在席各饮三杯送春。当麝月问：“怎么讲”时，宝玉将签藏了起来说：“咱们且饮酒。”

宝玉当时没有解释，留给后人慢慢解释。

"送春"，同前边的"践花节"，同"三春过后诸芳尽"一样含义。

(6)香菱拈的是并蒂花，题为："联春绕瑞"，诗云：连理枝头花正开。胤礽与胤禛是兄弟，故曰连理枝头，胤礽被禁拘，胤禛登基。

(7)黛玉拈的是芙蓉花，题为："风露清愁"，诗云：莫怨东风当自嗟。自酿苦酒，莫怨东风。

(8)袭人拈的是桃花，题为："武陵别景"，诗云：桃红又是一年春。多尔衮被削爵掘坟后，意为"寻得武陵好避秦"。

单从表面上看，以上题词、题诗全都是赞，其实不然，如宝钗，拈的是牡丹花，题词：艳贯群芳；题诗：任是无情也动人，这完全是赞美啊！但当你弄懂了"任是无情也动人"的出处后，才恍然大悟，原来作者的隐意、深意在文字的背后。

"任是无情也动人"出自唐代诗人罗隐的《牡丹花》一诗，全诗是：

似共东风别有因，绛罗高卷不胜春。若教解语应倾国，任是无情也动人。

芍药与君为近侍，芙蓉何处避芳辰。可怜韩令功成后，辜负秾华过此身。

韩令，名韩弘，唐元和十四年曾为中书令，唐国史补记载："元和末，韩令始至长安，居弟有之(牡丹)，遽命斫去。曰：吾岂效儿女子也。"

韩弘"过牡丹"典故，告诉我们：牡丹虽好，有人就是不喜欢。根据《红楼梦》一书对宝钗的态度，作者态度也如韩弘。

再如袭人，拈的是桃花，题词：武陵别景；题诗：桃红又是一年春。

"桃红又是一年春"，出自宋代谢枋得《庆全庵桃花》一诗："寻得桃源好避秦，桃红又是一年春。"

避秦，避清也。

袭人隐寓多尔衮，死后被顺治掘墓挖坟，情景很惨，因此，作者产生避清设想。

六、妙玉身份

岫烟说妙玉："僧不僧，俗不俗，女不女，男不男，成个什么道理？"

四个"不"字，将书里妙玉，书外顺治概括得惟妙惟肖，"僧不僧，俗不俗"讲顺治曾经削发为僧，旋又还俗。"女不女，男不男"，是说《红楼梦》中妙玉是女子身，而隐寓却是男子。

七、芳官改名

芳官—雄奴—耶律雄奴—野驴子—温都里那—玻璃

是在玩吗？不是，作者说："耶律"是番名，"雄奴"与"匈奴"相通。"这两种人，自尧、舜时便为中华之患，晋唐诸朝，深受其害。""我们正该作践他们。"

至此，笔者突然悟到：这里，芳官也隐寓雍正，是雍正幻入《红楼梦》中的百变之身之一。《雍正行乐图》中，雍正有一张穿蒙古族人服饰像(图一)，有一张扮外国人头像(图二十)。所以，作者特命名"雄奴""温都里那"等来隐现。

芳官——雍正幻入红楼第十四身。

八、雍正禁酒

《红楼梦》中多次写了饮酒，第八回还写了宝玉大醉绛芸轩。

其实，雍正时期是禁酒的，《世宗宪皇帝上谕八旗》说："酒者甚非善物，饮之过多，则能乱性。因醉后斗殴而遭罪谴者，往往有之。酗酒之恶，无人不知。"[①]

宝玉生日，大肆饮酒，特以示威。

注释：

①《世宗宪皇帝上谕八旗》第五卷第27页，雍正五年四月十三日。

第三十五章 贾敬之死

一、贾敬之死

第六十三回，宝玉刚刚过完生日，突然，东府中几个人，慌慌张张跑来说："老爷宾天了。"

贾敬死，突然而至，死时状况同雍正去世十分相似。

贾敬——雍正幻入红楼第十五身。

人们都说："好好的并无疾病，怎么就没了？"

大夫看了，见肚中坚硬似铁，面皮嘴唇烧紫绛皱裂，便说："系玄教中吞金服砂，烧胀而殁。"

当年雍正去世，因为太突然，传说种种，有一种说法是"吞金服砂"而死。这种说法也是有根据的。雍正登基前就痴迷道教，相信武夷山道士的算命。继位后将江西道士娄近垣收为自己的弟子，把道士贾士芳，张太虚等养在宫苑以修炼丹药。

奇怪的是，贾敬去世，贾蓉热孝在身，却与两个姨娘调笑风生，又抱住丫鬟亲嘴，并讲了些两府中的风流事。还说："脏唐臭汉，何况咱们这宗人家。"

咱们这宗人家，似乎更应该淫，这就是"脏唐"，"臭汉"，"淫清"。

贾蓉与两个小姨娘嬉戏一会后，方笑嘻嘻地去了。

二、五美吟

第六十四回的《五美吟》写在贾敬丧期，贾敬死与《五美吟》有无关联？

宝钗评论说："命意新奇，别开生面"，新在哪里？

贾敬死，影射雍正死，曹頫岂无评论？怎么也得说几句心里话，当然，还不能让人一下子看出来。

首先，曹頫应用"双歧岔路"之笔将"贾敬死"与黛玉的"五美吟"的联系隔断，让人感觉不到两件事有联系。

其次，以写美女掩饰他的心里话，让人们陷入"胭脂阵"、"红粉关"中。

回目说："幽淑女悲题五美吟"，一句"悲题"，表明是为丧事而写，谁的丧事？作者写道："或者是姑爹、姑妈的忌辰？"但接着却写道："但我记得，每年到日期，老太太都吩咐另外整理肴馔，送去与林妹妹私祭，此时已过。"显然不是祭奠黛玉父母。

祭奠谁呢？只能从《五美吟》诗上分析了。

西施：西施"吴宫空忆"，东施尚"头白溪边尚浣纱"；

虞姬：像黥彭那样死，何如像虞姬那样"饮剑楚帐中"；

明妃：红颜薄命古今同；

绿珠：瓦砾明珠一例抛；

红拂：尸居余气，岂能羁縻人间豪杰。

表面看，似写五位美人，其实是曹頫借黛玉之笔，表达对雍正去世的感受和评价。

五首诗连贯起来看就是说：

你死了，我还活着；

传说中雍正两种死法，我赞成另一种死法——被吕四娘刺死；

为什么要把自己的命运交给画工？（暗指雍正《行乐图》）

争什么荣华富贵，死后全一样；

尸居之人，还能羁縻了我吗？

第三十六章　尤氏二姝

第六十四回至六十九回，这六回主要是尤氏二姝的故事。

曹頫仿《庄子》手法，编写了尤三姐利剑斩情和王熙凤玩弄手段逼死尤二姐两个故事。

表面上看尤二姐、尤三姐是主角，实质上作者矛头仍然是直指王熙凤。

一、阿凤与尤氏二姝比较

第六十五回，尤三姐当着贾珍、贾琏说："我也要会会那凤奶奶去，看他是几个脑袋几只手。……倘若有一点叫人过不去，……再和那泼妇拼了命，也不算尤三姑奶奶。"

作者还借贾琏之口，肆意贬凤，贾琏对尤二姐说："人人都说我们那夜叉婆齐整，如今我看来，给你拾鞋也不要。"

二、凤姐品行

接着，兴儿论凤姐是重重一笔。

兴儿说："合家大小，……没有不恨他的。"

"估着有好事，他就不等别人去说，他先抓尖儿，或有了不好事，或他自己错了，他便一缩头，推到别人身上来，他还在旁边拨火儿。"

"一辈子别见他才好，嘴甜心苦，两面三刀。上头一脸笑，脚下使绊子。明是一把火，暗是一把刀，都占全了。"

一个品行恶劣少妇跃然纸上。

三、斩情剑

第六十六回，尤三姐选中了柳湘莲，后柳湘莲翻悔，尤三姐愤而拔剑自刎。

作者想告诉人们什么？作者借三姐托梦给柳湘莲，说："来自情天，去由情地。前生误被情惑，今既耻情而觉(绝)……"

情者，清也，被清惑，耻清而绝。其意，不言自明。

梦中，尤三姐劝尤二姐："休信那妒妇花言巧语，外作贤良，内藏奸狡，……你速依我，将此剑斩了那妒妇，一同归至警幻案下，听其发落。"

曹頫铸造的这把斩情剑，大有深意。

四、出世即醒

柳湘莲，被道士点化而去，成为出世醒人。寓柳湘莲被度脱，成为继甄士隐后，又一个被作者超度者。

柳湘莲，根据脂砚斋批语是英莲、香菱的化身。

似糊涂，却不糊涂，若非有夙缘根基有之人，岂能有此□□□姣姣册之副册也。（靖·67F·ZⅢ0045）

有夙缘有根基之人，副册之佼佼者，副册上只有一个人，即英莲。

五、同室操戈，手足相残

王熙凤计赚尤二姐，是暗喻雍正同室操戈，手足相残。

贾琏对贾蓉说："人人都说你婶子好，据我看，那里及你二姨一零儿呢。"

第六十七回，凤姐审兴儿，了解了贾琏偷娶尤二姐真相。自己说："我在这屋里越发熬成贼了。"

第六十八回开始，高潮迭起，王熙凤为逼死尤二姐，耍尽了手段。

（1）计赚尤二姐，先将尤二姐骗进贾府。

尤二姐还认为凤姐"是个极好的人"。这期间，凤姐儿未露出一点儿坏形来。

（2）挑唆张华闹事，甚至说："告我家谋反，也没事的。"

（3）到东府折腾，将尤氏、贾蓉搞得狼狈不堪，还诈回500两银子。

（4）哄骗贾母，做贤良人。

（5）张华逃走后，命旺儿"务将张华治死"，保住自己名誉。

（6）借秋桐，欺压尤二姐。

（7）暗中，指使大夫，打掉尤二姐腹中胎儿。

（8）尤二姐走投无路，三姐在梦中劝他："你速依我，将此剑斩了那妒妇。"

尤二姐却悄悄地吞金自杀。

贾琏安葬尤二姐时，方才醒悟，说："我忽略了，终究对出来，我替你报仇。"

作者在第六十九回点明说，这就是王熙凤"借剑杀人之法，坐山观虎斗"。

王熙凤害人，是她的本性，《红楼梦》中仅害人就写了三次：情诱贾瑞，情赃金哥，计赚尤二姐。

第三十七章　桃花行，柳絮词

一、《桃花诗》解读

第七十回，黛玉写了一首《桃花行》：

桃花帘外东风软，桃花帘内晨妆懒。
帘外桃花帘内人，人与桃花隔不远。
东风有意揭帘栊，花欲窥人帘不卷。
桃花帘外开仍旧，帘中人比桃花瘦。
花解怜人花也愁，隔帘消息风吹透。
风透湘帘花满庭，庭前春色倍伤情。
闲苔院落门空掩，斜日栏杆人自凭。
凭栏人向东风泣，茜裙偷傍桃花立。
桃花桃叶乱纷纷，花绽新红叶凝碧。
雾裹烟封一万株，烘楼照壁红模糊。
天机烧破鸳鸯锦，春酣欲醒移珊枕。
侍女金盆进水来，香泉影蘸胭脂冷。
胭脂鲜艳何相类，花之颜色人之泪。
若将人泪比桃花，泪自长流花自媚。
泪眼观花泪易干，泪干春尽花憔悴。
憔悴花遮憔悴人，花飞人倦易黄昏。
一声杜宇春归尽，寂寞帘栊空月痕。

现代诗中有一种诗叫朦胧诗，这首诗才是朦胧诗的鼻祖，读好几遍也不知到底说的是什么。
解读这首诗须从下列内容中找。
宝玉读了《桃花行》滚下泪来，因为他知道这首诗出自黛玉之手。
宝琴让他猜："你猜是谁作的？"
宝玉说："自然是潇湘子稿"，宝琴说："现是我作为的呢。"
宝玉说："妹妹虽有此才，是断不肯作的，比不得林妹妹，曾经离丧，作此哀音。"

首先，这首诗同黛玉有关，原因是曾经离丧。
另外，还同一个人有关，他，就是宝玉——曹頫。
黛玉，隐寓康熙，康熙晚年，身子极度虚弱，"帘中人比桃花瘦"，某一年的春天，曹頫去参见康熙，见到康熙这种状况，心里特别难受。

写作《红楼梦》时，将当年的那种情愫如实记录下来。

他们一个幻化为“帘内人”，一个幻化为“桃花”。

“帘内人”的特征是“瘦”，“桃花”的特征是：“花之颜色人之泪”。

二、柳絮词

暮春之际，湘云因见柳花飘舞，作了一首《如梦令》：

岂是绣绒残吐，卷起半帘香雾，纤手自拈来，空使鹃啼燕妒。

且住，且住！莫使春光别去。

湘云找黛玉建议：起社填词。

黛玉兴起，立即招来众钗和宝玉，以柳絮为题，拈阄填词。

宝琴的《西江月》有一句：“三春事业付东风，明月梅花一梦。”是点睛之笔，诸钗将如柳絮一样被东风吹去，宛如明月梅花一梦而已。

宝钗的《临江仙》有一句：“好风凭借力，送我上青云。”诠释了乾隆继位背景，在“大清”前几位皇帝中，他的继位是最顺利的一位。

这要归功于雍正的暗定法，即雍正将自己确定的继位者写成密折，藏在“光明正大”匾后，等雍正逝世后，再取下来，当众宣示。

这个方法，避免了诸皇子的争斗。

第三十八章 大观园抄检

一、真事欲显

第七十一回，贾母八十大寿，提到江南甄家送来一架十二扇的大围屏，脂砚斋即说：

好，一提甄事。盖真事欲显，假事将尽。（庚·71F·ZⅡ2240）

“真事欲显”指哪一件事？笔者分析：有可能是曹頫被抄之事。

这几回，一笔多意，一是暗显当年曹頫被抄事，一是展现未来爱新觉罗氏的结局。

第七十四回，探春说：“你们今日早起不曾议论甄家？自己家里好好的抄家，果然今日真抄了。”

脂砚斋在此提示：奇极。此日甄家事。（庚·74F·ZⅡ2314）

此日——即今日，这么说，江南甄家被抄，同于今日大观园抄检。两件事实是一件事，一是显笔，一是幻笔而已。

傻大姐

傻大姐——雍正幻入红楼第十六身。

傻大姐捡到绣春囊，见两个裸体男女，却不知在干什么。

作者写道：“真个是狗不识呢”。脂砚斋在此句下批道：

妙，寓言也。大凡知此交媾之情者，真狗畜之说耳。飞（非）肆言恶詈，几（凡）识此事者即狗矣。然则云与贾母看，则先骂贾母矣。此处刑（邢）夫人亦看，然则又骂刑（邢）夫人乎？故作者又难。（庚·73F·ZⅡ2272）

作者、批者的真实含意，其一是在“识不识”问题上，其二才是骂不识者。

不识情，根据谐音是“不识清”，作者在骂谁？骂邢夫人，骂贾母，不！两人都会看出是宫画，既云“不识”绝不是指正面，而是指反面。

凡不识情者都骂吗？不！作者已表示“故作者又难”。

其实，作者有专指，那就是“傻大姐”，她的隐寓正是雍正。

野史中，对乾隆生母传说不一，其中有一种传说是：傻大姐是南方人，在热河做生意。一个偶然的机会，结识胤禛，精心照护了病中的胤禛，胤禛遂与其发生关系，后在承德草房中生下弘历。

曹頫取野史，也是他的一种游戏笔墨。

雍正“不识情”，谐音“不识清”，暗讽雍正不懂得维护“大清”盛世。

二、抄检原因

作者对大观园抄检做了大量铺垫，如抄检原因：

1.司棋幽会，虽然鸳鸯信誓旦旦没告诉别人，可是，读者谁人不知，哪个不晓？

2.赌博事发，贾母怒不可遏，狠追猛打，毫不留情。

3.傻大姐拾绣春囊事件。

4.王善保家的诬陷晴雯。

以上四件事，是大观园必抄原因。

三、抄检大观园，谁的主意？

第七十四回，凤姐对王夫人说："如今唯有趁着赌钱的因由革了许多的人这空儿，把周瑞媳妇、旺儿媳妇等四五个贴近、不能走话的人安插在园里，以查赌为由。"

王熙凤隐寓雍正，抄曹頫的家，正是由雍正下旨。

王善保，意为"王"（雍正）擅自保荐。当年，雍正下旨由江南总督范时绎查抄，隋赫德接管。

四、查抄结果

当年的查抄细节已不可知，但曹頫对那次抄家的看法和情感却跃然纸上。

从上夜的婆子处查出一些蜡烛、灯油之物，意为小题大做。

晴雯态度：只见晴雯挽着头发闯进来，豁啷一声，将箱子掀开，两手提着，底子朝上，往地上尽情一倒，将所有之物尽都倒出，连王善保家的也觉没趣。

在黛房中，紫娟那里有宝玉小时候的寄名符儿、荷包、扇子扇套等物。这是反写，意为曹府中有康熙赏赐物品。

探春不准查丫鬟们的东西，并说："必须先从家里自杀自灭起来，才能一败涂地。"这句话极有分量，也极有深意。自杀自灭，不只雍正残杀兄弟，从努尔哈赤就是这样，努尔哈赤杀掉了自己的弟弟舒尔哈齐，儿子褚英。顺治对多尔衮刨坟掘墓，康熙囚禁胤礽，乾隆囚禁弘皙等，均属自杀自灭。

末了，探春狠狠地扇了王善保家的一个嘴巴。

在迎春那里查到了王善保家的外甥女儿司棋与表兄私通的证据，王善保家的无地自容。

在惜春那里，查到入画收藏的哥哥的东西。

以上就是抄检的战果，作者在这里着实讥讽、调侃了一番。

抄曹頫的家，结局也一样，止银数两，钱数千，质票值千金而已，"上闻之恻然"，连雍正都感出乎意料。

第七十五回开头，作者借尤氏之口说："看邸报，甄家犯了罪，现今抄没家私，调取进京治罪。"这是作者的点睛之笔，是对"大观园抄检"的总结。

第七十一回至第七十五回，作者用暗笔、明笔、隐笔，互融互显，将当年抄家一事叙述得淋漓尽致。

五、曹頫被抄后余波

历史有时也会开开玩笑，雍正五年，曹頫被抄后雍正将曹頫的房产、田地全都赏给了新任织造隋赫德。几年后,隋赫德被免职,返京前隋赫德将雍正所赏给的曹家的房产、田地卖了五千多两银子带回北京,以备养老。

老平郡王纳尔苏知道后,派人向隋赫德说要借五千两银子,隋赫德便将剩下的三千八百两银子借给了纳尔苏。

之后,小平郡王福彭的两名护卫找到隋赫德说:你借给老王爷的银子,小王爷已经知道了,嗣后你再使人来往,或借给银子,若教小王爷知道,必定参奏,断不轻完。

为此,雍正十一年十月,庄亲王允禄奉旨审讯隋赫德钻营平郡王案,隋赫德承认一时糊涂借给银子。

事情落实后,雍正十一年十月初七,奉旨将隋赫德发往北路军台效力赎罪。

这之前,老平郡王的六阿哥福静还买了隋赫德两件古董,洋漆小书架给了三十两银子,宝月瓶没给银子,隋赫德想了想,福静是曹寅长女所生,不敢再追要。

从《红楼梦》中看,曹頫知道这件事,第七十四回,王善保家的被探春扇了一个耳光,就是暗喻此事。

接着,王善保家的外甥女司棋在抄家时,抄出了她的"私情"证据,司棋因此被逐,喻隋赫德被"发往北路军台"一事。

《隋赫德钻营平郡王案》,笔者分析有可能是曹頫与纳尔苏共同策划的谋略——报抄家的一箭之仇。

六、历史的回应

历史上还真有一次爱新觉罗氏被抄事件。

1924 年 10 月,第二次直奉战争爆发,冯玉祥突然回师北京,发动北京政变。他决心驱逐溥仪出宫。在征得摄政内阁同意后,便于 11 月 4 日召集北京警卫司令鹿钟麟、警察总监张璧到他的总司令部。冯玉祥说:驱逐溥仪出宫的事,要马上办理。

张璧接到命令后,立即去找内阁总理黄郛,黄郛随即召开临时内阁会议,经过反复商讨,最后又将优待清室的条款做了修改:一、大清宣统皇帝即日起永远废除皇帝尊号。二、民国政府每年补助清室五十万元,另拨两百万元设立北京贫民工厂,尽先收容旗籍贫民。三、清室即日移出宫禁,以后可自由选择住居。四、清室之宗庙陵寝永远奉祀,由民国酌设卫兵妥为保护。五、清室私产归清室完全享有,民国政府当特别保护,其一切公产应归民国政府所有。

紧急内阁会议决定由北京警备总司令鹿钟麟、警察总监张璧会同社会知名人士李煜瀛前往故宫执行。

11 月 5 日,鹿钟麟、张璧奉命,率领 20 名精明强干的部属,乘汽车赴故宫。

驻在清宫及景山内的守卫兵士总数有 1200 余人,隶属京师卫戍司令部。自民国元年即在该处驻扎。国民军总司令部特于 4 日上午 10 时派员将该兵士缴械,调驻北苑,听候改编。同日,国民军接替了紫禁城内城守卫队的营地,神武门换上了国民军的岗哨。

鹿钟麟等人先将故宫外的军警布置妥当,并将电话线切断后,于上午 9 时即率军警各 20 名入神武门。鹿等三人直奔溥仪住处,经英华殿旁,绕春华门前,走向隆宗门。途中即遇到清室总管内务府大臣绍英等人前来接洽,鹿钟麟等随绍英等一同进室坐定,鹿首先宣布了来意。绍英要求查看公文,鹿当即出示公文一件，上面写的是："大总统指令：派鹿钟麟、张璧交涉清室优待条款修正事宜。此令。中华民国十三年十一月五日，国务院代行国务总理黄郛。"鹿向绍英宣布废除帝号，溥仪必须即日迁出故宫，首先请交出玉玺。同时将《修正清室优待条款》交给绍英。

绍英拿着《修正清室优待条款》，气喘吁吁地来找溥仪说："皇上，皇上，……冯玉祥派军队来了！还有李鸿藻的后人李石曾，说民国要废止原先的优待条款，拿来这个叫……叫签字……"

溥仪一下跳了起来，刚咬了一口的苹果也滚到了地上，夺过绍英手上的《修正清室优待条款》，看了一遍，感到这些条款并没有原先想象的那么可怕。但当他听绍英说"限三小时内全部搬出去"时，急了，连忙令绍英再出去和鹿、李等人交涉。

溥仪随即在宫内召集了《御前会议》，讨论清室优待条款修改文件，会议认为，按照民国政府元年优待条款，清室本应移居颐和园，只因民国政府未令迁出，故迁延至今，因此表示同意迁出。但因时间仓促，来不及清点私产，遂由清室内务大臣绍英、朱益潘将这个意见再继续与鹿钟麟等交涉。双方磋商约三小时之久，最后决定将一切物品暂时保管起来，唯溥仪须即日离宫。当时，敬懿和荣惠两个太妃，她们表示宁死也不肯离宫。绍英拿这个做理由，去和鹿等商量。鹿见事不能决，就故意大声告诉其他随从人员说："快去告诉外面，时间虽然到了，但事情还可商量，先不要开炮放火，再延长二十分钟。……"绍英听后大惊，连忙跑回去对溥仪说："说再限二十分钟，不然的话景山上就要开炮啦。"溥仪赶忙答应了鹿即日出宫的要求。传知各宫太监、宫女，要各人收拾细软物件，准备出宫。他又命人取出现洋，每个太监发洋10元，宫女发洋8元。当时宫内有太监470余人、宫女100余人，一片混乱。于是，溥仪又召开第二次《御前会议》，讨论移居地点问题，结果决定迁居德胜桥醇王府。溥仪在鹿、张、李等人的监视和保护下，离开了故宫。

第三十九章 三春篇

一、到底三春是几春?

“三春”一词在《红楼梦》中出现过多次,如:

第五回,元春判词“三春争及初春景”;

第十三回,秦可卿对王熙凤说:“三春过后诸芳尽”;

第七十回,薛宝琴柳絮词中有一句:“三春事业付东风”。

由于曹頫著书往往是“一笔多意”,许多地方都让人产生歧义,“三春”一词也不例外。

周汝昌先生认为:“三春”一词在古典诗词中多指孟春、仲春、季春,是三个月的泛词,也就是九十春光的意思。[①]

刘心武先生认为是三年,周汝昌先生为此受到启发,认为“三春”措辞造句的深意:“指的正是乾隆继位后,曹家得到了三年复兴的历史实情。”[②]

周汝昌先生还提示:或是指迎春、探春、惜春,或是专指探春。

末了,周汝昌疑惑地吟道:“到底三春是几春,……谁做旁观冷眼人。”

“到底三春是几春”?

这要从曹頫“一书二读”、“一笔多意”的写作特点来看,正面看好像是说春天结束,鲜花开败,反面看却是说:以迎、探、惜为代表的后六钗过后,大清帝国就该终结了。

笔者认为“三春”是泛指,是个约数,曹頫当时确实不知是多少年。今天我们自然能看清楚了,不过这要看起点是那一年,按曹頫的意思,起点应该是乾隆以后,即乾隆退位后,探春(嘉庆)主政的1796年算起,到宣统正式退位——1912年,计116年。

确切地说“三春”是116年。

二、三春衰败

第七十三回,作者着手写“三春”渐衰渐亡。“三春篇”,对迎春、探春、惜春性格特征进行了细致入微的刻画。

迎春

第七十三回,迎春的奶母参赌,累金凤被当了银子放头儿。迎春淡然处之,还在那里阅《感应篇》,说:“他们的不是,自作自受,我也不去讨情,我也不去苛责就是了。至于私自拿去的东西,送来我收下,不送来我也不要了。”

黛玉笑道:“真是‘虎狼屯于阶陛’,尚谈因果。”

这就是迎春,这个情节,充分反映出迎春的懦弱。

后世，咸丰在英法联军面前，软弱无力，束手无策，有如迎春。

第八十回，迎春遭遇，"误嫁中山狼"虚笔写出，第五回判词中有"一载赴黄粱"，所以，迎春结局，不会太久。一年后"迎春"走向灭亡。

探春

第七十四回，写探春则是另一种局面。

当凤姐、王善保家的进来后，探春秉烛而待，并申明："要想搜我的丫头，这却不能。……只说我违背了太太，该怎么处置，我自去领。你们别忙，自然连你们抄的日子有呢！……必须先从家里自杀自来起来，才能一败涂地。"

好一个探春，有胆有识。其隐寓者必是一个有为君主，可惜已到末世，力不从心。

惜春

惜春丫头入画，私藏了哥哥的东西。惜春咬定牙，断然不要入画了，任人怎么说都不行。作者写道："惜春虽然年幼，却天生成一种百折不回的廉介孤独性格。"

惜春隐寓光绪，发愤变法，遭到慈禧太后反对后，从此少言寡语，孤独一生。

三、三春代表"后世"

第十三回，秦可卿梦中对王熙凤说：

三春去后诸芳尽，各自须寻各自门。意为：后六帝结束，"大清"败亡，自寻出路吧。

注释：

① 周汝昌，《红楼新境》第90页。

② 周汝昌，《红楼新境》第91页。

第四十章 贾府异兆

"异兆",就是奇异的预兆,异兆竟然出现了六次,多数异兆均指向同一个人。

第一次

第七十二回,平儿向鸳鸯透露了凤姐的病:"自从上月行了经之后,这一个月竟沥沥淅淅的没有止住。这可是大病不是?"

鸳鸯听了说:"哎哟!依你这话,这可不成了血山崩了。"

后,贾琏向鸳鸯借当,说明贾府已到了捉襟见肘的地步。王熙凤说:老太太过生日,四五箱大铜锡家伙弄了三百两银子,另外金自鸣钟卖了五百六十两银子,……

王熙凤自己承认:"如今倒落了一个放账破落户名儿。"

两回书写出王熙凤已江河日下,走向末路。

第二次

第七十二回,王熙凤讲了她做的一个梦:"梦见一个人,虽然面善,却又不知名姓。问他做什么,他说,娘娘打发他来要一百匹锦。"这个娘娘不是咱们家的娘娘,梦中,还动手抢夺。

曹頫曾经为康熙送葬,这里的意思是:雍正就要死了,还需我来送葬。

第三次

第75回,中秋前一天,贾珍携全家开怀赏月,三更时分,"忽听那边墙下有人长叹之声"。"一阵风声,竟过墙去了,恍惚闻得祠堂内槅扇开阖之声"。

接着,写道:风气森森,月色惨淡,毛发倒竖,十分疑畏。

这就是夜宴异兆,"异兆"为何?

脂砚斋提示:……盖宁乃家宅,凡有关于吉凶者故必先示之。且列祖祠(祀)此,岂无得而警乎?夫先人虽远,然气远(运)相关,必有之利(理)也。非宁府之祖,独有感应也。(庚·75F·ZⅡ2334)

这个提示十分重要,祠堂,列祖列宗祭祀之地,应该是预兆将有人去世。

"家宴异兆",显然是说:将有一位清帝王去世,是谁?书中没有明说,作者有无暗示?

有!时间上看在中秋后不久,查八月二十三日是雍正忌日,正是指他。

第四次

大观园抄检,正是表示从内里杀起。抄检,又一次预兆。

第七十五回探春说:"一家子亲骨肉,恨不得你吃了我,我吃了你。"是对清王室骨肉之间相残入木三分的揭露。

第五次

第七十六回，黛玉与湘云凹晶馆联诗，最后黛玉独出一句：冷月葬花魂。

这也是一句“预兆”，《红楼梦》中“众钗”、“诸艳”均是特指“十二钗”，他们的隐寓都是“清帝王”。

第六次

薛蟠被控，薛蟠隐寓雍正，故作者安排一个“夏金桂”来辖治他。

第八十回，夏金桂施展手段，一步步将薛蟠的气焰压下去，以致束手无策。最后，薛蟠亦无别法，唯日夜悔恨不该娶这搅家星。

预兆有两个含义，一是暗示：雍正将死；一是显示：大清衰亡。

按照一般的叙事习惯，是先写“异兆”，后写“贾敬之死”。

可是，这里作者为了瞒天过海，先写了“贾敬之死”，后写“异兆”。

正面看不出什么，反面却给人杂乱无章的感觉，时空错乱，前后倒置。如同看毕加索的画一样，人体各部位都错位了。

笔者为了让人们看清作者所写“真事”，将第六十四回至第八十回的回序适当调整如下：

异兆之一：王熙凤得“血崩之症”。（第七十二回）

异兆之二：方相之约。（第七十二回）

异兆之三：抄检大观园。（七十四回）

异兆之四：宗祠发悲音。（第七十五回）

异兆之五：黛玉“冷月葬花魂”。（第七十六回）

异兆之六：薛蟠被控。（第八十回）

第六十四回，贾敬之死。

六种异兆，都是暗示“雍正”之死，之三、之五也暗示“大清衰亡”。

雍正暴死后，朝野间有种种说法，有说是丹砂中毒而死；有说是吕四娘潜入皇宫杀死雍正，……

第六十四回，写贾敬是中丹毒而死，而作者更向往“何如饮剑楚帐中”的死法。

第七十八回，姽婳词，就是赞美传说中刺死雍正的吕四娘。该回宝玉吟了一首《姽婳词》，这是一首挽词，挽谁呢？——林四娘。

由林四娘，使人联想到吕四娘，吕四娘，祖父吕留良因“文字狱”被雍正灭族，孙女吕四娘逃出后，习得武艺，杀雍正为全家报仇。至于有无此事，是否属实，且不去管他，作者只取其事体情理而已。

“青山寂寂水澌澌，正是恒王战死时。”请看：青山寂寂水澌澌，是不是一个字谜，打一字，就是“清”字，无疑，“恒王”死从“清”字上想。

“铁甲无声夜气凉”，四娘行刺时景象；“誓盟生死报前王”，四娘置生死于度外，誓死为祖父报仇雪恨。

王熙凤、薛蟠、贾敬等同隐雍正，这样从异兆出现到死，文气贯通，脉络清晰，一目了然。作者著书的“本旨”，以及“本事”均昭然若揭。

第四十一章 晴雯别世

第七十七回，写“俏丫鬟抱屈夭风流”，晴雯被逐，宝玉悲怆地说：“我究竟不知晴雯犯了何等滔天大罪？”

脂砚也说：

余亦不知，盖此等冤，实非晴雯一人也。（庚·77F·ZⅡ2359）

脂砚若有所指，这里作者、批者都在为弘皙鸣冤，还有一同受冤的庄亲王允禄与弘皙、弘升、弘昌、弘晈等。

脂砚有一批说得很明白：

……晴雯为聪明风流可（所）害也。一篇为晴雯写传，是哭晴雯也；非哭晴雯，乃哭风流也。（庚·77F·ZⅡ2361）

这里讲的“风流”，一语双关，乃是指弘皙的“杰出”。

第七十八回，《芙蓉女儿诔》一腔幽愤，发自肺腑，字字泣血，句句催泪，读之直令人肠断心摧。

王夫人驱逐晴雯，影射乾隆处置弘皙事件，怪不得“诔晴雯”中有“刨悍妇之心”语句。

晴雯，隐寓弘皙，晴雯被逐，影射乾隆四年（1939），乾隆指责弘皙有不臣之心，弘皙被永远圈禁事。

宝玉偷偷去看晴雯，借灯姑娘之口对“不臣之心”予以否定：“如今我反后悔错怪你们了。”

宝玉、晴雯二人清清白白，说明了晴雯的清白，弘皙没有篡位之心，弘皙被禁，是一场冤案。

曹頫利用《红楼梦》为其申冤辩白。

第七十七回，宝玉从梦中得知晴雯笑向宝玉道：“你们好生过罢，我从此就别过了。”

宝玉醒来说：“晴雯死了。”第七十八回，又从两个小丫头嘴里证实晴雯已死。

弘皙离世，事在1742年9月。

第四十二章 《姽婳词》与《芙蓉诔》

一、姽婳词

第七十八回姽婳词后有一则批语：

姽婳词一段与前后文似断似连，如罗、浮二山烟雨为连，合时有精气来往。（府·78F·LⅠ0776）

姽婳词的解读也是《红楼梦》公案之一，说法种种，不一而足。这条批语提供了一个解读方向，即与前后文似断似连。有如罗、浮两山，晴天看时，两山各自独立，毫不相干，而下雨天，烟雨相连。

前文是指哪里，令人疑惑。

根据林四娘的称呼，似与吕四娘有关。吕四娘，吕留良的孙女。雍正时，吕留良因文字狱全家被杀，吕四娘逃出。传说吕四娘学得武艺后，潜入皇宫刺死雍正。

历史上关于雍正之死有多种说法，还有一种是炼丹中毒而死，第六十三回贾敬死，就是写的这种死法。

《五美吟》中，感叹过“何如饮剑楚帐中”。

姽婳词正是雍正“饮剑”之后，对吕四娘的赞美之歌，前文远在第六十三回中贾敬之死。

作者借宝玉之口说：“我为四娘长叹息，歌成馀意尚彷徨。”

第七十八回，贾政讲了一段林四娘为恒王复仇的故事，说：这是千古佳谈，“风流俊逸，忠义慷慨”八字皆备，倒是个好题目，大家都是要作一首挽词。

接着，叫来宝玉、贾环、贾兰，命他三人各作一首。

因上回事接晴雯死，是不是挽晴雯？

有其意，但考究下来还是挽吕四娘。

诗句中有：“霜矛雪剑娇难举”，“战罢夜阑心力怯”，“日照旌旗虎帐空”，“青山寂寂水澌澌，正是恒王战死时”等，是想象中的吕四娘“潜入皇宫刺死雍正”的场面。

《姽婳词》是为吕四娘而写。

二、芙蓉诔

一篇《芙蓉女儿诔》，表面是为晴雯而写。但脂砚、畸笏叟却都说：实是诔黛玉。

作者也暗示是诔黛玉，第七十八回，宝玉说：“莫若说茜纱窗下，我本无缘；黄土陇中，卿何薄命？”

脂砚批道：

……一篇诔问（文），总因此二句而有，又当知虽来（诔）晴雯，而又实诔黛玉也，奇纫（幻）至此。若云必因请（晴）雯来（诔），则呆之至矣。（庚·79F·ZⅡ2418）

畸笏叟也说：观此知虽诔晴雯，乃诔黛玉也。试观证前缘回，黛玉逝后诸文便知。（靖·79F·Z Ⅲ

0046）

时，黛玉活生生地就站在眼前，怎么就是诔黛玉呢？真荒唐之至。

作者为了表达自己的情感，写作中，常常不顾及时间错乱，岁月颠倒，人物倒置等。这里也是。

借诔晴雯，而诔黛玉，实则是诔康熙。

康熙生前对曹寅、曹顒、曹頫父子均关怀备至，特别是对曹寅，亲同手足，情重意深。所以，曹頫由衷地感激、崇拜、思念康熙，因此才有此一篇让人刻骨铭心的《芙蓉女儿诔》。

按脂砚斋和畸笏叟的说法，作者："乃歌而招之"。招的人应是黛玉（即康熙）："来兮止兮，君其来耶。"

宝玉刚刚读毕，黛玉果然就出现了。

黛玉还活着，岂能为活人写诔文？作者之意，不言自明，是诔康熙也。

曹家在经历了雍正的打击之后，回想起康熙时代的恩宠，倍加感慨。

诔中，淋漓尽致地表达了作者对康熙的赞美、思念，以及自己的心迹、愿望。

对康熙的赞美——

其为质则金玉不足喻其贵，

其为性则冰雪不足喻其洁，

其为神则星日不足喻其精，

其为貌则花月不足喻其色。

对康熙的思念——

仙云既散，芳址难寻。

作者恨不得让康熙起死回生，说：

洲迷聚窟，何来却死之香？

海失灵槎，不获回生之药。

披露作者的心迹——

余乃欷歔怅望，泣涕彷徨——这是作者发自肺腑之言。

忍捐弃余于尘埃兮——你怎么能忍心将我丢弃在尘世？

作者的愿望，作者盼望康熙再世，那时将

龟呈洛浦之灵，兽作咸池之舞。

曹頫对康熙的情感是真挚的，纯洁的，热烈的，天长地久的，这篇诔文足以说明。

一部《红楼梦》，表达了曹頫对康熙沉痛的悼念，深切的缅怀。

曹頫对康熙的感戴之情，怀念之情，是数百年来人世间最真挚、最热烈、最深沉的情感。不只曹頫常常泪下如豆，就是笔者每阅至此，也常常是热泪盈眶。

第四十三章　迎春，送春？

第八十回，后半部专写迎春，但又不明写，只是从宝玉听说中写来。

脂砚斋为此专写一批：

凡迎春之文，皆从宝玉眼中写出。前“悔聚(娶)河东狮”是实写，“误家(嫁)中山狼”，出迎春口中，可为实(虚)写。以虚虚实实变纫(幻)体格，各尽其法。(列·80F·ZⅠ0221)

实写，实际上是虚笔，虚写反倒是实笔。

迎春隐寓咸丰。

咸丰(1851–1861)，爱新觉罗·奕詝，他的一生遭遇同迎春十分相似。

先看其判词：

子系中山狼，得志便猖狂。金闺花柳质，一载赴黄粱。

判词一反常态，突出地写了他的对手“中山狼”，一个强势者，迎春明显处于弱势。

舞曲说得更明确：觑着那侯门艳质蒲柳，作践的公府千金似下流。叹芳魂艳魄，一载荡悠悠。

总体上，作者对迎春着墨不多，但表现力极为深刻。

(1)第二十二回，迎春编了一则灯谜：

天运人功理不穷，有功无运也难逢。

因何镇日乱纷纷，只为阴阳数不同。

答案是：算盘。

作者借此道出：国运盛衰自有一定“道理”，国运已衰，再能干也无用。

(2)第四十回，说酒令时，迎春只说了一句，众人即说错了韵，该罚了事。其实，是作者“双歧岔路”之笔，掩饰了作者预测后事玄机。

鸳鸯说：“左边四五成花九”，迎春对：“桃花带雨浓”。

“九”，迎春隐寓的正是“大清”第九帝——咸丰，“桃花带雨浓”，即血泪。

(3)第六十五回，作者借兴儿之口直评迎春：二姑娘人称“二木头”，戳一针也不知嗳呀一声。

(4)第七十三回，迎春乳母因赌犯事，牵出迎春的“攒珠累金凤”被侵吞，迎春怕事，一概不闻不问。

第七十四回，从迎春丫鬟司棋的房间查出男子的鞋袜和情书——乱情证据。

(5)第七十九回，写迎春误嫁中山狼。

宝玉吟诗一首，看似表达离别情，实际上是用《推背图》语言暗示“迎春”结局：

池塘一夜秋风冷，吹散芰荷红玉影。蓼花菱叶不胜愁，重露繁霜压纤梗。……

第八十回，借迎春回门，叙说了孙绍祖的恶迹和蛮横，孙说：“你别和我充夫人娘子，……好不好，打一顿撵在下房里睡去。”

咸丰六年，英、法联军对华宣战，史称“第二次鸦片战争”，英法联军宛如“中山狼”，咸丰如“金闺花柳”，咸丰妥协求和，被迫签订《北京条约》、《天津条约》、《瑷辉条约》，这些不平等条约迫使清政府进一步开放国门，并割让大片土地。

咸丰十年，英法联军再度攻打北京，咸丰逃往热河避暑山庄，英法联军打入北京后，火烧圆明园，咸丰派恭亲王奕訢，以割地赔款的代价议和。

一年后——1861年7月，咸丰病逝于避暑山庄。

应了“一载赴黄粱”的谶言。

第四十四章　戛然而止

一、《红楼梦》有没有后回？

首次谈“后数十回”

第十九回，当写到“纵无可吃之物”时，批道：

补明宝玉自幼何等之娇贵，以此一句留于下部后段（数）十回“寒冬噎酸荠，雪夜围破毡”等处对看，可为后生过分之戒。叹叹！（列·19F·ZⅠ0146）

这条批语很重要，它透露出一个重要信息，那就是说在脂Ⅰ评时（约1752年），曹頫就有了“后数十回”内容的设想。但是，《红楼梦》还是终于八十回，曹頫并不想往下写。

曹頫是想给人一个印象，《红楼梦》未写完，还有“后回”。将人们的思维引向“后回”，关注“后回”。《红楼梦》有“后回”，是曹頫所造三大假之一。

后回“迷失”

畸笏叟Ⅱ评，重点透露了后回“迷失”问题，有四条批语说到“迷失”。

第二十回　茜雪至狱神庙方呈正文。袭人正文标昌（目）“花袭人有始有终”。余只见一次誊清时，与狱神庙慰宝玉等五六稿被借阅者迷失，叹叹。（庚·20F·JⅡ0005）

第二十五回　叹不能得见宝玉悬崖撒于（手）文字为恨。（庚·25F·JⅡ0021）

第二十六回　狱神庙回有茜雪红玉一大回文字，惜迷失无稿。叹叹。（庚·26F·JⅡ0022）

第二十六回　惜卫若兰射圃文字迷失无稿。叹叹。（庚·26F·JⅡ0025）

从迷失范围看，有：狱神庙事；卫若兰射圃事；宝玉悬崖撒手事。

畸批中三次提到“迷失”，注意，这里用了一个含糊不清的词——“迷失”，而不是“丢失”或“毁掉”。“迷失”是烟云模糊之计，真实情况是曹頫未写。

二、完整的结尾

第八十回结束后，最后几个字是“且听下回分解”。

给人感觉是，书没写完，没有结尾。其实，这是曹頫惯用手法。《甲戌本》第十六回脂砚斋有一批说：

此大段有如歌急调迫之际，忽闻戛然檀板截断，真见其大力量处……（甲·16F·ZⅡ1040）

第八十回末尾《红楼梦》戛然而止，让人惋惜不已，更让续书者趋之若鹜，续书大潮，至今不止。

其实,《红楼梦》写完了,结尾也明确地告诉你了,不过你不能一味读死书,按回目次序来看,需要返回头来,重读第五回《红楼梦》新曲第十四支《收尾·飞鸟各投林》曲。

为官的家业凋零;
富贵的金银散尽;
有恩的死里逃生;
无情的分明报应;
欠命的命已还;
欠泪的泪已尽;
冤冤相报岂非轻,
分离聚合皆前定,
欲知命短问前生,
老来富贵也真侥幸。
看破的遁入红尘;
痴迷的枉送了性命;
好一似食尽鸟投林,
落了片白茫茫大地真干净。

曲中列举了八种人八种报应,这八种人的八种结局均是爱新觉罗家族在"大清"灭亡后的结局。还有"大清"的最终结局是:"白茫茫大地真干净"。

"大清"灭亡,事在曹頫身后一百多年以后,曹頫是看不到的,所以只能是预测写,笼统地写,今天用此曲同现实结果对比,可以说完全吻合。我们不得不惊叹曹頫料事如神。

三、压根儿没有后回

从正笔正文起止年限看,1705年—1751年。

正是曹頫七岁到五十三岁之间的事,这一时段他有亲闻亲睹的条件,七岁之前,尚未记事,三十七岁之后,已被革职抄家,远离政界,再无亲闻亲睹的机会。

从《梦觉本》梦觉主人序中看,这年曹頫活到86岁,他制作的版本目前存世的有八本之多,他要写后回,易如反掌。他为什么不写呢?

1.话已说尽

第七十二回,有条批语透露说:

妙。实家常触景间梦,必有之理,却是江淹才尽之兆也,可伤。(庚·72F·ZⅡ2255)

2.后六帝,是曹頫身后事,只能粗线条地写,不能详写。

3.话不说尽,留梦于后世。

《梦觉主人序》说:

……既云梦者,宜乎虚无缥缈中,出是书也。书之传述未终,余帙杳不可得。既云梦者,宜乎留其有余不尽,犹人之梦方觉,兀坐追思,置怀抱于永永也。(MⅠ0001)

第四十五章 《红楼梦》真谛

《红楼梦》中入视点是曹頫的，因此以他为中心绘出一幅“大清”兴衰图。下面我们看看“本事”是如何幻入《红楼梦》中的，“真”、“幻”是怎么样对应的。

“真”：		**“幻”：**
1621年，曹世选“入清”	⟶	第五回，宝玉入梦
努尔哈赤葬礼	⟶	第十四回
曹振彦归入多尔衮正白旗	⟶	宝玉与多尔衮成情人关系，第六回宝玉与袭人偷试云雨
曹振彦与顺治	⟶	宝玉同妙玉
多尔衮罹难	⟶	第二十四回，一个“歲”（岁）字透露出玄机
康熙与曹玺、曹寅	⟶	贾母、黛玉与宝玉

以上为曹頫亲闻内容，所以均是简述、略写，下面是曹頫亲睹内容，是详述、详写

1705年，康熙第五次南巡	⟶	第三回，黛玉入府(《红楼梦》中“本事”起点。
1707年，康熙第六次南巡	⟶	第十八回元妃省亲
1708年胤礽第一次被废	⟶	第一回香菱丢失
1712年胤礽第二次被废	⟶	第四回香菱被抢
1722年，康熙逝世，悼康熙	⟶	第五十七回，情辞试莽玉，第七十八回，芙蓉诔
1723年，雍正登基	⟶	第二回，贾雨村娶娇杏
雍正十二美女图	⟶	演化成“十二钗”
雍正十二月行乐诗	⟶	第三十八回，赏菊；第四十九回赏雪、赏梅等
雍正行乐图	⟶	《红楼梦》中演变成五十多人隐寓雍正
雍正剪除异己	⟶	第十二回情诱贾瑞，第六十七回赚尤二姐等
1735年雍正死	⟶	第六十三回，贾敬死
“大清”兴衰	⟶	第五回正册图、词和“红楼梦舞曲”
1739年，弘皙事件	⟶	第七十七回，晴雯被逐

曹頫系清代中期人，但是由于他把握了其理、其运、其数的历史规律，所以他能得心应手地写出《大清兴衰》。

《大清兴衰》宛如一幅画图，将大清帝国的兴衰展现在我们面前。

《大清兴衰》中，重点内容是：

怀念康熙——如一篇深沉的悼文；

讨伐雍正——如一篇激愤的檄文；

调侃乾隆——如一篇“不清”宣言；

大清必亡——预测未来结局。

《红楼梦》真谛，是用“巨眼”综观《红楼梦》的结果，大致理出了书的脉络。

《红楼梦》一书，是五线谱式的脉络结构，形成了五个篇章独立的篇章，它们交融在一起，珠联璧合，汇集成旷世经典《红楼梦》。

下面分看这五个篇章。

一、康熙篇—— 一篇深沉的悼文

曹玺、曹寅、曹顒、曹頫三代四人在康熙时代均出任江宁织造，也都是康熙的宠臣。康熙对他们关怀备至，曹寅有四次接驾盛举，在曹寅、曹顒去世后，康熙对两代遗孀还特别关照。

尤其是曹頫十七岁那年，被康熙亲自选为曹寅继子，并钦点为江宁织造主事。特殊的背景，特殊的关系，使曹頫对康熙具有特殊的感情，真挚、深沉、纯洁，发自肺腑。特别是遭到雍正打击后，康熙的关爱更是刻骨铭心。

曹頫写《红楼梦》时，曹頫对康熙的怀念，情感如蓄积的火山突然喷发，用隐寓手法表现得淋漓尽致。

《红楼梦》中再现了曹頫对康熙的真情实感，其诚挚，其热烈，其深沉感人肺腑，字字句句催人泪下。

宝玉同黛玉，脂砚称之为“二玉合传”，书中两人被假设为恋人关系；

曹頫将自己的切身感受，主要分散写在以下各回中：

第一回，赤瑕宫故事；

第三回，黛玉入府；

第五回，有关黛玉的词、图、曲中；

第十八回，元妃省亲；

第十九回，偷腊八故事；

第二十三回，合看《会真记》；

第二十七回，黛玉葬花；

第三十三回，贾母护玉；

第三十四回，手帕题诗；

第三十七回，咏白海棠诗；

第三十八回，咏菊花夺魁；

第四十五回，《代别离·秋窗风雨夕》；

第六十四回，《五美吟》；

第七十回，重建桃花社，写《桃花行》；

第七十八回，芙蓉诔。

详述如下：

1.康熙踪迹

曹頫在第一回中写道：“至若离合悲欢，兴衰际遇则又追踪蹑迹，不敢稍加穿凿，徒为供人之目而反失其真传者。”

《红楼梦》中的“踪迹”确实是“真传”，特别是有关康熙的踪迹，是曹頫及其家族亲闻亲睹的，史书不载，野史均无，可以说是独家新闻。

这些“踪迹”是曹頫及其家族四次接驾(特别是后两次)与康熙亲切往来的细节。曹頫对康熙思念不已，点点滴滴写进了《红楼梦》。如：

(1)饮茶习惯

康熙原是饭后直接饮茶，第五次南巡，到了曹府，才仿照曹府做法改为饭后先漱口，后饮茶。

(2)不喜欢喝六安茶，喜欢喝老君眉。

(3)在曹府看织工纺织，看春笋出土，饶有兴趣。

(4)康熙南巡走后，留下一些旧手帕。

(5)赏赐曹頫宝砚、书籍等。

(6)小时候头上碰出一个坑。

(7)一次吃了多半个桃，而闹肚子。

(8)特别喜欢曹寅送给他的玉杯、玉鹦鹉架。

2.康熙眉目，半世推敲

约1752年，写成《脂Ⅰ评本》(列藏本)时，眉目为：

两湾似蹙非蹙罥烟眉，一双似泣非泣含露目。

大约在1753年，曹頫完成《红楼梦·七稿本》(卞藏本)眉目为：

两弯似蹙非蹙罥烟眉，一双似飃非飃含情目。

1754年，《甲戌本》第三次修改：两弯似蹙非蹙笼烟眉，一双似□非□□□□。

当情至深时，反而难以下笔，又不愿敷衍了事，只好采取宁缺毋滥的态度。

1756年，《丙子本》(即《庚辰本》)第四次改为：两弯半蹙鹅眉，一对多情杏眼。

1759年，《己卯本》第五次改为：两弯似蹙非蹙罥烟眉，一双似笑非笑含露目。

约1768年，《王府本》第六次修改为：两弯似蹙非蹙罩烟眉，一双俊目。

1784年，《梦觉本》时，第七次修改为：两弯似蹙非蹙笼烟眉，一双似喜非喜含情目。

第七次改动，最为贴切，将康熙晚年为继位人问题忧心忡忡的神态刻画得淋漓尽致。

3.谁还谁泪？

第一回，绛珠仙子有一句名言：“他既下世为人，我也去下世为人。但把我一生所有的眼泪还他，也偿还得过他了。”

下世后，绛珠仙子为黛玉，神瑛侍者为宝玉。

从书中看，黛玉好哭，似乎是她在还泪，其实是曹頫在哭，每当写到康熙隐寓者，往往情不自禁，泪下如豆。一部《红楼梦》就是这样写成的。

实质上，是曹頫在还泪。

4.借省亲，写南巡

1707年康熙第六次南巡，至江宁，曹寅接驾。时曹頫为九岁，亲眼看见了接驾盛况。时过三十多年，借写元妃省亲事，隐蔽再现了当年场景，表达了他的深沉怀念，以及他那发自内心的真挚的爱戴。

这种爱,在第十八回得以充分表现。

元妃召见宝玉:"元妃命他进前,携手揽于怀内,又抚其头颈说:'比先竟长了好些。'一语未终,泪如雨下。"

谁泪如雨下?是此时的作者、批者。请看脂批:作书人将批书人哭坏了。(庚·18F·ZⅣ0223)

曹頫从心底思念康熙,幻想他重归人世,再得到他的呵护。

作书人是曹頫,批书人也是曹頫,写到这里,曹頫难以自控,不由得泪如雨下。

5.贾母护玉

贾母形象有无隐寓?隐寓谁?为此笔者苦苦思索了两三年。一次,阅读第三十三回,突然从护玉角度想到,贾母形象应该隐寓康熙,"玉"是曹頫和曹氏的代码,贾母不顾一切爱玉、护玉完全是康熙一生的一贯做法。

这样再看第三十三回,便一通百通了。

贾政毒打宝玉后,贾母匆匆赶来,远远地就听见颤巍巍地说:"先打死我,再打死他。"接下来一句,一语双关:"可怜我一生没养个好儿子,却叫我和谁说去。"

康熙一生为儿子们的事伤透了心。

这时,贾母断然说:"立刻回南京去!"

南京岁月,是曹家最风光的时代,这里作者表达了对南京岁月的无限怀念。

6.沉痛的悼念,深切的缅怀

(1)康熙之死

康熙去世必然给曹頫带来极大的悲痛和无穷的思念,《红楼梦》既然有"曹頫传",康熙逝世是一件大事,岂能不写?从第七十八回看,既然有诔,就应该有"逝",可是翻遍全书却找不到踪迹。

2015年的秋季,突然有一天悟到:第五十七回"慧紫娟情辞试莽玉"就是暗示康熙之死。

此回中,紫娟开玩笑说林妹妹要回苏州去,一句话引发了宝玉的痴呆病,一时气得人事不知,醒来又是撵姓林的,又是藏自行船,将大观园搅得天昏地暗,人仰马翻。

若用俗眼来看,无非是宝玉同黛玉的一种恋情,恋人之间不愿分离。

其实,这是康熙去世时,曹頫的真实心态,真实情感,真实表现,在此化作幻笔幻文。

永不分离,是曹頫的幻想,是一种情愫。

(2)一次提携,终生思念

1715年,康熙将曹頫亲自选为曹寅继子,并钦点为江宁织造主事,为此,曹頫深感康熙的知遇之恩,在《红楼梦》中留下了无穷无尽的思念和缅怀。

有:

第二十八回的《红豆曲》;

第三十四回的《手帕诗》;

第七十回的《桃花行》;

第七十八回的《芙蓉诔》。

《红豆曲》

第二十八回，宝玉借自己说酒令时唱道：

滴不尽相思血泪抛红豆，开不完春柳春花满画楼。

睡不稳纱窗风雨黄昏后，忘不了新愁与旧愁。

咽不下玉粒金莼噎满喉，照不见菱花镜里形容瘦。

展不开的眉头，捱不明的更漏。

呀！恰便是遮不住的青山隐隐，流不断的绿水悠悠。

宝玉的相思血泪，只为一个人——就是康熙。

《手帕题诗》

宝玉遭到毒打后，让晴雯给黛玉送去两块旧手帕。

不料，手帕惹动黛玉情思，情不自禁，在手帕上题诗三首。

其一：眼空蓄泪泪空垂，暗洒闲抛却为谁？

尺幅鲛绡劳解赠，叫人焉得不伤悲。

其二：抛珠滚玉只偷潸，镇日无心镇日闲。

枕上袖边难拂拭，任他点点与斑斑。

其三：彩线难收面上珠，湘江旧迹已模糊，

窗前亦有千竿竹，不识香痕渍也无。

"手帕诗"，表面看像似黛玉在流泪，其实是作者借此表达对康熙的思念之情，是作者在流泪。请看："湘江旧迹已模糊"一句，是作者想到了南京岁月，联想到了过去。

笔者猜测，这方旧手帕，必有来历，很可能是康熙南巡走后的遗留物。

一句："眼空蓄泪泪空垂，暗洒闲抛却为谁？"为谁？为康熙。

试想，曹家在康熙朝的处境（二心如一），再想曹家在雍正朝的处境（一败涂地），天壤之别。曹頫之泪自然是："暗洒偷抛"，点点斑斑，有如湘妃之竹。

《代别离·秋窗风雨夕》

代别离，谁与谁别离？这首诗，又是什么意思？笔者一直不解，直到2015年秋破解了第五十七回"康熙之死"后，才理解了这首诗的含义。

别离，是曹頫同康熙的别离。

康熙1722年农历十一月十三日去世，正是深秋时节，曹頫将一腔悲痛移到"秋风秋雨"身上，代别离，20行诗，就有十六个"秋"字。且看：

秋花惨淡秋草黄，耿耿秋灯秋夜长。

已觉秋窗秋不尽，那堪风雨助秋凉！

助秋风雨来何速，惊破秋窗秋梦绿。

"助秋风雨"指什么？应该是康熙去世消息，惊破了曹頫一生美梦。

"灯前似伴离人泣"，曹頫为康熙去世不知流了多少眼泪。

结局："寒烟小院转萧条"，曹頫晚年景象。

《桃花行》

第七十回，黛玉写了一首《桃花行》，宝琴哄宝玉说："现是我作的呢？"

宝玉不信，说宝琴："比不得林妹妹，曾经离丧，作此哀音。"

其实，这是作者借林黛玉之手，写自己对康熙去世后的伤感。当又是一个春天，桃花绽放，春光明媚之日，作者眼中却是另一幅景象。

"桃花帘外开仍旧，帘中人比桃花瘦。"

作者写书，泪没干过，这时又写泪："胭脂鲜艳何相类，花之颜色人之泪。"

结局："一声杜宇春归尽，寂寞簾栊空月痕。"

《芙蓉女儿诔》

一篇《芙蓉女儿诔》，表面是为晴雯而写。但脂砚、畸笏叟却都说：实是诔黛玉。

作者也暗示是诔黛玉，第七十八回，宝玉说"莫若说茜纱窗下，我本无缘；黄土陇中，卿何薄命？"

这时，黛玉活生生地就站在眼前，怎么就是诔黛玉呢？真荒唐之至。

作者为了表达自己的情感，写作中，常常不顾及时间错乱，年岁颠倒，人物倒置等。这里也是。

借诔晴雯，而诔黛玉，实则是诔康熙。

康熙生前对曹寅、曹顒、曹頫父子均关怀备至，特别是对曹寅，如同手足，情重意深。所以，曹頫由衷地感激、崇拜、思念康熙，因此才有此一篇让人刻骨铭心的《芙蓉女儿诔》。

按脂砚斋和畸笏叟的说法，作者"乃歌而招之"。招的人应是黛玉（即康熙）："来兮止兮，君其来耶。"

《红楼梦》是一篇怀念康熙催人泪下的悼文。

二、雍正篇—— 一篇讨伐雍正的檄文

《甲戌本》上，"隐"字写作"隠"，很明显，是"隐"字和"正"字组合而成，其意为"隐正"。这是作者在告诉我们：《红楼梦》主要隐寓雍正。

曹頫与雍正，是一对"冤家对头"，曹頫因雍正革职、抄家而败落，正是这国恨家仇，才使他有了重新认识雍正的机遇，才使他有了研究"大清"王朝的决心，才孕育了巨著《红楼梦》。

如果仅认为《红楼梦》是曹頫的复仇之作，那就大错特错了，"革职抄家"仅是契机而已，曹頫没有沉没在"私仇"上，而是胸怀天下，放眼未来，从"圣贤齐治，世道兴衰"国家大局着眼，狠揭狠批雍正。

历史的发展证明了曹頫的预见极其英明，极为准确，雍正该揭该批。

雍正，是中华民族的千古罪人，是他斫伤了"大清"元气，将清王朝带入衰亡的深渊，从而使中华民族沉沦百余年。

曹頫写雍正，手法极其特殊

1.仿《雍正行乐图》，让雍正以身份幻入《红楼梦》，雍正的形象、品行、为人处世，所作所为等散布在五十多人身上。

所以看雍正，必须综合这五十多人表现才能看出来。

由于雍正形象分散在五十多人身上，所以，雍正形象是古今小说中最完整的也是最复杂的一个艺术形象。

2.写作，没有按时间前后顺序，这也是一种荒唐笔。

3.全部表述，穿插在《康熙篇》、《雍正篇》、《乾隆篇》、《大清衰亡篇》、《曹頫篇》之中，五篇同步。

为了清清楚楚赏析《雍正篇》全貌，笔者将主要内容一一择了出来，请看：

第二回，侥幸登基。（隐寓者：贾雨村）

第三回，三角眼，掉梢眉。（隐寓者：王熙凤）

第六回，寒酸乞助。（隐寓者：刘姥姥）

第十二回，以情害人。（隐寓者：王熙凤）

第十三回，酷法治理。（隐寓者：王熙凤）

第十五回，收取赃银，害死金哥。（隐寓者：王熙凤）

第二十四回，被康熙看中。（隐寓者：贾芸）

第二十五回，油灯毁面。（隐寓者：贾环）魇魔。（隐寓者：马道婆、赵姨娘）

第三十三回，毒打宝玉。（隐寓者：贾政）

第三十九回至四十二回，粗鄙。（隐寓者：刘姥姥）

第四十三至四十四回，攒金庆寿。（隐寓者：王熙凤）

第四十六回，尴尬人遇尴尬事。（隐寓者：贾赦）

第四十七回，惨遭毒打。（隐寓者：薛蟠）

第五十一回，咏诗自嘲。（隐寓者：薛宝琴）

第五十五回，像蠢妇一样撒泼。（隐寓者：赵姨娘）

第六十三回，因丹毒去世。（隐寓者：贾敬）

第六十九回，逼死尤二姐。（隐寓者：王熙凤）

第七十二回，病入膏肓。（隐寓者：王熙凤）

第七十九回，一蹶不振。（隐寓者：薛蟠）

曹頫写雍正，是秉刀斧之笔。回味全书，有一篇讨伐雍正檄文。笔者从《红楼梦》的字里行间，从脂批、畸批中稍加整理，一篇檄文便跃然纸上。

请鉴赏：

某年，侥幸成为主子，补应天府缺。

为政时，因翰林徐骏诗中写了“清风不识字，何必乱翻书”，而将其处死，以后便得了一个绰号—不识字。

此人生性狡猾，擅篡礼仪，且沽清正之名，而暗结虎狼之属，致使地方多事，民命不堪。

生就一双三角眼，两弯掉梢眉，怒时高吊两梢，神凝三角。

时人都知道他是一个有名的泼皮破落户，少说有一万个心眼子，待人又狠又严。

他有一句名言：“死在我手里，才知道我的厉害。”

还是一个出名的烈货，脸酸心硬，一时恼了不认人，连三四辈子的老脸也不顾及。

整人有一套妙法：“垫着磁瓦子，跪在太阳底下，不给茶饭，一直跪下去……”

因此又得了两个绰号——阎王、夜叉婆。

一生如受了魇魔，手握钢刀，见鸡杀鸡，见狗杀狗，见人杀人。

有人说："猴儿猴儿，你不怕割舌头下地狱！"

他说："从来不信什么阴司地狱报应。"

为此，自己说道："怪不得有人说我该积阴骘，迟了就短命了呢。"

此人一生喜欢攒金弄银，人们说："天下人都被他算计去了。"还有人说："使不了，明儿带到棺材里去。"

有人用一句顺口溜形容他：心里歹毒，口里尖快，嘴甜心苦，两面三刀，上头一脸笑，脚下使绊子，明是一盆火，暗是一把刀。花言巧语，外作贤良，内存奸狡。

突然一天，他诗兴大发，绞尽脑汁想出一句："一夜北风紧……"之后，没了下文。

人们借咏螃蟹，讥讽道："眼前道路无经纬，皮里春秋空黑黄。"

还借酒令说："榛子非关隔院砧，何来万户捣衣声？"

总其一生

初名雨村，粗语假话，侥幸应天府缺；

以情矫情，幻入情鉴，诱死贾瑞痴人；

心机叵测，阴险毒辣，堪称乱世奸雄；

恶迹多端，收取赃银，害死金哥恋人；

化名薛蟠，打死冯渊，强抢幼女香菱；

乔装贾环，滚滚蜡油，欲毁宝玉双睛；

魂托赵姨，针扎五鬼，悄然魇魔作法；

魄化贾政，鞭笞毒打，要灭宝玉性命；

赤膊上阵，同室操戈，逼迫二姐吞金；

魂追贾敬，猝死丹药，不如饮剑帐中；

有道是：机关算尽太聪明，反误了卿卿性命。

果真是：枉费了意悬悬半世心。

三、乾隆篇—— 一篇"不清"宣言

根据脂砚斋提示：……今用二宝合传，自是书中正眼。（甲·1F·JⅢ0075）

"书中正眼"一句告诉我们：宝钗是《红楼梦》中一个重要人物，再根据其隐寓乾隆，《红楼梦》中有《乾隆篇》。

前两个篇章中，我们看到曹頫对康熙"爱之至深"，对雍正"恨之至极"，那么如何对待乾隆呢？曹頫在乾隆时代至少生活了49年，有甲辰（1784）年《梦觉本》可以作证。

曹頫对待乾隆心理是矛盾的，乾隆上台，免除了曹頫的欠银，并追封曹頫先祖曹振彦为资政大夫，曹頫似乎看到了希望。因此《列藏本》第四回回前诗有"君恩或可待"的期盼。

随着时间的推移，仅此而已。期望破灭，1754年《甲戌本》删掉了第四回回前诗。

从《红楼梦》文本和批语看，曹頫对乾隆的总评是：唐玄宗一类的皇帝。

从《红楼梦》中看，宝玉与宝钗关系十分复杂，但是，有一个主旨：就是走向"决裂"。

详解如下：

第四回，宝钗入京

“宝钗入京”的隐意是乾隆登基，按理，作者应该重笔描述，可是书中偏偏轻描淡写，不事声张，目的在于掩饰。

而对登基前的前提条件——“待选”，却大肆渲染：

1.胤礽第二次被废——英莲被强抢为妾，改名香菱；

2.雍正扫清了政敌——薛蟠打死冯渊等。

第五回，终生误

正册中的图、词、曲，暗示了乾隆今生和曹頫对他的态度。

图是：一株枯木，下有一堆雪，雪下一股金钗。“雪”，根据谐音秘法应该隐“血”字。

词是：“可叹停机德，金钗雪里埋”。

曲是““都道是金玉良姻，俺只念木石前盟。空对着山中高士晶莹雪；终不忘世外仙姝寂寞林。叹人间美中不足今方信，纵然是齐眉举案，到底意难平。”

“只念木石前盟”，“不忘世外仙姝寂寞林”，表明作者对黛玉（即康熙）的深切怀念；“纵然是齐眉举案，到底意难平”，虽然乾隆没有再对曹頫追责，可雍正时期的迫害依旧恨意难平。

“枯木”象征衰亡，金钗雪埋，象征冰封，意为乾隆虽好，但被雍正的酷政掩盖了，终生为其所误。

第十八回，玉改蜡

元妃让众人题咏大观园，宝玉题“怡红院”时，有一句：“绿玉春犹倦”，宝钗提议说：“你只把‘绿玉’的‘玉’字改作‘蜡’字就是了。”并举出来历：唐钱翊咏芭蕉诗“冷烛无烟绿蜡干”。

将“玉”字改为“蜡”字，大的深意，被革职后的曹頫，其身份不再是“玉”，充其量不过是“蜡”而已。视“玉”为“蜡”，不只是乾隆，就是曹頫自已也是这么看。

第二十一回，戕钗毁黛

宝玉借续《庄子》，巨笔写道：“戕宝钗之仙姿，灰（毁）黛玉之灵窍。彼钗、玉、花、麝者皆张其罗而穴其隧，所以迷眩缠陷天下者也。”

这里一反尊重“女儿”的常态，变为：戕、毁。

这才是曹頫真正的立意本旨。

第二十二回，《寄生草》

宝钗生日，二月二十一日。其实这是努尔哈赤的生日，这里移花接木，借宝钗做文章。民俗中这一天为“天穿节”。

作为“补天遗石”的”宝玉”，该做什么？

宝钗借《鲁智深醉闹五台山》中的《寄生草》表明：剃度在莲台下——出家。这里的出家，是出世的意思，出“大清”之世。

宝玉也填写了一首《寄生草》以回应：“肆行无碍凭来去。”另外还有一偈，回敬宝钗：

你证我证，心证意证。是无不证，斯可云证。无可云证，无立足境。无立足境，是方干净。

这一偈，表明了不补天的结局：就是为了证实“大清”最终结局：干干净净，无立足境。

回末，有一首宝钗的诗谜：“焦首朝朝还暮暮，剪心日日复年年”。谜底是“更香”，意为：时间不会太长了。

作者写这一回的用意,在《红楼梦》问世约三十年后,以立松轩的名义予以揭示,他批道:

禅理偏成曲调,灯谜巧隐谶言,……(府·22F·LⅠ0466)

作者倍菩提心,捉笔现身说法,每于言外警人再三再四,而读者但以小说古词目之,则大罪过。其先以庄子为引,已(以)曲句作醒悟之语以警觉世人,犹恐不入,再以灯谜拭伸致意,自解自叹以不成寐。为言其用心之切之诚,读者忍不留心而慢忽之耶!(府·22F·LⅠ0467)

第二十七回,宝钗扑蝶

许多读者都将这一情节作为一幅美艳图看,其实不然。

想想看,红玉(康熙)在场,弘历扑蝶。当是早年康熙游幸圆明园时,康熙见弘历活泼可爱,产生了培养弘历的思想。

或许,弘历偷听到了康熙对胤禛的赞美声。

第二十八回,宝钗的妩媚风流

宝玉看到了宝钗的“另具一种妩媚风流”,对银盆似的脸,雪白的膀子,宝玉看呆了。但当宝钗一说经济仕途之类的话,宝玉立即翻脸,表示不满。

第三十六回,梦兆绛芸轩

宝钗来到绛芸轩,宝玉正睡午觉,袭人要出去一下,留下正绣的鸳鸯肚兜,恰巧宝钗就坐下绣起来。偏偏在这个时候,宝玉说开梦话:“和尚、道士的话如何信得?什么是金玉姻缘,我偏说木石姻缘。”

这才是曹頫的根本态度:不要金玉姻缘。也就是说“金”“玉”之间从此分道扬镳。

第三十八回,螃蟹咏

众钗吟过菊花诗后,宝玉乘兴写了一首螃蟹诗,接着黛玉、宝钗各写一首。

宝钗的诗,道出心声:“于今落釜成何益,月浦空馀禾黍香。”

第四十二回,宝钗审黛玉

贾母带着众钗、刘姥姥等行酒令时,黛玉的酒令中有两句是《牡丹亭》《西厢记》中的话。为此,宝钗叫过黛玉说:“你跪下,我要审你。”

看似一场玩笑,实则别有用意。

它表明康熙、乾隆二人对《牡丹亭》、《西厢记》二出戏的态度,康熙对这两出戏很喜欢,赞不绝口。而到乾隆时却下旨禁演。

第五十六回,识宝钗

该回,作者对探春,冠以“敏”字,对宝钗冠以“识”字。

这是符合史实的,作者对乾隆的聪明才智,还是肯定的。

第六十三回,艳冠群芳

宝玉生辰,众钗掣签取乐,宝钗拿到一签上面画着牡丹,上题:艳冠群芳,下面还有一句唐诗:“任是无情也动人”。

表面上看是赞，实际上却不然。先说“任是无情也动人”。此诗写韩翃成为宰相后，来到西安府邸，见有牡丹花，要求全部铲除，并说：余岂能效儿女子也。

接着芳官唱了一曲：“翠凤毛翎扎帚叉，闲为仙人扫落花。……”

再次表明“扫除“的含义。

第七十七回，驱逐晴雯

王夫人“驱逐晴雯“写得活灵活现，有声有色。

这是暗喻乾隆处置弘晳案。

宝钗结局

由于《红楼梦》终于八十回，我们看不到宝钗结局。但是可以从《红楼梦》第五回的舞曲、判词中和脂砚斋、畸笏叟的批语中看到：

第五回的判词中说：“金簪雪里埋”，“雪”，谐音“血”，作者暗示他已开始以“血”讨“血”的战斗，这就是他的《红楼梦》。

第二十一回，脂砚批道：……宝玉之情，今古无人可比，固矣。然宝玉有情极之毒，亦世人莫忍为者，看至后半部，则洞明矣。此是宝王三大病也。宝玉看此世人莫忍为之毒，故后文方能“悬崖撒手”一回。若他人得宝钗之妻、麝月之娘(妾)，岂能弃而为僧哉？玉一生偏僻处。(庚·21F·ZⅡ1518)

第二十五回，畸笏叟批道：

叹不能得见宝玉悬崖撒于(手)文字为恨。丁亥夏，畸笏叟。(庚·25F·JⅡ0021)

以上两批共同说明，宝玉最终“悬崖撒手”，弃宝钗为僧。

这是作者再次声明：他不要金玉姻缘，只要木石姻缘。表明了对康熙和乾隆的态度截然不同。

并通过对贾蔷与龄官的恋情的描写，悟出：“人行情缘，各有定分。”曹氏与康熙有情缘，与乾隆没情缘。

总之，二宝合传，在于表明作者的彻底觉醒和最终选择——“不情”。

畸笏叟有一批云：按警幻情讲(榜)，宝玉系“情不情”。(甲·8F·JⅢ0246)

“情不情”，应写作“情，不情”。情，不情是前后两个阶段，两个时期的不同态度。

康熙之前是“情”，乾隆之后是“不情”，即“不清”也。

“不清”，在这里的含义是“与清决裂”。用文学形象表示就是“悬崖撒手”——出家。

《红楼梦》就是曹頫的“不清”宣言。是曹頫遭受多次打击后觉醒的壮举，家仇上升为国恨，决心从思想上、根本上与“清”决裂，永不仕清。

四、“大清”衰亡篇

康乾盛世过后，“大清”进入衰亡期，这个过程从1796年(嘉庆元年)开始，到1912年隆裕皇太后颁布清帝《退位诏书》止，共116年。

曹頫预计乾隆之后，“大清”将还有六帝，因此设计了六钗以隐寓后六帝。根据正册中的判词、舞曲提示，其顺序是：探春、湘云、迎春、惜春、巧姐、李纨，此“六钗”是“大清”后六帝的代码。

关于顺序，根据“判词、舞曲”对“前六钗”的排列是不按顺序的。

笔者经过与现实中的清代后六帝一一比对后，发现只要将李纨调整到惜春前，全部隐寓顺序基本吻合。

这里，首先需要弄清楚一个问题：即要学会解《推背图》语言，我们从流传的《推背图》中知道，《推背图》语言具有广义性，暗示性，类比性，含蓄性，通常都是隐语微词，以小喻大。如原《推背图》中有的以十八条鲤鱼，有的以二十一枚李子喻唐代帝王数。

因此，我们解读“后六钗”就需要注重它的《推背图》式的语言。

当历史的车轮驶过后，再来回顾这段历史，足以使每一个华夏儿女触目惊心，痛心疾首！那是一段中华民族的耻辱史，血泪史！

谁造成的？他们——“大清”王朝的后六位帝王，这一段耻辱史正是伴随着他们的衰亡形成的。

下面就是他们如何一天天腐败、如何一天天衰亡的过程：

1.探春隐寓——嘉庆

嘉庆(1796–1820)，爱新觉罗·颙琰，“大清”第七帝。

嘉庆时代政局：

*宗室成员、八旗子弟堕落为寄生虫，腐化奢侈，昏庸拙劣，贪图安逸。

*1803年，成德闯入皇宫行刺嘉庆。

*川、陕、楚大起义。

*吏治败坏，私雕官印，豪夺银两。

*1813年，林清率天理教攻打皇宫。

“真境界”、“幻境界”比对如下：

探春，是曹頫心目中的“大清”第七位帝王的代码，是他第一个预测的对象，因此着墨最多，第五十五回—六十二回，专写探春理政。

这里，作者突出地写了探春两点：即：“庶出”身份和他的“精明能干”。

第五十五回，作者借凤姐之口说：“好个三姑娘，我说他不错。”

立松轩有一批也称赞说：探春看得透，拿得定，说得出，办得来，是有才干者，故赠以“敏”字。(府·56F·LⅠ0716)

探春隐寓者颙琰一向以“克勤力学”著称，他的师傅朱珪称赞他“好学敏求”。请注意，探春的“敏”字，正是从此处而来。

探春理政有两点引人注目，一是探春、宝钗、李纨三人联手，宝钗隐寓乾隆，当了三年太上皇，共同处理朝政。李纨在此的作用是什么？笔者认为是喻李纨时代(同治时)政局与探春时代相似，探春时代的特点是：乱象丛生。

第六十一回，平儿说：“这三四日的工夫，一共大小出来了八九件。”

暗喻嘉庆、同治当政时的政局——乱象丛生。

嘉庆时爆发了川、陕、楚大起义，成德皇宫行刺，天理教攻打紫禁城。

第五回判词中说：“才自精明志自高，生于末世运偏消”，作者在这里点明了问题的实质：末世之运，走下坡路了。

探春结局，判词中说：一帆风雨路三千，把骨肉家园齐来抛闪。

这同嘉庆1820年7月在木兰围猎时，突然病死于避暑山庄极为相似。

2.湘云隐寓——道光

道光（1821—1850），爱新觉罗·旻宁，“大清”第八帝。

道光时代政局：

*租赋加重，军备废弛。

*官吏们巧取豪夺，聚敛财富。

*鸦片大量涌进，毒害人民。

*1836年，湖南瑶族以龙华会为号召举行起义。

*1840年，第一次鸦片战争失败，签订中英《南京条约》，中国沦为半殖民地、半封建社会。

“真境界”、“幻境界”比对如下：

作者认为他同探春一样，是“大清”衰落过程中的第二个强势帝王。

第五回的判词、舞曲中有“英豪阔大宽宏量，霁月光风耀玉堂”的赞词，1839年道光的“虎门销烟”让全世界震惊。

但他毕竟避免不了衰落的命运，判词、舞曲中还说：“展眼吊斜晖，湘江水逝楚云飞。”

终究是“云散高唐，水涸湘江”。

1842年，中国第一个不平等条约就是道光同意签订的，从此中国沦落为半殖民地半封建社会，历史学家认为：“大清”衰落，道光是光大者。

完全正确。

《红楼梦》中，曹頫两次暗示湘云身份，是男子，是帝王。

一次是第三十一回，湘云与翠缕论阴阳，翠缕明言：“姑娘是阳，我就是阴。”此外，还有湘云爱穿宝玉的衣服，爱一身男子打扮等等。

另一次是第六十二回，湘云醉眠芍药裀。立松轩批道：

看湘云醉卧青石，满身花影，宛若百十名姝抱云笙月鼓而簇拥太真者。（府·62F·LⅠ0733）

太真，杨贵妃，“百十名姝抱云笙月鼓而簇拥”的还应该有一个与杨贵妃在一起的人，他就是唐玄宗，曹頫在此描绘出一幅幻影图，暗示了湘云帝王身份。

3.迎春隐寓——咸丰

咸丰（1851—1861），爱新觉罗·奕詝，“大清”第九帝。

咸丰时代政局：

*太平天国起义

*第二次鸦片战争失败，被迫签订《天津条约》《北京条约》《瑷辉条约》，割去60万平方公里土地。

*咸丰沉湎女色。

*1860年，英法联军攻入北京，火烧圆明园，重签条约，又失去乌苏里江以东40万平方公里，及喀什湖以东44万平方公里土地。

*咸丰逃往避暑山庄，一年后病逝。

“真境界”、“幻境界”比对如下：

咸丰的一生遭遇同迎春十分相似。

先看其判词：

子系中山狼，得志便猖狂。金闺花柳质，一载赴黄粱。

判词一反常态，突出地写了他的对手“中山狼”，一个强势者，迎春明显处于弱势。

舞曲说得更明确：觑着那侯门艳质蒲柳，作践的公府千金似下流。叹芳魂艳魄，一载荡悠悠。

总体上，作者对迎春着墨不多，但表现力极为深刻。

(1)第二十二回，迎春编了一则灯谜：

天运人功理不穷，有功无运也难逢。

因何镇日乱纷纷，只为阴阳数不同。

答案是：算盘。

作者借此道出：国运盛衰自有一定“道理”，国运已衰，再能干也无用。

(2)第四十回，说酒令时，迎春只说了一句，众人即说错了韵，该罚了事。其实，这是作者“双歧岔路”之笔，掩饰了作者预测后事玄机。

鸳鸯说：“左边四五成花九”，迎春对：“桃花带雨浓”。

“九”，迎春隐寓的正是“大清”第九帝——咸丰，“桃花带雨浓”，即血泪。

(3)第六十五回，作者借兴儿之口直评迎春：二姑娘人称“二木头”，戳一针也不知哎呀一声。

(4)第七十三回，迎春乳母因赌犯事，牵出迎春的“攒珠累金凤”被侵吞，迎春怕事，一概不闻不问。

第七十四回，从迎春丫鬟司棋的房间查出男子的鞋袜和情书——乱情证据。

(5)第七十九回，写迎春误嫁中山狼。

宝玉吟诗一首，看似表达离别情，实际上是用《推背图》语言暗示“迎春”结局：

池塘一夜秋风冷，吹散芰荷红玉影。蓼花菱叶不胜愁，重露繁霜压纤梗。……

第八十回，借迎春回门，叙说了孙绍祖的恶迹和蛮横，孙说：“你别和我充夫人娘子，……好不好，打一顿撵在下房里睡去。”

咸丰为政时，咸丰六年，英、法联军对华宣战，史称“第二次鸦片战争”，英法联军宛如“中山狼”，咸丰如“金闺花柳”，咸丰妥协求和，被迫签订《北京条约》、《天津条约》、《瑷辉条约》，这些不平等条约迫使清政府进一步开放国门，并割让大片土地。

咸丰十年，英法联军再度攻打北京，咸丰逃往热河避暑山庄，英法联军打入北京后，火烧圆明园，咸丰派恭亲王奕䜣，以割地赔款的代价议和。

一年后——1861年7月，咸丰病逝于避暑山庄。

应了“一载赴黄粱”的谶言。

4.李纨隐寓——同治

同治(1862—1875)，爱新觉罗·载淳，“大清”第十帝。

同治时代政局：

*从同治开始，与光绪、宣统三人均无子嗣，史称国统三绝。

*慈禧垂帘听政。

*河北捻军起义，甘肃、新疆回民起义。

*同治沉湎女色，疏怠政治。

"真境界"、"幻境界"比对如下：

笔者认为：李纨、贾蘭共同隐寓同治，与秦可卿、秦钟、秦业三人共同隐寓努尔哈赤一个道理。

李纨，谐音理完，按理应该结束了。贾蘭，蘭谐音阑，是将结束之意。

同巧姐的"势败"、"家亡"相比，显然，李纨应该在前，与历史对照，李纨、贾蘭同慈禧、同治十分相似。

先看判词和舞曲：

桃李春风结子完，到头谁似一盆兰？

那美韶华去之何迅？……只这带珠冠，披凤袄，也抵不了无常性命。

问古来将相可还存，也只是虚名儿与后人钦敬。

《红楼梦》中的李纨与历史哪些地方相似呢？有四点：

(1)李纨、贾蘭母子档同慈禧、同治母子档惊人地相似，书中贾蘭"年龄极小"，同治六岁继位。

(2)从判词中看，李纨留有"虚名"，那就是政绩还不错，确实，同治时重用洋务派，实施"自强"、"求富"方针，发展工业，训练海军、陆军。被称作"同治中兴"。

(3)李纨，书中地位颇高，玉字辈是"大嫂子"，但却无实权。同治十七岁前，由慈禧太后垂帘听政，亲政后也处处受慈禧掣肘。

(4)"美韶华去之何迅"，暗示同治死得早，果然，十九岁，同治就离开人世。他死后，皇后怀有身孕，可是慈禧不喜欢她，据传皇后吞金而逝，同治"结子"完结。

"也抵不了无常性命"，似乎是说死得比较惨，同治一说死于天花，一说死于梅毒，无论死于什么病，按史书记载景象都惨不忍睹。

(5)李纨曾协助探春理政，那是表明李纨时代(同治时代)如同嘉庆时代，乱子不少，事实上确也如此，同治时有捻军起义、苗民起义、回民起义等。

5.惜春隐寓——光绪

光绪(1875—1908)，爱新觉罗·载湉，"大清"第十一帝。

光绪时代政局：

*1894年，中日甲午战争爆发，中国战败。

*八国联军进攻北京。

*戊戌变法失败。

*妄自尊大，光绪穷讲究外国使节进见礼。

*光绪被软禁瀛台。

"真境界"，"幻境界"比对如下：

惜春，隐寓光绪。

曹頫为他写的判词、新曲是：

勘破三春景不长，缁衣顿改昔年装。可怜绣户侯门女，独卧青灯古佛旁。

将那三春看破，桃红柳绿待如何？把这韶华打灭，觅那清淡天和。说什么天上夭桃盛，云中杏蕊多。到头来，谁见把秋捱过？……这的是，春荣秋谢花折磨。似这般生关死劫谁能躲？闻道说，西方宝树唤婆娑，上结着长生果。

下面，让历史来验证它的准确度。

(1)“勘破三春”,即看破三春,光绪亲政后确实“勘破三春”,深知“大清”王朝已到积弱积贫的状况,特别是1894年甲午战争失败,痛心疾首,写下:戮力一心,痛除积弊,兴革自强! 并说:“太后若不给我事权,我愿退让此位,不甘做亡国之君。”遂实行戊戌变法。可惜,慈禧于1898年8月6日,发动政变,光绪被囚于瀛台。

正是判词中说的“景不长”,1889年亲政,1898年被囚。

(2)“缁衣顿改昔年装”,缁衣,一般指僧衣,这里暗指地位、环境变了。

(3)“绣户侯门女”书中指惜春,根据隐寓是光绪,“独卧青灯古佛旁”,“独”,孤独,单独,被囚禁的光绪从1898年—1908年,一直过着“独”居生活。

值得注意的是:“古佛旁”,此“佛”不是庙里供奉的“佛”,而是慈禧,慈禧太后一直以“老佛爷”自居,“瀛台”就在她的身边。

(4)“天上夭桃盛,云中杏蕊多”是从唐代诗人高蟾的“天上碧桃和露种,日边红杏依云栽”(《下弟后上永崇高侍郎》)诗意中翻出来的。

暗示光绪身边有人强盛。

“天上”、“日边”显然是指皇帝身边,碧桃、红杏自然是皇帝身边的重要人物,此人正处在极盛时期,“夭桃”,“桃之夭夭,灼灼其华”(《诗经·周南》),“杏蕊”,正含苞欲放的杏花。此人就是慈禧太后。

“到头来,谁见把秋捱过? ”意为过不了秋天,果然,光绪于1908年11月14日去世。

(5)“似这般生关死劫谁能躲? 闻道说,西方宝树唤婆娑,上结着长生果。”

1908年11月,慈禧病危,光绪也处于病中,谁能捱过谁,谁就是胜利者。一句谁能躲,把生关死劫点明。令人惊异的是:光绪在慈禧前一天去世。

2003年,中央电视台、北京清陵文物管理处、中国原子能科学研究所、北京市公安局法医检验鉴定中心联合组成“清光绪帝死因”课题研究组。历时五年,最后得出:光绪死于急性胃肠性砒霜中毒。

光绪终究没能躲过这个生关死劫,为什么呢? 曹頫说了:因为“西方宝树唤婆娑,上结着长生果。”

西方,指印度,这里暗示:西太后。婆娑,即婆罗树,相传释迦牟尼死于两棵婆罗树下,一句长生果,点明,慈禧比光绪寿长。

关于惜春,《红楼梦》中着墨不多,只是写他性格孤介,他的一生遭遇结局全在判词、新曲中。

6.巧姐隐寓——宣统

宣统(1909—1912),爱新觉罗·溥仪,“大清”第十二帝。

宣统时代政局:

*三岁的溥仪被立为皇帝。

*1911年10月10日辛亥革命爆发。

*1912年元旦,中华民国在南京成立。

*1912年2月12日,隆裕皇太后颁布清帝《退位诏书》,“大清“王朝结束。

“真境界”、“幻境界”比对如下:

巧姐隐寓宣统。

巧姐,是十二钗中着墨最少的一个,特写镜头只有三两处:

第二十一回,提到大姐儿出麻疹;

第四十一回,写到大姐儿用柚子换板儿的佛手。根据脂砚斋批语:

柚子即今香团(橼)之属也,应与缘通。佛手者,正指迷津者也。以小儿之戏,暗透前后通部脉络。……(庚·41F·ZⅡ2035)

两小儿之戏,又是指迷津,又是通部脉络,什么意思?笔者分析,是点明巧姐乃是“十二钗”最后一位。根据是:板儿,意即末位。

第四十二回,刘姥姥为大姐儿起名叫“巧姐”,原因是她生于七月初七。

这里有无深意呢?有!雍正有三首《七夕》诗,其中一首云:

万里碧空静,仙桥鹊驾成。

天孙犹有约,人世那无情?

天孙,即织女,她是玉皇大帝的孙女,是织造高手。织女爱上牛郎,王母以一条银河将二人隔开,他们之间的情分似有则无。从此,情断银河。

织女有约,但“情”难成,一年三百六十五天,只有七月初七一次相见。此情似有如无。

作者意图十分明确:鹊驾仙桥,“情”如梦幻。

之后,作者似乎把“巧姐”遗忘了,再也没有提起。

不过,第五回判词、新曲中写了其全部,请看:

有一座荒村野店,有一美人在那里纺织。其判云:

势败休云贵,家亡莫论亲。偶因济刘氏,巧得遇恩人。

第十一支新曲:留余庆,忽遇恩人;幸娘亲,幸娘亲积得阴功。劝人生济困扶贫,休似那爱银钱、忘骨肉的狠舅奸兄。正是乘除加减,上有苍穹。

笔者对上述图、判词、新曲解读如下:

(1)最终结局。

“荒村野店,有一美人在那里纺织”,这是形象地表明,“势败”、“家亡”后的生活。——平民化。

作者在《红楼梦》中有两次暗示,一次在第十四回,在秦可卿丧葬时,宝玉带秦钟看二丫头纺织;一次是第四十一回,大姐儿用柚子换板儿的佛手。

(2)“幸娘亲,幸娘亲积得阴功”溥仪一生同家庭关系很特殊,三岁入宫,失去家的温馨,被逐出紫金城后,才回到自己家,与父亲载沣和弟妹们团聚到一起。

(3)“乘除加减,上有苍穹”

这句话的意思是:数的运行,是由规律决定的,如“大清”十二世而终,溥仪,命运注定是最后一位。

1912年2月12日,由隆裕皇太后代他颁布了《退位诏书》,宣告“大清”王朝寿终正寝。

(4)“偶因济刘氏,巧得遇恩人”。

是说溥仪虽然降为平民,可是因为遇到“恩人”,结局还不错。

1949年,国家主席刘少奇签署了“特赦令”,将溥仪从狱中释放,成为中华人民共和国公民。

在周恩来总理的关照下,初任政协文史资料专员,后为第四届政协委员。

《“大清”衰亡篇》验证了《红楼梦》中曹頫的预测。

丁亥年后(1767)畸笏叟有一则批语说:家国君父,事有大小之殊,其理、其运、其数,则略无差异。知运知数者,则必谅而后叹也。(甲·1F·JⅢ0053)

其理:“大清”必亡;

其运:逐渐衰亡;

其数:十二世。

“谅”,是“诚信”的意思,当历史证明确实后,的确使人惊叹不已。

曹頫,真神!神机妙算,料事如神。最神的是:

7.十二世三劫

第一回写到此书来历时,作者写道:“后来又不知过了几世几劫”,“几世几劫”,这是作者“烟云模糊”法,真的不知吗?不是的,通过“千皴万染”秘法告诉我们是“十二世”,又通过“三劫后北邙山会齐”告诉我们是“三劫”。

《红楼梦》中的“十二世”是以”十二钗”来表现的,曹頫写书时是乾隆时代,所以有“一半落尘”的话。“大清”从努尔哈赤起到溥仪止恰好“十二世”。

曹頫的预测,如此准确,确实令人惊异。

“三劫”是一个约数,是一个含糊其辞的说法,但“大清”王朝的衰亡必然要经过一些劫难。根据《“大清”衰亡篇》来看,这三劫是:

(1)内忧

“大清”后期,农民起义此起彼伏,规模比较大的起义有:川、陕、楚起义;湖南瑶族起义;天理教攻打皇宫;太平天国起义;捻军起义;甘肃、新疆回民起义等。一次次起义沉重地打击了清王朝,使之摇摇欲坠。

(2)外患

道光年间的第一次鸦片战争;咸丰年间的第二次鸦片战争;英法联军进攻北京;光绪年间的中日甲午海战,八国联军进攻北京等,一系列的不平等条约,割地赔款,丧权辱国,使清王朝一蹶不振。

(3)辛亥革命

孙中山领导的辛亥革命不同于以往的农民起义,是在三民主义思想指导下的革命运动,一举摧毁了清王朝,是清王朝的致命一劫。

关于清王朝灭亡的时间问题,曹頫也做了一些预测。曹頫最初假设:三劫为九十春光,即九十年。他想那时“大清”就该灭亡了吧。1767年+90年=1857年,这个预测时间短了点,少了55年。

戊子年(1768),曹頫第二次借读《哀江南赋》预测:将非江表王气,终于三百年乎?(靖·18F·JⅣ 0001)

“江表王气”引用的是《庾子山文集》上的话,这里代指“大清江山”,“终于三百年”,这个预测基本上是准确的。清王朝从1616年—1912年,隆裕皇太后签发《退位诏书》共296年,接近三百年。

预测后六钗——曹頫版的《推背图》

相传李淳风、袁天罡的《推背图》,诸葛亮的《马前课》,刘伯温的《烧饼歌》,都是专门预测后世的,但多是后人伪托。

曹頫的“后六钗”却是真的仿《推背图》之笔,可以说:“后六钗”就是曹頫版的《推背图》。

“大清”灭亡一百多年了,今天我们再来验证,发现曹頫的预测惊人的准确,简直神了。无论总的趋势,还是一个个单述,预测八九不离十,让人拍案叫绝。

曹頫,强似淳风、天罡,不亚孔明、伯温,正如第五回自赞的那样:天分高明,性情颖慧。

预测“大清”衰亡,是曹頫著《红楼梦》的主旨之一。

写“十二钗”,从整体上说,“前六钗”是曹頫生前事,因此是证言式;“后六钗”是曹頫身后事,因此是预言式。

"前六钗"都是曹頫亲睹亲闻的人和事，即是那"一半落尘"者，因此写起来得心应手，着力点放在一个"评"字上。

"后六钗"，跨度为：1796年—1912年，共116年，这都是曹頫的身后事，完全是仿《推背图》预测的。预言写起来有相当大的难度，难在作者的预测，它的准确度如何？会不会应验？历史对预测肯定是要验证的，曹頫绝不会掉以轻心。

准确地说："后六钗"完全是曹頫版的《推背图》。

18世纪中叶，曹頫通过《红楼梦》预见到大清必亡，并准确地指出：十二世而亡。这在"大清"盛世时做出这种判断，确实是一种远见卓识。仅此，就可以说：曹頫是一位哲人，是一位卓越的预言家。

五、曹頫篇——曹頫传略

该篇重点要搞清楚以下几个问题：

1.《红楼梦》是曹頫自传

在《内部结构·两纲》篇中，已阐明了《红楼梦》的两纲是"十二钗"与"宝玉"，"宝玉"这一纲有曹頫自传成分。

《甲戌本·凡例》中说："作者自云：因曾历过一番梦幻之后故将真事隐去，而撰此《石头记》一书也，……当此时，则自欲将已往所赖，上赖天恩，下承祖德，锦衣纨绔之时，饫甘餍美之日，背父母教育之恩，负师兄规训之德，已致今日一事无成，半生潦倒之罪，编述一记，以告普天下人。"

这就是说：《红楼梦》就是作者传记。

二百多年来，由于大多数人相信作者是曹雪芹（曹霑），所以，就认为《红楼梦》是曹雪芹（曹霑）的传记。特别是胡适的《红楼梦考证》一文[①]，影响极大，至今还左右着人们的思维。

在"作者"问题上，谁之自传，就成了一桩公案、疑案。

笔者认为：作者是曹頫，"曹雪芹"本是曹頫烟云模糊之计中的一个笔名，因此《红楼梦》中的"自传"就是曹頫自传。

其一从《红楼梦》所记述"本事"的起止时间来看，也只能是曹頫。《红楼梦》所写内容开始的时间是1705年4月（康熙第五次南巡），那时曹雪芹尚未出生，没有感性认识，写不出第三回、第十八回的场面。

《红楼梦》"本事"结束于1751年。（即乾隆题写"神瑛"那一年。）

其二，从《红楼梦》所写主要对象看，康熙、雍正、乾隆三人均与曹頫密切相关，与曹雪芹（曹霑）毫不相干。

2.曹頫幻入《红楼梦》中的意识形象

笔者经研究发现，曹頫幻入《红楼梦》中的意识形象不止一个，还有：

女娲补天遗石；

神瑛侍者；

一僧一道中的"茫茫大士"；

空空道人、吴玉峰、孔梅溪、曹雪芹；
冷子兴、张士友、冯紫英、倪二；
贾宝玉、甄宝玉；
贾琏等。

其中宝玉、贾琏是主要隐寓者，宝玉是明笔，贾琏是暗笔。

“宝玉”隐寓曹頫，已无疑义，曹頫为了不让人看出来，特意设置了几层帷幕。

第一层：年龄帷幕

曹頫把“宝玉”写的年龄很小，七岁开始，《红楼梦》中只有这个年龄是真的，其他都是假的。

有的学者死抠《红楼纪年》，那是作者的“模糊”法，不可信。

第二层：姓氏帷幕

“宝玉”姓贾，贾敬、贾政、贾珍、贾环……都姓“贾”，岂不是一家人吗？

这层帷幕厉害，几乎迷惑了所有人。

根据“谐音”秘法，“贾”乃“假”也，他们不是一家人，脂砚斋、畸笏叟有提示。

第三层：关系帷幕

《红楼梦》中，宝玉与黛玉是姑表兄妹，宝玉与王熙凤是叔嫂兼姐弟关系，宝钗与宝玉是姨姐弟关系，贾政与宝玉是父子关系，……

全上当了，全被作者蒙蔽了，这一切全是假。

第四层：神话帷幕

为造成虚幻缥缈的效果，作者为“宝玉”披上了两层神话外衣，一层是“女娲补天遗石”神话，一层是“赤瑕宫”神话。

前者是为点明“宝玉”的民族身份——女娲后裔，即华夏民族；后者是为标示《红楼梦》正笔正文开始时间——康熙时代。

第五层：一身多隐帷幕

第五回，宝玉进入梦中，此时的“宝玉”隐寓的是曹氏世祖曹世选。第五十回，“宝玉”找妙玉乞红梅，这时的宝玉隐寓的是曹振彦。此外，当宝玉同探春、惜春、巧姐等在一起时，这时的宝玉当是曹氏后人，是谁，连作者也不知道。

这层帷幕，让人不知所以，如坠云雾之中。

第六层：借写帷幕

《红楼梦》里，曹頫巧妙地借用了曹雪芹的年龄大做文章，让人误解为“宝玉”就是曹雪芹，迷惑了绝大多数人，以至至今不悟。

六层帷幕将曹頫真实身份完全隐蔽起来，致使二百多年来，难以识破，即使少数人识破也难以证实。

3.曹頫的形象特征和性格特征

曹頫自己写自己，写得颇有风趣。《红楼梦》中，作者对“宝玉”下笔不讲情面，贬多褒少。如借王夫人之口说：他是一个“孽根祸胎”，曹氏败落正是曹頫带来的，岂不是祸胎？

尤其对“宝玉”形象特征和性格特点的描写，惟妙惟肖，十分逼真，笔者认为这是写实。

如形象特征：

第三回，宝玉出场有一段描写：“面若中秋之月，色如春晓之花，鬓若刀裁，眉如墨画，眼似桃瓣，睛若秋波。”这里有一眉批，披露说：

少年色嫩不坚劳，以及非夭即贫之语，余犹在心，今阅至此，放声一哭。（甲·3F·ZⅡ0242）

又如：“虽怒时而若笑，即嗔视而有情。”

其下也有一批，感慨万端地说：真真写杀。（甲·3F·ZⅡ0243）

又如性格特征：

第三回中批宝玉的《西江月》词，有实有虚，下边几句为实写。

“无故寻愁觅恨，有时似傻如狂。”还有：“行为偏僻性乖张，那管世人诽谤。”

“似傻如狂”，是曹頫的性格特征，《红楼梦》中作者夸张为“痴”。

第九回，作者写道：宝玉终是不能安分守己之人。

脂砚斋批道：安分守己也不是宝玉了。（靖·9F·ZⅢ0005）

曹頫自己对自己再了解不过，曹頫看以自己事迹写成的书，抚今思昔，多少有些感慨。

第十九回，“情切切良宵花解语”一节中，笔者认为有曹頫实际性格在其中。

袭人认为“宝玉”有以下毛病：放荡弛纵，任性恣情，不喜务正，每欲劝时，料不能听。前两条，脂砚斋评曰：“四字妙评”“四字更好”。

袭人借赎身之事，趁机规劝：

不要说：“凭我去，我也凭你们去”一类的话；

装作读书，不要诬蔑仕途；

不要再吃人嘴上胭脂，改改爱红毛病。

宝玉口头答应了，结果到了黛玉那儿，黛玉却发现还如旧。

接着，是黛玉规劝，作者写道：“宝玉总未听见这些话。”

畸笏叟在此批道：一句描写玉刻骨刻髓，至已尽矣。壬午春。（庚·19F·JⅠ0081）

听不进别人的话，自以为是，固执己见，这就是曹頫的真实性格。

这里面最重要的一点，就是袭人、黛玉两人所劝的：不要太痴情。“痴情”，这里意思是说：过分忠于“清”。

曹顒、曹頫，在这方面表现得很突出。

康熙五十二年十二月二十五日，曹顒奏折中说：“……以奴才年幼并无一日效力犬马，乃沐万岁天高地厚洪恩，一至于斯，杀身难报。将此所得余银恭进主子，添备养马之需。”

献出盐差余银三万六千两。

康熙朱批：“朕只要六千两养马。”

康熙五十四年九月，曹頫也有此举，他从邸报上看到需用骆驼运军粮，遂上奏折：“……惟恨不能身亲荷担，为国驰驱，情愿捐银三千两，少供采买骆驼之用，……”

第五回，警幻仙姑称宝玉为“第一淫人”，至此可以解读了，那就是“极度痴情之人”。

4.曹頫的三次锻炼

第二十五回，宝玉被魇魔后，一僧一道前来营救，和尚念了两首诗，脂砚批道：

三次锻炼，焉得不成佛作祖？（甲·25F·ZⅡ1739）

曹頫将自己罹难史实，也幻入《红楼梦》中，集中在第二十五回至三十三回。分别表现为：贾环毁面，赵姨娘魇魔，贾政毒打。

曹頫罹难，是在雍正二年——雍正五年间，是“真”。

“真”、“幻”之间，是通过作者的隐笔，暗笔表现的也是作者刻意隐藏最深的部分。

第二十五回至三十三回，毁面，魇魔，毒打，形象地表现了曹頫遭雍正责备、罚俸、革职抄家等。

面对残酷的文字狱，作者置生死于度外，形象地再现了曹頫罹难的全过程。

5.曹頫的觉醒

曹頫被抄后，逐步觉醒了，《红楼梦》中，宝玉觉醒了，并由此及彼，由曹家之败，想到“大清“之败。

（1）第五回，《红楼梦新曲》演示了“大清”兴衰，意思是：兴衰是寻常事，曹家的今日就是爱新觉罗氏的明日。

（2）第二十二回，因宝钗一首《寄生草》，宝玉也写了一首《寄生草》，说：“从前碌碌却因何，到如今，回头试想真无趣。”

又占一偈：“你证我证，心证意证。是无有证，斯可云证。无可云证，是立足境。无立足境，是方干净。”

历史将证明：“大清”将干干净净地消失。

（3）第二十八回，作者借黛玉葬花，表示了埋葬“大清“的决心。

（4）曹頫觉醒后，用几则故事来警戒世人。

第三十二回，金钏儿死情；

第四十六回，鸳鸯绝情；

第六十六回，尤三姐斩情；

这是启发人们：要像他们一样，断情，绝情，斩情。

（5）根据脂批，宝玉最终的结局是“不情”也就是：“悬崖撒手”。

……故后文方能“悬崖撒手”一回。若他人得宝钗之妻、麝月之婢，岂能弃而为僧哉？玉一生偏僻处。（庚·21F·ZⅡ1578）

从批语中看，曹頫“觉醒”是坚定的，彻底的，1762年畸笏叟在《庚辰本》上批道：

一步行来错，回头已百年，古今风月鉴，多少泣黄泉。（庚·12F·JⅠ0014）

他意识到：错了！从开始就错了。

壬午年（1762）他总结一生说：

想兄在青埂峰上，经锻炼后，参透重关至恒河沙数，……（庚·12F·JⅡ0001）

“兄”是对书中“宝玉”的尊称，其实是指他自己，“参透重关”，即看破一切了。

丁亥年（1767）作者写到甄士隐时，再批：

未出宁、荣繁华盛处，却先写出一荒凉小境；未写通部入世迷人，却先写一出世醒人……（甲·2F·JⅢ0129）

“出世醒人”、“入世迷人”是曹頫对“大清”觉醒程度的婉词。作者著《红楼梦》就是欲让天下人“觉醒”。

6.曹頫隐身的另一身份——贾琏

宝玉同凤姐,二人关系密切,是姐弟、叔嫂关系。

五大篇章中三明两暗,给人感觉是二玉、二宝是主线,因此多数人认为《红楼梦》是写二玉、二宝恋情的书。

笔者认为,根据作者“立意本旨”,宝玉同凤姐才应是重点。

可是宝玉同凤姐确实不是看点,两人规规矩矩,一本正经,亲密无间。凤姐对宝玉关怀备至,怕通灵玉丢失,塞在自己枕边,让宝玉同自己同乘一辆车。林黛玉从扬州返回,凤姐告诉宝玉:以后你林妹妹要在咱们家长住了,还当着宝玉与黛玉开玩笑:吃了我们家的茶,怎么不给我家当媳妇。第二十五回凤姐同宝玉一同罹难,共同遭遇魇魔。

所以阅读《红楼梦》,从来没有人把凤姐同宝玉关系当作主线看。

笔者研究认为,书中“凤姐同宝玉的关系”纯系“瞒人之笔”。根据二人隐寓,一个隐雍正,一个隐曹頫,两人是一对冤家对头,曹頫绝不会放过雍正。

明笔不敢写,必有暗笔。

果然,三年探析,终于找到线索,那就是贾琏与凤姐。

贾琏,表面上是一个风流浪荡子,谁也想不到他同宝玉会有什么关联。人们都奇怪,宝玉为什么没有大名? 现在我可以告诉你:宝玉的大名就叫贾琏。

有根据吗? 有! 曹頫过继给曹寅后,在曹府中成为“二爷”,“二爷”称呼伴随曹頫一生,成了他的专称。曹頫著《红楼梦》,将这个称呼引入书中,并赋予宝玉。

也赋予贾琏,先前人们都奇怪,贾琏是长子,为何也称“二爷”? 这是曹頫“金针暗渡”手法,贾琏就是曹頫幻入书中的另一形象。

请看贾琏所作所为,名义上同凤姐是夫妻,实质上同床异梦,三次叛情——即叛清。一次同多姑娘,一次同鲍二家的,第三次索性将尤二姐偷娶回家,并借酒持剑扬言要杀凤姐。

“第一淫人”的称呼,用在贾琏身上,十分妥帖。

书中重要情节中凡有宝玉的地方,均没有贾琏,凡有贾琏的地方也没有宝玉,只有一次二人打了个照面。有专家研究认为贾琏为原《风月宝鉴》中第一男主角,完全正确,后改为隐性主角。

《红楼梦》中对王熙凤的态度是明褒暗贬,秉刀斧之笔,借众人之口,口诛笔伐。

曹頫用瞒天过海手法,以“二玉合传、二宝合传”掩饰了王熙凤与贾琏的主线。

“琏凤合传”同“二玉合传”、“二宝合传”形成三线并进结构。

注释:

①《胡适红学研究资料》,北京图书馆出版社2005年10月第一版。

中篇　作者探秘

篇前语

一部《红楼梦》为我们留下许多不解之谜，如：作者之谜，批者之谜，版本真伪之谜，“本旨”之谜，“本事”之谜等等。

每一个谜都有众多的解读，众说纷纭，让人不知所以。

难道说没有解决的办法吗？

有！众多之谜中，作者之谜、批者之谜是关键，是核心，这两个谜破解，其他谜自然破解，整个《红楼梦》所有的谜团将迎刃而解。

笔者就是以“作者之谜、批者之谜”为切入点，经过几年研究终于走出迷宫，破解了《红楼梦》“本旨”之谜、“本事”之谜的。

第一章　曹頫“异笔”研究

“曹頫《奏折》”与“《红楼梦》古钞本”之间有没有必然的内在联系？

曹頫“异笔”，是一个新的切入点，从此，提纲挈领，一斩乱麻，澄清了红学界的所有疑案、公案，让真相大白于天下。

曹頫“异笔”，是曹頫精心策划、巧妙设置的机关，也是曹頫深谋远虑，使自己重见天日的秘密武器。

曹頫“异笔”，澄清了红学中的所有迷雾，删繁就简，还原了真相，解开了《红楼梦》的真谛，特别是它深藏的“本旨”、“本事”。

总之，曹頫“异笔”是辨识《红楼梦》版本真伪、作者身份、批者身份的密码，识别码。

一、曹頫《奏折》中的“异笔”字

1715 年至 1727 年，曹頫任江宁织造主事期间，曾写下 40 多件《奏折》，这些《奏折》都是曹頫的真迹,都是极为珍贵的资料。

2014年,笔者在研究曹頫《奏折》时,突然发现《奏折》中有一些"异笔"字,与《红楼梦》古钞本中的"异笔"字十分相似。

笔者随即将"曹頫《奏折》"与"《红楼梦》古钞本"合并研究,不料想却有一个惊人的发现。

首先,笔者将曹頫《奏折》中的"异笔"字一一检出:

 康熙五十四年三月初七日

 康熙五十四年三月初七日

 康熙五十四年四月十七日

 康熙五十四年六月初三日

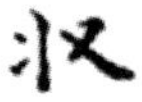 康熙五十四年八月二十日

 康熙五十四年九月初一日

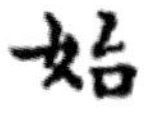 康熙五十四年十一月初一日

 康熙五十四年十二月初一日

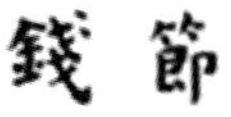 康熙五十五年正月初四日

 康熙五十五年二月初六日

 康熙五十五年五月十九日

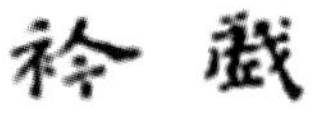 康熙五十五年六月十三日

 康熙五十五年七月初五日

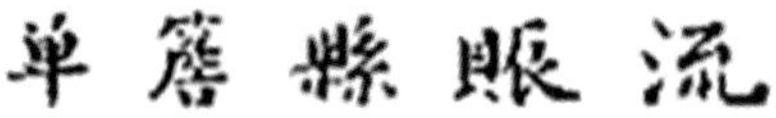 康熙五十五年七月十四日

 康熙五十五年三月初一日

 康熙五十五年十月初一日

 康熙五十五年十二月初一日

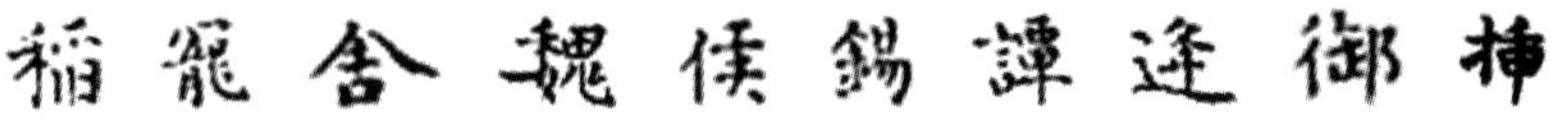 康熙五十六年七月二十日

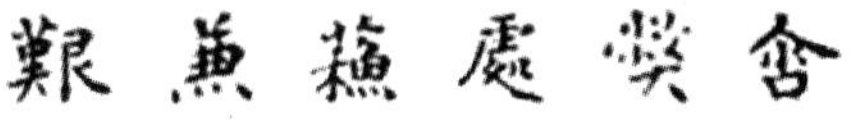 康熙五十八年六月十一日

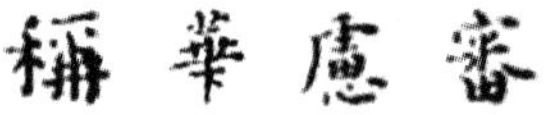 康熙无年月

 雍正二年正月初七日

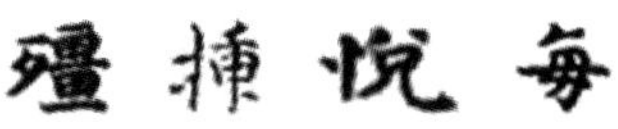 雍正二年五月初六日

以上共 73 个字，笔者用这些“异笔”字同《红楼梦》十三个古钞本比对，惊异地发现《郑藏本》、《列藏本》、《卞藏本》、《甲戌本》、《庚辰本》、《己卯本》、《王府本》、《梦觉本》八个版本中均有大量的同于曹頫的“异笔”字。

1715年3月至1727年12月，曹頫任江宁织造时，写过许多奏折，故宫档案尚保存曹頫奏折46件，这些奏折保留下了他的真迹。如图一：康熙五十五年柒月拾肆日奏折；图二：雍正二年正月初七日奏折；图三：雍正二年五月初六日奏折。

图一、图二为楷体，图三为馆阁体，字迹严谨规范，颇有功力。

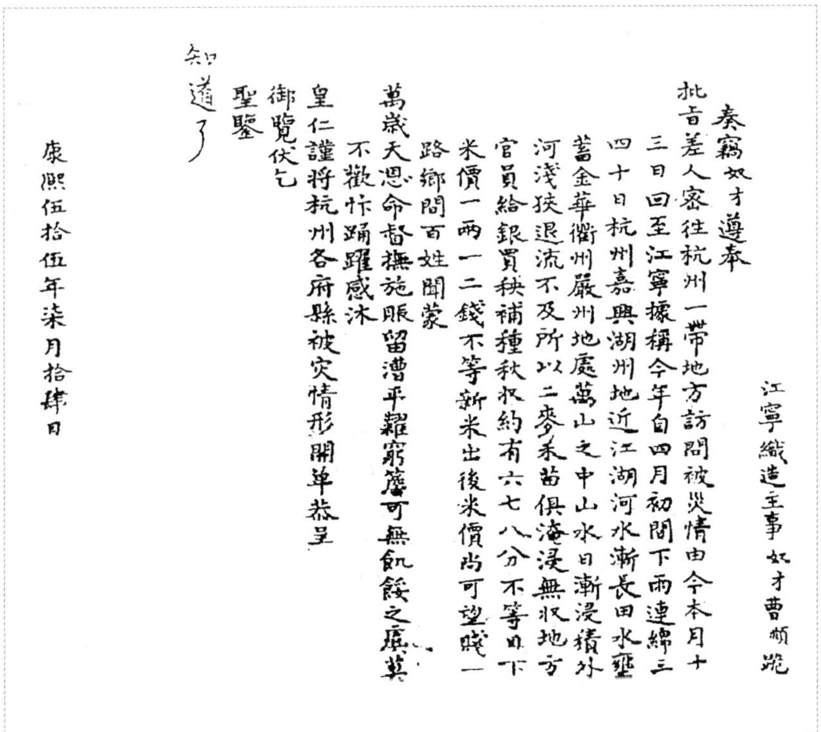
江寧織造主事奴才曹頫跪
奏竊奴才遵奉
批旨差人密往杭州一帶地方訪問被災情由今本月十
三日回至江寧據稱今年自四月初間下雨連綿三
四十日杭州嘉興湖州地近江湖河水漸長田水壅
蓄金華衢州嚴州地處萬山之中山水日漸浸積外
河淺狹退流不及所以二麥禾苗俱淹浸無收地方
官員給銀買秧補種秋收約有六七八分不等目下
米價一兩一二錢不等新米出後米價尚可望賤一
路鄉間百姓聞蒙
萬歲天恩命督撫施賑留漕平糶窮簷可無飢餒之虞莫
不歡忭踴躍感沐
皇仁謹將杭州各府縣被災情形開單恭呈
御覽伏乞
聖鑒
知道了
康熙伍拾伍年柒月拾肆日

图一：康熙五十五年柒月拾肆日奏折

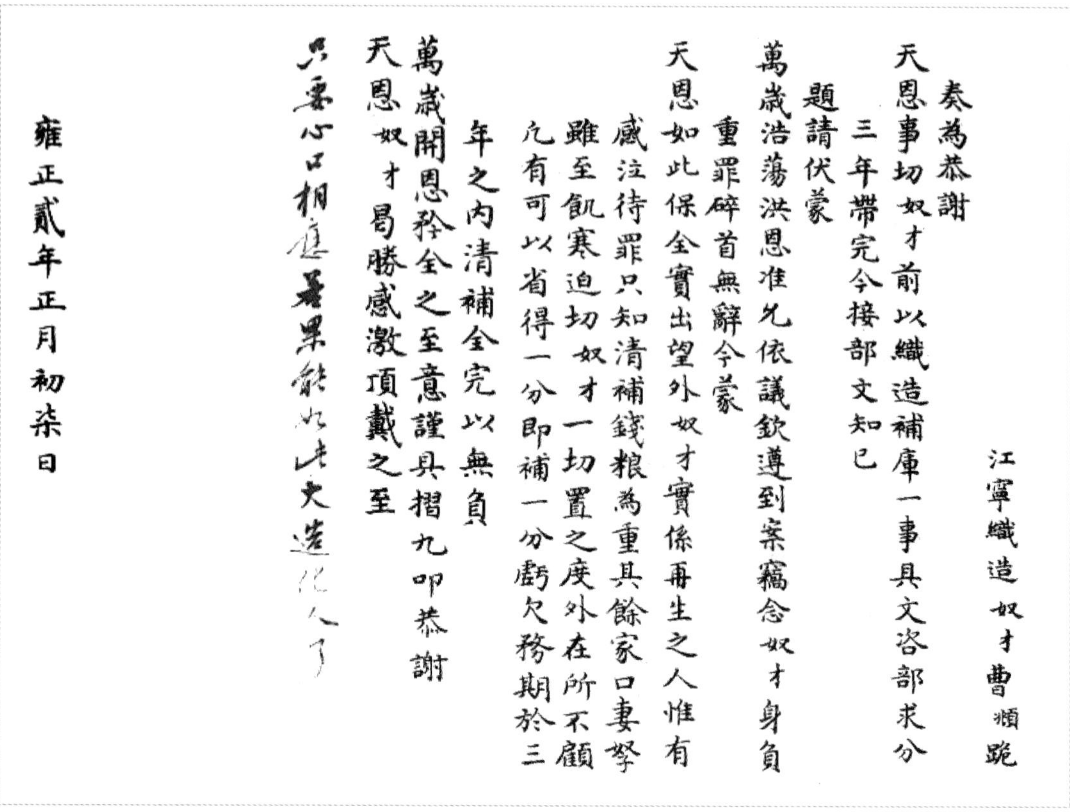

江寧織造奴才曹頫跪
奏為恭謝
天恩事切奴才前以織造補庫一事具文咨部求分
三年帶完今接部文知已
題請伏蒙
萬歲浩蕩洪恩准允依議欽遵到案竊念奴才身負
重罪碎首無辭今蒙
天恩如此保全實出望外奴才實係再生之人惟有
感泣待罪只知清補錢粮為重其餘家口妻孥
雖至飢寒迫切奴才一切置之度外在所不顧
凡有可以省得一分即補一分虧欠務期於三
年之內清補全完以無負
萬歲開恩矜全之至意謹具摺九叩恭謝
天恩奴才曷勝感激頂戴之至
只要心口相應若果能如此大造化人了
雍正貳年正月初柒日

图二:雍正二年正月初七日奏折

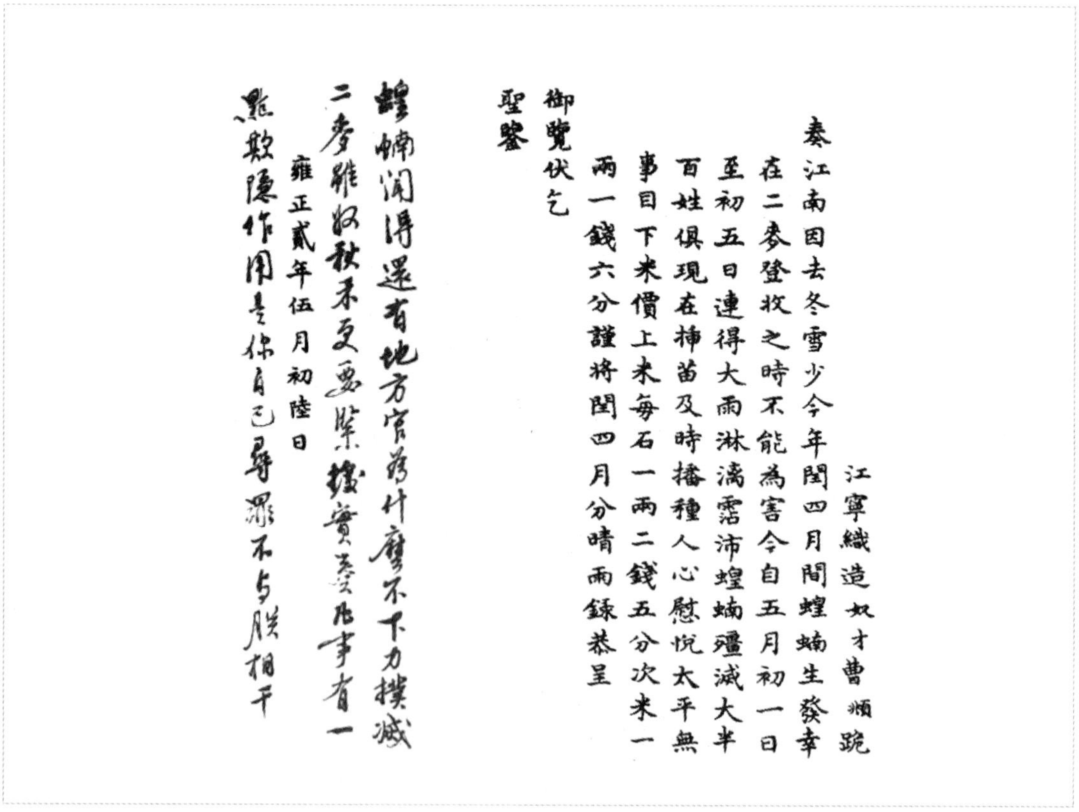

江寧織造奴才曹頫跪
奏江南因去冬雪少今年閏四月間蝗蝻生發幸
在二麥登收之時不能為害今自五月初一日
至初五日連得大雨淋漓霑沛蝗蝻殲滅大半
百姓俱現在補苗及時播種人心慰悅太平無
事目下米價上米每石一兩二錢五分次米一
兩一錢六分謹將閏四月分晴雨錄恭呈
御覽伏乞
聖鑒
雍正貳年伍月初陸日
蝗蝻聞得還有地方官為什麼不下力撲滅
二麥雖收秋禾更要緊據實奏凡事有一
點欺隱作用是你自己尋罪不與朕相干

图三:雍正二年五月初六日奏折

(一)《曹頫奏折》"异笔"的基本特征

曹頫"异笔"的基本特征如下:

1.点代

曹頫在书写中常常用"点"笔代替"横"笔或其他笔,如《奏折》中:

(1)老 (2)傳 (3)香 (4)遵

四种

2.缺撇

曹頫的字有一个明显的特点,许多有"撇"的字,却没有"撇",如:

(1)矣 (2)魏 (3)候 (4)審

四种

3.神出鬼没的"点"

曹頫有些字应该有"点"却没有"点",相反不应该有"点"的地方反而有"点",或者"点"变位。如:

(1)始 (2)允 (3)錢 (4)單 (5)流

(6)華 (7)插

七种

4.草书偏旁

曹頫书写时喜欢用草书偏旁,久而久之,形成常规,如:

(1)跪 (2)照 (3)稻 (4)密 (5)處

(6)汉 (7)熙

七种

5.笔画变异

曹頫书写中最常见的是笔画变异,如;

(1)謝 (2)念 (3)度 (4)滁 (5)兩

(6)興 (7)今 (8)外 (9)衿 (10)譚

(11)舍 (12)審 (13)曷 (14)悅

十四种

6.部首变异

(1)海 (2)微 (3)磨 (4)縣 (5)農

(6)罷 (7)錫 (8)卿 (9)兼 (10)蒙

(11)疆 (12)幼

十二种

7.结构变异

(1)節 (2)藕

二种

《曹頫奏折》是1715年—1727年曹頫的亲笔真迹，那时，曹頫还年轻(17岁~29岁)，但从《奏折》上的书法水平看，具有深厚的功底和造诣。

以上七种基本特征、49个分特征中，有18个字来自王羲之书法，由此可知，曹頫自幼就师承王羲之，他的字，字字蕴含着右军笔韵，并有所发展，因此与众不同。

曹頫的“异笔”，集中体现了他的聪明才智，以及他的性格特点。

从“异笔”看，曹頫具有以下性格特征：

1.以简代繁，以“小”的付出，追求“大”的效益，如“点代”特征。

2.不能安分守己，神出鬼没，追求新意。

3.从删“撇”习惯看，多余的不需要的大胆删除。

4.从书写习惯看，曹頫喜欢选择草书中的“偏旁部首”作常笔，一则从简，二则选定后则持之以恒。

5.从“笔画变异”、“部首变异””、“结构变异”手法看，曹頫一直在求变，他的思想是灵动的，似滚滚江河，永远奔腾，一泻千里，而不是一潭死水。

(二)《曹頫奏折》与《红楼梦》古钞本“异笔”比对

《曹頫奏折》“异笔”的发现具有极其重大的意义，首先，它判明了《红楼梦》古钞本中哪些是真本(即曹頫手迹)，哪些是衍本？

笔者用《曹頫奏折》“异笔”字同《红楼梦》十三个古钞本比对，发现《郑藏本》、《列藏本》、《卞藏本》、《甲戌本》、《庚辰本》、《己卯本》、《王府本》、《梦觉本》八个版本的“异笔”特征完全一致。

笔者确认：这八个古钞本，均出自曹頫之手，是真本。

下面，就是逐字比对的详情。

1.

《奏折》异笔	郑藏本[2]	列藏本[3]	卞藏本[4]	甲戌本[5]	庚辰本[6]	己卯本[7]	王府本[8]	梦觉本[9]

康54、3、7	P5	第10回	P107	P12	P202	P8	P2	P36

●“异笔”特征：“身”字末笔连笔。

2.

《奏折》异笔	郑藏本	列藏本	卞藏本	甲戌本	庚辰本	己卯本	王府本	梦觉本
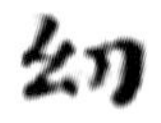								
康54、3、7		p438	P2	P57	P192		P211	

●“异笔”特征：“力”旁变“刀”。

3.

《奏折》异笔	郑藏本	列藏本	卞藏本	甲戌本	庚辰本	己卯本	王府本	梦觉本

康54、3、7	P31	P97		P74	批75	P247	P1461	P1

● “异笔”特征：“今”头变异。
（此字见于《王羲之行书草书汇编》[①]，P43。）

4.

《奏折》异笔	郑藏本	列藏本	卞藏本	甲戌本	庚辰本	己卯本	王府本	梦觉本

康54、3、7	P11	P1167	P4	P6	P716	P77	P2	P899

● “异笔”特征：“匕”底一撇变为“点”。

5.

《奏折》异笔	郑藏本	列藏本	卞藏本	甲戌本	庚辰本	己卯本	王府本	梦觉本

康54、3、7	P20	P2			P568	P265	P94	

● “异笔”特征：“余”字一竖出头。
（“馀”字见于《王羲之行书草书汇编》，P14。）

6.

《奏折》异笔	郑藏本	列藏本	卞藏本	甲戌本	庚辰本	己卯本	王府本	梦觉本

康54、3、7		P97	P4	P38	P194	P202	P210	P292

● “异笔”特征：“熙”头草书简笔。

7.

《奏折》异笔	郑藏本	列藏本	卞藏本	甲戌本	庚辰本	己卯本	王府本	梦觉本

康54、3、7		P61	P106	P12	P176	P237	P96	P3

● “异笔”特征：“月”字变形。

8.

《奏折》异笔	郑藏本	列藏本	卞藏本	甲戌本	庚辰本	己卯本	王府本	梦觉本

康54、3、7	P5	P41	P20	P164	P49	P83	P665	P11

● “异笔”特征:“失”去一撇。

(此字见于《王羲之行书草书汇编》,P14。)

9.

《奏折》异笔	郑藏本	列藏本	卞藏本	甲戌本	庚辰本	己卯本	王府本	梦觉本
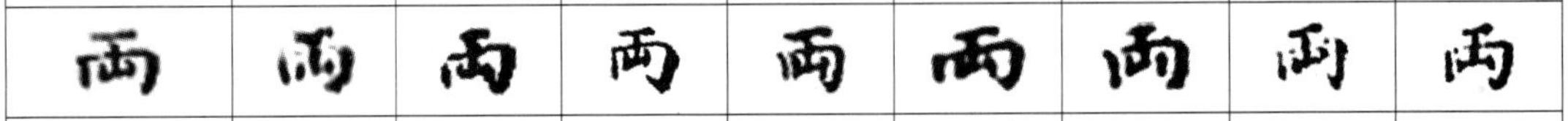								
康54、4、17	P57	P153	P17	P7	P50	P79	P17	P15

● “异笔”特征:两“人”变一“山”。

10.

《奏折》异笔	郑藏本	列藏本	卞藏本	甲戌本	庚辰本	己卯本	王府本	梦觉本
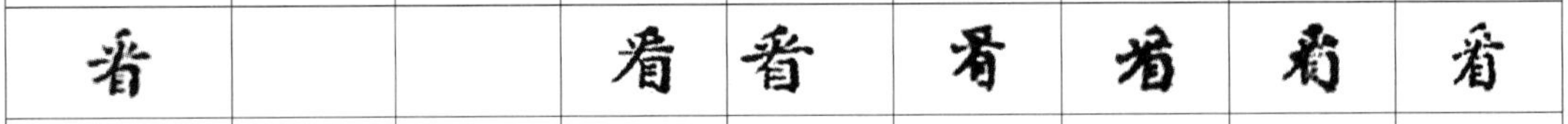								
康55、2、6			P7	P7	P179	P80	P2	P20

● “异笔”特征:“看”字第二横变为两点。

11.

《奏折》异笔	郑藏本	列藏本	卞藏本	甲戌本	庚辰本	己卯本	王府本	梦觉本

康54、6、3		P2	P17	P177	P180	P78	P659	P2

● “异笔”特征:“辰”底变异。

(此字见于《王羲之行书草书汇编》,P50。)

12.

《奏折》异笔	郑藏本	列藏本	卞藏本	甲戌本	庚辰本	己卯本	王府本	梦觉本
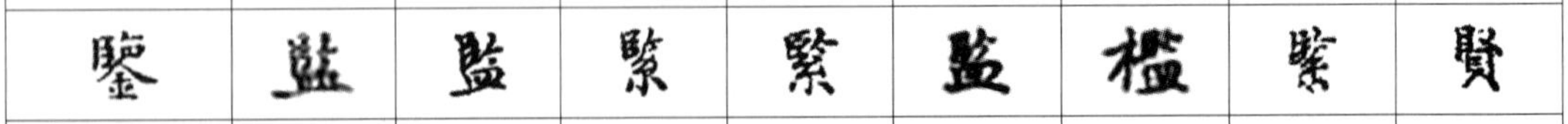								
康54、6、3	P1	P435	P87	P67	P200	P363	P97	P4

● “异笔”特征:“臣”字草书。

13.

《奏折》异笔	郑藏本	列藏本	卞藏本	甲戌本	庚辰本	己卯本	王府本	梦觉本
状	状	状	状	状	状	状	状	状
康54、8、20	P13	P850	P15	P16	P717	P78	P774	P13

● “异笔”特征：左旁草书简笔。

14.

《奏折》异笔	郑藏本	列藏本	卞藏本	甲戌本	庚辰本	己卯本	王府本	梦觉本
今	今	今	今	今	今	今	今	今
康54、9、1	P5	P2	P6	P15	P176	P205	P780	P1

● “异笔”特征：“今”底断笔。（此字见于《王羲之行书草书汇编》，P4。）

15.

《奏折》异笔	郑藏本	列藏本	卞藏本	甲戌本	庚辰本	己卯本	王府本	梦觉本
異	異	異	異	異	異	異	異	異
康54、9、1	P42	P60	P28	P28	P907	P15	P1455	P28

● “异笔”特征：“田”字“丨”出格，成“甲”字。

16.

《奏折》异笔	郑藏本	列藏本	卞藏本	甲戌本	庚辰本	己卯本	王府本	梦觉本
擔	詹	詹			詹	詹	詹	
康54、9、1	P4	P124			P89	P77	P139	

● “异笔”特征：“詹”字底“言”变形。

17.

《奏折》异笔	郑藏本	列藏本	卞藏本	甲戌本	庚辰本	己卯本	王府本	梦觉本
微		微	微	微	微	微	微	微
康54、9、		第46回	P7	P71	P176	P77	P4	P4

● “异笔”特征：“几”底变口，异体字。

18.

《奏折》异笔	郑藏本	列藏本	卞藏本	甲戌本	庚辰本	己卯本	王府本	梦觉本
始	指	指		偏	富	倘	編	冗
康54、11、1	P11	P48		P50	P184	P237	P1	P15

● "异笔"特征：失"点"。

19.

《奏折》异笔	郑藏本	列藏本	卞藏本	甲戌本	庚辰本	己卯本	王府本	梦觉本
凡		凡	凡		凡	凡		凡
康54、12、1		P957	P6		P177	P206		P961

● "异笔"特征："点"出格。

20.

《奏折》异笔	郑藏本	列藏本	卞藏本	甲戌本	庚辰本	己卯本	王府本	梦觉本
钱	钱	錢		錢	錢	錢	箋	钱
康55、1、4	P46	P435		P81	P192	P77	P656	P933

● "异笔"特征：两点并书。

21.

《奏折》异笔	郑藏本	列藏本	卞藏本	甲戌本	庚辰本	己卯本	王府本	梦觉本
節	節	節		節	節	節	節	節
康55、1、4	P32	P14		P56	P179	P361	P665	P11

● "异笔"特征："竹"头偏左。（此字见于《王羲之行书草书汇编》，P48。）

22.

《奏折》异笔	郑藏本	列藏本	卞藏本	甲戌本	庚辰本	己卯本	王府本	梦觉本
欽	金	叙		銀		錯	銀	
康55、2、6	P8	P99		P165		P226	P94	

● "异笔"特征："金"字"｜"出头。

23.

《奏折》异笔	郑藏本	列藏本	卞藏本	甲戌本	庚辰本	己卯本	王府本	梦觉本

康55、2、6		P863	P12	P247	P135	P82	P1445	P791

● “异笔”特征：“卜”字点变捺。（此字见于《王羲之行书草书汇编》，P43。）

24.

《奏折》异笔	郑藏本	列藏本	卞藏本	甲戌本	庚辰本	己卯本	王府本	梦觉本
					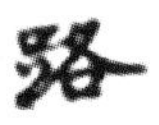			
康55、5、19	P9	P1499		P169	P180	P83	P769	P10

● “异笔”特征：“足”旁草书。

25.

《奏折》异笔	郑藏本	列藏本	卞藏本	甲戌本	庚辰本	己卯本	王府本	梦觉本

康55、7、5		P9	P21	P21	P6	P78	P7	P8

● “异笔”特征：“必”心变异。（此字见于曾巩书法字帖。）

26.

《奏折》异笔	郑藏本	列藏本	卞藏本	甲戌本	庚辰本	己卯本	王府本	梦觉本

康55、7、14	P17	p3	p2	P2	P200	P247	P656	P512

● “异笔”特征：加“点”。

27.

《奏折》异笔	郑藏本	列藏本	卞藏本	甲戌本	庚辰本	己卯本	王府本	梦觉本

康55、7、14		P61		P62		P360		

● “异笔”特征：“目”变异。

28.

《奏折》异笔	郑藏本	列藏本	卞藏本	甲戌本	庚辰本	己卯本	王府本	梦觉本
流	流	流	流	流	流	流	流	流
康55、7、14	P1	P434	P64	P9	P51	P85	P17	P9

● “异笔”特征：失“点”。（此字见于《王羲之行书草书汇编》，P1。）

29.

《奏折》异笔	郑藏本	列藏本	卞藏本	甲戌本	庚辰本	己卯本	王府本	梦觉本
照	照	照	照	照	照	照	照	
康55、12、1	P5	P211	P35	P20	P670	P361	P664	

● “异笔”特征：“刀”头草书。（“超”字见于《王羲之行书草书汇编》，P38。）

30.

《奏折》异笔	郑藏本	列藏本	卞藏本	甲戌本	庚辰本	己卯本	王府本	梦觉本
黄	黄	黄			黄	黄	黄	黄
康55、12、1	P5	P20			P90	P7	P14	P15

● “异笔”特征：“共”头异笔。

31.

《奏折》异笔	郑藏本	列藏本	卞藏本	甲戌本	庚辰本	己卯本	王府本	梦觉本
蹈	蹈	蹈	蹈	蹈	蹈	蹈	蹈	蹈
康56、7、20	P9	P8	p7	P8	P715	P361	P85	P4

● “异笔”特征：“臼”底变“旧”。

32.

《奏折》异笔	郑藏本	列藏本	卞藏本	甲戌本	庚辰本	己卯本	王府本	梦觉本
襲		襲		襲	襲	襲	襲	襲
康56、7、20		P347		P79	P51	P84	P667	P23

● “异笔”特征：“宝盖”去点，“龍”字去头。（“龍”字见于《王羲之行书草书汇编》，P32。）

33.

《奏折》异笔	郑藏本	列藏本	卞藏本	甲戌本	庚辰本	己卯本	王府本	梦觉本

康56、7、20			P159	P130	P363		P1467	P184

● “异笔”特征：今头变异。

34.

《奏折》异笔	郑藏本	列藏本	卞藏本	甲戌本	庚辰本	己卯本	王府本	梦觉本

康56、7、20	P15	P438	P107		P564	P366	P665	P1

● “异笔”特征：“鬼”字去撇。（“魄”字见于《王羲之行书草书汇编》，P37。）

35.

《奏折》异笔	郑藏本	列藏本	卞藏本	甲戌本	庚辰本	己卯本	王府本	梦觉本
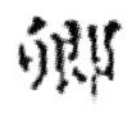								
康56、7、20		P213	P91	P142	P135	P120	P656	P184

● “异笔”特征：“耳”部变异。

36.

《奏折》异笔	郑藏本	列藏本	卞藏本	甲戌本	庚辰本	己卯本	王府本	梦觉本

康56、7、20	P20		P63		P50			P6

● “异笔”特征：“早”字“丨”出格。

37.

《奏折》异笔	郑藏本	列藏本	卞藏本	甲戌本	庚辰本	己卯本	王府本	梦觉本

康56、7、20		P838	P36	P87	P177	P12		P607

● “异笔”特征：右边一“丨”出格加点。

38.

《奏折》异笔	郑藏本	列藏本	卞藏本	甲戌本	庚辰本	己卯本	王府本	梦觉本

康58、6、11	P9	P22	P17	P112	P184	P78	P656	P904

● “异笔”特征:“林”底变形。(“廉”字见于《王羲之行书草书汇编》,P44。)

39.

《奏折》异笔	郑藏本	列藏本	卞藏本	甲戌本	庚辰本	己卯本	王府本	梦觉本

康58、6、11		P8		P160	P672	P12	P1031	P906

● “异笔”特征:“鱼”、“禾”左右颠倒。

40.

《奏折》异笔	郑藏本	列藏本	卞藏本	甲戌本	庚辰本	己卯本	王府本	梦觉本

康58、6、11	P1	P10			P181	P78	P3	P3

● “异笔”特征:“虎”头草书。(“处”字见于《王羲之行书草书汇编》,P50。)

41.

《奏折》异笔	郑藏本	列藏本	卞藏本	甲戌本	庚辰本	己卯本	王府本	梦觉本

康58、6、11	P12	P435	P2		P1431	P368	P211	P13

● “异笔”特征:“廾”底变“大”字。

42.

《奏折》异笔	郑藏本	列藏本	卞藏本	甲戌本	庚辰本	己卯本	王府本	梦觉本

康58、6、11		P97		P5	P180	P362		P32

● “异笔”特征:“干”字颠倒。(此字见于《王羲之行书草书汇编》,P48。)

43.

《奏折》异笔	郑藏本	列藏本	卞藏本	甲戌本	庚辰本	己卯本	王府本	梦觉本

康熙无年月折	P46	P95	P5	P142	P135	P246	P210	P184

● “异笔”特征:“番”字失撇。(此字见于《王羲之行书草书汇编》,P51。)

44.

《奏折》异笔	郑藏本	列藏本	卞藏本	甲戌本	庚辰本	己卯本	王府本	梦觉本

雍正2、1、7		P1346		P36	P1428	P81	P211	P886

● “异笔”特征:“又”字“一”横断开。

45.

《奏折》异笔	郑藏本	列藏本	卞藏本	甲戌本	庚辰本	己卯本	王府本	梦觉本

雍正2、1、7	P37	P36	P136	P183	P136	P187	P773	P512

● “异笔”特征:“虎”头草书。

46.

《奏折》异笔	郑藏本	列藏本	卞藏本	甲戌本	庚辰本	己卯本	王府本	梦觉本

雍正2、1、7	P41	P12		P670	P1427	P1	P4	

● “异笔”特征:坐车二点、三点简书。

47.

《奏折》异笔	郑藏本	列藏本	卞藏本	甲戌本	庚辰本	己卯本	王府本	梦觉本

雍正2、1、7		P10			P1430	P246	P7	P4

● “异笔”特征:“匃”底变异。

48.

《奏折》异笔	郑藏本	列藏本	卞藏本	甲戌本	庚辰本	己卯本	王府本	梦觉本

雍正2、5、6	P3	P835		P73	P202	P86		P19

● “异笔”特征：“兑”字头上两点变“八”。（此字见于《王羲之行书草书汇编》，P36。）

49.

《奏折》异笔	郑藏本	列藏本	卞藏本	甲戌本	庚辰本	己卯本	王府本	梦觉本

雍正2、5、6	P3	P40		P4	P194	P242	P769	P906

● “异笔”特征：“母”底末笔出格变为一撇。（此字见于《王羲之行书草书汇编》，P74。）

注释：

①《王羲之行书草书汇编》，北京古籍出版社，1995年7月第三次印刷。
② 郑藏本 电脑版，《红楼网》·红楼原著·《郑藏本》
③ 列藏本 电脑版，《红楼网》·红楼原著·《列藏本》
④ 卞藏本 电脑版，《红楼网》·红楼原著·《卞藏本》
⑤ 甲戌本 电脑版，《红楼网》·红楼原著·《甲戌本》
⑥ 庚辰本 电脑版，《红楼网》·红楼原著·《庚辰本》
⑦ 己卯本 电脑版，《红楼网》·红楼原著·《己卯本》
⑧ 王府本 电脑版，《红楼网》·红楼原著·《王府本》
⑨ 梦觉本 电脑版，《红楼网》·红楼原著·《梦觉本》

（三）《曹頫奏折》“异笔”发现的重大意义

《曹頫奏折》与《红楼梦》古钞本之间有没有联系？《奏折》“异笔”有什么作用？《奏折》“异笔”发现有何意义？

《曹頫奏折》形成于1715年—1727年间，而《红楼梦》古钞本却成书于1750年—1784年间，两者中间间隔二十三多年，会有联系吗？

《王府本》第七十八回，谈到姽婳词时，立松轩提示说：

姽婳词一段与前后文似断似连，如罗、浮二山烟雨为连，合时有精气来往。（府·78F·LⅠ0776）

《曹頫奏折》与《红楼梦》古钞本看似两不相干，但经过比对却发现两者之间有“精气”相连，这就是——曹頫“异笔”一脉相承。

笔者用《曹頫异笔》同《红楼梦》古钞本比对，发现有八个古钞本的“异笔”特征同《曹頫奏折》中的“异笔”特征完全一致。

这些古钞本是：《郑藏本》、《列藏本》、《卞藏本》、《甲戌本》、《庚辰本》、《己卯本》、《王府本》、《梦觉本》。

《红楼梦》古钞本中的“异笔”，不仅完全具备《曹頫奏折》中的七个特征而且还有所发展。

如“点代”特征：

曹頫《奏折》中有五种：

《红楼梦》古钞本中不仅完全一致，而且还进一步发扬光大，如：

							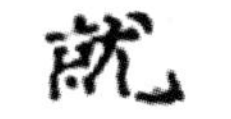
《列》	《甲》	《己》	《己》	《王》	《王》	《梦》	《梦》

“点代”特征，有时一个字就可判断出一个版本，如“”字，在《王府本》第七十二回前有下列四个字：

其中的“爷”字，根据“异笔”特征：一撇一捺均以“点”替代，毫无疑问这是曹頫手迹。从而明白了“七爷”是指怡亲王弘晓，弘晓是允祥第七子。

又如“苏”字

《奏折》异笔	郑藏本	列藏本	卞藏本	甲戌本	庚辰本	己卯本	王府本	梦觉本

古钞本中，苏字写法大都是正笔写，如：“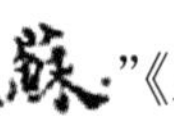”《王府本》，上述六个版本也只是偶然“鱼”，“禾”颠倒写，这就足够了，一部书中只要有一个这样的字，就能判明它出自谁手。

“草书偏旁部首选择”特征从七个发展到二十个，至于笔画、部首、结构变异更是多不胜数。

从比对结果来看，《曹頫奏折》与《红楼梦》古钞本的“异笔”字，完全一样。一样的笔迹，一样的异笔，不仅形似，而且神似，直观，明显，一目了然。

《曹頫奏折》的七个“异笔”特征，49个“异笔”字组成了一组识别码，它帮我们识别出了古钞本的真伪。

《曹頫奏折》与《红楼梦》古钞本，出自一人之手，49个字，字字相同，若非一人书写，绝不会出现这种状况。

实物实迹，铁证如山，上述八个古钞本确是曹頫手迹，是曹頫披星戴月，用心血一笔一画、冒着生命危险制作的版本。

慎重起见，笔者还将反复论证、反复验证。

二、《甲戌本》的特殊价值

笔者在《甲戌本》①的研究中，发现了《曹頫奏折》与《甲戌本》有共同的“异笔”，如下表：

《曹頫奏折》“异笔”字与《甲戌本》“异笔”字比对表：

选字	曹頫奏折		《甲戌本》		异笔特征
密	（图一，康熙55年7月14日奏折）：		（甲·P126）		必写作“叉”
单	（图一，康熙55年7月14日奏折）：		（甲·P7）		增点。
熙	（图一，康熙55年7月14日奏折）：		（甲·P300）		草笔简体。
凡	（图二，雍正二年正月初七日奏折）：		（甲·P103）		点出格。
虧	（图二，雍正二年正月初七日奏折）：		（甲·P194）		业底变丘。
念	（图二，雍正二年正月初七日奏折）：		（甲·P286）		今头变形。
外	（图二，雍正二年正月初七日奏折）：		（甲·P286）		点变撇。
今	（图三，雍正二年五月六日奏折）：		（甲·P163）		今底断笔。
每	（图三，雍正二年五月六日奏折）：		（甲·P118）		点变撇。
收	（图三，雍正二年五月六日奏折）：		（甲·P95）		偏旁变形。
插	（图三，雍正二年五月六日奏折）：		（甲·P82）		丨插到底。

曹頫写奏折时，还没有写《红楼梦》的打算，这些字的写法，是由他的性格和运笔习惯形成的。

曹頫着手创作《红楼梦》后，“异笔”得到发扬光大，形成了《红楼梦》独有的版本现象。

所谓“异笔”，就是有些字笔画的某一笔，或某一偏旁部首发生异变，写法奇特，独具特色，不同于平常写法。

三、“笔迹”研究与“异笔”研究

曾经有些红学家，想从“笔迹”入手，解决版本问题、作者问题等，可是经过一番努力后发现“此路不通”。

20世纪70年代，赵冈、陈钟毅夫妇在研究了曹頫奏折与《甲戌本》笔迹后，得出如下结论：

（1）甲戌本证明是由曹頫亲笔过录的。

(2)甲戌本的正文与批语是同时过录的。批语中有若干条可以肯定是丁亥年(1767)畸笏叟的批语,所以甲戌本的过录时间一定是在1767年以后。

……

(4)庚辰本、己卯本既然笔迹与甲戌本同,当然也是曹頫手抄的。②

赵冈先生是一个经济学家,但是他对《甲戌本》笔迹的鉴定和论断却是正确的,符合事实的。

但是,赵冈先生"庚辰本、己卯本既然笔迹与甲戌本同,当然也是曹頫手抄的"的结论却受到许多红学家的否定,冯其庸等先生都认为《庚辰本》、《己卯本》等本均是多人抄成,不是一人手迹。

同样《王府本》、《列藏本》也被人们看作是多人抄成,利用笔迹鉴别《红楼梦》版本的路子被堵死,笔迹研究陷入困境。

《红楼梦》的几个古抄本笔迹千变万化,让人无从下手,加上作者为了隐蔽自己,不断变化笔迹,造成多人抄写的假象,以致众说纷纭,莫衷一是。

尤其是欧阳健的笔迹研究,竟然得出"程前脂后"的结论,得出了《甲戌本》、《庚辰本》、《己卯本》等本均是伪本的结论。

"笔迹"研究走进了死胡同,走向绝境。

怎么办? 天无绝人之路,绝处逢生,笔者发现了曹頫奏折同《甲戌本》中共同存在的"异笔"现象。

笔者决定另辟蹊径,着手"异笔"研究。

"笔迹"研究是从书法上着眼,而"异笔"研究却是从字的间架结构入手,关注点不一样,切入点也不一样。

曹頫为隐蔽自己,不断变换笔迹,让人捉摸不透,所以从笔迹角度很难判断出什么。

"异笔"却不一样,利用笔画的增减、变动,偏旁部首的重新组合,在人们不留意间达到自己的目的。

《甲戌本》正文是馆阁体,批语有楷书体、行书体,书法不一样,但曹頫的"异笔"字的结构却一样。这样《甲戌本》的价值就不同凡响了,为我们进一步研究《红楼梦》版本提供了"样本",有利于区别哪些是"原本",哪些是"衍本"。

《甲戌本》是曹頫一生抄、改、批的一个重要的版本,此时他已是将近六十岁的老人,笔法老健娴熟。此本是他用一生心血凝聚而成,所以抄写极为郑重,版式齐整,一笔一画,稳健老练。

"笔迹"研究转向"异笔"研究,这是一个重要的转向,对澄清版本真伪、理清版本源流,对辨明作者、批者以及彻底地解读《红楼梦》均具有不可估量的意义。

四、曹頫"异笔"的特点

曹頫为了隐蔽自己,写作时故意变换笔迹,造成多人过录的假象,有时还装成文化不高的人。所以单纯研究笔迹,是行不通的。因此,研究曹頫笔迹不能单从笔迹入手,必须从"异笔"入手,曹頫在长期的笔墨生涯中,有他自己的特笔、特用字、特体字,从而形成了他自己独特的"异笔"字。

由"笔迹"研究转向"异笔"研究是一次重大转变,是红学史上的一次重大变革。

发现"异笔",无意中选准了切入点,迈进了《红楼梦》解读的门槛,并为判定《红楼梦》的版本真伪、作者身份、批者身份找到坚实有力的证据。

曹頫"异笔"分两个阶段:

雍正五年(1727)前是一个阶段,如曹頫的奏折、题诗上的字迹等,这个阶段的“异笔”是由性格、喜好、习惯等形成的,是一种无意识行为。

第二个阶段是雍正五年以后,主要表现在《红楼梦》抄本上。由于曹頫经过雍正五年那场劫难后,他的“异笔”出现了质的变化,成为一种有意识的行为,并形成了自己的特点。

《甲戌本》中,曹頫“异笔”字有以下特点:

1.融旨字

融旨字,即融入曹頫“本旨”的字,这些字有些是自己生造的,有些是借用异体字、草书字,有些是仿王羲之书法字。

在阅读《甲戌本》时,我们就会发现一些奇怪的字,这些字都有一些异乎寻常的笔画,是曹頫不经意留下的吗?当我们把这些字整理出来后,却发现是一种有意识的行为。

曹頫“异笔”,别出心裁,别有用意,蕴含着曹頫的“立意本旨”。如:

(1)隐,写作:“”(甲·P299),是“隐”与“正”的组合体,提示《红楼梦》一书主要隐寓雍正。

(2)龍,写作:“”(甲·P300),《甲戌本》300页~301页有三个“龍”字,第一个、第三个“龍”字均去头,喻龍无头,龍是帝王的象征,这里取无头之意。

雍正初年浙江会试,查嗣庭出“维民所止”试题,雍正认为“维”“止”二字是“雍正”二字去头,雍正一怒之下,将查嗣庭下狱,后死于狱中,形成文字狱。这里曹頫公然挑战文字狱,换一种形式,“龍”字去头,表示清帝去头。

第二个“龍”字,用在宝玉身上,书中说:“宝玉带着束发银冠,勒着双龍出海抹额”,这个“龍”字不去头,是正写。一页之中三个“龍”字,写法迥异,难道说没有寓意吗?

(3)凤,写作:“”(甲·P299),喻凤凰落草。

(4)金,写作:“”(甲·P308),“清”的前身是“金”,有调侃之意,难以成金。

(5)喜,写作:“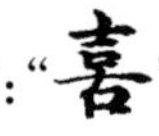”(甲·P326),屡遭不幸,何喜之有。脂砚斋有一批云:何喜之有?(府·17F·ZⅡ1295)。似乎是在为“”字作注。

(府,代表《王府本》;17,代表回数;F,代表回;Z,代表脂砚斋;Ⅱ,代表批次;1295,代表批语序号。下同。)

(6)痛,写作:“”(甲·P33),一次劫难,割断一生,终身伤痛。

(7)雨,写作:“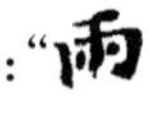”(甲·P42侧),那两点特像一双三角眼,贾雨村、王熙凤均隐寓雍正,“三角眼”是其特征。

(8)岁,写作:“”(甲·P262),此字出自第十三回“係义忠亲王老千岁”句,义忠亲王是谁呢?多尔衮刚去世时,追封为:“诚敬义皇帝”,庙号成宗。不久,多尔衮以谋逆罪被削爵,掘坟、扬尸。示,谐音“尸”,出棺。

“义忠亲王”,“义”字,出自“诚敬义”,“忠”字,出自庙号“成忠”,合称“义忠”。

(9)舍,写作:“舍”(甲·P108),干,写作土,有无用意?雍正二年,雍正在曹頫的奏折上批道:“是你自己寻罪,不与朕相干。”《红楼梦》中,就此话多处调侃,这里也是调侃:相干不相干。

(10)冠,写作:“冠”(甲·P104),头上的冠带,是被利刃割去的。

(11)外,写作:“外”(甲·P71),外、人合体,提醒人们记住:外人总归是外人。

(12)寒,写作:“寒”(甲·P168),真寒心也。

(13)袭,写作:“袭”(甲·P159),龙衣人,隐多尔衮,多尔衮因龙衣获罪。

(14)记,写作:“记”(甲·P318),言、己合一,《石头记》是说自己的事。

(15)姨,写作:“姨”(甲·P361),此人非人。

(16)匠,写作:“匠”(甲·P347),独具匠心。

(17)苏,写作:“苏”(甲·P288),鱼、禾颠倒,寓地陷东南,指李煦被抄,被革职。

(18)看,写作:“看”(甲·P263),应换眼目来看,。

(19)傳,写作:“傳”(甲·P19),一横中断,大清事业难传。

(20)拜,写作:“拜”(甲·P181),一个卯年生的人在顶礼膜拜,此人暗示乾隆,乾隆属兔。

《红楼梦》中,所有百科,均为一旨,这一旨也融进了单字之中,从而形成“蕴旨字”,使得这些呆板的字有了灵动之气,有了含义。

2.不安分的点“、”

脂砚斋曾批道:安分守已也不是宝玉了。(靖·9F·ZⅢ0005)

“不能安分守已”,是曹頫的性格特点,这一点在他的字迹中也表现得十分明显。

“、”(点)的变化有以下几种:

(1)异位、出格:

凡,写作:“凡”(甲·P2),“凡”(甲·P155)。 丸,写作:“丸”(甲·P235),

甄,写作:“甄”(甲·P42),

(2)替代,如:

点代横,如:峰,写作“峰”(甲·P7); 蓬,写作“蓬”(甲·P22);

傳,写作“傳”(甲·P19)

(3)增删:

喜,写作“喜”(甲·P326); 雨,写作“雨”(甲·P196);

谊,写作“誼”(甲·P328)。 单,写作“单”(甲·P7);

就，写作"就"（甲·P19）。

（4）变异

卧，写作"卧"（甲·P130）；外，写作"外"（甲·P71）点变成捺，重重一捺，如同愤笔，无限愤慨在此一笔。

"刀"字旁，大都写成"ソ"，如：昭（甲·P180）。

很平常、很普通的一点"、"，在曹頫笔下却变化无穷，为什么？

我发现，曹頫著书、写批、文字以及作者问题、批者问题，等等，许多问题都有一个共同的特点：就是凡事都让你反复捉摸，在捉摸中寻找答案。

这不安分的点，也是这样。

这要从雍正二年，雍正在曹頫奏折上的一条批语说起，雍正批道："少乱一点。坏朕名声，朕就要重重处分，王子也救你不下了。"

"少乱一点"，是雍正对曹頫的警告，曹頫却针锋相对，偏要大乱一点，因此在字迹中出现了以上现象。

3.别具一格的偏旁部首

（1）"金"字旁，写作"金"，　如：釵（钗·P485），銀（银·P300）

（2）"足"字旁，写作"𧾷"，　如：跑（跑·P390），跟（跟·P324）

（3）"包"字旁，写作"包"，　如：抱（抱·P417），

（4）"臣"字旁，写作"臣"，　如：賢（贤·P100），卧（卧·P130）

（5）"丰"字底，写作"丰"，　如：峰（峰·P7），逢（逢·P99）

（6）"廾"字底，写作"六"，　如：葬（葬·P445），算（算·P116）

（7）"刀"字头，写作"ソ"，　如：照（照·P40），昭（昭·P180）

（8）"番"字头，写作"番"，　如：翻（翻·P24），蟠（蟠·P112）

（9）"堯"字头，写作"尭"，　如：曉（曉·P106），燒（燒·P112）

（10）"臼"字头，写作"彐"，　如：舅（舅·P116），鼠（鼠·P180）

（11）"母"字底，写作"毋"，　如：海（海·P18），每（每·P118）

（12）"虍"字头，写作"虍"，　如：虚（虚·P133）

（13）"失"字头，写作"夫"，　如：贊（赞·P115），攢（讚·P298）

（14）"卩"字头，写作"卩"，　如：却（却·P161），脚（脚·P170）

(15)"衣"字旁,写作"礻",　　如:裙(裙·P72),　袖(袖·P404)
(16)"必"字心,写作"火",　　如:密(密·P42),　蜜(蜜·P389)
(17)"干"字头,写作"土",　　如:舘(舘·P59),　捨(捨·P365)
(18)"业"字底,写作"丘",　　如:虚(虚·P481),　戏(戏·P481)
(19)"今"字头,写作"亼",　　如:念(念·P137),　捻(捻·P162)
(20)"亦"字底,写作"灬或从",　如:簾(簾·P193),　兼(兼·P328)

以上二十个偏旁部首共选了60个字,这些偏旁部首拼成字数量相当大,在文本中俯拾皆是。

这些偏旁部首均是曹頫特笔,有些还是他的独笔,有些甚至是错笔,如"金"字旁金字出头,"衣"字旁衣,示不分,"番"字旁、"失"字旁缺撇等,独具特色。

五、曹頫常用"异笔"字

经过长时间的观察、筛选,笔者从《甲戌本》中挑选了35个"异笔"字,它们是曹頫的常用的具有代表性的"异笔"字,即:

密,(密·P42);　管,(管·P60);　傳,(傳·P19);　昭,(昭·P180);
跑,(跑·P390);　節,(节·P254);　叙,(钗·P485);　鼠,(鼠·P180);
余,(余·P356);　睡,(睡·P127);　曉,(晓·P255);　外,(外·P254);
念,(念·P137);　贊,(赞·P115);　番,(番·P3);　鳳,(凤·P299);
善,(善·P8);　龍,(龙·P300);　姨,(姨·P361);　母,(母·P127);
裙,(裙·P72);　卧,(卧·P130);　説,(说·P105);　今,(今·P163);
单,(单·P7);　熙,(熙·P254);　算,(算·P116);　虚,(虚·P133);
冠,(冠·P104);　兼,(兼·P328);　两,(两·P233);　賢,(贤·P100);
峰,(峰·P7);　看,(看·P60);　幼,(幼·P114)。

曹頫的常用"异笔"字,具有独异性,连续性,隐秘性,因此具有代表性,从而成为辨识曹頫手迹和曹頫版本的识别码。

六、"异笔"——曹頫原本的"识别码"

应用曹頫"异笔"检索各个古钞本,笔者惊异地发现:现在面世的十三个古钞本中竟然有八个钞本是曹頫手迹，它们是：《郑藏本》、《卞藏本》、《列藏本》、《甲戌本》、《庚辰本》、《己卯本》、《王府本》、《梦觉本》。

《红楼梦》八个古钞本"异笔"字比对表：

序号	例字	异笔特征	卞藏本	郑藏本	列藏本	庚辰本	己卯本	王府本	甲戌本	梦觉本
01	管	竹头变异		P1	P435	P513	P154	P891	P60	P338
02	簾	草书简体	P36	P7	P439	P515	P155	P863	P193	P358
03	喜	删　　点		P7	P470	P348	P165	P861	P5	P350
04	丫	宛如了字	P62	P8	P30	P515	P737	P923	P72	P335
05	姨	人字反笔		P9	P440	P516	P155	P863	P361	P336
06	单	增　　点	P6	P18	P447	P522	P154	P873	P277	P341
07	密	内心变形	P19	P18	P18	P522	P156	P823	P42	P8
08	节	草头偏左		P32	P26	P536	P721	P24	P113	P350
09	须	草书异体	P11	P33	P348	P514	P159	P861	P28	P349
10	裙	衣示不分		P59	P478	P552	P156	P922	P72	P360

比对结果，再次证明了《郑藏本》、《卞藏本》、《列藏本》、《甲戌本》、《庚辰本》、《己卯本》、《王府本》、《梦觉本》全部出自曹頫之手，均是曹頫的原本。

应用曹頫"异笔"，首次区分出了《红楼梦》古钞本中的原本和衍本：

原本有：《郑藏本》、《卞藏本》、《列藏本》、《甲戌本》、《庚辰本》、《己卯本》、《王府本》、《梦觉本》。

衍本有：《杨藏本》、《舒序本》、《戚序本》、《戚沪本》、《戚宁本》。衍本，将不应再作为研究《红楼梦》的依据。

原本的发现，使我们有了对《红楼梦》版本进行综述的条件，从而进行梳理，分辨出源流。

七、曹頫"异笔"根源

曹頫"异笔"从何而来？一天，翻阅《王羲之行书草书汇编》[3]时，突然发现：王羲之书帖中有大量的"异笔"字，如：

賢(贤)P1，　流(流)P1，　亦(亦)P2，　敘(叙)P2，　所(所)P2，
取(取)P3，　舍(舍)P3，　得(得)P3，　矣(矣)P3，　今(今)P4，
後(后)P5，　激(激)P1，　龍(龙)P32，　讚(讚)P35，　宜(宜)P36，
虛(虚)P36，　悅(悦)P36，　魄(魄)P37，　寫(写)P37，　辱(辱)P37，
超(超)P37，　散(散)P38，　外(外)P43，　念(念)P43，　廉(廉)P43，
惡(恶)P47，　富(富)P47，　謙(谦)P47，　節(节)P48，　包(包)P50，
兒(儿)P48，　最(最)P51，　審(審)P51，　處(处)P51，　故(故)P58，
愧(愧)P60，　頓(顿)P42，　鳥(鸟)P40，　姨(姨)P102　綺(绮)P51，
試(试)P60，　深(深)P62，　成(成)P50，　善(善)P61，　氣(气)P77，
說(说)P52，　隱(隐)P95，　寂(寂)P95，　桃(桃)P101。

以上50字，同曹頫"异笔"完全一样，原来，王羲之书帖就是曹頫"异笔"的根源，这样看来，曹頫的古钞本中具有《右军笔韵》。不过，曹頫又将其发扬光大，更加完善了他的"异笔"系统。许多字在王羲之行书草书的基础上有所改进，如：

密：→密(甲P42)；　　兩：→兩(甲P233)；
隱：→隱(甲P299)；　　龍：→龍(甲P300)；

注释：

①《甲戌本》，人民文学出版社，2010年1月版。

②《四海红楼》，作家出版社，第162页。

③《王羲之行书草书汇编》，北京古籍出版社，1995年7月批三次印刷版。

第二章　曹頫，《红楼梦》的作者

今天，我们应该高度重视《红楼梦》的著作权问题，它不是一个无关紧要的问题，而是一个还原历史本来面貌的问题，特别是它关系到《红楼梦》的解读。可以说，搞不清《红楼梦》的作者是谁，就无法准确彻底地解读《红楼梦》，《红楼梦》的研究也将无法进行下去。

一、八个版本，实物实证

《红楼梦》的八个古钞本全部出自曹頫之手，大约从1751年开始一直延续到1784年，其间长达33年，说明什么？说明曹頫与《红楼梦》息息相关，特别是1751年—1764年，曹雪芹（曹霑）还活着，为什么不见他的只字片纸？只能说，《红楼梦》与曹雪芹（曹霑）毫不相干。

事实胜于雄辩，八个版本，实物依据，铁证如山，曹頫就是《红楼梦》的作者。

特别是《郑藏本》，它给我们一个深刻的启示。当笔者利用曹頫“异笔码”验证《郑藏本》时，发现《郑藏本》与《甲戌本》“异笔”极其相似。

《郑藏本》虽然只有两回，但是，一滴水可以看见太阳，完全可以从“异笔”上得出结论：它出自曹頫之手。

《郑藏本》、《甲戌本》“异笔”字比对表

回数	选字	《郑藏本》	《甲戌本》	异笔特征
第二十三回	凤	鳳（郑·P2）	鳳（甲·P277）	“鸟”字上加草头。
	说	説（郑·P1）	説（甲·P392）	“口”字变形。
	弄	弄（郑·P2）	弄（甲·P24）	底笔变形。
	槛	檻（郑·P3）	檻（甲·P300）	“臣”旁变形。
	儿	兒（郑·P4）	兒（甲·P164）	“臼”头变形。
	今	今（郑·P5）	今（甲·P163）	末笔断开。
	恶	惡（郑·P9）	惡（甲·P361）	“亚”头变“西”头。
	昭	昭（郑·P5）	昭（甲·P81）	“刀”头变两点。
	唬	唬（郑·P8）	唬（甲·P351）	“虎”旁简体草书。
	丫	丫（郑·P7）	丫（甲·P457）	形同“了”字。

回数	选字	《郑藏本》	《甲戌本》	异笔特征
第二十三回	喜	喜(郑·P7)	喜(甲·P326)	缺一点。
	姨	姨(郑·P9)	姨(甲·P361)	"人"字反笔。
	嫌	嫌(郑·P9)	嫌(甲·P164)	底部变形。
	算	算(郑·P12)	算(甲·P163)	草书简笔。
	番	番(郑·P13)	番(甲·P95)	缺一撇。
	金	金(郑·P15)	金(甲·P308)	"金"字出头。
	单	單(郑·P18)	單(甲·P278)	多一点。
	没	沒(郑·P22)	沒(甲·P414)	"又"字散笔。
	吟	吟(郑·P23)	吟(甲·P27)	"今"字断笔。
	管	管(郑·P20)	管(甲·P60)	"竹"头变形。
回数	选字	《郑藏本》	《甲戌本》	异笔特征
第二十四回	麽	広(郑·P25)	広(甲·P397)	草书简体。
	过	過(郑·P26)	過(甲·P206)	草书简体。
	节	節(郑·P32)	節(甲·P113)	草头偏左。
	从	從(郑·P29)	從(甲·P125)	草书简笔。
	须	須(郑·P33)	須(甲·P117)	偏旁变形。
	须	両(郑·P34)	両(甲·P361)	草书简笔。
	忙	忙(郑·P38)	忙(甲·P284)	异体字。
	攒	攢(郑·P46)	攢(甲·P299)	"先"失撇。
	窗	窓(郑·P60)	窓(甲·P24)	异体字。
	睡	睡(郑·P60)	睡(甲·P129)	末笔变形。

以上30个字，其中有些可能是当时常用的简体字，或常用的异体字，但多数是曹頫的“异笔”，每一个人不可能同时选用同样的字。两个不同的抄写者，少数字“异笔”相同，或许有之，短短的两回中，几十个字相同则是不可能的。

因此可以断定：《郑藏本》是曹頫笔迹。

《郑藏本》笔迹，一笔一画，一丝不苟，两回均是馆阁体，显得十分珍重。且回目两行并书，文本中尚有未改定的痕迹，如贾蔷，尚叫贾義等，《红楼梦》、《石头记》两名并存。显然，该本还不太成熟。

笔者推断：

《郑藏本》是曹頫“五次增删”的第五稿——《红楼梦》五稿本遗迹，是《红楼梦》定稿后的第一个版本。

此本约产生于1751年左右，根据甲戌本《凡例》“十年辛苦不寻常”句判断，作者是1741年（乾隆六年）开始创作《红楼梦》的，那年，曹頫43岁。

《郑藏本》是曹頫的手迹，告诉我们一个不争的事实：这是一个五次增删后的定稿本，此定稿人不是别人，正是曹頫。也就是说五次增删是他，最后定稿也是他。《红楼梦》与曹雪芹（曹霑）毫不相干，曹頫就是《五稿本》的撰写者。

曹頫就是货真价实的，地地道道的作者，八个版本，都是实物实证，铁证如山。

曹頫“异笔”是曹頫版本的“识别码”，是曹頫的DNA，它揭开了《红楼梦》作者之谜。

为慎重起见，笔者随后进行了多次验证，有《楔子》验证；有“披阅十载，增删五次”验证；有“生平”验证；有批语验证；有“本事”验证等等。所有的验证完全合榫，证明了曹頫著《红楼梦》是历史真相，是千真万确的事实。

二、“披阅十载，增删五次”验证

《红楼梦》所有有版本都说：“曹雪芹于悼红轩中披阅十载，增删五次，……”

此话是真是假？

笔者已论证了：《郑藏本》就是第五次的增删本，前四次的增删稿还存在吗？如果存在，那么，根据异笔就能判定：曹雪芹到底是曹霑还是曹頫。

为此，笔者费尽心血，苦苦探寻了五年，一无所得。

2015年10月份，在研读《列藏本》时，突然发现《列藏本》中有28回旧稿，旧稿从何而来？深入研究后笔者认为：它们就是曹雪芹“披阅十载，增删五次”的前四稿。

大约1752年，作者第六次抄、改、批《红楼梦》，主要采用行、草书写，笔体连贯熟练紧凑，每回均一气呵成，纵观全书达五十回。

而其他二十八回（《列藏本》缺五、六回）则大不一样，笔迹不同，内容改动较多，显然不是一次成稿。此时，《红楼梦》面世只有一本《郑藏本》，旧稿从何而来？且《郑藏本》是馆阁体，一眼就能认出来。

答案只有一个，旧稿来自“五次增删”的前四稿。

从书名，回目格式，版式三方面来看，差别极其明显。

1.无书名回目

第九回，第四十回。

笔者判断这两回是作者第一稿遗存,根据畸笏叟批语:

雪芹旧有《风月宝鉴》之书,乃其弟棠村序也。……(甲·1F·JⅢ0030)

第一稿书名很可能就叫《风月宝鉴》,但在回目前没有标明。

第九回,秦鐘,是最初用名,茗烟,也是最初用名。

第四十回,贾母说:“只有两个姐儿可恶”,是原稿,后改为:“只有两个玉儿可恶”。

2.书名《红楼梦》

红楼梦第十回

笔者判断这一回是作者第二稿遗存,这时,曹頫决定书名为《红楼梦》,并标在回目前。

第十回,秦鐘,改名秦锺。

3.回目双行,版式 8×16,书名《石头记》

有:第二十二回,第二十四回,第三十回,第三十三回,第三十四回,第四十六回,第五十二回,第五十三回,第五十四回,第五十五回,第五十六回,第五十八回,第五十九回,第六十回。

笔者判断:上述十四回是作者第三稿遗存,特征是:回目双行,版式8×16

第二十二回,贾母谜语:獅子身轻站树梢。“獅子”站树梢,这是不可能的,后改为:猴子。原稿,确实不严谨。

第五十九回,王夫人丫头,叫玉环,后改名叫玉钏。

4.回目单行,版式 8×20,书名《石头记》

有:第六十一回,第六十二回,第六十三回,第六十四回,第六十八回,第七十一回,第七十二回,第七十三回,第七十四回,第七十九回(第八十回)

笔者判断:上述十一回是作者第四稿遗存,特征是:回目单行(少数回为双行)+版式8×20。

第六十三回,刘嫂,后不久就改叫:“柳嫂”。

上述四稿,均还不成熟,具有许多原稿遗迹。

至关重要的是:它们出自谁手?

笔者从上述四个格式中各选出一回,用曹頫“异笔”,进行验证。

第四十回

第十回

說(说)；舅(舅)；過(过)；得(得)；念(念)；兩(两)；金(金)；
從(从)；管(管)；兒(儿)；外(外)；流(流)；兼(兼)；爺(爷)；
衆(众)；睡(睡)；虛(虚)；氣(气)；卯(卯)；袖(袖)；顏(颜)；
除(除)；謙(谦)；虧(亏)；兒(儿)；欽(钦)。

第四十六回

今(今)；兒(儿)；番(番)；兩(两)；爺(爷)；過(过)；得(得)；
丫(丫)；派(派)；凡(凡)；須(须)；儉(俭)；刻(刻)；站(站)；
讚(讚)；臉(脸)；得(得)；跟(跟)；管(管)；算(算)；欲(欲)；
塊(块)；微(微)；襖(袄)；嫂(嫂)；唬(唬)；從(从)；燒(烧)；
哥(哥)；竪(竖)；掐(掐)；鴛(鸳)；疑(疑)；收(收)；流(流)；
偏(偏)；唬(唬)。

第六十三回

照(照)；兩(两)；嫂(嫂)；宜(宜)；忙(忙)；管(管)；凡(凡)；
唬(唬)：今(今)；念(念)；緊(紧)；得(得)；着(着)；跟(跟)；
因(因)；簽(签)；收(收)；睡(睡)；衆(众)；又(又)；刻(刻)；
從(从)；散(散)；爺(爷)；流(流)；檻(槛)；富(富)；招(招)；
冠(冠)；丫(丫)；寫(写)；翻(翻)；窗(窗)；遞(递)；臉(脸)；

(梳)；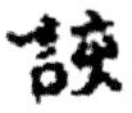(该)；(袄)；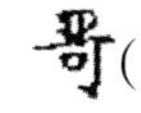(哥)。

旧稿中的曹頫“异笔”赫然在目，毫无疑问，“五次增删”者，不是别人，正是曹頫本人，曹雪芹就是曹頫的笔名，与曹霑(雪芹)毫不相干。

三、《楔子》验证

《甲戌本》第16页眉批说：

若云雪芹披阅增删，然则开卷至此，这一篇楔子又系谁撰？足见作者之笔，狡猾之甚。后文如此者不少。这正是作者用画家烟云模糊处，观者万不可被作者瞒弊了去，方是巨眼。(甲·1F·JⅢ0031)

这条批语告诉我们：“作者是曹雪芹”的说法，是一种策略，是瞒人之笔，是烟云模糊之计。“后文如此者不少”，一句话，所有关于作者是曹雪芹的批语全部否定。

如何判断谁是作者，曹頫暗示说：“这一篇楔子又系谁撰？”

啊！机关就在《楔子》中，确定作者是谁的秘密也在《楔子》中。那好，就让我们细细地研读一下《楔子》吧。

据《楔子》所述，《红楼梦》乃是一部自传，石上字迹就是“亲自经历的一段陈迹故事”。

这么说：谁的“自传”，谁就是作者了。

谁的自传？《楔子》中有一句说：“……半生潦倒之罪”，谁半生潦倒了？曹頫1727年被革职、抄家时，29岁，可称半生。曹雪芹(霑)时方12岁，绝不能称半生。这一句，明显的是曹頫对自己一生的总结概括，与曹雪芹毫不相干。

四、《批语》验证

曹頫曾在不同场合、不同时期暗示过《红楼梦》是他自己写的书，如：

《靖藏本》第二十四回，畸笏叟有一条眉批：

余三十年来得遇金刚之样人不少，不及金刚者亦不少，惜书上不便历历注上芳讳，是余不是心事也。壬午孟夏。(靖·24F·JⅣ0003)

《甲戌本》第五回，畸笏叟写道：

有修庙造塔祈福者，余今意欲起太虚幻境，以较修七十二司，更有功德。(甲·5F·JⅢ0204)

未写金刚与起造太虚幻境两大情节，都是由“余”决定的。

畸笏叟，是曹頫晚年批书时的化名，“余”就是畸笏叟，就是曹頫。

《庚辰本》第十九回，脂砚斋批道：

趁着酒兴不禁而续，是非(作)者自站地步处，谓余何人耶？敢续《庄子》。然奇极怪极之笔，从何设想，怎不令人叫绝？已卯冬夜。(庚·19F·ZⅣ0335)

“是余不是心事也”，“余今意欲起太虚幻境”，“谓余何人耶？敢续《庄子》”，三句话，句句不离“余”字。

曹頫为何敢坦率直言，公开真相？上述三个本子，曹頫生前就没敢公开，一直密藏在曹頫手中，是曹頫留给后人解密用的。

五、生平验证

《红楼梦·楔子》中说:“诗后便是此石……亲自经历的一段陈迹故事。”

而“补天遗石”正是曹頫“幻入”《红楼梦》正笔正文中的第一个意识形象,因此《红楼梦》中蕴藏着“曹頫生平”。

曹頫一生的遭遇、所见所闻,曹頫的思想、爱憎,以及对“大清王朝”的评论,成就了旷世巨著《红楼梦》。曹頫将自己的一生通过《红楼梦》演绎成“幻笔幻文”,所以要想读懂《红楼梦》必须先认真地研究一下“曹頫生平”。

研究曹頫生平,有助于了解曹頫的创作思想,创作经过,以及准确划分版本源流等,特别是有助于准确地、彻底地解读《红楼梦》。

“曹頫生平”分四个时期:

1.《红楼梦》“本事”形成期

1698年—1727年前,是《红楼梦》“本事”形成的重要时期。特别是1715年后,虽然只有十二三年,但,它是曹頫参与政治,与康熙、雍正直接打交道的时期,这一时期的所见所闻正是构成《红楼梦》内容的不可缺少的要素。

因为曹頫身居“织造”要职,有向皇帝奏折的权利,所以那些奏折和档案为我们留下了许多可靠的资料。

曹頫的所见所闻,有些是独家新闻,具有很高的史料价值。

＊1698年,(戊寅,康熙三十三年)

曹頫出生。

曹頫,字昂友,号竹磵。其祖父曹玺,伯父曹寅,父亲曹宣,后改名荃,康熙时,曹荃为南巡图监画。曹頫兄弟四人,顺、頔、颀、頫,曹頫排行第四。据1690年清档案《总管内务府为曹顺等人捐纳监生事咨户部文》记载:其时,曹顺十三岁,曹頔五岁,曹颜三岁。

曹頫1698年出生时,曹顺二十一岁,曹頔十三岁,曹颀十一岁。

曹頫幼时,即被曹寅带往江南,曹頫自己曾说:“幼年曾随伯父在江南长大”。

曹寅也曾写诗:“成才在四、三”,四即指曹頫。

＊1705,乙酉,康熙四十四年

康熙第五次南巡,驻江宁织造府,曹寅接驾。

《王府本》第三回,立松轩批语:万年幸一遇仙缘(府·3F·LⅠ0065)就是写的这次南巡相遇。后,1715年,康熙亲自挑选曹頫过继给曹寅,并钦点为江宁波织造。岂不是“万年幸一遇仙缘”。

笔者根据《红楼梦》第三回“黛玉入府”判断:实质上是写康熙南巡至江宁织造府,时,“宝玉”七岁,“宝玉”隐寓曹頫,这一情节是“写真”,曹頫实际年龄就是七岁。

由此推断:曹頫当生于1698年。

＊1707,丁亥,康熙四十六年

康熙第六次南巡，仍驻江宁织造府，曹寅第六次接驾。曹頫目睹了两次接驾的全过程。

特别要注意的是，曹頫同随驾同来的太子胤礽，四子胤禛、十三子允祥都有接触。这期间曹頫与允祥过从甚密，两人性情、志趣相投，允祥对曹頫十分喜爱。

从后来的结局看，曹頫对胤禛比较冷淡。

一热一冷，成了曹頫一生悲剧的起点。

＊1715，乙未，康熙五十四年

曹寅之子曹颙去世，康熙意欲从曹荃诸子中选一子给曹寅之妻为嗣，以供养两代遗孀。

李煦奏道：“第四子曹頫好。”曹寅家人也向内务府推荐：“曹頫为人忠厚老实，孝顺我的女主人，我女主人也疼爱他。”于是康熙作主将曹頫过继给曹寅，并任命曹頫继任“江南织造”，这一年曹頫是17岁。

三月七日，曹頫奏折：“奴才谨于本月初六日上任，接印视事，……”

＊1716，丙申，康熙五十五年

八月，曹頫在请安折中报告收成很好以及盐运使李陈常死于任上等事。立即遭到康熙痛斥：“米价仍高，如何说收成大好？又，请安折里提病、死，极无礼仪。”

康熙只是父辈般的责备，却没有降罪。

＊1718，戊戌，康熙五十七年

康熙在曹頫的请安折后批道：“尔虽无知小孩，但所关非细，念尔父出力年久，故特恩至此。虽不管地方之事，亦可以所闻大小事，照尔父密密奏闻，是与非朕自有洞鉴。就是笑话也罢，叫老主子笑笑也好。”

康熙“特恩”，曹頫有奏事权，可见康熙对曹頫，如同曹寅一样信任。

＊1724，甲辰，雍正二年

四月二十六日，雍正责问李煦、曹頫、孙文成三织造：“人参在南省售卖，价钱为何如此贱？”

曹家的不幸，从这一天开始，《红楼梦》中，这一天被作者定为“践花日”。践，就是告别，也就是决裂。曹家同清王朝的关系，从此断裂开。

雍正在曹頫的请安折上批：“朕安。你是奉旨交与怡亲王传奏你的事的，诸事听王子教导而行。……除怡亲王之外，竟可不用再求一人托累自己。为什么不捡省事有益的做，做费事有害的事？因你们向来混账风俗惯了，……主意要拿定，少乱一点。坏朕名声，朕就要重重处分，王子也救你不下了。”

“风俗”——行为不端的意思。雍正对曹頫如此评价，可见雍正对曹頫已不信任。

该年，雍正追索康熙六十一年，雍正元年盐政拨给曹頫的八万余两银子，曹頫在正月初七日的奏折上表示：“务期于三年之内清补全完”。

＊1725，乙巳，雍正三年

九月三十日，取消了曹頫制造马鞍、撒袋、刀等物的饰件的权利。

＊1726，丙午，雍正四年

因曹頫所进绸缎粗糙、轻薄，对曹頫罚俸一年。

＊1727，丁未，雍正五年

正月十八日，两淮巡盐噶尔泰向雍正奏称：“访得曹頫年少无才，（雍正朱批：原不成器）遇事畏缩，织造事务交于管家丁汉臣料理。”

“原不成器”，雍正这样评论曹頫，曹頫命运可想而知。这四个字是曹頫厄运的预兆，也是后来写《红楼梦》的缘由。

不久，雍正点名令曹頫解送龙衣进京。

六月二十四日，因曹頫所进石青缎匹落色，对曹頫再罚俸一年。

十二月初四日，山东巡抚塞楞额奏：杭州等三处织造运送龙衣，经过长清县等处，于勘合外，多索夫马、程仪、骡价等项银两，请旨禁革。

雍正批示：严审定拟具奏。

经审，曹頫被参骚扰驿站，追赔多用银两四百四十三两二钱。

十二月十五日，内阁奉上谕：江宁织造曹頫审案未结，着绥（隋）赫德以内务府郎中职衔管理江宁织造事务。

十二月二十四日，雍正下旨："江南织造曹頫，行为不端，织造成款项亏空甚多。……反而将家中财物暗移他处，企图隐蔽，有违朕意，甚属可恶！"并令江南总督范时绎查封曹頫家产。

隋赫德奏细查曹頫房地产及家人情形折说：其房屋并家人住房十三处，共计四百八十三间。地八处，共十九顷零六十七亩。家人大小男女共一百一十四口。……外有所欠曹頫银，连本利共计三万二千余两。

最后，隋赫德说：曹頫家属蒙恩谕少留房屋以资养赡，将赏伊家产人口内，于京城崇文门外蒜市口地方十七间半，家仆三对，给予曹寅之妻孀妇度命。

＊1729，己酉，雍正七年

七月二十九日，内务府文称：查曹頫因骚扰驿站获罪，现今枷号。曹頫之京城家产人口及江省家产人口，俱奉旨赏给隋赫德。

从此以后，曹頫的名字便从历史中消失。

2.《红楼梦》成书前的酝酿期

＊1728年—约1741年

曹頫被革职、抄家后，淡出历史，所以这一时期，没什么资料以供参考。

只有雍正七年内务府一则公文披露说：这一年曹頫尚"枷号京中"，笔者认为"枷号"是囚于狱中。

《庚辰本》第十三回末有一条畸笏叟批语：读五件事未完，余不禁失声大哭，三十年前作书人在何处耶？（JⅠ0021）

这是一条壬午（1762）年批语，三十年前，那就是1732年。

笔者判断：此年曹頫始获得自由。

雍正十三年（1735）十月十二日，乾隆继位后。下旨："著将此次查奏之分赔、代赔、著赔等案，俱予宽免。"

其中曹頫骚扰驿站案，尚未完银三百二两二钱，全部宽免。

十三年酝酿，五年在狱中，八年在蒜市口家中。

十三年间，曹頫深陷在失意、痛苦、迷茫、悲愤之中，他会不停反思，不停地思索。

正如他在《红楼梦》中披露的那样："花影不离身左右，鸟声只在耳西东。"

"花影"指康熙、雍正等身影，"鸟声"指他们的圣旨、言语。过去的事是忘不掉的每时每刻都是在脑子里转。

十三年间，"败落事件"不断发酵，曹頫在长期反思中产生了一系列想法、看法。如：对曹氏百年的回顾；败落的原因，对清王朝前期六代帝王的分析；对曹、清关系的梳理；……强烈的国恨家仇，愈来愈盛，雍正五年的那场噩梦，无疑会产生强烈的不满，对雍正的愤慨与日俱增。

回忆康熙时代，康熙对曹家的恩泽，感激万分。

回忆曹世选、曹振彦如何进入“大清”，如何建功立业；曹玺、曹寅政绩如何显赫；后又如何由盛而衰，有什么教训。

漫忆“大清”是如何入主中原，盛极必衰？将如何衰落、衰亡……

从曹氏一家的兴衰，联想到清王朝的兴衰，分析了它的“运”、“数”……

由此产生了强烈的创作冲动，最初，曹頫想写成“传奇”，即戏曲，但戏曲不容易表达自己宏大的构思，遂改为写一部正面是小说，反面是政论的奇书——《红楼梦》。

3.《红楼梦》创作期

＊约1741年—约1751年

据《甲戌本》:“十年辛苦不寻常”句，可知《红楼梦》创作，用了十年时间。重评是1754年，这之前还有三个本子:《郑藏本》，《列藏本》，《卞藏本》，约在1751年，1952年，1753年。那么，成书约在1751年，开始写书约在1741年。

经过十年酝酿后，曹頫着手创作《红楼梦》，这期间曹頫将自己封闭在书房之内，专心著述。写《红楼梦》，曹頫深知这是冒着生命的危险，铤而走险，因此，他绝不会让子侄们参与，自己独立完成。

为隐藏自己，创作经过自然是秘密的，无人知晓。

＊1751，辛未，乾隆十六年

约于本年，曹頫经十年披阅，五次增删完成了《红楼梦》第五稿。

今《郑藏本》即是其遗存。

4.《红楼梦》版本形成期

书成后，作品面世，为我们留下了研究的实物。曹頫为了使《红楼梦》传世，此后的三十多年，不停地抄、改、批，由于他的勤奋，制造出九个版本，所以这个时期，资料比较丰富。

＊约1752，壬申，乾隆十七年

约于本年，曹頫第六次抄、改《红楼梦》，书名《石头记》并随手写下批语。

即今《列藏本》。

***约1753，癸酉，乾隆十八年**

约于本年，曹頫第七次抄、改《红楼梦》，形成七稿本，书名《红楼梦》。

即今《卞藏本》。

＊1754，甲戌，乾隆十九年

曹頫第八次抄、改《红楼梦》并将《红楼梦》正式定名《石头记》，形成八稿本，同时写下脂砚斋Ⅱ评，并将《列藏本》上的批语确定为脂Ⅰ评。

即《甲戌本》本。

＊1756，丙子，乾隆二十一年

曹頫第九次抄、改《石头记》，同时修改、过录了脂Ⅱ评，是为《丙子本》。

＊1757年—1758年

约在此间，曹頫第十次抄改《石头记》，并写下脂砚斋Ⅲ评。即《靖藏本》。

＊1759，己卯，乾隆二十四年

这年，曹頫第十一次依《丙子本》抄成《己卯本》，是为第十一稿本。

＊1760，庚辰，乾隆二十五年

这一年，曹頫将《丙子本》修改后（墨笔旁改字），并加写了脂砚斋Ⅳ评，形成《庚辰本》。

＊1762，壬午，乾隆二十七年

曹頫以畸笏叟为名于本年在《庚辰本》上加写了畸笏叟Ⅰ评。

＊1767，丁亥，乾隆三十二年

曹頫以畸笏叟为名于本年，在《庚辰本》上加写了畸笏叟Ⅱ评。

此年后，曹頫还在《甲戌本》上加写了畸笏叟Ⅲ评。

＊1768年

曹頫第十二次抄、改、批《石头记》，形成《王府本》，是为第十二稿本。

＊1774，甲午，乾隆三十九年

曹頫写下一条批语，甲午八月泪笔："今尔后惟愿造化主再出一芹一脂……"

＊1776，丙申，乾隆四十一年

曹頫一直珍藏着《脂Ⅲ评本》，从丁丑（1757）年到辛卯（1771）年不断加写批语，跨度长达十四之久。

这年曹頫78岁，在《靖藏本》上，感慨地抄下曹寅的《题楝亭夜话图》诗。

诗的最后四句完全表达了曹頫当时的心情：家家争唱饮水词，纳兰心事几曾知，布袍廓落谁同在，说向名场尔许时。

＊1784，甲辰，乾隆四十九年

曹頫假托"梦觉主人"第十三次抄、改、批了他此生的最后一个版本——《梦觉本》。

这一年，曹頫86岁，从1727年罹难，到此已五十七年。梦觉主人是谁？不言自明，他就是曹頫。

之后，曹頫便从历史上消失，再也找不到他的任何信息了。

曹頫的一生，是畸形的一生，也是辉煌的一生。曹頫的一生全部奉献给了《红楼梦》，目前所知，曹頫一生共留下九个版本（五稿本——十三稿本），《红楼梦》将与日月同辉。

六、本事验证

上篇，全面地验证了"宝玉"经历每一件事都与曹頫息息相关。

笔者在完成"真"⟷"幻"本事链接后，清楚地看到《红楼梦》中写的全是曹頫的亲身经历，是他的亲睹，而不是曹雪芹（曹霑）的亲睹。

《红楼梦》正笔正文中的"本事"，写的是1705年4月——1751年间的事。

如第三回，正笔正文开始，黛玉入府，是写1705年康熙第五次南巡，当时，曹頫在场，二玉初见，是曹頫见康熙，绝不是曹雪芹（曹霑）见康熙。1705年，曹雪芹（曹霑）尚未出生。

《甲戌本》第二十五回，宝玉被魇魔后，脂砚斋批道：

三次锻炼，焉得不成佛作祖？（甲·25F·ZⅡ1739）

"宝玉"经过三次锻炼，宝玉隐寓曹頫呢？还是隐寓曹雪芹（曹霑）？显而易见是曹頫，他于雍正二年——雍正五年，经历了责难、罚俸、抄家等三次劫难，曹頫用"三次锻炼"来隐寓其事。

第三章 曹雪芹辨识

二百多年来，人们普遍认为：曹雪芹（曹霑）是《红楼梦》的作者，并成定论，但是，是事实吗？

肯定地说：不是！

我知道，颠覆一个"定论"，犹如撼动一座高山，难呐！

可是，事实就是事实，历史必须恢复它的本来面貌。

2014年11月22—24日在河北省廊坊市召开了《纪念伟大曹雪芹（曹霑）逝世250周年纪念大会暨学术研讨会》，《红楼梦学刊》社社长张庆善在会上说："曹雪芹（曹霑）的著作权不可动摇！任何否定曹雪芹著作权的人都必须把《红楼梦》书中的记载、把脂砚斋批语的铁证、把明义、永忠记载的证明等等都否定了才行。"①

如果证据仅是：1.《红楼梦》书中的记载；2.脂砚斋批语的铁证；3.明义、永忠的记载三条的话，那么《红楼梦》著作权问题就好解决了，上述三条不值一驳。

世上的事"无巧不成书"，认为曹雪芹（曹霑）是《红楼梦》的作者，是多种因素巧合的结果。计有：

曹頫假托；

曹雪芹（曹霑）接轨；

敦敏、敦诚兄弟误会；

明义、永忠等道听途说；

程伟元猜测；

胡适"自传说"，周汝昌"新自传说"铁定。

当六种因素神差鬼使地汇集到一起时，假的就变成真的，请看详情如下：

一、曹頫假托

曹頫完成了《红楼梦》后，为署名问题颇为作难，首先：绝不能署名曹頫，作为一个"大清罪臣"，直署曹頫，必罹祸网。

所以，隐蔽自己，避免文字狱，是曹頫的基本思想。为此他采取了一系列策略：隐藏作者，隐藏批者，伪造笔迹，搅乱版本，当然，他是为了对付清代统治者的。

在作者问题上，曹頫一生先后持三种态度。

前期态度

1754年前，采取不确定法，也就是烟云模糊法。如《甲戌本》"楔子"所说，漫无边际，云龙雾雨，给你罗列出：石头，空空道人，吴玉峰、孔梅溪，曹雪芹等。让人摸不着头绪，这是曹頫的最初态度。他是想尽办法，竭力有意掩饰自己。

上述五人中，曹頫对"曹雪芹"情有独钟，独有他有"批阅十载，增删五次"的经历。

笔者研究后认为：曹雪芹，最初是曹頫的笔名，从第一回的《楔子》中："曹雪芹于悼红轩中……则题曰金陵十二钗"句，可以看出：

悼红轩——怀念"大明"；

曹雪芹——根据谐音，即血清之意，取荆轲刺秦王，血溅秦庭之意；

金陵十二钗——即清陵十二帝。

曹頫的目的不言自明。

中期态度

曹頫明白，自己的"罪臣"身份，恐怕是没有出头之日的。因此，1754年（甲戌年）后，曹頫决定假托一人，以避免像《金瓶梅》一样，后人不知"兰陵笑笑生"是谁。

这年，《红楼梦》已经有了四个版本，好评如潮，而且《红楼梦》中的隐寓人们也看不出来。这么好的书，倘被外人欺世盗名，岂不可惜，因此假托"曹雪芹"，让《红楼梦》面世。为此曹頫借用脂砚斋、畸笏叟的名誉，毫不吝惜地将"作者"桂冠送给曹雪芹。

恰好其子侄辈曹霑，字芹圃，又是曹寅之孙，遂决定假托于他，二人一拍即合，两人取得默契。从此，曹霑便以曹雪芹为名行世。

从《红楼梦》钞本的改笔中可以看到曹頫假托曹雪芹的这一思想变化：

约1752年成书的《列藏本》上第二十五回，宝玉遭魇魔后，一僧一道来，和尚擎在手里说："青埂峰一别展眼已过十五载矣！""十五载"之说与曹霑毫无关系。

到了1754年，《甲戌本》则将"十五载"改为："十三载"，一字之改，透露出曹頫思想上的重大变化，即：决定作者问题上假托曹霑。

以上改动就是最有力的证据，恰好十三年前曹芹圃诞生。《红楼梦》正面文本正好借曹芹圃少年生活著述。

以后，曹頫批语中多次公开他的决定，如：

1756（丙子）年，曹頫第一次暗示：缺中秋诗，俟雪芹。（甲·75F·ZⅡ2323）

这是最早假托雪芹的一条批语。还有：

余谓雪芹撰此书，亦为传诗之意。（甲·1F·JⅢ0071）

只此一诗便妙极，此等才情自是雪芹平生所长。（甲·2F·JⅢ0117）

曹雪芹，名不见经传，一般人根本弄不清曹雪芹是谁，即使弄清了有他爷爷曹寅这个保护伞，料也无妨。因此，曹頫一而再、再而三地在以后的批语中确认作者是曹雪芹。

丁亥（1767）年，曹頫再次肯定：

书未成，芹为泪尽而逝。余尝哭芹，泪亦待尽，……唯愿造化主再出一芹一脂……（甲·1F·JⅢ0033）

雪芹旧有《风月宝鉴》之书，乃其弟棠村序也。（甲·1F·JⅢ0030）

……因命芹溪删去（秦可卿淫丧天香楼）。（甲·13F·JⅢ0259）

此回（第二十二回）未成，而芹逝矣，叹叹！丁亥夏，畸笏叟。（庚·22F·JⅡ0016）

"雪芹撰此书"，"此回未成，而芹逝矣"，"俟雪芹"，……字里行间，都道出曹雪芹撰写了《红楼梦》，七条脂批、畸批，曹頫亲手将"作者"的桂冠送给了曹雪芹（霑）。

其时，人们都认为脂砚斋、畸笏叟是曹雪芹至亲至近之人，至此，谁还有疑义呢？

起初，我也深信不疑，白纸黑字，铁证如山。

绝大多数红学家，一致认为这就是铁证。

二、曹霑接轨

从敦敏、敦诚兄弟的诗稿中看，两人最初称雪芹都是叫芹圃。

庚辰（1760）年，敦敏与曹霑在明琳宅相遇，事后有感写了一首诗，诗名：《芹圃曹君霑别来已一载余矣》，此时尚不提雪芹二字。

第二年——1761年，敦敏、敦诚两兄弟一同到西郊访曹霑，不遇，敦敏作了一首《赠芹圃》诗，后，收入《熙朝雅颂集》时改为《赠曹雪芹》，仿佛是新近才知道芹圃改了名似的。敦诚作一首《赠曹芹圃》，诗下有注：即雪芹，给人感觉是刚刚知道，曹芹圃，还有个名字叫雪芹。

而曹雪芹的新朋友张宜泉在诗的注释中写道："曹霑，字梦阮，别号芹溪"，似乎是新结交时的自我介绍语。此时，曹霑，还不敢直接标明字"雪芹"，只是标明别号"芹溪"。

相传《<南鹞北鸢考工志>自序》是曹雪芹丁丑年（1757）所作，其序的结尾写道："时丁丑清明前三日芹圃曹识"。曹霑仍自称芹圃。

曹霑，字芹圃，顺理成章，符合名、字相辅规律，而字雪芹，则不伦不类，雪中之芹，焉能成活？最初，曹頫用这个名字时只是为取谐音而已。

根据张宜泉几首关于曹霑诗判断，曹霑在移居西山后，方开始启用"雪芹"和"芹溪"的字与号，以配合曹頫，与曹頫假托"曹雪芹"策略接轨。

为保护曹頫，为解除曹頫的后顾之忧，让他安心地完成修改、批注《红楼梦》的伟业，曹霑决定挺身而出，主动承认他就是曹雪芹。这样做是有极大的危险的，但曹霑置生死于不顾。

三、敦敏、敦诚兄弟误会

曹霑，与敦敏、敦诚兄弟相处甚密。在他去世后，敦敏、敦诚兄弟帮助料理后事时发现箧中有一部《红楼梦》。

敦诚的《挽曹雪芹》一诗中有"开箧犹存冰雪文"句，"冰雪文"这里是"纯净清澈"之意。此"冰雪文"是不是就是《红楼梦》呢？这可以从敦敏、敦诚兄弟的幼叔墨香手中那部《红楼梦》推论出来。

永忠说："因墨香得观《红楼梦》"，无疑，墨香手中有一部《红楼梦》，哪里来的？墨香是敦敏、敦诚兄弟的幼叔，显而易见，墨香手中的《红楼梦》就是敦敏、敦诚兄弟开箧见到的"冰雪文"。

敦敏、敦诚兄弟误以为《红楼梦》是曹雪芹未完成的一部书，对这一部书，他们没太看重，但他们的幼叔墨香却视为珍宝，竭力推荐，广为传播，明义、永忠都是从他手中看到《红楼梦》的。

甲申（1764）年，敦敏、敦诚兄弟的这次误会，造成"曹雪芹"三字的严重错位，将"曹雪芹"是曹頫，误解成"曹雪芹"是曹霑。这就是迄今为止错认为曹雪芹就是曹霑的根源。

那么，曹雪芹（曹霑）与曹頫什么关系？他们认识吗？

从明义《题红楼梦》诗前的序言中可以得知，明义知道"盖其先人为江宁织府……余见其钞本焉。"此话同样来自敦敏、敦诚兄弟。由此可知曹頫与曹霑是一家，但是曹頫之子还是之侄？从下列批语中看可能是侄儿。

第二回，贾雨村说宝玉："每打的吃疼不过时，他便姐姐妹妹乱叫起来。"

畸笏叟在此批道：

……盖作者实因鹡鸰之悲，棠棣之威，故撰此闺阁庭帏之传。（甲·2F·JⅢ0137）

"鹡鸰之悲，棠棣之威"句，来自《诗经·常棣》："鹡鸰在原，兄弟急难……"

这里是说：为兄弟家里之难而书。曹頫一直隐身在书后，所以他不能说是为我之难而写，只能说为兄弟棠村家里之难而写。据此判断：雪芹（曹霑），乃曹頫侄儿。

四、明义、永忠等的道听途说

明义写了二十首《题红楼梦》诗，序云："曹子雪芹出新撰《红楼梦》一部，备记风月繁华之盛，盖其先人为江宁织府。其所谓大观园者，即今随园故址，惜其书未传，世鲜知者，余见其钞本焉。"

明义是墨香的姐夫，墨香是敦敏、敦诚的幼叔，而敦敏、敦诚又是曹雪芹的挚友。由此可知明义的这种说法来自曹雪芹的朋友圈或姻亲圈，那就是敦敏、敦诚。

永忠也是因墨香得观《红楼梦》的，永忠不认识曹雪芹（曹霑）。

所以，明义、永忠的说法仅是道听途说，难以为证。

后，周春、袁枚也是道听途说，更难以为证。

五、程伟元猜测

乾隆五十六年（1791年）前，《红楼梦》钞本流传了三十多年，但没有一个本子署名。那时，《红楼梦》是无署名本，作者是谁？是一个空白。

1791年，《红楼梦》第一本刻本——《程甲本》问世，上面堂而皇之地署名：清·曹雪芹著。这是《红楼梦》第一次正式署名。

程伟元的根据是什么呢？

程伟元在他的序中说："《红楼梦》小说本名《石头记》，作者相传不一，究未知出自何人，惟书内记雪芹曹先生删改数。……"

程伟元的这一段话，是针对《红楼梦》"楔子"中的说法而言，"楔子"末尾说："空空道人访道求仙忽从这大荒山无稽崖青埂峰下经过，忽见一大石上字迹分明，编述历历……方从头到尾钞录回来问世传奇，……改《石头记》为《情僧录》，至吴玉峰题曰《红楼梦》，东鲁孔梅溪则题曰《风月宝鉴》，后因曹雪芹于悼红轩中，披阅十载，增删五次，纂成目录，分出章回，则题曰《金陵十二钗》，并题一绝云……"

这就是《红楼梦》书中的记载。

记载中罗列出四个人，空空道人、吴玉峰、孔梅溪、曹雪芹。

程伟元叹息说："究未知出自何人"，但"惟书内记雪芹曹先生删改数……"一句让人侧目："披阅十载，增删五次，纂成目录，分出章回——并题一绝云"

因此程伟元推测曹雪芹是事实上的撰书人。

程伟元根据上述判断，将"曹雪芹"的大名，署在他的"程甲本"上。

以后的所有版本，一律沿袭，从此以后，曹雪芹顺理成章地成为《红楼梦》的作者。

看程伟元的序，他自己尚且疑惑不定，仅根据推测，也许还有传说，就贸然署名，显然证据不足。他哪里想到这一署名，影响数百年，且造成一桩离奇公案，为准确地、彻底地解读《红楼梦》设下障碍，以至纷争不已。

但是，程伟元著名“曹雪芹”，尚处在“烟云模糊”之计中，尚不能确定“曹雪芹”是谁。同石头、空空道人、吴玉峰、孔梅溪等一样，全是作者烟云模糊之计。

六、胡适“自传说”，周汝昌“新自传说”铁定

1921年11月12日，胡适先生在他的《红楼梦考证》改定稿中说：

“总结上文关于“著者”的材料，凡得六条结论：(1)《红楼梦》的著者是曹雪芹。……”

胡适的证据是什么呢？

他在考证中说：“袁枚的《随园诗话》卷二中说：……其(指曹寅)子雪芹撰《红楼梦》一书，备记风月繁华之盛……”

袁枚(1716—1798)，乾隆进士，清诗人，曾任江宁等地知县。辞官后侨居江宁。在小仓山建随园。

这条证据难以成立，他生活在江南，与曹雪芹又素不相识，连曹雪芹是曹寅之子还是之孙都不清楚，何以为证？

胡适罗列了敦敏、敦诚的几首诗后，因诗中有“秦淮残梦”和“扬州旧梦”，考证出曹雪芹就是作者。

著《红楼梦》，工程浩大，时间悠长，胡适却没找到一点相关事实。结论却是《红楼梦》的著者是曹雪芹。

关键的一点是胡适将“曹雪芹”定位于曹霑。

胡适是当时中国赫赫有名的学者，他的话极具权威性，他的结论产生了决定性的影响。

他哪里知道，他制造了一起张冠李戴事件，将“曹雪芹”三字内涵，由曹頫转变成曹霑。

从此，《红楼梦》作者是曹雪芹(即曹霑)的说法，形成定论。胡适也因“考证法”成为新红学的创始人和奠基者。

周汝昌先生师承胡适，写了一部《红楼梦新证》，将红学差不多演绎成曹雪芹(曹霑)学，特别是对曹雪芹(曹霑)的考证，编写出《雪芹(曹霑)生卒与红楼年表》。②

曹雪芹(曹霑)声名如日中天，成为耀眼明星。在他逝世二百周年时，中华人民共和国文化部，中国艺术界联合会、中国作家协会、故宫博物院联合举办了《纪念曹雪芹(曹霑)逝世二百周年展览会》。

1863年，还专题举办了《纪念曹雪芹(曹霑)逝世二百二十周年学术讨论会》。

曹雪芹(曹霑)，成为中国最伟大、最杰出的作者，他们纪念的曹雪芹，实质都是指曹霑。

倘若曹霑地下有知，他也纳闷：我怎么一下子就红极一时了？

七、潘重规质疑与赵同的石破天惊

俗话说：“假的真不了”。凡假的东西终有破绽，终会有人看出。

20世纪80年代，质疑之声渐起，这其中，具有代表性的是潘重规先生的《红楼血泪史》一书。他在书的封面大书：“究竟是谁的红楼？究竟是谁的血泪？”针对作者问题发出千古一问。

问得好！振聋发聩，对《红楼梦》的作者是不是曹雪芹，坦陈己见。

他说："……蕴藏在这文学巨著里面的一段民族沉痛，若隐若现，如泣如诉，这也是没法抹杀的。笔者玩味全书，觉得此书是一位民族主义者的血泪结晶。"③

潘重规先生的结论，来自他的切身感受："我们试将这段文字反复玩味十遍，百遍、千遍之后，自然感触到作者凄婉沉郁的心怀和民族兴亡的血泪，流露在字里行间。哪里是谈情说爱，风花雪月的滥调。在这里，我们可以发觉本书的作者确是一位经过亡国惨痛的文人，怀着满腔的民族仇恨处在异族统治之下，刀枪笔阵，禁网重重，作者无限苦心，无穷热泪靠着文字的绝技，写成这部奇书。"④

因此，潘重规先生认为作者绝不是曹雪芹，而是一位具有民族主义气节的人。

但他也没往曹頫身上想，只是否定了胡适的结论。

2012年，赵同的《颠倒红楼》在大陆出版，他在第三节说："作者乃是曹頫"⑤

理由是："他是曹家唯一经历全部兴衰的人，也就是说，至少从经历来说，他是写《石头记》最适当的人选。"⑥

这个立论，是《颠倒红楼》中最有价值的一节，但也只是推论而已，证据还不够充分有力。

"作者是曹頫"，一个新的思维，一个新的导向，将以往的"芹红"转向"頫红"。即以往的红楼梦研究是以曹雪芹为作者，今后的红楼梦研究将以曹頫为作者，这将是一个转折点。

八、曹雪芹名、字辨识

从前面章节中，我们可以看到，《红楼梦》署名曹雪芹，是曹頫假托，曹霑接轨，敦敏、敦诚兄弟误会，程伟元猜测的结果。这个过程既复杂又诡异，既巧妙又神奇。

如今，需要正本清源，恢复"曹雪芹"名字的本来含义。

"曹雪芹"原本是曹頫的一个笔名，是曹頫烟云模糊之计中几个名字中的一个名字，有石头，空空道人，吴玉峰，孔梅溪，曹雪芹等。

根据以上情况看，"雪芹"是"名"不是"字"，他的字是芹溪。同曹霑（字芹圃）原本没有关系。

由此看来，脂砚，畸笏关于"曹雪芹"的一系列批语，也与曹霑无关，如：

缺中秋诗，俟雪芹。（甲·75F·ZⅡ2323）

余谓雪芹撰此书，亦为传诗之意。（甲·1F·JⅢ0071）

只此一诗便妙极，此等才情自是雪芹平生所长。（甲·2F·JⅢ0117）

……因命芹溪删去（秦可卿淫丧天香楼）。（甲·13F·JⅢ0259）

以上四条，是曹頫自指，非他指。所以这样写，是瞒人之笔，意思是：作者不是我，另有他人。

"芹溪"，谐音："清兮"——"清啊！"是紧接"血清"的一个感叹词。

甲申（1764）年8月，为了掐断当局追查《红楼梦》作者线索，曹頫借曹霑逝世，大做文章，在《靖藏本》上写下一批：

此是第一首标题诗。能解者方有辛酸之泪，哭成此书。壬午除夕，书未成，芹为泪尽而逝。余常哭芹，泪亦待尽。每思觅青埂峰再问石兄，奈不遇赖头和尚何？怅怅。今而后，愿造化主再出一脂一芹。是书有幸，余二人亦大快遂心于九原矣。甲申八月泪笔。

丁亥（1767）年，在《庚辰本》上写道：

此回（第二十二回）未成，而芹逝矣，叹叹！丁亥夏，畸笏叟。（庚·22F·JⅡ0016）

甲午(1774)年8月曹頫在《甲戌本》上重复批道：

能解者方有辛酸之泪，哭成此书。壬午除夕，书未成，芹为泪尽而逝。余尝哭芹，泪亦待尽。每意觅青埂峰再问石兄，余不遇獭头和尚何？怅怅。

今而后，惟愿造化主再出一芹一脂。是书何本，余二人亦太快遂心于九泉矣。甲午八月泪笔。(甲·1F·JⅢ0033)

“壬午除夕”四字本是曹頫假造的一个时间概念，却造成“曹雪芹”逝世年份公案，至今争论不休。

从甲申年起，曹頫才默认了曹霑的接轨。

须知，做《红楼梦》作者，没有名利，只有危险，一旦败露，就有杀身之祸。曹霑为了掩护曹頫，不惜性命舍身接轨，完全是为了《红楼梦》的大业。

不料，曹霑的突然去世，箧中留下一部《红楼梦》，给敦敏兄弟造成误会，以为这是曹霑的创作，从而改变了“曹雪芹”的内涵，“曹雪芹”成了曹霑。

不过这一误会，客观上保护了曹頫，推动了《红楼梦》的传播，功不可没。

但是，这个误会不能永远延续下去，现在是恢复本来面貌的时候了，实事求是地还原本来面貌，作者确实是曹頫，而不是曹霑。

那么，今后《红楼梦》应该如何署名呢？

刘传福先生建议改署曹頫大名，笔者认为大可不必，二百多年来，《红楼梦》作者是曹雪芹已经深入人心，贸然改动，将引起许多不便。

那该怎么办呢？

笔者认为：《红楼梦》作者仍旧署“曹雪芹”名字，不过“曹雪芹”代表谁须要明确，曹雪芹不代表曹霑，而是代表曹頫，是曹頫的笔名。

第一，曹雪芹原本就是曹頫最初的笔名之一，而且是最看重、最喜欢的笔名；第二，曹雪芹三字的含义体现了曹頫的著书本旨：血溅清廷。第三，弄明白曹雪芹是曹霑是一个误会就行了，那是曹頫假托与曹霑接轨造成的假象。

新的“曹雪芹”概念，就是曹頫。

胡适、周汝昌等先生的“曹雪芹”是曹霑的观点必须纠正。

注释：

① 《红楼梦学刊》2014年第一辑，张庆善，《在纪念曹雪芹逝世250周年纪念大会暨学术研讨会开幕词》，第4页。

② 周汝昌，《红楼梦新证》，上海三联书店，2008年4月版，第167页。

③ 潘重规，《红楼血泪史》第3页。

④ 潘重规，《红楼血泪史》第4页。

⑤ 赵同，《颠倒红楼》，上海辞书出版社，2010年6月版，第38页。

⑥ 赵同，《颠倒红楼》，上海辞书出版社，2010年6月版，第40页。

第四章　曹頫,《红楼梦》所有批语的批者

脂砚斋、畸笏叟、立松轩、梦觉主人等,究竟是谁,不弄清他们的身份,他们的批语的可信度难以确定,特别是解读《红楼梦》将失去有力的证据。

一、脂砚斋是谁?

脂砚斋是谁? 是诸多公案、疑案中议论最多,歧见也最多的一个。

《甲戌本》首页大书"脂砚斋重评石头记"八个字,每页中缝下边都写着"脂砚斋"三字,这是首次出现脂砚斋名字,隆重、闪亮登场。此后脂砚斋的大名伴随着《红楼梦》流芳于世,可惜的是二百多年来人们一直不知道"脂砚斋"是谁。

凡酷爱《红楼梦》的读者,都想弄清楚脂砚斋是谁,谁是脂砚斋。

因此,人们纷纷猜测、推论,迄今有多种说法。众说不一,莫衷一是。主要有:

(1)曹雪芹说。

这是胡适先生提出的,他在看了《辰辰本》后说:"现在我看了此本,我相信脂砚斋就是那位爱吃胭脂的宝玉,即是曹雪芹自己。"①

(2)堂弟兄说。

这也是胡适先生提出的,他在看了《甲戌本》后说:"脂砚斋是曹雪芹很亲的族人……他大概是雪芹的嫡堂弟兄或从堂弟兄。"②

(3)舅辈说。

红学家俞平伯先生提出此观点,根据是《红楼梦》第二十四回,贾芸向他舅舅卜世仁借钱,他舅舅借故推辞。贾芸抢白说:"死皮赖脸地三日两头儿来缠着舅舅,要三升米两升豆子……"

脂砚斋在此批道:"余二人亦不曾有是气。"(庚·24F·ZⅣ0441)

(4)叔辈说。

裕瑞在《枣窗闲笔》中说:曹雪芹"其叔脂砚",并说是,"闻之于前辈姻戚"。

(5)"宝钗"原形说。

此说是台湾红学家赵同先生在其著作《颠倒红楼》中提出的。

他在书中写道:"由'脂砚'这两个字,很容易令人想到'她'是位才女,是集'脂'和'砚'于一身的女性。""脂砚就是薛宝钗。"③

(6)"湘云"原形说。

著名红学家周汝昌先生在周汇本《石头记》第八回的回后评中说,脂砚斋,"我曾考论此人乃是一位女性批书者。……我更谓此女实即书中之'湘云'"。

并认为,畸笏叟是脂砚斋后期用名。

周汝昌先生此说,获得著名作家刘心武的支持。刘心武在《揭秘红楼梦》中说:"脂砚斋应该是一个女性。"并说:"她前期化名脂砚斋,后期化名畸笏叟,……"

(7)李鼎说。

新加坡南洋大学教授皮述先生说:脂砚斋是李煦之子李鼎。

(8)张宜泉说。

杨兴让先生于2004年提出:脂砚斋是张宜泉。

(9)"妙玉"原型说。

虞已毅先生说:"脂砚斋不是别人,正是红楼梦十二钗中的妙玉。"

(10)洪昇妻子——黄蕙说。

土默热在他的《也是红楼梦里人》中提出此说。

(11)质疑论。

20世纪90年代,宛情出版了《脂砚斋言行质疑》,欧阳健出版了《红楼新辩》和《红学辩伪论》。克非出版了《红楼雾瘴——玩味脂砚斋》。他们质疑脂砚斋的存在,说脂砚斋是伪造的。

2003年,欧阳健出版《还原脂砚斋》一书,声称:"21世纪的红学,将是告别了脂砚斋的红学,是从脂砚斋桎梏中挣脱出来的红学,……"

此论惊人。

二、脂砚斋是曹頫的假托者

1754(甲戌)年,曹頫将作者假托曹雪芹时,还没有想到将批者假托棠村。脂砚斋只是他自己的笔名,有脂批为证:

试问石兄,此一摔,比在青埂峰下,萧然坦卧何如?(甲·3H·ZⅡ0397)

玉兄泪非容易有的。(甲·28H·ZⅡ2055)

批语中曹頫称宝玉为"石兄"、"玉兄",均为同辈人,而棠村是其子,辈分不一样。

后,曹頫想到既然作者已假托雪芹,批者索性也假托一人。大约在1757年曹頫产生假托棠村念头,于是他在《靖藏本》第十三回眉页上写下:

九个字写尽天香楼事,是不写之写。常村。(靖·13H·ZⅢ0014)

这条批语在《甲戌本》上是脂砚斋批语,显然,此时,曹頫决定了将批者假托棠村。

"常"、"棠"二字古语中通用,曹頫留有余地,让人去猜测,去琢磨。

丁亥年,曹頫以畸笏叟为名再次暗示:

雪芹旧有《风月宝鉴》之书,乃其弟棠村序也。今棠村已没,余睹新怀旧,故仍因之。(甲·1H·JⅢ0003)

笔者据此判断:脂砚斋就是曹頫的第一个假托者——棠村。

"今棠村已逝",棠村,什么时候去世的?根据脂砚斋批语结止的情况看,大约在庚辰(1760)年—壬午(1762)年之间,因为脂砚斋Ⅳ评在第二十八回戛然而止,以后评书人则为诸公,如:梅溪、松斋、绮园、鉴堂等。

最初,曹頫是想假托到底,不料想,棠村突然去世,打乱了他的计划。一段时间假托"诸公",直到壬午(1762)年才启用"畸笏叟"名字批书。

"畸笏叟",意为一个仕宦路上奇特的老人,这等于是说曹頫亲自上阵批书了。

三、曹頫是所有批语的批者

在对《红楼梦》古钞本上所有的批语研究后，笔者发现：脂砚斋、畸笏叟，立松轩，以及梦觉主人等的批语同曹頫《奏折》拥有共同的“异笔”，请看：

曹頫各种化名批语比对表

1.

《奏折》异笔	脂砚斋批语	立松轩批语	畸笏叟批语	梦觉主人批语

康54、3、7	庚·P569	电·P1186	甲·P45	电·P1

2.

《奏折》异笔	脂砚斋批语	立松轩批语	畸笏叟批语	梦觉主人批语

康54、3、7	府·P203	电·P209	甲·P372	

3.

《奏折》异笔	脂砚斋批语	立松轩批语	畸笏叟批语	梦觉主人批语

康54、3、7	甲·P105	电·P1470	庚·P640	电·P1

4.

《奏折》异笔	脂砚斋批语	立松轩批语	畸笏叟批语	梦觉主人批语

康54、3、7	电·P32	电·P1162	电·P37	

5.

《奏折》异笔	脂砚斋批语	立松轩批语	畸笏叟批语	梦觉主人批语

康54、3、7		电·P1186	甲·P16	

6.

《奏折》异笔	脂砚斋批语	立松轩批语	畸笏叟批语	梦觉主人批语

康54、3、7	电·P59	电·P59	电·P136	电·P2

7.

《奏折》异笔	脂砚斋批语	立松轩批语	畸笏叟批语	梦觉主人批语

康54、4、17	电·P26	电·P20	电·P313	

8.

《奏折》异笔	脂砚斋批语	立松轩批语	畸笏叟批语	梦觉主人批语

康55、2、6	甲·P417	电·P1273	电·P128	电·P271

9.

《奏折》异笔	脂砚斋批语	立松轩批语	畸笏叟批语	梦觉主人批语
		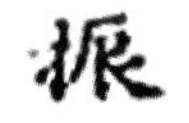		
康54、6、3	甲·P83	电·P711	电·P267	

10.

《奏折》异笔	脂砚斋批语	立松轩批语	畸笏叟批语	梦觉主人批语

康54、6、3	庚·P1255	电·P1444	庚·P267	电·P267

11.

《奏折》异笔	脂砚斋批语	立松轩批语	畸笏叟批语	梦觉主人批语
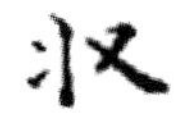				
康54、8、20	庚·P322	电·P276	甲·P35	

12.

《奏折》异笔	脂砚斋批语	立松轩批语	畸笏叟批语	梦觉主人批语
令	令	令	令	令
康54、9、1	电·P26	电·P711	电·P417	电·P2

13.

《奏折》异笔	脂砚斋批语	立松轩批语	畸笏叟批语	梦觉主人批语
異	異		異	異
康54、9、1	庚·P363		甲·P16	

14.

《奏折》异笔	脂砚斋批语	立松轩批语	畸笏叟批语	梦觉主人批语
亢	亢	亢	亢	
康55、12、1	府·P164	电·P276	电·P12	

15.

《奏折》异笔	脂砚斋批语	立松轩批语	畸笏叟批语	梦觉主人批语
钱		銭	錢	
康55、1、4		电·P478	电·P293	

16.

《奏折》异笔	脂砚斋批语	立松轩批语	畸笏叟批语	梦觉主人批语
節	節	節	節	
康55、1、4	电·P131	电·P362	电·P152	

17.

《奏折》异笔	脂砚斋批语	立松轩批语	畸笏叟批语	梦觉主人批语
外		外	外	
康55、2、6		电·P315	电·P478	

18.

《奏折》异笔	脂砚斋批语	立松轩批语	畸笏叟批语	梦觉主人批语
跪		踈	路	
康55、5、19		电·P970	电·P137	

19.

《奏折》异笔	脂砚斋批语	立松轩批语	畸笏叟批语	梦觉主人批语
密	密	密		
康55、7、5	府·P164	电·P416		

20.

《奏折》异笔	脂砚斋批语	立松轩批语	畸笏叟批语	梦觉主人批语
流	流	流	流	
康55、7、14	电·P112	电·P75	电·P129	

21.

《奏折》异笔	脂砚斋批语	立松轩批语	畸笏叟批语	梦觉主人批语
照	照	照	照	
康55、12、1	庚·P415	电·P912	电·P153	

22.

《奏折》异笔	脂砚斋批语	立松轩批语	畸笏叟批语	梦觉主人批语
稻	兒		毁	舄
康56、7、20	电·P72		电·P236	电·P271

23.

《奏折》异笔	脂砚斋批语	立松轩批语	畸笏叟批语	梦觉主人批语
龍	龍	龍	襲	襲
康56、7、20	电·P182	电·P20	电·P214	电·P271

24.

《奏折》异笔	脂砚斋批语	立松轩批语	畸笏叟批语	梦觉主人批语

康56、7、20	电·P37	电·P711	电·P150	

25.

《奏折》异笔	脂砚斋批语	立松轩批语	畸笏叟批语	梦觉主人批语

康56、7、20	电·P113	电·P600	电·P140	

26.

《奏折》异笔	脂砚斋批语	立松轩批语	畸笏叟批语	梦觉主人批语

康56、7、20	电·P48	电·P117	电·P198	

27.

《奏折》异笔	脂砚斋批语	立松轩批语	畸笏叟批语	梦觉主人批语
		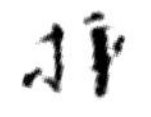		
康56、7、20	电·P118	电·P912	甲·P113	

28.

《奏折》异笔	脂砚斋批语	立松轩批语	畸笏叟批语	梦觉主人批语

康58、6、11	府·P200	府·P569	电·P251	电·P2

29.

《奏折》异笔	脂砚斋批语	立松轩批语	畸笏叟批语	梦觉主人批语

康58、6、11	电·P82	电·P138	电·P129	电·P271

30.

《奏折》异笔	脂砚斋批语	立松轩批语	畸笏叟批语	梦觉主人批语

康58、6、11	甲·P346	电·P478	甲·P16	

31.

《奏折》异笔	脂砚斋批语	立松轩批语	畸笏叟批语	梦觉主人批语

康熙无年月	甲·P148	电·P75	电·P150	电·P2

32.

《奏折》异笔	脂砚斋批语	立松轩批语	畸笏叟批语	梦觉主人批语

雍正2、1、7	电·P92	电·P59	电·P8	

33.

《奏折》异笔	脂砚斋批语	立松轩批语	畸笏叟批语	梦觉主人批语

雍正2、1、7	电·P29	电·P801	电·P87	

34.

《奏折》异笔	脂砚斋批语	立松轩批语	畸笏叟批语	梦觉主人批语

雍正2、1、7	电·P24	电·P35		

35.

《奏折》异笔	脂砚斋批语	立松轩批语	畸笏叟批语	梦觉主人批语

雍正2、1、7	电·P81		电·P208	电·P271

36.

《奏折》异笔	脂砚斋批语	立松轩批语	畸笏叟批语	梦觉主人批语

雍正2、5、6	电·P113		电·P185	

曹頫各种化名批语比对，各版本均选用电脑版本。

脂砚斋批语“异笔”从《甲戌本》夹批、侧批中选择；

立松轩批语“异笔”从《王府本》回前、回后批中选择；

畸笏叟批语“异笔”从《庚辰本》眉批和《甲戌本》眉批选择；

梦觉主人批语“异笔”从《甲辰本》序、第18回回后及第19回回前中选择。

以上36例曹頫“异笔”剪贴比对足以说明：曹頫批书，假托数身。脂砚斋、畸笏叟、立松轩、梦觉主人等主要批者均是他的假托者。

四、一个人的独角戏

曹頫“异笔”证明了《红楼梦》作者、批者均为一人，即是曹頫。

另外，批语中也透露出作者、批者均为一人。

《庚辰本》第二十一回，在“彼钗、玉、花、麝者，皆张其罗而穴其隧，所以迷眩缠陷天下者也”句上，有一眉批说：

趁着酒兴不禁而续，是非(作)者自站地步处。谓余何人耶？敢续《庄子》。然奇极怪极之笔，从何设想，怎不令人叫绝？己卯冬夜。(庚·21F·ZⅣ0335)

毫无疑问，这是脂砚斋批语，一句“谓余何人耶？敢续《庄子》”露出马脚。

谁续的《庄子》呢？确切地说，是作者，而《石头记》中，谁续的《庄子》？是宝玉，批语中自称“余”，那么，“宝玉”=余=脂砚=作者，四位一体。

而《红楼梦》的正笔中，“宝玉”主隐曹頫，那就是曹頫=“宝玉”=余=脂砚=作者，五位一体了。

“烟云模糊”之计

曹寅一生中有许多号，如：楝亭，荔轩，雪樵，西堂扫花行者等。

曹頫仿照他的做法，著书，批书也采用多号做法。

著书人有：石头；抄书人，有：空空道人；题书名人有：吴玉峰、孔梅溪、曹雪芹(兼修改)；

批书人有：脂砚斋、畸笏叟、松斋、梅溪、鑑堂，绮园、立松轩、玉兰坡、梦觉主人；

抄书人还有：武裕庵

幻入《红楼梦》中曹頫的意识形象，有：贾宝玉、甄宝玉、贾琏、一僧、张友士、冯紫英、冷子兴等，约二十多人。

至此，我们就可以看出：《红楼梦》的著、抄、改、批实际上均出自曹頫一人，纷繁复杂的红楼大戏原来是曹頫一个人的独角戏。

写作《红楼梦》是冒着杀头危险的举动，曹頫绝不会牵连曹雪芹、曹棠村，虽然假托了二人，却不会让他们插手。荣誉归他们，祸患归自己。一旦有危险，他会挺身而出，将一切罪名揽在自己身上。

当一个人,自己批自己写的书时,那些批语绝无半点差错,无一丝一毫的走样。这些批语无疑都是对原著最知情的注释、解读、补充。曹頫,《红楼梦》隐义的唯一知情者,因此也是绝对的解读权威。

这就是说:脂批、畸批都极具准确性、权威性,这是其一。

其二,太虚幻境的对联:假作真时真亦假,无为有处有还无。同样适用于脂批、畸批。因此,要注意鉴别真假。

其三,为了突出某一问题,曹頫有时制造结节,故意炒作,如王熙凤“不识字”问题,就是假借脂砚、畸笏二人争辩,以引起人们的注意。

以上肯定有一些效果,但也有问题:造成了复杂化,迷茫化,说不清,道不明,影影绰绰,似有似无,说法种种,争论不休。

也许,这正是优越性,因此牵动着几百年来,众多的人争说红楼。

“曹頫异笔”,事关重大,笔者建议有关部门组织国内资深笔迹专家进行专题验证,这样更有助于《红楼梦》关于作者问题,批者问题,版本问题的彻底解决。

注释:

① 胡适丁丑年(1933年)二月《跋乾隆庚辰本脂砚斋重评石头记钞本》。

② 胡适1928年考《甲戌本》长跋。

③ 赵同《颠倒红楼》第二节、第三节(第58页——第64页)

第五章　曹頫的"著书策略"

"文字狱"盛行于清代康、雍、乾时代，此时也正是曹頫的生活时代。

"文字狱"的残酷令人触目惊心，如康熙二年的《明史案》，就是典型一例。

明末宰相朱国桢，退休后写了一部《明史》稿，其后人卖给一个富户庄氏，庄氏请人补上崇祯朝历史，并请人整理、润色、作序。庄氏将其作为自己的著作，命名《明史辑略》出版。书中写到明朝在辽沈与满人作战时仍用旧时称呼，称满人为贼，对满人先世直呼其名，不用尊称，并且仍然使用大明纪年。

因此构成了"诋毁清朝"的"十恶不赦"大罪，凡参与该书整理、润色、作序以及写字、刻版、校对、印刷、装订，甚至于购书、藏书者全部逮捕入狱，一时株连2000余人，经审讯，判处死刑70多人，其中有18人凌迟处死，15岁以下子、女、侄、孙等没官为奴。

康、雍、乾三代，如此"文字狱"多达160余起。

为避开"文字狱"，毫无疑问，曹頫的著书、批书的基本策略必然是：隐蔽自己。

当然，曹頫绝不能以平常手段著书，只能采用特殊的手段，这就形成了他独特的著书策略，这也是他唯一的选择。

具体说就是：隐蔽作者，隐蔽批者，隐蔽抄者，隐蔽"本旨"、"本事"，以免祸患。

曹頫具有较高的智商，极巧妙的手腕，一部话说"大清必亡"的著作，能在大清的残酷的文字狱中幸存下来，的确很了不起。关键的因素就是曹頫"四隐蔽"策略的作用。

曹頫这样做，是不得已而为之，我们应该理解他，同情他。

研究曹頫著书"策略"是解读《红楼梦》前提之一，它能帮助我们校正思路，确立新观念，新方法，新视角，新立场等。

一、曹頫冤案

首先，须弄清楚曹頫罹难是不是冤案？从早期书稿命名《红楼梦》来看，有鸣冤因素。晚唐诗人蔡京有一首《咏子规》：

千年冤魂化为禽，永逐悲风听远林。愁血滴花春艳死，月明飘浪冷光沉。

凝成紫塞风前泪，惊破红楼梦里心。肠断楚辞归不得，剑门迢递蜀江深。

吴汝煜在为蔡京作传时说，《咏子规》惊破红楼梦里心："为著名小说《红楼梦》取为书名。"

子规，冤魂所化，取名《红楼梦》，有暗示冤枉之意。

笔者认真查阅了有关历史文件、资料，从中寻找线索。

雍正元年，两淮巡盐御史谢赐履奏折说："查前盐臣魏廷珍解过江宁织造银四万两，……臣任内解过江宁织造银四万五千一百二十两。……臣请将解过苏州织造银两在审理李煦亏空案内并追。将解过江宁织造银两令曹頫解还户部。"

魏廷珍、谢赐履二位巡盐御史在康熙时期，遵照康熙圣旨分别向李煦、曹頫解过银子，以补两织造亏空。现在看苏州、扬州、江宁三织造连年亏空，说明当年南巡耗资过多，这一点康熙心知肚明，所以令巡盐御史解银弥补。

但到雍正时，取消弥补，责令退还。雍正二年，曹頫因此欠"亏空"八万五千一百二十两银子。

曹頫在雍正二年正月初七日的奏折上求分三年带完，雍正也同意了。为此，曹頫上折"恭谢天恩"。雍正不相信曹頫能补足"亏空"，以讥讽口气说："若果能如此大造化人了。"

到雍正五年曹頫尚亏空三万一千两，此时，别人欠曹頫三万二千两，两相抵消可以还清，此事曹頫向雍正说明过。

《甲戌本》第六回，脂砚斋有一批透露说：

问看官：常有将挪移借贷已说明白了，彼仍妆聋妆哑，这人为阿凤若何？呵呵，一叹！（甲·6F·ZⅡ0574）

末一句，"将挪移借贷已说明白了，彼仍妆聋妆哑，这人为阿凤若何？"

阿凤，隐寓雍正。尽管曹頫将别人挪借三万二千两之事告诉了雍正，但雍正却在那里装聋作哑。

新任江宁织造隋赫德于雍正六年三月初二日上奏折说："细查其房屋并家人住房十三处，共计四百八十三间。地八处，共十九顷零六十七亩。……又家人供出外有所欠曹頫银三万二千余两，奴才即将欠户询问明白，皆承应偿还。"

隋赫德还说："查织造衙门钱粮，除在机缎纱外，尚亏空雍正五年上用、官用缎纱并户部缎匹并制帛浩敕料工等项银三万一千余两。奴才核算其外人所欠曹頫之项，尽足抵补其亏空。……"

隋赫德奏折证实曹頫所说是事实，所谓亏空问题已不存在。

欲加之罪，何患无辞，接着雍正在"骚扰驿站"问题上大做文章。

这个问题说来有些蹊跷，按常规应该是苏州织造高斌主运龙衣，可是，雍正却下令曹頫主运。

曹頫情知不妙，他知道此去凶多吉少，因此极其小心，一怕龙衣受潮，水运改为陆运；二怕驿马惊失，耽误运送时间，因此多用骡马，加大了费用。曹頫顾此失彼，最终还是被加以"骚扰驿站"罪革职。责令赔银四百四十三两二钱，枷号于京。

雍正五年十二月二十四日，下令抄家。本来，从雍正三年起，已取消抄家。雍正五年正月十九日，雍正还发出上谕："上年已令九卿酌定条例，向后倘有侵欺亏空之员，则按所定之例治罪，有应正法者，即照例正法。其搜查宦囊家产并追寄于寄放宗族亲党之处不必行矣。自此谕下之日，俱著停止。"

可是，偏偏对曹頫仍实行抄家。

为此，曹頫在《红楼梦》中将雍正以贾化（假话）名之，一个善说假话的人。

从雍正二年起，雍正即有多条批语直指曹頫，多项措施打击曹頫，说明雍正对曹頫早有成见，圣旨中用词严厉，令人不寒而栗。

如：雍正二年正月，曹頫奏折请求补库分三年带完，雍正批语中说："若果能如此，大造化人了。"

四月二十六日，责问曹頫等："人参在南省售卖，价钱为何如此贱？"

五月初六日，曹頫奏报江南蝗灾事，雍正批道："据实奏，凡事有一点欺隐作用，是你自己寻罪，不与朕相干。"

不久，让怡亲王传谕曹頫："你们向来混账风俗惯了，……少乱一点，坏朕名声，朕就要重重处分，王子也救你不下了。"

雍正三年，停止曹頫承造马鞍、撒袋、刀等物之饰件。

雍正四年江宁织造的绸缎薄而粗糙，对曹頫处以罚俸一年。

雍正五年，因雍正穿的石青褂落色，再对曹頫处以罚俸一年。该年，雍正在两淮巡盐噶尔泰关于曹頫"人亦平常"的奏折上批道："原不成器，岂止平常而已。"

《庚辰本》第十七、十八回前有一首回前诗：

豪华虽足羡，离别却难堪，博得虚名在，谁人识苦甘。

这是对当年曹寅四次接驾的评述：接驾时的豪华令人羡慕，可是，后来曹家的结局却让人难堪。康熙死后，雍正继位，曹家被抄。接驾时的虚名还在，谁知道其中的甘苦呢？

下有一批接着说：

好诗，全是讽刺。近之谚云："又要马儿好，又要马儿不吃草"，真骂尽无厌贪痴之辈。（庚·17F·ZⅡ 1105）

"又要马儿好，又要马儿不吃草"，正是对雍正从雍正二年到雍正五年连续罚俸打击的回应，矛头直指"无厌贪痴之辈"，即雍正。

总之，曹頫败落，根本原因是政治原因，周汝昌先生力主此论，刘梦溪先生他的《红楼梦与百年中国》一书中说："揆情度理，还是政治牵连说更接近历史实际。"

《凡例》最后说："字字看来皆是血"，此血，子规啼血。没有冤情，为何至此？

千古奇冤，酝酿成"冲天之恨"，最后谱写成一部鸣冤发愤之作——《红楼梦》。

冤情，深化为国恨家仇，化作一柄利剑，直指雍正和他的王朝。但，曹頫不是只是报仇雪恨，而是客观的、理智地站在历史角度，高瞻远瞩地剖析了清王朝的兴衰，指出雍正是清王朝衰败的转折点。

从而，使《红楼梦》成为"三坟、五典"一样的杰出政论。

二、曹頫著书的基本策略

基本策略是：隐蔽作者；隐蔽批者；隐蔽抄者；隐蔽"本旨"、"本事"。

四隐蔽的总目的是隐蔽自己。为达到此目的，曹頫千方百计，想方设法，设下种种掩饰，层层帷幕。

前面说了为了隐蔽自己，在作者问题上假托曹雪芹，在批者问题上假托脂砚斋等多人。

为了隐蔽"本旨"，"本事"，曹頫首创了正反两读的奇书，同时采用了"密码著书"和"秘法著书"等手段。

但另一面，曹頫又不愿彻底埋没自己，在"作者"问题上，在"批者"问题上，在"版本"问题上又暗藏玄机，一旦时机有利，重现真身。在"文本"问题上，利用批语剥茧抽丝地一点点揭出"本旨"，"本事"。请看：

1.作者问题上

1754（甲戌）年前，采用烟云模糊之计，如：石头天然就有字迹，空空道人抄回，吴玉峰、孔梅溪等题写书名，曹雪芹批阅增删。之后，则假托曹雪芹。

2.批者问题上

假托脂砚斋、诸公、畸笏叟、立松轩、梦觉主人等多人批书。

3.抄者问题上

这方面，曹頫手段是隐藏抄者，他不断变换笔体，伪造多人过录的假象。如《王府本》，林冠夫先生说:“根据字体的差异,可以确定,参加抄写者至少为10名……”①

笔者挑选了林先生认定的甲、乙、丙、丁、戊、己、庚、辛主要抄胥八人,分别选出他们抄写的一回来分析,即:

甲,第一回;

當(p1) 靈(p1) 編(p2) 錦(p2) 單(p3) 峯(p3) 愧(p3)

道(p4) 叔(p5) 跡(p5) 寫(p6) 賢(p6) 今(p7) 芳(p10)

邀(p10) 錄(p10) 傳(p10) 陷(p11) 外(p11) 夢(p13) 攏(p13)

雨(p14) 寂(p14) 過(p15) 艶(p19) 節(p20) 雨(p20) 自(p21)

憲(p22) 善(p25) 笑(p27) 檻(p29) 燒(p30) 鼎(p31) 丫(p31)

迎(p34) 箕(p34) 又(p34) 流(p34) 袄(p35) 嬿(p35) 吶(p37)

乙,第五回;

靈(p161) 流(p161) 探(p162) 密(p162) 叙(p162) 喜(p163) 偏(p163)

迯(p163) 過(p165) 再(p165) 收(p165) 雲(p165) 秦(p166) 兩(p166)

鋪(p167) 微(p167) 睡(p167) 没(p167) 骨(p167) 襲(p167) 就(p167)

金(p168) 兒(p170) 蹁(p170) 龍(p171) 愧(p171) 散(p173) 歌(p173)

春(p173) 從(p174) 遣(p174) 寫(p174) 九(p175) 喜(p175) 冠(p176)

單(p176) 餘(p176) 念(p177) 根(p178) 空(p178) 捨(p179) 簪(p179)

照(p179) 卧(p181) 袂(p184) 蹁(p184) 今(p184) 靈(p185) 曷(p185)

裳(p187) 鍾(p187) 刻(p187) 寃(p192) 參(p192) 須(p192)

丙,第十三回;

死(p451) 龍(p451) 熈(p451) 令(p451) 孀(p452) 曾(p452) 冠(p452)

曉(p452) 散(p452) 令(p453) 錢(p453) 幼(p454) 流(p454) 奬(p454)

贊(p455) 恩(p456) 夢(p456) 死(p456) 襲(p456) 氣(p457) 靈(p457)

離(p457) 過(p457) 衆(p458) 緊(p458) 欽(p459) 單(p459) 了(p461)

笑(p463) 馮(p464) 節(p464) 邪(p464) 遞(p464) 身(p464) 銀(p465)

舅(p465) 援(p466) 秦(p466) 金(p467) 監(p467) 龍(p467) 等(p468)

喜(p474) 収(p474) 釵(p475)

丁,第二十回;

熙(p739) 叙(p139) 襲(p740) 忙(p740) 了(p741) 曾(p741) 愧(p741)

跟(p742) 節(p743) 喜(p743) 埜(p173) 臉(p744) 緊(p745) 刻(p745)

枕(p746) 霞(p746) 跑(p749) 娥(p750) 錢(p751) 麤(p751) 哥(p753)

戚(p753) 靈(p754) 念(p754) 邊(p759) 死(p760) 偏(p760) 流(p761)

西(p761) 舅(p762) 再(p764) 專(p764) 笑(p765) 衆(p765)

戊,第三十七回;

單(p1399) 每(p1399) 空(p1399) 轉(p1400) 鄉(p1400) 檻(p1400) 逢(p1400)

露(p1400) 鬚(p1401) 銀(p1401) 遞(p1402) 金(p1402) 渴(p1402) 衆(p1403)

叙(p1403) 美(p1404) 寫(p1404) 曾(p1404) 紫(p1404) 農(p1405) 再(p1405)

稻(p1405) 怕(p1407) 散(p1408) 熏(p1408) 須(p1409) 社(p1410) 今(p1411)

就(p1412) 脾(p1413) 過(p1413) 瑰(p1413) 了(p1413) 夢(p1414) 冤(p1415)

招(p1416) 焉(p1416) 節(p1417) 攢(p1417) 曉(p1417) 縫(p1418) 鑽(p1420)

恩(p1421) 襲(p1421) 兩(p1423) 瓶(p1424) 跟(p1424) 又(p1425) 死(p1427)

收(p1427) 倆(p1428) 鬼(p1428) 掐(p1429) 社(p1430) 虧(p1431) 緊(p1431)

今(p1432) 處(p1435) 衆(p1435) 讚(p1435) 嬸(p1436) 險(p1439) 派(p1443)

辛，第四十三回

金(p1639) 母(p1639) 過(p1639) 今(p1639) 塊(p1639) 笑(p1640) 倆(p1640)

跟(p164) 臉(p1641) 曾(p1641) 叙(p1642) 尤(p1642) 再(p1643) 得(p1643)

身(p1644) 沒(p1644) 嫂(p1644) 娥(p1645) 虧(p1645) 最(p1646) 每(p1646)

霞(p1646) 喜(p1647) 嬸(p1647) 錢(p1648) 戲(p1648) 散(p1649) 收(p1650)

梳(p1650) 怕(p1650) 緊(p1651) 就(p1651) 尤(p1651) 銀(p1651) 奠(p1653)

死(p1655) 劉(p1656) 吃(p1658) 須(p1659) 道(p1659) 爺(p1660) 魄(p1663)

候(p1663) 歇(p1667) 衆(p1667) 昔(p1667) 餘(p1668) 路(p1669) 襲(p1669)

庚，第五十六回；

探(p2151) 奠(p2151) 了(p2151) 窓(p2151) 兩(p2151) 嘗(p2152) 過(p2152)

空(p2153) 美(p2153) 单(p2153) 善(p2153) 念(p2155) 今(p2156) 笑(p2157)

泳(p2157) 忙(p2157) 等(p2158) 听(p2158) 再(p2158) 須(p2158) 監(p2158)

臉(p2158) 竖(p2159) 真(p2159) 番(p2160) 氣(p2160) 愧(p2160) 流(p2160)

回(p2161) 傳(p2162) 衆(p2162) 讚(p2163) 繕(p2163) 凡(p2163) 緊(p2164)

身(p2165) 攬(p2167) 節(p2168) 搜(p2169) 抱(p2169) 喜(p2170) 寂(p2172)

嚴(p2173) 問(p2173) 甄(p2174) 跕(p2175) 姑(p2175) 跟(p2176) 幼(p2176)

迎(p2176) 醜(p2178) 猿(p2179) 襲(p2183) 嘻(p2185) 參(p2185) 魂(p2187)

已,第六十四回;

熙(p2463) 寫(p2463) 靈(p2463) 過(p2463) 九(p2463) 吟(p2465) 龍(p2465)

派(p2465) 鉄(p2465) 檻(p2465) 偷(p2465) 枕(p2466) 空(p2466) 姨(p2466)

氣(p2466) 饒(p2468) 受(p2468) 襲(p2469) 沒(p2469) 禅(p2470) 挨(p2470)

寬(p2471) 緊(p2472) 西(p2472) 龍(p2473) 再(p2475) 収(p2477) 臉(p2478)

凡(p2478) 轉(p2479) 念(p2479) 身(p2480) 管(p2480) 嫣(p2481) 愛(p2481)

傳(p2482) 戲(p24852) 兎(p2483) 劍(p2483) 顔(p2483) 娆(p2483) 途(p2483)

讚(p2484) 吟(p2484) 跪(p2487) 痛(p2487) 甄(p2491) 銀(p2495) 却(p2495)

嚴(p2497) 察(p2479) 候(p2479) 嫂(p2502) 虧(p2503) 遞(p2503) 死(p2507)

錯(p2508) 外(p2508) 了(p2509) 熘(p2510)

例字 \ 抄手	甲	乙	丙	丁	戊	己	庚	辛
	P13	P169	P451	P740	P1420	P2469	P2186	P1646
	P1	P162	P475	P739	P1403	P2495		P1662
	P29	P201	P458	P739	P1431	P2472	P2164	P1651
	P25	P163	P468	P743	P1418	P2470	P2154	P1647
	P1	P161	P462	P754	P1439	P2466	P2158	P1641

这五个字系曹頫的常用字，融合着曹頫的“本旨”，如龙去头，金出头，此生不臣，善、喜删点，多口合一等，均是曹頫“异笔”中的代表字。

又如《己卯本》，冯其庸、吴恩裕先生认为：“这个己卯本是怡亲王府的抄本，主持抄藏此书的人当是怡亲王弘晓。”②

笔者认为：《己卯本》是曹頫手迹，是曹頫一人抄成，也不是七——九人抄成。

甚至连《己卯本》第六十七回也是曹頫亲笔。

过去人们一致认为是：“按乾隆年间抄本，武裕庵补抄。”

其实，这是曹頫假借武裕庵之名，自己抄写的。细辨该回笔迹稚嫩、笨拙，但伪造痕迹太明显了，如：

P911，“送”字，写作：“”；P933，“旺”字，写作：“”；P933，“出”字，写作：“”；

该回中有许多“曹頫异笔”字，如：

P905，“卿”字，写作：“”； “丫”字，写作：“”； “姨”字，写作：“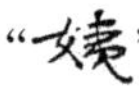”；

P906，“赞”字，写作：“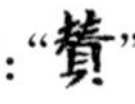”； “今”字，写作：“”； “外”字，写作：“”；

P907，“哥”字，写作：“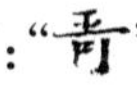”； “奇”字，写作：“”； “单”字，写作：“”；

P909，“带”字，写作：“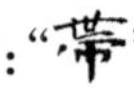”； “收”字，写作：“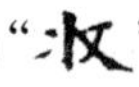”； “魂”字，写作：“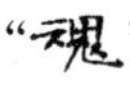”；

P914，“流”字，写作：“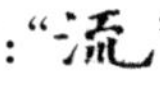”； “挨”字，写作：“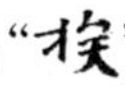”；

P915，“爷”字，写作：“”； “又”字，写作：“”； “众”字，写作：“”；

P917，“算”字，写作：“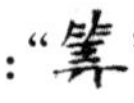”； “管”字，写作：“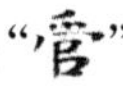”；

P919，“奉”字，写作：“”；

P920，“脸”字，写作：“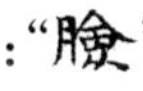”；

P922，“蜜”字，写作：“”； “蜂”字，写作：“”； “弹”字，写作：“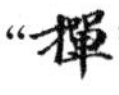”；

P925，“脾”字，写作：“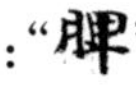”； “傳”字，写作：“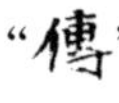”；

P905,“撒”字,写作:“撒”。

以上27个字,出现在曹頫的所有版本中,有许多字是曹頫独造字,除曹頫外,别人很少这样写。如:“奉”字加点;“臉”字连口;“傳”字断笔;“撒”字月改日等。

今天,多亏了曹頫的这些“异笔”,为我们留下了“识别码”。

4.“本旨”、“本事”问题上

主要做法是:设下重重帷幕,掩饰“本旨”、“本事”。

曹頫为了躲避文字狱,设下了重重帷幕。《红楼梦》究竟有多少重帷幕?笔者经过几年摸索,发现至少有十多重帷幕:

(1)性别帷幕

清代十二帝均是男性,作者偏偏将他们写成女性——“女儿”,出人意料之外。

(2)姓氏帷幕

《红楼梦》中,第四回门子拿出一张“护官符”上边写着贾、王、史、薛“四大家族”,给人印象,《红楼梦》写的是这四家。其实这四大姓,全是假的。“贾”——谐音“假”;“王”——表明真实身份,实则是皇帝;“史”——“史笔”之意;“薛”——由“孽”化出,是“情”的蕴意。

按《红楼梦》的反面,作者写得只是“爱新觉罗”和“曹家”两家。”十二钗”代表“爱新觉罗”家,“宝玉”代表曹家。

(3)纲目帷幕

《红楼梦》到底有几纲? 有人说四纲,有人说三纲,笔者认为是两纲。

也就是畸笏叟说的:“两山对峙”,脂砚斋说的:秦玉大纲目。

“秦”——”十二钗”一纲,“玉”——“宝玉”一纲。

(4)时间帷幕

《红楼梦》故意隐去了小说的“三大要素”之一——时间,模糊了“时间”概念,就模糊了“本事”,“本旨”实质,让读者不知所云,看不出写的是哪朝哪代的事。

(5)年龄帷幕

《红楼梦》中,“十二钗”和“宝玉”的年龄,经过艺术处理,全都隐蔽起来,均不可相信。

唯有第三回“二玉初会”时,“宝玉”七岁,是真的,那是曹頫的确切年龄。

(6)“身前身后”帷幕

作者不仅写了生前事,还写了身后事,这一点出人意料。对“后六帝”的预测描写,一般人是想不到的。

(7)梦幻帷幕

作者要写“大清”的盛衰,那么身前“前三帝”,身后“后六帝”如何表现,如何写?作者借梦幻将他们置于梦中、幻中(大观园里),手法极为奇特。

(8)异象帷幕

对于曹家的败落,对于大清帝国的衰亡,作者不能直言,怎么办?通过异象来表述,如黛玉葬花,宝玉遭受魇魔,遭受毒打,香菱丢失等来隐寓。揭开这层帷幕至关重要。

(9)文献典籍蕴意帷幕

鉴于作者的时代背景,许多话是不能说的,所以,作者多是借“文献典籍”来暗示,如“续庄子”就是典型一例。

(10)云龙雾雨帷幕

这是一种模糊法,如第五回,作者利用“梦境”瞬息万变的特征,一会儿秦可卿,一会儿警幻仙子,一会儿兼美,其实她们都是一个人。但是读者大都被搞晕了,弄不清她们之间的关系。

(11)谐音帷幕

脂砚斋有许多批语揭示该帷幕,如:封肃——风俗;娇杏——侥幸;十里——势力;仁清——人情等。假若没有脂砚斋的揭示,人们是想不到的,当然也就更想不到,这一切都是针对贾雨村的。

(12)混一帷幕

曹頫同雍正本是冤家,《红楼梦》中却写成一家人,或如叔嫂,或如姐弟,或如父子,或如夫妻……

十多重帷幕将《红楼梦》的“本旨”、“本事”隐蔽得极深极深。

历史上司马懿装痴呆,瞒过了曹真,后终成大业。

曹頫也学会了这一招,在《红楼梦》版本中、批语中大弄玄虚,制造结节,制造残本,制造文字拙劣,制造批语错简(如《靖藏本》批语),甚至于不惜制造公案、疑案。

这一切都是为一个目的服务——瞒过清室当局。

自然,不可避免地也瞒过了所有观者,但这是曹頫的无奈。

聪明过人的曹頫,既要蒙蔽“大清”当局,又不能埋没自己。于是在以上每个问题上都留下了解密的钥匙。

如作者问题上、批者问题上、抄者问题上,版本问题上,他以“曹頫异笔”揭开真相。在“本旨”和“本事”问题上,他留下大量批语予以解读。

当然,找到它们的解密钥匙,也非易事。

三、批语密切配合

曹頫的隐蔽方针,在各个时期批语的密切配合下,可以说是天衣无缝。

尤其在“本旨”,“本事”问题上,早期批语,竭力掩饰,唯恐被人识破。

如:第四十六回,作者写道:

比如袭人、琥珀、素云、紫鹃、彩霞、玉钏儿、麝月、翠墨,跟了史姑娘去的翠缕,死了的可人和金钏,去了的茜雪。

脂砚斋批道:

余按此一算,亦是十二钗,真镜中花,水中月,云中豹,林中之鸟,穴中之鼠,无数可考,无人可指,有迹可追,有形可据,九曲八折,远响近影,迷离烟灼,纵横隐现,千奇百怪,眩目移神,现千手千眼大游戏法也。脂砚斋。(庚·46F·ZⅡ2114)

作者试图给人一个假象:他在写女儿。为此,脂砚斋又组合出一个新“十二钗”,似乎是在弥补第五回中副册、又副册的空白。

四、隐蔽中的显露

有隐有见,这是曹頫的基本做法。

《红楼梦》的作者问题,是最为关键的一个问题,也是最终不能回避的一个问题。

曹頫先是采用“烟云模糊”法，后采用假托法，但是，曹頫又不甘心埋没自己，特别是不能为后世解读设下障碍。

所以在批语中不断暗示：从《楔子》中辨识作者，是“余”续《庄子》，是“余”起造大观园等。

在版本问题上留下了自己的“异笔”，为辨识真本，衍本做依据。

在“本旨”、“本事”问题上，写下大量批语，全方位多层次地揭示。

五、曹頫“著书策略”的功过

曹頫的这种著书策略是功是过呢？

功过均有，先说其功：

成功地躲过了清代残酷的文字狱，特别是乾隆时代。康熙、雍正时代每朝都有十几起文字狱案，而乾隆时代竟然多达130余起。《红楼梦》恰好诞生在这一时期。

为中华民族创作了一部文学经典，正面是一部伟大的小说，反面是一部杰出的政论。

说实在的，把《红楼梦》只当小说看，不是曹頫本意，而是他“无心插柳”的结果，这是曹頫始料不及的。

曹頫创作了一部奇书，结构奇特，写法奇特，表现手法奇特，内容奇特，尽管现在还没人破译，但它毕竟是一部奇书。

其过：

曹頫造假，迷惑了无数人，特别是三大假。这三个大假是：

(1)《红楼梦》是写“情”，写女儿的；

(2)《红楼梦》作者是曹雪芹；

(3)《红楼梦》未写完，有后回。

二百六十多年来，曹頫的三大假和“著书策略”造成了：作者问题，批者问题，版本问题，《红楼梦》写的什么内容？是一部什么样的书？诸多公案。

至于诗词、联句解读，人物隐寓等小的公案、疑案更是多不胜数。

人们说：红楼迷案重重，是解不完的谜，《红楼梦》也因此成为众说纷纭的显学。但是，这不能怪曹頫，曹頫也是迫不得已。它是清王朝禁锢思想、文网绞杀的结果。

注释：

① 林冠夫，《红楼梦版本论》，文化艺术出版社，2007年1月第一版，第233页。

② 冯其庸，影印《脂砚斋重评石头记》己卯本序，第4页，上海古籍出版社，1981年7月版。

第六章 《红楼梦》版本综述

目前所知道曹頫亲自创作的《红楼梦》版本共有九个，笔者将其分为早期、中期、晚期三个时期来探析。

早期版本：(约1751年—1753年)有三个本子：《郑藏本》，《列藏本》，《卞藏本》。

中期版本：(1754年—1760年)有四个本子：《甲戌本》、《丙子本》(即《庚辰本》)、《脂Ⅲ评本》(即《靖藏本》)、《己卯本》。

晚期版本：(约1768年—1784年)有两个本子：《王府本》，《梦觉本》。

一、成书过程

1.十三年酝酿，十年创作

1727年，曹頫被革职、抄家后，反思了十三年。十三年中曹頫深陷在不解、苦闷、悲愤之中，他不停地、反复地思索，往事挥之不去，时刻萦绕心头。“花影不离身左右，鸟声只在耳西东”(《红楼梦》第二十八回)，就是曹頫当时的心境、感受。

那场灾难，在长期的酝酿中会发酵，会激发出创作冲动。

根据《甲戌本·凡例》中诗句“十年辛苦不寻常”，曹頫完成《红楼梦》用了十年时间，哪一年开始，哪一年结束？

《甲戌本》成书时间确定，是1754年。现在所知，《甲戌本》前还有三个版本，它们是：《郑藏本》，《列藏本》，《卞藏本》。毫无疑问，这三本的截止年限只能是1753年，那么，上限是哪一年？《红楼梦》中出现的“神瑛”二字，就是上限。

1751年，崇庆皇太后六十大寿，乾隆为其母堂前奇石题名《青芝岫》，又名《神瑛》，“神瑛”二字的出现——1751年，这就是上限。

因此，1741年—1751年就是《红楼梦》的创作期。

《红楼梦》的成书过程，实际就是“本事”在“本旨”的作用下幻化入书的过程。

曹頫以自己扎实的文化底蕴总结了曹家盛衰，沉痛地分析了曹家衰败的内因和外因。从中发现了家族兴衰的规律，以及“运”“数”规律。进而由此及彼，想到了清王朝的兴衰，因此诞生了一部举世瞩目的《红楼梦》。

曹頫的这个认识，是由浅入深，由简到繁，逐步完善的。从《红楼梦》成书过程中，我们可以清晰地看到它渐进的痕迹。

2.《甲戌本·凡例》中的书名与成书过程

探析《红楼梦》成书过程，须从《甲戌本》[1]《凡例》入手，《凡例》说：

红楼梦旨意：是书题名极多(或极富含义)，《红楼梦》是总其全部之名也；又曰《风月宝鉴》，是戒妄动风月之情；又曰《石头记》，是自譬石头所记之事也；此三名皆书中曾已点睛矣。如宝玉做梦，梦中有曲，名曰《红楼梦十二支》。此则《红楼梦》之点睛。又如贾瑞病，跛道人持一镜来，上面即錾"风月宝鉴"四字，此则《风月宝鉴》之点睛。又如道人亲眼见石上大书一篇故事，则系石头之所记之往来。此则石头记之点睛处。……

《风月宝鉴》、《石头记》、《红楼梦》是不同时期的不同叫法，是同一本书的异名，不是两本书，或三本书。

书名的前后次序是：最初叫《风月宝鉴》，尔后改名《红楼梦》，后叫《石头记》，甲戌年后又恢复《石头记》书名。

3.五次增删，五个稿本

书名变换必然牵涉到主要人物、主线、主题的变化。从书名变动中我们可以看出，《红楼梦》在"披阅十载，增删五次"中形成了五个不同的稿本：

(1)一稿本

遗存有：第九回，第四十回。

笔者判断这两回是作者第一稿遗存，根据畸笏叟批语：

雪芹旧有《风月宝鉴》之书，乃其弟棠村序也。……(甲·1F·JⅢ0030)

第一稿书名很可能就叫《风月宝鉴》，但在回目前没有标明。

第九回，秦鐘，是最初用名，茗烟，也是最初用名。

第四十回，贾母说："只有两个姐儿可恶"，是原稿，后改为："只有两个玉儿可恶"。

(2)二稿本

遗存有：红楼梦第十回

笔者判断这一回是作者第二稿遗存，这时，曹頫决定书名为《红楼梦》，并标在回目前。

第十回，秦鐘，改名秦锺。

(3)三稿本

遗存有：第二十二回，第二十四回，第三十回，第三十三回，第三十四回，第四十六回，第五十二回，第五十三回，第五十四回，第五十五回，第五十六回，第五十八回，第五十九回，第六十回。

笔者判断：上述十四回是作者第三稿遗存，特征是：回目双行，版式8×16

第二十二回，贾母谜语：獅子身轻站树梢。"獅子"站树梢，这是不可能的，后改为：猴子。原稿，确实不严谨。

第五十九回，王夫人丫头，叫玉环，后改名叫玉钏。

(4)四稿本

遗存有:第六十一回,第六十二回,第六十三回,第六十四回,第六十八回,第七十一回,第七十二回,第七十三回,第七十四回,第七十九回(第八十回)

笔者判断:上述十一回是作者第四稿遗存,特征是:回目单行(少数回为双行)+版式8×20。第六十三回,刘嫂,后不久就改叫:"柳嫂"。

上述四稿,均还不成熟,具有许多原稿遗迹。

(5)五稿本

《红楼梦》成书截止时间

乾隆十六年(1751年),是乾隆母亲崇庆皇太后六十寿辰,为庆贺母亲寿辰,乾隆大修清漪园(颐和园前身)。

之前,乾隆前往西陵途中的良乡田间发现一块巨石,长三丈,广七尺。此石玲珑、嶙峋,经了解,乃是明代太仆寺少卿米万钟欲从房山移往自己勺园的,中途因财产耗尽而止,弃于道旁。

乾隆遂命运往清漪园(颐和园前身),乾隆赐名"青芝岫"题于石上,并题"神瑛","玉秀"。

"神瑛"二字是《红楼梦》中所记"本事"中的最后一件事。

从《红楼梦》的版本来看,《甲戌本》有明确日期——甲戌年(1754),它之前还有三个版本,《郑藏本》,《列藏本》,《卞藏本》。

按最快速度,一年一个版本,《郑藏本》,1751年完成;《列藏本》,1752年完成;《卞藏本》1753年完成。

根据《甲戌本·凡例》结尾题诗:"十年辛苦不寻常"句判断:《红楼梦》成书是1751年。

1751年,作者完成了《五稿本》,书名一时拿不准,最初想叫《红楼梦》,每页上印有"红楼梦"三字,但抄写时决定叫《石头记》。

五次增删,五次重大改动,使《红楼梦》主线更加明显,主题更加突出。

五次增删,不但书名在不断地变化,主题、主线、主要人物也在不断地变化。从中我们可以看到,作者认识在不断深化,书稿在不断完善,主题思想在不断提升。

《五稿本》(即《郑藏本》)是曹頫十年辛苦写作的第一个定稿本,字斟句酌,一笔不苟地用馆阁体抄出。足见曹頫对其极为珍重。

二、《红楼梦》版本简述

《红楼梦》定稿后,作者仍然不停地抄、改、批,因而形成许多的版本,目前所知共有九个。大致可分为三期。

版本顺序的确定主要依据有三:(1)文字变动;(2)批语状况;(3)干支纪年。

1.早期版本系列

早期版本系列有《郑藏本》、《列藏本》、《卞藏本》三个本子。它们具有共同的、独特的特点,在《红楼梦》版本中具有十分重要的地位。

它们的特点是：

书名：《郑藏本》是《石头记》、《红楼梦》两名并用；《列藏本》叫《石头记》；《卞藏本》叫《红楼梦》，说明此时作者对书名尚未做出最后决定；

三本均没有成书时间标志；

回目均为双行并书；

无石化玉的情节；

第七十九、八十回尚未分回，呈大回状态；

第八回，通灵玉和金锁上的文字还没改写成篆字；

黛玉年龄等保持原始状态（偏大）；

保留有许多原笔，如"虎兕相逢大梦归"，"箕裘颓废皆荣王"等；

情节较简单，如第十六回，秦钟死后没再苏醒；许多地方尚不完善，如第三十七回，没有贾政放学差情节等。

（1）版本一——《郑藏本》

《郑藏本》是曹頫十年创作，五次增删形成的第一个版本，目前传世的《郑藏本》残本，就是该本遗存。

《郑藏本》虽然只有两回，也可说明一些问题。

抄写纸的中缝印着"红楼梦"字样，而回目却题《石头记》，两名并用。

郑藏本没有脂批。

稿本中残留着许多未改动的痕迹，如："茗烟"郑藏本叫"焙茗"；"秋纹"此时尚叫"秋雯"；"贾蔷"叫"贾义"等。

第二十三回没有黛玉听《牡丹曲》的描述，该本尚不完善。

（2）版本二——《列藏本》

大约1752年，曹頫又一次抄、改《石头记》，并首次正式加写评语。该本的特点就是有了评语，曹頫当时没有假托脂砚斋批书的念头，也没想到这就是"Ⅰ评"，直到甲戌年重评时，才将该批追认为"Ⅰ评"，因此该本就是：《脂Ⅰ评本》。

1921年，胡适得到《甲戌本》后，人们才知道有脂砚斋"Ⅱ评"，"脂Ⅱ评"凸现出来了，可是"脂Ⅰ评"在哪里呢？

笔者苦苦搜寻了三年时间，几经反复。

直到发现了"曹頫异笔"，辨明《列藏本》是曹頫亲笔写成后，才找到这才是真正的"脂Ⅰ评"。

《列藏本》是一个整理本，大约在1752年，曹頫在抄、改了50回，其他28回内容来自前四稿旧稿，为节省时间将旧稿中能用的章回略加修改编入该本，如第十回回前题"红楼梦第十回"，第六十三、六十四回，第七十二回等回后署"红楼梦卷××"即是证据，这些回均是旧稿的遗存。

第二十三回是新稿，回末，《郑藏本》无黛玉听曲内容，而《列藏本》却有了，说明《郑》前《列》后。

《列藏本》第一回，孔楼溪，《卞藏本》为：孔梅溪；

《列藏本》第一回，谁解痴中味，《卞藏本》为：谁解其中味；

《列藏本》第四回，君恩成可待，《卞藏本》为：君恩或可待。

说明《列》前《卞》后。

（3）版本三——《卞藏本》

2006年，上海新出现了一部《红楼梦》残本，被卞亦文先生收藏，称《卞藏本》，许多红学家认定这是一部早期版本。但成书年限，抄写者，版本中的位置却有些茫然。

笔者经研究认为《卞藏本》系曹頫亲笔抄成，成书时间在《郑藏本》与《列藏本》之后，大约是1753年前后，按写作顺序属曹頫第七稿。

早期版本书名明确叫《红楼梦》的只有这一个本子，这个本子曹頫送给了曹雪芹（曹霑）。曹頫既然将作者假托曹雪芹，岂能不让他有一部《红楼梦》？曹雪芹（曹霑）1764年去世，敦敏、敦诚兄弟“开箧犹见冰雪文”，见到的就是这个本子。

此书经敦敏、敦诚的幼叔墨香流传到社会上，形成第一个传播源。

明义、永忠等人看到的《红楼梦》，也是这个本子。《列藏本》以后版本均没有宝钗“扇纨遗却在苍苔”以及“三尺玉罗为手帕，无端掷去复抛来”，“留得小红独坐在，笑教开镜与梳头”的情节。

2.中期版本系列

中期版本系列，现有《甲戌本》，《丙子本》（《庚辰本》），《靖藏本》《己卯本》四个本子。

它们的特点是：

除《靖藏本》遗失外，其他三个本子成书都有准确时间；

书名统一，都叫《石头记》；

时间紧凑，1754—1760，七年时间完成了四个版本；

文本内容基本定稿。

（4）版本四——《甲戌本》

《甲戌本》在《红楼梦》诸多版本中，有着十分重要的地位，是一个承前启后的版本。后《丙子本》（《庚辰本》）《靖藏本》、《己卯本》等本均是依照此本抄成的，因此成为一个系列：重评本系列。

1927年胡适得到一本《石头记》，因书中有“至脂砚斋甲戌抄阅再评”字样，遂命名为《甲戌本》。

《甲戌本》有着特殊的价值，值得注意：

第一次有了成书的准确时间，甲戌年，即1754年，这个年份成了推断《红楼梦》各版本年代的基点。

作者假托脂砚斋，不但为脂Ⅰ评定了位，也为此后的脂Ⅲ评，脂Ⅳ评铺平道路。

脂Ⅱ评极为重要，对《红楼梦》进行系统的、全方位的评注。

确定了书名，仍用《石头记》

《甲戌本》第一回中说：“至脂砚斋甲戌抄阅再评，仍用《石头记》。”

该本后期还增写了畸笏叟Ⅲ评，畸Ⅲ评，旨在解读。为我们今天准确、完整、彻底解读《红楼梦》，留下了不可缺少的可靠的、权威的依据。

保存了独有的《凡例》，为研究《红楼梦》的成书过程，提供了线索。

（5）版本五——《丙子本》、（《庚辰本》）

笔者判断：《丙子本》、《庚辰本》是同一个本子。

根据是：

A、《庚辰本》第七十五回回前批语就是有力证据。

乾隆二十一年五月初七日对清。（庚·75F·ZⅡ2323）

B、《庚辰本》署有：庚辰秋月定本。但却有己卯冬的批语，说明己卯年（1759年）之前庚辰本就存在。

C、第十九回，《己卯本》已有回目，而《庚辰本》却没有，同样证明《庚》前《己》后。

D、《己卯本》有六十四回，六十七回，而《庚辰本》却没有。

丙子年是1756年，是甲戌年的第三年，可以推算出来，《丙子本》应是从《甲戌本》过录下来的。回目题词“脂砚斋重评石头记卷之第×回”足以证明《丙子本》是依《甲戌本》过录，它以双行夹批方式精选保留了脂砚斋的Ⅱ评。由于《甲戌本》是个残本，因此《丙子本》就是一个非常重要的本子。

《丙子本》脂批过录状况：《甲戌本》，《丙子本》，共有回目是：13回—16回，25回—28回，这八回中《甲戌本》共有脂Ⅱ评295条，《丙子本》过录179条，其中改动50条。改动中最突出的是加写了“脂砚”等字样。

《庚辰本》定名是由于第四十一回至五十回回目下的“庚辰秋月定本”六个字。

《庚辰本》是曹頫庚辰年在原《丙子本》上加写了脂Ⅳ评，并逐字逐句改动一遍形成《庚辰本》。改动幅度相当大，即今天《庚辰本》上的所有旁改墨笔。

后又于壬午年（1762年）以畸笏叟为名加写了JⅠ评，丁亥年（1767年）又加写了JⅡ评，形成今天的《庚辰本》。

（6）版本六——《靖藏本》

以脂砚斋名誉加写的批语，脂Ⅱ评，脂Ⅳ评有明显标注，一在《甲戌本》上，一在《庚辰本》上，很明显。可是脂Ⅰ评和脂Ⅲ评却没有任何标注，不知何在。

经过不断搜寻，后在《列藏本》上找到脂Ⅰ评，脂Ⅲ评却一直找不到。

笔者认为既有脂Ⅰ评，脂Ⅱ评，脂Ⅳ评，必有脂Ⅲ评，必有一个《脂Ⅲ评本》，但“脂Ⅲ评”在哪里？《脂Ⅲ评本》又在哪里？几年来为它煞费苦心。几经反复，终于发现：《靖藏本》就是《脂Ⅲ评本》，其独出批语大多数是“脂Ⅲ评”，少数几条是畸Ⅳ评。

断定其为《脂Ⅲ评本》的理由如下：

《靖藏本》上有“石化玉”情节，这429字只《甲戌本》有，可证《靖藏本》过录《甲戌本》；

《靖藏本》独出批语，有好几条接着“脂Ⅱ评”写，如：

第二十四回，先写了一条脂Ⅱ评：孝子可敬，后来荣府事败，必有一番作为。

《靖藏本》上接着批道：果然。（靖·24F·ZⅢ0019）

又，第四十八回，墨眉脂Ⅱ评：香菱为人根基不下迎、探……

《靖藏本》上接着批道：此批甚当。（靖·48F·ZⅢ0036）

从1754年（甲戌年）起，曹頫有意识地在每个版本上留下关于成书时间的标识。如：

《甲戌本》：至脂砚斋甲戌抄阅再评；

《丙子本》：乾隆二十一年五月初七日对清；

《己卯本》：己卯冬月定本；

《庚辰本》：庚辰秋月定本；

《脂Ⅲ评本》：最早批书时间是，丁丑年（1757年），这就是《脂Ⅲ评本》开始过录的时间。

还有六条署年份的批语，是畸笏叟后来陆续加写的批语，列为畸Ⅳ评。

1959年夏，毛国瑶先生从靖应鹍那里借到一本《石头记》，抄录了《戚序本》上所没有的批语。1964年时该本不知去向，不见原本，所以不能确定这个本子是不是曹頫手迹。但该本记录有畸笏叟从丁丑年（1757年）到戊子年（1771年）的批语。说明这个本子一直在曹頫手中，至少保存了十四年。这就足以说明，这个本子是曹頫秘藏的一个本子，是他亲手抄写的。

可惜，《靖藏本》已下落不明了，《靖藏本》是不是曹頫亲笔，没有实物实证，的确令人遗憾。

1964年，靖应鹍先生晒书时，偶然发现《靖藏本》残存的一张残页，毛国瑶先生立即寄给俞平伯先生，并被俞平伯先生拍下照片。

当我得知该照片还在时，立即从网上搜寻出来，照片两侧还有俞平伯先生题词。原件如下：

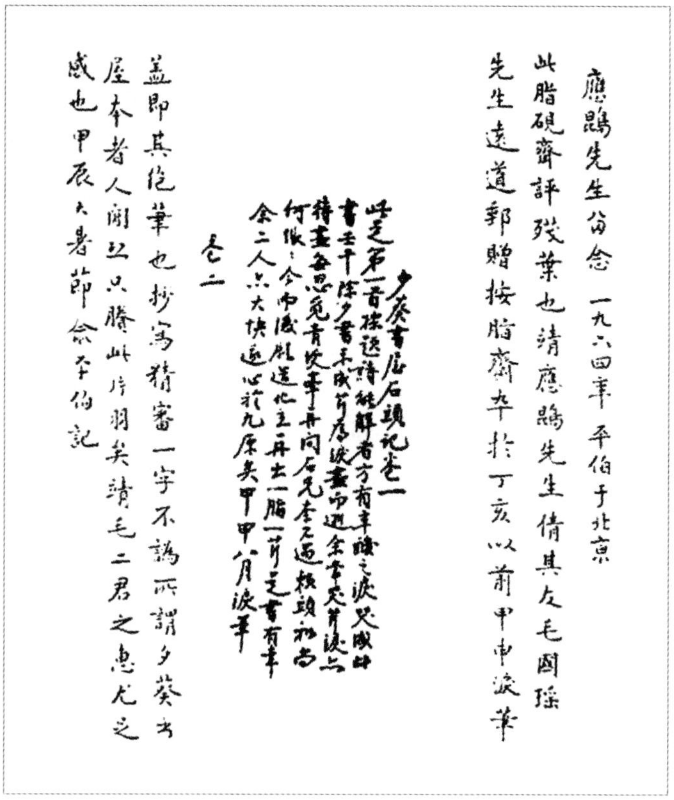
應鷗先生留念 一九六四年 平伯于北京

此脂硯齋評殘葉也靖應鵾先生倩其友毛國瑤

先生遠道郵贈按脂齋本於丁亥以前甲申淚筆

夕葵書屋石頭記卷一

此是第一首標題詩能解者方有辛酸之淚哭成此

書壬午除夕書未成芹為淚盡而逝余常哭芹淚亦

待盡每思覓青埂峯再問石兄奈不遇癩頭和尚

何悵悵今而後願造化主再出一脂一芹是書有幸

余二人亦大快遂心於九原矣甲申八月淚筆

卷二

蓋即其絕筆也抄寫精審一字不訛所謂夕葵書

屋本者人間只賸此片羽矣靖毛二君之惠尤足

感也甲辰大暑節俞平伯記

当我匆匆打印下来后，根据我对曹頫“异笔”的研究一眼就看出来这是曹頫手笔，他的“异笔”字历历在目，如：

《靖藏本》粘条“异笔”	其他版本“异笔”
	 （列·P114畸批）
	 （庚·P236）
	 （列·P120）
	 （府·P212）
	 （庚·P260）
	 （列·P82）
	 （庚·P13）
	 （列·P120眉批）
	 （庚·P271）
	 （庚·P397）

当我判定是曹頫真迹后，惊喜万分，意识到这一纸残页，价值千金。

1.它以实物证明了《靖藏本》是曹頫手迹，是《红楼梦》原本，真本。从而保证了《红楼梦》版本链的完整。

2.它以实物证明了毛国瑶先生过录的批语是真的，不是伪造的。今天，我们应该感谢毛国瑶先生，他的一次偶然过录，抢救了差点连同《靖藏本》一起遗失的脂Ⅲ评、畸Ⅳ评。

版本还可以借鉴他本，而批语却是无法替代的，从而保证了曹頫批语链的完整。

3.它澄清了“夕癸书屋”是曹頫批书的笔名，与所谓的“夕癸书屋”主人吴鼒没有关系。

以书房名作自己抄书、改书、批书的笔名是曹頫的习惯，围绕《红楼梦》一书，曹頫先后用过悼红轩，绛芸轩，脂砚斋，松斋，立松轩，夕癸书屋等名。

(7)版本七——《己卯本》

《己卯本》因第三十一回至四十回回目下的“己卯冬月定本”六字，定名《己卯本》。

笔者从“曹頫异笔”上判定，《己卯本》是曹頫亲笔，因此不是“怡亲王府”抄本。至于是不是送给怡亲王了，目前尚没有证据。

《己卯本》前十一回，笔者判断：曹頫己卯年依《丙子本》过录时，重新修改过的，因此《庚辰本》《己卯本》前十一回有差异。大约有20余处不同，如：

第二回，(雨村)生情狡猾，(庚本)

情性狡猾，(己本)；

读至凡书中有“敏”字，(庚本)

读书凡有“敏”字，(己本)

第三回，嫫嫫，(庚本)

娘，(己本)

两湾半蹙鹅眉，一对多情杏眼，(庚本)

两湾似蹙非蹙罥烟眉，一双似笑非笑含露目，(己本)

第五回，及看了这两句，(庚本)

宝玉看了这两句，(己本)

一场幽梦同谁近，千古情人独我痴。(庚本)

梦同谁诉离愁恨，千古情人独我知。(己本)

第八回，且略等等不是，(庚本)

且略等等不迟，(己本)

从第十二回开始，《己卯本》依照《丙子本》(也即《庚辰本》)原文过录，一丝不差。

3.晚期版本系列

晚期版本系列有：《王府本》，《甲辰本》两个本子，它们的特点是：

时间跨度大，从1768年，到1884年，长达16年；曹頫已进入高龄阶段；

这些本子已经相当成熟，无论是文本，还是批语，都达到了出神入化的地步；

《王府本》综合了早期版本和中期版本；《甲辰本》却在很大程度上回归早期版本。

(8)版本八——(《王府本》)

《己卯本》送没送给怡亲王弘晓？没有相关资料证明，但《王府本》确与弘晓有关。

根据《王府本》第七十二回前批语：

柒爷王爷(府·72F·LⅠ0757)

为此一叹，向以此书，柒拾而不富。(府·72F·LⅠ0758)

上有“七爷王爷”字样，笔者认为：弘晓是允祥第七子，所以称“七爷王爷”。

那个“”(爺)字同《列藏本》上的“(爺)字如出一辙，一模一样，字头一撇一捺均变作两点。

如图：《王府本》：(爺)，(府·P1312)；《列藏本》：(爺)，(列·P79)。

“柒拾”字样，就是曹頫“七十岁”时。

结合立松轩LⅠ0712批：“作者已逝，圣叹云亡”，可知《王府本》当成书于1768年前后。

《王府本》是曹頫精心抄、改、批编辑的一个本子。同时也是一个合成本，是由“早期版本系列”和“中期系列版本”合成的。前四十回中，绝大多数章回同于“中期系列版本(即重评本系列版本)”，仅第二十九回同于早期版本系列。

郑庆山先生说：“第十三回至第四十回，已庚蒙戚——杨列舒梦程成了两大系统的分野。”[②]证实了以上推论。

后四十回却大都同于“早期版本系列”，只有第四十五回—第四十八回，第六十三回同于“重评本系列”。

《王府本》还有一个有趣的现象，即它有许多衍本，有《戚序本》，《戚沪本》，《戚宁本》等。《王府本》同它的衍本之间，基本相同，但有差别。差别是：《王府本》有侧批，衍本没有；《王府本》第六十七回同衍本之间截然不同；《王府本》后期进行过修改，衍本保持原样。

如：第二十八回：

P16 《王府本》：(原笔)便要饰酒，修改为：便要斟酒

《戚序本》：便要篩酒

P17 《王府本》：(原笔)这诗词上到我有限，幸而昨日 修改为：这诗词上我却有限，昨日

《戚序本》：这诗词上我到有限，幸而昨日

P21 《王府本》：(原笔)黛玉昨日所脑 修改为：黛玉昨日怨恨

《戚序本》：黛玉昨日所脑

从以上事例看，说明《王府本》成书后，便有人过录了，并且流行开了。但底本还在曹頫手中，若干年后，曹頫再次审阅时，逐字逐句进行了修改，总第871页的“”(魂)字，第1067页的“”(舅)字从“异笔”角度看修改人就是曹頫。同时加写了侧批，重写了第六十七回。

根据：柒爷王爷(府·72F·LⅠ0757)

为此一叹，向以此书，柒拾而不富。(府·72F·LⅠ0758)

两批判断：修改时间为1768年，那么成书时间大约在壬午(1762)年—丁亥(1767)年之间。

(9)版本九——《梦觉本》

当我从曹頫“异笔”中发觉《梦觉本》也是曹頫手迹的时候，惊喜不已。1784年，曹頫还活着，掐指一算这一年他已是86岁高龄，不禁让人肃然起敬。一个顽强的斗士，一个生命不息，战斗到底的勇士，让人敬佩。为了《红楼梦》，曹頫付出了一生心血，付出了一切。

《梦觉本》，这是曹頫一生中写成的最后一个版本。这时曹頫已是将近九旬的老人，这是他竭尽全力之作，是最后的奉献。

巧的是，书名又恢复了《红楼梦》，这是曹頫看到人们喜欢这个书名，更重要的是《红楼梦》为书名，突出了第五回那场大梦，与“十二钗”主线相吻合。恢复《红楼梦》书名，也表明曹頫的自信。

同时，曹頫在《序》中公开承认他就是《红楼梦》觉醒主人，只是人们没有识穿而已。

从字迹看，曹頫心情平静，淡然，文字多做简约化处理，原来的许多“异笔”，悄然消失，这正是一种晚年心态。

但从《梦觉主人》序中看，他还是渴望人们能够解读、认识《红楼梦》。

特别是他那一段话：“《三坟》、《五典》、《八索》、《九邱》，其次有《春秋》、《尚书》、《志乘》、《梼杌》。其事则圣贤齐治，世道兴衰述者逼真直笔，读者有益身心。”，暗示给人们，他的《红楼梦》也是这样一部书。

这个暗示极为重要，是我们正确认识《红楼梦》的一座灯塔，一座指路明灯。

三、《红楼梦》版本一览图

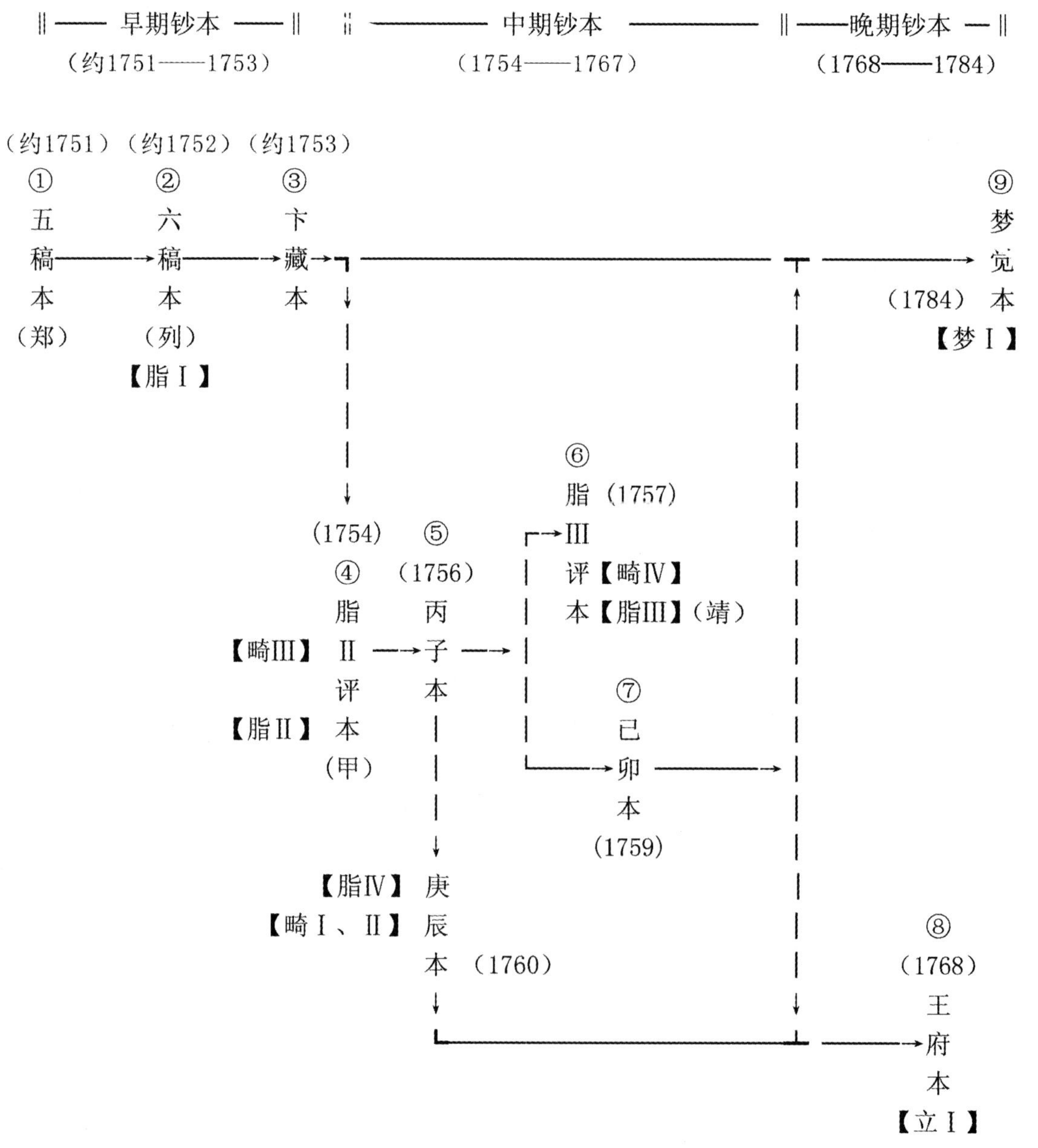

说明：

*《<红楼梦>版本一览图》理清了曹頫各版本顺序。

*‖———‖表示这个区间的版本属于一个时段、一个时期。

*目前所知《卞藏本》、《梦觉本》书名叫《红楼梦》，其他版本都叫《石头记》，《郑藏本》两名并存。

*①、②、③……表示版本序号。

*（1754），表示版本形成的大致年份。

*↓、→、└、┴等表示钞本过录顺序和钞本合成情况，如“王府本”是由“早期版本”和《丙子本》合成。

*（郑）、（靖）等表示原版本的持有者、收藏者。

*【脂Ⅳ】、【立Ⅰ】等表示该本附着的批属、批次。

*《杨藏本》、《舒序本》、《戚序本》等均非曹頫原本，故没有列入本表。

*曹頫一生所制作的钞本绝非九个本子，必然还有。从年限上看有一大空白，即1761年——1784年，24年间不会只有两个钞本。

期待新的钞本发现，进一步充实和完善《红楼梦》版本一览图。

第七章 《红楼梦》重大改笔及意义

1751—1784年，33年间曹頫至少抄、改、批创作了九个版本，其中改笔不计其数，有些重大改笔引人注目。

一、《列藏本》改笔

《红楼梦》早期钞本中，《列藏本》（约1752年）是一个最完善的本子，有78回；《郑藏本》（约1751年），只有两回；《卞藏本》（约1753年）只有十回。曹頫对一些人物的名字，一些情节尚未最后定稿，因此改动较大。

《列藏本》是一个极其复杂的本子，有新稿也有旧稿，同《郑藏本》比较，第二十三回，《郑》前《列》后；而第二十四回，则是《列》前《郑》后。

下面是《列藏本》对《郑藏本》第二十三回的重大改笔：

改笔（1）

郑：因贾義管理着文官等十二个女戏子并行头。

列：因贾蔷管理着文官等十二个女戏子并行头。

贾義改为贾蔷，有什么含义？

显然，“十八画”暗隐雍正，“蔷”字“十八画”，贾蔷隐寓雍正。

改笔（2）

郑：大轿驢。

列：大叫驴。

改笔（3）

郑：金钏儿：才擦的香侵胭脂，这会子你可擦不擦？

列：金钏儿：才擦的香侵胭脂，这会子你可吃不吃？

改笔（4）

郑：焙茗见他这样子。

列：茗烟见他这样子。

改笔（5）

郑：（迎春、探春、惜春、贾环见了宝玉）都站了起来。

列：唯有探春、惜春合贾环站了起来。

改笔（6）

郑：第二十三回回目为：《西厢记》妙词通戏语，《牡丹亭》艳曲警芳心，但是文中却没有黛玉听《牡丹亭》戏文的内容。笔者认为：是作者先拟好回目后，写该回内容时遗漏了。后在抄写《列藏本》时（或《卞藏本》时）补入了听《牡丹亭》曲内容。

如图一,图二,图三:

图一,《郑藏本》第二十三回末"至梨香院墙下"句与"忽想起"句之间,没有听《牡丹亭》曲的内容。

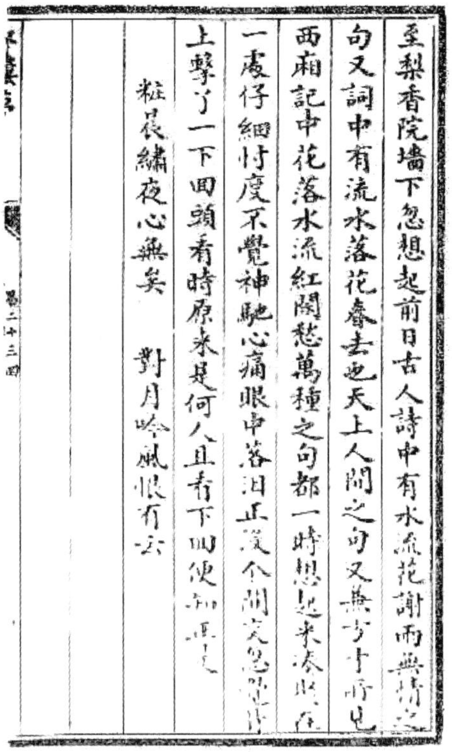

至梨香院墻下忽想起前日古人詩中有水流花謝兩無情之
句又詞中有流水落花春去也天上人間之句又兼方才所見
西廂記中花落水流紅閑愁萬種之句都一時想起來湊聚在
一處仔細忖度不覺神馳心痛眼中落泪正沒个開交忽覺背
上擊了一下回頭看時原來是何人且看下回便知正是
粧晨繡夜心無矣　對月吟風恨有云

图一:《郑藏本》第二十三回回末

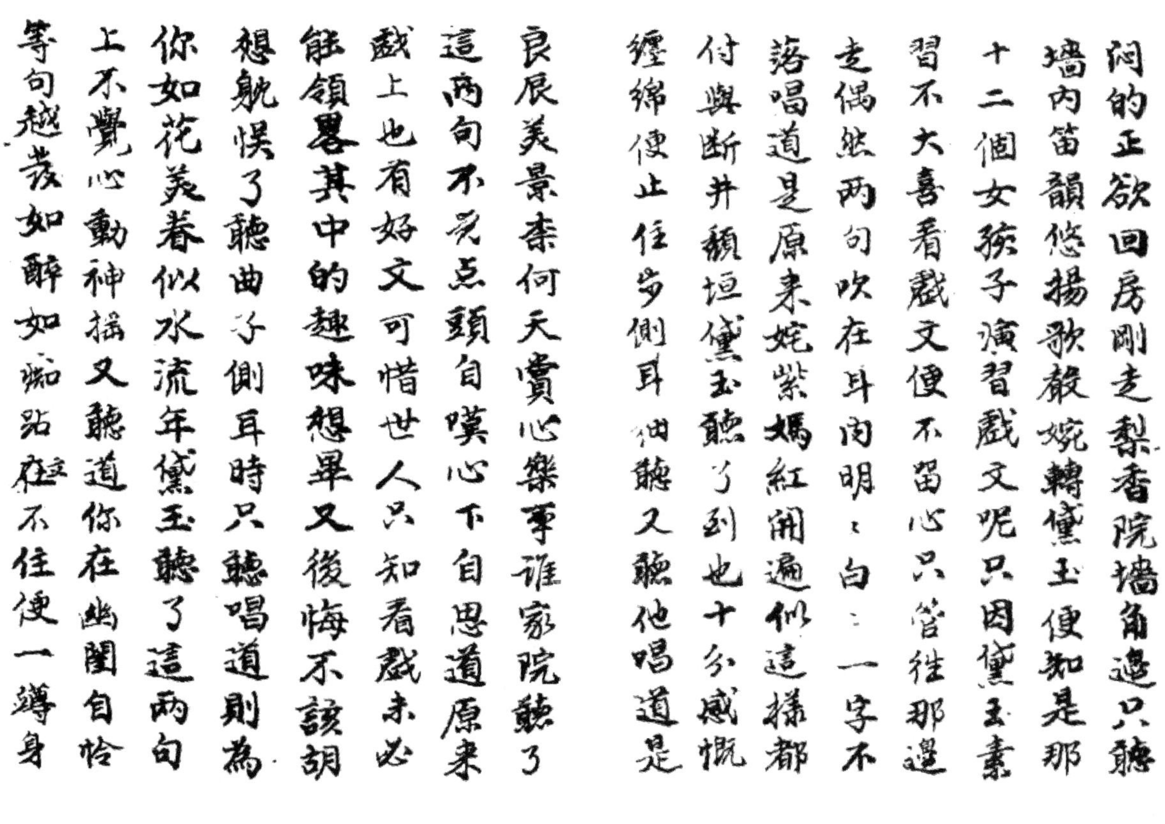

閃的正欲回房剛走梨香院墻角邊只聽
墻內笛韻悠揚歌聲婉轉黛玉便知是那
十二個女孩子演習戲文呢只因黛玉素
習不大喜看戲文便不留心只管往那邊
走偶然兩句吹在耳內明明白白一字不
落唱道是原來姹紫嫣紅開遍似這樣都
付與斷井頹垣黛玉聽了到也十分感慨
纏綿便止住步側耳細聽又聽他唱道是
良辰美景奈何天賞心樂事誰家院聽了
這兩句不覺點頭自嘆心下自思道原來
戲上也有好文可惜世人只知看戲未必
能領畧其中的趣味想畢又後悔不該胡
想躭悞了聽曲子側耳時只聽唱道則為
你如花美眷似水流年黛玉聽了這兩句
上不覺心動神搖又聽道你在幽閨自憐
等句越發如醉如痴站立不住便一蹲身

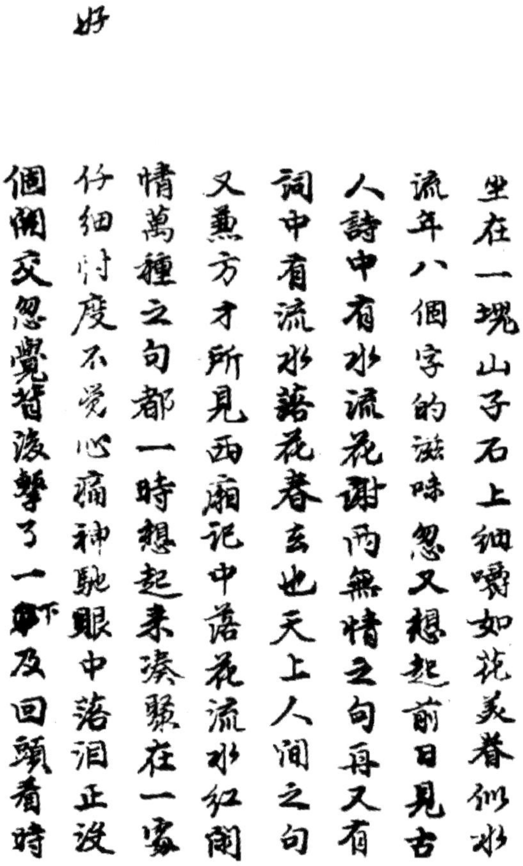
好

坐在一塊山子石上細嚼如花美眷似水流年八個字的滋味忽又想起前日見古人詩中有水流花謝兩無情之句再又有詞中有流水落花春去也天上人間之句又兼方才所見西廂記中落花流水紅閑情萬種之句都一時想起來湊聚在一處仔細忖度不覺心痛神馳眼中落淚正沒個開交忽覺背後擊了一下及回頭看時

图二、图三：《列藏本》第二十三回回末

从图二、图三我们可以看出，从“刚走至梨香院墙角边”到“忽又想起”中间，作者补写了266字，将“《牡丹亭》艳曲警芳心”内容补齐。

第二十四回，《列藏本》却是旧稿，有可能是五次增删中的第三稿，因此是《列》前《郑》后。

改笔(7)
列：原来本姓林，小名红玉，只因玉字……
郑：红玉说：“原名唤红玉，改名唤小红。”
改笔(8)
列：只见秋纹、碧痕希希哈哈，
郑：只见秋雯、碧痕希希哈哈，
改笔(9)
列：无上述情节，移至25回。
郑：(红玉梦见)贾芸隔窗叫他……

下面是《下藏本》对《列藏本》的重大改笔：
改笔(10)第一回
列：一僧一道……来至石下席地坐而长谈，只见一块鲜明莹洁的美玉，又缩成扇坠大小，可佩可拿。

卞:一僧一道……来至山下席地而坐叹曰,自见一块鲜明莹洁的美玉弃在崖边,施法拾起,缩成扇坠大小,可佩可拿。

改笔(11)第一回
列:市井俗人,喜爱理治之书者甚少。
卞:世之人情,喜爱理治之书甚少。

改笔(12)第一回
列:这一干风流冤家尚未投胎入尘。
卞:这一干风流冤家尚未投入红尘。

改笔(13)第二回
列:当日宁国公与荣国公是一母同胞两个弟兄,宁公居长。
卞:当日宁国府与荣国府是一母同胞两个弟兄,宁居长子。

改笔(14)第三回
列:黛玉眉目:两湾似蹙非蹙罥烟眉,一双似泣非泣含露目。
卞:黛玉眉目:两湾似蹙非蹙罥烟眉,一双似飘非飘含露目。
“似飘非飘”是少女偷看的神态,“似泣非泣”,突出了黛玉还泪之说。

此外还有几则回目《卞藏本》做了改动
改笔(15)第三十三回
列:手足眈眈小动唇舌,不肖种种大承笞挞
卞:小进谗言素非友爱,大加打楚诚然不肖

改笔(16)第三十四回
列:情中情因情感妹妹,错里错以错劝哥哥
卞:露真情倾心感表妹,信讹言苦口劝亲兄

改笔(17)第三十九回
列:村姥姥是信口开河,痴情子偏寻根究底
卞:村老妪荒谈承色笑,痴情子实意觅踪迹

改笔(18)第六十五回
列:膏粱子惧内偷娶妾,淫奔女改行自择夫
卞:贾二舍偷娶尤二姨,尤三姐思嫁柳二郎

改笔(19)
根据畸笏叟提示,第十三回,删除了秦可卿淫丧情节,“西帆楼”改为“天香楼”。

《郑藏本》、《卞藏本》都没有第十三回，详情不清楚。《列藏本》有第十三回，但确实没有“秦可卿淫丧情节”，什么时候删除的，说不清楚。

也许还在这之前，也许是作者在自造“结节”，以引人注目。

删除秦可卿淫丧的用意

畸笏叟对此有两次解释：

通回将可卿如何死故隐去，是大发慈悲心也，叹叹。壬午春。（庚·13·JⅠ0022）

“秦可卿淫丧天香楼”，作者用史笔也。老朽因有魂托凤姐贾家后事二件，嫡是安富尊荣坐享人能想得到处。其事虽未漏，其言其意则令人悲切感服。姑赦之，因命芹溪删去。（靖·13·Ⅲ0013）

一次在1757年，一次在1762年，原因是：“其言其意令人悲切感服”，“大发慈悲心也”。

果真是这样吗？

不是的，一句：“作者用史笔也”，透露出其真实原因。

1726年，努尔哈赤攻宁远，被炮火击伤，退回盛京（沈阳），七月，又身患毒疽，赴清河汤泉疗养。八月中旬，沿太子河而下。此时，大妃乌喇那拉氏·阿巴亥前来伴驾，努尔哈赤病情加剧，九月三十日逝于爱鸡堡。

努尔哈赤去世，皇太极等逼阿巴亥悬梁自尽殉葬。

“阿巴亥悬梁自尽殉葬”是清朝前期人人皆知的遗事。《红楼梦》中秦可卿悬梁自尽，很容易引起人们的联想。

努尔哈赤是清王朝奠基人，人们敬若神明。稍有不敬，就是灭族之灾。

从避祸角度考虑，曹頫删去了原文，但又于心不甘，遂用欲显则隐法，使之成为结节，让人产生好奇心，反穷追不舍，想方设法，竭力探索。

这一删除，反而产生凸现效应。

改笔（20）根据明义《题红楼梦》诗，有宝钗扑蝶时遗扇情节：“追随小蝶过墙来，……扇纨遗却在苍苔”；有宝玉为小红梳头情节：“留得小红独坐在，笑教开镜与梳头。”还有黛玉写好手帕诗后送还宝玉情节：“无端掷去复抛来”。

笔者推断明义所见《红楼梦》版本，应该是《卞藏本》。

理由是：其一，1784年前，形成版本后书名叫《红楼梦》的只有《卞藏本》一种；其二，明义看到的《红楼梦》，来自其姐夫墨香，而墨香的《红楼梦》，来自其侄儿敦敏、敦诚；敦敏、敦诚兄弟帮曹雪芹遗孀处理完丧事后“开箧犹见冰雪文”，就是此本。

由于《卞藏本》只有前十回，明义的上述三个情节有没有就成了悬案，或许原稿中有，后来删除了，改动了，或许是明义记错了。

二、《甲戌本》改笔

《甲戌本》是中期钞本中的核心本，所有的重评系列本都以它为基础。

《红楼梦》经过几年的酝酿，作者的认识，思想不断变化着，因此，《甲戌本》对早期钞本又有了较大幅度的改动。

改笔(1)改动了第三、五、七、八、二十六回等回目。

第三回

托内兄如海酬训教，接外孙贾母惜孤女(下、列本)

金陵城起复贾雨村，荣国府收养林黛玉(甲戌本)

第五回

灵石迷性难解天机，警幻多情秘垂淫训(下藏本)

开生面梦演红楼梦，立新场情传幻境情(甲戌本)

第七回

尤氏女独请王熙凤，贾宝玉初会秦鲸卿(下、列本)

送宫花周瑞叹英莲，谈肄业秦锺结宝玉(甲戌本)

第八回

拦酒兴李奶母讨厌，掷酒杯贾公子生嗔(下藏本)

薛宝钗小恙梨香院，贾宝玉大醉绛芸轩(甲戌本)

第二十六回

蘅芜院设言传密语，潇湘馆春困发幽情(列藏本)

蜂腰桥设言传密意，潇湘馆春困发幽情(甲戌本)

改笔(2)将书名定名为《石头记》。

书名变动的含义

20世纪80年代，曾有人对“喜欢《石头记》，还是喜欢《红楼梦》书名”做过一个问卷统计，其中80%多以上的人都喜欢《红楼梦》，只有10%左右的人喜欢《石头记》这个书名。

可是，甲戌年曹頫偏偏选择了《石头记》做书名，为什么？

这要从书名的含义说起，《红楼梦》三个字来自晚唐诗人蔡京的《咏子规》：“惊破红楼梦里心”句，如果是这样，它的含义就是“千年冤魂化为禽”，有鸣冤之意。根据曹頫败落事件是冤案来看，是吻合的。

但，笔者认为更主要的含义却是：《红楼梦》表明它的主线是“十二钗”；而《石头记》则强调它的主线是宝玉。

曹頫，在书中隐寓是“宝玉”，所以他喜欢《石头记》，这个书名。

再则，曹頫当时重在隐蔽书之“本旨”，“本事”，以《石头记》为书名，引开人们的思维，尽量不往“十二钗”方面考虑。

改笔(3)第三回

早期版本中，黛玉年龄为“十三岁”，《甲戌本》删除了黛玉“十三岁”的文字，按书意推测为六岁。删除了黛玉“十三岁了”的字样，黛玉六岁，目的是为了彰显宝玉“七岁”。

改笔(4)第三回，改黛玉眉目为：“似□非□□□□”。

改笔(5)第四回，删除了回前诗

第四回标题诗，仅见于《列藏本》：捐躯报君恩，未报躯犹存。眼底物多情，君恩成可待。

有人认为：此诗非作者所写，也有人用此诗解贾雨村。

笔者认为：这首诗确是作者所写，乾隆继位，一改雍正时严厉作风，追封曹振彦为二等将军，免去曹頫欠款，许多官员被“起复”任用。此时，作者一度对乾隆抱有幻想。回前诗大都是作者的思想、看法直接表述。

后幻想破灭，以后各版本将此诗一律删除。

改笔(6)第四回，改“表字文起”为：“字表文龙”。

改笔(7)第五回，删除了回前诗：“是谁幻入华胥境，千古风流造业人”，及回末联：“千古情人独我知”。

改笔(8)第五回，“箕裘頽墜”(卞本)改为：“箕裘頽堕皆从敬”。

此改笔明确了目标：不能继承祖业从贾敬开始，贾敬，隐寓雍正。

改笔(9)第八回，将通灵宝玉和金锁上的字改为篆字，显得更为逼真。

改笔(10)第七回，焦大醉骂，各本均为：“红刀子进去，白刀子出来。”甲本改为：“白刀子进去，红刀子出来。”

改笔(11)第十四回，原是：

《列藏本》是：(凤姐)刚到了宁府，荣府的人又跟到宁府；既回到荣府，宁府的人又找到荣府。

《甲戌本》改为：

(凤姐)刚到了荣府，宁府的人又跟到荣府；既回到宁府，荣府的人又找到宁府。

按说两种写法是一个意思，都是说凤姐忙碌，只是时序有变化。按理，曹頫完全没必要改动，可能是抄写时，第一个“宁”字不小心写成“荣”字，黑墨又不好改索性将错就错，后面全改了，反正意思不变。

这一改，《丙子本》照录，后《王府本》过录《丙子本》也照录。

改笔(12)第十六回末尾：

《列藏本》是：“……他是阳，我们是陰，怕他也无益，不如拿了秦锺，一走完事。”判官闻听，连喝不可，于是将秦锺魂魄放回。苏醒过来，见宝玉在傍，无奈痰堵咽喉，不能出语，只翻眼将宝玉看了一看，头摇一摇，听喉内哼了一声，遂冥然而逝。且听下回分解。

《甲戌本》改为：

“……他是阳间，我们是陰间，怕他也无益于我们。”都判官道：“放屁！俗话说得好：天下的官，管天下的事，陰阳本无二理。别管他陰也罢，阳也罢，敬着点没错了的。”众鬼听说，只得将秦魂放回。哼了一声，微开双目，宝玉在侧，乃勉强叹道：“怎么不肯早来，再迟一步，也不能见了。”宝玉忙携手垂泪道：“有什么话，留下两句。”秦锺道：“并无别话，以前你我见识自为高过世人，我今日才知自误，以后还该立志功名，以荣耀显达为是。”说毕，长叹一声，萧然长逝。下回分解。

详见图四、图五：

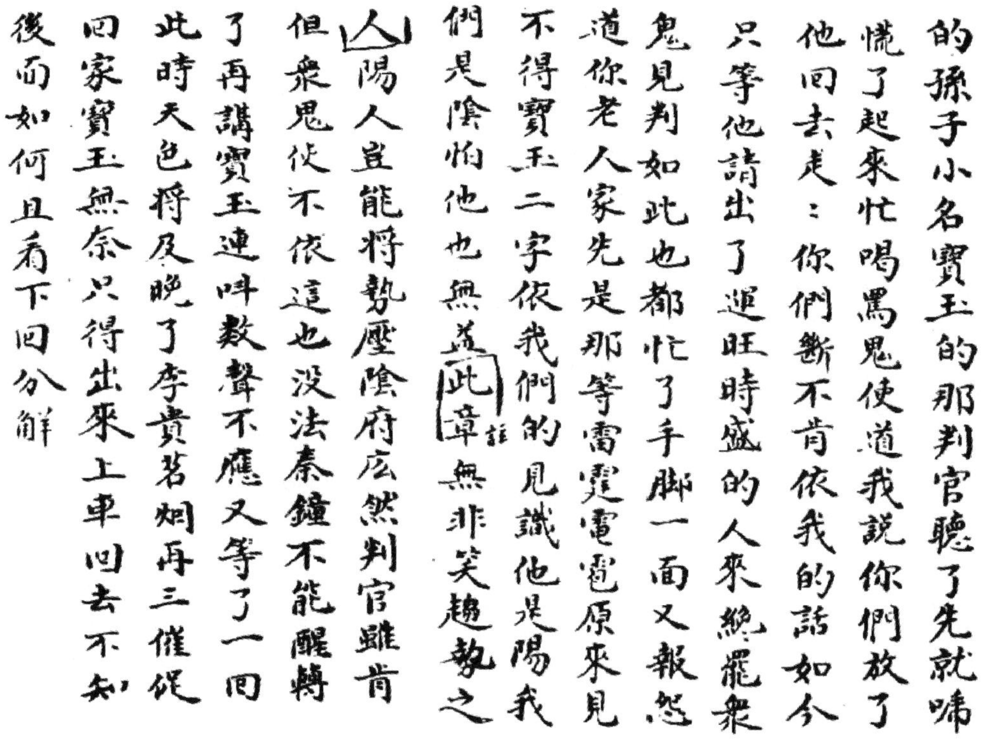
的孫子小名寶玉的那判官聽了先就唬
慌了起來忙喝罵鬼使道我說你們放了
他回去走走你們斷不肯依我的話如今
只等他請出了運旺時盛的人來纔罷衆
鬼見判如此也都忙了手脚一面又報怨
道你老人家先是那等雷霆電雹原來見
不得寶玉二字依我們的見識他是陽我
們是陰怕他也無益此章註無非笑趨勢之
人陽人豈能將勢壓陰府麽然判官雖肯
但衆鬼伏不依這也没法秦鐘不能醒轉
了再講寶玉連叫數聲不應又等了一回
此時天色將及晚了李貴茗烟再三催促
回家寶玉無奈只得出來上車回去不知
後面如何且看下回分解

图四:《列藏本》第十六回回末

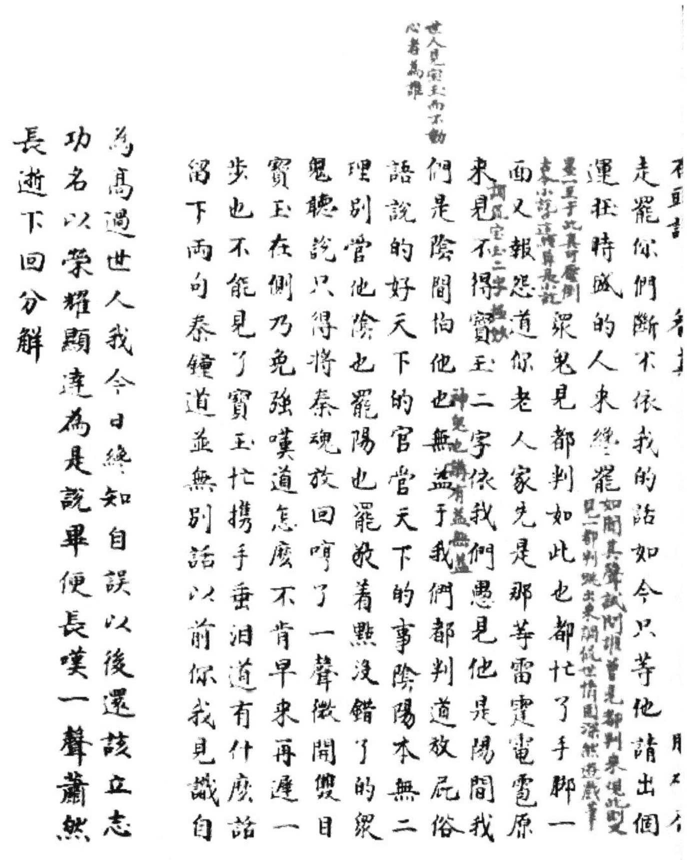
世人見寶玉而不動心者爲誰
走罷你們斷不依我的話如今只等他請出個
運旺時盛的人來纔罷衆鬼見都判如此也都忙了手脚一
面又報怨道你老人家先是那等雷霆電雹原
來見不得寶玉二字依我們愚見他是陽間我
們是陰間怕他也無益于我們都判道放屁俗
語說的好天下的官管天下的事陰陽本無二
理別管他陰也罷陽也罷敬着點没錯了的衆
鬼聽說只得將秦魂放回哼了一聲微開雙目
寶玉在側乃免強嘆道怎麽不肯早來再遲一
步也不能見了寶玉忙携手垂泪道有什麽話
留下兩句秦鐘道並無別話以前你我見識自
爲高過世人我今日纔知自誤以後還該立志
功名以榮耀顯達爲是說畢便長嘆一聲蕭然
長逝下回分解

图五:《甲戌本》第十六回回末

改笔(13)第二十五回,改:“青埂峰一别十五载”为“十三载”。这是曹頫将作者假托曹雪芹后的重大改笔。

宝玉魇魔年龄“十五岁”改为“十三岁”,是为了同历史、现实吻合。曹頫从接替“江南织造”,到雍正五年被罢职、抄家,恰好是“十三年”。

这里还有一个巧合,曹頫在作者问题上是隐蔽自己,假托曹雪芹(曹霑)。恰好曹雪芹(曹霑)生于1715年到曹頫被抄时是十三岁,与曹頫任江宁织造同步。曹頫这一改,突出了曹雪芹(曹霑)十三岁,许多红学家在此跌入陷阱,进入“曹雪芹(曹霑)著红楼梦”的陷阱。

这个改动透露出一个重大信息,即曹雪芹(曹霑)生于1715年,这也是曹雪芹(曹霑)是曹顒之子的铁证。

三、《丙子本》改笔(即《庚辰本》改笔)

笔者判断:《庚辰本》就是原《丙子本》,从改笔先后次序来说,《庚辰本》改笔应该按《丙子本》看。

改笔(1)删除《凡例》和七律,第五条并入正文。

改笔(2)第一回,删除了“遗石化玉”情节。

删除“遗石化玉”情节的原因

《甲戌本》上有一段“石化玉”情节,到《丙子本》(《庚辰本》)时,却不见了。

笔者认为:删除“石化玉”情节,是曹頫深思熟虑后的结果。

“石化玉”产生的结果是:书中主人公“宝玉”口中的那块玉是“补天遗石”所变,而主人公“宝玉”的来历则与“补天遗石”无关了。这样就抹杀了主人公“宝玉”与“补天遗石”的关联,这显然不符合曹頫的创作本旨。

《红楼梦》中有一条重要的线索就是在“补天”,“不补天”问题上展开,对此问题,曹頫是很看重的。当初只是为模糊统治者当局考虑,写下石化玉情节,后发觉不妥,遂加以删除。

“石化玉情节”,容易造成“女娲补天遗石”变成了贾宝玉口中所含之玉,从而与主人公贾宝玉脱节,删除是对的。

并非“误翻一页”造成。

改笔(3)

《丙子本》(《庚辰本》)有一条至关重要的改笔,第一回,增写了:“此回中,凡用梦用幻等字,是提醒阅者眼目,亦是此书立意本旨。”

这仍然是用隐笔讲作者的立意本旨,概括为一个“梦”字,一个“幻”字。

其实两个字讲着一件事,前显示结局,后者显示过程。

谁的结局,谁的过程?梦中主要写谁?——十二钗;幻中主要写谁?——也是十二钗。

不过,先在梦中看到他们的结局,再于幻中(大观园中)慢慢地看他们的衰亡过程。

“梦”、“幻”所表现的在书的正面是“情”,在书的反面是“清”。

改笔(4)

《甲戌本》为:当日宁国公与荣国公是一母同胞兄弟两个。

《庚辰本》改:当日宁国公是一母同胞兄弟两个。(《梦觉本》同)

改笔(5)第三回,将黛玉眉目改为:“似笑非笑含露目”。

改笔(6)第十一回,各本为:如今才九月半,还有五个月功夫,什么病治不好?

《庚辰本》删除此句,(《梦觉本》同)。

改笔(7)第十三回《甲戌本》为:云牌连叩四下,正是丧音,将凤姐惊醒。

《庚辰本》改为:云牌连叩四下,将凤姐惊醒。

删去了“正是丧音”四字。以回避“钟声连敲四下,隐寅字”句。

改笔(8)第二十四回,丙子本有几处重要改笔

A、郑藏本、列藏本为:那园子里还要种树种花。

庚辰本改为:那园子里还要种花。

B、郑藏本、列藏本为:是我不成器花了不成。

庚辰本改为:我手里花了不成。

C、郑藏本、列藏本为:一边将那冰麝举起来。

庚辰本改为:一边将一个锦匣举起来。

说实在的,这三处改的都不如原文,但曹頫为什么要改?曹頫自有他的难言之隐。

这三处都是关于贾芸的,贾芸隐寓雍正,曹頫心里有鬼,怕别人看出来。

红玉、贾芸故事暗透康熙选择胤禛的过程,上述C条暗透胤禛送礼讨好事略,“冰麝”有可能是原物,所以改为“锦匣”。A条的“种树种花”,是表明康熙将圆明园赐给胤禛后,胤禛大力种树种花,一则实施韬晦之计,二则讨康熙喜欢,康熙曾五次驾幸圆明园。B条,“不成器”三字是针对当年雍正贬评曹頫“原不成器”的反证词,究竟谁不成器?

曹頫所以删除“种树”,“不成器”,“冰麝”等,是为了进一步隐蔽“本事”,同第五回删除回前诗是一个道理。

改笔(9)第二十四回,增写了红玉改名小红的原因,以及小红的遭遇、梦境等,

改笔(10)第二十五回,原句是:(宝玉)一时下来,隔着纱屉子,向外看得真切。

《庚辰本》改为:(宝玉)一时下了窗子,隔着纱屉子,向外看得真切,改动更为确切。

改笔(11)第二十五回,原句是:(贾环)故意装作失手,向宝玉脸上一推。

《庚辰本》改为:(贾环)故意装作失手,把那一盏油汪汪的蜡灯,向宝玉脸上一推。

改得好,突出了“一盏油汪汪的蜡灯”。

改笔(12)第二十六回回目,原是:蜂腰桥设言传密意

《丙子本》改为：蜂腰桥设言传心事

“传心事”，更贴切些。

改笔(13)第二十七回，有一处可以证明《丙子本》过录《甲戌本》

《列藏本》均是：上月我还和他妈说

《甲戌本》误为：肯跟我还和他妈说

《丙子本》(即《庚辰本》)同误：肯跟我还和他妈说

可证《丙子本》过录《甲戌本》。

改笔(14)第二十七回，原句是：等他的气叹一叹

改为：等他的气消一消。

改笔(15)第三十七回，增写了贾政放学差情节。

改笔(16)第五十五回，开头增写了：“目下宫中有一位太妃欠安”等63字。

改笔(17)《庚辰本》第六十三回，从“因又见芳官……”开始到“因饭后平儿”之间，作者补写了芳官等改名786字，是一次大幅度的增补。

作践芳官，就是作践雍正，这是作者最淋漓尽致的一次发泄。

如图六，图七，图八：

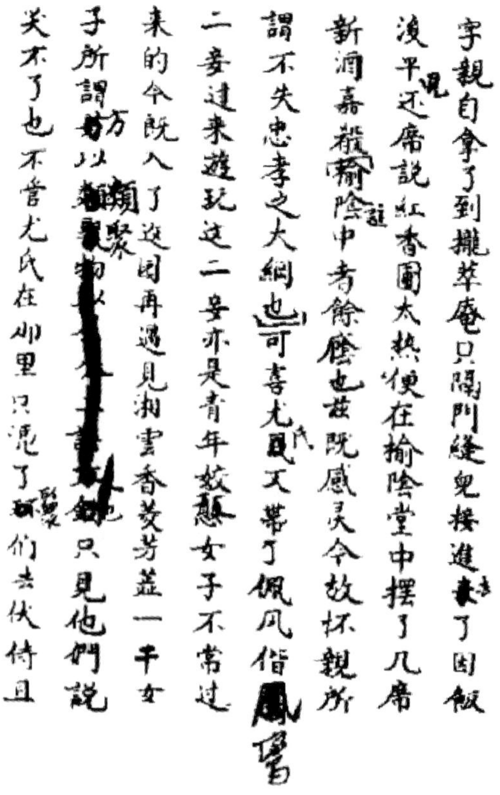
字親自拿了到攏翠庵只隔門縫兒撂進去了回飯
後平兒還席說紅香圃太熱便在榆陰堂中擺了几席
新酒嘉殽榆陰中考餘蔭也茲既感其令故懷親所
謂不失忠孝之大綱也可喜尤氏又帶了佩鳳偕鸞
二妾過來遊玩這二妾亦是青年嬌憨女子不常過
來的今既入了這園再遇見湘雲香菱芳蕊一干女
子所謂方以類聚[redacted]只見他們說
笑不了也不管尤氏在那里只混了丫鬟們去伏侍且

图六：《列藏本》第六十三回

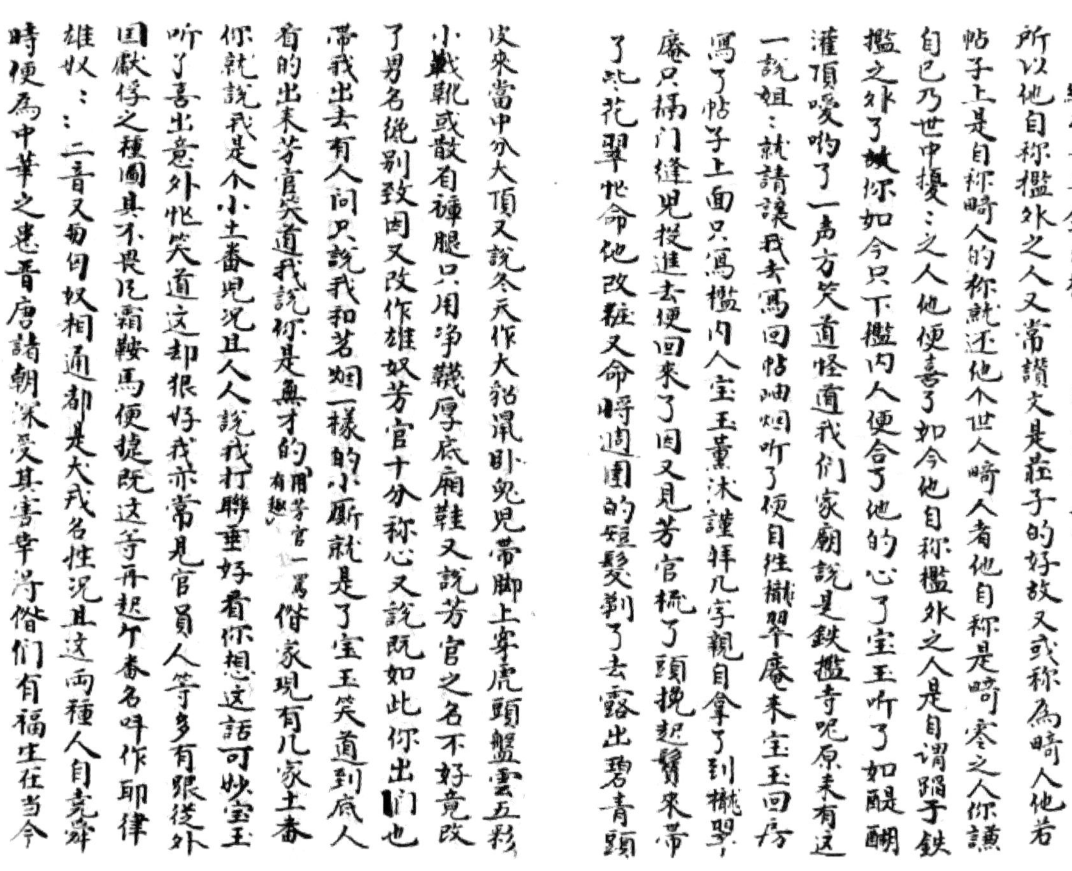

縱有千年鐵门檻　終須一個土饅頭
所以他自稱檻外之人又常讚文是莊子的好故又或稱為畸人他若
帖子上是自稱畸人的你就还他个世人畸人者他自稱是畸零之人你謙
自己乃世中擾擾之人他便喜了如今他自稱檻外之人是自謂蹈于鉄
檻之外了故你如今只下檻内人便合了他的心了宝玉听了如醍醐
灌頂嗳哟了一声方笑道怪道我們家廟說是鉄檻寺呢原来有这
一說姐姐就請讓我去寫回帖岫烟听了便自往櫳翠庵来宝玉回房
寫了帖子上面只寫檻内人宝玉熏沐謹拜几字親自拿了到櫳翠
庵只隔门縫兒投進去便回来了因又見芳官梳了頭挽起鬢来帶
了些花翠忙命他改粧又命將週圍的短髮剃了去露出碧青頭
皮来當中分大頂又說冬天作大貂鼠卧兔兒帶脚上穿虎頭盤雲五彩
小戰靴或散着褲腿只用淨襪厚底鑲鞋又說芳官之名不好竟改
了男名纔別致因又改作雄奴芳官十分称心又說既如此你出门也
帶我出去有人问只說我和茗烟一樣的小厮就是了宝玉笑道到底人
看的出来芳官笑道我說你是無才的（咱芳官一罵有趣）咱家現有几家土番
你就說我是个小土番兒况且人人說我打聯垂好看你想这話可妙宝玉
听了喜出意外忙笑道这却很好我亦常見官員人等多有跟從外
国獻俘之種圖其不畏风霜鞍馬便捷既这等再起个番名叫作耶律
雄奴雄奴二音又與匈奴相通都是犬戎名姓况且这两種人自尧舜
時便為中華之患晋唐諸朝深受其害幸得咱們有福生在当今

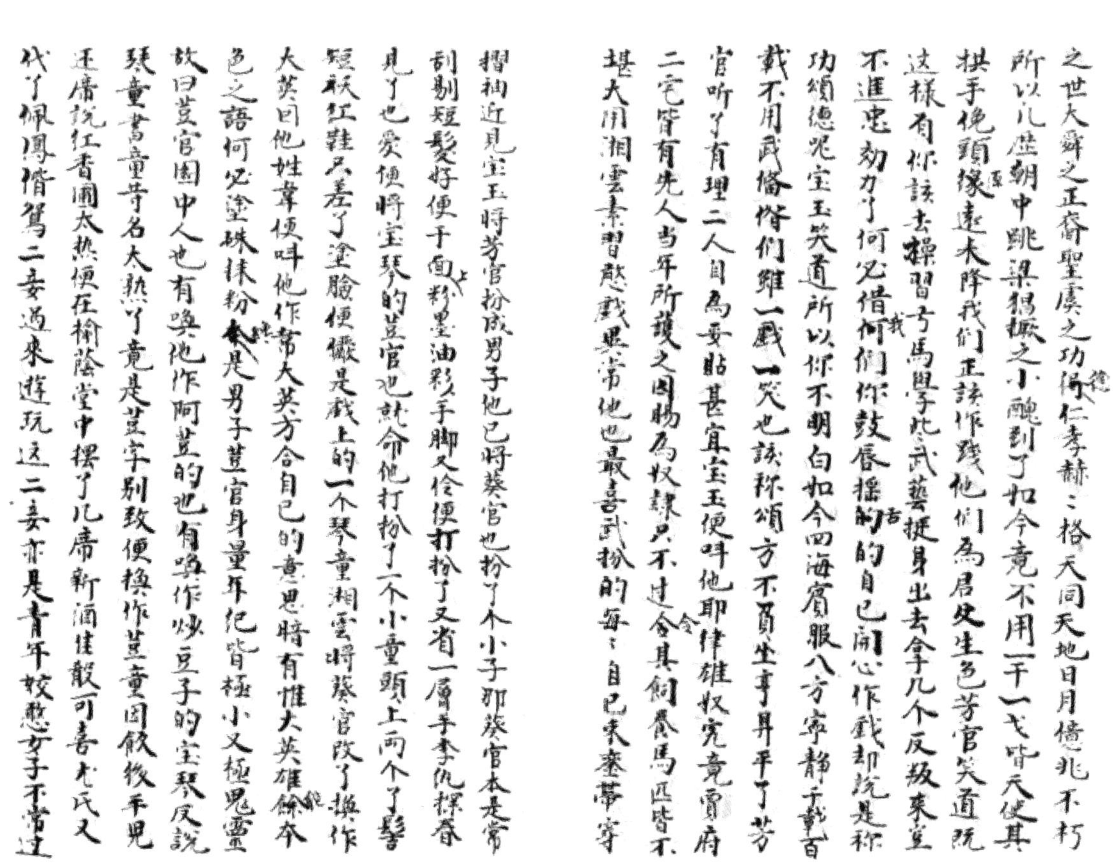

之世大舜之正裔聖虞之功德仁孝赫赫格天同天地日月億兆不朽
所以凡歷朝中跳梁猖獗之小醜到了如今竟不用一干一戈皆天使其
拱手俛頭緣遠来降我們正該作戲他們為君父生色芳官笑道既
这樣着你該去操習弓馬學些武藝挺身出去拿几个反叛来豈
不進忠効力了何必借我們你鼓唇搖舌的自己開心作戲却說是称
功頌德呢宝玉笑道所以你不明白如今四海賓服八方寧靜千載百
載不用武備咱們雖一戲一笑也該称頌方不負坐享昇平了芳
官听了有理二人自為妥貼甚宜宝玉便叫他耶律雄奴究竟賈府
二宅皆有先人当年所獲之囚賜為奴隸只不过令其飼養馬匹皆不
堪大用湘雲素習憨戲異常他也最喜武扮的每每自己束鑾帶穿
摺袖近見宝玉將芳官扮成男子他巳將葵官也扮了个小子那葵官本是常
剃剔短髮好便于面上粉墨油彩手脚又伶便打扮了又省一層手李紈探春
見了也爱便將宝琴的荳官也就命他打扮了一个小童頭上两个丫髻
短襖紅鞋只差了塗臉便儼是戲上的一个琴童湘雲將葵官改了換作
大英因他姓韋便叫他作韋大英方合自己的意思暗有惟大英雄能本
色之語何必塗硃抹粉才是男子荳官身量年紀皆極小又極鬼靈
故曰荳官園中人也有喚他作阿荳的也有喚作炒豆子的宝琴反說
琴童書童等名太熟了竟是荳字别致便換作荳童因飲做平兒
还席說紅香圃太熱便在榆蔭堂中擺了几席新酒佳餚可喜尤氏又
代了佩鳳偕鴛二妾過来遊玩这二妾亦是青年嬌憨女子不常过

图七、图八:《庚辰本》第六十三回

四、《靖藏本》改笔

毛国瑶先生在追忆《靖藏本》文字不同于《戚序本》的文字时说:“箕裘颓废皆从敬”为:“箕裘颓废皆荣王”。这句话让许多红学家们迷惑不解。

《己卯本》却是“箕裘颓堕皆荣玉”。

笔者根据作者的立意本旨,认为:“皆荣王”是原笔,“荣王”是指荣国府王熙凤,和“贾敬”一样,都是隐寓雍正。

五、《己卯本》改笔

改笔(1)第三回,回目改为:贾雨村寅缘复旧职,林黛玉抛父进都京。

改笔(2)王熙凤眉目,《甲戌本》是:一双丹凤三角眼,两湾柳叶掉稍眉。

《己卯本》上的眉目是:一双丹凤眼,两湾柳叶眉。

《己卯本》,曹頫计划送给弘晓,因此十分谨慎,去掉了“三角”,“掉稍”字样。

因为“三角眼”,“掉稍眉”正是雍正形象。

畸笏叟在他的批语中说:试问诸公,从来小说中,可有写形追像至此者。(甲·3F·JⅢ0045)

言外之意,这是“写形追像”,而且特别像。像一个人的眉目,他就是雍正。

改笔(3)

第五回,箕裘颓堕皆从敬,《己卯本》改为:箕裘颓堕皆荣玉,“玉”字上的一点明显是后加的,实为“荣王”。

“荣王”是曹頫原笔。

改笔(4)假托武裕菴补写了第六十七回。

六、《王府本》改笔

改笔(1)第三回,改黛玉眉目为“一双俊目。”

改笔(2)《庚辰本》是:贾母因问黛玉念何书,黛玉道:“只刚念了《四书》。”黛玉又问姊妹们读什么书,贾母道:“读的是什么书,不过是认得两个字,不是睁眼的瞎子罢了。”

《王府本》改为:贾母因问黛玉念何书,黛玉道:“只刚念了《四书》,是睁眼瞎子罢了。”

《王府本》是夺露,还是有意删除?前者指姊妹们,后者专指黛玉,第三回是黛玉专篇,因此属有意删除。

改笔(3)第五回,“虎兕相逢”改为:“虎兔相逢”。

改笔(4)第五回,“千古情人独我知”改为:“千古情人独我痴”。

“知”改“痴”,似乎也说得过去,可是意义却不一样了。

“独我知”,是作者内心的表白:那场大梦,讲的是什么?我给谁述呀!目前也只有我一个人知道。这同第一回标题诗"谁解其中味"，一个意思，担心有没有人能最终解开此梦。

改笔(5)第十七、十八回分回。

改笔(6)第六十二回，呆香菱情解柘榴裙，改为：呆香菱情解石榴裙。

改笔(7)第七十九、八十回分回。

七、《梦觉本》改笔

改笔(1)黛玉眉目改为：两湾似蹙非蹙笼烟眉，一双似喜非喜含情目。

黛玉眉目为何一变再变？

黛玉隐寓康熙，康熙对曹家三代四人(玺、寅、颙、頫)恩重如山，用曹頫的话说叫旷世恩典。所以曹頫对康熙感恩戴德，敬若神明，从心底爱戴着他，以致不知道该如何形容，如何赞美，所以一改再改。

下篇　揭秘红楼

篇前语

《红楼梦》中隐藏着许多秘密，如：立意本旨，内在结构，写作秘法，文笔特点等等，曹頫通过他的十个批次的批语委婉地揭示出来，只要你留心，就会发现。

第一章　“巨眼”看红楼

——新观念、新视角看《红楼梦》

《王府本》第1页，有一个梦字，写作：“”；《甲戌本》第278页，有个看字，写作：“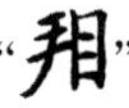”。这两个怪字，一般人都不留意，其实这里边包含着曹頫的一种期盼，这就是：变换眼目看红楼，“”字，横“目”，变成纵“目”；“”字，特意将“目”字变位，均是一种暗示：变换眼目看红楼。

这是视角问题，也是看法问题。这正是作者、批者曹頫的特殊提示。

壬午年(1762)，畸笏叟首次提出：

……写正文筋骨，看官当用巨眼……(庚·15F·JⅠ0037)

丁亥年(1767)后，《甲戌本》第一回畸笏叟又提出：

若云雪芹披阅增删，然后开卷至此，这一篇楔子又系谁撰？足见作者之笔，狡猾之甚。后文如此者不少。这正是作者用画家烟云模糊处，观者万不可被作者瞒弊了去，方是巨眼。(甲·1F·JⅢ0031)

时隔五年，畸笏叟再次提示：“万不可被作者瞒弊了去，方是巨眼”。

畸笏叟解读《红楼梦》，有一个显著的特点：自制结节。

以前读《石头记》第九回，总不解作者是什么意思。但细读了畸笏叟《靖藏本》批语后，豁然开朗。

第九回，宝玉入家塾那一段，原有一批：

此岂是宝玉所乐为者，然不入家塾，何能有后回试才结社文字。作者从不作安逸苟且文字，于此可见。(靖·9F·ZⅢ0003)这原是一条脂批，曹頫过录在《靖藏本》上。

接着曹頫针对此批批道：

此以俗眼读《石头记》也，作者之意，又岂是俗人所能知。余谓《石头记》不得与俗人读。(靖·9F·ZⅢ

0004）

两条批语都是曹頫写的，但他“自执金戈又执矛”，自写自批。

看正面文章，畸笏叟称之为俗人，并且不客气地说：“作者之意，又岂是俗人所能知。”

曹頫写第九回，究竟是什么意思呢？直到看了下面一条批语，方有所悟。

当作者写到“都背后挤眉弄眼，或咳嗽扬声”时，批道：

前有幻景遇可卿，今又出学中小儿淫浪之态，后文更放笔写贾瑞正照，看书人细心体贴，方许你看。（靖·9F·ZⅢ0006）

脂砚斋将秦可卿淫丧，小儿淫浪，贾瑞正照三件事放到一起来读，启发读者思考。

这不都是写淫吗？秦可卿是乱伦之淫；学中小儿是娈童之淫；贾瑞正照是情诱之淫。

明白了：作者放手写淫，是以淫显情，以淫显孽，也即以淫冠“清”。

第六十三回，作者借贾蓉之口说：“从古至今连汉朝和唐朝人还说脏唐臭汉，何况咱们这宗人家。谁家没风流事？”

脏唐、臭汉、淫清。仅仅是调侃吗？未必。万恶淫为首，“淫清”还隐着一个“恶”字。

第五回，警幻仙子说宝玉是“天下古今第一淫人”，接着称之为“意淫”。实则是说宝玉是第一个“以淫冠清”之人。

无怪乎脂砚斋惊异地批道：

多大胆量，敢作如此之文。（甲·5F·ZⅡ0472）

“巨眼”是针对“俗眼”而言的，俗眼看《红楼》，着重点在书的正面，“巨眼”看《红楼》，其着重点在反面。

“巨眼”读红楼，是准确地解读《红楼梦》的一个前提，也是彻底解开《红楼梦》之谜的唯一正确的读法。反之，则是俗解、曲解、误解、甚至是谬解、妄解。

这里，曹頫为我们提出一个如何读的问题，即视角问题，这是解读《红楼梦》的关键。

曹頫著书，是从现实升华到“梦幻”，那么，我们解读，则应该是从“梦幻”回落到现实。倘能如此，那就是巨眼了。

由于作者著书，采用了不同寻常的著书策略，著书秘法，奇异文笔，内在结构，也因为作者深藏了“本旨”，“本事”，不用“巨眼”，必不能解读《红楼梦》。

“巨眼”，根据畸批、脂评提示，笔者认为要具备“巨眼”须有以下六个方面辨识的能力：

一、辨识真假

要善于辨真、识真，识别真假，就是能够在真真假假、假假真真、真中有假、假中有真的复杂局面中辨别出何为真，何为假？

“不被作者瞒弊了去”，是指不要被假象瞒弊了。以（甲·1F·JⅢ0031）批为例，《红楼梦》作者就是曹頫，但他却用“烟云模糊”法，将真相掩饰起来。

关于真假，太虚幻境有副对联值得玩味，云：

假作真时真亦假，无为有处有还无。

这是作者告诉观者：此书中有真有假，小心辨识，脂批、畸批也有真有假，须仔细辨识。

习惯上，人们偏偏信假不信真，脂砚就提示过：

世上原宜假不宜真也。諺云:一天卖了三个假,三天卖不出一个真。信哉。(甲·1F·ZⅡ0013)

《红楼梦》中最大的“三个假”:(1)作者是曹雪芹;(2)《红楼梦》是写女儿、写十二钗的;(3)《红楼梦》没有写完,有后回。

“三个假”,迷惑了无数痴迷者。

《红楼梦》中的“假”太多了,有时直言,有时隐言。

如“贾宝玉”就是直言,“贾宝玉”,姓假。

其一,根据谐音,是说“宝玉”姓假,是假的,他原不姓贾。

宋朝有位叫王明清的在《挥尘录话》中说过一段话:“甄保义非真保义,贾机宜是假机宜。”“甄”,真意否定,“贾”,假意肯定。如果套用王明清的话就是,“贾宝玉是假宝玉”。

言外之意,贾宝玉是“假”宝玉,他不姓贾,根据隐寓,他其实姓曹。

《红楼梦》中,多次写到甄宝玉,两人形象一样,思想一样,处境一样,与贾宝玉似乎是一身二影。

根据王明清那句话,甄宝玉非“真”宝玉,“甄宝玉”应该是指身处江宁织造位置时的曹寅、曹顒、曹頫等。

真真假假,假假真真,故作烟云。

其二,要识别出“宝玉”同宁国府、荣国府的“贾家”,不是一家人。

一般读者都认为宝玉同元春、迎春、探春、惜春是姊妹,是一家人。王熙凤、李纨、秦可卿是嫁到贾家的,也同宝玉是一家人。黛玉、宝钗、湘云是宝玉的表姐妹,也是一家人。

巧姐是宝玉的侄女,只有妙玉是外人,但还是贾府家庙中的出家人。

宝玉同十二钗是一家人吗?从以上关系看,毫无疑问,是一家人。

但作者笔下,宝玉同贾家不是一家人,脂砚有暗示,第二十六回,贾芸来看宝玉说:“叔叔大安了,也是我们一家子的造化。”

脂砚批道:谁一家子,可发一大笑。(庚·26F·ZⅣ0578)

“秦、玉大纲目”,“秦”是一纲,“玉”是一纲,怎么会是一家子呢?《红楼梦》中却偏偏写成一家,是作者为避“文字狱”而采用的一种写作秘法——混一法。

辨真假,需要有孙悟空那样的火眼金睛。

二、辨识梦幻

《庚辰本》开篇有一句话:“此书中凡用‘梦’用‘幻’等字,是提醒阅者眼目,也是此书立意本旨。”

《庚辰本》第二十回后,曹頫有一首“有客题《红楼梦》一律”中说:“是幻是真空历遍”,将“幻”,“真”并提并列,说明了“幻”与“真”是两个境界,这两个境界相互关联,又相互交融。

这就是说,“幻”是“真”的表现形式,“真”是幻的“实质”。

脂批、畸批中多次提到“幻”字:如:“幻笔幻体”(庚·18F·JⅠ0077),“幻笔幻想,写幻人于幻文也”(庚·25F·JⅠ0109)。同“梦”一样,是形象地展现”十二钗”兴衰过程,不过“梦”是看结局,“幻”是看过程。

三、辨识隐寓

准确辨识隐寓是准确解读《红楼梦》最关键的一着,《红楼梦》中主要人物到底隐寓谁?二百多年来困扰着无数红学家。隐寓对象不一,造成多种解读方案。

如贾宝玉,就有多种隐寓:

胡适、周汝昌等认为隐寓曹雪芹(曹霑);

乾隆等认为隐寓纳兰性德;

蔡元培认为隐寓胤礽;

赵同等认为隐寓曹頫;

土默热认为隐寓洪昇……

又如林黛玉:

王梦阮、沈瓶庵认为隐寓董小宛;

蔡元培认为隐寓朱竹垞;

霍国玲、紫军认为隐寓竺香玉;

葭水认为隐寓叶小鸾;

褚丽婷认为隐寓年贵妃……

再如薛宝钗:

蔡元培认为隐寓高江村;

孔祥贤认为隐寓李玉钗;

还有学者认为隐寓柳如是,屈慧兰等。

《红楼梦》中的其他人物隐寓更是歧见纷出,因此一部《红楼梦》形成百人百解的状况。

这样看来,准确地辨识隐寓就成了当务之急。

哪些人有隐寓呢?正册中的前六钗,副册、又副册中的英莲、晴雯、袭人等九人是关键人物,其隐寓必须搞清楚,否则《红楼梦》是无法解读的。

后六钗也有隐寓,但隐寓谁,作者自己也不晓得,当时的人也不晓得。

还有"宝玉"等。

《红楼梦》中的人物,说穿了,不过都是一些代码而已,众多人物组成一张隐寓网,只要有一个人隐寓不准,就很难准确地解读。

具体到个人,情况又极为复杂,有时一人隐寓多人,如"宝玉",就不是只隐寓曹頫一人,还隐寓曹頫的先人和后人。有时多人隐寓一人,如雍正就是仿照他的《行乐图》以百变之身入书,50多人隐寓雍正一人。

同时,原型人物、历史人物、小说人物等混在一起,让人如坠云雾之中,不知所以。如:元妃省亲,原形是其姐曹佳氏,根据第五回词、曲、图,元妃隐寓是皇太极,作者专为他塑造了文学形象——元春。可是根据脂批,作者又借元妃省亲,暗写康熙南巡的事,使本来复杂的局面更加扑朔迷离。

原型是曹佳氏,隐寓是皇太极,事件却是康熙的事。正如同明着诔晴雯,暗里却是诔黛玉,可是黛玉还没有逝世呢——实质上是诔康熙。

无怪乎人们读《红楼梦》如读天书,至今不知葫芦里到底装着什么药。

四、辨识纲目

《红楼梦》有几条主线？几纲？即写了几家的事？主要写的是谁家的事？

这个问题是读红、研红一个要点，这个问题不搞清楚，别的都无从谈起。

哪一回是纲？

护官符云：

贾不假，白玉为堂金作马。

阿房宫，三百里，住不下金陵一个史。

东海缺少白玉床，龙王来请金陵王。

丰年好大雪，珍珠如土金如铁。

脂砚斋煞有介事地在后面注明，××公之后，都中××房。

一时间，与论界大谈此纲，按此纲所说，《红楼梦》写了四家，即：贾、史、王、薛。

其实，这是作者在瞒人，畸笏叟有一批可以证明。畸笏叟说：妙极。若只有此四家，则死板不活；若再有两家，又觉累赘，故如此断法。（甲·4F·JⅢ0188）

现在，红学界大都以第五回为纲，这是正确的，脂砚斋有言为证。他在第六回开始有一批云：数句文完一回题纲文字。（甲·6F·ZⅡ0482）

第五回确实是《红楼梦》之纲，但这个纲还比较笼统，模糊，还不具体，还不够明确。即使纲明确了，但写了几家的事？哪几家？却是另一回事。

第五回是纲，但不是写的四家，而是两家。

请看第五回，《警幻仙姑赋》上脂砚有一眉批说：……前有宝玉二词，今后见此一赋，何也？盖此二人乃通部大纲，（甲·5F·ZⅡ0398）

这里说得明白："盖此二人乃通部大纲"，哪二人？宝玉和警幻仙姑，警幻仙姑是谁？实际上，她是秦可卿。

第七回，脂砚还有一批强调此纲，他说：

……古诗云："未嫁先名玉，来时本姓秦"，二语便是此书大纲目、大比托、大讽刺处。（甲·7F·ZⅡ0653）

"未嫁先名玉，来时本姓秦"，是摘自梁朝刘缓的《敬酬刘长史咏名士悦倾城》一诗。

这里，因诗句中有"玉"字，"秦"字，而借用，此批仍然说"玉"，"秦"是大纲目。

到此，"纲"就具体了，一是"玉"，一是"秦"。也就是说，书中写的就是他两家的事。

"玉"是指宝玉，"秦"指谁？秦可卿吗，可她很快就死了，不能纵贯全书，何以为纲？只能是根据谐音秘法，是指"清"，是指她所代表的十二钗。

畸笏叟在谈写作秘法时说过其中有一个叫："两山对峙"也就是"玉"，"秦"两山。
到此，我们就弄明白了，《红楼梦》不是四纲，也不是周汝昌说的三纲，而是两纲，《红楼梦》写的是两家之事。一家是"玉"——即曹家事；一家是"秦"——即"清室"事。

五、辨识褒贬

脂砚斋说：……所谓寓褒贬，别善恶是也。（甲·8F·ZⅡ0828）

读《红楼梦》，你会发现曹頫笔下的主要人物，都是有褒有贬。如果不动番脑子，真不知道作者褒谁贬谁，所以必须自己辨识。

如王熙凤，从她的眉目看：一双丹凤三角眼，两湾柳叶掉稍眉。

到底是丹凤眼呢，还是三角眼？是柳叶眉，还是掉稍眉？许多人让这一句话搞糊涂了。

根据畸笏叟“写形追像”之批，可知“三角眼”“掉稍眉”是雍正的真实写照。“丹凤眼”“柳叶眉”不过是掩饰之词。整个一句话，似褒而实贬。

全书对王熙凤也是这个态度，所有的褒词都是掩饰，贬才是作者本旨。

对宝玉、黛玉，则似贬而实褒，需细心体会。

六、辨识虚实

据畸笏“有隐有见”之批，可知书中有明写，有暗写，有实写，有虚写，所谓“无为有处有还无”也。

第五回，当宝玉看见写的是：痴情司、结怨司、朝啼司、夜哭司、春感司、秋悲司时，脂砚批道：虚陪六个。（甲·5F·ZⅡ0406）。显然，这是虚写。

又写道：乃是薄命司三字。

脂砚再批：正文。（甲·5F·ZⅡ0407）

由此可知《红楼梦》书中有虚有实，虚陪部分，一扫而过，实的部分则需要细细深究。

第二十一回，写到黛玉、湘云睡态时，脂砚斋惊叹道：

……吾不知作者胸中埋伏多少裙钗？（甲·21F·ZⅡ1487）

究竟有多少裙钗？根据畸笏透露好像是六十个。

树（数）处引十二钗总未的确，皆系漫拟也。至末回警幻情榜，方知正、副、再副及三、四副芳讳。壬午季春，畸笏。（庚·17F·JⅠ0066）

六十个裙钗中，其实只有正册十二人、副册一人、又副册二人十五人是实写，剩下的大都是虚陪。

有些红学家为了弄清多少裙钗费尽了心机，有的说是36个，有的说是72个，周汝昌先生判断是108个，刘心武为此列出了108人的情榜。

笔者研究认为，《红楼梦》中重点写了十五钗，其实隐寓人物中所谓的“钗”一个也没有，全是清一色的爷们。

有了“六个辨识”的功能，还不能就是“巨眼”，还需要清楚作者的“立意本旨”，掌握作者的“著书策略”，“写作秘法”，“内在结构”，“文笔特点”等。

修炼“巨眼”非一日之功。

“巨眼”与“俗眼”的根本区别在于：“巨眼”能看到作者“不写之写”的内容，具有透视功能，“俗眼”却无此功能。

七、红学史上的稍具“巨眼”者

到底怎样才算“巨眼”呢？曹頫在他的《红楼梦》中有两次提示，可做参考。

第二回，如何辨识“宝玉”时，作者借贾雨村之口说：“若非多读书识事，加以致知格物之功，悟道参玄之力者，不能知也。”

第五回，宝玉看了正册、副册、又副册的图和判词后，“那仙姑知他天分高明，性情颖慧，恐他仙机泄漏，遂掩了卷册……”

作者在暗示，具有“致知格物之功，悟道参玄之力”者，及“天分高明，性情颖慧”者，才算得上“巨眼”。

二百六十多年来，有无稍具“巨眼”者？谁是稍具“巨眼”者？

有！数量还不少，如：

二知道人

二知道人是《红楼梦》研究第一个稍具“巨眼”者，二知道人，名叫蔡家琬，字右峨，号陶门弟子，“二知道人”是他“知足知不足”斋书房名演绎出来的一个别号。

据刘世德先生考证蔡家琬“当生于乾隆二十八年（1763）”[1]，著有《红楼梦说梦》一书。书中坦言：“蒲聊斋之孤愤，假鬼狐以发之；施耐庵之孤愤，假盗贼以发之；曹雪芹之孤愤，假儿女以发之；同是一把酸辛泪也。”

他还说：“盲左、班、马之书，实事传神也；雪芹之书，虚事传神也。然其意中，自有实事，罪花业果，欲言难言，不得已而讬诸空中楼阁耳。”

他的朋友吴振勃有两首《蔡陶门红楼梦说梦题词》，将蔡家琬的解读及人们的反映说得极为详细。

其一云：

才子纔当说梦人，痴情慧业两无伦。闲澆白坠奇堪赏，已倒红楼事一新。

乡塑温柔原细腻，论关国家即经纶。凭君香吐青莲口，只恐难销色界尘。

其二云：

元著超超一卷文，南华妙笔有余芬。多情种子怜顽石，绝世佳人化采云。

琴旨贵于弦外领，钟声如向夜深闻。风流幸得亲谈麈，四座惊霏玉屑纷。

“凭君香吐青莲口，只恐难销色界尘。”一句，说明时人难以接受。毕竟阳春白雪，和者寡。

紫琅山人

紫琅山人说：《红楼梦》的小说部分是：“土鼓瓦缶”，而将隐藏的历史部分称为：“黄钟宝鼎”。他在《妙复轩评<石头记>序》中明确地指出：“而其隐寓于语言文字之中”。

他还预言：“或数世，或十、百世，终会有识者出之。”

此外，周春，王梦阮、沈瓶庵，蔡元培，洪秋蕃，邓狂言，景梅九，寿鹏飞，谌卢，潘重规，赵同，张晓琦，霍国玲、霍纪平，隋邦森、隋海鹰，刘铄，陈绍初等众多的索隐者都是“稍具巨眼者”，他们至少看到了《红楼梦》中的隐寓，尽管他们都没能解开《红楼梦》之谜，但他们努力的方向是对的，是前仆后继的探索者。

陈维昭

他的《红楼梦》："是小说，不仅是小说"的观点，一语中的，将复杂的红学迷案表达得淋漓尽致。

毛泽东

毛泽东是一位伟大的政治家，不是红学家，但他谈《红楼梦》目光敏锐，见解深邃，别具一格。

1973年12月21日，毛泽东在八大军区司令员互调的军委扩大会议上说："他那是把真事隐去，用假语村言写出来，所以有两个人，一个叫甄士隐，一个叫贾雨村。真事不能讲，就是政治斗争。吊膀子这些是掩盖它的。"②

关于《红楼梦》的文体，毛泽东直言："我说它是一部政治小说。"③

"政治小说"，比陈维昭的"是小说，不仅是小说"更明确，更准确，更具体。

注释：

① 刘世德，《红学探索》，文化艺术出版社，2006年1月版第398页。

② 《谈<红楼梦>》，《毛泽东文艺论集》，中央文献出版社2002年版，第209页。

③ 徐文钦《毛泽东读书治国》，中央文献出版社

第二章　曹頫批语纵论

脂砚斋、畸笏叟、立松轩等都是曹頫化名，脂砚斋是曹頫前期批语用名（1760年前），畸笏叟、立松轩等是曹頫后期批语用名（1762年后）。由于时间的原因，前期解读更隐晦一些，后期则明确一些。

另外，梦觉主人，以及鑑堂、绮园、松斋、梅溪、玉兰坡等诸公也全是曹頫化名。

这些批语形成十个批次，近五千条，20多万字。它们自成体系，各自独立，又相互联系。它们与《红楼梦》若即若离，确切地说是相辅相成，相互依存，一旦分离，看《红楼梦》将不知所云。二者关系是“锁”、“钥”关系，不能分离。

由于习惯上人们把《红楼梦》上的批语称作脂批，我们干脆就将上述等人批语统统称作脂批好了，反正都是曹頫一人之批。

一、曹頫十评《红楼梦》

1.脂砚斋Ⅰ评

《脂Ⅰ评》在哪里？

笔者为寻找《脂Ⅰ评》花费了三年多的时间。开始将《甲戌本》上的夹批误认为是《脂Ⅰ评》，后来在确认了《列藏本》是曹頫手迹后才弄明白：《列藏本》上的批语才是货真价实的《脂Ⅰ评》。

《脂Ⅰ评》，没有署名，没标批次，这说明曹頫当时“如何批，怎么批、如何署名”等总体构思尚未形成。且各回批语不一，第1回——4回，用草书写下眉批、侧批124条批语，第十九回有33条批语，合计157条，占《列藏本》所有批语的四分之三。

另有64条批语则分布在其他21回中，其中有5条混入正文，还有3条独出批语。

总计221条。

《脂Ⅰ评》，大部分是就文本而批，较为简单，浮浅，因而《脂Ⅰ评》可看作是试评。

由于《列藏本》中有五次增删的旧稿，所以《Ⅰ评》跨度时间较长，大约从1741——1752年。笔者已将其逐一编号，其中“Z”代表脂砚斋，“Ⅰ”代表批次，0000代表序号。

说实在的，脂砚斋甲戌年（1754年）重评时，才将《列藏本》批语当作《脂Ⅰ评》看。

2.脂砚斋Ⅱ评

《甲戌本》是一个残本，但却保留了脂砚斋Ⅱ评的精华。

《脂Ⅱ评》是曹頫假托脂砚斋所写的批语，此时批书的总体构思形成，是一次全力以赴的力评。此评时间确定：1754年；此评数量最多，目前收集到的即达2649条，占全部批语的一半以上。

脂Ⅱ评全部写在原《甲戌本》上，但目前面世的《甲戌本》只残存十六回，值得庆幸的是丙子年

(1756),曹頫依照《甲戌本》重抄了一部《石头记》,即丙子本,这个本子保留了脂Ⅱ中的精华,后分散在《庚辰本》、《己卯本》、《王府本》、《梦觉本》等本中。

脂Ⅱ评,它有一个主旨,即:教你如何读《红楼梦》。

《甲戌本》中,不全是《脂Ⅱ评》,朱眉批中,还有328条是畸笏叟丁亥年后的批语,属畸Ⅲ评。

3.脂砚斋Ⅲ评

长期以来,人们奇怪地问:脂砚斋三评在哪里?

有重评、四评,为什么不见三评呢?

笔者苦苦搜寻了三四年,几经反复,最终在理清了版本顺序,确定了"原本","衍本"后,才找到《脂Ⅲ评》,它就在《靖藏本》上。

多亏了毛国瑶先生一个偶然的机会,将其过录下来,才避免了随《靖藏本》一起遗失的厄运。上面有150条批语,其中来自甲侧:33.5条;甲双:6.5条;甲回前、回后:6条;甲眉:14.5条。已双:4条;庚双:17条;庚侧:3条;庚回前、回后:1.5条;庚眉:17条。

此外,《靖藏本》上的独出批语,其中未署年份者是《脂Ⅲ评》,共有47条。

毛国瑶先生的偶然过录,确保了曹頫的批语链没有中断,同时证实了《靖藏本》的存在。毛国瑶先生维护了曹頫的版本链、批语链,毛国瑶先生功不可没。

4.脂砚斋Ⅳ评

《脂Ⅳ评》因《己卯本》,《庚辰本》都标明了"脂砚斋凡四阅评过"字样,因此对《脂Ⅳ评》的看法没有太大的异议。

笔者认为《己卯本》前十回的批语应属《脂Ⅳ评》,还有《庚辰本》上的"己卯冬"评及朱笔侧批均是《脂Ⅳ评》。共计773条。

5.畸笏叟Ⅰ评

大约在1760年后,曹頫批书假托的脂砚斋,即棠村去世了,曹頫因此不能再托名脂砚斋批书了。

怎么办?曹頫开始时乱托诸公,仅《庚辰本》上就有:松斋、梅溪、绮园、鑑堂、玉兰坡等多人。后来感觉到这也不是办法,遂亲自上阵,1762年开始用"畸笏叟"的笔名批书。

曹頫自号畸笏叟,"畸笏"二字,正是对其一生的写照和调侃。1715年,由于曹顒突然去世,曹頫意外地成了"执笏人";1727年,突然又被雍正抄家免职,不再执笏,成为"罪臣"。"畸笏"二字概括了他畸形的仕宦人生。

畸批不同于脂批,他多是眉批,少量回前、回后批,大都署有年份。其间,壬午年,丁亥年,丁亥后比较集中,形成三个批次。

壬午(1762)年,畸笏叟着手批书,此评即是《畸笏叟Ⅰ评》。

畸笏叟Ⅰ评集中在《庚辰本》第十二回至第二十八回。这是畸笏叟从壬午年(1762年)春天一直批到九月的一次完整的批注。有42条署有壬午字样。因为这是一次比较系统的批注,不是每一条都署年份、署名,那些未署年份、名号的批语,经分析鉴别选出一些,作为畸笏叟一评,共有129条。J:代表畸笏叟,Ⅰ:代表批次,0000:代表序号。

另外，1762年—1767年间，曹頫还假托松斋、梅溪、绮园、鑑堂、玉兰坡等人写下32条批语，这部分批语也列入了这个批次。

畸笏叟批语署干支纪年，是他挑战文字狱的另一种方式。清顺治时就规定：只署干支纪年，不署清帝年号者，为“大逆”。当年冯舒的诗集《怀旧集》因序言结尾处只署有干支纪年，而没有顺治年号，被捕入狱，后死于狱中。

6.畸笏叟Ⅱ评

丁亥年（1767年），畸笏叟又着手第二次批书。

畸Ⅱ评比较好识别，分布在《庚辰本》第十六回至第二十八回眉页上，每一条都署有“丁亥”字样，共29条，其中署丁亥春有4条，署丁亥夏有25条。

7.畸笏叟Ⅲ评

畸笏叟Ⅲ评是隐藏最深、最难寻找的一个批次。

它们同脂Ⅱ评共同存在于《甲戌本》上，稍不留心，就会错当脂Ⅱ评，失之交臂。

笔者在与《庚辰本》、《王府本》等本比较后，发现《甲戌本》眉批中，侧批中有一些批语不属于脂Ⅱ评，是曹頫于丁亥年后写下的。

《甲戌本》眉批一共有176条，其中过录至《王府本》上是30条；过录至《梦觉本》上是18条（其中有2条同于《王府本》）；还有十余条同《庚辰本》。剩下的116条，除去《靖藏本》有少量批语外均不见之于其他版本。

第一回，有一条侧批署“丁亥春”，加一条回后批，共计121条。另外还有207条侧批，也属于畸Ⅲ评，共328条。

这是一个重要批次，是一次深度解读，没有这个批次，解读《红楼梦》将十分困难。

8.畸笏叟Ⅳ评

《靖藏本》是曹頫自己的珍藏本。从丁丑年（1757）一直加批到辛卯年（1771），延续14年。《靖藏本》批语不同于其他批语，延续时间长，内容独特，需另作一个批次。

由于《靖藏本》上的批语多数没有署年份，所以大部分列入脂Ⅲ评中，现只将署名年份的几条批语摘出列入畸笏叟Ⅳ评，虽然只有6条，但是意义非凡。

9.立松轩Ⅰ评

《王府本》因是准备送给怡亲王弘晓的，曹頫怕露出马脚，采取了既删脂砚，又隐畸笏的做法，继续将自己隐蔽起来。于是化名立松轩，继续批书。

这就是出现在《王府本》上的回前、回后批、侧批，以及夹批中新撰的60条批语，共计781条。

“L”代表立松轩，“Ⅰ”代表批次，0000代表序号。

这是继脂Ⅱ评、畸Ⅲ评后，第三个极为重要的批次。《红楼梦》成书已经二十年，曹頫发现人们大多迷陷在《红楼梦》的正面，而他写书的“本旨”人们却看不出来。为此曹頫焦急万分，一次又一次地解说，其急切之情多次呈现。

10.梦觉主人Ⅰ评

当我确认《梦觉本》是曹頫的手迹后，特别惊喜。

曹頫以顽强的生命力，不屈的斗志，不懈顽强地批、改、抄《红楼梦》，写下第十个批次的批语。

梦觉主人Ⅰ评，共有41条，是他的绝笔，是他最后一次拼搏，特别是《梦觉主人序》以纵览天下的气势解读《红楼梦》。

M，代表梦觉主人，Ⅰ，代表批次，0000，代表序号。

十个批次的批语共有批语：4830条。

二、红楼之钥

曹頫留下的批语洋洋洒洒二十多万言，对解读来说，哪些是重要的，关键的批语？哪些是起烟云模糊作用的批语，需要辨别。

笔者几年来为解读《红楼梦》无数次研读、揣摩、品评，筛选出一些经典批语，它们阐释旨意，发微探幽，具有高屋建瓴，不可替代的功用，因此堪称“红楼之钥”。

这些批语是曹頫从1752年—1784年三十二年间冒着生命危险用心血写下来的，当然在特殊的环境下，他不能明言，直言，大都是隐语微词，需要二次解读。

解读脂批的方法：一是“断章取义”，因为他的真意隐藏在一堆废话中；二是辨识真假，批语也有假话；三是要掌握曹頫批书的特点。

以下109条批语，堪称“红楼之钥”，只要谙熟在胸，一部《红楼梦》隐意、寓意、深意就昭然若揭了。

俗话说，“解铃还须系铃人”，曹頫的《红楼梦》，只有他自己能解，其他人顶多解读一些片断，整体解读非他莫属。

红楼之钥：

1.岂作十二钗人手中之物耶也？（列·1F·ZⅠ0018）

2.托言将真事隐去也。（甲·1F·ZⅡ0028）

3.本地推为望族，宁荣则天下推为望族，叙事有层落（次）。（甲·1F·JⅢ0035）

4.自是羲皇上人，便可作是书之朝代年纪矣。总写香菱根基，原与正十二钗无异。（甲·1F·JⅢ0036）

5.雨村者，村言粗语也，言以村粗之言，演出一段假话也。（甲·1F·ZⅡ0049）

6.此梦文情固佳，然必用秦氏引梦，又用秦氏出梦，竟不知立意何属。（甲·5F·ZⅡ0391）

7.是作者菩萨之心，秉刀斧之笔，撰成此书。（甲·5F·ZⅡ0463）

8.设云秦钟。古诗云：“未嫁先名玉，来时本姓秦”，二语便是此书大纲目、大比托、大讽刺处。（甲·7F·ZⅡ0563）

9.此书表里皆有喻也。（甲·12F·ZⅡ0911）

10.观者记之，不要看这书正面，方是会看。（甲·12F·ZⅡ0917）

11.借省亲事写南巡，出脱心中多少忆惜（昔）感今。（甲·16F·ZⅡ1034）

12.甄家正是大关键、大节目，勿作泛泛口头语看。（甲·16F·ZⅡ1079）

13.好诗,全是讽刺。近之谚云:“又要马儿好,又要马儿不吃草”,真骂尽无厌贪痴之辈。(甲·17F·ZⅡ1105)

14.何喜之有?(甲·18F·ZⅡ1295)

15.使言《石头记》之为书,情之至极,言之至恰。(甲·18F·ZⅡ1297)

16.妙极之谶。试看别书中专能故用一不祥之语为谶,今偏不然,只有如此现成一语,便是不再之谶。只看他用一“倘”字使隐讳,自然之至。(甲·18F·ZⅡ1304)

17.后观情榜评曰:“宝玉情不情,代玉情情。”此二评自在评痴之上,亦属囫囵不解,妙甚。(甲·19F·ZⅡ1362)

18.若观者必欲要解,须自揣自身是宝、林之流,则洞然可解。(甲·20F·ZⅡ1474)

19.此书通部皆用此法,瞒过多少见者,余故云不写而写是也。(甲·22F·ZⅡ1562)

20.代玉一生是聪明所误。宝玉是多事者,情之事也,非世事也。多情曰多事,亦宗庄笔而来,盖余亦偏矣。可笑阿凤是机心所误,宝钗是博知所误,湘云是自爱所误,袭人是好胜所误:皆不能跳出庄叟言外,悲亦甚矣。(甲·22F·ZⅡ1591)

21.大奇大神之文。此“相干”之语,仍是近文与颦儿之语之“相干”也。上文来说终存于心,却于宝钗身上发泄。(甲·22F·ZⅡ1597)

22.木是旃檀,泥是金沙方可。(甲·27F·JⅢ0291)

23.埋香冢葬花,乃诸艳归源,《葬花吟》又系诸艳一偈也。(甲·27F·ZⅡ1863)

24.花影不离身左右,鸟声只在耳东西。二句作禅语参。(甲·28F·ZⅡ1865)

25.前明显祖汤先生有怀人诗一截,读之堪合此回,故录之以待知音:“无情无尽却情多,情到无多得尽么。解到多情情尽处,月中无树影无波。”(庚·32F·ZⅡ1924)

26.惊魂夺魄,只此一句。所以一部书,全是老婆舌头,全是讽刺世事,反面《春秋》也。所谓痴子弟正照风自(月)鉴。若单看了家常老婆舌头,岂非痴子弟乎?(庚·43F·ZⅡ2047)

27.世之大英雄,羽翼偶摧,尚按剑生悲,况阿凤与平儿哉?所谓此书真是哭成的。(庚·44F·ZⅡ2086)

28.余按此一算,亦是十二钗,真镜中花,水中月,云中豹,林中之鸟,穴中之鼠,无数可考,无人可指,有迹可追,有形可据,九曲八折,远响近影,迷离烟灼,纵横隐现,千奇百怪,眩目移神,现千手千眼大游戏法也。(庚·46F·ZⅡ2114)

29.细想香菱之为人也,根基不让迎、探,容貌不让凤、秦,端雅不让纨、钗,风流不让湘、黛,贤惠不让袭、平,所惜者青年罹祸,命运乖蹇。(庚·48F·ZⅡ2130)

30.一部大书起是梦,宝玉情是梦,贾瑞淫又是梦,秦之家计长策又是梦,今作诗也是梦,一并风月鉴亦从梦中所有,故红楼梦也。余今批评,亦在梦中,特为梦中之人特作此一大梦也。(庚·48F·ZⅡ2136)

31.全用醍醐贯(灌)顶,全是大翻身大解悟法。(庚·65F·ZⅡ2221)

32.是以前授方相之旧(约)数十年后矣。(庚·72F·ZⅡ2254)

33.未写荣府庆中秋,却先写宁府开夜宴;未写荣府数尽,先写宁府异道(兆)。盖宁乃家宅,凡有关于吉凶者故必先示之。且列祖祠(祀)此,岂无得而警乎?夫先人虽远,然气远(运)相关,必有之利(理)也。非宁府之祖,独有感应也。(庚·75F·ZⅡ2334)

34.一篇为晴雯写传,是哭晴雯也;非哭晴雯,乃哭风流也。(庚·77F·ZⅡ2361)

35.一篇诔问(文),总因此二句而有,又当知虽来(诔)晴雯,而又实诔黛玉也,奇纫(幻)至此。若云

必因请(晴)雯来(诔),则呆之至矣。(庚·79F·ZⅡ2418)

36.反文着眼。(庚·12F·ZⅣ0015)

37.俺先姊先(仙)逝太早,不然,余何得为废人耶?(庚·18F·ZⅣ0219)

38.自执金矛又执戈,自相戕戮自张罗。茜纱公子情无限,脂砚先生恨几多。是幻是真空历过,闲风闲月枉吟哦。情机转得情天破,情不情兮奈我何?(庚·20F·ZⅣ0319)

39.谓余何人耶?敢续《庄子》。(庚·21F·ZⅣ0335)

40.大观园原系十二钗栖止之所,然工程浩大,故借元春之名而起,再用元春之命以安诸艳。(庚·23F·ZⅣ0384)

41.所谓狐群狗党是也,大族在所难免,看官着眼。(庚·25F·ZⅣ0516)

42.(宝玉被魇魔)自黛玉看书起,闲闲一段写来,真无容针之空,如夏日乌云四起疾闪长雷这绝,不知雨落何时,忽然霹雳一声,倾盆大注,何快如之,何乐如之,真令人宁不叫绝。(庚·25F·ZⅣ0531)

43.又是一番煅炼焉得不成佛作祖。(庚·25F·ZⅣ0546)

44.谁一家子,可发一大笑。(庚·26F·ZⅣ0578)

45.勿作正面看为幸。(庚·12F·JⅠ0001)

46.一步行来错,回头已百年,古今风月鉴,多少泣黄泉。(庚·13F·JⅠ0014)

47.通回将可卿如何死故隐去,是大发慈悲心也,叹叹。(庚·13F·JⅠ0022)

48.且明写阿凤不识字之故。(庚·14F·JⅠ0025)

49.写凤之心机,写凤之珍贵,写凤之英勇,写凤之骄大,如此写得可叹可笑。(庚·14F·JⅠ0026)

50.《石头记》总于没要紧处闲三二笔,写正文筋骨,看官当用巨眼,不为彼瞒过方好。(庚·15F·JⅠ0037)

51.《石头记》中多作心传神会之文,不必道明。一道明白,便入庸俗之套。(庚·16F·JⅠ0047)

52.《石头记》一部中皆是近情近理,必有之事,必有之言,又如此等荒唐不经之谈,间亦有之,是作者故意游戏之笔耶?以破色取笑,非如别书认真说鬼话也。(庚·16F·JⅠ0050)

53.《石头记》每用囫囵语处,无不精绝奇绝,且总不觉相犯。(庚·21F·JⅠ0087)

54.为续《庄子因》数句,真是打破胭脂阵,坐透红粉关,另开生面之文,无可评处。(庚·21F·JⅠ0090)

55.通灵玉除邪,全部百回只此一见,何得再言。僧道踪迹虚实,幻笔幻想,写幻人于幻文也。(庚·25F·JⅠ0109)

56.何非梦幻,何不通灵,作者托言,原当有自,受气清浊,原无男女别。(府·1F·LⅠ0001)

57.恩情山海偿,惟有眼泪还。(府·1F·LⅠ0013)

58.我为你持戒,我为你吃斋,我为你百行百计舒怀,我为你泪眼愁眉难解,无人处自疑猜,生怕那慧性灵心偷改。(府·3F·LⅠ0064)

59.非如此眼,非如此眉,不得为熙凤,作者读过麻衣相法。(府·3F·LⅠ0087)

60.请君着眼护官符,把笔悲伤说世途。作者泪痕同我泪,燕山仍旧窦公无。(府·4F·LⅠ0139)

61.首先悖乱以至于此极,其贾家之气数即此可知,挟用袭人之风流,群小之恶逆,一扬一抑,作者自必有所取。(府·9F·LⅠ0346)

62.反正从来总一心,镜光至意两相寻,有朝敲破濛头瓮,绿水青山任好春。(府·12F·LⅠ0389)

63.所谓幻者此也,情者也此也,何非幻,何非情?情即是幻,幻即是情,明眼者自见。(府·13F·LⅠ0421)

64.一物珍藏见至情，豪华每向闹中争，黛林宝薛传佳句，豪宴仙缘留趣名。为剪荷包绾两意，屈从优女结三生，可怜转眼皆虚话，云自飘飘月自明。（府·18F·LⅠ0436）

65.本文之情者，且借象说法，学我佛阐经，代天女散花，以成此奇文妙趣。（府·18F·LⅠ0437）

66.鸳鸯女从热闹中别具一副肠胃，不轻许人一事，是官途中药石仙方。（府·46F·LⅠ0693）

67.噫！文心至此脉绝血枯，谁是知音者？（府·53F·LⅠ0708）

68.写宝钗岫烟相叙一段，真有英雄失路之悲，其有知己相逢之乐。时方午夜，灯影幢幢，读书至此，掩卷出户，星月依稀，寒风微起，默立阶除良久。（府·57F·LⅠ0720）

69.道理彻上彻下，提笔左潆右拂，浩浩千言不绝，又恐后人溺词失旨，特自主一句以结穴，曰诚曰信。（府·58F·LⅠ0722）

70.余叹世人不识"情"字，……三姐项上一横是绝情，乃是正情。湘莲万根皆削，是无情乃是至情。生为情人，死为情鬼，故结句曰：来自情天，去自情地，岂非一篇尽情文字。（府·66F·LⅠ0744）

71.余读左氏见郑庄读后汉见魏武谓之大奸巨滑，惟此为最。今读《石头记》，又见凤姐作威作福，用柔用刚，占步高，留步宽，杀得死，救得活，天生此等人，咴丧元气不少。（府·68F·LⅠ0747）

72.人谓闹宁府一节极凶猛，赚二姐一节极和蔼。吾谓闹宁府情有可恕，赚二姐法不容诛，闹宁府声声是泪，赚二姐字字皆锋。（府·68F·LⅠ0748）

73.想见在青埂峰上，经锻炼后，参透重关至恒河沙数，如否？余曰：万不能有此机栝，有此笔力，恨不得面问果否。（庚·16F·JⅡ0001）

74.将薛、林作甄玉、贾玉看书，则不失执笔人本旨矣。（庚·22F·JⅡ0010）

75.不因见落花，宝玉如何突至埋香冢；不至埋香冢，如何写《葬花吟》。《石头记》无闲文闲字正此。（庚·27F·JⅡ0028）

76.事则实事，然亦叙得有间架，有曲折，有顺逆，有映带，有隐有见，有正有闰，以至草蛇灰线，空谷传声，一击两鸣，明修栈道，暗度陈仓，云龙雾雨，两山对峙，烘云托月，背面傅粉，千皴万染诸奇，书中之秘法，亦复不少。（甲·1F·JⅢ0020）

77.开卷一篇立意，真打破历来小说窠臼。阅其笔，则是《离骚》《庄子》之亚。（甲·1F·JⅢ0021）

78.雪芹旧有《风月宝鉴》之书，乃其弟棠村序也。（甲·1F·JⅢ0030）

79.若云雪芹披阅增删，然后开卷至此，这一篇楔子又系谁撰？足见作者之笔，狡猾之甚。后文如此者不少。这正是作者用画家烟云模糊处，观者万不可被作者瞒弊了去，方是巨眼。（甲·1F·JⅢ0031）

80.全用幻，情之至莫如此。（甲·1F·JⅢ0040）

81.家国君父，事有大小之殊，其理、其运、其数，则略无差异。知运知数者，则必谅而后叹也。（甲·1F·JⅢ0053）

82.用中秋诗起，用中秋诗收；又用起诗社于秋日，所叹者三春也，却用三秋作关键。（甲·1F·JⅢ0073）

83."走罢"二字，如见如闻。真"悬崖撒手"，非过来人若个能行。（甲·1F·JⅢ0112）

84.毕竟雨村还是俗眼，只能识得阿凤、宝玉、黛玉等未觉之先，却不识得既证之后。（甲·2F·JⅢ0128）

85.文是极好之文，理是必有之理，话则极痛极悲之话。（甲·2F·JⅢ0131）

86.又一个真正之家，特与假家遥对，故写假，则知真。（甲·2F·JⅢ0134）

87.以自古未闻之奇语，故写成自古未有之奇文。此是一部书中大调侃寓意处。（甲·2F·JⅢ0137）

88.试问诸公，从来小说中，可有写形追像至此者。（甲·3F·JⅢ0162）

89.“真有这样标致人物”,出自凤口,黛玉丰姿可知。宜作史笔看。(甲·3F·JⅢ0166)

90.这是一段反衬笔法。黛玉(用)心用猜度蠢物等句对着去(看),方不失作者本旨。(甲·3F·JⅢ0173)

91.菩萨天尊,皆因僧道而有,以点俗人,独不许幻造太虚幻境,以警情者乎。(甲·5F·JⅢ0203)

92.世之好事者,争传推背图之说,……此回悉借其法,(甲·5F·JⅢ0205)

93.小说中,一笔作两三笔者有之,一事启两(三)事者有之,未有如此恒河沙数之笔也。(甲·7F·JⅢ0225)

94.“不如意事常八九,可与人言无二三”,以二句批,是假(段)聊慰石兄。(甲·7F·JⅢ0232)

95.一部《红楼》淫邪之处,哈(恰)在焦大口中揭明。(甲·7F·JⅢ0233)

96.画神鬼易,画人物难。写宝卿正是写人之笔,若与黛玉并写更难。今作者写得一毫难处不见,且得二人真体实传,非神助而何。(甲·8F·JⅢ0236)

97.忽又作此数语,以幻弄成真,以真弄成幻,真真假假,姿(恣)意游戏于笔墨之中,可谓狡猾之至。作人要老诚,作文要狡猾。(甲·8F·JⅢ0238)

98.《石头记》立誓一笔不写一家文字。(甲·8F·JⅢ0239)

99.作者今尚记金魁星之事乎? 抚今思昔,肠断心摧。(甲·8F·JⅢ0248)

100.这是隐语微词,岂独指此一事哉。(甲·8F·JⅢ0250)

101.“秦可卿淫丧天香楼”,作者用史笔也。(甲·13F·JⅢ0259)

102.生得骨格不凡,丰神迥异。作者自己形容。(靖·1F·ZⅢ0001)

103.此以俗眼读《石头记》也,作者之意,又岂是俗人所能知。余谓《石头记》不得与俗人读。(靖·9F·ZⅢ0004)

104.九个字写尽天香楼事,是不写之写。常村。(靖·13F·ZⅢ0014)

105.当知瞬息荣华,暂时欢乐,无异于烈火烹油,鲜花著锦,岂得久乎?戊子(1768年)孟夏读虞子山文集,因将数语系此,后世子孙其毋慢忽之。(靖·18F·JⅣ0001)

106.亘古浩荡宏恩,母孀兄先(死),无依,屡遭变故,(生)不逢辰,令人肠断心摧。(靖·53F·ZⅢ0037)

107.尝思上古之书有《三坟》、《五典》、《八索》、《九邱》,其次有《春秋》、《尚书》、《志乘》、《梼杌》。其事则圣贤齐治,世道兴衰述者逼真直笔,读者有益身心。

108.是作者借他人酒杯消自己块垒,画一幅行乐图,铸一面菱花镜,为全部総评。噫!作者已逝,圣叹云亡。愚不自谅輙拟数语,知我罪我,其听之矣!(府·54F·LⅠ0712)

109.……今夫《红楼梦》之书,立意以贾氏为主,甄姓为宾,明矣真少而假多也。假多即幻,幻即是梦。书之奚究其真假? 惟取乎事之近理。词无妄诞,说梦岂无妄诞,乃幻中有情,情中有幻是也。

……太虚演曲。预定荣枯,乃是梦中说梦。说梦者谁?或言彼,或云此,既云梦者,宜乎虚无缥缈中,出是书也。书之传述未终,余帙杳不可得。既云梦者,宜乎留其有余不尽,犹人之梦方觉,兀坐追思,置怀抱于永永也。(梦·序言·MⅠ0001)

一百多条批语,上下、左右、前后、里外全方位地对《红楼梦》进行扫描,搞清这些批语的含义,一部《红楼梦》便一通百通了。

其中有十条批语，是“红楼之钥”中的金钥匙，读懂这十条批语，一部《红楼梦》基本解读。它们是：

1.观者记之，不要看这书正面，方是会看。（甲·12F·ZⅡ0917）

2.古诗云：“未嫁先名玉，来时本姓秦”，二语便是此书大纲目、大比托、大讽刺处。（甲·7F·ZⅡ0563）

3.埋香冢葬花，乃诸艳归源，《葬花吟》又系诸艳一偈也。（甲·27F·ZⅡ1863）

4.有朝敲破濛头甕，绿水青山任好春。（府·12F·LⅠ0389）

5.开卷一篇立意，真打破历来小说窠臼。阅其笔，则是《离骚》《庄子》之亚。（甲·1F·JⅢ0021）

6.真是打破胭脂阵，坐透红粉关，……（庚·21F·JⅠ0090）

7.是作者借他人酒杯消自己块垒，画一幅行乐图，铸一面菱花镜，为全部総评。噫！作者已逝，圣叹云亡。愚不自谅輙拟数语，知我罪我，其听之矣！（府·54F·LⅠ0712）

8.出口神奇，幻中不幻，文势跳跃，情理生情。借幻说法，而幻中更自多情。因情捉笔，而情理偏成痴幻。试问君家识得否，色空空色两无干！（府·1F·LⅠ0041）

9.红楼富女，诗证香山，悟幻庄周，梦归蝴蝶。

……其事则圣贤齐治，世道兴衰述者逼真直笔，读者有益身心。（梦·序言·MⅠ0001）

10.托言将真事隐去也。（甲·1F·ZⅡ0028）

十把“金钥匙”，帮你打开《红楼梦》的五重铁门：

1.《红楼梦》是一部什么样的书？答案：“圣贤齐治，世道兴衰”，“色空空色两无干”。

2.《红楼梦》的主要内在结构？答案：“大纲目、大比托、大讽刺”，“悟幻庄周，梦归蝴蝶”。

3.《红楼梦》的主要写作秘法？答案：“情理生情，借幻说法”，“画一幅行乐图，铸一面菱花镜”。

4.如何看《红楼梦》？答案：“不要看这书正面”，“敲破濛头甕”。

5.《十二钗》是些什么人，结局如何？答案：“《离骚》之亚”，“红楼富女，诗证香山”，“埋香冢葬花，乃诸艳归源”。

以上十条，曹頫为我们提供了解读方向，路径，脉络，语言精辟，但由于过于隐晦，需要一条条解读。解读这十条，注意密码破解，典故破解，“为龙绘首，为凤添头”就可以了。十条破译，一部《红楼梦》，便昭然若揭。

十条警句，一锤定音。

三、批语简析

研究脂批，首先，应该弄清楚它的范畴：它包括曹頫的所有批语，即无论是脂砚斋、畸笏叟、立松轩，梦觉主人，还是鑑堂、绮园、松斋、梅溪等诸公批语都是在脂批范围内。

这之前，《列藏本》的第一回——第四回批语，《王府本》的侧批均被否定；《王府本》回前、回后批被认为是“立松轩”批；《梦觉主人》批被认为是无名氏之批；《靖藏本》批语怀疑是伪作。笔者判定：以上批语均是曹頫批语。

第二，必须摆正脂批的地位，脂批是解读《红楼梦》唯一的、权威的依据。

红研队伍人数之多，档次之高前所未有。许多教授、学者、作家……都深入其中，终身研读，白头不悔。《红楼梦》研究著作如汗牛充栋，蔚为大观。可是，就是没能准确地、彻底地解读《红楼梦》，关键是没有摆正脂批的位置，没有破解脂批的含义。

第三，综合研究，对于脂批要当作为一个整体，综合地进行研究。

约1752年—1784年，32年间，曹頫假托脂砚斋、畸笏叟等为我们阐释、解读《红楼梦》。这些批语具有解析、阐释、引读等功能。解读时，入木三分，切中要害；阐释、引读时又极具艺术性、趣味性，阐释、引读手法之多使你眼花缭乱，美不胜收，深谙文意，兴趣盎然。

第四、有一部分脂批，是隐语微词，语焉不详，但含意隽永，需认真剖析、解读。

第五、脂批同文本一样，也有一些是故意造假，烟雨模糊之计之批，阅读时切勿当真。

解读脂批，是解读《红楼梦》的重要一步，下面按批次，逐一解读。

1.脂Ⅰ评

《脂Ⅰ评》中有几点值得关注：

(1)对贾雨村的态度。以下两批直抒胸臆：

真奸雄也。(列·2F·ZⅠ0025)

英雄欺人。(列·2F·ZⅠ0031)

第四回再次提起这件事，又批道：

但以英、冯遭遇自释，便将前买妾时历甄家娘子之语，悉置为腥风臭屁，虽能言之，鸟兽不若，是之忍也，宁不耻。(列·4F·ZⅠ0122)

这三条批语对贾雨村态度十分明确，斥之为"奸雄"，"鸟兽不若"。这里，我们仿佛听到了批者的咬牙切齿之声。

"奸雄"，是对曹操的专用词，是指有权有势的当政者。

贾雨村隐寓雍正，作者态度极其显明，毫无掩饰。

(2)对王熙凤的态度。王熙凤一出场就受到批者的责骂，第三回有两条批语批道：

贼耶鬼耶？(列·3F·ZⅠ0081)

前熙凤一味慷慨，故能入耳，而听此数语，一片究言令，使人入骨之麻。(列·3F·ZⅠ0083)

这绝不会是无缘无故的，原因何在？

答案只能从历史中寻找，王熙凤隐寓的就是使曹家败落的那个人——雍正；批者就是曹家败落的当事人——曹頫。

(3)作十二钗人

第二回回前有一批云：

未写荣府正人，先写外戚，是由远及近，由小至大也。若先叙出荣府，然后一一叙及外戚，又一一至朋友、至奴仆，其死后(板)拮据之笔，岂作十二钗人手中之物耶也？(列·2F·ZⅠ0018)

此批透露了一个重要信息：十二钗是《红楼梦》中的重点写作内容，是作者的大手笔，是作者刻意塑造的人物，写十二钗，也是《红楼梦》的要旨，主旨。

十二钗是些什么样的人呢？

"十二钗"，隐寓清代十二帝，敢写，能写出十二帝的人，相当了不起。须知，那时，刚是清代中叶。前世如何评价？后世如何发展，如何衰败？没有高深的概括能力，预测能力，岂能称得上"作十二钗人"。

(4)政、玉父子……

第二回，当写到宝玉周岁抓周：只把些脂粉钗环抓来，……此处有一眉批：

此回自子兴口中已将政、玉父子等情兴简要□□，……（列·2F·ZⅠ0036）

后面字迹看不清楚，但"政、玉父子"四字一目了然，贾政与宝玉关系定位在父子之间，应该说关系密切，应该至亲至爱，其实不然。

紧接着写道：政老爹便大怒了，说："将来酒色之徒耳！"从此以后，"便大不喜悦"。

只因抓周一件小事就奠定了贾政、宝玉二人之间的"猫鼠"关系，果真如此吗？

其实，所谓的父子关系，乃是瞒人之笔，隐寓的二人（雍正、曹頫）实则是君臣关系，仇人关系。请看在《红楼梦》中的表现。

第十七回，贾政、宝玉匾额对阵，一个要泻玉，一个要沁芳，两人针锋相对；

第三十三回，贾政毒打宝玉，欲置之死地而后快；

第三十七回，作者嫌贾政碍手碍脚，素性放了学差，打发出去了事。

（5）首次谈"后数十回"

第十九回，当写道"纵无可吃之物"时，批道：

补明宝玉自幼何等之娇贵，以此一句留于下部后段（数）十回"寒冬噎酸荠，雪夜围破毡"等处对看，可为后生过分之戒。叹叹！（列·19F·ZⅠ0146）

这条批语很重要，它透露出一个重要信息，那就是说在脂Ⅰ评时（约1752年），曹頫就有了"后数十回"内容的设想。但是，《红楼梦》还是终于八十回，曹頫并不想往下写。

曹頫是想给人一个印象，《红楼梦》未写完，还有"后回"。将人们的思维引向"后回"，关注"后回"。《红楼梦》有"后回"，是曹頫所造三大假之一。

2.脂Ⅱ评

脂砚斋读《红楼梦》的方法与众不同，这种读法畸笏叟叫"巨眼"看红楼，这里，脂砚斋为我们做出示范，主要有下列各法：

（1）谐音辨正

作者著书有一个秘法，叫谐音法，脂砚这里给你一一揭秘。

如第一回：作者写道：于大荒山。

脂砚批道：荒唐也。（甲·1F·ZⅡ0001）

作者写道：字士隐。

脂砚批道：托言将真事隐去也。（甲·1F·ZⅡ0028）

作者写道：寄居的一个穷儒姓贾名化。

脂砚批道：假话，妙。（甲·1F·ZⅡ0047）

作者写道：别号雨村者，走了出来。

脂砚批道：雨村者，村言粗语也，言以村粗之言，演出一段假话也。（甲·1F·ZⅡ0049）

脂砚谐音辨正，一部《红楼梦》中，有几百处。

但有一个字，他始终没有揭秘、辨正，这就是有清一代最敏感的一个字，即："情"字，难道说这个字不需要揭秘、辨正吗？不是！是脂砚斋为避开"文字狱"，特意绕开的一个雷区。

他是有意留给读者自己去辨正。

（2）识别真假

《红楼梦》中有许多假，阅读《红楼梦》第一条就是要会识别真假。

作者写"宝玉":须得在镌上数字,使人一见便知是奇物方妙。

这显然是假话,脂砚感叹地告诉你:世上原宜假不宜真也,谚云:"一日卖了三个假,三日卖不出一个真。信哉!"(甲·1F·ZⅡ0013)

实际上是提醒你注意,别让假的东西蒙蔽了眼睛。

梦觉主人序中说:"明矣真少而假多也"(梦·序·MⅠ0001)

《红楼梦》中,就是假多真少,如:作者是曹雪芹(即曹霑),是假;《红楼梦》是写女儿的,是假;《红楼梦》没有写完,是假。

可是世人偏偏相信,请看:"作者是曹雪芹"(即曹霑),胡适,周汝昌及文本派全都相信;"《红楼梦》是写女儿的",又蒙倒了一大片崇拜文本者;"《红楼梦》没有写完"吸引了无数续书者,前赴后继,形成一个十分壮观的续书潮。

信假,让人走入歧路,以至于迷而不返。

(3)认识雨村

脂砚斋对贾雨村特别愤恨,凡贾雨村出现,脂砚总要痛斥一番,其恨之深跃然纸上。如下列批语:

雨村已是下流人物,看此,今之如雨村者未有矣。(甲·2F·ZⅡ0059)

此亦奸雄必有之理。(甲·2F·ZⅡ0065)

此亦奸雄必有之事。(甲·2F·ZⅡ0066)

此亦奸雄必有之态。(甲·2F·ZⅡ0067)

这一句,已见奸雄全是假。(甲·4F·ZⅡ0322)

奸雄。(甲·4F·ZⅡ0323)

《红楼梦》文本中是隐笔,脂砚斋批语中却是直笔。

(4)千古之忧

《红楼梦》写成,作者心情十分矛盾,既想让人看懂,又怕人看懂,既想叫人早点看懂,又怕人们过早看懂。所以要说的真话,隐蔽得极深极深。

约在1751年,《红楼梦》写成,曹頫就担心地说:"……谁解其中味?"

1754年,又借脂砚斋之批说:谁为智者?又谁能通?(甲·2F·ZⅡ0078)

1768年,再借立松轩之笔说:噫!文心至此脉绝血枯,谁是知音者?(府·53F·LⅠ0708)

时至今日,曹頫的担心真成千古之忧了,迄今没人能读懂《红楼梦》,没有人能准确地解读《红楼梦》。

二百多年过去了,曹頫期盼的那个"谁",何时才能出现?

(5)写照,写真

王熙凤出现,作者写道:一双丹凤三角眼,两湾柳叶掉稍眉……

这时,脂砚批道:为阿凤写照。(甲·3F·ZⅡ0184)

写照,就是指人物的图像,用今天的话说:就是写真。这与后来畸笏叟说的"写形追像"是一个意思。

事实上,也正如此,"三角眼","掉稍眉"正是雍正的典型形象。请读者打开电脑,找到雍正画像比对一下,便一目了然了。

(6)葫芦提

第四回,脂砚斋有一批云:

至此了结葫芦庙文字,又伏下千里伏线。起用葫芦字样,收用葫芦字样,盖云一部书,皆系葫芦提

之意也,此亦系寓意处。(甲·4F·ZⅡ0335)

葫芦提,即糊涂之意,宋、元时常用口语。这里,脂砚告诉我们:"一部书,皆系葫芦提之意。"意即:书很复杂,会让人感到稀里糊涂,著名红学家俞平伯就有一句名言:越研究越糊涂。

脂砚在此实际是提醒人们:不要陷入葫芦提中,要走出葫芦提。

(7)他是谁?

第三回,当宝玉出现在黛玉面前时,黛玉眼中的宝玉:面若中秋之月,色若春晓之花。……虽怒时而若笑,即嗔视而有情。

脂砚在此连写三批:

此非套满月。盖人生有面扁而青白色者,则皆可谓之秋月也。用"满月"者,不知此意。(甲·3F·ZⅡ0241)

少年色嫩不坚劳,以及非夭即贫之语,余犹在心,今阅至此,放声一哭。(甲·3F·ZⅡ0242)

真真写杀。(甲·3F·ZⅡ0243)

从批语内容看,确有所指,这个人是谁?

此人正是曹頫,曹頫是正人正笔中人,是《石头记》化来之人。

(8)联想往事

第四回,谈到护官符时,门子有几句话:"一时触犯了这样的人家,不但官爵,只怕连性命还保不成呢。"

脂砚批道:可怜可叹,可恨可气,变作一把眼泪也。(甲·4F·ZⅡ0299)

护官符中的四大家族贾、王、史、薛中隐藏着十二钗,这样的人家就是十二钗,也就是大清帝王。

这时,脂砚联想到往事,曹頫正因为触犯雍正而败落,故有变作一把眼泪之说。

(9)引梦、出梦,立意何属?

第五回,宝玉入梦后:犹似秦氏在前,遂悠悠荡荡,随了秦氏,至一所在。

脂砚批道:此梦文情固佳,然必用秦氏引梦,又用秦氏出梦,竟不知立意何属。惟批书人知之。(甲·4F·ZⅡ0391)

"惟批书人知之",也就是说,除了批书人,谁也不知道。

确实,二百多年来,真还没人点破。脂砚斋在这里不是故作玄虚,而是提醒你认真去想。

这里的"梦",显然是宝玉之"梦",也即曹氏之"梦","一步行来错,回头已百年。"这是一场百年大梦。当初引入梦境之人,是"秦氏"——努尔哈赤,今日出梦之人,也是"秦氏"——雍正。

(10)辨别虚实

第五回,当作者写道:"痴情司、结怨司、朝啼司、夜怨司、春感司、秋悲司"。

脂砚批道:虚陪六个。(甲·5F·ZⅡ0406)

又写道:乃是薄命司三字。

脂砚再批:正文。(甲·5F·ZⅡ0407)

由此可知《红楼梦》书中有虚有实,虚陪部分,一扫而过,实的部分则需要细细深究。

(11)合看法

第五回,心比天高,身为下贱。……多情公子空牵念。

脂批:恰极之至。"病补雀金裘"回中,与此合看。(甲·5F·ZⅡ0412)

合看法,就是根据草蛇灰线法来看。

晴雯"病补雀金裘"事在第五十二回,这才第五回,尚在千里之外。初看此曲,一时难以理解,而看过“病补雀金裘”后，才能理解“心比天高，身为下贱。……多情公子空牵念。”判词的含义。

(12)提示解惑

第五回，根并荷花一水香。

脂砚批道：却是咏菱妙句。（甲·5F·ZⅡ0414）

如果没有这条脂批，很难想象到菱与莲的关系。“莲”代表最高档次，“菱”稍差一些，但他们却共同生活在一水之中。英莲变香菱，影射胤礽第一次被废。

又如：一从二令三人木。

脂批：拆字法。（甲·5F·ZⅡ0423）

没有脂砚的提示，如读天书。人木，原来是个“休”字，休，在这里，是结束的意思。

“从”，“令”，“休”是指雍正一生的三个阶段：做皇子时，唯命是从；做皇帝时号令天下；死去后，一切皆休，一了百了。

(13)蒙昽法

第五回，若非个中人，不知其中之妙。

脂批：三字要紧。不知谁是个中人。宝玉即个中人乎？然则石头亦个中人乎？作者亦系个中人乎？观者亦个中人乎？（甲·5F·ZⅡ0442）

到底谁是个中人？没有确指，读者自己思忖吧。

又如：谁为情种。

脂批：非作者为谁？余又曰：亦非作者，乃石头耳。（甲·5F·ZⅡ0445）

模棱两可，脂砚在这里点而不透，欲言又止。不动动脑筋，难觅答案。

(14)深意何在

作者写道：因此上演出这怀金悼玉的红楼梦。

脂砚抓住“怀金悼玉”四字说：怀金悼玉，大有深意。（甲·5F·ZⅡ0447）

如警钟警示，大有深意。什么深意？脂砚没说，笔者认为：这是作者对“大清”前四帝的态度，总体上是缅怀悼念的态度。这期间，曹家处于一帆风顺、欣欣向荣时期，而且双方关系融恰，密切。

(15)正意反说

当作者写：因此也不察其原委，问其来历，就暂以此释闷而已。

脂砚似乎是顺着作者语意说，其实不然。请看：

妙，设言世人亦应如此法看此《红楼梦》一书，更不必追究其隐寓。（甲·5F·ZⅡ0451）

句中有“设言”二字，所以应该反过来看，正面理解则是：需追究其隐寓。

(16)乐极生悲

第五回，当作者写到《红楼梦曲》第十支时，脂砚斋写下两批：

“机关算尽太聪明，反算了卿卿性命。”句下批道：警拔之句。（甲·5F·ZⅡ0457）

“好一似荡悠悠三更梦，忽喇喇似大厦倾，昏惨惨似灯将尽。”句上批道：过来人睹此，宁不放声一哭。（甲·5F·ZⅡ0458）

警拔：语简言奇，含意深切，精策动人之意。“机关算尽”一句概括了此人的特点、秉性，他的一生主要是害人的一生。

过来人：经过见过的人，作者态度是幸灾乐祸，是乐极生悲，所以放声一哭。

(17)《红楼梦》基调

在“宿孽总因情”句下，脂砚批道：

是作者菩萨之心,秉刀斧之笔,撰成此书,一字不可更,一语不可少。(甲·5F·ZⅡ0463)

刀斧之笔,无疑是口诛笔伐之意,既要口诛笔伐,又怀有菩萨之心,这正是作者写《红楼梦》的基本笔调。

为什么会这样呢?这是因为“大清”前四帝时,曹家战功累累,不断迁升,特别是康熙对曹家恩重如山,所以写起“清”来,才如此矛盾。

刀斧之笔,矛头直指雍正,直指“大清”后世。

(18)点明实质

《红楼梦曲》最后一句是:落了片白茫茫大地真干净。这是一句隐语微词,很难让人理解。同样的,脂砚解读用的也是隐语微词,更让人不知所云。

又照看葫芦庙。与树倒猢狲散反照。(甲·5F·ZⅡ0467)

好在后一句点明了,“与树倒猢狲散反照”,是一切都结束了的意思。不过这里指的是“大清帝国”,而不是曹家。

(19)谁是“第一淫人”?

作者借警幻之口说:吾所爱汝者,乃天下古今第一淫人也。

脂砚斋惊呼:多大胆量,敢作如此之文。(甲·4F·ZⅡ0472)

多大胆量?冲天胆量!

第一淫人,什么意思?

纵观全书,笔者认为作者是第一个将“淫”字冠于“大清”国号上的人,形成一句话:脏唐臭汉淫清。

“淫”为万恶之首,曹頫是第一个将“淫”字冠于“大清”国号上的人。

“第一淫人”指谁?警幻是指宝玉而言,但我认为,看似指宝玉,其实不是。是指警幻仙姑,看她如何引诱宝玉:仙茶,醇酒,舞曲,尔后教宝玉如何云雨,当即推入洞房。而宝玉此时尚不知何为云雨。

“第一淫人”就是“第一情人”,也就是“第一清人”,努尔哈赤创立“大清”基业,岂不是“第一清人”?

(20)何为龙?

第五回,当作者写道:又闻宝玉口中连叫可卿救我,因纳闷道:我的小名,这里没人知道。

脂砚批道:云龙作雨,不知何为龙,何为云,何为雨。(甲·5F·ZⅡ0479)

《王府本》修改为:奇奇怪怪之文,令人摸头不着。云龙作雨,不知何为龙,何为云,又何为雨矣?

阅读第五回,确实让人摸头不着,云遮雾罩,不知作者所云,搞不清何为龙,何为云,何为雨。苦思三年,一日突然间醒悟:宝玉的那场大梦是云,判词、图、舞曲是雨,秦可卿是龙。

梦中,秦可卿、警幻仙子、兼美变幻莫测,其实,三人一体,是一个人。都是秦可卿,而秦可卿隐寓努尔哈哈赤,正是真龙天子,大清帝国的奠基人。

梦中“十二钗”都是龙。

(21)一语双关

作者写:三春去后诸芳尽,各自须寻各自门。

脂砚抚今追昔,不由得说:此句令批书人哭死。(甲·13F·ZⅡ0938)

当年,曹頫败落正是从“三春去后”开始的,一是“四月二十六日”雍正批语,一是五月骚扰驿站,这个时间是曹頫刻骨铭心、揪心撕肺的时间,当《红楼梦》中出现这句话时,脂砚岂能不伤感?

但这里,作者则是写“十二钗”的“三春去后”,脂砚斋“一语双关”他这样说,好像是为曹家叹息,实际上是在为“大清”惋惜。

(22)深意何在?

秦可卿死，在选择棺木时，贾珍要用樯木，此木纹若槟榔，味若檀麝，以手扣之玎珰如金玉。作者写道：贾政因劝道："此物恐非常人可享者。"

脂砚批道：政老有深意存焉。（甲·13F·ZⅡ0946）

深意何在？在"非常人"三字上，脂砚用曲笔暗点秦可卿"非常人"，乃是一个不寻常的人。暗喻秦可卿地位特殊。

（23）话中有话

当作者写道：还有如今现在江南的甄家。

脂砚说：甄家正是大关键、大节目，勿作泛泛口头语看。（甲·16F·ZⅡ1079）

大关键、大节目，"两大"突出甄家，另外还特意强调，"勿作泛泛口头语看"，为什么脂砚如此重视？

其实，江南甄家就是暗隐着当年在江南的曹家。

（24）隐语微言

隐语，是指不把本意直接说出，而借别的词语来暗示的话。

微言，指含义深远精微的言辞。李奇说："隐微不显之言也。"师古说："精微要妙之言也。"

《红楼梦》中，就有许多隐语微言，脂批也有许多隐微之批。

如第六回，脂砚云：

又一笑，凡六。自刘姥姥来，凡笑五次，写得阿凤乖滑伶俐，合眼如立在前。……○问看官：常有将挪移借贷已说明白了，彼仍妆聋妆哑，这人为阿凤若何？呵呵，一叹！（甲·6F·ZⅡ0574）

前批说阿凤"乖滑伶俐"，后接着说有人"妆聋妆哑"，这里脂砚就用了"隐微"之语。

其实后批指的还是阿凤，即雍正。当年，雍正指责曹頫亏空，曹頫陈述了亏空原因："挪移借贷"，虽然已说明白了，可是："彼仍妆聋妆哑"，依旧是抄家根据。

当年，曹頫被抄家时，有人欠曹頫三万二千两银子。此时曹頫尚亏空三万一千两银子，两相抵消，可抵亏空，实际上曹頫没有亏空。

根据以上批语看，此事曹頫已经说明了，但雍正不予理睬。

事过多年，曹頫仍旧叹息不已，所以有上批。

（25）辨识秦可卿

曹頫著书，有一个秘法，即写某人时，常以他身边的人的姓名来诠释他。

第八回，介绍秦钟时，提到他的父亲秦业，并说：现任营缮郎。脂砚批道：

妙名。业者孽也，盖云情因孽而生也。（甲·8F·ZⅡ0826）

官职更妙。设云因情孽而缮此一书之意。（甲·8F·ZⅡ0827）

第七回，提到秦钟时，脂砚批道：

设云秦钟。古诗云："未嫁先名玉，来时本姓秦"，二语便是此书大纲目、大比托、大讽刺处。（甲·7F·ZⅡ0653）

秦钟的钟（终）字是用来注释秦氏的氏（始）字的，秦业的业（孽）也是用来注释秦可卿的，"孽"由情（清）来，可见三人一体，共寓一人——努尔哈赤。

"因情孽而缮此一书"，再显作者著书缘由。

（26）矛头所向

脂砚斋的批语中憎爱分明，可以明确看出他的矛头所向，第十六回有一条批语说：

一段收拾过阿凤心机胆量，真与雨村是（一）对乱世之奸雄。后文不必细写其事，则知其平生之作为。回首时，无怪乎其惨痛之态，使天下痴心人同来一警，或可期共入于恬然自得之乡矣。（庚·19F·ZⅡ

1309）

“乱世之奸雄”，过去这是评论曹操的专用词，这里用到贾雨村和王熙凤身上。

前边我们说了，贾雨村隐寓未登基时的雍正，王熙凤则是隐寓“十二钗”系列中的雍正，脂砚对其恨之入骨，请看：“回首时，无怪乎其惨痛之态……”

第五回，“红楼梦曲”第十支，就是专为他写的：忽喇喇似大厦倾，昏惨惨似灯将尽。

有一种说法，雍正是被吕四娘潜入宫中，刺杀而死。

雍正不管怎么死，脂砚的感觉是：恬然自得，恬然，安然之意。

（27）泪下如豆

第二十六回结尾，脂砚有一批云：

每阅此本，掩卷者十有八九，不忍下阅看完，想作者此时泪下如豆矣。（甲·26F·ZⅡ1822）

作者为什么要“泪下如豆”？

细阅第二十六回，宝玉来看黛玉，正巧黛玉忘情地吟道：“每日家情思睡昏昏”。

两人见面，宝玉忘情地说：“若共你多情小姐同鸳帐，怎舍得叠被铺床？”一句话惹恼黛玉，二人又生龃龉。此时，袭人一句：“老爷叫你呢”，打住。

原来，是薛蟠哄骗宝玉出来，骗宝玉说“老爷叫你呢”。

晚上，黛玉不放心，前来探望，不料被晴雯拒之门外，黛玉无奈：独立墙角边花阴之下，悲悲戚戚呜咽起来。

这一段文字，是仿《庄子》编写的一段故事，暗隐了曹家与康熙的深情交往，表达了曹家对康熙的深切怀念。康熙已去世，欲见不能，触景伤情，所以泪下如豆。

（28）践花、葬花

第二十七回回后有两批，揭示了践、花葬花的实质。脂砚说：

饯花辰不论典与不典，只取其韵致生趣耳。（甲·27F·ZⅡ1858）

埋香冢葬花，乃诸艳归源，《葬花吟》又系诸艳一偈也。（甲·27F·ZⅡ1863）

作者将四月二十六日定为践花日，细查，此节无典。所以脂砚其后有批云：“践花日不论其典与不典，只取其韵耳。”显然，作者这样设典，别有用意。笔者已说过，这一天正是曹頫蒙难的开始日。践花，表示永别。

关于葬花，脂砚说得更明白：乃诸艳归源。“诸艳”者，十二钗也。归源，就是葬花冢——坟墓，就是灭亡。作者在这里明确指明了十二钗的最后结局——灭亡。

（29）与你何干

第二十二回，当宝玉、黛玉二人发生口角时，黛玉说：“我恼他（指湘云）与你何干？他得罪了我，又与你何干？”

脂砚斋发了一通议论：问的却极是，但未必心应。若能如此，将来泪尽夭亡，已化乌有，世间亦无此一部《红楼梦》矣。（庚·22F·ZⅡ1589）

脂砚离开文本内容，转而谈起《红楼梦》这一本书来。

有干，无干，事出有因。雍正二年，雍正在曹頫奏折上批道：“是你自己寻罪，不与朕相干。”

黛玉同湘云发生争执，与宝玉有干，无干？批语说明了：有干，若无干，就不会有这一部《红楼梦》了。

（30）解“情”字

第三十二回脂砚斋有一批，引人注目，他说：

前明显祖汤先生有怀人诗一截，读之堪合此回，故录之以待知音："无情无尽却情多，情到无多得尽么。解到多情情尽处，月中无影水无波。"（庚·32F·ZⅡ1924）

这是脂砚斋借汤显祖的诗，抒发他的感慨。

第三十二回是："诉肺腑心迷活宝玉，含耻辱情烈死金钏"。开始，通过金麒麟，似乎暗示宝玉、湘云有情，但湘云几句"经济"高论，宝玉索然无情，并下了逐客令。

此时，恰好黛玉听到了宝玉的"私心"话，神驰心摇，激动万分。宝玉趁机披露出心里话，"你放心"三个字，表达了一生心事。

接着，突传金钏自杀，原因是前一天，宝玉、金钏调情，被王夫人发现，将金钏儿逐出大观园。

无情、有情、情多、情尽，交织在一起，最终不过是一个"情尽"。那时，"月中无影水无波"，一切都是归于"无"。

(31)贾环是什么人?

第二十五回，作者写：那贾环正在王夫人炕上坐了，命人点上灯，拿腔作势的抄写。

这时脂砚批道：小人乍得意者，齐来一玩。（甲·25F·ZⅡ1675）

脂砚眼中将贾环视为小人，作者笔下将贾环写成害宝玉者，根据作者"游戏笔墨"、"刀斧之笔"笔法，此人也隐寓雍正。

第七十五回，作者借贾赦的口对贾环说："想来咱们这样人家，……可以做得官时跑不了一个官的，……将来这世袭的前程定跑不了你袭呢。"

事实果然如此，作者在这里显露出玄机。

(32)魇魔先声

第二十五回（马道婆）又向贾母道："祖宗老菩萨哪里知道，那经典佛法上说的利害。大凡那王公卿相人家的子弟，只一生下来，暗中就有许多促狭鬼跟着他。"

脂砚批道：一段无伦无理、信口开河的浑话，却句句都是耳闻目睹者，并非杜撰而有。作者与余，实实经过。（甲·25F·ZⅡ1694）

马道婆的话，现实生活中常遇到，作者借此铺垫——背面敷粉。

作者常用隐笔写作，这里也不例外，"促狭鬼"，害人精，耳闻目睹，是听说的那些话；实实经过的，作者另有所指。

(33)借题发挥

（赵姨娘）便叫过一个心腹婆子来，在耳根底下嘁嘁喳喳说了几句话。

所谓狐群狗党，大家难免，看官着眼。（甲·25F·ZⅡ1706）

作者文中一句话，脂砚立即予以引申，"心腹"引申为"狐群狗党"，从家族上升到社会、政界。此外"大家"，也需着眼，宁、荣家事，非小家之事。

宁、荣天下旺族，他们有狐群狗党，是常事。

(34)联想……

并不顾青红皂白，满口里应着。

有道婆作干娘者，来看此句。"并不顾"三字，怕弑（杀）人，千万件恶事，皆从三字生出来，可怕可畏可警，可长存戒之。（甲·25F·ZⅡ1708）

"并不顾"三个很一般，很平常的字，脂砚在这里大发议论，警言警句，如警钟长鸣，让人震撼。

这是因为脂砚联想到一个人，害起人来不顾及一切，不顾及后果，不讲一点情面。此人的心态就是"并不顾"三字上。

(35)亦真亦幻

只闻得隐隐的木鱼声响。

不费丝毫勉强,轻轻收住数百言文字,《石头记》得力处全在此处。以幻作真,以真为幻,看书人亦要如是看为本。(甲·25F·ZⅡ1731)

"真"是指发生在作者生活中的事;"幻"是指作者想象中的事。《红楼梦》中"真""幻"交织,互化,变化无穷。

"以幻为真,以真为幻",是讲读者看书时要从"幻"中悟出"真",从"真"中想到"幻",

要机变互动,不要呆板。

(36)一切结束时

第二十八回,真不知此时此际,欲为何等蠢物,杳无所知,逃大造,出尘网,使可解释这段悲感。

脂砚批道:非大善知识,说不出这句话来。(甲·28F·ZⅡ1864)

宝玉因听到黛玉"花落人亡"句,引起联想,黛玉不在了,宝钗、香菱、袭人等都不在了,自己也不知何在,斯处、斯园、斯花、斯柳又不知当属谁姓。

当一切结束时……

所谓"大善知识",就是具有慧眼,能看到"大清"运、数、结局的最高境界的,最完善的知识。当时,具有这种"大善知识"的人,只有一个人,他就是曹頫。

曹頫,才是真正的大彻大悟、大知大善者。

(37)楔子中觅"真"

第五十四回,脂砚有一批说:

首回楔子内云,古今小说千部共成一套云云,犹未泄真,今借老太君一写,是劝后来胸中无机轴之诸君子,不可动笔作书。……(庚·54F·ZⅡ2176)

此批是说:第一回中关于佳人才子的议论中没有露出"真"来,按脂砚批语,这里面有"真",有"真"未泄,"真"是什么呢?

细读这几句话:"半世亲睹亲闻的这几个女子","追踪蹑迹","而反失其真传者"。

"真"就在其中,本书,笔者已经详述了这"几个女子",他们就是大清的前六帝。

机轴,指枢纽,枢要,意为:若没有枢要内容,就不要写"佳人才子"一类的书。

显然,《红楼梦》是有机轴的,他不是单纯的"佳人才子"书。

(38)脂砚胸中两部书

第十二回,脂砚斋有三条批语道出了他胸中的《红楼梦》是两部,而不是一部,如:

此书表里皆有喻也。(庚·12F·ZⅡ0911)

观者记之,不要看这书正面,方是会看。(甲·12F·ZⅡ0917)

凡野史俱可毁,独此书不可毁。(庚·12F·ZⅡ0925)

二百多年来,人们熟视无睹,没有把这当回事,也没有人重视这个问题。致使正面研究者(文本派)与反面研究者(考证派、索隐派)分道扬镳,如瞎子摸象,各触一面。一直不能准确、完整地解读、认识《红楼梦》。

到此,这种状况应该结束了,尽快确立起《红楼梦》一书二读观念,才能使《红楼梦》研究走上健康发展的道路。

(39)大观园云云

第十七——十八回,写大观园宏伟,壮丽,让无数观者倾心,但脂砚一句话,让人扫兴。他说:至此

方完大观园工程公案，观者则为大观园费尽精神，余则为若许笔墨，却只因一个葬花冢。（庚·17F·ZⅡ1221）

原来偌大一个工程，却只为一个“葬花冢”。

为什么会是这样？令观者大惑不解。

其实，脂砚是从书的反面来说的，《红楼梦》的本旨就是践花、葬花，就是为埋葬“大清”王朝而作。

（40）大游戏、大慧悟、大解脱

第十九回，作者写道：上面是五色富贵不断卍字的花样。

脂砚批道：千奇百怪之想。所谓牛溲马勃，皆至药也，鱼鸟昆虫，皆妙文也。天地间无一物不是妙物，无一物不可不成文，但在人意拾取耳。此皆信手拈来，随笔成趣，大游戏、大慧悟、大解脱之妙文也。（庚·19F·ZⅡ1316）

奇怪，脂砚不谈卍字，却大讲什么牛溲马勃，鱼鸟昆虫，从这些得出结论：无一物不可不成文，然后予以盛赞：大游戏、大慧悟、大解脱之妙文也。

“但在人意拾取耳”一句有深意，作者为什么偏偏拾取了一个“卍”字呢？意为身穿“卍”字的女子非是一般人，是雍正十二美女图上的人物。

《庚辰本》上的小书房处空五个字，正是雍正在圆明园的书房：“深柳读书堂”。

“大游戏”是说作者的游戏笔墨；“大慧悟、大解脱”是说作者的觉醒，此批是脂砚盛赞作者的写作心态。

（41）囫囵不解

第十九回，没得我们这种浊物，倒生在这里。

作者写到这里，脂砚斋借机阐发了一篇议论：……所以谓今古未有之一人耳。听其囫囵不解之言，察其幽微感触之心，审其痴妄委婉之意，皆今古未见之人，亦是未见之文字；说不得贤，说不得愚，说不得不肖，说不得善，说不得恶，说不得正大光明，说不得混账恶赖，说不得聪明才俊，说不得庸俗，说不得好色好淫，说不得情痴情种，恰恰只有一颦儿可对，令他人徒加评论，总未摸着他二人是何等脱胎，何等心臆，何等骨肉。余阅此书，亦爱其文字耳，实亦不能评出此二人终是何等人物。后观情榜评曰：“宝玉情不情，代玉情情。”此二评自在评痴之上，亦属囫囵不解，妙甚。（庚·19F·ZⅡ1362）

这篇议论是评论宝玉的，是啊！说不得贤，说不得愚，说不得不肖，说不得善，说不得恶，说不得正大光明，说不得混账恶赖，说不得聪明才俊，说不得庸俗，说不得好色好淫，说不得情痴情种……

连用11个“说不得”，3个“何等”将读者一个个引入迷谷。

接着，又用“情不情”囫囵不解之语收尾，让读者深坠迷谷。

其实，“囫囵不解之语”，只是“情不情”三个字，根据谐音规则应是“清不清”，其意为：“虽是清人，但我不做清人”，是作者与“大清”决裂的宣言。

（42）副、又三钗

第十九回，写到袭人时，脂砚有一批：

补出袭人幼时艰辛苦状，与前文之香菱，后文之晴雯，大同小异，自是又副十二钗中之冠，故不得不补传之。（甲·19F·ZⅡ1387）

《红楼梦》中，“十二钗”是主要人物，其次是“副、又三钗”，即脂砚上边提到的副册中的香菱，又副册中的袭人、晴雯。

“副、又三钗”并称为我们透露了一个重要信息，即三人都有“艰辛苦状”，也都是亲闻亲睹人物，也都有隐寓。

作者和批者对其三人都熟悉,也都十分同情、敬重,如第七回,香菱出现,脂砚斋批道:莲卿别来无恙否?(甲·7F·ZⅡ0588)像久别重逢似的。

第四十八回,盛赞香菱:细想香菱之为人也,根基不让迎、探,容貌不让凤、秦,端雅不让纨、钗,风流不让湘、黛,贤惠不让袭、平,所惜者青年罹祸,命运乖蹇,是(至)为侧室,且虽曾读书,不能与林、湘辈并驰于海棠之社耳。……(庚·48F·ZⅡ2320)

第二十回,脂砚有一番议论,特为晴雯粉饰,脂砚别有用意。

……写晴雯之疑忌,亦为下文跌扇角口等文伏脉,却又轻轻抹去,正见此时都在幼时,虽微露其疑忌,见得人各禀天真之性,善恶不一,往后渐大渐生心矣。但观者凡见晴雯诸人则恶之,何愚也哉?要知自古及今,愈是尤物,其猜忌妒愈甚。……故观诸书君子不必恶晴雯,正该感晴雯金闺绣阁中生色方是。(庚·20F·ZⅡ1466)

根据三钗隐寓,他们是胤礽、弘皙,多尔衮,一生均遭到不幸。

(43)此无则不可

第十九回,宝玉怕黛玉睡出病来,编了一个耗子偷腊八的故事。

脂砚批道:前面有"试才题对额",故紧接此一篇无稽乱话。前无则可,此无则不可。盖前系宝玉之懒为者,此系宝玉不得不为者。世人诽谤无碍,奖誉不必。(庚·19F·ZⅡ1459)

该回主要讲"试才题对额",脂砚却说:"前无则可",意思是没有这一篇也可以。而"耗子偷腊八"却"此无则不可",意思是不能没有。

"偷腊八",看似玩笑,实则有深意、隐意。

"腊八粥",原是僧人施舍粥,后演变成汉俗,"偷腊八"意谓偷汉风俗文化。

须知,清初,前几个皇帝都是严禁"效汉俗""入汉习"的。皇太极生前曾下令:"切勿忘旧制,废骑射,以效汉俗。"

康熙在二十六年六月初七日,告诫满臣:"一入汉俗,即大背祖父明训。"

事实上,康熙对汉文化极为推崇,《红楼梦》借"偷香芋"故事,调侃康熙倾心汉文化。

关系重大,所以,脂砚说:"此无则不可"。

(44)真乎,假乎?

第二十回,作者写道:那宝玉正恐黛玉饭后贪眠,一时存了食,或夜间走了困,皆非保养身体之法。

脂砚批道:云宝玉亦知医理,却只是在颦、钗等人前方露,亦如后回许多明理之语,只在闺前现露三分,越在雨村等经济人前如痴如呆,实令人憎恨。但雨村等视宝玉不是人物,岂知宝玉视彼等更不是人物,故不与接谈也。宝玉之情痴,十六(真)乎,假乎?看官细评。观者诸公以为如何?(庚·20F·ZⅡ1463)

这里,突然又扯上贾雨村,同时还表明:"宝玉视彼等更不是人物,故不与接谈也"。

这一句,是对当年雍正说曹頫"原不成器"的回应。"宝玉视彼等更不是人物",即更不成器也。雍正在曹頫眼中是什么呢?答案是:应劫而生的"莽、操"奸雄一类人物。

"宝玉之情痴,真乎,假乎?"从对贾雨村的态度来看,答案显而易见:假!

此批写在《庚辰本》上时,"真"字却写成"十六"?表面看似乎是一个拙劣的抄手抄错了,其实这是曹頫故意制造"结节",此"真"是"真"不是"真"?以引起观者重视,让观者反复推敲。

从而在此辨识真假。

(45)所误者何?

第二十二回,作者有"山木自寇,源泉自盗"等语。

脂砚批道：源泉味甘，然后人争取之，自寻干涸也，亦如山木，意皆寓人智能聪明多知之害也。前文无心云看《南华经》，不过袭人等恼时，无聊之甚，偶以释闷耳，殊不知用于今日，大解误大觉迷之功甚矣。

……代玉一生是聪明所误。宝玉是多事者，情之事也，非世事也。多情曰多事，亦宗庄笔而来，盖余亦偏矣。可笑阿凤是机心所误，宝钗是博知所误，湘云是自爱所误，袭人是好胜所误：皆不能跳出庄叟言外，悲亦甚矣。再笔。（庚·22F·ZⅡ1591）

此批综合了全书，将六人所误原因一一指出。六人中，最突出的当是：阿凤是机心所误。

根据《庄子》语意，一切都是自误。

(46)站、坐与尊贵

第三十九回，作者写：凤姐儿站着正说笑。

脂砚批道：奇奇怪怪文章。在刘姥姥眼中，以为阿凤至尊至贵，普天下人独（都）该站着说，阿凤独坐者是。如何今见阿凤独站哉？真妙文字。（庚·39F·ZⅡ2022）

一个人站着，或坐着，极平常一件事。但在脂砚笔下却不一样了。他假借刘姥姥之眼说："阿凤至尊至贵"，又加一句："普天下人都该站着"，无形中暴露出阿凤身份。

一个人坐着，普天下人都站着，那个人，必定是皇帝。

(47)暗隐结局

第四十一回，作者写：大姐儿与板儿要佛手，众人用柚子换佛手。

脂砚批道：柚子即今香团（橼）之属也，应与缘通。佛手者，正指迷津者也。以小儿之戏，暗透前后通部脉络，隐隐约约毫无一丝漏泄，岂独为刘姥姥之俚言博笑而有此一大回文字哉？（庚·41F·ZⅡ2035）

柚子与缘通，佛手指迷津，不挑明的话，无论是谁，都不会想到。一个柚子，一个佛手，竟有如此深的含意，暗隐着结局。

结局是什么？——大姐儿平民化。这也是"大清"的最后结局。

(48)文本实质

第四十三回，当作者写：分位虽低，钱却比他们多。

脂砚批道：惊魂夺魄，只此一句。所以一部书，全是老婆舌头，全是讽刺世事，反面《春秋》也。所谓痴子弟正照风自（月）鉴。若单看了家常老婆舌头，岂非痴子弟乎？（庚·43F·ZⅡ2047）

脂砚借题发挥，大讲：一部书，全是老婆舌头。这是直揭书的正面，并以正照风月鉴为例说：若单看了家常老婆舌头，岂非痴子弟乎？

这是脂砚斋再次公开谈《红楼梦》文本的实质：不要信老婆舌头上的话，不要做痴子弟。

(49)梦与现实

第四十八回，作者写：宝钗正告诉他们，说他（香菱）梦中说梦话。

脂砚批道：一部大书起是梦，宝玉情是梦，贾瑞淫又是梦，秦之家计长策又是梦，今作诗也是梦，一并风月鉴亦从梦中所有，故红楼梦也。余今批评，亦在梦中，特为梦中之人，特作此一大梦也。脂砚斋。（庚·48F·ZⅡ2136）

人们常说：人生如梦，又说：往事如梦。作者开卷即说："因曾历过一番梦幻之后……撰此《石头记》一书也。"

回忆过去，谁都是梦，脂砚也不例外。

这里，脂砚斋提醒我们：梦，就是过去的现实。

(50)荒唐之笔

第七十九回,作者写:黄土垄中,卿何薄命。

脂砚批道:如此我亦为(谓)妥极,但试问当面用尔、我是(字)样,究竟不知是为谁之谶,一笑一叹。一篇诔问(文),总因此二句而有,又当知虽来(诔)晴雯,而又实诔黛玉也,奇纫(幻)至此。若云必因请(晴)雯来(诔),则呆之至矣。(庚·79F·ZⅡ2418)

明明是诔晴雯,怎么就成了诔黛玉?令人不解,脂砚接下还有一批:慧心人可为一哭。观此句,便知诔文实不为晴雯而作也。(ZⅡ2615)

《靖藏本》也有一批云:观此,知虽诔晴雯,实乃诔黛玉也。试观"证前缘"回黛玉逝后诸文便知。(靖·79F·ZⅢ0046)

毫无疑问了,晴雯死,却诔黛玉,是什么道理?

看似荒唐,根据"本旨"却不荒唐,这时我们"只取其事体情理罢了","诔黛玉"实质是诔康熙,表达对康熙的怀念之情。

3.脂Ⅲ评

"脂Ⅲ评"出现在《靖藏本》上,别本所无,具有特殊价值。

其一,焦大醉骂

第七回,尤氏说焦大:"出过三、四回兵,从死人堆里把太爷背了出来。"

焦大的原型是一位姓刘的汉人,名叫洛翰,早年归附努尔哈赤,成为贴身侍卫。一天夜里,努尔哈赤正在熟睡,刺客潜入。刘某奋力与刺客搏斗,手指被削去四个,后制服刺客,救了努尔哈赤。

努尔哈赤赐姓觉罗,后在内务府任职。

《红楼梦》中,作者借焦大之口大骂:"到如今,不报我的恩,反和我充起主子来了。不和我说别的还可,若再说别的,咱们红刀子进去,白刀子出来。"

接下来,焦大骂得更难听了:"我要往祠堂里哭太爷去,那里承望到如今生下这些畜生来,每日家偷狗戏鸡,爬灰的爬灰,养小叔子的养小叔子,我什么不知道。"

《靖藏本》上批道:焦大之醉伏可卿死,作者秉刀斧之笔,一字一泪,一泪化一血珠,惟批书者知之。(靖·7F·ZⅢ0002)

《甲戌本》脂砚斋有一批云:忽接此焦大一段,真可惊心骇目,一字化一泪,一泪化一血珠。(甲·7F·ZⅡ0674)

文章中曲曲折折,但必须弄明白,这是骂给凤姐听的,也就是骂给雍正听的。请听:"那里承望到如今生下这些畜生来"一句,岂不令人"惊心骇目"。

另外,暗示了曹家是立过战功的,如今被抄被免,岂不是"一字化一泪,一泪化一血珠。"

那么,那一句话伏可卿死呢?是"爬灰的爬灰,养小叔子的养小叔子"这一句吗?不是的,是贾蓉送出去后才骂的,秦氏并未听到。

是"我要往祠堂里哭太爷去"一句,太爷就是老祖宗,要去哭,岂不是死了吗?

太爷,秦可卿是一个人,秦可卿隐寓努尔哈赤又一证。

其二:曹頫血泪

潘重规先生在他的《红楼血泪史》一书的封面上沉重地发出两问:"究竟是谁的红楼?究竟是谁的血泪?"④

问得好!两问抓住了《红楼梦》的实质问题,要害问题。

这两个问题也是使无数红学家深陷其中，不可自拔的至关重要的问题。

潘先生在他的《民族血泪铸成的<红楼梦>》一文中说："……隐藏在这文学巨著里面的一段民族沉痛，若隐若现，如泣如诉，这也是没法抹杀的。笔者玩味全书，觉得此书确是一位民族主义者的血泪结晶。"

潘先生洞察力可谓高深细致，并由此断定作者不是曹雪芹。

可惜，潘先生没有得出曹頫是作者的结论。

谁之红楼？曹頫之红楼！

谁之血泪？曹頫之血泪！

这里的"谁之红楼"，从潘重规先生的文章理解是指："谁著的红楼"。

潘先生说得好："我们可以发觉本书的作者确是一位经过亡国惨痛的文人，怀着满腔的民族仇恨，处在异族统治之下，刀枪笔阵，禁网重重，作者无限苦心，无穷热忱，靠着文字的绝技，写成这部奇书。"

他，正是曹頫！

脂Ⅲ评中，可以感受到他的血泪。请看：

第九回，作者写道：宝玉终是不能安分守己之人。

脂砚斋批道：安分守己也不是宝玉了。（靖·9F·ZⅢ0005）

不能安分守己，是曹頫的特性。雍正五年，曹頫押解货物进京，擅自陆路改水路，擅自增加车马费用，"骚扰驿站"，被雍正抓住把柄。

时隔数十年后，曹頫念念不忘"不能安分守己"。

第十五回，作者写道：面若春花目似点漆

脂砚斋批道：伤心笔。（靖·15F·ZⅢ0016）

"面若春花，目似点漆"，曹頫当年形象，英俊潇洒。如今时事变迁，曹氏败落，再提往事，岂不伤心？

第五十三回，有一条回前批说：

祭宗祠，开夜宴，一番铺叙隐后回无限文字。亘古浩荡宏恩，母孀兄先（死），无依，屡遭变故，（生）不逢辰，令人肠断心摧。（靖·53F·ZⅢ0037）

康熙时代，是亘古浩荡宏恩，雍正时代，是屡遭变故。曹家处境有如天壤之别。怎能不肠断心摧呢？

真真是一字一滴泪，一泪一滴血。

4.脂Ⅳ评

从脂Ⅰ评到脂Ⅳ评前后经历了八九年之久，因此，脂Ⅳ评显得更成熟、更深邃。如：

（1）不可照正面？

第十二回，当作者借僧道之口说：千万不可照正面。

脂砚经过八九年的观察，发现人们不理解作者的意图和含义，于是脂砚批道：谁人识的此句？（庚·12F·ZⅣ0039）

"千万不可照正面"，应该如何理解？

照正面的结局，是贾瑞一命呜呼，寓王熙凤以情诱人，以情害人。贾瑞沉湎于情色之中，以情自误。根据谐音，寓忠清者绝没有好下场。

几年前，脂砚斋曾在此句下写过一批：观者记之，不要看这书正面，方是会看。（ZⅡ1058）

脂批揭示了《红楼梦》有正反两面。

脂砚说对了，二百多年来，真还没人识得此句。相当一些人沉湎在《红楼梦》的正面阅读中，形成了浩浩荡荡的“文本”研究队伍。

而研究《红楼梦》反面的学者，也不乏其人，但因观念、路径、方式、方法不对，又找不到切入点，因而成效甚微，形不成气候，尚在探索中。

（2）阿凤心机

脂Ⅱ评中说到阿凤是机心所误，机心者，心机也。脂砚斋对阿凤心机耿耿于怀，恨之入骨，请看：

第十五回，作者写道：从来不信什么是阴司地狱报应的。

脂批：批书人深知卿有是心，叹叹。（庚·15F·ZⅣ0111）

我比不得他们扯蓬拉牵（纤）的图银子。

欺人太甚。（庚·15F·ZⅣ0112）

第二十二回，作者写道：便自己蠲资二十两。

脂砚说：前看凤姐问琏做生日数语甚泛泛，至此见贾母蠲资，方知作者写阿凤心机，无丝毫漏笔。己卯冬夜。（庚·22F·ZⅣ0367）

第二十四回，作者写道：“我如今要告诉他那话，倒叫他看着我见不得东西似的。”

脂砚批道：的是阿凤行事心机笔意。（庚·24F·ZⅣ0474）

从批语中看，脂砚对王熙凤了如指掌，洞悉其的一举一动及内心机变。这一切说明，脂砚斋把他从骨子里看透了。此人是谁？——雍正。

事实上，雍正是一个最有心计的人。

（3）贾政其人

贾政有无隐寓？有！但只是在关键时，隐寓一下。

第十七回有一批令人疑惑：贾政笑道；你们不知，我自幼于花鸟山水题咏上就平平。

脂砚斋批道：是纱帽头口气。（庚·17F·ZⅣ0185）

这里，脂砚斋对贾政一反尊重态度，讥讽为“纱帽头”。脂砚斋的提示极为重要。让我们从另一个角度考虑问题。

一般人不会想到贾政也隐寓雍正，但从他的行事来看，的确如此。

第三十三回，贾政喝命：“堵起嘴来，着实打死！”还狠狠地说：“不如趁今日一发勒死，以绝将来之患！”

贾政毒打宝玉，是宝玉是魇魔的结局，这两件事均是暗隐曹頫败落。

政、正同音，是谐音法。

（4）脂砚现身

脂砚斋四次批注，无形中将自己呈现在观者面前，脂Ⅳ评中就有多处。如：

那宝玉未入学堂之先，三四岁时已得贾妃手引口传。

批书人领至（过）此教，故批至此竟放声大哭。俺先姊先（仙）逝太早，不然，余何得为废人耶？（庚·18F·ZⅣ0219）

元妃命他进前，携手拦于怀内。

作书人将批书人哭坏了。（庚·18F·ZⅣ0223）

借省亲写南巡，省亲是曹家生活中的一件实事，谁省亲，原型应是曹寅之女，是批书人的姐姐。那么，批书人只能是曹頫。

这两则批语，让我们看到了一个生活中的脂砚，一个活生生的脂砚。作者是借自己“生活”为素材，他就是曹頫。

上述两批，批者是指原型而言，其用意是突出原型事，以掩盖“本事”，迷惑他人。

(5)玉兄何人？

第十九回，作者写，宝玉忙说道：“再不说这话了。”

脂砚斋有一批：只说今日一次，呵呵，玉兄玉兄，你到底哄的那一个？（庚·19F·ZⅣ0237）

脂批和畸批中，凡称“宝玉”不是“玉兄”，就是“石兄”，很明显，“宝玉”的主要隐寓对象必与畸笏是同一辈人。而《红楼梦》又具有自传性质，这样“作者”、“批者”、“宝玉”之间就有了共同点，即：同一辈人。

胡适、周汝昌先生的“曹雪芹自传说”，“曹雪芹新自传说”，将曹雪芹降一辈，显然说不通。

(6)指东说西

第二十回，贾环说：都欺负我不是太太养的。

脂砚鄙视地骂道：蠢驴。（庚·20F·ZⅣ0294）

（贾环）说着，便哭了。宝钗忙劝他：“好兄弟，快别说这话，人家笑话你。”

脂砚批道：观者至此，有不卷帘厌看者乎？余替宝卿实难为情。（庚·20F·ZⅣ0295）

作者写作秘法中有一则“指东说西”，作者在这里正是指东说西，“都欺负我不是太太养的”是有所指的。

雍正的生母是乌雅氏，养母却是孝懿仁皇后佟佳氏，雍正对此颇为计较。

由此看来，贾环也隐寓雍正。宝钗隐寓乾隆，儿子面前议论父亲，所以“宝卿实难为情”。

(7)机心游龙

第二十二回，作者写道：说着，四人仍复如旧。

脂砚批道：前以《庄子》为引，故偶续之；又借颦儿诗一鄙驳，兼不写着落，以为瞒过看官矣。此回用若许曲折，仍用老庄引出一偈来，再续一《寄生草》，可为大觉大悟已。以之上承果位，以后无书可作矣，却又轻轻用黛玉一问机锋，又续偈言二句，并用宝钗讲五祖六祖问答二实偈子，使宝玉无言可答，仍将一大善知识，始终跌不出警幻榜中，作下回若干回书，真有机心游龙不则之势，安得不叫绝？且历来小说中，万写不到者。已卯冬夜。（庚·22F·ZⅣ0377）

为续《庄子》，占偈，填寄生草，曹頫在这两回书中“自执金矛又执戈，自相戕戮自张罗”编了许多故事。湘云来，宝玉、宝钗同往看湘云，黛玉吃醋，二玉口角，黛玉学湘云咬字，湘云为宝玉梳头，袭人生气，以及看戏风波等等。一系列曲曲折折后，宝玉才续《庄子》，占偈，填寄生草。这一过程，脂砚称之为：机心游龙。

机心游龙的目的，就是续《庄子》，占偈，填寄生草。实际上这是表达作者对《庄子》“大盗窃国”的理解。

“大盗窃国”暗隐田成子“十二世有齐国”。

(8)胤禛往事

第二十六回，薛蟠生日，作者写道：若论银钱吃的穿的东西，究竟还不是我的，惟有或写一张字，画一张画，才算是我的。

脂砚批道：谁说得出？经过者方说得出。叹叹。（庚·26F·ZⅣ0602）

“谁说得出”？经过者！谁是经过者？

历史上有一个人经过，他就是胤禛。当年，太皇太后寿辰，胤禛手抄一部《论语》作为贺礼献上。并有上述一番话。

这件事，是瞒不过内务府世家子弟曹頫的。这里作者借其事，写薛蟠，以其人之事写其人。

5.畸Ⅰ评解读

有五个要点。

其一：强调怎么看《红楼梦》

第十二回，当凤姐笑道："像你这样的人能有几个呢，十个里也挑不出一个来。"

畸笏叟说：勿作正面看为幸。（庚·12F·JⅠ0001）

畸Ⅰ评中，每次提到《石头记》，畸笏叟都要提醒读者怎么看。如：

《石头记》看官当用巨眼，不为彼瞒过方好。（庚·15F·JⅠ0037）

《石头记》中多作心传神会之文，不必道明。（庚·16F·JⅠ0047）

《石头记》一部（书）中皆是近情近理，必有之事，必有之言，……（庚·16F·JⅠ0050）

《石头记》贯（惯）用特犯不犯之笔，真令人警心骇目读之。（庚·17F·JⅠ0071）

《石头记》无闲文并虚字在此。（庚·20F·JⅠ0082）

《石头记》每用囫囵语处，无不精绝奇绝，且总不觉相犯。（庚·21F·JⅠ0087）

畸笏叟提醒我们：《石头记》话不说透，但决无闲文虚字，需用"巨眼"，心领神会，勿看正面，书中皆是必有之事，注意特犯不犯之笔，囫囵不解之语。

这些提示，对于解读《红楼梦》十分重要，应该看作是《红楼梦》读法指导。

其二：突出王熙凤身份

第十六回，畸笏叟借作者之笔说：

此等文字作者尽力写来，是欲诸公认得阿凤，好看后之书。勿作为等闲看过。（庚·16F·JⅠ0045）

王熙凤是什么身份？首先，畸笏叟同脂砚斋一样，也在王熙凤"识字""不识字"上大做文章，他说：

且明写阿凤不识字之故。（庚·14F·JⅠ0025）

为了强化"不识字"效应，畸笏叟在"凤姐即命彩明定造簿册。"句上批道：

宁府如此大家，阿凤如此身份，岂有使贴身丫头与家里男人答话交事之理呢？此作者忽略之处。（庚·14F·JⅠ0023）

之后又出来纠正：

彩明系未冠小童，阿凤便于出入使令者。老兄并未前后看明是男是女，乱加批驳可笑。（庚·14F·JⅠ0024）

这也是一种皴染法，让你在"不识字"上面，去联想，去思忖。以明白王熙凤隐寓谁？在当时条件下，脂砚斋、畸笏叟不会明说出王熙凤的真实身份，只是提示、点拨，让读者自己去体验，去感悟：王熙凤——是一个处理过"清风不识字"案的人。

雍正时，翰林徐骏一次在奏折上把"陛下"写成"狴下"，狴犴，龙之九子之一，古时监狱门上的饰兽，因此成牢狱的代称。雍正将其革职，后又发现他的诗集中有"清风不识字，何必乱翻书。"雍正认为这是对国号"大不敬"，予以斩首。

对王熙凤，畸笏叟的态度十分明了，恨之入骨，无情揭露，讽刺挖苦。

第十四回，他针对作者文笔说：

写凤之心机，写凤之珍贵，写凤之（美）英勇，写凤之骄大，如此写得可叹可笑。（庚·14F·JⅠ0026）

第十六回，畸笏叟直接说：

从头至尾细看阿凤之待蓉、蔷，可为一体壹党，然尚作如此语欺蓉，其待他人可知矣。（庚·16F·JⅠ0048）

其三：正人正文

第十二回，畸笏叟提出一个"正人、正文"概念，如：

……代玉乃书中正人，秦为陪客，岂因陪而失正耶？后大观园方是宝玉、宝钗、代玉等正经文字，前皆系陪衬之文也。（庚·12F·JⅠ0012）

黛玉为正人，秦可卿是陪客。"正经文字"，"陪衬之文"如何理解？

还有：

忙中闲笔，点缀玉兄，方不失正文中之正人。（庚·14F·JⅠ0030）

八字道尽玉兄。如此等方是玉兄正文写照。（庚·15F·JⅠ0033）

这个问题极为重要，既关系到对"十二钗"的表现手法，也关系到"宝玉"身份。

先说《红楼梦》中对十二钗的写法，综观全书，无疑黛、凤、钗三人是详写，而秦可卿、元春、妙玉三人则是略写。这是因为黛、凤、钗三人是亲睹之人，是正人，所以是详写；而秦可卿、元春、妙玉三人则只是亲闻之人，是陪客，所以是略写。

其四：书中三昧

第二十八回，薛蟠过生日，冯紫英来说了一句："这一次，大不幸之中又大幸。"说罢，匆匆而去。为这句话，薛蟠、宝玉昼悬夜想。隔日，冯紫英请客，二人闻声前往。并一再追问："大不幸之中又大幸"。冯紫英哈哈一笑说：不过是"诚心请你们一饮"设下的套子。

畸笏叟批道：

若真有一事，则不成《石头记》文字了。作者得三昧在兹，批书人得书中三昧亦在兹。壬午孟夏。（庚·28F·JⅠ0127）

三昧，是指事物的抉要或精义。冯紫英的话自有其"抉要"，读者千万不要被作者瞒过。

第二十六回，冯紫英来时，脸上有青伤，当薛蟠询问时，冯紫英说："……前日打围，在铁网山教兔鹘捎了一翅膀。"

请看："铁网山"，"兔鹘捎了一翅膀"，"大不幸之中又大幸"，"作者得三昧在兹，批书人得书中三昧亦在兹。"这全都是隐语微词。连起来读能联想到一件事，即：曹頫虽然受到抄家打击，幸好保全了性命，大不幸之中又大幸也。

其五：感慨身世，链接书内书外

曹頫于1762年，即罹难35年后，读以自己事迹写成的书，无限感慨发于一端。有以下几条：

苦海无边，回头是岸。若个能回头也？叹叹！（庚·12F·JⅠ0006）

诗曰：一步行来错，回头已百年，古今风月鉴，多少泣黄泉。（庚·13F·JⅠ0014）

树倒猢狲散之语，全(今)犹在耳，屈指三十五年矣。哀哉伤哉，宁不痛杀！（庚·13F·JⅠ0015）

读五件事未完，余不禁失声大哭，三十年前作书人在何处耶？（庚·13F·JⅠ0021）

余三十年来，得遇金刚之样人不少，不及金刚者亦不少，惜书上不便历历注上芳讳，是余不是心事也。壬午孟夏。（庚·24F·JⅠ0102）

这里有两个时间概念，一个是"三十年前"，按文意是1732年。这一年是雍正十年，曹頫被革职、抄家五年后，很可能是获得自由之年。此时，后悔自己不会理家。

一个是"三十五年"，即1727年，曹頫被抄家那年，所以"哀哉伤哉，宁不痛杀！"

回顾百年曹家，曹頫肯定地说，"一步行来错"，当初就错了。"若个能回头？"回头难呐，曹頫希望更多的人回头。

其六:提示冲出“女儿”国

长期以来,人们一直认为《红楼梦》是写女儿的书,许多人沉陷其中,尽管畸笏叟已经说明那是“明修栈道,暗度陈仓”,但是人们还是执迷不悟。

壬午年(1762),畸笏叟再次暗示:

……为续《庄子因》数句,真是打破胭脂阵,坐透红粉关,另开生面之文,无可评处。(庚·21F·JⅠ0090)

“打破胭脂阵,坐透红粉关”,这是彻底解读《红楼梦》的秘诀,什么时候走出“女儿国”了,什么时候才能解读了《红楼梦》。

这个提示相当重要,可惜,不少人却置若罔闻,心甘情愿的置身于“女儿国”中。

6.畸Ⅱ评解读

畸笏叟Ⅱ评有三个重点。

其一:参透重关

第十六回,畸笏叟有一批云:

……想兄在青埂峰上,经锻炼后,参透重关至恒河沙数,如否?余曰:万不能有此机栝,有此笔力,恨不得面问果否。叹叹。(庚·16F·JⅡ0001)

初读此批,不知所云。特别是那个“兄”字,是指谁?是哪一个?是曹雪芹(曹霑)吗?不可能,芹溪已列在他的“诸子”范围内,绝不会称之为“兄”。除此之外,再无别人。

反复思索,终于明白了,“兄”是指“石头”,曹頫又以“石头”自喻,原来是自问自答。而这一段话,纯粹是一段隐语:

兄——补天遗石;

青埂峰上——大清时代;

经锻炼后——历尽劫难;

参透重关——大彻大悟。

在大清时代历尽劫难、大彻大悟者是谁?毫无疑问,是曹頫。

所以,《红楼梦》才有此机栝,才有此笔力。

此批透露出,《红楼梦》是他的《红楼梦》,根据他的事迹,按照他的思想,还有他的改笔写成的。

参透重关,是曹頫一生的高度概括和总结,一位七旬老人,看着按自己经历写成的书,回想过去,感慨万千,怎能不连声叹叹。

其二:甄玉、贾玉

第二十二回,畸笏叟有一批说:

将薛、林作甄玉、贾玉看书,则不失执笔人本旨矣。(庚·22F·JⅡ0010)

此批令人费解,显然这是畸笏叟解读如何看待薛宝钗和林黛玉的,但他说得太含蓄,太委婉,太深奥了。这种提示反让读者如坠云雾之中,好在他仅是一种比拟。

甄玉、贾玉,怎么看?读者通常大都是当作一个人看,或者说甄玉是贾玉的影子。

笔者的理解是:甄玉、贾玉是正反两象,贾玉是假的,是借雪芹幼时生活为素材;甄玉,是真玉,是曹頫当年情形。

畸笏叟Ⅲ评中有一批语，可以解答这个问题，当作者写“只金陵城内钦差金陵省体仁院总裁甄家”时，他说：

又一个真正之家，特与假家遥对，故写假，则知真。（甲·2F·JⅢ0033）

显然，这就是写假知真。

那么，薛、林也应该这么看，他们的背后是真的。

看来，《红楼梦》需要解读，脂批、畸批也需要解读。

7.畸笏叟Ⅲ评解读

丁亥年，畸笏叟重新批注《甲戌本》，这是他诠释、解读《红楼梦》的重大举措。

1767年后，畸笏叟一笔一画地，工工整整地，在《甲戌本》上加写了许多眉批和侧批，这就是畸Ⅲ评。畸Ⅲ评在所有批语中，具有特殊的、重要的作用，是一次深度解读。

其一：红楼之钥

畸Ⅲ评重点放在解读《红楼梦》上，因此，被称之为：“红楼之钥”。

特别是：

“《离骚》《庄子》之亚。”（甲·1F·JⅢ0021）

六个字是解读《红楼梦》的一把总钥匙，由于它开启了红楼之谜的大门。

其二：对如何看《红楼梦》

再次做出提示，如：

（1）未出宁荣繁华盛处，却先写出一荒凉小境；未写通部入世迷人，却先写一出世醒人，（甲·2F·JⅢ0129）

（2）文是极好之文，理是必有之理，话则极痛极悲之话。（甲·2F·JⅢ0131）

（3）试问诸公，从来小说中，可有写形追像至此者。（甲·3F·JⅢ0162）

（4）“真有这样标致人物”，出自凤口，黛玉丰姿可知。宜作史笔看。（甲·3F·JⅢ0166）

（5）画神鬼易，画人物难。写宝卿正是写人之笔，若与黛玉并写更难。今作者写得一毫难处不见，且得二人真体实传，非神助而何。（甲·12F·JⅢ0236）

（6）幻弄成真，以真弄成幻，真真假假，姿（恣）意游戏于笔墨之中。（甲·12F·JⅢ0238）

（7）《石头记》立誓一笔不写一家文字。（甲·12F·JⅢ0239）

结合畸Ⅰ评的提示，我们如何看《红楼梦》，就有了一个大致概念，即：

当用巨眼；心传神会；必有之事，必有之言；特犯不犯之笔；无闲文虚字；囫囵语；入世迷人，出世醒人；必有之理；写形追像；宜作史笔看；真体实传；幻弄成真，真弄成幻；游戏于笔墨之中；不写一家文字。

细按这些文字，给人以涣然冰释的感觉，原来需要这样看。

其三：借机揭秘

作者写甄士隐时说：家中虽无甚富贵，然本地便也推他为望族了。

这时畸笏叟不失时宜地抓住机会，发挥说：本地推为望族，宁荣则天下推为望族，叙事有层落（次）。（甲·1F·JⅢ0035）

作者原意只是介绍甄士隐是本地旺族，畸笏叟却斗胆直揭宁、荣实质。请细细想想：谁有资格称为“天下旺族”？

除了帝王家，谁能称得起？

宁、荣地位，一语揭破，“贾府”——“清室”也。

其四：言外之意

作者写：恰近日这神瑛使者凡心偶炽。

畸笏叟批道：总悔轻举妄动之意。（甲·1F·JⅢ0039）

“凡心偶炽”与“总悔轻举妄动之意”有什么关系？“凡心偶炽”的弦外之音，言外之意是：“总悔轻举妄动之意”。

意为：神瑛使者不该轻举妄动，下世为人了。

那么，是谁“总悔轻举妄动之意”？这里不是指神瑛，而是指曹頫。

曹頫的“轻举妄动”是指雍正五年的骚扰驿站。

其五：公告本旨

作者写到英莲时，一僧一道说：你把这有命无运，累及爹娘之物，抱在怀中做甚？

畸笏叟下笔批道：看他所写开卷之第一个女子，便用此二语以订终身，则知托言寓意之旨。谁谓独寄兴于一“情”字耶？（甲·1F·JⅢ0051）

这是畸笏叟公告天下，所谓“第一女子”，是有“托言寓意”的。

其六：突出要害

这士隐正痴想，忽见隔壁葫芦庙内。这是作者普普通通一句话，脂砚从中择出“隔壁”二字，大做文章。

隔壁二字，极细极险，记清。（甲·1F·JⅢ0059）

“隔壁”怎么了？原来“隔壁”是贾雨村。怪不得说：“极细极险”呢。

曹頫败落，正是败在贾雨村（雍正）之手，所以说“极险”。

其七：实病——殃及

作者写道：不想这日三月十五，葫芦庙中炸供，那些和尚不加小心。

畸笏叟批道：写出南直招祸之实病。（甲·1F·JⅢ0087）

此批不好理解，南直，是南直隶的简称，即今江苏、安徽一带；招祸，谁招祸？是李煦；实病，实际原因，炸烘引起大火，意即：殃及，城门失火，殃及池鱼。

李煦就是因为与八皇子，九皇子等关系密切，被发往打牲乌拉。

其八：彰显内涵

甄士隐《解好了歌》，开头两句说：“陋室空堂，当年笏满床。衰草枯杨，曾为歌舞场。”

畸笏叟分别批道：

宁荣未败之先。（甲·1F·JⅢ0091）

宁荣既败之后。（甲·1F·JⅢ0092）

第一句为盛时景象，第二句为衰时景象。畸笏叟不失时机地彰显出《红楼梦》的内涵。

《解好了歌》，是借甄士隐之口唱给“大清”的一曲挽歌。

其九：真情宣泄

《红楼梦》中，一些人物有隐寓，这在畸笏叟身上就表现得格外强烈，最突出的就是贾雨村。书中，凡贾雨村出现，畸笏叟总要发一通牢骚，恨不得将他骂得狗血喷头。如下列批语：

今古穷酸，色心最重。（甲·1F·JⅢ0065）

是莽、操遗容。（甲·1F·JⅢ0066）

奸雄心事，不觉露出。（甲·1F·JⅢ0078）

奸险，小人欺人语。（甲·3F·JⅢ0140）

全是假，全是诈。（甲·3F·JⅢ0141）

全书皆然，凡雨村出场，均是："奸雄"，"小人"，"下流人物"，"莽、操遗容"，还有后回借湘云之口骂出的"狗杂种"等，可见，畸笏叟对贾雨村的憎恨之深。

曹頫在《红楼梦》中用的是隐笔，而畸笏叟批书却是直笔。

其十：意会为……

（贾兰说）：这会子不念书，闲着作什么？所以演习演习骑射。

奇文奇语，默思之，方意会为玉兄毫无一正事，只知安富尊荣而写。（甲·26F·JⅢ0282）

畸笏叟先说："奇文奇语"，接着意会为：玉兄毫无一正事，只知安富尊荣。看上去有点前言不搭后语，"意会为"后边的话绝非畸笏叟真心话。

我们接着看书：宝玉道："把牙栽了，那时才不演习呢。"

哈哈！原来是调侃骑射演习。

骑射，是"大清"立国之本，前期各朝重要课目，雍正后逐渐废弛。

其十一：恩重如山

第二十七回，作者写黛玉依着床栏杆，双手抱着膝，眼睛含着泪，好似木雕泥塑的一般。

畸笏叟批道：木是旃檀，泥是金沙方可。（甲·27F·JⅢ0291）

畸笏叟不同意作者的"木雕泥塑"，除非是"檀木金身"。

这里有个情感问题，黛玉隐寓的是康熙，康熙对曹家恩重如山，因此脂砚才有"木是旃檀，泥是金沙方可"的批语。

其十二："石兄"辨析

畸Ⅲ评中，多次提到"石兄"，如：

"不如意事常八九，可与人言无二三"，以二句批，是假（段）聊慰石兄。（甲·7F·JⅢ0232）

按警幻情讲（榜），宝玉系"情不情"。凡世间之无知无识，彼俱有一痴情去体贴。今加"大醉"二字于石兄，是因问包子问茶，顺手掷杯，问茜雪撵李嬷，乃一部中未有第二次事也。……（甲·8F·JⅢ0246）

开新面，立新场，是书多多矣。惟此回更生更新，非颦儿断无是佳吟，非石兄断无是情聆，难为了作者了，故留数字以慰之。（甲·27F·JⅢ0313）

畸笏叟提到的"石兄"，即曹頫自己，系自我调侃，慰石兄，实是自慰。

其十三：曹頫泪笔

第一回，作者写下一首标题诗：满纸荒唐言，一把辛酸泪。都云作者痴，谁解其中味？

《甲戌本》眉页上有一条批语：能解者方有辛酸之泪，哭成此书。壬午除夕，书未成，芹为泪尽而逝。余尝哭芹，泪亦待尽。每意觅青埂峰再问石兄，余不遇赖头和尚何？怅怅。

今而后，惟愿造化主再出一芹一脂。是书何本，余二人亦太快遂心于九泉矣。甲午八月泪笔。（甲·1F·JⅢ0033）

在《靖藏本》上，此批为：此是第一首标题诗。能解者方有辛酸之泪，哭成此书。壬午除夕，书未成，芹为泪尽而逝。余常哭芹，泪亦待尽。每思觅青埂峰再问石兄，奈不遇赖头和尚何？怅怅。今而后，愿造化主再出一脂一芹。是书有幸，余二人亦太快遂心于九原矣。甲申八月泪笔。

此批是畸笏叟的泪笔，此批有重要价值，披露了许多重要信息，也造成一些公案。

如"壬午除夕"，到底是署的年份呢，还是曹雪芹（曹霑）的逝世年份？

笔者认为:“壬午除夕”是曹頫为“曹雪芹已逝”编制的年份,与曹霑实际去世时间无关。为断绝当局追查作者,曹頫借曹霑之死大做文章,有意将曹霑去世年份提前一年。

曹頫此举却造成一桩公案,至此争论不休。此外,曹頫还借棠村去世,大张旗鼓地制造脂砚斋去世的舆论。

此批给我们的重大信息是:此时,《红楼梦》后回荡然无存。“每意觅青埂峰再问石兄,余不遇赖头和尚何?”,“今而后,惟愿造化主再出一芹一脂。是书何本,余二人亦太快遂心于九泉矣。”就是确证。

《甲戌本》与《靖藏本》这两批有三处重要差异:

(1)前批是:一芹一脂;后批是:一脂一芹。

(2)前批落款是:甲午八月;后批落款是:甲申八月。

(3)前批是:是书何本;后批是:是书有幸。

第(1)条,“一芹一脂”;或“一脂一芹”无关大局。

第(2)条,关系重大,到底是甲午,还是甲申?

笔者认为两批都对,甲申年是1764年,是曹頫于1764年第一次批在《靖藏本》上的。

甲午年是1774年,是曹頫于1774年第二次批在《甲戌本》上。

第(3)条,是书何本,即“是书合本”“何”是“合”的谐音字。

这一条批语,说明曹頫还在继续使用“烟云模糊”之计,在作者问题,批者问题,“后回”问题上迷惑人。

8.立松轩批语解读

立松轩批语重在告诉人们如何解读《红楼梦》,是一次彻底的解读。

(1)原无男女别

第一回,当写到“诚不若彼裙钗”时,批道:

何非梦幻,何不通灵,作者托言,原当有自,受气清浊,原无男女别。(府·1F·LⅠ0001)

“原无男女别”这个提示,十分重要,这是说《红楼梦》中是男是女原无多大区别,男也好,女也好,不过是用来表达本旨的一个符号而已。

当笔者判明:“十二钗”隐寓清代十二帝时,你就不会感到惊奇了。

(2)明告观者

当写到“一技无成,半生潦倒”时,批道:

明告观者。(府·1F·LⅠ0002)

“明告观者”,就是说这是一句真话,那么是谁“半生潦倒”呢?

只有曹頫,雍正五年被革职抄家后,一蹶不振,作为“罪臣”,不能露面,此年曹頫29岁,近30岁。那时,30岁恰恰是半生。

曹雪芹只有13岁,不存在“半生潦倒”的问题,如果他生活拮据,那是一生潦倒,而不是半生。

(3)谁之眼泪?

作者写到“把我一生的所有眼泪还他”时,批道:

恩情山海偿,惟有眼泪还。(府·1F·LⅠ0013)

《红楼梦》中一直说:黛玉还泪。

其时,康熙已逝,曹頫尚在人世,还泪之人只能是曹頫。

纵观《红楼梦》也确实如此，每写到黛玉(康熙)时，作者常常泪下如豆，掩卷不忍卒读，一把辛酸泪……康熙对曹家、曹頫恩重如山，曹頫由衷感激，无以报偿，“惟有眼泪还”。

还泪之说，应该是曹頫之泪。

第三回回前，有一批说：

我为你持戒，我为你吃斋，我为你百行百计不舒怀，我为你泪眼愁眉难解，无人处自疑猜，生怕那慧性灵心偷改。(府·3F·LⅠ0064)

“泪眼愁眉难解”，是曹頫自我表白。

(4)释“护官符”

第四回，回前有一首诗云：

请君着眼护官符，把笔悲伤说世途。作者泪痕同我泪，燕山仍旧窦公无。(府·4F·LⅠ0139)

想当初作者不谙官场潜规则，得罪了权势，以至于仕途坎坷。这是暗示曹頫1727年被抄家革职后，陷入困境。如今，一切都没变，只是曾经风光无限的“窦公”不存在了。

窦公，指窦仪(914—966)渔阳人，五代、后晋时进士，宋太祖时任工部尚书。曾奉命主撰《宋刑统》三十卷。

以窦公自喻，这是曹頫抄家三十多年后的感慨。

(5)此系何处?

第五回，当作者写道“但见荆榛满地，狼虎同群。”

此处有两批：

略露心迹。(府·5F·LⅠ0213)；

凶极！试问观者，此系何处？(府·5F·LⅠ0214)

此系何处？作者借警幻之口说：“此即迷津也，深有万丈，遥亘千里，无舟楫可通……”

接着许多夜叉海鬼将宝玉拖下去。

显然，作者在这里是意象描写，有隐意、寓意、深意。

这正是曹氏败落后，作者对现实的一种心灵感受。

此系何处？豺狼当道之处——清，雍正当政时期。

(6)贾家气数

第四回，写到“护官符”时，有一批说：此等人家，岂必欺霸方始成名耶。总因子弟不肖，招接匪人，一朝生事，则百计营求。父为子隐，群小迎合，虽暂时不沾祸网，而从此放胆，非破家灭族不已。哀哉！(府·4F·LⅠ0155)

“此等人家”即贾、王、史、薛家，根据笔者解读此四家实际上是一家，均暗隐爱新觉罗家。

最重要的是作者的预测：“非破家灭族不已”，这是此批的核心，要点。他预见了“此等人家”必将是“破家灭族”的结局。

第九回総评中批者再次指出：

此篇写贾氏学中非亲即族，且学乃大众之规范，人伦之根本。首先悖乱以至于此极，其贾家之气数即此可知，……(府·9F·LⅠ0346)

贾家气数即此可知，言外之意——气数将尽。

(7)释“风月宝鉴”

第十二回回前有一诗云：

反正从来总一心，镜光至意两相寻，有朝敲破濛头甕，绿水青山任好春。(府·12F·LⅠ0389)

这首诗同作者其他版本的回前诗一样，是作者真实思想的披露。作者首次告诉我们只读《红楼梦》文本，如同头上戴着一个濛头甕。试想在这种情况下，必然是盲人瞎马，什么也看不出。

怎么办呢？“镜光至意两相寻”，脂Ⅱ评中曾有一批云：此书表里皆有喻也。（庚·12F·ZⅡ0911）

正是一个意思。

LⅠ0389批提示：《红楼梦》有隐意、寓意、深意。

（8）何非幻，何非情？

第十三回總评中说：

借可卿之死又写出情之变态，上下大小男女老少无非情感而生情，且又借凤姐之梦，更化就幻空，中一片贴切之情，所谓寂然不动感而遂通，所感之象，所动之萌，深浅诚伪，随种必报，所谓幻者此也，情者也此也，何非幻，何非情？情即是幻，幻即是情，明眼者自见。（府·13F·LⅠ0421）

何非（为）幻，何非（为）情？这一句问得好。面对这个问题，几乎所有的读者都被蒙住了，这也是《红楼梦》至今不能解读的重要原因。

笔者经再三再四思考，才明白了：

幻，是真相经乔装改变后写进《红楼梦》中的故事，如：十二钗隐寓清十二帝，黛、凤、钗等均是幻象。

情，即“清”，所谓“幻者此也，情（清）者也此也”，就是一个“清”字。

（9）批者笔锋指向

第十四回總评说：

大抵事之不理，法之不行，多因偏于爱恶，幽柔不断。请看凤姐无私犹能整齐丧事，况丈夫辈？受职于庙堂之上，倘能奉公守法，一毫不苟，承上率下，何有不行？（府·14F·LⅠ0424）

“受职于庙堂之上”者，指谁？显然是帝王一类人物。

又第十五回總评说：

大凡有势者未尝有意欺人，奈群小蜂起，浸润左右，伏首下气，奴颜婢膝，或激或顺，不计事之可否，以要一时之利。有势者自任豪爽，斗露才华，未审利害，高下其手。偶有成就，一试再试，习以为常。则物理人情皆所不论，又财贷丰馀衣食无虞，所乐者必旷世所无，要其必获一笑，百万是所不惜，其不知排场已立，收敛实难，从此勉强，至成蹙窘，时衰运败，百计颠翻，昔年豪爽，今朝指背，此千古英雄同一慨叹者。大抵作者发大慈大悲愿欲诸公开巨眼得见毫微，塞本穷源以成无碍极乐之至意邪也。（府·15F·LⅠ0433）

“大凡有势”者又指谁？

此“丈夫辈”不能“奉公守法，一毫不苟”，因此“昔年豪爽，今朝指背”。

根据作者“立意本旨”，可以断定是论说雍正。

（10）借象说法，学佛阐经

第十八回回前、回后批是用隐语微词解读该回内容。

總评中说：

此回铺排非身经历，开巨眼伸文笔必有所滞墨牵强，如此触处成趣立后文之根足，本文之情者，且借象说法，学我佛阐经，代天女散花，以成此奇文妙趣，……（府·18F·LⅠ0437）

此批是说：作者是“身经历”者，他是谁？此批为1768年所写，批者无疑是曹頫，第十八回，写的是1707年康熙第六次南巡，那时曹頫九岁，“身经历”者，自然是他。

此批足以说明作者是曹頫，而绝不是曹雪芹（曹霑）。

本回通过所点四出戏，暗示了：贾家之败，元妃之死。元妃一句话："倘明岁天恩仍许归省"，便是不再之繖等等都是所阐之经。

"借象说法，学我佛阐经，代天女散花"，什么意思？

天女散花，典出《维摩经·观众生品》，说的是以天女散花，试菩萨和弟子们的道行。将天花散到菩萨身上，立即坠落，而散到弟子们身上时，便不坠落。

天女说："结习未尽，花著身耳。"

"借象说法，学我佛阐经，代天女散花"，是写本文之情，如花落"元妃"之身，结习未尽。

前一批还说：可怜转眼皆虚话，云自飘飘月自明。（LⅠ0436）

时过境迁，皆成虚话，只剩下白云飘飘，皓月当空了。

（11）哪三生？

第十八回回前批说：

为剪荷包绾两意，屈从优女结三生，（府·13F·LⅠ0436）

绾，系，盘结的意思。剪荷包，系着两层意思。一层是此荷包是黛玉（康熙）所赐，一层是当年康熙曾写过一诗，云："一剪经纬截纵横。"

三生，系指曹家三世受到康熙关照。

康熙二年（1663），曹玺出任江宁织造；

康熙三十一年（1692），曹寅出任江宁织造；

康熙五十一年（1712），曹顒出任江宁织造；

康熙五十四年（1715），曹頫出任江宁织造。

三世四人，均是康熙宠臣，难道不是结三生吗？

（12）宝玉真性情

第十九回回后说：

若知宝玉真性情者，当留心此回。其与袭人何等流连，其与画美人事何等古怪，其遇茗烟事何等怜惜，其与黛玉何等保护？再袭人之痴忠，画人之若事，茗烟之屈奉，黛玉之痴情，千态万状，笔力劲尖。……（府·19F·LⅠ0439）

不解隐寓，绝看不懂此批。

袭人，隐寓多尔衮，多尔衮是曹家所属正白旗旗主，当年曹振彦与多尔衮关系密切，相交甚厚。所以说"何等流连"。

画美人事系指雍正十二美人图事，作者让茗烟与美人云雨做戏，奇笔奇想，自然"古怪"。

黛玉隐寓康熙，曹氏对康熙敬若神明，神圣不可侵犯，故有"何等保护"之语。

以上宝玉对三个人的态度完全可以看出"宝玉"（也即作者）的真性情来。

（13）曲调、灯谜中的隐意

第二十二回回前批说：

禅理偏成曲调，灯谜巧隐谶言，其中冷暖自寻，看昼夜因循暗转。（府·22F·LⅠ0466）

曲调应该包括一曲一偈，全文是：

无我原非你，从他不解伊。肆行无碍凭来去，茫茫着甚悲愁喜，纷纷说甚亲疏密。从前碌碌却因何，到如今，回头试想真无趣。

你证我证，心证意证。是无有证，斯可云证。无可云证，是立足境。无立足境，是方干净。

偈后必须补上黛玉说的那一名句，方完整。

曲调就是禅理,大清帝国到“无立足境”时,“是方干净”。那才是最后结局。

灯谜是一组,包括贾母、贾政、元春、迎春、探春、惜春、宝钗七人,通过种种不祥之物暗示,贾府像“更香”(宝钗谜)一样,树倒猢狲散,为期不长了。

可惜的是许多人看不出作者用意,批者心急如焚,试看该回回后批:

作者倍菩提心,捉笔现身说法,每于言外警人再三再四,而读者但以小说古词目之,则大罪过。其先以庄子为引,已(以)曲句作醒悟之语以警觉世人,犹恐不入,再以灯谜拭伸致意,自解自叹以不成寐。为言其用心之切之诚,读者忍不留心而慢忽之耶!(府·22F·LⅠ0467)

“自解自叹”再一次证明:作者、批者是一个人,即曹頫、立松轩是一个人。

此批的最大看点是曹頫公然声明:“读者但以小说古词目之,则大罪过。”这是对“文本观念”的当头一棒,文本派至此应该醒悟了。

《红楼梦》表面是小说,但不能以小说目之。这同畸批:“勿看正面为幸!”同一个意思。

(14)话说四十年前

第二十五回写的是宝玉遭魇魔一事,实指当年(雍正二年—五年)曹頫罹难情景。

1768年后,时隔四十年,回首往事,曹頫感慨地写下以下两批:

有缘的推不开,如(痴)心的死不改,纵然是通灵神玉也遭尘败。梦里徘徊,醒后疑猜,时时兜底上心来。怕人窥破笑盈腮,独自无言偷打嗐,这的是前生造定今生债。(府·25F·LⅠ0496)

欲深魔重复何疑,苦海(孽)河解者谁,结不休时冤日盛,井天甚小性难移。(府·25F·LⅠ0497)

这两批主要是追思那场灾难的原因,曹頫归结为:

A、命运缘分,冤家路窄,前生造定;

B、忠心耿耿,当时不觉悟,这是说自己当年太痴情了。

C、欲深魔重,坐井观天,禀性难移,这是指雍正而言。

作者、批者不是一个人断无此认识。

(15)谁的思念

第三十四回写了一个情节,宝玉让晴雯去给黛玉送了两方旧手帕,因此引起黛玉情思,写下三首小诗。

两条素怕(帕),一片真心,三首新诗,万行珠泪。……(府·34F·LⅠ0558)

笔者在研究中发现:《红楼梦》中,凡事均有来历,有根源,很少泛泛之笔。

这两方素帕,很可能是康熙在第五次、第六次南巡时留在曹家的遗物。康熙走后,曹家收藏起来留作纪念。

这里作者借黛玉之手写下三首感念诗,请换一下角度来看,即站在曹頫立场上来看:

其一

眼空蓄泪泪空垂,暗洒闲抛却为谁?尺幅鲛绡劳解赠,叫人焉得不伤悲。

其二

抛珠滚玉只偷潸,镇日无心镇日闲,枕上袖边难拂拭,任他点点与斑斑。

其三

彩线难收面上珠,湘江旧迹已模糊,窗前也有千竿竹,不识香痕渍有无?

三首诗表达式了作者也就是曹頫对康熙的思念。这是一种由衷的,刻骨铭心的,深沉的,令人揪心的思念。

除去曹頫,不会有第二个人。

(16)"任呼牛马"解

第四十一回回前有一首小诗:

任呼牛马从来乐,随分清高方可安,自古世情难意拟,淡妆浓抹有千般。立松轩(府·41F·LⅠ0643)

这首诗很特别,一是含义深,不知所云;二是诗后署名立松轩,全部《王府本》批语,唯一署名。

第四十一回回目是:栊翠庵茶品梅花雪,怡红院劫遇母蝗虫。

回前诗告诉我们此回主要人物是刘姥姥,而刘姥姥又隐寓雍正,"牛马"当指刘姥姥一类人物。

"任呼牛马"是指写作时,笔下人物像牛马一样呼来唤去,当然指隐寓雍正一类人物,如:贾政、王熙凤、薛蟠、贾雨村、刘姥姥等。

"从来乐"是写作时心态。

虽然,雍正有百变之身(淡妆浓抹有千般),但是仍然是"难意拟",难以痛快淋漓地表达自己的情感,即公开的口诛笔伐。

(17)鸳鸯拒婚与药石仙方

第四十六回総评说:

鸳鸯女从热闹中别具一副肠胃,不轻许人一事,是官途中药石仙方。(府·46F·LⅠ0693)

鸳鸯拒婚与官途,即仕途,风马牛不相及,可是批者却将其联系在一起。

有关联吗?有!只是批者省略了中间两个环节。其一,鸳鸯拒婚,首先应该理解为:"绝情";其二,"绝情"根据谐音,就是"绝清"。

在曹頫看来,有骨气的汉族文人,"绝清"是正确的选择,是官途中的药石仙方。

(18)疑是姑娘

第五十一回,晴雯病了,请了一位新太医,号脉时见有两根长指甲,便以为是位小姐。

嬷嬷让他等一会儿再走,说:"我们小爷罗嗦,恐怕还有问话。"

这位太医糊涂了,问:"方才不是小姐,是位爷不成?"他不解地问:"那屋子竟是绣房,又是放下幔子的,如何是位爷呢?"

尽管太医糊涂,但是女性,这一点说对了。

问题是明知是女孩儿,为什么下虎狼药?

宝玉揭穿说:"该死!该死!他拿着女孩儿也像我们一样的治,如何使得!"

为此立松轩有一批语说:

……疑是姑娘一语又俨然庸医口角新医行径,笔大如椽。(府·51F·LⅠ0703)

这一情节,是作者仿《庄子》手法暗喻当年乾隆处理弘皙事件不当,处理重了,弘皙只是气高性傲,并没有不臣之心。

胡庸医,影射乾隆。

(19)吾门,谁家?

第五十四回回前诗云:

积德于今到子孙,都中旺族首吾门,可怜立业英雄辈,遗脉谁知祖父恩?(府·54F·LⅠ0711)

一个"吾门",又将人们装进闷葫芦里,似乎此诗说的是曹家。

其实,这是批者代"贾家"——即清室叹惜。"立业英雄辈"是批者的讽刺性称谓,"贾家"后辈——即后世帝王哪里知道祖辈、父辈的恩德、创业的艰辛?

(20)如何读《红楼梦》?

第五十四回総评再次提出了如何读《红楼梦》的问题:

读此回者凡三变，不善读者徒讚其如何演戏，如何行令，如何挂花灯，如何放爆竹，目眩耳聋，应接不暇。少解读者讚座次有伦，巡酒有度，从演戏渡至女先儿，从女先渡至凤姐，从凤姐渡至行令，从行令渡至放炮，脱卸下来井然有序，不辞乱。会读者须另具卓识单着眼史太君一席话，将普天下不尽理之奇文，不近情之妙作一齐抹倒。是作者借他人酒杯消自己块垒，画一幅行乐图，铸一面菱花镜，为全部総评。（府·54F·LⅠ0712）

此批将读者分为三种：

不善读者，少解读者，会读者，并举例说明。

最后一例要特别重要，他告诉我们应该怎么读。怎么读？需另具卓识着眼于史太君一席话。史太君是批佳人才子的，意思是不要把《红楼梦》当才子佳人看。哪当什么看？这里批者提示："是作者借他人酒杯消自己块垒，画一幅行乐图，铸一面菱花镜"。

这就是说，作者借雍正行乐图——（他人酒杯），消自己块垒（心中不快），铸一面菱花镜——即风月宝鉴，表达自己的意图。

"画一幅行乐图，铸一面菱花镜"。一句话，公开了作者创作手法、意图，袒露出本旨。

"本旨"就是要写一写雍正，手法是借雍正行乐图，来表达自己的意图：写一篇讨雍正檄文。这条批语击中要害，点明本质。

《雍正行乐图》是雍正授意画工特意为他精心绘制的，雍正生前十分喜欢，爱不释手。图中雍正装扮成各种角色，出现在园林、山野之中，有身着汉服、满服、蒙服，甚至还有身着洋装的；图中雍正扮作各种身份的人，有猎人、书生、道士、喇嘛、隐士、渔翁、农夫等等；图中雍正赏花、戏莲、抚琴、垂钓、泛舟，还有彩衣戏猴。林林总总，约有四五十种。看后给人一种滑稽感，雍正有百变之身。

曹頫受雍正行乐图启发，让雍正百变之身现身《红楼梦》中。

笔者在解读《红楼梦》时，随着时间的推移，是一个一个发现的。先发现贾雨村隐寓雍正，接着发现王熙凤隐寓雍正，后又发现贾敬也隐寓雍正……

我陷入迷茫之中，迷惑不解，难道是四面埋伏吗？按此思路找出薛蟠也是隐寓雍正。

接着，竟然又发现四儿、五儿、贾芸也隐寓雍正，难道是作者"八面埋伏"或"十面埋伏"吗？

后，又发现贾政、贾赦、贾珍、马道婆、赵姨娘、贾环……，都是隐寓雍正。

简直让人不可思议，我不得不怀疑我自己，是否错了？

但当我看到曹頫这条批语，才恍然大悟，原来这都是雍正的百变之身。照此推理，刘姥姥、宝琴也是雍正化身。目前共发现《红楼梦》中有四十余人隐寓雍正。

《红楼梦》就是曹頫刺向雍正的一柄复仇之剑，在这四十余人身上全方位地展现了雍正的相貌特征，性格特征，害人本质，以及其他等等。

写出这条批语后，曹頫认为很可能被当局识破，并由此罹祸，但他义无反顾，"知我罪我，其听之矣！"置生死于度外了。

幸好，没人识破天机，曹頫躲过了"文字狱"浩劫。

（21）英雄失路之悲

第五十七回写到宝钗岫烟相叙时，有一批云：

写宝钗岫烟相叙一段，真有英雄失路之悲，其有知己相逢之乐。时方午夜，灯影幢幢，读书至此，掩卷出户，星月依稀，寒风微起，默立階除良久。（府·57F·LⅠ0720）

岫烟因穷困受厄，衣着单薄，费用无着。曹頫为此掩卷出户，默立阶除良久。为什么呢？因为这一段引发了他的"英雄失路之悲"。

曹頫的“英雄失路”，是指1727年那次革职抄家，这场劫难是他一生的转折点，仕途中断，家业毁灭。更不幸的是，这是一场冤案。因此曹頫留在心里的伤痛，难以平息，难以消失。你看《红楼梦》中那个“痛”字，写作“痛”，那个“劫”字，写作“刼”。

一生一世，雍正的身影，雍正批语时时萦绕心头，正如他在《红楼梦》中说的：花影不离身左右，鸟语只在耳西东。

时间已过去四十年多了，每当想起，依旧“默立阶除良久”，感叹“英雄失路”。

带着这种感情写《红楼梦》，自然是：“一把辛酸泪”了。

（22）溺词失旨

五十八回有一批说：

道理徹上徹下，提笔左潆右拂，浩浩千言不绝，又恐后人溺词失旨，特自主一句以结穴，曰诚曰信。（府·58F·LⅠ0722）

“恐后人溺词失旨”，这是曹頫最为担心的一件事，最关心的一件事。

岂知二百多年后，有人就是溺词失旨，而且人数众多，还形成一股主流势力。这就是文本派，把《红楼梦》只当小说看，口口声声文字美、文学美，置《红楼梦》的本旨于不顾。

一部作品，它的思想价值同艺术价值是并存的，思想价值更重于艺术价值。

“特自主一句以结穴”，哪一句？是宝玉：“只管对杏流泪叹息”一句，此句下有一批说：

近之淫书，满纸伤春，究竟不知伤春原委。看他并不提“伤春”字样，却艳恨秾愁，香流满纸矣。（庚·58F·ZⅡ2201）

“伤春”是关键，三春将去，诸芳将尽，令人感伤。

（23）巨眼识“情”

第六十六回回前批说：

余叹世人不识“情”字，……三姐项上一横是绝情，乃是正情。湘莲万根皆削，是无情乃是至情。生为情人，死为情鬼，故结句曰：来自情天，去自情地，岂非一篇尽情文字。（府·66F·LⅠ0744）

“余叹世人不识‘情’字”一句，系曹頫一生心病，唯恐世人解不开《红楼梦》。接着，列举两例：三姐自刎，湘莲出家。前是绝情，乃是正情；后是无情，乃是至情。曹頫对他们盛赞不已，为什么？

一点不醒，再点：生为情人，死为情鬼，来自情天，去自情地，岂非一篇尽情文字。

还是让人不明白，“情”字换一个谐音字“清”字。便一目了然了。

所谓“尽情文字”，正是警示天下人：绝情，根据谐音，意为绝清，与“清”一刀两断；无清，根据谐音，意为无清，消灭大清。

这才是曹頫著《红楼梦》的“本旨”。

（24）怒贬熙凤

同所有脂批、畸批一样，立松轩批也是目标对准王熙凤，狠批猛批。

第六十八回、六十九回回前、回后有四条批语集中火力，猛轰猛打，声势如霹雳惊雷，前所未有。如：

余读左氏见郑庄读后汉见魏武谓之大奸巨滑，惟此为最。今读《石头记》，又见凤姐作威作福，用柔用刚，占步高，留步宽，杀得死，救得活，天生此等人，斲丧元气不少。（府·68F·LⅠ0747）

人谓闹宁府一节极凶猛，赚二姐一节极和蔼。吾谓闹宁府情有可恕，赚二姐法不容诛，闹宁府声声是泪，赚二姐字字皆锋。（府·68F·LⅠ0748）

写凤姐写不尽,却从上下左右写,写秋桐极淫邪,正写凤姐极淫邪。写平儿极义气,正写凤姐极不义气。使女欺压二姐,正写凤姐欺压二姐。写下人感戴二姐,正写下人不感戴凤姐。史公用意非念死书子之所知。(府·69F·LⅠ0749)

凤姐初念在张华领出二姐,转念又恐仍为外宅,转念即欲杀张华,为斩草除根计,时写来,觉满腔都是荆棘,混身都是爪牙,安得借鸳鸯剑手刃其首,以寒千古奸妇之胆。(府·69F·LⅠ0750)

阅《红楼梦》,全书中宝玉同王熙凤形影不离,情同姊妹、亲如叔嫂。那是在"幻"中境界,批语是在"真"境界,表现大不一样。

王熙凤隐寓雍正,请看曹頫态度:

"魏武谓之大奸巨滑","赚二姐法不容诛","安得借鸳鸯剑手刃其首"。"手刃其首"可见仇恨之深。(府·69F·LⅠ0749)批,曹頫自称史公:"史公用意非念死书子之所知"。意即只看文本表面是不行的,须深探隐意、寓意、深意。自称史公,也说明《红楼梦》是一部史书。

曹頫对雍正的评价:莽、操一类人物,奸雄、大奸巨滑。

9.畸笏叟Ⅳ评解读

(1)曹頫"爱憎"的彻底披露

在《靖藏本》的批语中有一条批语对曹頫"爱憎"作了彻底的披露。

第十八回,曹頫借读《庾子山文集》,淋漓尽致地袒露了自己的思想。这一年是戊子年(1768年),曹頫已是七旬老人,感触之下写下一条长批。

孙策以天下三分,众才一旅;项籍用江东之子弟,人惟八千,遂乃分裂山河,宰割天下。岂有百万义师一朝卷甲芟夷,斩伐如草木焉?江淮无涯岸之阻,亭壁无藩篱之固,头会箕敛者,合从缔交锄耰棘矜者,因利乘便,将非江表王气终于三百年乎?是知并吞六合,不免轵道之灾,混一车书无救平阳之祸,呜呼!山岳崩颓,既履危亡之运,春秋迭代,不免去故之悲。天意人事可以凄怆伤心者矣。

大族之败,必不致如此之速。特以子孙不肖,招接匪类,不知创业之艰难,当知瞬息荣华,暂时欢乐,无异于烈火烹油,鲜花著锦,岂得久乎?

戊子(1768年)孟夏读虞子山文集,因将数语系此,后世子孙其毋慢忽之。(靖·18F·JⅣ0001)

第一段是过录的《庾子山文集》中《哀江南赋》的原文,第二段是他的话。

"哀江南"出自《楚辞·招魂》"魂兮归来哀江南"。作者庾信借此哀悼故国梁朝的灭亡,悲切凄婉,格外感人。

显然,曹頫也是借此哀悼故国明朝的灭亡。曹頫同庾信一样,将家史与国史联系在一起,将个人遭遇与民族不幸融汇在一起。二人同声同感:"呜呼!山岳崩颓,既履危亡之运,春秋迭代,不免去故之悲。天意人事可以凄怆伤心者矣。"

曹頫更进一层,直接点明:"大族之败,……岂得久乎?"

这里的"大族",就是宁、荣,就是爱新觉罗氏。他告诉后世子孙:不会太久了。"岂非王气终于三百年乎?",不会超过三百年,事实上"大清"王朝历296年。正合曹頫预见。

借文献典籍蕴义,表达自己的情感,是曹頫常用手法。

(2)第四十二回,书中写道:遇难成祥,逢凶化吉。

畸笏叟批道:应了这话由好,批书人焉能不心伤。狱(神)庙相逢之日,始知遇难成祥,逢凶化吉。伏线于千里,哀哉伤哉。此后文字不忍卒读。(靖·42F·JⅣ0006)

雍正五年，曹頫被抄家，是永远的伤痛，只要提起就是："哀哉伤哉"。

10.梦觉主人批语解读

梦觉主人是谁？顾名思义，他应该就是《红楼梦》觉醒主人公——宝玉，也就是他所隐寓的那位——曹頫。当笔者以曹頫"异笔"比对《梦觉本》时，惊异地发现《梦觉本》竟然也是曹頫亲笔所抄录，啊！他还活着，1784年，掐指一算，他已是86岁的高龄老人。

梦觉主人是曹頫假托的最后一个批者，纵观《梦觉本》独出批语仅41条，大都没什么新意，但，书前的《梦觉主人序》令人瞩目。

该序同所有脂批、畸批、立松轩批语一样是用隐语微词写成，蒙眬、迷茫，读后让人感觉到序中仿佛点明了什么，可又看不真切。

下面，试着解读：

辞传闺秀而涉于幻者，故是书以梦名也。夫梦曰红楼，乃巨家大室儿女之情，事有真不真耳。

这一句是解释书名《红楼梦》的，关注点有：

（1）书名最终选定为《红楼梦》。

甲戌年（1754年）——丁亥年（1767年），曹頫一直坚持用《石头记》为书名。此时，曹頫看到人们更喜欢《红楼梦》这个书名，况且《红楼梦》为书名才更接近他的立意本旨——写十二钗。从这个意义上讲，《梦觉本》是曹頫最后的定本。

（2）谁家红楼？"巨家大室"也，但到底是谁家，脂批中曾说是"天下旺族"，《红楼梦》中叫"贾府"，今天说穿了，就是"清室"。

（3）"梦"其实就是"辞传闺秀而涉于幻者"，托梦而已。

（4）"有真有不真"，明告观者，书中所写之事有真的，也有假的。

红楼富女，诗证香山，悟幻庄周，梦归蝴蝶。

这是一组典型的隐语微词，"红楼富女"，自然是指"十二钗"，"诗证香山"，是指白居易的《秦中吟》，《长恨哥》。白居易，字乐天，号香山居士。《秦中吟》共有十首，其中有一首"议婚"有一句"红楼富家女，金缕绣罗襦"，大概是"红楼富女"的出处。但我认为，诗证香山，是取"秦中吟"三字，吟秦，写"清"也。

《长恨歌》写的是唐玄宗与杨贵妃的爱情故事，这首诗写了唐玄宗，是写帝王的。"红楼富女"是一群什么样的人？从香山居士的《长恨歌》里可以找到答案——帝王。

"悟幻庄周，梦归蝴蝶"典出《庄子·内篇·齐物论第二》：

"昔者庄周梦为蝴蝶，栩栩然蝴蝶也，自喻适志与！不知周也。俄然觉，则蘧蘧然周也。不知周之梦为蝴蝶与，蝴蝶之梦为周与？周与蝴蝶必有分矣。此之谓物化。"

此典展现出两个境界，一个是现实境界，庄周就是庄周，一个是梦中境界，庄周变为蝴蝶。庄周与蝴蝶之间产生了物化现象。

"物化"现象，同样表现在《红楼梦》中，《红楼梦》文本写的是梦，它书中的所有人物均是"物化"出来的，与现实中的人物有区别。这个提示十分重要，文本中的人物在现实中是谁呢？

这就需要准确地链接起"现实人物"与"文本人物"。

“悟幻庄周，梦归蝴蝶”八个字揭示出“真实境界”同“梦幻境界”的内在关系。

尝思上古之书有《三坟》、《五典》、《八索》、《九邱》，其次有《春秋》、《尚书》、《志乘》、《梼杌》。其事则圣贤齐治，世道兴衰述者逼真直笔，读者有益身心。

“《三坟》、《五典》、《八索》、《九邱》”，孔安国《尚书序》中说：均是“相传古书名”，“伏羲、神农、黄帝之书谓之《三坟》，言大道也。少昊、颛顼、高辛、唐、虞之书谓之《五典》，言常道也。八卦之说，谓之《八索》，九州之志，谓之《九邱》。”

《春秋》，鲁国史书；《梼杌》，楚国史书；《尚书》，古代历史文件、历史事件著作；《志乘》，是地方志书。

曹頫罗列了这么多古籍，是想说明这些书都是直笔叙说“世道兴衰”，言外之意他的《红楼梦》就是一部曲笔写的关于“世道兴衰”的书，这是一种暗示、提示。

今夫《红楼梦》之书，立意以贾氏为主，甄姓为宾，明矣真少而假多也。假多即幻，幻即是梦。书之奚究其真假？惟取乎事之近理。词无妄诞，说梦岂无妄诞，乃幻中有情，情中有幻是也。

此段告诉我们假多真少，如何辨识真假是读《红楼梦》的关键，要点，曹頫给了一个秘诀——“惟取乎事之近理”，何为“近理”？又是一句隐语微词。

“近理”者，事理相近者也。

如王熙凤，相貌特点：三角眼，掉梢眉；性格特点：性情狡猾，阴险狠毒；语言特点：假话粗话；一生作为：情诱贾瑞，赚害二姐等。

其“真”，不言而喻，无疑是影射雍正。

“幻中有情，情中有幻”，情寓于“幻”中，即：“清”隐于幻中。

贾宝玉之顽石异生，应知琢磨成器，无乃溺于闺阁，幸耳《关雎》之风尚在；林黛玉之仙草临胎，逆料良缘会合，岂意摧残兰蕙，惜乎《摽梅》之叹犹存。

宝玉异生，应写他如何琢磨成器，可书中偏借《诗经·关雎》之风写成了风月之情；黛玉临世，成与宝玉相识缘分，可偏借《诗经·摽梅》之叹。写成眼泪还债。

似而不是，恍然若梦，斯情幻之变互矣。天地钟灵之气，实钟于女子，詠絮丸熊，工容兼美者，不一而足。贞淑薛姝为最，鬟婢嫋嫋，秀颖如此，列队红装，钗成十二，犹有宝玉之痴情，未免风月浮泛。

因“情”“幻”互变，特写了十二钗，加上有宝玉，《红楼梦》自然成了风月浮泛之书。

此则不然，天地乾道为刚，本秉于男子，簪缨华胄，垂绅执笏者代不乏人。方正贾老居尊，子侄跻跻，英年如此，世代朱衣，恩隆九五不难，功业华褒，此则也不然。是则书之似真而又幻乎？此则作者之辟旧套开生面之谓也。至于日用事物之间，婚丧喜庆之类，俨然大家体统，事有重出，词无再犯。其吟咏诗词自属清新不落小说故套。言语动作之间，饮食起居之事，竟是庭闱形表，语谓因人，词多彻性，其诙谐戏谑，笔端生活，未附村编俗理。

其实不然，“天地乾道为刚，本秉于男子”，如贾政，九五之尊尚不难。“九五”乃帝位别称，这里暗示了贾政隐寓者身份。

《红楼梦》一书似真似幻，是作者别开生面的手法。

“语谓因人，词多彻性”，人物语言，多像被隐寓者身份，性格也酷似被隐寓者性格。

此作者工于叙事，善写性骨也，夫木槿大局，转瞬兴亡，警而醒而益醒。太虚演曲。预定荣枯，乃是梦中说梦。

“性骨”，即本质的核心的本性。“预定荣枯”，梦中说梦，就是预测衰亡。

说梦者谁？或言彼，或云此，既云梦者，宜乎虚无缥缈中，出是书也。

这一句实质上是说作者是谁？或言彼，或云此。后一句是真话，就是此人——梦觉主人。

书之传述未终，余帙杳不可得。既云梦者，宜乎留其有余不尽，犹人之梦方觉，兀坐追思，置怀抱于永永也。

后“三十回”去向，一直是个谜，笔者曾分析说：“是曹頫自断”。这几句话证实了我的判断，作者旨在“留其有余不尽”“置怀抱于永永也”。

甲辰岁菊月中浣，梦觉主人识。（MⅠ0001）

甲辰岁菊月中浣，即1784年9月中旬。当我判明《梦觉本》确系曹頫手迹后，惊喜万分。

这位饱经风霜、历尽艰险的老人还活着，十年创作，又经三十多年不停地抄、阅、改、批，时当86岁高龄，尚能完成《梦觉本》，真让人肃然起敬。

接下来，又为他的辛勤付出，至今《红楼梦》尚没有人能准确解读而惋惜。因此，暗下决心，一定要准确地、彻底地解读《红楼梦》，让先生九泉之下得以瞑目。

四、解读手法和特点

脂砚斋、畸笏叟、立松轩等名都是曹頫假托之名，他时而高屋建瓴，一语中的；时而绵里藏针，委婉含蓄；时而直揭要害，锋芒毕露。三者虽然是一个人，但由于时期不同，还是有区别的。脂批是前期批语，畸批是中期批语，立批是后期批语。

1.脂砚斋解读手法和特点

以脂砚斋为笔名的批语有四个批次，其中《脂Ⅱ评》最具有代表性，集中表现了他批的手法和特点。

（1）揭秘

“揭秘”是脂砚斋的主要手段之一，如揭作者的写作秘法。

作者著《红楼梦》，用了种种秘法，脂砚斋一一揭示给观者。

如“谐音法”，脂砚都一一予以辨正，但也有一个例外，“情”“秦”二字，脂砚就没有辨正，在当时背景下，他不敢辨正，留给读者自己去辨正。

如“草蛇灰线法”，脂砚以“合看”二字，加以解释。

如“云龙雾雨法”，这是一种模糊法，脂砚将它明确为“何为云，何为雨，何为龙？”（甲·5F·ZⅡ0479）

如“千皴万染法”，脂砚予以详解，如作者写道：白荷花卉十二两……，脂砚批：凡用十二字样，皆照

应十二钗。（甲·7F·ZⅡ0600）

如“一击两鸣法”，此即一笔多意。第七回，脂砚批云：一笔能令千百笔用。（甲·7F·ZⅡ0620）

脂砚斋以“借××，写××”，来表示一击两鸣法。

揭要害，如：埋香冢葬花，乃诸艳归源，《葬花吟》又系诸艳一偈也。（甲·27F·ZⅡ1863）

揭本事，如：问看官：常有将挪移借贷已说明白了，彼仍妆聋妆哑，这人为（比）阿凤若何？（甲·6F·ZⅡ0574）

（2）提示

一部《红楼梦》，就如同一个葫芦提，不知底细的人看，总是糊里糊涂。因脂砚斋就是作者，是深知拟书底里的人，是知情人，所以他的提示具有极重要的意义，是其他人不能替代的。

所以他的任何提示都具有重要价值。

如：第八回，写到秦业的官职：现任营缮郎。

脂砚批道：官职更妙。设云因情孽而缮此一书之意。（甲·8F·ZⅡ0827）

这个提示极为重要，它表明《红楼梦》是因情孽而写，情孽者，清孽也。

第五回，《红楼梦》曲中说：宿孽总因情。

脂砚提示：是作者菩萨之心，秉刀斧之笔，撰成此书，一字不可更，一语不可少（甲·5F·ZⅡ0463）

第三回，当王熙凤出场，作者写道：一双丹凤三角眼，两湾柳叶掉稍眉。

脂砚提示，这是：为阿凤写照。（甲·3F·ZⅡ0184）

如此提示还有许多，每一个提示，都应该十分重视，脂砚提示为我们全面解读《红楼梦》提供了依据。

由于曹頫那个年代文字狱猖獗，多是提示，引而不发。

（3）点睛

大观园因何起造，脂砚斋在第四十九回说：

此回系大观园集十二正钗之文。（甲·49F·ZⅡ2137）

可以说“大观园”并不存在，它只是作者为十二钗虚构的一个幻境而已。

黛、熙、钗三人一生为何所误？脂砚斋一言以定：

代玉一生是聪明所误。……阿凤是机心所误，宝钗是博知所误，……（甲·22F·ZⅡ1591）

（4）明告

第七回，当秦钟出现，脂砚斋突然写了一条令人震惊的批语：设云秦钟。古诗云：“未嫁先名玉，来时本姓秦”，二语便是此书大纲目、大比托、大讽刺处。（甲·7F·ZⅡ0653）

这是脂砚斋公告天下：“秦”，“玉”便是此书大纲目、大比托、大讽刺处。

笔者凭此悟出：“十二钗”与“宝玉”是《红楼梦》两大主线，两大纲目。

（5）掩饰主线

《红楼梦》是两纲结构，一是《十二钗》，一是《宝玉》。两纲之间有主有次，”十二钗”是作者要表达的主要内容，也是最容易罹祸的内容，因此脂砚斋常常以次线掩饰主线，如：

批书人领至（过）此教，故批至此竟放声大哭。俺先姊先（仙）逝太早，不然，余何得为废人耶？（庚·18F·ZⅣ0219）

第十八回，元妃省亲，脂砚已明白批示：是借省亲写南巡，实质是写康熙南巡。上述批语却大讲“先姊”，脂砚斋是在蓄意掩饰主线。

（6）转移视线

为了不让作者的“本旨”太露，脂砚斋有时采取“转移视线”法。如元妃省亲时，龄官执意要演《相约》，《相骂》，这两出戏意旨太露了，因此脂砚斋便写了一长篇批语，大讲“能养千军，不养一戏。”以此混淆人们的视线。

按近之俗语云：“能养千军，不养一戏。”盖甚言优伶之不可养之意也。大祗一班之中，此一人枝业稍优出众，此一人则拿腔作势，辖众恃能，种种可恶，使主人逐之不舍，责之不可，虽不欲不怜而实不能不怜，虽欲不爱而实不能不爱。余历梨园子弟广矣，各各皆然。亦曾与惯养梨园诸世家兄弟谈议及此，众皆知其事，而皆不能言。（庚·18F·ZⅡ1297）

脂砚斋以上述手法，为我们大致描绘出一本反面《红楼梦》，使我们看到了一本真实的《红楼梦》，它是由曹家血泪史同大清兴衰史交织谱写的交响曲，是梦幻与现实交融在一起的一篇史诗。

脂批具有揭秘性、导读性、隐微性，解读《红楼梦》，功不可没。但是，由于缺乏深度，缺乏统筹力，只给了我们一个蒙眬的画面，真正的解读还有待于后期解读——畸笏叟和立松轩的解读。

2.畸笏叟解读手法和特点：

畸笏叟是曹頫中期批语化名，这些批语较脂批更成熟，更老到。特别是《畸Ⅲ评》，解读时高屋建瓴，一语中的。形成更为独特的手法和特点：

(1)借典籍蕴意解读

在清代文字狱猖獗时，畸笏叟解读也不敢明解，多是间接的委婉的解读，借典籍蕴意就是其中一种方法。如：《离骚》《庄子》之亚（甲·1F·JⅢ0021）。

武侯之三分，武穆之二帝，二贤之恨，及今不尽（甲·1F·JⅢ0052）。

(2)直接提示

如：家国君父，事有大小之殊，其理、其运、其数，则略无差异。（甲·1F·JⅢ0053）。

(3)假设法

如：试问诸公，从来小说中，可有写形追像至此者？（甲·3F·JⅢ0162）。

(4)暗示法

如：“秦可卿淫丧天香楼”作者用史笔也。（甲·13F·JⅢ0259）

(5)反解法

当作者写道：贾雨村“生得腰圆背厚，面阔口方，更兼剑眉星眼，直鼻权腮。”时，畸笏叟批道：

最可笑世之小说中，凡写奸人，则“鼠耳鹰腮”等语。（甲·1F·JⅢ0067）

畸笏叟不明说贾雨村是奸人，只是说别的书写奸人如何如何。

(6)透露法

脂砚斋是谁？红学界尚无定论，众说纷纭。

畸笏叟有一批透露说：雪芹旧有《风月宝鉴》之书，乃其弟棠村序也。（甲·1F·JⅢ0030）

“序”，其实就是批，写序写批乃是一个人，这里透露出棠村就是曹頫假托的脂砚斋。

(7)揭秘法

如：书中之秘法，亦复不少，（甲·1F·JⅢ0020）。

故写假，则知真（甲·2F·JⅢ0134）。

(8)概括法

如：求全之毁，不虞之隙。八字为二玉一生文字之纲。（甲·5F·JⅢ0197）

(9)诠释法

作者写道:须问旁观冷眼人

畸笏批道:故用冷子兴演说。(甲·2F·JⅢ0118)

将作者的标题诗同书中内容联结起来。

(10)读法指导

畸笏叟发觉人们读《红楼梦》读法不对,因此多次点拨,进行指导。如:

若云雪芹披阅增删,然后开卷至此,这一篇楔子又系谁撰?足见作者之笔,狡猾之甚。后文如此者不少。这正是作者用画家烟云模糊处,观者万不可被作者瞒弊了去,方是巨眼。(甲·1F·JⅢ0031)

(11)隐语微词解读

微词,即微言,指含意深远精微的言辞。隐微之言也就是:不明言,用暗喻示意。

第八回,在"早知日后闲争气,岂肯今日错读书"句下,畸笏批道:

这是隐语微词,岂独指此一事哉。(甲·8F·JⅢ0250)

第七回,作者写道:"每日家偷狗戏鸡,爬灰的爬灰,养小叔子的养小叔子。"

畸笏批道:一部《红楼》淫邪之处,哈(恰)在焦大口中揭明。(甲·7F·JⅢ0233)

这里,畸笏叟用的就是隐语微词。

(12)制造结节,引人注目

第十四回,当作者写到"凤姐即命彩明定造簿册"时,畸笏叟借别人之批批道:

宁府如此大家,阿凤如此身份,岂有使贴身丫头与家里男人答话交事之理呢?此作者忽略之处。(庚·14F·JⅠ0023)

接着,畸笏叟又写一批反驳:

彩明系未冠小童,阿凤便于出入使令者。老兄并未前后看明是男是女,乱加批驳可笑。(庚·14F·JⅠ0024)

"异笔"证明两条批语出自一人之手,紧接着再写一批点明说:

且明写阿凤不识字之故。壬午春。(庚·14F·JⅠ0025)

畸笏叟为什么在凤姐"不识字"问题上大作为文章?制造结节,其目的就是为了凸现"不识字"三个字,引起人们的注意。使人想起"清风不识字,何必乱翻书"一案,进而联想到:谁处理的此案——雍正。引导人们将"凤姐"→"不识字"→"雍正"串联在一起,之后,辨明王熙凤的隐寓。

畸笏叟用心良苦。

3.立松轩解读手法和特点

立松轩批语只有一个批次,但《立Ⅰ评》观点鲜明,解读深邃,这是继《脂Ⅱ评》、《畸Ⅲ评》后的又一个非常重要的批次。

重要批语集中在回前批和回后总评上,而且多是韵文,这一点同早期版本中的回前诗相似。

计有:七绝,27首;七律,2首;五绝,3首;五律,1首;四言诗,3首;词,13首;赋,1 篇;偈,1篇;自由诗,1首;共计52首。

《红楼梦》前八十回中,第1、2、4、5、6、7、17、64回均有回前诗,这些回前诗,带有批语性质,与《王府本》回前韵文批语语气、格调一模一样。

与前边的脂评、畸批比,有很大差别,更具有彻底性,及一定的深度。

立松轩到底是谁?这是一个关键问题,首先需弄清他的身份,我们仍从曹頫"异笔"入手。

（一）《曹頫奏折》与《立松轩批语》“异笔”比对

比对如下：

1.《曹頫奏折》异笔“点代”特征：

老 傳 看 遵

《立松轩批语》异笔：

遇（电·P35） 看（电·P75） 再（电·P154） 氣（电·P169）

速（电·P183） 椿（电·P209） 轉（电·P990） 蜂（电·P276）

老（电·P1470） 奉（电·P1312） 鋒（电·P1255） 鬼（电·P1203）

2.《曹頫奏折》异笔“缺撇”特征：

《立松轩批语》异笔：

矢（电·P75） 侯（电·P587） 鬼（电·P711） 彭（电·P913）

書（电·P519） 偏（电·P98） 攢（电·P785）

3、《曹頫奏折》异笔“神出鬼没的点”的特征：

单 凡 钱 流 華 捶 柒

《立松轩批语》异笔：

凡（电·P276） 钱（电·P478） 禪（电·P381） 流（电·P117）

杜（电·P711） 始（电·P380） 毁（电·P478） 魂（电·P237）

变（电·P932） 柒（电·P1312）

4.《曹頫奏折》异笔“草书偏旁“的特征：

跪、照、稻、密、處、收、熙

《立松轩批语》异笔：

跪（电·P362） 稻（电·P438） 密（电·P416） 處（电·P362）

戲（电·P665） 舅（电·P75） 鎮（电·P237） 卧（电·P1444）

虎（电·P1444） 照（电·P891） 收（电·P170） 熙（电·P785）

5.《曹頫奏折》异笔“笔画变异”特征：

謝、念、庚、滁、兩、興、令、外、衿、譚、含、審、易、悅

《立松轩批语》异笔：

射(电·P572) 身(电·P1216) 今(电·P711) 外(电·P572)

度(电·P637) 念(电·P362) 恙(电·P519) 雨(电·P19)

章(电·P117) 死(电·P59) 金(电·P438) 片(电·P539)

歇(电·P1313) 異(电·P891) 說(电·P1350)

6.《曹頫奏折》异笔“部首变异”特征:

海、微、蘑、縣、農、寵、錫、卿、兼、蒙、疆、幼

《立松轩批语》异笔:

鄉(电·P600) 徽(电·P276) 襲(电·P347) 振(电·P711)

散(电·P75) 夢(电·P209) 慈(电·P495) 寂(电·P518)

葵(电·P478) 著(电·P494) 哥(电·P362) 冠(电·P277)

狀(电·P99) 參(电·P1312) 敬(电·P1313) 柳(电·P1378)

得(电·P768) 須(电·P1377) 恠(电·P1216) 幼(电·P857)

辱(电·P1216) 喪(电·P1237) 畏(电·P821) 息(电·P971)

焉(电·P1216) 聯(电·P892)

7.《曹頫奏折》异笔“结构变异”特征:

節、蕪

《立松轩批语》异笔:

節(电·P362) 器(电·P1289) 稠(电·P912)

(二)立松轩身份

从立松轩批语中选出85个“异笔”字,其中有22字属同一个字,如:

老(康熙54年3月初7日)(公元1715年)

老(电脑版·P1470)(公元1768年)

两字相隔53年,其“异笔”特征丝毫没变。

其他字其“异笔”特征也完全吻合,以上比对说明《曹頫奏折》“异笔”同《立松轩批语》“异笔”出自一人之手,立松轩是曹頫批书时的化名,他就是曹頫本人。

(三)立松轩批语的特殊价值

1768年时,《红楼梦》已经问世十多年,曹頫看到人们大都把《红楼梦》当小说看,沉湎在风月之中,而他著书的真正目的却无人过问,不由得心急如焚。

立松轩批语就是在这种情况下产生的。

这是立松轩最为彻底的一次解读，他冒着被当局识破的危险，大胆披露，揭示写作秘法、目的和思想。研究立松轩批语为我们今天澄清有关红楼疑案，以及如何阅读《红楼梦》具有特殊的价值。

1.郑重声明：

《红楼梦》不能当小说读

《王府本》第二十三回，回后立松轩批道：

作者倍菩提心，捉笔现身说法，每于言外警人再三再四，而读者但以小说古词目之，则大罪过。……（府·22F·LⅠ0467）

《红楼梦》不能当小说读，那么，应该当什么来读？

聪明的曹頫在批语中做了暗示：史公用意，非念死书子之所知。（府·69F·LⅠ0749）

作者自称“史公”，就是告诉人们：《红楼梦》是“史论”，不是“小说”。

是谁家“史”呢？作者、批者对此多次皴染，如：

“大旨谈情”，谐音“谈清”；

《风月宝鉴》，风月，情也，即清鉴；

“十二花容……本姓秦”，秦，清也；

“秦、玉大纲目……”等等。

曹頫拐弯抹角地告诉我们：《红楼梦》不能当小说读，要当“清史”来读。

二百多年来人们为此一直争论不休，形成了两大派：“文本派”，“索隐派”。

可悲的是“文本派”今天还成了主流派，主导着红学方向。

为什么曹頫的话竟然当耳旁风，当我们明白了立松轩就是曹頫后，他的话一言九鼎，具有绝对权威性。

关于《红楼梦》的文体问题，再争论下去已毫无疑义。

2.冒险披露著书的：两大核心机密

《王府本》第五十四回，回后立松轩批道：

……是作者借他人酒杯消自己块垒，画一幅行乐图，铸一面菱花镜，为全部総评。噫！作者已逝，圣叹云亡。愚不自谅輙拟数语，知我罪我，其听之矣！（府·54F·LⅠ0712）

“画一幅行乐图，铸一面菱花镜，为全部総评”是曹頫著《红楼梦》的两大核心机密，《红楼梦》问世十多年，从未披露过，曹頫看到人们看不懂《红楼梦》，急切之下，“知我罪我，其听之矣！”冒死披露。

“知我”，就是知道了《红楼梦》中我写的，“罪我”，加罪于我，“其听之矣！”听天由命吧。此时，曹頫已将生死置之度外了。

核心机密的披露，告诉我们：

其一，《红楼梦》是一本正、反两读的书；

其二，仿《雍正行乐图》是著《红楼梦》的秘法之一，这是一个关键的秘法，作者不说，任何人都想不到。这让我们明白了为什么《红楼梦》中那么多人隐寓雍正。

以上两条是我们解读《红楼梦》的重要依据。

3.改变对“女儿”们的态度

直击“女儿”

《红楼梦》中对“女儿”的态度是极其尊重、赞不绝口的。

立松轩批语却一反常态，改变为贬，责，批。

如：“任呼牛马”，“魔”，“牛鬼蛇神”等字句加于“女儿”们身上，为何有此180度的大转变？

曹頫已将生死置之度外了，不再过多的掩饰，直接轰击所写对象——大清十二帝。

第七十三回，立松轩有一批说：

……他深见书中自有黄金屋，书中有女美如玉等语误尽天下苍生，而大奸大盗皆从此出，故时作此一起结为五阴浊世，顶门一棒喝也。(府·73F·LⅠ0761)

“顶门一棒喝”，再不留情面。

4.链接历史，探索隐意

有许多批语，只有链接历史，探索隐意，才能读懂。

如第二十七回回末有一首五言诗：

心事将谁告，花飞动我悲，埋香吟哭后，日日敛双眉。(府·27F·LⅠ0502)

笔者已判明“黛玉葬花”就是脂砚斋说的“甄宝玉送玉”，也就是曹頫为康熙送葬。“花飞”即花落花亡，也即康熙去世，“埋香”即埋葬。

“动我悲”，康熙逝世，牵动了曹頫的悲痛，送葬以后，“日日敛双眉”的只能是曹頫。

第七十七回立松轩有一批，让人百读不解，批语云：

……前文叙袭人奔丧时，宝玉夜来吃茶先呼袭人，此又夜来吃茶先呼晴雯，字字龙跳天门虎卧凤阙，语语婴儿恋母稚鸟寻巢。(府·77F·LⅠ0773)

宝玉夜间醒来，呼袭人，唤晴雯，这么一个小小情节，立松轩却批道：“字字龙跳天门、虎卧凤阙，语语婴儿恋母、稚鸟寻巢。”

“龙跳天门、虎卧凤阙，婴儿恋母、稚鸟寻巢。”此十六字必有所指，仅为袭人，晴雯吗？

“龙跳天门、虎卧凤阙”，是一种气势；“婴儿恋母、稚鸟寻巢”，是一种心态。

当回到袭人的隐寓者多尔衮晴雯的隐寓者弘皙的历史场景时，就好理解了。当年曹振彦随多尔衮打天下，入京都，那才是“龙跳天门、虎卧凤阙”想到追随多尔衮，以及故太子父子时，自然有一种“婴儿恋母、稚鸟寻巢”的感觉。

5.无可奈何的解读难题

曹頫为避开残酷“文字狱”，只能用隐语微词，暗语，密语著书。

十次解读也只能是吞吞吐吐，委婉隐曲地解读，这样，便给后世留下一个《红楼梦》的解读难题，由于时过境迁，由于“椟”比“珠”艳，《红楼梦》的解读成了千古难题。

曹頫深知这一点，他叹息说：

余叹世人不识“情”字，常把淫字当作情字，……(LⅠ0744)

曹頫试图解“情”字，第十八回批道：

……本文之情者，且借象说法，学我佛阐经，代天女散花，以成此奇文妙趣。(府·18F·LⅠ0437)

曹頫生前已经意识到《红楼梦》“解读”将是后世最大的一个难题，第五十三回，他感叹地批道：

……噫！文心至此脉绝血枯，谁是知音者？(府·53F·LⅠ0708)

第六十九回，曹頫提示：

……史公用意非念死书子之所知。(府·69F·LⅠ0749)

后世人们，勿念死书！

五、曹頫批语是《红楼梦》解读的唯一依据

曹頫化名“脂砚斋”、“立松轩”、“畸笏叟”、“梦觉主人”等十批《红楼梦》，写下了近五千条、20多万字的批语。这些批语同样倾注了曹頫的心血，与文本血脉相通，是《红楼梦》不可分割的重要组成部分。

确切地说：没有这些批语，就永远解不开《红楼梦》之谜。

“文本”和“批语”是曹頫营造的双胞胎，二者是相辅相成的。

准确说这些批语都应该叫"頫批",但习惯上人们称之为"脂批",它们是解读《红楼梦》的唯一的依据,具有绝对的权威性,不可替代性,任何偏离"頫批"的解读都是"误解"、"曲解"、"谬解"、"妄解"……

读"頫批"有几点必须注意:

1.识别批语造假

曹頫利用批语造假,是隐蔽自己,混淆视听的重要手段之一,如:

(1)托言作者是曹雪芹

(2)《红楼梦》有"后之三十回"

(3)作者、批者是两个人

曹頫批书,尽力将批者、作者分开,给人造成是两个人的印象,如:

又是一个有害无益者。作者一生为此所误,批者一生亦为此所误,……被误者深感此批。(庚·20F·ZⅡ1514)

看书者已忘,批书者亦已忘了,作者竟未忘,忽写此事,真忙中愈忙,紧处愈紧也。(庚·43F·ZⅡ2056)

不肖子弟来看形容。余初看之,不觉怒焉,盖谓作者形容余幼年往事;因思彼亦自与其照,何独余哉? ……(庚·17F·ZⅣ0187)

不了解事情真相,单看这些批语,没有人不信以为真。

(4)强调原形,淡化隐寓

批书人领至(过)此教,故批至此竟放声大哭。俺先姊先(仙)逝太早,不然,余何得为废人耶?(庚·18F·ZⅣ0219)

尚记丁巳(1737年)春日谢园送茶乎? 展眼二十年矣,丁丑(1757年)仲春畸笏。(靖·41F·JⅣ0004)

观湘云作海棠诗,如见其娇憨之态,是乃实有其事,非作者杜撰也。(靖·37F·ZⅢ0023)

(5)在雪芹、棠村去世问题上大做文章

雪芹旧有《风月宝鉴》之书,乃其弟棠村序也。今棠村已没,余睹新怀旧,故仍因之。(甲·1F·JⅢ0030)

……噫! 作者已逝,圣叹云亡。愚不自谅辄拟数语,知我罪我,其听之矣!(府·54F·LⅠ0712)

前批知者聊聊,芹溪、脂砚、松斋诸子皆相继别去。今丁亥夏只剩朽物一枚,宁不痛杀!(靖·22F·JⅣ0002)

2.要学会"断章取义"

断章取义是个贬义词,但曹頫为了隐蔽真实思想,常常将要说的话,隐藏在一大堆"废话"中,读者不"断章取义",就不知所云。

如:这是第一家晏,偏如此草草写。此如晋人倒食甘蔗,渐入佳境一样。(ZⅡ0512)

此批的关键词是"倒食甘蔗",对这四个字,需要细细品味作者用意和他的指向。

"倒食甘蔗"是针对秦可卿的辈分序号而写的,在贾府中秦可卿排在第五代,(贾蓉排第五代,她是贾蓉妻子,自然是第五代了)

第五代是假,第一代才是真。所以脂砚斋在此给你一个暗示:"倒食甘蔗"。

3.找准所指对象

“頫批”常常隐藏起所指对象，然后大发议论，形成“龙无头，凤无首”句。

如立松轩有一批说：……是作者借他人酒杯消自己块垒，画一幅行乐图，铸一面菱花镜，为全部総评。（府·54F·LⅠ0712）

“借他人酒杯，消自己块垒”，借谁人酒杯？

接着看下文：“画一幅行乐图，铸一面菱花镜”，这是一种暗示，哪里有行乐图？分明是《雍正的行乐图》，那里有“菱花镜”？不正是《雍正十二美女图》中美女手中的镜子吗？

不用多说，借的就是雍正酒杯，如《雍正十二美女图》，《雍正行乐图》等，消的正是曹頫心中的郁忧，积愤，不满。

4.会巧妙连线

曹頫的写作秘法中有一个“草蛇灰线”法，此处见蛇头，他处见蛇尾，中间灰线（即暗线）相连，暗线是看不见的。除文本中“伏线千里”之外，历史中也有一个“草蛇灰线”问题。

这就是“幻”与“真”的连线，如第三回，“黛玉入府”，文本中是幻笔幻文，是作者用“异象”表现“真相”。那么，“真相”到底是什么呢？

根据“黛玉”的隐寓——是康熙，根据脂批“初见”的提示，可以判断出“黛玉入府”就是1705年康熙第五次南巡。由此可知这一回的“贾府”的内涵是“江宁织造府”府中旧物是织造府旧物实景。此时的“宝玉”就是曹頫，他的年龄是实写，——七岁。

《红楼梦》中所有幻笔幻文，大都需要这样连线。

只要连线准确，一部《红楼梦》内容才能够一通百通。

注释：

① 刘梦溪，《红楼梦与百年中国》，中央编译出版社，2005年级月版，第401页。

② 郑庆山《脂本汇校石头记》第184页。

第三章 《红楼梦》“本旨”探析

什么是“本旨”？“立意本旨”用今天的话说就是根本的创作思想、动机、目的。“本旨”是作品的主题、灵魂，因此，必须搞清楚。

一、“本旨”的形成

《庚辰本》第二十一回回前，有一批：

有客题《红楼梦》一律：

自执金矛又执戈，自相戕戮自张罗。茜纱公子情无限，脂砚先生恨几多。

是幻是真空历过，闲风闲月枉吟哦。情机转得情天破，情不情兮奈我何？

诗后写道：“凡是书题者不可（不以）此为绝调，诗句警拔，且深知拟书底里，……”（庚·21F·ZⅣ 0319）

红学家们大都认为这首诗和批都是脂砚斋写的，此批是说：《红楼梦》有拟书底里。

什么是拟书底里？底，就是底子，根底；底里，就是底细。就是写作起因、动机、内容、对象、目的等，也就是“立意本旨”。

《红楼梦》的拟书底里，除作者外，局外人是不知道的。

我们只能从作者书中的暗示和脂砚斋、畸笏叟的批语中探索了。

任何一部著作在正式动笔之前，必定先产生创作思想和创作目的，而产生创作思想和创作目的，又必然有一个酝酿期。

1728年—1741年是曹頫反思的十三年，是“抄家事件”不断发酵的十三年。十三年中曹頫深陷在不解、苦闷、悲愤之中，他必然会不停地、反复地思索。往事，挥之不去，时刻萦绕心头。“花影不离身左右，鸟声只在耳西东”（《红楼梦》第二十八回），这就是曹頫当时的心境、感受。

那场灾难，在长期的酝酿中会发酵，会激发出创作冲动，这个时期就是“本旨”形成期。

尤其是雍正那些批语：“原不成器”，“少乱一点”，“风俗惯了”，“不与朕相干”等等话如一支支匕首深深地扎在曹頫的心上，须知在当时这都是圣旨啊！雍正的这些话如重重大山压在曹頫身上，其后果不只是曹頫，连他的子、孙都将没有出头之日。

曹頫没有被压倒，他要反击，这就是他要写《红楼梦》的动机。

曹頫的“立意本旨”，就产生在这个背景下。

二、“本旨”探析

1.大旨谈情

作者在第一回借空空道人之口，叙说石上所记主要内容时说：“虽其中大旨谈情，亦不过实录其事，……”

“大旨”，旨，《辞海》注：意指。大旨，就是主要意指了。

“谈情”，根据谐音规则是“谈清”。

那么，一部《红楼梦》到底是“谈情”呢，还是“谈清”呢？这里必有一真一假，何为真？何为假？

“谈情”，无疑是一部小说，“谈清”，那将是一部政论，文体截然不同。

二百多年来，文本派强调“谈情”；索隐派致力于“谈清”，各持一说，互不相让。

谁是谁非，不能老是这么僵持着，目前，“文本派”占据上风，似乎是正确的，其实不然。

“谈情”还是“谈清”，谁说了算？只有一个人说了算，除他之外，任何人说了都不算，他就是曹頫。

且看他怎么说：

作者倍菩提心，捉笔现身说法，每于言外警人再三再四，而读者但以小说古词目之，则大罪过。（府·24F·LⅠ0467）

曹頫首先肯定不能当小说看，其次还说：

看他所写开卷之第一个女子，便用此二语以订终身，则知托言寓意之旨。谁谓独寄兴于一“情”字耶？（甲·1F·JⅢ0051）

曹頫公开否定了是写“情”，他还说过：

……为续《庄子因》数句，真是打破胭脂阵，坐透红粉关，另开生面之文，无可评处。（庚·21F·JⅠ0090）

“打破胭脂阵，坐透红粉关”是告诉我们：跳出“女儿国”。

还有一次，曹頫讥讽《红楼梦》中风尘语言。他说：

……俗子妬妇浑可笑，语言偏自涉风尘。（府·21F·LⅠ0465）

从以上批语完全可以看出，“谈情”是明修栈道，“谈清”才是暗度陈仓，才是“本旨”，因此，曹頫真实的创作思想是“谈清”。

此外，曹頫的写作意图还有：

2.“半生潦倒之罪，编述一集，以告普天下人。”

3.“本意原为记述当日闺友闺情”，即闺阁昭传。

《王府本》将这一句改为：“亦可使闺阁昭传”，这里明确地说是为“几个女子”作传。

同时又增加了一条：

4.“復可以悦世人之目，破人愁悶”，意为让人消遣，但此条绝非本意。

此外，畸笏叟、脂砚斋还在批语中透露出：

5.出脱胸中“孤愤”

第一回，畸笏叟云：

以顽石草木为偶，实历尽风月波澜，尝遍情缘滋味。至无可如何，始结此木石因果，以泄胸中悒郁

……(甲·1F·JⅢ0041)

胸中有何悒郁？一言难尽。

6.脂砚斋有一批透露出作者著书,是“讽刺世事”。

……一部书,全是老婆舌头,全是讽刺世事,反面《春秋》也。(庚·43F·ZⅡ2047)

7.“秉刀斧之笔”。

脂砚批道:是作者具菩萨之心,秉刀斧之笔,撰成此书。一字不可更,一字不可少。(甲·5F·ZⅡ0463)

既是“刀斧之笔”,必有指向,矛头指向谁？毫无疑问,谁使曹家败落,就将是谁。

8.《红楼梦》还有一个意图:“怀金悼玉”

当作者写出:“怀金悼玉”时,脂砚批语中说:怀金悼玉,大有深意。(甲·5F·ZⅡ0447)

9.第二回回前诗也是作者的拟书底里。

这首诗是:一局输赢料不真,香销茶尽尚逡巡,欲知目下兴衰兆,须问旁观冷眼人。

“诗言志”,诗里,披露出作者的真实意图,心底的秘密。

作者将人生比作博弈,对家族被抄后败落一事,坦然说:一局输赢算不了什么,结局如何还说不准,香销、茶尽都是顷刻之间的事。

既是博弈,就必有对手,对手是谁？显然,是雍正,是大清王朝。

“一局输赢料不真”,曹家与清王朝较量的结果现在揭晓了,曹頫以他的《红楼梦》屹立于世界文学史,《红楼梦》成为世界文化宝库中最杰出的经典之一。而清王朝却烟消云散,成为历史。

10.《庚辰本》第一回说:“此回中凡用梦用幻等字,是提醒阅者眼目,亦是此书立意本旨。”

“梦幻”怎么是“立意本旨”？是因作者对“梦”、“幻”二字赋予了特定的含义,“梦”,最典型的“梦”,是第五回红楼那一梦,梦的核心是”十二钗”。“幻”最突出的就是“大观园”,所谓“幻笔幻文”。

一梦一幻,其实是一回事,“幻”是”十二钗”形象显现,“梦”是”十二钗”最后结局。

“梦”与“幻”是相应的,“梦幻”与“现实”是否也相应？应该是!

11.其理、其运、其数

家国君父,事有大小之殊,其理、其运、其数,则略无差异。知运知数者,则必谅而后叹也。(甲·1F·JⅢ0053)

综合以上11个方面,完全可以看出作者的写作动机、范围、目的……

那么,究竟什么是曹頫最根本、最核心的“立意本旨”呢？

综合以上内容,笔者认为作者的“立意本旨”的核心是:“大旨谈情。”

一部数十万言的《红楼梦》,其实就写了一个字——“情”。

根据谐音秘法,“情”即“清”,也就是当局最忌讳的“大清帝国”的国号。

“大旨谈情”的意思,用今天的语言说,就是“主要是写清”。写“清”的什么?畸笏叟说:

家国君父,事有大小之殊,其理、其运、其数,则略无差异。知运知数者,则必谅而后叹也。(甲·1F·JⅢ0053)

这是批在“第一女子”英莲事上,是感叹英莲命运的。

那么,“君父”又是什么人?畸笏叟有一批语详解“君父”:

可笑近时小说中,无故极力称扬浪子淫女,临收结时,还必致感动朝廷,使君父同入其情欲之界,明遂其意,何无人心之至。不知彼作者有何好处,有何必报到朝廷廊庙之上,直将半生淫污渎睿聪,又苦拉君父作一干证护身符,强媒硬保,得遂其淫欲哉。(JⅣ0023)

这里的“君父”显然指的是皇帝。

至此,我们就明白了《红楼梦》是写皇帝的其理、其运、其数的。其理,盛极必衰;其运,起、盛、衰、亡,其数,运终数尽之数。

原来,《红楼梦》是为清王朝谱写的一曲挽歌。

“大旨”也是“总旨”,总旨写“大清”的兴衰。下面有几个分旨:

第一分旨:“怀金”,针对“大清”前三帝;

第二分旨:“悼玉”,针对康熙;

第三分旨:“秉刀斧之笔”,针对雍正;

第四分旨:“不情”,针对乾隆;

第五分旨:冷眼看“衰亡”,针对后六帝。

有人说:曹頫的《红楼梦》是“反清”的,笔者认为这样讲太笼统,也不符合事实,具体到每一位皇帝有区别的:如前三帝(努尔哈赤、皇太极、顺治),是“怀金”;康熙是“悼玉”;雍正,才是秉刀斧之笔;乾隆,是“不情(清)”;后六帝,是冷眼旁观。

只有对雍正持反对态度。

根据曹頫对应写作规律,“大旨写清”对应的就是:“小旨写曹”。

“十二钗”是“清帝”系列符号,“宝玉”是曹氏家族符号。《红楼梦》中“大旨”,“小旨”两山对峙,明显形成两纲。

“立意本旨”是《红楼梦》的一条准线,是《红楼梦》的灵魂,它渗透到文本中的字里行间,可以说无时不在,无处不有。任何偏离“本旨”准线的解读,均是“失旨”解读,都是曲解、误解、妄解、谬解……

“本旨”决定“本事”,探秘“本事”,必须从“本旨”入手。

脂批、畸评、立评等批语均是依照“本旨”的准线解读《红楼梦》的(造假批语除外),因此他们的解读,应该说,是“终极解码”。

三、“本旨”特性

从上节内容我们可以看到,曹頫的“本旨”具有以下特性:

1.隐秘性

这是由曹頫的处境和创作思想决定的，曹頫时为“大清”罪臣，加上他立意要写“大清”，这可是杀身灭族的事，所以，他的“本旨”，必须隐蔽起来。

2.特异性

一个活在“大清”盛世的人要写“大清”必亡，是异乎寻常的。

既要写“大清必亡”，又不能让人看出来，写法自然是独特的、异于寻常的。

3.叛逆性

1727年的抄家，革职，让曹頫顿然觉醒，国恨家仇凝聚起来的叛逆思想，必然反映在《红楼梦》中。

4.多样性

由于“大清”长达296年，十二个皇帝，有的与曹家关系密切，有的恩重如山，有的反目为仇，因此笔调自然不同，从而形成复杂多变的态度，所以“本旨”具有多样性。

“本旨”分主旨、副旨、大旨、小旨、总旨、分旨——呈现出它的多样性。

5.宏伟性

一个清代中期的人，要写“大清”从成立到灭亡，自然是大手笔，大工程，宏伟，深远，博大，前所未有。

6.预见性

曹頫写《红楼梦》时，正是乾隆时代，后边还有六位帝王，他们走势如何全凭预测，因此，曹頫必须开动脑子精心预测。

以上六个特性，显示出曹頫视死如归的大无畏精神，高瞻远瞩的卓越见识，还有高超的斗争艺术，以及惊人的科学预见能力。

四、百科文化，只为一旨

有人说：《红楼梦》是一部百科全书。因为书中文献典籍、医药、节日、诗词、雅谜、酒令、奇衣、奇食、奇玩等应有尽有。

有一些红学家专门研究“百科文化”，但脱离开“本旨”来研究“百科文化”，毫无疑问，依旧是戴着濛头甕看《红楼梦》，仍是一无所获。

其实，脂砚斋早有提示，第十九回，脂砚斋有一条批语说：

……余阅《石头记》中至奇至妙之文，令(全)在宝玉、颦儿至痴至呆、囫囵不解之语中，其诗词、雅谜、酒令、奇衣、奇食、奇玩等类，固他书中未能，然在此书中评之，犹为二着。(甲·19F·ZⅡ1313)

此批道出“囫囵不解之语”以及“诗词、雅谜、酒令、奇衣、奇食、奇玩”等百科文化，均是“至奇至妙之文”。

什么是“至奇至妙之文”？奇在哪里？妙在何处？奇在“红楼百科”就是百种载体，妙在其中暗藏着作者的深意、隐意、寓意、他意……

笔者认为：百科文化，只为一旨。借百科文化形式，寓作者的“立意本旨”。

1.文献典籍

从《红楼梦》中看，曹頫对我国历代的文献典籍极其熟识，应用特别巧妙。

由于“本旨”具有“叛逆性”，曹頫不得不借用文献典籍的蕴意，表达自己的思想，认识和观点，因此，发掘文献典籍的蕴意就成为今天人们的特殊任务。

《红楼梦》中，利用“文献典籍”表达自己隐蔽的“本旨”，多不胜数，主要的有：

(1)地陷东南

《红楼梦》正文开篇第一句话就是：“当日地陷东南”。

“地陷东南”典出何处？

屈原在《楚辞·天问》中就曾问过：“康回凭怒，地何故以东南倾？”

康回，即共工。《淮南子·天文篇》说：“昔者共工与颛顼争为帝，怒而触不周之山，天柱折，地维绝，天倾西北，故日月星辰移焉……”

“共工与颛顼争为帝，怒而触不周之山”才使得“地陷东南”。

“地陷东南”，暗隐着“共工与颛顼争为帝”的神话。

这就是《红楼梦》创作的背景：有人争帝，此人是谁？不言而喻，他，就是《红楼梦》“本旨”所指的那个人——胤禛。

胤禛争帝，天倾西北，天要穿了。女娲补天遗石应运而生，但他就是不补天，《红楼梦》的主题思想就隐藏在“地陷东南”四个字之中。

(2)山木自寇，源泉自盗

“山木自寇”语出《庄子·人间世》，意为：山中树木因成材有用被人们砍伐。“源泉自盗”语出《庄子·山木》，意为：泉水因甘甜而被人们盗饮。

《庄子》的含义，就是自己毁灭了自己。

脂砚斋在这里写下两条长达六百多字的批语：

按原注，山木漆树也，精脉自出，岂人所使之？故云“自寇”，言自相戕贼也。（庚·22F·ZⅡ1590）

源泉味甘，然后人争取之，自寻干涸也，亦如山木，意皆寓人智能聪明多知之害也。前文无心云看《南华经》，不过袭人等恼时，无聊之甚，偶以释闷耳，殊不知用于今日，大解误大觉迷之功甚矣。市徒见此必云：前日看的是外篇《胠箧》，如何今日又知若许篇，然则彼只曾看外篇数语乎？想其理自然默默看过几篇，适至外篇，故偶触其机，方续之也。若云只看了那几句便续，则宝玉彼时之心是有意续《庄子》，并非释闷时偶续之也。且更有见前所续，则曰续的不通，更可笑矣。试思宝玉虽愚，岂有安心立意与庄叟争衡哉？且宝玉有生以来，此身此心为诸女儿应酬不暇，眼前多少现有益之事，尚无暇去作，岂忽然要分心于腐言糟粕之中哉？可知除闺阁之外，并无一事是宝玉立意做出来的。大则天地阴阳，小则功名荣枯，以及吟篇琢句，皆是随分触情，偶得之不喜，失之不悲，若当作有心，谬矣。只看大观园题咏之文，以算平生得意之句，得意之事矣，然亦总不见再吟一句，再题一事，据此可见矣。然后可知前夜是无心，顺手拈了一本《庄子》在手，且酒兴醺醺，芳愁默默，顺手不计工拙，草草一续也。若使顺手拈一本近时鼓词，或如“钟无艳赴会，其太子走国”等草野风邪之传，必亦续之矣。观者试看此批，然后谓余不谬。所以可恨者，彼夜却不曾拈了《山门》一出传奇；若使《山门》在案，彼时捻着，又不知于“寄生草”后续出何等超凡入圣、大觉大误诸语录来。代玉一生是聪明所误。宝玉是多事者，情之事也，非世事也。多情曰多事，亦宗庄笔而来，盖余亦偏矣。可笑阿凤是机心所误，宝钗是博知所误，湘云是自爱所误，袭人是好胜所误：皆不能跳出庄叟言外，悲亦甚矣。再笔。（庚·22F·ZⅡ1591）

批语中，脂砚斋大谈所谓无心间偶然续写，这自然是烟云模糊之计。

至关重要的是几个“所误”：“代玉一生是聪明所误。宝玉是多事者，情之事也，非世事也。多情曰多事，亦宗庄笔而来，盖余亦偏矣。可笑阿凤是机心所误，宝钗是博知所误，湘云是自爱所误，袭人是好胜所误。”

黛玉、宝玉、阿凤、宝钗、湘云、袭人六人中，作者重点在写阿凤，“机心所误”，即：机关算尽太聪明，反误了卿卿性命。

（3）司马牛之叹

第四十五回，宝钗来看望黛玉，黛玉叹息自己无依无靠，一无所有。

宝钗先是开玩笑：“将来也不过多费得一副嫁妆罢了”。后劝道：“你也是一个明白人，何必作司马牛之叹。”

司马牛，名耕，字子牛，孔子的弟子。《论语·颜渊》：司马牛忧曰：“人皆有兄弟，我独亡（无）。”

黛玉隐寓康熙，康熙有35个儿子，长成人的有20多个，这么多儿子，但继位只能是一个，康熙为立储问题伤透了脑筋，胤礽立了废，废了立，儿子们钩心斗角，争斗不已。

就在他去世后，胤禛同兄弟们反目为仇，依旧残酷无情。

宝钗的“何必作司马牛之叹”的劝说实是调侃，是反话。

（4）朝乾夕惕

第十七——十八回，元妃省亲，贾政晋见时，奏道：“……惟朝乾夕惕，忠于厥职外，原我君万岁千秋，乃天下苍生之幸也。”

“朝乾夕惕”，语出《易·乾》：“君子终乾乾，夕惕若厉，无咎。”

意为从早到晚勤奋谨慎，不敢懈怠。

《红楼梦》中为什么特意让贾政（隐寓雍正）说出：“朝乾夕惕”四字？

这里面大有文章，雍正四年川陕总督、抚远大将军年羹尧不慎在奏折中将“朝乾夕惕”误写成“夕惕朝乾”，雍正十分恼怒，令人整理出年羹尧九十二款大罪，令其自尽。

《红楼梦》中贾政郑重道明是“朝乾夕惕”，暗示因这句话，发生过年羹尧事件。

2.诗词曲赋

《红楼梦》中有许多诗词曲赋，约有140余首。许多红学家，纷纷注释，并有几种专著。但有一点，诠释者未曾想到，《王府本》批者立松轩反对将“诗词曲赋”当古诗看，为什么？

他说：……读者但以小说古词目之，则大罪过。（府·22F·LⅠ0467）

《红楼梦》不能当小说看，“诗词曲赋”不能当古词看，这是正确阅读《红楼梦》的要诀。也就是说，“诗词曲赋”仅是表达作者隐意、深意的一种载体，探寻这些诗词的“史公用意”是关键。

许多诗词有一个共同的旋律，这就是：“大清”必亡。

（1）“解好了歌”

第一回，疯跛道人吟唱“好了歌”后，作者借甄士隐之口吟唱“解好了歌”。

“解好了歌”，是宁、荣未败之先和既败之后的对比歌，如：陋室空堂，是既败之后；当年笏满床，是未败之先。

有畸笏叟批语为证：陋室空堂，当年笏满床

宁荣未有（败）之先。（甲·1F·JⅢ0091）

衰草枯杨，曾为歌舞场。

宁荣既败之后。（甲·1F·JⅢ0092）

这种批语直到丁亥年（1767年）后，曹頫才敢下笔，曹頫去世后才敢公开。

（2）判词和舞曲

第五回，作者借梦展现了正册判词和十二支舞曲，

判词和舞曲展现了“大清”十二帝盛衰的全过程，不过，读者必须理清紊乱的次序，不然，将永远看不懂其中的奥秘。

第一帝：“谁为情种？”，“情天情海幻情身”者，哪一位？努尔哈赤。

第二帝：初春景，脂批：“显极。”者（甲·5F·ZⅡ0418）哪一位？皇太极。

第三帝：“气质美如兰”，“欲洁未曾洁”者，顺治。

第四帝：“咏絮才”，“阆苑仙葩”者，康熙。

第五帝：“一从二令三人木”，“机关算尽”者，雍正。箕裘颓废从此开始。

第六帝：“停机德”，“都是道是金玉良缘”者，乾隆。

第七帝：“才自精明志自高”，“一帆风雨路三千”者，嘉庆。

第八帝：“云散高唐，水涸湘江”者，道光。

第九帝：“一载赴黄粱”者，咸丰。

第十帝：“桃李春风结子完”，同治。

第十一帝：“独卧青灯古佛旁”，光绪。

第十二帝：“势败休云贵，家亡莫论亲”者，宣统。

特别是最后一首“飞鸟各投林”，最终结局：“落了片白茫茫大地真干净”。

（3）葬花吟

第二十七回，“黛玉葬花”是《红楼梦》中最美的画面，脂砚斋、畸笏叟为画此图等了许多年。

黛玉的“葬花吟”是千古名诗，人们都为它的诗句优美，缠绵悱恻，悲情万千所倾倒，但对它的隐意却不甚了了。

除了美的诗境，意境，画面外，作者有无其他含义？

葬花，需同饯花辰合起来看。

《甲戌本》回后有两条脂批：

饯花辰不论典与不典，只取其韵致生趣耳。（甲·27F·ZⅡ1858）

埋香冢葬花，乃诸艳归源，《葬花吟》又系诸艳一偈也。（甲·27F·ZⅡ1863）

“饯花”“葬花”指什么？就是指花吗？非也，是指人，指谁？

前文中，脂砚斋、畸笏叟都将”十二钗”统称为“诸钗”或“诸艳”，因此“饯花”“葬花”都是葬”十二钗”。“埋香冢葬花，乃诸艳归源”说得再清楚不过了。

到《庚辰本》时，两批合并，写在回前。第一句就说：“葬花吟是大观园诸艳之归源小引……”“大观

园诸艳”说得更加明确。

因此，“葬花吟”乃是”十二钗”之葬歌，也即是《清十二帝》之葬歌。

且听黛玉是如何说：

……依今葬花人笑痴，他年葬侬知是谁？

……一朝春尽红颜老，花落人亡两不知。

第二十八回，作者借宝玉发了一通议论：“试想林黛玉的花颜月貌，将来要到无可寻觅之时，宁不心碎肠断？既黛玉终归无可寻觅之时，推之于他人，如宝钗、香菱、袭人等亦到无可寻觅之时矣。宝钗终归无可寻觅之时，自己又安在哉？且自身尚不知何在何往，则斯处斯园斯花斯柳又不知当属谁姓氏矣……”

“斯处斯园斯花斯柳”如换成“社稷”二字，意义则更明了。此是点睛之笔，江山当不知属谁氏也。

作者在这里反复推求，其意是说“一切都会消失，何况十二钗”呢？

对此，脂砚赞道：“非大善知识道不出此等语来。”

“葬花”，实质上是作者借黛玉之口，为清王朝唱一曲葬歌。是作者著书的“本旨”。

“葬花”的创意来自曹寅的号：“西堂扫花行者”。

3.戏曲

《红楼梦》中涉及的戏曲剧目多达85个①，相当一部分是“至奇至妙之文”，有深意、隐意、寓意、他意。

(1)《会真记》

第二十三回，三月中浣，宝玉携了一套《会真记》走到沁芳闸桥边，桃花底下，一块石上坐着，展开《会真记》，从头把玩。

黛玉来了，接过《会真记》，一下子就被迷住了。“……越看越爱看，不顿饭功夫，将十六出俱已看完，自觉词藻警人，余香满口。虽看完了书，却只管出神，心内还默默记诵。”

历史上，康熙真的喜欢《会真记》。

看表面，它同后边的《牡丹亭》一样作用似乎是“警芳心”。其实，作者这样写，另有他意。

到了乾隆时代，乾隆对《会真记》(即西厢记)深恶痛绝，他说：“《西厢记》为秽恶之书。”并下一道圣旨，令：“将现有查出销毁，再交提督从严禁止。原版尽行销毁，如私自存留者，一经查出，朕惟该管是问。”

作者公然唱反调，大书特书黛玉喜欢。黛玉隐寓康熙，也就是说：康熙喜欢。

乾隆对《西厢记》的看法，作者也有暗示。

第四十二回，黛玉因在酒令中说了《牡丹亭》《西厢记》中的戏词，宝钗叫来黛玉，说：“你跪下，我要审你。”接着，教训了一番。

(2)《白蛇记》、《满床笏》、《南柯梦》

第二十九回，贾母等来到清虚观打醮，贾珍在神前拈了三本戏，头一本是《白蛇记》。

贾母问：“《白蛇记》是什么故事？”

贾珍道：“是汉高祖斩蛇起义的故事。第二本是《满床笏》。”

贾母笑道：“这倒是第二本上，也罢了。神佛要这样，也只得罢了。”又问第三本，贾珍道：“第三本是《南柯梦》。”

贾母听了，便不言语。

笔者有个体会，读《红楼梦》，时时要考虑到探析作者的“史公用意”。三本戏，“史公”用意何在？

三本戏，暗示了“大清帝国”的三个阶段：

《白蛇记》，汉高祖斩蛇起义，影射努尔哈赤十三副盔甲起事，是创业阶段；

《满床笏》，展现了“大清”的兴盛时期；

《南柯梦》，写淳于芬梦入大槐安国，与公主成婚，当驸马，任太守，显赫一时，但后来失宠被逐，醒后方知是南柯一梦。万境成空，所以，贾母听了，“便不言语”。

三本戏，显示出：“大清”兴起——极盛——衰亡的三个阶段。

(3)《刘二当衣》

第二十二回，宝钗过生日，贾母命凤姐点戏，凤姐知贾母“喜热闹，更喜谑笑科诨”，便点了一出《刘二当衣》。

《刘二当衣》，又名《刘二叩当》，戏的内容是说开当铺的刘二见利忘义，爱财如命，用计扣下穷亲戚的当物以抵押前帐。

谁点的？王熙凤点的，该戏暗示了王熙凤的为人。

此外，畸笏叟有一批暗透作者是谁。

凤姐点戏，脂砚执笔事，今知者聊聊矣，不怨夫？（靖·22F·ZⅢ0018）

此批让许多红家陷入迷茫中，周汝昌先生因此认为“脂砚”是一位女性，当时在场。

其实，这是曹頫拐弯抹角地稍稍地透露出一点信息：像凤姐点戏这样的内容，谁执笔？是脂砚斋。

但脂砚斋又是谁呢？又一个迷案，直到笔者解开脂砚斋是曹頫假托者后，上述批语的含义才弄明白。

(4)《续琵琶》

第五十四回，元宵佳节，荣国府演戏，先演了《西楼·楼会》，接着演《八义·观灯》。歇戏期间，说了一段新书——《凤求鸾》，贾母批驳了一通。

后来，贾母一时兴起，说：“把咱们的女孩子们叫了来，就在这台上唱两出，也给他们瞧瞧。”

贾母说：“叫芳官唱一出《寻梦》，只提琴至管箫合，笙笛一概不用。”又说：“叫葵官唱一出《惠明下书》，也不用抹脸。”

在等待开戏期间，薛姨妈因笑道：“戏也看过几百班，从没见用箫管的。”

贾母指着湘云道：“我像他这么大的时节，他爷爷有一班小戏，偏有一个弹琴的凑了来，即如《西厢记》的《听琴》，《玉簪记》的《琴挑》，《续琵琶》的《胡笳十八拍》，竟成真的了……”

以上拉拉杂杂说了一大堆戏，其中隐藏着一个天大的秘密，诸多戏名中竟然有曹寅写的传奇剧本《续琵琶》。

《续琵琶》主要写的是汉末蔡邕女儿蔡文姬被匈奴掠走，做了匈奴左贤王的妻子，曹操想尽办法，将其赎回。第二十七出《制拍》中，描写了蔡文姬写作和弹奏《胡笳十八拍》的情景，《胡笳十八拍》中抒发了蔡文姬自己的不幸遭遇和迫切归汉心情。

《续琵琶》主题是文姬归汉，这里曹頫借这个戏表达了自己的归汉思想，同时，也显现出当年曹寅也有这种思想，别号“西堂扫花使者”即可佐证。

4.雅谜

如第二十二回，贾政的灯谜：

“身自端方，体自坚硬，虽不能言，有言必应。”

贾政怕贾母猜不着，悄悄把谜底告诉宝玉，让宝玉再悄悄告诉贾母。贾母猜是“砚台”

这里脂砚有一批：

好极。的是贾老之谜，包藏贾府祖宗自身，“必”字隐“笔”字。妙极妙极。（甲·22F·ZⅡ1634）

其实此谜还有一个谜底，应该是玉玺，“有言必应”，圣旨加印，谁敢不应？

其后，贾母让贾政猜他们姊妹们的灯谜，这些灯谜正是前边没有显露出的灯谜。

当然，贾政一猜便中。

元春之谜，谜底：爆竹，回身相看已成灰，喻瞬间消失。

迎春之谜，谜底：算盘，有功无运也难逢，命运决定一切，而不是丰功伟绩。

探春之谜，谜底：风筝，游丝一断浑无力，凭风借力，全在一线之间。

惜春之谜，谜底：佛像，莫道此生沉黑海，茫茫人世，宛如黑海。

宝钗之谜，谜底：更香，煎心日日复年年，像更香一样，剪完为止。

立松轩批语提示：禅理偏成曲调，灯谜巧隐谶言。（府·22F·LⅠ0466）

“灯谜巧隐谶言”，谶言，预示了清帝国的结局。

5.酒令

《红楼梦》中，有好几处写酒令，但深藏含义的要数第四十回的酒令。

第四十回，金鸳鸯三宣牙牌令，让人云遮雾罩，不知所以，其实，一经点破，谁也能看得懂。

要点在哪里？在酒令中的数字上，这些数字须同“大清”历代皇帝的序号链接。如：

第一副牌：

鸳鸯道：“左边是张天”，贾母道：“头上有青天”；

鸳鸯道：“当中是个五与六”，贾母道：“六桥梅花香彻骨”；（请注意：避开了“五”。）

鸳鸯道：“剩得一张六与么”，贾母道：“一轮红日出云霄”；

鸳鸯道：“凑成便是个蓬头鬼”，贾母道：“这鬼抱住钟馗腿”。

这个酒令，实质上是对清代第六帝、第一帝、第五帝的评论。

酒令中“六”，对应的是：六桥梅花香彻骨，第六帝乾隆，花开正盛，故以香彻骨来喻。

“么”，对应的是：一轮红日出云霄，正是第一帝努尔哈赤腾空而出。

“五”对应的是什么？显然是：“蓬头鬼”，这个“蓬头鬼”抱住钟馗腿不断求饶。

相传唐明皇时，一次梦见一大鬼捉一小鬼啖之，唐明皇惊问其故，大鬼说：“我叫钟馗，生前曾应武举不中，死后决心消灭天下妖孽。”

蓬头鬼——妖孽也，属“风流孽鬼”，可他为什么与“五”相关联？

查雍正在“大清”皇帝系列中排第五位，哦！原来如此。

链接上面两回的内容，可以看到这样一个式子：

蓬头鬼=五=雍正。

《红楼梦》中，还有一个人与蓬头鬼有联系，这外人就是王熙凤。

第五十二回，晴雯头痛，宝玉让麝月去找凤姐要些西洋膏药贴，晴雯贴到太阳穴后，麝月说：“病的蓬头鬼一样，如今贴了这个到俏皮了，二奶奶贴惯了，到不大显。”从麝月这一段话看，点明：王熙凤 = 蓬头鬼。

两个式子合并：蓬头鬼=五=雍正=王熙凤。

《庚辰本》第十二回，脂砚批道：四字是作者明阿凤身份，勿得轻轻看过。（庚·12F·ZⅣ0022）

第十三回，脂砚又批道：阿凤身份。（庚·13F·ZⅣ0061）

脂砚斋为什么特看重阿凤身份呢？反复提示：明阿凤身份。

笔者解读《红楼梦》时，已说明：贾雨村是雍正幻入《红楼梦》第一身；薛蟠是雍正幻入《红楼梦》第三身；王熙凤是雍正幻入《红楼梦》第二身。他们都是隐寓雍正，上述两处酒令全是针对雍正的。

6.花卉

写花卉，吟咏花卉，也是《红楼梦》的重笔之一，如：

第十七回，有“焦棠”两植；

第二十七回，有黛玉葬的凤仙花，石榴花；

第三十七回，结社吟海棠；

第三十八回，吟咏菊花；

第四十九回，赏雪咏梅；

第七十回，咏桃花，写柳絮；

第七十八回，芙蓉诔等等都是浓笔重抹，深藏含义。

7.医药

作者笔下，十二钗中有四位有病，她们是：秦可卿，黛玉，宝钗，王熙凤。当然，作者也为她们各下了药方。

秦可卿的病是气滞血亏，肝木克制，药方是《益气养荣补脾和肝汤》

人参二钱　白术二钱　云苓三钱　熟地四钱　归身二钱　白芍二钱　川芎钱半　黄芪三钱　香附米二钱　醋柴胡八分　怀山药二钱　真阿胶二钱　延胡索钱半　炙甘草八分

引用建莲子七粒去心，红枣二枚

此药方是平常药方，重点在“气滞血亏”四字上。

宝钗的病是热毒症，药方十分奇特，制作过程也很奇特，要用：

春天的白牡丹花花蕊，十二两；夏天的白荷花花蕊，十二两；秋天的白菊花花蕊，十二两；

冬天的白梅花花蕊，十二两。

必须在春分这天晒干，然后再用：

雨水这天的雨水，十二钱；白露这天的露水，十二钱；霜降这天的霜，十二钱；小雪这天的雪，十二钱；蜂蜜，十二钱；白糖，十二钱。最后，用黄柏十二分送服。

奇药，是作者的“春秋”之笔，“十二”照应“运终数尽”之数，白花，是送丧色调。药名“冷香丸”，暗示当局莫热昏了头。

黛玉身子虚弱，第二十八回作者借宝玉之口为他设计了一个药方，需要三百六十两银子，药方是：

头胎紫河车，人形带叶参，三百六十两六足龟，大何首乌，千年松根茯苓脂。

药方中开出五种人间罕见物品，其他的都好说，唯有这“三百六十两参”难寻，三百六十两，22斤半重，六足龟，世上也是有的，不过罕见罢了。

这个药方，寄托了曹頫的幻想，用奇药奇方治好黛玉的病。

妒妇汤

第八十回，《红楼梦》就要结束，宝玉到天齐庙还愿，庙里当家的是一位王道士，因兜售膏药，人称王一贴。

宝玉还愿后，嬷嬷们请王一贴同宝玉说话。宝玉突发奇想，问王一贴："可有贴女人的妒病方子没有？"

王一贴先是否认，后接着说："倒有一种汤药或者可医，只是慢些儿，不能立竿见影的效验。"

宝玉道："什么汤药，怎么吃法？"

王一贴道："这叫作'疗妒汤'，用极好的秋梨一个，二钱冰糖，一钱陈皮，水三碗，梨熟为度，每日清早吃这么一个梨，吃来吃去就好了。"

宝玉道："这也不值什么，只怕未必见效。"

王一贴道："一剂不效吃十剂，今日不效明日再吃，今年不效吃到明年。横竖这三味药都是润肺开胃不伤人的，甜丝丝的，又止咳嗽，又好吃。吃过一百岁，人横竖是要死的，死了还妒什么！那时就见效了。"

宝玉大笑一阵，骂："油嘴的牛头。"

这一段，看似一则笑话，其实，大有隐意。

首先，"妒妇"指谁？也许，你会说：当然是王夫人，是她撵走晴雯，逼死晴雯。

王夫人，充其量是一个悍妇，而不是妒妇。

妒妇应该是指王熙凤，第六十九回，逼迫尤二姐吞生金自逝，平时妒平儿，妒秋桐，没有她不妒的。

作者借王一贴笑话，指明这是不治之症，无可救药。

8.命名

利用人物命名，寄托深意、隐意、寓意，是曹頫的一个重要手段，如：

英莲

单看"英莲"，看不出名堂，须同改名后的"香菱"同看。

"英莲"变为"香菱"，由"莲"变"菱"，由主子变为"妾"。这个变化隐寓着清代历史上一次重大变动。即太子胤礽被废。

试看第五回副册上香菱的图：一株桂花下，莲枯藕败，足以印证。

袭人

解"袭人"隐寓，不是用谐音法，而是拆字法。

"袭人"，龙衣人也。

正白旗旗主多尔衮，死后下葬时，因一件龙衣陪葬，被顺治削爵掘墓。

袭人隐寓多尔衮，与宝玉（曹氏家族）系主奴关系，不过在《红楼梦》中，颠倒过来了。这正是"反逆隐曲"之笔。

贾府中的人名，也颇有讲究：

第一代是“水”字旁，国号由“金”改“清”，从此为“水”；

第二代是“人”字旁，有了点人性；

第三代是“文”字旁，学习汉文化，有了文采；

第四代是“玉”字旁，上升为玉；

第五代是“草”字头，衰落为草。

《红楼梦》矛头所指是雍正，雍正以多种身份幻入《红楼梦》，这么多人隐寓雍正，在命名上作者可是费尽了心思，请看：

(1)贾雨村，取“假话村言”谐音。

(2)王熙凤，用“掉稍眉，三角眼”，写像追形。

(3)薛　蟠，胤禛生时，正是康熙“削藩”时。

(4)刘姥姥，彰显粗鲁。

(5)金　荣，调侃雍正乱情(清)，荣，雍之谐音。

(6)贾　敬，取其死后谥号中的第一字。

(7)贾　珍，珍，禛之谐音。

(8)贾　蓉，蓉，雍之谐音。

(9)四　儿，雍正在兄弟中排行第四。

(10)贾　琮，“黑眉乌嘴”根据“本旨”被责骂者。

(11)贾　芸，影射雍正未登基前种树种花，韬光养晦。

(12)马道婆，魇魔害宝玉者，雍正生于1678年，属马。

(13)贾　政，毒打宝玉者，政，谐音“正”。同时，还以他身边的门客们的名字做注解，如：詹光、单聘仁。妙，盖沾光之意。更妙，盖善于骗人之意。(甲·8F·ZⅡ0692)

(14)赵姨娘，一心想害宝玉者。

(15)贾　环，蜡灯烫宝玉的脸，心术不正的庶子。

(16)贾　赦，夺石呆子古扇者。

(17)宝　琴，贾母提出令惜春画入画中，行乐图中人物。

(18)五　儿，欲入怡红院，但不得进入，雍正帝位序号“五”。

(19)傻大姐，不识情者。

(20)王善保家的，查抄大观园的执行人。

(21)贾　兰，赶小鹿练习骑射，调侃雍正骑射已失去当年骑射意义。兰，谐音阑，将结束之意。

(22)潘又安，一个偷情小厮。

(23)兴　儿，自抽嘴巴的侍儿。

(24)“真真国”女儿，一个外国女儿。

(25)芳　官，讨好宝玉的戏子。

(26)傅秋芳，嫁不出去的女儿。

(27)多官，多浑虫，一个极不成器者。

(28)茜　雪，没眼色的使女。

(29)贾　蔷，十八画，同“雍正”二字一样，均是十八画。……

9.佳节时令

《红楼梦》中，作者同样借佳节时令，多次表达出自己的意旨，如：

第一回，甄士隐遇到癞僧，癞僧口里念道："……好防佳节元宵后，便是烟消火灭时。"果然，三月十五日，一场大火，将甄士隐家烧了个精光。

一场大火，谐音一场大"祸"。

第二回，元宵节，霍启带英莲观灯，丢失英莲。

第十八回，元宵节那天元妃省亲，所点四部戏，暗示了"贾家"败落的结局。

第二十四回，端阳节，贾芸给王熙凤送礼，得到种树种花的差事。

第五十三回，除夕，先说宁府穷了，乌进孝只送来少许过年物品，贾珍嫌少，说："真真是又教别过年了"。接着，贾蓉告诉贾珍："果真那府里(荣国府)穷了，前儿我听见凤姑娘和鸳鸯悄悄商议，要偷出老太太东西去当银子呢。"

第七十五回，写中秋节，有无深意？

这天，贾珍煮了一口猪，烧了一腔羊，就在会芳园丛绿堂中，屏开孔雀，褥设芙蓉，带领妻子、姬妾，先饭后酒，开怀赏月作乐。

贾珍酒已八分时，忽听那边墙下有人长叹之声。接着，一阵风响，恍惚闻得祠堂内槅扇开阖之声。只觉得风气森森，比先更觉凉飒起来；月色惨淡，也不似先明朗。众人都觉毛发倒竖。

脂砚斋在此有一批，点出要害，他说：

未写荣府庆中秋，却先写宁府开夜宴；未写荣府数尽，先写宁府异兆。盖宁乃家宅，凡有关于吉凶者故必先示之。且列祖祠(祀)此，岂无得而警乎？夫先人虽远，然气远(运)相关，必有之利(理)也。非宁府之祖，独有感应也。(庚·75F·ZⅡ2334)

异兆发悲音，悲音，败落之兆。

在对待时令问题上，一部《红楼梦》主旋律是：伤春悲秋。

伤春名句是：三春去后诸芳尽，各自需寻各自门。

这句话的意思是：迎春、探春、惜春和十二钗都去世后，清王朝结束，那时，自己去找自己的生存之路去吧。

悲秋的代表作是黛玉的《秋窗风雨夕》，秋去冬来，离"白茫茫大地"不远了。

"伤春悲秋"，作者借对春秋的伤悲表达了对"大清"王朝处境的忧伤。

10.生日

(1)贾敬生日

第十一回，贾敬过生日，这是《红楼梦》中第一个生日。

贾敬生日，有两奇，第一，不显日期，后边，借王熙凤之口透露是九月半，暗隐此人生日在深秋。第二，贾敬生日，自己却不愿回家，为什么？痴迷道教，雍正生前就是这样。

贾敬却把自己最操心的一件事告诉贾蓉转告贾珍："把我从前注的《阴骘文》，急急的刻出来，印一万份散人。"

《书·洪范》说:“惟天阴骘下民。”阴骘,安定之意。

雍正初年,书生曾静曾痛斥雍正:“逼母、杀兄、屠弟”,后雍正因曾静认“罪”,让他写了一篇《大义觉迷录》,并刻印刊行于世,以安定人心。

《阴骘文》就是指《大义觉迷录》而言。

乾隆时,下令收回。

(2)贾政生日

第十六回,写贾政生辰,非常简单,只有一句话:“宁、荣二处人丁都齐集庆贺,热闹非常。”

接着是夏太监前来传旨:宣贾政入朝,原来是元春晋封为“凤藻宫尚书”。

泼天喜事,畸笏叟看作:“瞬息荣华,暂时欢乐,无异于烈火烹油,鲜花著锦,岂得久乎”(靖·18F·JⅣ0001)

(3)薛蟠生日

第二十六回,薛蟠过生日。

这个生日有日期——五月初三,可是,五月初三明明是胤礽的生日,怎么成了薛蟠生日?生日前一天,薛蟠以“老爷叫你呢”将宝玉哄出来。

生日宴上是耦瓜鱼猪四样新鲜物品,“耦瓜鱼猪”四字似乎有调侃之意。

写薛蟠生日,有几处显“真”:

A、薛蟠占用胤礽生日,寓胤禛夺走其位;

B、“或写一张字,画一张画,才是我的”,是当年太皇太后生日时,胤禛的话。

C、再看看来薛蟠书房的人——詹光、程日兴、胡斯来、单聘仁。从这些人的名字上看,薛蟠也是其中一伙人物。

D、薛蟠将唐寅,误认成“庚黄”,暗示他不认得曹寅,不买曹寅的账。

E、作者借冯紫英之口,说:在铁网山教兔鹘子捎了一翅膀,是不幸之中之大幸。

以上五点全与雍正有关。

(4)王熙凤生日

第四十三、四十四回专写王熙凤过生日。

王熙凤,隐寓雍正,写他的生日,作者用意何在?第四十三回脂砚斋有一批,说得明白,他说:……所谓此书救世之溺,不假。(庚·43F·ZⅡ2061)

溺,沉湎之意,救世之沉湎,就是救世。且看作者如何救世?

回目说:攒金庆寿,暗喻借庆寿敛财。

王熙凤寿日,宝玉干什么去了?吊孝去了,金钏儿死了多日,偏偏这天去?明眼人一看就明白,这是在为王熙凤吊孝,恨不得其早死。

王熙凤生日这天,由尤氏主持,听听尤氏说了些什么:

“没足厌的小蹄子”;

“你这阿物儿,也太行了大运了”;

“太满了就溢出来了”;

“我说你肏鬼呢”;

“使不了,明儿带了棺材里去”;脂批:此言不假,伏下后文短命。(庚·43F·ZⅡ2053)

“他坐不惯首席,坐在上头,横不是竖不是的……”

“过了后儿,知道还得像今儿这样不得了,趁着尽力灌丧两钟罢”。

尤氏，好像是开玩笑的话，又句句似谶语。

前边王熙凤过生日，后边贾琏与鲍二媳妇偷情，鲍二媳妇还说："多早晚你那阎王老婆死了，就好了。"

凤姐撞见后，与贾琏大闹一场。作者写道："凤姐儿站在那边，也不盛装，哭得眼睛肿着，也不施脂粉，黄黄脸儿，……"

此句下脂砚斋批道：大妙大奇之文，此一句便伏下病根了，草草看去，便可惜了作者行文苦心。（庚·44F·ZⅡ2085）

脂砚提示，这一句不要草草看去，话中有话，大有文章。笔者反复推敲后，认为："黄黄的脸儿"一句是显真句，是某人的写真，他，就是雍正。

接着，作者借贾琏之口说："太要足了强，也不是好事。"

第四十五回，又借李纨之口说："你们听听，我说了一句，他就疯了，说了两车的无赖泥腿市俗专会打细算盘，分斤拨两的话出来。……若是生在贫寒小户人家，作个小子，还不知怎么下作贫嘴恶舌的呢！"

写凤姐生日明为庆寿，实为折寿。

凤姐无奈地对李纨说："你今儿反倒逼我的命了。"

(5)宝玉生日

第六十二回，六十三回，写宝玉过生日。

这天，探春议论起生日，说："倒有些意思，一年十二个月，月月有几个生日。……大年初一也不白过，大姐姐占去了。……又是太祖太爷的生日。"

此中点出两人生日，太祖太爷，实指努尔哈赤，元春，实指皇太极，两人的生日其实都不是大年初一，但为什么这样说呢？实质上是说他们建元日期，努尔哈赤于1616年正月初一称金国汗，建元天命。皇太极于1627年正月初一建元天聪。

奇怪的是，同一天有四位一齐过生日，即：宝玉，宝琴，平儿，岫烟。

过生日，是作者的一个借口罢了，玄机却在酒令中。

湘云提出："酒面要一句古文，一句古诗，一句骨牌名，一句曲牌名，还要一句时宪书上的话。……酒底要关人事的果菜名。"

宝玉为难，黛玉替宝玉说了一个酒令，耐人寻味，酒令是：

落霞与孤鹜齐飞，风急江天过雁哀，却是一只折足雁，叫的人九廻肠，这是鸿雁来宾。

酒底是：榛子非关隔院砧，何来万户捣衣声？

酒底，必须关人和事，关谁的事，什么事？这里，作者又再发挥他的"谐音秘法"。

"榛""砧"都谐胤祯之"祯"字，万户捣衣，即是万户砸"祯"。

这个酒底，是作者精心设计，巧妙编制的。

接着，湘云说："奔腾澎湃，江间波浪兼天涌，须要铁锁缆孤舟，既遇着一江风，不宜出行。"

关键是酒底：这鸭头不是那丫头，头上那讨桂花油？

酒令警告"不宜出行"，警告谁？鸭头。那个丫头？不是和桂花有关的那个丫头（此指香菱），但还有点关系。那就是：凤姐。为什么这么说呢？雍正（王熙凤）是因为胤礽（香菱）被废上台的，二人相关。所以说，这鸭头就是指王熙凤。

之后，斗草，为香菱换裙，夜宴，占花名，给芳官改名，玩得十分开心。

突然间，东府中几个人慌慌张张跑来报："老爷宾天了！"贾敬死了。

作者在此用了瞒天过海之计，贾敬之死应该在前，宝玉过生日在后。宝玉等那么多人过生日，实际上是庆贺贾敬之死。

（6）贾母生日

读《红楼梦》，人们都会说：这个过生日，那个过生日，为什么不见老太君过生日？

老太君的生日一直拖延到第七十一回。

贾母生日极其隆重，规格高，场面大，无人可比。时间是八月初三，从七月二十八日一直延续到八月初五。

期间，贾母突然问道："共有几家有围屏？"

凤姐回答说："共有十六家。"特别提到："只有江南甄家的一架大围屏十二扇是大红缎子缂丝'满床笏'，一面泥金'百寿图'的，是头等的。"

这是一件真事，何以为证？

有脂批为证：好，一提甄事。盖直（真）事欲显，假事将尽。（庚·71F·ZⅡ2240）

"甄事"，即"真事"。贾母在此隐寓康熙，当年曹頫为庆贺康熙寿辰敬献了一架十二扇大围屏。

作者还借鸳鸯之口说："总而言之，为人是难做的。"

这是针对雍正"为君难"而言的，鸳鸯说凤姐"暗里也不知得罪了多少人"，实际上是揭发他"为君难"的原因。

接下来，就是潘又安与司棋偷情，潘又安是雍正幻入《红楼梦》中的又一身，这个情节暗喻偷情（清）见不得人，意为雍正当上皇帝是采取了不正当手段。

（7）薛姨妈生日

薛姨妈生日，《"红楼梦》中出现过两次。一次是第三十六回，黛玉告诉宝玉："明儿是薛姨妈生日，叫我顺便问你出去不出去？"

宝玉道："我一概都不去。"

黛玉笑道："你看着人家赶蚊子的分上，也该去走走。"这时，袭人告诉宝玉：昨儿，宝姑娘在他床边坐了一会儿。

宝玉忙说："明日必去。"

至于薛姨妈生日怎么过的，没有下文。这个情节有什么含义？

薛姨妈隐寓乾隆，为不为乾隆过生日，是曹頫对待乾隆的态度问题，曹頫对乾隆什么态度？因为乾隆继位首先免除了曹頫欠款，又追封曹振彦为二等将军（即赶蚊子之功），因此曹頫略有感激。但仅此，曹頫是不满意的，所以在生日问题上犹疑不定。

薛姨妈第二次过生日在第五十七回，写得很简单，演戏时，独有宝玉和黛玉未曾去得。

这次生日期间做成了薛蝌同邢岫烟的婚姻，邢岫烟家道贫寒，暗隐雍正后将走向家道贫寒时期。

（8）王子腾生日

王子腾，身为宝玉的舅舅，却很少正面出场，第五十二回，宝玉一心忙着给晴雯治病时，麝月告诉他："二奶奶说了，明天是舅老爷生日。太太说了叫你去呢！"

宝玉道："一年闹生日也闹不清。"说着，便起身出房。

王子腾生日有两个看点，一是日期，哪天生日？《红楼梦》中自第四十八回，薛蟠遭毒打后，定于十月十四日出行有日期外，再无具体日期。

根据作者对其态度来看，王子腾也隐寓雍正，雍正生日是十月三十日，按红楼纪年推算，王子腾生日正是这个时候。

第二个看点是:宝玉参加了王子腾生日后雀金裘烧了个指顶大的洞,说白了就是烧了窟窿,后来是晴雯带病补好的。

这个情节,也是仿《庄子》手法,暗点曹頫当年塌下窟窿后(即亏空),由弘皙补上。当年欠曹家三万多两银子的人就是胤礽、弘皙父子。

(9)贾赦生日

贾赦生日,写的更简单,只是第三十六回,薛姨妈过生日前宝玉提了一句:"上回连大老爷生日我也没去。"

《红楼梦》中生日写了许多,实际上从"本事"角度看只写了四个人,即:

康熙生辰(贾母生日)

雍正生日(贾敬,贾政,贾赦,王熙凤,薛蟠,王子腾等人生日)

乾隆生日(宝钗,薛姨妈生日)

曹頫生日(宝玉生日)

每一个生日均有隐意,深意,他意。

11.梦

写梦,是《红楼梦》的一个重要特征,梦觉主人解"梦"字,解得相当贴切,他说:

辞传闺秀而涉于幻者,故是书以梦名也。(梦·序·MⅠ0001)

这条批语的意思就是:用语言传述女儿情事形成的幻境,这就是"梦",所以这本书命名《红楼梦》。

《红楼梦》中,多次写梦,每次有每次的含义。

(1)甄士隐梦幻识通灵

说甄士隐白日入梦,梦见了一僧一道,从二人对话中听到了一些似懂非懂的话,其实这是作者借甄士隐之梦交代了《红楼梦》将写的四桩事:

A、一干"风流冤孽又将造劫历世";

B、听到了赤瑕宫故事;

C、看到了有"一面之缘"的"通灵宝玉";

D、走到了"太虚幻境"门首,看见了两边对联:"假作真时真亦假,无为有处有还无"。

当甄士隐详细问询时,二仙笑道:"此乃玄机不可预泄"。

这四件事是《红楼梦》的大纲、大关节、大脉络,作者借甄士隐之梦做出交代,既神秘又灵活,加上语言诡异含糊,让人如坠云雾之中,不知所云。

A中的"风流冤孽",实指"大清帝王";

B中的"赤瑕宫故事",暗透了康熙与曹家的关系;

C中的"通灵宝玉",暗示曹氏家族和主人公;

D中的"假作真时真亦假,无为有处有还无",是《红楼梦》主要表现手法。

(2)红楼大梦

这一回宝玉入梦是个要点,是全书的大纲,《红楼梦》一书因此命名。梦中的正册的判词、图、舞曲诗句等到底是什么意思?二百六十多年,竟然无人识破。

梦觉主人曾一语道明:

太虚演曲。预定荣枯,……(梦·序·MⅠ0001)

谁的荣枯？荣枯就是兴衰，自然是“大清”荣枯。

（3）王熙凤梦秦可卿

秦可卿死前托梦王熙凤，忧心忡忡地说：“今日诸事都妥，只有两件未妥。”凤姐但问何事，秦氏道：“目今祖茔虽四时祭祀，只是无一定钱粮。第二件，家塾虽立，无一定供给。”

秦可卿所言，其实是雍正的主意。

雍正年间，内阁学士兼礼部侍郎张照奏称：读《圣谕广训》有“甲置义田以赡贫之”之教，我祖张淇已用一千亩作为义田。请求皇上允许立案，载入县志，别人不得抢夺，子孙不得出卖，违者治罪。

雍正高兴地说：“张淇以己田作为公产赡养宗党，其敦本厚族之谊可嘉。”

这里作者借秦可卿之口讲雍正之言，别有用意。其意就是：爱新觉罗一族将亡，趁早准备后事。

秦可卿之言，是将亡之兆。

因此，警告王熙凤：“月满则亏，水满则溢”，“登高必跌重”，“我们家”——爱新觉罗家，“赫赫扬扬已将百载”，但，“乐极生悲，终有树倒猢狲散之日”。

“树倒猢狲散”是曹寅生前说过的话，这里是作者借来指大清帝国。

“荣辱自古周而复始，岂人力能保长的”，“盛筵必散”，指明“兴衰规律不可抗拒。

“三春去后诸芳尽，各自须寻各自门”，三春指：迎春、探春、惜春三位隐寓的帝王，“诸芳尽”笼统地指“大清”结束后。

这里作者借梦再次讲明：大清必亡！时间在“三春去后诸芳尽”时，即十二钗完结之时。

（4）红玉梦贾芸

回末，作者写道：红玉睡在床上，……忽听窗外低低的叫道：“红玉，你的手帕子，我拾在这里呢！”

红玉听了，忙走出来看，不是别人，正是贾芸。红玉不觉的粉面含羞，问道：“二爷在那里拾着的？”

贾芸笑道：“你过来，我告诉你。”说着，一面就上来拉他。那红玉急忙回身一跑，却被门槛绊倒。

第二十五回首写道：红玉，唬醒过来，方知是梦。

红玉、贾芸故事，说明什么？这是作者仿《庄子》手法，借红玉、贾芸故事寓言。

根据脂批：

又是个林。（庚·24F·ZⅡ1660）

“红”字切绛珠，“玉”字则直通矣。（庚·24F·ZⅡ1661）

可知红玉即同黛玉一样，隐寓康熙，而贾芸，却是雍正又一重身份。

第二十六回，李嬷嬷一句话道出玄机：“好好的又看上了那个种树的”，谁看上了种树的？红玉，即康熙。红玉、贾芸故事隐现出康熙选储一事。

（5）宝玉梦中的金玉姻缘

当宝钗无意中坐到酣睡的宝玉身边时，忽听宝玉在梦中喊骂说：“和尚、道士的话如何信得？什么是金玉姻缘，我偏说木石姻缘。”

木石姻缘是在赤瑕宫中缔结的，建立在坚实的基础上，而金玉姻缘却是和尚、道士的话，因此，宝玉不信，不是不信，是不为也。

木石姻缘是讲曹氏与康熙之间的关系，金玉姻缘却是讲曹氏与乾隆的关系，时事变迁，两种关系已不能同日而语。

曹頫借梦表达了他决裂的决心：从此不情（清）。

（6）夺锦之梦

第七十二回，王熙凤做了一个梦，说：“梦见一个人，虽然面善，却又不知名姓。问他做什么，他说，娘娘打发他来要一百匹锦。”这个娘娘不是咱们家的娘娘，梦中，还动手还抢夺。

这里，脂砚斋批道：

是以前授方相之旧(约)，数十年后矣。(庚·72F·ZⅡ2254)

方相，古代驱鬼的“夏官”，四目金黄，穿熊皮，黑衣红掌，手执戈盾，后为送葬队伍的开道者。

《北史·樊逊传》记载：一次，樊逊见到扮方相的人，说：“我死后请你为我扮方相。”不久，樊逊就去世了。方相之约，喻相约送葬。

“面善”，熟人，认识的人，他就是曹頫。雍正四年十一月内务府奏折：“江宁织造上用缎二十八匹，官缎三十匹，皆甚粗糙轻薄”，建议“照数赔补”。

雍正同意：交伊织补。

作者借王熙凤梦，表达出：还我锦缎之意。

曹頫曾经为康熙送葬，这里的意思是：雍正就要死了，还需我来送葬。

(7)香菱梦中作诗

第四十八回，宝钗听见香菱梦中笑道：“可是有了，难道这一首还不好？”

香菱学诗，第三首得自梦中，“一片砧敲千里白”，点出了雍正时代，“何缘不使永团圆”，道出了心中的忧伤。

12.奇衣奇食奇玩……

奇食

第一回，写到绛珠草时，说：“修成个女体，终日游于离恨天外，饥则食蜜青果为膳，渴则飲灌愁海水为汤……”

绛珠草，入世后为黛玉，隐寓康熙，“食蜜青果为膳”，意为自酿苦果，造成子辈残杀的悲剧。

“飲灌愁海水为汤”则寓：无限怨愁，绵绵无止境。

奇衣

第三十一回，说起湘云小时候淘气，宝钗说：“可记得旧年三四月里，他在这里住着，把宝兄弟的袍子穿上，靴子也穿上，额子也勒上，猛一瞧倒像是宝兄弟，就是多两个耳坠子。他站在那椅子背后，哄的老太太只是叫：‘宝玉，你过来，快过来，仔细那上头挂的灯穗子招下灰来，眯了眼’他只是笑，也不过去。后来大家掌不住笑了，老太太才笑了，说：‘倒扮上男人好看了’。”

初看，好似一段闲话，细思却大有文章。

宝玉在家，必是身着汉服，湘云穿宝玉的衣服，喻“大清”后世将加快汉化速度。

从皇太极开始，逐步接受汉文化，康熙命刻《全唐诗》，乾隆修订《四库全书》，满族语言、文字逐渐失去魅力。到“湘云时代”即同治时，满人实则已成为拖着辫子的汉人。

刘体仁的《异辞录》中说：“然二百年间，满人悉归化于汉俗，数百万之众佥为变相之汉人。”[②]

奇玩

第四十一回，作者写道：(巧姐)忽见板儿抱着一个佛手，便也要佛手。

脂砚斋批道：小儿常情，遂成千里伏线。(庚·41F·ZⅡ2034)

（巧姐）又忽见这柚子又香又圆，更觉好顽，且当球踢着顽去，也就不要佛手了。

脂砚斋批道：柚子即今香团（櫞）之属也，应与缘通。佛手者，正指迷津者也。以小儿之戏，暗透前后通部脉络，隐隐约约毫无一丝漏泄，岂独为刘姥姥之俚言博笑而有此一大回文字哉？（庚·41F·ZⅡ2035）

初看好像是两小儿争佛手，争香橼，闲文闲笔，实则却大有深意。

“佛手者，正指迷津者也。”隐示巧姐与板儿有缘，板儿，意即最后一位。

巧姐，隐寓溥仪，确是最后一位。

笔者发现，脂批中有“奇”字的批语多达三百余条，还发现凡有“奇”字的地方，均有玄机，或有隐意，或有深意，如：

第二回，作者写道：他说女儿是水作的骨肉，男人是泥作的骨肉。

脂砚斋批道：真千古奇文奇情。（甲·2F·ZⅡ0120）

“水作的骨肉”，早期版本上却是“木作的骨肉”，这是一次重大改笔，“木”原是照应“绛珠草”的，仅照应黛玉一人，这样反有局限性。后作者考虑到照应“十二钗”这一群女儿，改为“水”，十二钗乃是“大清”十二帝，“水”字同时也照应了“清”字，“真真女儿国”女儿诗：“今宵水国吟”，两个“水”字一样含义。

这就是“水作的骨肉”的奇文奇情所在。

第三回，作者写道：自幼假充男儿教养的，学名王熙凤。

脂砚斋批道：奇想奇文。以女子曰学名，固奇。然此偏有学名的，反到（倒）不识字；不曰学名者，反若假。（甲·3F·ZⅡ0186）

一个女子，有学名，奇！有学名，反不识字，更奇。奇在哪里？

奇在一个“假”字上，王熙凤，隐寓雍正，他既不是女子，也不是不识字。所谓“不识字”，是暗点雍正处理过“清风不识字”案。

一句“奇想奇文”，隐藏着这么多玄机。

第三回，作者写道：两湾似蹙非蹙罩烟眉。

脂砚斋批道：奇眉妙眉，奇想妙想。（甲·3F·ZⅡ0246）

一句长相描述，竟然引起脂砚斋连下两个“奇”字，还有下边写到黛玉的眼睛：一双似□非□□□□，还有一批：“奇目妙目，奇想妙想。”（甲·3F·ZⅡ0247），

须知《甲戌本》上，还空着五个字呢！

脂砚连下四个“奇”字，奇在哪里？奇在它是“写形追像”之笔，是康熙形象实录。

第三回，作者写道：宝玉满面泪痕，泣道。

脂砚斋批道：千奇百怪。不写黛玉泣，却反先写宝玉泣。（甲·3F·ZⅡ0266）

《红楼梦》中黛玉还泪之说，笔者认为应是曹頫还泪，即宝玉还泪，这条批语实际上是告诉你，真正还泪者是宝玉。

所谓“千奇百怪”，提醒你：不必见怪。

第四回，作者写道：老爷既荣任到这一省，难道就没抄一张护官符来不成。

脂砚斋批道：可对聚宝盆，一叹。三字从来未见，奇之至。（甲·4F·ZⅡ0296）

“护官符”三字，为什么说“奇之至”？

有了“护官符”，就等于有了聚宝盆，曹頫当年是不懂得这一套的，那次抄家事件教育了他，对此他感叹万分。《王府本》第四回回前诗将自己的感受表达得淋漓尽致：

请君着眼护官符，把笔悲伤说世途。作者泪痕同我泪，燕山仍旧窦公无。

第五回，作者写道：宝玉和黛玉二人之亲密友爱处，亦自较别个不同，日则同行坐，夜则同息同止，真是言和意顺，略无参商。

接着写道：不想如今忽然来了一个薛宝钗。

脂砚斋在此批道：总是奇峻之笔，写来健跋（拔），似新出之一人耳。（甲·5F·ZⅡ0365）

怎么叫“奇峻之笔”呢？后面，作者开始对宝钗，黛玉进行比较：（宝钗）品格端方，容貌丰美，人多谓黛玉所不及。而且宝钗行为豁达，随分从时，不比黛玉孤高自许，目无下尘，故比黛玉大得下人之心。

钗、黛对比，实质上是拿乾隆与康熙对比，在以上方面康熙的确不如乾隆。

所以，叫“奇峻之笔”。

第五回，作者写道：宝玉见是一个仙姑，喜的忙上来作揖，笑问道，神仙姐姐。

脂砚斋批道：千古未闻之奇称，写来竟成千古未闻之奇语，故是千古未有之奇文。（甲·5F·ZⅡ0399）

“神仙姐姐”，脂砚称之为：“奇称”，“奇语”，“奇文”，一个随口称呼，竟然冠以三个“奇”字，而且还是千古未闻。其中奥妙在它的隐寓之中，此“神仙姐姐”就是秦可卿，包括后边出现的“兼美”，三人共隐一人，那就是努尔哈赤。

了解了真相，也就明白了为什么是：“奇称”、“奇语”、“奇文”了。

第十九回，宝玉听袭人谈起赎身问题，袭人表示：“我另说出两三件事来，你果然依了我，就是你真心留我了。刀搁在脖子上，我也是不出去的。”

宝玉忙笑道：“你说，那几件？我都依你。好姐姐，好亲姐姐，别说两三件，就是两三百件，我也依。”

接着，宝玉说了以下一些话，脂砚斋接连写下三条批语，条条带“奇”。请看：

作者写道：等我有一日化成了飞灰。

脂砚斋批道：脂砚斋所谓不知是何心思，始得口出此等不成话之至奇至妙之话。诸公请如何解得，如何评论？（庚·19F·ZⅡ1404）

作者写道：飞灰还不好，灰还有形有迹，还有知识。

脂砚斋批道：灰还有知识，奇之不可甚言矣。余则为人尚无知识者多多。（庚·19F·ZⅡ1405）

作者写道：我也凭你们爱那里去就去了。

脂砚斋批道：是聪明，是愚昧，是小儿淘气，余皆不知，只觉悲感难言，奇瑰愈妙。（庚·19F·ZⅡ1406）

宝玉说了半天，其实就是一句话：绝不离开！除非死去。

这里的宝玉，隐寓曹振彦，袭人隐寓多尔衮，当时正是关系密切时，也是曹振彦跟随多尔衮建功立业时，二人岂能分开？

脂砚所谓的“奇”，就奇在这都是当年的实事。

脂批中有“奇”字的批语太多了，倘若一条条罗列下来，篇幅就太长了。

注释：

① 胡文彬《红楼梦与中国文化论稿》第104——106页。

② 《异辞录》，刘体仁著，收入《民国笔记小说大观》第二辑第四卷，《山西古籍出版社》，1996年版。

第四章 《红楼梦》“内在结构”探析

研究《红楼梦》的“内在结构”是解读《红楼梦》前提之一，它能帮助我们端正思路，确立新观念，新方法，新视角，新立场，找到新途径，得出新结论。

《红楼梦》的内在结构，主要是：两读，两纲，两境界，多层次等。

一、两读

从《红楼梦》面世，对它的研究就开始了，并成为三大显学之一。迄今为止研究结果如何呢？虽然研究著作浩如烟海，汗牛充栋，但是，仍然具有很大的盲目性和片面性。

有一则寓言能形象地说明问题，即“瞎子摸象”。

摸着身子的说：象是堵墙；摸着腿的说：象是根柱子；摸着尾巴的说：象是绳子……

如今，《红楼梦》研究中的“文本派”，“考证派”，“索隐派”也好像是在那里“瞎子摸象”，都具有一定的盲目性和片面性。

“文本派”强调《红楼梦》的正面，“考证派”、“索隐派”强调《红楼梦》反面，都具有片面性，而且都没有找到切实可靠的依据，都陷入盲目性。

三派之所以有片面性，是没有认识到《红楼梦》是一部奇书，它有特殊的内在的结构，即：《红楼梦》是一部具有“正面”，“反面”两面的书，有“正读”和“反读”之分。

许多有识之士都感触到了：《红楼梦》有正、反两面。

如：戚蓼生在《戚序本》的序言中说：“吾闻绛树两歌，一声在喉，一声在鼻；黄华二牍，左腕能楷，右腕能草。神乎技也，吾未之见也。今则两歌而不分乎喉鼻，二牍而无区乎左右，一声也而两歌，一手也而二牍，此万万不能有之事，不可得之奇，而竟得之《石头记》一书。嘻！异矣。”

不过，戚蓼生的感触是朦胧的，他没有具体看出正、反。

清紫琅山人似乎看得更清楚些。他认为：《红楼梦》的小说部分是“土鼓瓦缶”，而隐藏的历史部分则是“黄钟宝鼎”。

预言：“或数世，或十、百世，终会有识者出之。”

紫琅山人只有感触而已。

索隐派是企图找出反面内容的尝试者，他们似乎看到了《红楼梦》的反面，他们孜孜以求，并写下许多著作。可惜，功亏一篑，方向正确，结论不确。

陈维昭先生是《红楼梦》研究理论家，他在《红楼梦学刊》（2013年第三期）发表了一篇《“红学’何以为“学”》的文章，说：“《红楼梦》绝不仅仅是一部小说。”并说：“曹家历史和清宫秘史在《红楼梦》中留下了蛛丝马迹，这些蛛丝马迹在作家所构筑的结构整体中又是如何形成独特的阅读张力的？这些都是我们把握《红楼梦》独特魅力的有效途径。”

陈先生说得极其准确，为科学地解读《红楼梦》指明了方向。

1."两读"的根据

《红楼梦》是一部正读、反读两读的书,有根据吗?

有!1768年,曹頫化名立松轩在《王府本》上批道:

画一幅行乐图,铸一面菱花镜,(府·54F·LⅠ0712)

曹頫公开声明,他的《红楼梦》就如同铸成的一面菱花镜。菱花镜就是《风月宝鉴》,有反、正两面。

《风月宝鉴》,"风月",隐"情"字,根据谐音法,即"清"也;"宝鉴"就是史籍,谁家史籍?《风月宝鉴》的含意,就是"清鉴","大清"史籍。

《风月宝鉴》就是暗示《红楼梦》一书如同《风月宝鉴》一样,也有正、反面两面。这一点,脂砚斋说得十分清楚。

《红楼梦》有正、反两面是客观存在,是曹頫蓄意铸造的,《红楼梦》的正面是假,是对反面的掩饰;而反面则是他的立意本旨。

多年来,忽视《红楼梦》的正、反两读,是违背客观实际的,是《红楼梦》研究走不出困境的根本原因。

2."反读"的含义

正面《红楼梦》人们容易于接受,说《红楼梦》有反面,多数人不接受,但也有不少有识之士,断定《红楼梦》有反面。

所谓反面,就是指有隐寓。

《红楼梦》有隐寓,这是客观存在,是千真万确的,是不容回避的,也是难以否认的。

(1)作者暗示:

第一回,"甄士隐"的命名,暗示:是将真事隐去。

第一首标题诗:满纸荒唐言,一把辛酸泪,都云作者痴,谁解其中味?

暗示书的反面描写,不过是荒唐之言,真正的滋味隐在字里行间。

(2)脂砚斋揭示:

此书表里皆有喻也。(甲·12F·ZⅡ0911)这就是告示,声明,公告天下。

看他所写开卷之第一个女子,便用此二语以订终身,则知托言寓意之旨。(甲·1F·JⅢ0051)"托言寓意之旨",说得很明白,很清楚了。

此以俗眼读《石头记》也,作者之意,又岂是俗人所能知。(靖·9F·ZⅢ0004)

(3)畸笏叟揭示:

勿作正面看为幸。畸笏。(庚·12F·JⅠ0001)

以上,作者暗示,脂砚、畸笏批语足可以说明《红楼梦》有隐寓,千真万确。承认,是唯物的,也才是正确的态度。

《红楼梦》有隐寓,因此必须确立"一书二读"的观念,《红楼梦》是一部立体式的书,是一部正、反两读的书。

3.索隐派的追求

从乾隆时起人们就开始探索其隐寓，二百多年来，人们不断探寻着曹頫书里隐藏的人和事。说法种种，异彩纷呈，蔚为大观。

但是，探索其隐寓，要么超出范围，要么对象不确，所以，至今，无一种解读被认可。

我们先来看看二百多年来，各种“隐寓”的得失：

索隐派虽然看出了《红楼梦》中寓“清”线索，却不知如何寓“清”，说什么“反清吊明”，把不准脉络。索隐派的努力，由于隐寓方向不准，方法不对，得到的只是冷嘲热讽。什么“主观猜测”，“牵强附会”；什么“指名举证”“拆字猜谜”等等。

索隐派甚至被认为是左道旁门，其实，探索出隐寓什么，才是作者著书的本意，才是《红楼梦》真谛所在。

诚然，考证派，索隐派是走了弯路，这只能说明：作者隐寓得太深了，这也是作者迫不得已。使《红楼梦》成了一部奇书，天书，妙不可言，深不可测。但是他们的努力功不可没，走的是研红正道，是勇敢的探索者，是开路先锋。

索隐、探真、释梦、解读，是一个宏大的课题，是一项艰巨的工程，需要百折不挠的意志，需要超人的智慧，需要众多红学家齐心合力。

隐寓什么？归根结底，一是“本旨”，一是“本事”。

索隐还将继续下去，只有发掘出作者的真正隐意，才能发掘出《红楼梦》的真正的思想价值和艺术价值，才能不辜负曹頫的一生匠心，使曹頫“大快遂心于九泉”。

4.文本派的失误

长期以来，《红楼梦》是“纯小说”的观念，牢牢统治着红学界，《红楼梦》是一部伟大的小说，似乎没什么悬念。

这种观点，滞碍着《红楼梦》研究的深入发展，是准确地、科学地解读《红楼梦》的绊脚石。

《红楼梦》是不是纯小说？谁说了算，只有作者说了算。

作者在引子中，塑造的第一位人物——甄士隐（谐音真事隐），第二位人物——贾化（谐音假话）就明确的揭示了《红楼梦》的本旨——假话中隐藏着真事。

因此说：《红楼梦》不是纯小说，这是由作者的“立意本旨”——创作意图决定的。

“一书二读”才是曹頫的创作构思，是他独特的匠心意旨和艺术手法。

阅读《红楼梦》，绝大多数人是正面阅读，就是把《红楼梦》当作一部小说来读，消愁解闷而已。

“隐寓”需从反面来看，作者撰写《红楼梦》的真正目的，最终目的不是正读，而是反读，即：看书的反面。

脂批中态度十分明确，他主张看反面，如看《风月宝鉴》似的，看背面。

第一回，冷子兴介绍宝玉时说：“他说女儿是水作的骨肉，男人是泥作的骨肉，我见个女儿，我便清爽，见了男人，便觉浊臭逼人。”

这是《红楼梦》中一句名言，一句警句、格言。

多少年来，人们都是从正面看，正面理解，只记住了“女儿是水作的骨肉”一句话，很少有人从反面来看。

我们试着以“辨识正反”的方式来看：

正面：女儿是水作的骨肉，纯情可爱；

反面：男人是泥作的骨肉，浊臭逼人。

“女儿”——”十二钗”，隐寓清帝，特别是雍正，是曹家不共戴天的仇人，当然都是“浊臭逼人”的男人了。

作者的思想，作者的爱憎，作者的著书本旨，在这里以隐蔽的手法做了淋漓尽致的表达。

5.正、反两面，相互依存

《红楼梦》正、反两面的关系是相互依存关系，正面是假象，反面是本质的东西。正面为反面服务。

如第二十一回，湘云来，宝玉与宝钗同往看湘云，引起黛玉不满；后湘云为宝玉梳头，又引起袭人不满。

黛、袭的不满使宝玉趁着酒兴，提笔续庄子：“焚花散麝，……戕宝钗之仙姿，灰(毁)黛玉之灵窍，……”

前边，作者编了两个小故事，都是为“续庄子”铺垫，作者真正目的是为了“续庄子”。

正如脂砚所说的：“自执金矛又执戈，自相戕戮自张罗。”

为什么要焚花散麝，戕宝钗之仙姿，灰(毁)黛玉之灵窍？

仅仅是因为黛玉使小性子，袭人不理他，宝玉醒悟了吗？不是！

是看《外篇·胠箧》引起的，《胠箧》的重要内容是：“大盗窃国”，田成子十二世而有齐国。暗喻“大盗窃国”，才是作者立意本旨。

正面故事，只是反面隐寓的掩饰而已。

6.我们今天的态度

从脂批来看，曹頫对正、反两面的态度十分明显，即重隐寓轻文本。

而我们今天的态度却应该是：正、反两重。

当初，曹頫重隐寓轻文本，但《红楼梦》的正面毕竟是小说界的巅峰之作，今天，我们应该同样看重。反面则是令人震撼的“清帝国”衰亡史，及曹家的血泪史。正、反两面都要继承，才是完整的、全面的继承。

正面看是伟大的小说，反面看是杰出的政论。

确立“一书二读”观念，是准确、完整、彻底、科学解读《红楼梦》的前提。舍此，就不能准确、完整、彻底、科学地解读《红楼梦》，认识《红楼梦》。只有这样《红楼梦》研究才能走上正轨，才能准确地、完整地提炼出《红楼梦》的艺术价，思想价值。

正面阅读《红楼梦》，重点放在品鉴、欣赏上；反面阅读《红楼梦》，重点放在研究，探索上。二者相辅相成，使《红楼梦》内涵增加一倍，何乐而不为呢？

二、两纲

《红楼梦》究竟有几纲？周汝昌先生认为是三纲。多数人认为是四纲：贾、王、史、薛，不正是四纲吗？

笔者根据脂砚斋、畸笏叟批语，认为是两纲。

第七回，当作者写到“方知他学名唤秦钟”时，脂砚斋批道：

设云秦钟。古诗云：“未嫁先名玉，来时本姓秦”，二语便是此书大纲目、大比托、大讽刺处。（甲·7F·ZⅡ0653）

脂砚斋在这里点明：一玉，一秦，此书大纲目。一玉，自然是宝玉，一秦，根据谐音“清”，系指十二钗。《红楼梦》中宝玉自为一纲，十二钗为另一纲。

丁亥年（1767）后，畸笏叟揭示书中写作为秘法时也证实其中一秘法为：

两山对峙，……书中之秘法，……。（甲·1F·JⅢ00021）

两纲中，“十二钗”为主，“宝玉”为宾。这正是作者在书中明示的“大旨写情”，即写清，小旨才写曹，即写宝玉。

考证派强调《红楼梦》是作者自传，这是主、宾倒置，忽略了作者创作《红楼梦》的根本意图。

解读《红楼梦》，两纲必须明确，主、宾不能倒置，“秦”，即”十二钗”是主纲，“宝玉”则为副纲。

在解读《红楼梦》时，必须注意确立“十二钗”主纲的独尊地位，“宝玉”这个副纲是随“十二钗”主纲演变。如判定每一回的“朝代年纪”，首先看这一回主写哪一个“钗”，如第十三回，主要写秦可卿，那么，这一回就是努尔哈赤朝事，什么事？努尔哈赤逝世，那么就是1626年9月30日发生的事。

这就是以“钗”定朝代，以“事”定年纪。主纲决定主线，而“宝玉”隐寓谁，则是随主纲而定，如第十四回，宝玉见北静王，此时的“宝玉”绝不是曹頫，而是隐寓曹振彦。

又如第三回，黛玉入府，主要写黛玉，而黛玉隐寓康熙，那么这一回写的必是康熙朝事，这一回的主要事件是“二玉初会”，根据推算，是写1705年4月康熙第五次南巡。

同样，宝玉隐寓谁，完全是随主纲而确定，这是解读《红楼梦》的要诀之一。

三、两境界

2006年余英时先生的《<红楼梦>的两个世界》出版，为《红楼梦》的研究开辟了一条新的路径，带来了新的气象。

可惜的是余英时先生强调了两个世界的对立，而忽视了他们的同一性。而且对两个世界的表述也不精确，同时还复杂化了。

笔者认为用“两境界”表述，更准确一些，这个提法来源于《庄子·秋水篇》。

《秋水篇》叙说：庄子梦见自己变成蝴蝶，蝴蝶，是梦中境界中的庄周；醒后依然是庄周，这是现实境界中的庄周。梦境中蝴蝶←→现实中庄周，这个转化过程，庄子称之为“物化”，梦中境界是“假”，现实境界是“真”。

《红楼梦》中，一个境界就是作者塑造的“太虚幻境”，它其实就是作者幻想中的境界，书中通过“梦境”和“幻笔幻文”来表现，叫“幻境”。

另一个境界，就是“现实”境界，实际上就是曹頫经历的那段历史，脂砚斋叫“真境”。

“梦”“幻”是一回事，表现手法不一样罢了，梦是“幻”中“幻”。

主要梦境有：

第一回，甄士隐的白昼之梦，告诉读者，神瑛宝玉入世时间——康熙时代，风流孽鬼一半落尘——六个，更主要是要告诉读者：从此进入“太虚幻境”中。

第五回，宝玉在秦可卿的卧室梦，通过词、图、舞曲，借梦全景展现了“大清帝国”296年的盛衰。

第十三回，凤姐梦可卿，借秦可卿之口告诉读者：“否极泰来，荣辱自古以来周而复始”，“大清”灭亡，必有时日，“烈火烹油，鲜花着锦”都是暂时的，趁早准备退路要紧。

第二十四回，红玉梦贾芸，影射康熙选择胤禛的过程。

第三十六回，宝玉呓语梦：“什么金玉姻缘，我偏说木石姻缘”，表达了曹頫重康熙，轻乾隆的思想。

第五十六回，贾宝玉梦甄宝玉，立松轩有一批云：

叙入梦境，极迷离，却极分明。（府·56F·LⅠ0715）

脂批告诉我们，看上去迷离扑朔，实际上“却极分明”，很对。两个宝玉一模一样，看似游戏之笔，实际上显露一句话：“真且又真了！”本回前后所叙甄家之事都是当年曹家之事。

第七十二回，凤姐的夺锦之梦，此梦脂砚斋有两批解读：

是以前授方相之旧（约），数十年后矣。（庚·72F·ZⅡ2254）

是江淹才尽之兆也，（庚·72F·ZⅡ2255）

夺锦之梦即将逝之兆。

以上几个梦都是作者借梦这种幻境，表达自己的思想、认识和预测。

《红楼梦》从开笔就进入幻境，直至八十回结束。

读者读《红楼梦》，身不由己，也随着作者的笔进入幻境，在幻境中驰骋，在幻境中翱翔。步入大观园，飘飘欲仙，美女如云，流连忘返。其中大多数人，走不出幻境，沉溺其中。虽然作者一而再，再而三的声明这些都是幻境，可是人们宁信其有，不信其无。

这个幻境是作者营造的，只是一种假象而已，他的目的是掩饰另一个境界——现实境界，即曹頫生活中亲睹的那个境界。

笔者在研究曹頫批语时发现，脂砚斋批语只是着重点明“文本”是“幻境”“幻笔幻文”；而后期的立松轩批语则着重解读“幻境”。

这是因为曹頫发现，人们沉溺在“文本”中，“溺词失旨”，理解不了他的创作意图，因此十分焦急，假借立松轩，全力以赴，深度解读，如：

何非梦幻，何不通灵，……（府·1F·LⅠ0001）

幻中幻，何不可为幻，情中情，谁又无情，不觉，僧道亦入幻矣。（府·1F·LⅠ0017）

幻中言幻，何等法门。（府·1F·LⅠ0018）

出口神奇，幻中不幻，文势跳跃，情理生情。借幻说法，而幻中更自多情。因情捉笔，而情理偏成痴幻。试问君家识得否，色空空色两无干？（府·1F·LⅠ0041）

阴阳交结变无伦，幻境生时即是真。（府·4F·LⅠ0139）

一定情即了结，请问是幻不是？点醒幻字人皆不醒，我今日看了批了仍也是不醒。（府·4F·LⅠ0160）

万种豪华全是幻，何尝造业，何是风流，……（府·5F·LⅠ0197）

风流真假一般看，借代（贷）亲疏触眼酸，总是幻情无了处，银灯挑尽泪漫漫。（府·6F·LⅠ0220

幻情浓处故多嗔，岂独颦儿爱妬人。……（府·8F·LⅠ0288）

新样幻情欲收什，可卿从此世无缘，和肝益气浑闲事，谁知今日寻病源。（府·10F·LⅠ0347）

幻景无端幻境生，玉楼春暖述乖情，闹中寻静浑闲事，运得机灵属凤卿。（府·11F·LⅠ0368）

正写幻情，偏作锥心刺骨语，呼渡河者三，是一意。（府·11F·LⅠ0374）

将可卿之病将死作幻情一劫，又将贾瑞之遇唐突作幻情一变，下回同归幻真风马牛不相及之谈。

（府·11F·LⅠ0388）

幻情文字中，忽入此等警句，提醒多少热心人。（府·13F·LⅠ0410）

借可卿之死又写出情之变态，……且又借凤姐之梦，更化就幻空，中一片贴切之情，所谓寂然不动感而遂通，所感之象，所动之萌，深浅诚伪，随种必报，所谓幻者此也，情者也此也，何非幻，何非情？情即是幻，幻即是情，明眼者自见。（府·13F·LⅠ0421）

以上十四条批语解“幻”，何非（为）幻，幻即是情——清也，明眼人自见。

前一个境界是明写，后一个境界是暗写。怎么从前一个境界看出后一个境界，这是关键。

其实很简单，这两个世界就是脂砚斋说的“真”与“幻”。

《庚辰本》第二十一回后，脂砚斋有一首七律说“是真是幻空历过”，已作了明确表述。

“真”就是曹頫经历过的往事，“幻”就是曹頫写入书中的故事。只不过是曹頫将经历过的“真人”“幻化”为一个个陌生的“异象”，经历过的“真事”“幻化”为一件件奇特的“异事”。

立松轩也说：幻境生时即是真。（府·4F·LⅠ0139）

当你用“巨眼”将“幻”，“真”二者链接后，就看到了“真”与“幻”是同一个人，同一件事的两种表现形式而已。

下面，请看链接后的“真”与“幻”：

回　数	幻　笔	真　事
第　一　回	甄士隐大火	1723年，李煦罹难。
	英莲丢失	1708年，胤礽第一次被废。
第　二　回	贾雨村娶娇杏	
	应天府出缺	1722年，雍正登基。
第　三　回	二玉初会	1705年，康熙第五次南巡，到江宁织造府。
第　四　回	英莲被抢	1712年，胤礽第二次被废。
	宝钗入都	1735年，乾隆登基。
第　五　回	宝玉入梦	1721年，曹世选入“清”。
	十二钗正册图、词、舞曲	预测“大清”兴衰。
第　六　回	宝玉、袭人试云雨	曹家被编入多尔衮正白旗。
第十三、十六回	秦可卿、秦钟死	1626年，努尔哈赤死。
第十八回	元妃省亲	1707年，康熙第六次南巡。
第二十回	袭人被李嬷嬷责骂	1651年，多尔衮受到诬陷。
第二十五回	宝玉遭魇魔	1724—1726年，曹頫多次被雍正贬责。
第三十七回	宝玉遭毒打	1727年，曹頫被革职、抄家。
第六十四回	贾敬暴死	1735年8月，雍正死。
第六十九回	尤二姐吞金而死	喻雍正同室操戈，杀害兄弟。
第七十四回	晴雯被逐出大观园	1739年，弘皙被革爵，圈禁。
第七十七回	晴雯死	1742年，弘皙去世。

四、多层次

从1616年—1912年，历史是纵向发展的，清代的十二个皇帝基本上是一个去世，另一个接替，（嘉庆例外）。但是《红楼梦》中，却把他们荒唐地放在一起，死去的，活着的，未生的聚集一府，来了个纵史横论，把所有读者都搞糊涂了。

这就形成一个特殊的结构：多层次结构，十二帝就形成十二个层次。

为了简捷，我们可以按三个基本层次来看。

1.第一个层次——曹頫身前事

曹頫生前事，作者称之为“亲闻”事，在《红楼梦》中就是“大清”前三帝：努尔哈赤、皇太极、顺治时期。作者没有亲身经历，是他听说的时期。这个时期，作者简略地写了写，是简述。《红楼梦》中属幻笔幻文。

努尔哈赤、皇太极、顺治是三个小层次。

2.第二个层次——曹頫亲睹事

曹頫亲睹时期，就是“大清”康熙、雍正、乾隆时期，是作者亲身经历过的时期，是《红楼梦》中的写作重点，是详写部分。作者称之为：正笔正文。

康熙，雍正，乾隆分别为三个小层次。

3.第三个层次——曹頫身后事

作者身后事，就是“大清”后六帝时期，有嘉庆、道光、咸丰、同治、光绪、宣统。他们在书中形成六个小层次，即：探春、湘云、迎春、李纨、惜春、巧姐。这个层次也属幻笔幻文，仿《推背图》形式进行预测。

三个基本层次，三管齐下，交织表述。

阅读《红楼梦》时，必须注意到这三个层次，思维也需三管齐下，分别对待。作者笔似游龙，上下古今穿梭，我们的思维也要这样，否则，就看不懂《红楼梦》。

三个大层次，具体表现为十二个小层次，十分复杂，稍不留心就陷入迷宫。

如宝玉同黛玉在一起，宝玉隐寓曹寅，有时是曹頫，但当宝玉同秦可卿在一起时，宝玉则隐寓曹世选，同湘云在一起时，则又隐寓曹頫后人。

在书中，三个层次具体表现为五线谱式的五个脉络、五条线索：

1.黛玉脉络，也即康熙线索；

2.王熙凤脉络，也即雍正线索；

3.宝钗脉络，也即乾隆线索；

4.宝玉脉络，也即宝玉线索；

5.曹頫身前、身后脉络，也即“大清”前世、后世线索。

五条线索交织并进，编织成一部辉煌巨著。

第五章 《红楼梦》“写作秘法”探析

一、《红楼梦》中的密码

《红楼梦》写成，难道曹頫不想让人读懂吗？肯定不是！那为什么至今还没人读懂？

冯其庸先生说得对：“我认为曹雪芹既不是希望在他的时代人人都能解读，也不是希望在他的时代人人都不能解读。……至于百年之后，那他就更希望能得到人们的普遍理解了。”①

笔者认为：曹頫不想让人们在“大清王朝”存在时读懂，而希望“大清王朝”灭亡——改朝换代后，人们能够读懂。

《红楼梦》中写了曹頫身后——大清灭亡这段历史，当局者迷，作为“大清”国民，是无论如何也想象不到的。所以在清代，是解读不了《红楼梦》的。

如今，“大清”灭亡已经一百多年了，应该能够解读了。

可是时至今日，为什么还是解读不了呢？

主要是：弄不清作者是谁，破解不了“密码”，找不到切入点，找不准路径。

《红楼梦》中有没有“密码”？

曹頫著书，为隐藏作者，隐藏批者，隐蔽“本旨”，隐蔽“本事”，有话不能明说，只能用“隐语微言”，这些“隐语微言”，今天来看就是“密码”。

周汝昌先生晚年说：“《红楼梦》中到底有没有所谓的密码？我说，确实是有的，但我们很难窥破解开。”②

《红楼梦》中确实隐藏着“密码”，这，也许就是切入点。

《红楼梦》文字犹如一片山林，“密码”如一朵朵蘑菇隐藏在大树底下、灌木丛中、小草野花之间。当我们把这些蘑菇汇集到一只篮子里后，你就会有所发现。

凡是“密码”，文本会反复出现，一次又一次地凸现，以引起注意，如：“十二”、“青埂峰”、“十二钗”、“大旨谈情”等。

下面让我们探索一下这些密码和密码似的语言。

1.关键人物姓名

如：宝玉、秦可卿等十二钗，香菱等副又三钗，以上十六人如能破解他们的隐寓，一部《红楼梦》解读就没什么困难了。

2.几个女子—亲睹亲闻—风流孽鬼——半落尘

这是一组密码，透露出作者的写作对象、写作目的、写作内容。

3.地陷东南

“当日地陷东南”，所指何事？

一是指当时形势，“共工与颛顼争为帝”，意为有人争帝，暗指雍正时期。

二是影射李煦被抄被免职一事，(甄士隐遭大火)李煦被抄家，是曹頫败落的前奏，一时间如天塌地陷一般。“地陷东南”，这是作者当时心灵被震撼时瞬间的感受词。

4.姓甄，名费，字士隐

脂砚批道：托言将真事隐去也。(甲·1F·ZⅡ0028)

作者、批者共同声明：将真事隐去也，也就是说：书中隐藏着真实故事。

5.假作真时真亦假，无为有处有还无。

这是太虚幻境的一副对联，也是解读《红楼梦》的关键处。

6.“大旨写情”

根据谐音秘法，“情”谐音“清”，是写清帝国。

7.青埂峰——北邙山

这也是一组密码，“青埂峰”与“北邙山”必须合看，才能看出含义。

8.欲知目下兴衰兆，须问傍观冷眼人。

9.生性狡猾，擅纂礼仪，且沽清正之名，而暗结虎狼之属，致使地方多事，民命不堪。

这也是一组密码，贾雨村被参时，参他的语言，贾雨村隐寓谁？

10.每打的吃疼不过时，他便姐姐妹妹的乱叫

句下有一条畸批云：以自古未闻之奇语，故写成自古未有之奇文。此是一部书中大调侃寓意处。盖作者实因鹡鸰之悲，棠棣之威，故撰此闺阁庭帏之传。(甲·2F·JⅢ0137)

有些密码，一时看不出来，畸批、脂评一点拨，其意自明。

11.应天府缺出，便谋补了此缺。

第三回，说贾雨村复职，一个“天”字，暗示了贾雨村复的是天职。

12.王熙凤、黛玉眉目：

一双丹凤三角眼，两弯柳叶掉梢眉。

黛玉是：两弯似蹙非蹙罥烟眉，一双似□非□□□□。

13.第四回回前诗：

捐躯报君恩，未报躯犹存。眼底物多情，君恩或可待。

14.问谁幻入华胥境，千古风流造业人。

揭示了秦可卿的真实身份——千古风流造业人。

15.情天情海幻情身

16.吾家自国朝定鼎以来，功名奕世，富贵传流，虽历百年，奈运终数尽，不可挽回者。

这是第五回，警幻仙子转述宁、荣二公嘱咐语。

17.开辟鸿濛，谁为情种

18.空对着，山中高士晶莹雪；终不忘世外仙姝寂寞林。

19.机关算尽太聪明，反算了卿卿性命。

20.箕裘頹废皆从敬，家事消亡首罪宁，宿孽总因情。

21.落了片白茫茫大地真干净。

22.宝玉，再休前进，作速回头要紧！

宝玉梦中见荆榛遍地，狼虎同群，又见大河阻隔，黑水淌洋……

23.十二花容色最新，不知谁是惜花人。相逢若问名何氏，家住江南本姓秦。

告诉我们"十二花容"(十二钗)全都姓秦,"秦","清"也,就是说:"十二钗"都属"清"。

24.就埋在梨花树下。

25.树倒猢狲散

26.蕉棠两植,其意暗蓄'红','绿'二字。

27.青埂峰一别,展眼已过十三载矣。

28.如今落釜成何益,月埔空余禾黍香。

这是第三十八回,螃蟹诗中一句。

《红楼梦》中除了这些密码、密码似的语言,还地一些密码链。主要的"密码链"有三条:一是"十二钗"密码链,二是"本事"密码链,三是"行乐图"密码链。

"十二钗"密码链,以秦可卿、黛玉、宝钗等隐寓努尔哈赤、康熙、乾隆等十二帝,纵贯296年,是《红楼梦》中的中轴线。

"本事"密码链,暗隐了曹頫亲睹亲闻的那段历史,如黛玉入府,元妃省亲,宝玉遭魇魔、遭毒打等等,这也是《红楼梦》中的一条主线。

"行乐图"密码链,以雍正行乐图中雍正的百变之身幻入《红楼梦》中,如贾政、薛蟠、刘姥姥、宝琴、马道婆等,涵盖了全书各角落,形成一条辅线。

三线交织,构成了《红楼梦》的密码网络,所有的密码环环相扣,一链不解,就不能彻底解读。

曹頫隐藏"密码",极为巧妙,有的隐藏在谐音中,有的隐藏在图谶中,有的隐藏在诗词、酒令、笑话中,有的隐藏在梦幻中,有的隐藏在神话中,有的隐藏在意象中,有的隐藏在文献典故中,有的隐藏在褒贬中……

现代社会中两国交战,信息往来全是密码,很普遍,但在曹頫时代却很少见。

1747年,毛泽东撤离延安,化名李德胜,谐音离得胜。李德胜就是一个密码,在当时,一般人都不知道,新中国成立后,解密了,人们才知道。

曹頫已逝,《红楼梦》中的密码谁来解密?

其实,还是曹頫,也只能是曹頫,他以他的批语,拐弯抹角地告知。如:十二钗,曹頫以:"《离骚》之亚"四个字,告诉人们:美女喻君。又以千皴万染法告诉我们,"十二"是"大清"数尽运终之数。再以"草蛇灰线法"告诉我们与历史连线,这样"十二钗"隐寓对象便浮出水面。

注释:

① 《红楼梦十五讲》"解读红楼梦之路"第32页。

② 周汝昌,《红楼新境》,中国大百科全书出版社,2012年1月版,第169页。

二、《红楼梦》中的写作秘法

1.主要秘法

丁亥年(1767)后,曹頫见人们读《红楼梦》多是“溺词失旨”,心中不免焦急,批语中更注重了解密,《畸Ⅲ评》主要目的就是揭秘,秘法中有一条专揭他的写作秘法:

事则实事,然亦叙得有间架,有曲折,有顺逆,有映带,有隐有见,有正有闰,以至草蛇灰线,空谷传声,一击两鸣,明修栈道,暗度陈仓,云龙雾雨,两山对峙,烘云托月,背面傅粉,千皴万染诸奇,书中之秘法,亦复不少,予亦于逐回中搜剔刳剖,明白注释,以待高明,再批示谬误。(甲·1F·JⅢ0021)

“书中之秘法,亦复不少”,透露出曹頫写《红楼梦》时有许多秘法。

清代的“文字狱”是极其残酷的,康、雍、乾时代,对大清帝国的国号“清”字,略有不敬,轻则丧身,重则灭族。

如乾隆年间,有一位文人胡中藻写了一首诗,其中有一句“一把心肠论清浊”,乾隆认为这是诽谤清朝,将其灭族。

为避开残酷的“文字狱”,曹頫采用了许多罕见的奇特的秘法。

曹頫不仅有冲天的胆略,而且还有超人的智慧。他呕心沥血,千方百计,采用人们意想不到的“密码”“秘法”,揭示出清王朝必然走向衰亡的自然规律。

采用秘法著书,是迫不得已之举,其中一些“秘法”是为解“密码”而设。

要读懂《红楼梦》,必须深谙其秘法。《红楼梦》中,有哪些秘法呢?根据畸笏叟、脂砚斋批语揭示,主要有:

(1)草蛇灰线

蛇在草丛中,时而显首,时而露尾,或隐或现,头、尾显现,有时相距很远。

第五回,在“夭寿多因诽谤生,多情公子空牵念”句下,脂砚批道:恰极之至,病补金雀裘回中,与此合看。(甲·5F·ZⅡ0412)

“病补金雀裘”却在第五十二回,相隔四十七回。

《红楼梦》中,常常是“草蛇灰线,伏脉千里”,有些内容只有合看,方知寓意。

灰线,也即暗线,两事之间,往往有一条看不见的暗线,如第三回,二玉初会,谁能想到是1705年康熙第五次南巡时曹頫见到了康熙呢?

这条灰线谁能看得出?

(2)明修栈道,暗度陈仓

“明修”实为“暗渡”,“明”是一套,“暗”是一套。此句印证了脂砚“此书表里皆有喻也”之批,再一次说明《红楼梦》有正反两面。

此句是写在“竟不如我半世亲睹亲闻的这几个女子。”一段批语上。所以此批揭示出写“几个女子”是“明修栈道”,其隐寓才是“暗度陈仓”,明确说明写“几个女子”是另有寓意的。

(3)云龙雾雨

第五回,当作者写道:“又闻宝玉口中连叫可卿救我,因纳闷道:我的小名,这里没人知道”时,脂砚批道:

云龙作雨,不知何为龙,何为云,何为雨。(甲·5F·ZⅡ0479)

在《王府本》上,改写为:奇奇怪怪之文,令人摸头不着。云龙作雨,不知何为龙,何为云,又何为雨矣?

这种秘法,是一种模糊法,就是要瞒人,让人一时看不透,捉摸不透。不留心分辨,看不出所以。

(4)两山对峙

第四回的护官符使不少人认为这是纲,从而认为《红楼梦》写的就是四大家族:贾、薛、王、史。

其实四大家族是假,“两山”才是真。“两山对峙”是全书的结构,两个侧面,两山,两家。哪两山?哪两家?

一山是“十二钗”,一山是“宝玉”。

(5)千皴万染

皴染,中国画技法,用以表现山石、峰峦、树木表皮脉络、纹理。千皴万染,借以表现反复次数极多。如对“大清”运终数尽之数:“十二”,全书数十次提及。

(6)谐音法

我国自古就有一种习俗:在雕刻、绘画、饰物上画一个蝙蝠、鹿表示“福、禄”,画一条鱼,表示“年年有余”,刻一片树叶,再刻两只小虫子,寓意“大展宏图,事业有成”。

这就是利用谐音,寄寓吉祥。曹頫将这一方法应用到写作中,并发扬光大,作为一种写作秘法,来实现他的写作目的。

谐音法,在曹頫手中发挥到极致。

《红楼梦》中,脂砚斋点明谐音的地方,有四组:

引子中

如:第一回,姓甄名费字士隐。

脂批:托言将真事隐去也。(甲·1F·ZⅡ0028)

盖英莲者,应怜也;香菱者,亦相怜之意。此是改名之英莲也。(甲·5F·ZⅡ0608)

还有贾雨村(假语村言)、娇杏(侥幸)、封肃(风俗)等。

十二钗中

元春,原也。(甲·2F·ZⅡ0135)

迎春,应也。(甲·2F·ZⅡ0136)

叹春,叹也。(甲·2F·ZⅡ0137)

惜春,惜也。(甲·2F·ZⅡ0138)

第五回有

此茶名曰千红一窟。脂砚批道:隐哭字。(甲·5F·ZⅡ0437)

因名为万艳同杯。脂砚批道:千红一窟一对,隐悲字。(甲·5F·ZⅡ0440)

第八回

詹光、单聘仁。妙，盖沾光之意。更妙，盖善于骗人之意。（甲·8F·ZⅡ0692）

等等。

此秘法，遍布全书，有的是谐音命名，有的是谐音指事。作者为什么要用这个秘法？他是想让你举一反三，依照此法，自己去解读一个字，哪一个字？“情”字。

书中所有用谐音的地方，脂砚斋都有批注，唯有这个字没有批注。

难道说这个字不需要谐音吗？不是，是脂砚不敢说，不敢写出来。

这个字的谐音是“清”清，“大清”国国号。在康熙、雍正、乾隆时代，谁敢对“清”字表示不敬，就是杀身灭族之祸。

一句“清风不识字，何必乱翻书”引来灭顶之灾。

谐音秘法，暗隐着作者一个天大的秘密。宝玉在《情榜》中的判词是“情不情”。按谐音秘法就是“清不清”。作者这里斗胆宣言“不清”。试想“多大胆量”敢作此书。

（7）借××，写××

书入正文，凡涉及曹家以及原型的人和事，大都是借写。

如第十三回，作者借秦可卿之口托梦给王熙凤说：“……如今咱们家赫赫扬扬，已将百载，一旦倘或乐极悲生，若应了那句树倒猢狲散之语，岂不虚称了一世的诗书旧族了。”

此处有一眉批：“树倒猢狲之语，全（今）犹在耳，曲指三十五年矣。伤哉，宁不恸杀！”（庚·13F·JⅠ0015）

曹寅生前确实说过“树倒猢狲散”的话。

施瑮的《隋村先生遗集》中云：“楝子花开满院香，幽魂夜夜楝亭旁。廿年树倒西堂闭，不待西州泪万行。”曹楝亭公时拈佛语对坐客云“树倒猢狲散”。今忆斯言，车轮腹转，以瑮受公最深也。……

不幸的是，康熙逝世后，雍正继位，雍正五年，曹家被抄，家境败落。

曹寅“树倒猢狲散”之语，真的成了曹家衰落的谶言。曹頫对此岂能不耿耿于怀呢？许多人都认为这是在说曹家事，《红楼梦》在这里写的却是爱新觉罗氏的未来。

其实，这是努尔哈赤（秦可卿）在告诫雍正（王熙凤），小心“树倒猢狲散”。

何以见的？其时，曹家已经树倒猢狲散了，说这话已经毫无意义了。再则，脂砚有一批暗露玄机，他说：倘或二字，酷肖妇女口气。（甲·13F·ZⅡ0935）

意思是：秦可卿的话真像妇女说话口气。言外之意说话的是个男人，作者模仿得太像了。

作者在这里，期待的是另一场“树倒猢狲散”，即清王朝的灭亡。

第十六回，脂砚斋有一批云：

借省亲事写南巡，出脱心中多少忆惜（昔）感今。（甲·16F·ZⅡ1034）

“省亲”是曹家事，这里用一个“借”字，“南巡”是清帝康熙之事，这时里用一个“写”字。“借”曹家事，“写”清帝事，多么明了。

“借××，写××，”是《红楼梦》常用手法，蒙蔽看官，让观者看不出写的谁家事。

脂砚斋批书时，却大肆渲染，他是在有意识地施放烟幕弹，以造成是写曹家的假象。如第八回，贾母给了（秦钟）一个荷包并一个金魁星。

畸批：作者今尚记金魁星之事乎？抚今思昔，肠断心摧。（JⅢ0106）

赠送金魁星事，很可能是当日康熙赠予曹頫之事，今旧事重提，曹頫自然肠断心摧。

第三十八回，便令将那合欢花浸的酒烫一壶来。

脂批：伤哉，作者犹记矮顣舫前，以合欢花酿酒乎？屈指二十年矣。（甲·38F·ZⅡ2006）

第十七回，那宝玉未入学堂之先，三四岁时已得贾妃手引口传。

脂批：批书人领至（过）此教，故批至此竟放声大哭。俺先姊先（仙）逝太早，不然，余何得为废人耶？（庚·17F·ZⅣ0219）

以上几则都是曹頫经历过的事，今借来一用，一是使作品有生活气息，二是迷惑观者认为《红楼梦》写的是曹家事。

借××，写××，主要是起迷惑作用。

另外，还有些借用，起调侃作用，有的是借子之矛，攻子之盾。

如风俗——封肃，不识字；是调侃雍正。大观；神瑛；是借乾隆题词调侃乾隆。

是以其人之道，还治其人之身。

“借××，写××”是曹頫重要手法之一，一部《红楼梦》，均如此，如借刘妪，写阿凤；借诔晴雯，诔黛玉，实诔康熙；推而广之，借写“女儿”，实写“清帝”。

读者要会举一反三，用“借写法”来看《红楼梦》，才能读懂《红楼梦》，不要作“读死书之子”。如借黛玉还泪写曹頫还泪；借黛玉手帕诗写曹頫情感；借黛玉《五美吟》表达曹頫对雍正之死的态度。

（8）龙不画头，凤不绘首

在《红楼梦》中有许多省略主语句，或模糊主语句，批语中更是如此。

二百多年来，让所有的人都坠入迷宫，不知所云。

如第一回，石头对僧道说：“竟不如我半世亲睹亲闻的这几个女子”。

“我”是谁？谁是“我”？按书上所说是“石头”，“石头”又是谁？“石头”岂能作人，作“我”？

“我”成了一谜。

胡适先生推论：“石头”是作者，谁是作者谁就是“我”，因此他得出结论：作者是曹雪芹（曹霑），曹雪芹（曹霑）就是“我”，《红楼梦》就是曹雪芹（曹霑）的自传。

这个过程，就是胡适“为龙画头，为凤绘首”，不过画错了头，绘错了首。作者不是曹雪芹（曹霑），而是曹頫。这是他的《红楼梦考证》关键的错着，一错百错，所有的解读自然全错。

曹雪芹（曹霑）的“半世”与曹頫的“半世”是截然不同的，曹雪芹（曹霑）的“亲睹亲闻”与曹頫的“亲睹亲闻”也是截然不同的，当然各自经历的那“几个女子”也是截然不同的。

总之，诸多“秘法”都是为掩盖作者的“立意本旨”，为避“文字狱”而设置的。利用“写作秘法”解读《红楼梦》，是解读的重要环节，必须把握住。

下面的秘法，更离奇，更关键。

2.六仿

（1）仿《离骚》

《甲戌本》第一回，畸笏叟有一眉批：

开卷一篇立意，真打破历来小说窠臼。阅其笔，则是《离骚》《庄子》之亚。斯亦太过。（甲·1F·JⅢ0021）

《离骚》最突出的手法是“美女喻君”。“美女喻君”，是屈原表达自己情感的主要手法。

如：屈原在《离骚》中写道：忽反顾以流涕兮，哀高丘之无女。

朱熹在此句下注：女，神女，盖以比贤君也。

又如，屈原还写道：思九洲之博大兮，岂惟是其有女？

朱熹在此句下又注：美女以比贤君。

东汉文学家王逸在其《楚辞章句》中说："离骚之文，依诗取兴，引类譬喻。故善鸟香草，以配忠贞；恶禽臭物，以比谗佞；灵修美人，以媲于君；……"

"美女喻君"，是《离骚》的独特手法，而《红楼梦》中主要人物——"十二钗"全是美女，由此可知，曹頫《红楼梦》中的"女儿"们是有其托言寓意的，"十二钗"是"君"，不是臣，也不是其他人。

但，是哪个朝代的"君"呢？

第五回，作者暗示"太虚"姓秦，根据谐音，即"清"也。

（2）仿《庄子》

畸笏叟说了《红楼梦》既是《离骚》之亚，也是《庄子》之亚。

《庄子》，寓言也。《庄子》手法，经常是以一则小故事引出一个大道理。如《胠箧》，讲小盗撬箱子，中盗抢箱子，而大盗索性窃国，如田成子窃齐国。进而提出预防措施：绝圣弃知。

《红楼梦》中，有多处仿《庄子》手法，正如批语中说："斯也太过"。

第二十一回，宝玉续《庄子》完全是模仿，最后写出一句关键词：戕宝钗之仙姿，灰（毁）黛玉之灵窍。这是绝情（谐音：清）妙招。

这种手法，《红楼梦》中比比皆是，如第二十七回，黛玉葬花，是《红楼梦》中最浓重的一笔。从第二十六回，黛玉细细地长叹一声："每日家情思睡昏昏"开始，接着，因宝玉吟："若共你多情小姐同鸳帐"，引起黛玉恼怒。晚上，恰恰宝钗找宝玉，晴雯迁怒，不给黛玉开门，进一步引起黛玉伤感。践花日，黛玉独步埋香冢，唱出一首千古绝唱《葬花吟》。

这个故事写得感人肺腑，催人泪下。其实作者在这里另有含义，大有深意。第二十七回的一则批语点明要旨：

埋香冢葬花，乃诸艳归源，《葬花吟》又系诸艳一偈也。（甲·27F·ZⅡ1863）

"埋香冢葬花，乃诸艳归源"，曲曲折折两回书，就是为了告诉人们一句话：葬花是喻十二钗的结局——花落人亡。

第十九回，宝玉怕黛玉睡出病人来，编了一个耗子偷腊八的故事。作者又一次仿《庄子》，寓真情，将自己的真实思想，隐藏其中。

满族定都北京后，满、汉两族的思想、文化、习俗等冲突如何处理？这是清代前几位皇帝必须解决的问题，这些问题涉及国策，不能等闲视之。最初，努尔哈赤严禁习汉俗，坚持讲满语，创满文，着满服。但是汉文化源远流长，博大精深，满族人难以抵御，从皇太极开始即注重学汉文化，到康熙时，几乎是全盘继承。

偷腊八故事就是影射其事，黛玉偷香芋，暗写康熙八（1669）年四月十五日，康熙亲率诸王大臣前往太学祀孔。步行进大成门，至孔子位前，行三跪六叩礼。康熙这一祭，将自己列入汉文化的承继者、倡导者，形成满、汉同一文化的假象，手段十分高明。曹頫以一个"偷"字讥讽其事，极为准确，形象。

（3）仿《推背图》

第五回，畸笏有一眉批：

世之好事者，争传推背图之说，想前人断不肯煽惑愚迷，即有此说，亦非常人供谈之物。此回悉借

其法，为儿(几)女子数运之机，无可以供茶酒之物，亦无干涉政事，真奇想奇笔。(甲·5F·JⅢ0205)

《推背图》有许多版本，但无论真伪，都是预测后世朝代，帝王和国家大事的。

曹頫生活在乾隆时代，前六帝是亲闻亲睹者，无须预测(乾隆后半生是预测)。而作者身后六帝却全部是预测。

后六钗隐寓谁？其实曹頫自己也不清楚，探春、湘云、迎春、李纨、惜春、巧姐不过是后六帝的符号而已。当"清王朝"没有结束时，谁也不会知道。今天，当历史车轮驶过后，方才能一一对应。当然这种对应也只是大致而已，请看以下详解：

A、探春，隐寓嘉庆

——游丝一断浑无力

B、湘云，隐寓道光

——云散高唐，水涸湘江

C、迎春，隐寓咸丰

—— 一载荡悠悠

D、李纨，隐寓同治

——桃李春风结子完

E、惜春，隐寓光绪

——独卧青灯古佛傍

F、巧姐，隐寓宣统

——势败休云贵，家亡莫论亲

(4)仿《雍正十二美女图》

"十二钗"的创意奇绝、妙绝。

曹頫在第五回，借警幻仙姑赋说："方离柳坞，乍出花房。"柳坞，胤禛当年在圆明园有个书房叫"深柳读书堂"。书房内有一架围屏，上面画有十二幅美女图。

雍正对这幅《十二美女图》十分喜爱，登基后传旨将图拆下来，又于雍正十年(1732年)传旨将《十二美女图》"着垫纸衬平，各配做卷杆"藏于宫内。

曹頫借用了《十二美女》的形式，另赋予新意。让我们先看看原图：

清音

《十二美女图》分别是:裘装对镜,烛下缝衣,倚榻观雀,倚门观竹,桐荫品茶,博古幽思,捻珠观猫,烘炉观雪,立持如意,持表对菊,消夏赏蝶,观书沉吟。

《赏雪观梅》,其意境在第四十九回“琉璃世界白雪红梅”。

《烛下缝衣》,《红楼梦》中,多次写到宝钗、湘云等做女红的状况。

《消夏赏蝶》,《红楼梦》中曹頫写在第二十七回,“滴翠亭杨妃戏彩蝶”

《裘装对镜》,曹頫在《红楼梦》中,引申为《风月宝鉴》,并借其镜的正面,反面,将一部《红楼梦》写成正、反两读的书。

(5)仿《雍正十二月行乐图诗》

《雍正十二月行乐图诗》全文如下:

正月观灯
一管纤毫旧未呵,待题正月恰正歌。
人生颇喜披袭冷,又被春灯过眼波。

二月踏青
万物将期草木溶,取来蘸取杏花中。
嫌君图卷屈峦少,不会遍山灼灼红。

三月赏桃
天地多情且复苏,寻青踏马意多徐。
相逢就借东君便,一咏一怀正当涂。

四月流觞
诗情新媚更诗余,便伞褶裙总宴如。
群卉也知朝节气,同人缓缓过长居。

五月赛舟
江阁登临颇欲胜,中都子弟冶游成。
盛朝已附屈原老,竞看龙舟载　行。

六月纳凉
就人新署似江南,半蒲烟光嫩不含。
得便画舲听雨去,诗怀夜宿到吴山。

七月乞巧
年光欲看已青青,又渡天孙河鼓星。
我独爱君山藐汉,中原相望所何森。

八月赏月
壮月江潮久不平,何为驱扇画流萤。
我来即是弄潮者,几个中年不靡声。

九月赏菊
天地才生颜色老,人间诗客倍春思。
茱萸一插豪情在,坐久峰峦竟不归。

十月画像
金风待振秋蝉咽,玉露樊笼都唱歇。
谁种无声菊满山,使之涣发于朝野。

十一月参禅
寻山老道韵颇如,笔致萧严待客诂。
既在人间蛰守久,转承意兴竟全无。

腊月赏雪
格物于今又一开,千门万户雪相埋。
题词见冷心情下,已素婴孩何必猜。

《雍正十二月行乐诗》,字里行间显示了一种及时行乐的思想。

曹頫仿其手法,把诗中的种种行乐场面移植到《红楼梦》中,主要有:

观灯,第二十二回,观灯,做灯谜。

纳凉,第三十一回,晴雯撕扇。

赏菊,第三十八回,菊花诗。

赏雪,第四十九回,琉璃世界白雪红梅。

赏月,第七十六回,赏月,凹晶馆联诗。

与雍正不同的是,曹頫笔下不是单纯的行乐,而是融进了他的“本旨”,另有寓意。

(6)仿《雍正行乐图》

《王府本》立松轩有一则批语:……是作者借他人酒杯,消自己块垒,画一幅行乐图,铸一面菱花镜,为全部総评。(LⅠ0712)

这条批语,极为重要,是解读《红楼梦》的一把总钥匙。

“借他人酒杯”,借谁的酒杯?酒杯又指什么?

立松轩没有指明,我来告诉你,作者是借《雍正行乐图》来写《红楼梦》的,不过《雍正行乐图》是图画,《红楼梦》是文字。《雍正行乐图》中雍正以百变之身入画,《红楼梦》中,曹頫同样让雍正以“百变之身”入书。

《雍正行乐图》作者风行者,作于雍正生前,记录了雍正的日常生活和业余爱好,雍正对此爱不释手。有:

汉服写作;汉服观书;汉服观莲;汉服抚琴;树下弹琴;树舟泛海,攀山,泉边听瀑,垂钓,炼丹,戏猴等等。雍正将自己打扮成书生,道士,农夫,猎人,隐士,伎人,渔夫,喇嘛,洋人等各种身份入画,共有50幅。

笔者选了一些有代表性的图,请观赏。

根据立松轩:“画一幅行乐图”(府·54F·LⅠ0712)的批语,我们明白了《雍正行乐图》与《红楼梦》之间的内在联系,前者是绘图《行乐图》,后者是文字《行乐图》。

这样看《红楼梦》,雍正就是第一主角。

且看《雍正行乐图》中

雍正:汉服观书,满服赏梅,池边观莲,竹下抚琴,树舟渡海,荒野行者,风雨孤舟,道士修道,呼风唤雨,洋装猎虎,秋风秋雨,弯弓射鸟,崖边观潮,深山修炼,雨中垂钓,农夫濯足,树下戏猴,田园生活,江边啼送,金发洋装等。

曹頫因《雍正行乐图》产生灵感,好啊!你喜欢以“百变之身”入画,我的《红楼梦》也让你以“百变之身”入书。

但是,芸芸众生,谁隐雍正呢?

《红楼梦》中有九百多人物,《雍正行乐图》有五十幅,按曹頫仿《雍正行乐图》创作,会不会也是五十身?

曹頫没有留下答案,只能靠我们自己探索了。还有谁隐,谁不隐也得靠我们一个一个地探索。笔者已经探索了六年,仍然把握不准。试解如下:

1.贾雨村

出现在第一、二回中,一个卖字书生,后侥幸成为主子。一个说假话、说村言粗语的人。

2.封肃

第一回,甄士隐败落后前去投奔岳父封肃,立松轩在此批道:风俗。(府·2F·LⅠ0034)

由此可知,封肃,谐音“风俗”。风俗,这里指行为不端。

雍正二年,雍正曾责骂李煦、曹頫:“你们向来风俗惯了……”

曹頫在《红楼梦》中,以眼还眼,以牙还牙,调侃道:你才是风俗。

3.王熙凤

“十二钗”序列中排名第五位,第三回中作者用“掉稍眉,三角眼”,写像追形。

4.薛蟠

一个皇商,纨绔子弟,第四回中强抢英莲,打死冯渊,一走了之。

5.板儿

第六回中,王成,一个家业萧条者,生有一子,小名板儿,又生一女,名唤青儿。

“板儿”,“青儿”在这里是诠释“王成”,意即最后一位,属“清”一支。

板儿随刘姥姥一进荣国府,躲在人背后,百般哄他出来作揖,他死也不肯。

第三十九回,板儿随刘姥姥二进荣国府,写道:那板儿仍是怯人,不知问候。

这很可能是当年胤禛到达江宁织造时的真实记录。

6.刘姥姥

一个农村老太太,以粗鲁显形。

第四十二回,根据黛玉提议:“昨儿母蝗虫不画上,岂不缺了典?”刘姥姥是《行乐图》人物。

7.茜雪

第八回中,因将宝玉的枫露茶给李奶奶喝了,被宝玉撵了出去。这是反笔讽刺那些不尊重奶母的人,谁呢?自然是雍正。

8.金荣

第九回中,一个拨弄是非的学子,“金”,“清”之前身,荣,雍之谐音。

9.贾代儒

第九回一位私塾教师。

暗写雍正二年，雍正下旨：左右两翼官学各立一满学一汉学，并月给银、米、纸、笔、墨诸物。

10.贾敬

一个炼丹道士。

雍正死后，谥号为：敬天昌运建中表正文武英明宽仁信毅睿圣大孝至诚宪皇帝。贾敬，取其第一字。

老舍先生，霍国玲、霍纪平姐弟都有相同看法。

11.贾珍

贾府族长，珍，胤禛，“禛”之谐音。

12.贾蓉

蓉，雍之又一谐音。

13.四儿

第二十一回，讨宝玉喜欢的丫鬟，“四”，雍正在兄弟中排行第四。

14.多官、多混虫

一个极不成器的厨子，作者塑造这一人物，回应雍正“原不成器”批语。

15.贾芹

第二十三回，贾芹的母亲求了求王熙凤，为贾芹找了一份工作，即照看小沙弥，小道士，这是暗示雍正重佛重道。

16.贾琮

第二十四回，一个黑眉乌嘴的小孩子，根据“本旨”是作者在责骂。

17.贾芸

第二十四回，出现的一个种树种花人。

贾芸，甘当宝玉的干儿子，暗隐当年胤禛未登基前种树种花，韬光养晦。

18.卜世仁

根据谐音即“不是人”。作者显然在骂一个人，这个人与他仇恨极深，毫无疑问，他就是雍正。

19.小红

第二十四回，小红出现颇为费解，但根据其“一里一里地上来了”暗示，她隐寓雍正。

20.赵姨娘

一个心术不正的小妾，第二十五中，伙同马道婆一心想害宝玉者。

21.马道婆

第二十五回中，五鬼魇魔害宝玉者，雍正生于1678年，马年，属马。五鬼，“五”雍正在“清”帝王系列中排第五位。

22.张道士

第二十九回中巴结宝玉，利用为宝玉提亲，离间宝玉、黛玉关系者。

23.贾蔷

第三十回中，龄官划蔷，恰恰是十八画，同于雍正，这不是巧合，是作者精心安排的。

贾蔷管理着一帮戏子，逢场作戏。

24.贾政

道貌岸然的官宦，第三十三回毒打宝玉者。

25.贾环

心胸狭窄的庶子，以蜡灯油烫宝玉的脸，第三十三回向贾政进谗言者。

26.渺渺真人（跛足道人）

第二十五回，凤姐、宝玉被魇魔，粗读此回，都认为是一僧一道来拯救的，其实不是。是一僧相救。

请看：那僧笑道："你今且取他出来，待我们持诵持诵，只怕就好了。"

那和尚接了过来，擎在手上，长叹一声道："青埂峰一别，展眼已过十三载矣！……"

接着，吟道："……沉酣一梦须醒，冤孽偿清好散场。"

言外之意，冤孽还没有偿清，你们怎么能散场呢？

凤姐、宝玉同被魇魔，但表现不一样，凤姐是持刀行凶者，宝玉是受制者，这种状况，脂砚斋特意点明：僧因凤姐，道因宝玉，一丝不乱。（甲·25F·ZⅡ1733）

这句话应该理解为：凤姐因僧人而魇魔，宝玉因道人而魇魔，雍正元年—雍正五年，雍正，曹頫都身不由己，好像都处在魇魔之中。

27.傅秋芳

第三十五回，一个嫁不出去的老姑娘。当媒人来到后，宝玉装出一副痴傻样子，迷惑对方。

28.茗玉

第三十九回，刘姥姥二进荣国府，讲了一个故事，别人不当回事，宝玉却追根究底，让茗烟去寻找茗玉的庙，最后，茗烟告诉宝玉：是"青脸红发的瘟神！"

29.贾赦

第四十六回，贾赦想娶鸳为妾，遭拒绝，暗示：情断情尽。后边，夺石呆子古扇也是他。

30.宝琴

第五十一回中，贾母提出令惜春画入画中，宝琴，《行乐图》中人物。

31.岫烟

一个家境窘迫者，不得不以典当度日。

32.李绮

投奔李纨者。

33.李纹

投奔李纨者。

34."真真国"女儿

一个外国女子，一头金发，《雍正行乐图》中形象。

35.坠儿

第五十二回，平儿告诉麝月：金镯子"是坠儿偷起来的"，怡红院中的偷金者。

36.良儿

平儿说："那一年有一个良儿偷玉……"怡红院中的窃玉者。

37.五儿

第六十回，作者写了一个想入怡红院的少女——五儿，想入怡红院，但不得进入。"五"雍正帝位序号"五"。

38.芳官

第五十八回开始，宝玉拿她开涮，反复改名，作践她。

39.柳嫂子

一副势利眼。

40.麝月

开到荼蘼花事了，三春结束者。

41.尤三姐

始乱终弃，警幻中人，"来自情天，去由情地"者。

42.兴儿

一个自抽嘴巴的小厮。

43.傻大姐

贾母粗使丫头，不识情者。

44.茗烟

宝玉贴身小厮，为宝玉所驱使。根据第十九回立松轩批语可知，茗烟也属于“魔”一类。如：“入于魔而不悟甘心堕落，且影出诸魔之神通，亦非泛泛有势不能轻登彼岸之形。”(府·19F·LⅠ0439)

45.秋桐

第六十九回，逼死尤二姐的帮凶。

46.胡君荣

第六十九回，为尤二姐打胎者。

47.薛蝌

第五十回，贾府突然间来了许多亲戚——四个女孩儿，一个薛蝌，笔者认为这是为了使文章更加绚丽多姿，更为了凑齐雍正五十身，而增写的。

薛蝌出现，有一段与岫烟联姻的事，第五十七回，作者借此大讲缘分。

48.王善保家的

查抄大观园的执行人。

49.傻大舅——邢德全

第七十五回，讲他：“只知吃酒赌钱、眠花宿柳为乐，手中滥漫使钱”，作者借他之口贬责邢夫人：“若提起‘钱势’二字，连骨肉都是认不得了。”

50.王一贴

第八十回，一个卖膏药哄人的人。

曹頫《红楼梦》中的雍正形象，比《雍正行乐图》中的雍正形象更丰富多彩，更富多样性，男女老少，三教九流应有尽有，真正体现了曹頫的“游戏笔墨”。

《红楼梦》中隐寓雍正最主要的是“王熙凤”，从始至终。此外，贾政、薛蟠贯穿全书，其他的人则是在不同场合，不同时段，用之则来，挥之即去。

有的只露一次面，如金荣、贾琮、傻大姐等。打一枪换一个地方，让你找不到枪手。

曹頫这么做，总的构思、根据是仿《雍正行乐图》，同时也有其他依据，让人从联想中看出来。主要根据：

1.谐音秘法，如：凡谐“雍”字，“正”字，“禛”字者；

2.某一方面与雍正相关者，如排行数，帝位序号，事迹，属相等；

3.凡属调侃，讽刺，贬责，揭露者，凡属“指奸责佞贬恶诛邪”者，此类人物大都是干龌龊事的龌龊者。

《红楼梦·楔子》中，作者借空空道人之眼看到了书中的“指奸责佞贬恶诛邪”之语，这八个字是专门针对雍正的利剑，是秉刀斧之笔实质所在。

《红楼梦》一书中，雍正五十个化身即是五十面靶子，呼来唤去，左右逢源，或指或责或贬或诛。妙的是“大清”当局竟然看不出来，让曹頫躲过了一场“文字狱”。

曹頫全方位地无情地揭露了雍正的阴险、毒辣、处心积虑的害人本质；对雍正进行了入木三分的讽刺、调侃；用绵里藏针的手法对其进行鞭笞。

雍正一生有以下特点

心理特点——善用心机；

形象特点——“三角眼”“掉稍眉”；

性格特点——虚伪、阴险；

习惯爱好——喜欢为人写匾；

身世特点——庶出，排行第四，清代序列第五帝；

政坛恶绩特点——害人；

继位前，韬光养晦——营造圆明园，栽花种树；

处理过的案件——“清风不识字”案等等。

曹頫抓住以上特点，在不同的隐寓者身上大做文章，一部《红楼梦》中，俯拾皆是。曹頫这样做，对不对？

有人认为：《红楼梦》是借此报复，是一泄私愤，不是的！曹頫早已跳出了这个狭隘圈子，立足历史的高度，从“圣贤齐治，世道兴衰”的角度来考虑问题，他一再声明：此书是“救世之溺”。

况且，从历史的实情来看，雍正确实将“大清”王朝带进快速衰亡期，将中华民族带进了历史低谷，坠入半封建半殖民地社会。从1840年至1945年，是中国历史上最黑暗的社会。仅此，雍正就是中华民族的千古罪人，应该清算。

三、曹頫的三十六计

曹頫在写作秘法中还使用了兵法策略——三十六计。

曹頫仅以一支笔独身一人与“大清”王朝作战，焉能不用兵法？

1.美人计

《红楼梦》中塑造了一大群妙龄少女，深深迷陷了“大清”当局，致使一部《清鉴》在清廷眼皮之下风行天下。

2.走为上计

1762年（壬午）后，曹頫的《红楼梦》已写出八个版本，并以脂砚斋名誉写下四个批次的批语，曹頫着手实行：“三十六计，走为上计”策略。

他先让作者去世：壬午除夕，书未成，芹为泪尽而逝。（甲·1F·JⅢ0033）

接着，中止以砚砚斋名批书，1767年（丁亥），郑重其事地写道：

前批知者聊聊，芹溪、脂砚、松斋诸子皆相继别去。今丁亥夏只剩朽物一枚，宁不痛杀！（庚·12F·JⅣ0002）

此后，制作《王府本》时，再次说：

噫！作者已逝，圣叹云亡。愚不自谅辄拟数语，知我罪我，其听之矣！（府·54F·LⅠ0712）

曹頫声明《红楼梦》的作者已去世了，批者也亡故了，走得干净利落，实在高明。

3.瞒天过海

批语中,我们看到多处写有“瞒”字字样,如:

作小儿语,瞒过世人亦可。(甲·3F·ZⅡ0256)

今写黛玉,神妙之至,何也?因写黛玉,实是写宝钗,非真有意去写黛玉,几乎又被作者瞒过。(甲·4F·ZⅡ0361)

四字是极。不好却是极妙,只不要被作者瞒过。(甲·5F·ZⅡ0370)

又用讳人语瞒着看官。己卯冬夜。(甲·20F·ZⅣ0297)

笔者粗略统计,全部批语中有30多处有“瞒”字,批语就揭示了曹頫的策略:瞒天过海。

4.暗度陈仓

前边畸笏叟的写作秘法中就有:明修栈道,暗度陈仓,(甲·1F·JⅢ0020)

明着写“情”,暗中写“清”;明写“女儿”,暗写“清帝”。

5.欲擒故纵

《红楼梦》中对王熙凤就是这种策略,王熙凤是曹頫口诛笔伐的对象,但书中却故意写得他聪明能干,尊重贾母,亲近宝玉,又是戏彩斑衣,又是为宝玉、黛玉说和。

以上是“纵”,全书笔调却是“擒”。

6.擒贼擒王

曹頫深知这个道理,《红楼梦》中,利剑所指,只有雍正一人,但因雍正的百变之身,显得烽烟四起。

7.浑水摸鱼

曹頫浑水的做法与人不同,他把所有的清帝都比作姑娘,少妇,都是嫩柳娇花,一个个楚楚动人,让人着迷。

但,美艳中透出衰落,必亡,完成他的目的。

8.指桑骂槐

这是曹頫的看家本领,你看他骂阿凤,骂薛蟠,骂贾珍,骂贾琮,贬金荣,贬多浑虫,戏弄刘姥姥,调侃贾赦……

其实都是指桑骂槐,直指雍正一人。

9.假痴不癫

此法主要用于宝玉身上，宝玉痴情痴到甘为丫鬟充役的地步。从一岁抓周，到湘云打落他手中胭脂，到紫菱洲吟诗叹迎春。

其实，这只不过是作者借“痴”大做文章而已。一句：“都云作者痴，谁解其中味？”就是最好的注解。

10.苦肉计

曹頫为了形象地再现当年自己罹难的情景，不惜使用苦肉计，第三十三回，被贾政毒打一番。

这一计，不仅使书中人物贾母垂泪，也使书外读者天下有情人人人掉泪，产生了对贾政的怨恨，起到了震撼作用。

11.连环计

为了隐藏《红楼梦》所写内容的朝代，但又想让人看出来，曹頫为此煞费苦心，绞尽脑汁。先是用谐音法：青埂峰，后又用“文献典籍”蕴意法：北邙山，地陷东南等。还有甄士隐，也是羲皇上人。

为点明正笔正文的起始时间，第二回先说黛玉“年方五岁”，后又说：“堪堪又是一载光阴”，第三回通过黛玉之口说：“这位哥哥比我大一岁”，由此判断出宝玉此时七岁。

此后，必须探明黛玉，宝玉的隐寓，然后再从历史中追踪蹑迹，二玉初会，乃是康熙第五次南巡，至此才能弄明白，正笔正文起始时间为：1705年4月。

这个连环计，精彩极了，世上罕见。

12.反客为主

《红楼梦》主角是“十二钗”，这从《楔子》曹雪芹题写的书名可知，宝玉是配角，但是曹頫为了掩饰“十二钗”主角，反客为主，将宝玉伪装成主角，大约从1752年《列藏本》起一直到1768年坚持用《石头记》做书名，以给人《石头记》主要是写宝玉的印象。

直到1784年，曹頫最后一个版本时，才恢复《红楼梦》的书名。

除上述计策之外，还有：声东击西，借刀杀人，无中生有，笑里藏刀，金蝉脱壳，偷梁换柱等都不同程度用过。

三十六计使《红楼梦》成功地躲过“文字狱”，传播于世，并成为中华民族的经典巨著。

曹頫的三十六计，功不可没。

第六章 《红楼梦》“奇异文笔”探析

曹頫著《红楼梦》，由于采用了隐蔽自己的策略，同时深藏了“本事”、“本旨”，加上诡秘的内在结构，隐蔽的写作秘法，从而形成了他独特的罕见的奇异的文笔。

《红楼梦》成书，曹頫对自己的文笔特点，在第二回回前毫不隐晦地说：

此一回则是虚敲傍击之文，笔是反逆隐回之笔。（列·2F·ZⅠ0018）

首先，我们需搞清楚曹頫奇异的“文笔”有哪些？

一、奇异“文笔”汇集

1.游龙笔

《甲戌本》第六回回后，脂砚斋批道：

借刘妪入阿凤正文，送宫花写金玉初聚（作）引，作者真笔似游龙，变幻难测，非细究至再三再四不记（计）数，哪能领会也，叹叹。（甲·6F·ZⅡ0584）

“笔似游龙”，我们可称之为：游龙笔，这是曹頫独有的奇笔，特笔。

绘画中有一种神笔，叫“点睛之笔”，画龙点睛之后，能破壁腾飞，但这只是传说而已。

曹頫的“游龙之笔”却神通广大，堪称文章中的神笔、奇笔。

它具有三大功能：

其一：超越时空，纵横千里。

这支笔在1616年—1912年间任意穿梭，在东北—北京—南京之间任意驰骋。

其二：变化莫测。

这支笔可以任意变换，一会儿是实笔，一会儿是虚笔，一会儿特犯不犯笔，一会儿又是云龙作雨之笔，一会儿是荒唐笔，一会儿又是刀斧笔，笔者汇集了20多种。

其三：链接一切。

它能将现实与梦幻，古往今来，天南地北的事链接在一起。

“笔似游龙”，或飞腾云天，或潜入水中，或云或雨，或风或电。如第七回，曹頫那支笔先是在乾隆时代，借宝钗与周瑞家的对话，喻乾隆需冷静。接着借送宫花，一支笔穿越了大清后六帝中探春（嘉庆），迎春（咸丰），惜春（光绪），李纨（同治）四朝。曹頫让观者看一下他们在干什么，当然重点是看看王熙凤在干什么，王熙凤正忙着白日淫媾。接下来，进入康熙（黛玉）朝，康熙还是那么挑剔，尖刻。这支笔纵游整个大清王朝后，最后落脚点回到努尔哈赤时代——秦可卿、秦钟，这是第七回——第十六回重点写作内容。

短短一回文字，曹頫的这支游龙笔，穿行了296年，从北京回到辽沈。小说中从来没有过这种笔大如椽的游龙之笔。

而且“文笔“又千变万化，层出不穷，因此，《红楼梦》中的每一句话都需要仔细判断“它”属于哪一种“文笔”。

这就明白了,为什么脂砚斋强调“非细究至再三再四”,以至不计数,否则不能领会。

2.荒唐笔

《红楼梦》第一回,当作者写道:“说起根由,虽近荒唐,细谙则深有趣味。”脂砚斋批道:自占地步。自首荒唐,妙。(甲·1F·ZⅡ0001)

同时,第一首标题诗第一句就是“满纸荒唐言”,可见,《红楼梦》的荒唐,是其一个重要特色,但“荒唐”到什么地步,却是人们想象不到的。当然《红楼梦》中的荒唐主要是指其反面,隐寓内容。如:

A、时空错乱

“大清”296年间的事,前后交杂在一起,死去的、未生的同居一室。南京、北京相混,一会在南,一会在北。

B、伦理杂乱

贾府的父子、夫妻、姊妹等,全是掩人耳目,其实是假的,如贾政同宝玉,其实是影射雍正与曹頫,王熙凤与宝玉也是影射雍正与曹頫。

C、主仆倒置

现实中多尔衮是正白旗旗主,是主子,曹家是其下属,是仆。但在《红楼梦》中,却颠倒了,宝玉是主子,袭人反是奴婢。

D、男女无别

在绛珠幻化为女子时,脂砚斋批道:“本无男女别”。事实也正如此,美女喻君,十二钗隐寓是“大清”十二帝。在作者眼中,要的是“事体情理”,为了掩饰“本旨”,故意把男子写成女子。

E、年龄似有而无

296年间事缩于十几年间,年龄已经毫无意义,所以书中黛玉年龄或大或小,大姐儿一直长不大。

综合起来看更是荒诞不经,如第三回,黛玉入府,“本事”影射1705年康熙第五次南巡,这一年,康熙已经52岁,而黛玉方六岁,康熙是一代皇帝,曹頫尚是一个顽童,康熙是一男子汉,但在曹頫笔下却让他幻化为一个小女孩,更奇特的是二人还产生恋情。

黛玉年龄设为六岁,为的是保证曹頫年龄写真——七岁。

康熙设为女子,是为了明笔写“情”,暗笔写“清”。

写情,自然是恋情。

当明白了作者“自首荒唐”之意后,解读中遇到这些荒唐事就不必大惊小怪了。

至于方位更是忽东忽西,如此等等,多不胜数。

赵同的《颠倒红楼》,就挑出许多毛病,那些问题作者实不放在心上。

我们都看过毕加索的画,人体各部位都错乱不堪。今天看《红楼梦》也要这样看。

作者说了:读者看书,只取其“事体情理”就行了,其他的不要过多追究。

3.游戏笔

第一回作者写:“如今大施佛法助你助,待劫终之日,复还本质,以了此案。”脂砚斋批道:
妙!佛法也需偿还,况世人之偿乎。近之赖债者来看此句——所谓游戏笔墨也。(甲·1F·ZⅡ0005)

这里脂砚斋指出了曹頫"文笔"的又一个特点:游戏笔墨。

"游戏笔墨"首先,这是曹頫创作时的一种心态,玩一把。

其次,他将《红楼梦》编写成一部罕见的奇书——三维式立体结构;一部神秘莫测的谜书——连环大谜。

这一切,原是为了逃避"文字狱",并不是有意难为读者。

一部《红楼梦》由几个大谜和无数小谜构成,特别是几个大谜环环相扣,如同九连环,一环解不开,均解不开。

笔者梳理后发觉恰好是九个大谜:

(1)作者问题;

(2)批者问题;

(3)版本真伪、源流问题;

(4)著书策略问题;

(5)"本旨"问题;

(6)内在结构问题;

(7)写作秘法问题;

(8)"文本人物"与"历史人物"链接问题;

(9)"幻笔幻文"与"本事"链接问题。

九个大谜,一旦冰释,一部《红楼梦》就昭然若揭了。

4.刀斧笔

第五回,在"宿孽总因情"句下,脂砚斋批道:

是作者菩萨之心,秉刀斧之笔,撰成此书,一字不可更,一语不可少。(甲·5F·ZⅡ0463)

脂砚斋的批语,含义往往是深邃难测,让人一时弄不懂他的真实意思,只有当《红楼梦》彻底解读后,才能恍然大悟。

"具菩萨之心,秉刀斧之笔"是曹頫创作《红楼梦》时的一种心态,"秉刀斧之笔",无疑是讨伐,"具菩萨之心",则又是一个软心肠。显然是是矛盾的。

这要从曹家发家史说起,曹家是随着清王朝的崛起而发家的,到雍正时衰落。因此,曹頫著书不得不兼顾这两种情况。

但事实上"具菩萨之心,秉刀斧之笔",前一句是掩饰之词,后一句才是实质。

如对努尔哈赤的评价,一个字"孽"。准确地、形象地概括了他的一生,彰显出他屠杀汉民,奴役汉民的本质。显示出曹頫笔如刀锋,功底深厚。

曹頫"秉刀斧之笔"锋芒所向有三:

(1)努尔哈赤

(2)雍正

(3)大清灭亡

全书重点雍正身体内。为此,作者让多人隐寓雍正,有未登帝位前的,有晚年的,闺阁中的,社交场合中的等等。纵览全书,如将讨伐雍正的内容汇集起来,就是一篇杰出的《讨雍正檄文》。

5.谐音笔

此法脂砚斋、畸笏叟都没有直接揭穿,但多处以标注法予以揭示。如第一回当甄士隐出现后脂砚斋有两批——

真。(甲·1F·ZⅡ0026)

托言将真事隐去也。(甲·1F·ZⅡ0028)

甄士隐,真事隐也,完全是谐音法。

谐音法,主要是掩饰"清"之"清","雍正"之"正","胤禛"之"禛"等字。

识别谐音有助于准确理解文本,如"十二花容色最新,……家住江南本姓秦"中的"秦"字,根据谐音秘法,当是"清"。

6.梦幻笔

《红楼梦》全书非梦即幻,而"梦幻"则是作者掩饰"本旨"、"本事"的假象笔,因此,看《红楼梦》,必须学会透过现象看本质。

如"十二钗",系十二位美女,这是梦中、幻中景象。不识"梦幻"者,沉溺于美艳之中,如贾瑞一样不可自拔。一旦识破"梦幻",看到的却是另一番景象——大清兴衰。

沉溺文本,就是沉溺梦幻,其结果必然失其"本旨",所以立松轩斥其为"大罪过"。

7.瞒人笔

第十九回,袭人谏宝玉,宝玉说:如今再不敢说了。脂砚批道:

又作是语,说不得不乖觉,然又是作者瞒人之处也。(甲·19F·ZⅡ1410)

作者"瞒人之处也",点明,作者这样写是言不由衷,不是心里话,是另有所指。

读书求仕,是古代读书人的正道。曹頫得官是承袭,失官是获罪。曹頫对读书求仕已经心灰意冷,并持反对态度,因此对读书的态度一反常态,处处贬责、批驳。这才是曹頫对读书问题的真实态度。

8.多意笔

一笔多意,是曹頫文笔的特殊功能。

畸笏叟有一批云:

小说中,一笔作两三笔者有之,一事启两(三)事者有之,未有如此恒河沙数之笔也。(甲·7F·JⅢ0225)

恒河沙数,四笔、五笔、六笔……,不计其数也。

如:甄士隐,有几重含义?

A、根据谐音,是说《红楼梦》中隐藏着真事,等于是作者的公告;

B、从楔子行文看,隐寓着一个人,他就是李煦;

C、他还是"羲皇上人",标示着《红楼梦》的朝代年纪;

D、甄士隐作为"楔子","以物引物"暗示《红楼梦》的主人公"宝玉"将和他一样的命运;

E、"士隐小荣枯",对应着"十二钗大兴衰",具有史笔特点。

9.隐寓笔

《红楼梦》中重要人物,均有隐寓,如十二钗、宝玉、晴雯、袭人、香菱等。此外,贾敬、贾政、薛蟠、刘姥姥、平儿等也有隐寓。看不准隐寓,就看不明白写在他们身上的事。

如第三回黛玉入府,不知黛玉隐寓谁,就不知黛玉入府写的是什么事。

隐寓笔在《红楼梦》中具有相当大的分量。

10.无闲文泛笔

第二十回,当作者写到李嬷嬷时,畸笏叟批道:

特为乳母传照,暗伏后文倚势奶娘线脉,《石头记》无闲文并虚字在此。壬午孟夏,畸笏老人。(庚·20F·JⅠ082)

此批前一句是假,后一句是真。

《红楼梦》写乳母,不是闲文虚字。乳母现象是清代皇室特有的一个现象,清代皇子一出生就有10~20个乳母服侍,皇子长成后,特别是成为帝王后,乳母子孙、丈夫大都飞黄腾达,成为官场上的一道显眼的风景线。

曹頫的祖母孙夫人曾为康熙的乳母,但雍正却忘恩负义。《红楼梦》中玉玉对李嬷嬷的态度是讽刺雍正忘恩负义。

每一笔都有含义,闲笔不闲。

这个提示告诉我们,看《红楼梦》不要把作者的"重笔"当作"闲文"轻轻抹去。如第十五回,秦可卿丧葬途中,宝玉带秦钟看二丫头纺线。初看,仿佛是随笔带出,细思却是作者"重笔"。"二丫头纺线",在那里见过?

在第五回宝玉梦中巧姐的图上:荒村野店"一美人在那里纺织"。"二丫头纺线"是又一次皴染,秦钟,谐音"清终",宝玉在暗示秦钟,这就是"大清"的最后结局:——平民化,也就是说你们的朝代将灭亡。

11.写形追像之笔

第三回,写到王熙凤的眉目时,畸笏叟批道:

试问诸公,从来小说中,可有写形追像至此者。(甲·3F·JⅢ0162)

"写形追像",这是明告观者,是此人的真实面貌,如三角眼,掉梢眉,正是雍正的面目。

真实笔,偶尔有之,在世人想象之外。

12.史笔

第十三回回前,《靖藏本》有一条独出批语:

秦可卿淫丧天香楼,作者用史笔也。(靖·13F·ZⅢ0013)

脂砚斋公开告诉人们:这里面的事与历史相关。如秦可卿悬梁自尽,就是以努尔哈赤的大妃阿巴衮为原型写的。故脂砚斋说：史笔也。

13.特犯不犯之笔

第十八回，当作者写到元妃轿内舟上所见时，畸笏叟批道：

《石头记》贯(惯)用特犯不犯之笔，真令人警心骇目读之。(庚·18F·JⅠ0071)

"特犯不犯"，是一句隐语微词，也是一句龙无首、凤无头句，特犯什么，不犯什么？让人不知所指。元妃轿内、舟内所见，正是当年康熙目中所见，是真实场景，故有"警心骇目"之句。

看着是特笔，但又看不出是犯笔。

14.双歧岔路笔

第七回，周瑞家的找王夫人回话，因王夫人室内有人，便去了里间。这时脂砚斋批道：

总用双歧岔路之笔，令人估料不到之文。(甲·7F·ZⅡ0590)

此批抖出一个"双歧岔路之笔"，这种笔法在《红楼梦》中随处可见，如第六十四回，前边写了贾敬之死，后边却写《五美吟》。初看，两不相关。中间，宝玉一会儿去看凤姐，一会儿躲开黛玉祭祀，一会儿又猜测黛玉祭祀为何，这就是用的"双歧岔路之笔"。有意让你割断前后联系，让你觉得《五美吟》同贾敬之死无关。其实《五美吟》正是为贾敬之死而写。(详见另文)

15.倒置笔

颠倒关系，是曹頫常用手法，宝玉同袭人，书中宝玉是主子，袭人是奴婢。可现实中恰恰相反，多尔衮是正白旗旗主，曹家是属下。这也是曹頫荒唐笔之一。

《红楼梦》中写黛玉还泪，黛玉的隐寓者康熙早已去世，书中之泪，实际是曹頫之泪，是曹頫在还泪，不过是借黛玉表达罢了。

黛玉的三首手帕诗，不是黛玉之诗，而应该看作是宝玉之诗，实质表达式的是曹頫的情感。

所以，立松轩批语中说：不要作念死书之子。

16.追踪蹑迹之笔

第一回中，"石头" 回答空空道人说："至若离合悲欢，兴衰际遇，则又追踪蹑迹，不敢稍加穿凿……"

"追踪蹑迹"，这是一句真话，《红楼梦》中的人与事，情节与语言，俱蕴涵着现实中人物和事件的踪迹，没有一点妄笔。特别是前六钗，均是曹頫亲睹亲闻者。

如第三回黛玉入府，第十八回元妃省亲，均隐藏着康熙踪迹。

17.隐语微词之笔

第八回，回末联写道：早知日后闲争气，岂肯今朝错读书。畸笏叟有一批云：

这是隐语微词，岂独指此一事哉。(甲·8F·JⅢ0250)

微词,真意隐微不显,另有寄托之词。畸批已经说明:岂独指此一事哉!

不单指读书,除了读书还指什么事?显然是指后世衰亡,这是警示清廷:早知要衰亡,何必操劳费心。

《红楼梦》中"隐语微词"随处可见,如"葬花","沁芳","怡红"……

18.云龙作雨之笔

第五回,宝玉梦中喊"可卿救我!"秦氏纳闷道:我的小名,这里没人知道。脂砚斋批道:

云龙作雨,不知何为龙,何为云,何为雨。(甲·5F·ZⅡ0479)

宝玉一梦,扑朔迷离,二百多年来,谁也看不出作者写的是什么,让人陷入迷魂阵。脂批再这么一解,更是烟笼雾罩,不知所云。

曹頫这种文笔,造成雾里看花、影影绰绰、扑朔迷离的效果,弄不清他到底写的是什么。如:用秦氏入梦,又用秦氏出梦,有什么含义呢?正如脂批所说:

此梦文情固佳,然必用秦氏引梦,又用秦氏出梦,竟不知立意何属。惟批书人知之。(ZⅡ0528)

"惟批书人知之。"普天之下只有一个人知道,他就是曹頫,而曹頫已逝,谁还能知道?

可见解读之难。

19.虚陪笔

第五回,作者写道:"痴情司、结怨司、朝啼司、夜怨司、春感司、秋悲司"时,脂砚斋批道:

虚陪六个。(甲·5F·ZⅡ0406)

这是针对"薄命司"而言的,七个司中作者为了突出"薄命司"虚陪了六个。显然前六个是虚笔,只有"薄命司"是实笔。

阅读《红楼梦》辨识虚笔、实笔十分重要,虚笔,不必看重,实笔却要认真对待。

20.千皴万染笔

畸笏叟披露写作秘法时说:

……背面傅粉,千皴万染诸奇,书中之秘法,亦复不少。(甲·1F·JⅢ0020)

"千皴万染"笔,即是反复出现、反复皴染之意。《红楼梦》中,最明显的是"十二"这个数字,出现频率最多,有数十次之多。

其目的是要引起读者注意,深思,剖析其含义。

如:"十二",这是作者判断"大清"帝国运终数尽之数,看不出作者这个含义,就不了解作者"皴染"用意何在。

21.反衬笔

第三回,当宝玉即将出现时,黛玉有一段心理活动,听母亲说过,这个表兄衔玉而诞,顽劣异常,极恶读书。

此处有一段朱眉批:

这是一段反衬章法。黛玉心用猜度蠢物等句对着去,方不失作者本旨。(甲·3F·JⅢ0173)

反衬章法，为彰显下文，故意将宝玉说成“顽劣异常”。

后，黛玉见宝玉：“面若中秋之月，色如春晓之花”，不由得大吃一惊。还有：“天然一段风骚，全在眉梢。平生万种情思，悉堆眼角。”

作者用反笔衬托宝玉，越显得清秀钟灵。

22.千钧之笔

第三回，当贾母见到黛玉时，不由得：心肝儿肉叫着大哭起来。在此句下，脂砚斋批道：

几千斤力量，写此一笔。（甲·3F·ZⅡ0159）

曹頫写书时，康熙已经去世二十多年，这些年来，曹頫对康熙的怀念越来越深。这一句话，是曹頫二十多年来对康熙思念的大爆发，不由得放声大哭起来。

真情实感凝聚于笔端，所以有几千斤力量之说。

23.奇文奇笔

脂砚斋、畸笏叟许多批语中有“奇文”、“奇笔”字样，如：

第二回，赤瑕宫故事中，绛珠仙子说：他既下世为人，我也去下世为人，但把我一生所有的眼泪还他，也偿还得过他了。

畸笏批道：

观者至此，请掩卷思想，历来小说可曾有此句千古未闻之奇文。（甲·2F·JⅢ0044）

又如第五回，说起宝玉，众仙女说：何故反引这浊物来污染这清净女儿之境。

脂砚批道：

奇笔摅奇文。作书者视女儿珍贵之至，不知今时女儿可知？……（甲·5F·ZⅡ0431）

笔者感觉到凡批“奇文奇笔”处，均有文章可作，如前批“还泪”之说，谁还泪？后批“女儿”，是真正写“女儿”吗？凡这些地方，都需要认真思付，认真推敲。

凡是“奇文奇笔”，都是提示我们：要留心，要注意。

24.正文正笔

第三回，宝玉、黛玉初次见面，两人均有一种感觉：好生奇怪，到像在哪里见过。

脂砚斋批道：林、宝本系前缘，故眼熟，其事若奇。而在书到其正文也。（靖·3F·ZⅠ0100）

结合其他脂批“此回亦非正文”（指第一、二回），第三回开始，是正笔正文。

当作者写道：且说黛玉自那日弃舟登岸时，脂砚又批：

这方是正文起头处。此后笔墨，与前两回不同。（甲·3F·ZⅡ0154）

畸笏叟也有一批：上半回已终写仙逝，正为黛玉也，故一句带过，恐闲文有防正笔。（甲·2F·JⅢ0126）

“幻笔幻文”中出现“正笔正文”，如何理解？

笔者研究发现，所谓“正笔正文“，是曹頫亲睹内容，一生中亲身经历的人和事。也是神瑛宝玉那一时段的人和事。具体地说，就是1705年4月（康熙第五次南巡）—1751年（乾隆题写“神瑛”那年），这是书中最重要的内容。

二、曹頫奇异“文笔”的作用

笔者在研究《红楼梦》过程中梳理出曹頫的25种“文笔”，这些“文笔”瑰丽多姿，复杂多变，阅读《红楼梦》，每一句，每一个情节，首先要判断出属于哪一种“文笔”，有助于帮助我们了解作者的用意及含义。

如：“荒唐笔”，知道就行了；“虚笔”，一扫而过；“隐寓笔”则需要认真探析；“写形追像笔”则要从历史人物中对照。

不同的“文笔”采用不同的阅读方法，解读方法。

《红楼梦》是一部神奇的书，反读时有些字、词、句一笔多意，呈现出多种“文笔特点”，宛如畸笏叟所说达到“恒河沙数”了。

如：十二钗，就具有许多“文笔特点”，它是一个多意笔。

1.正面指秦可卿等十二个美女；

2.隐寓笔，反面隐寓清之“十二帝”；

3.实笔，也就是作者刻意追踪蹑迹之笔；

4.仿雍正《十二美女图》笔；

5.仿《离骚》笔，美女喻君；

6.仿《庄子》笔，取《胠箧》中田氏窃齐“十二世”而有齐国之意；

7.幻笔；

8.史笔。

……

众多的“文笔特点”形成了一个多维聚光灯，将“十二钗”放在了无影灯下，“十二钗”自然原形毕露。

由此来看，反读《红楼梦》确实有难度，因为它是“阳春白雪”，当然不同于正读的“下里巴人”。

正因为如此，反读《红楼梦》才如闯迷宫，探溶洞，如登险峰，临绝顶，才别有乐趣。

第七章　十二钗综述

本章开始，将进入人物解读章节，《红楼梦》中的人物解读有它自己的一套规则，绝不能随心所欲，自由发挥。王梦阮、沈瓶庵、蔡元培、邓狂言、寿鹏飞等几位索隐大将失误就失误在偏离了《红楼梦》自身的解读规则上。

解读规则在哪里？远在天边，近在眼前，就在脂砚斋批语中，请看：

第十四回，写到送殡的有：镇国公牛清之孙，理国公柳彪之孙，齐国公陈翼之孙，治国公马魁之孙，修国公侯晓明之孙，缮国公诰命亡故，其孙石光珠不曾来得。

此句上有一长批：

牛，丑也。清属水，子也。柳折卯字，彪折虎字，寅字寓焉。陈即辰，翼火为蛇，巳字寓焉。马，午也。魁折鬼，鬼金羊，未字寓焉。侯、猴同音，申也。晓鸣，鸡也，酉字寓焉。石即豕，亥字寓焉。其祖曰守业，即守夜也，犬字寓焉。此所谓十二支寓焉。（甲·14F·ZⅡ0967）

此批告诉我们：以上六人姓名是隐寓十二支的，这是又一次对"十二"这个数字千皴万染，令人惊异的是，此批还破天荒地告诉我们破解"隐寓"的方法。这个提示十分重要，脂砚斋在告诉我们整个《红楼梦》的人物解读，也如其法。

这些方法有：

1.对应联结法

如：十二地支中，牛，对应"丑"；马，对应"午"由"牛"，"马"联想到"丑"，"午"。

2.谐音法

如：陈，谐音"辰"；侯，谐音"猴"，对应"申"，石即豕，亥字寓焉。

3.折字法

如：柳，彪，柳折卯字，彪折虎字，寅字寓焉。

4.蕴意引申法

如：清，清属水，子也。翼，翼火为蛇，巳字寓焉；晓鸣，鸡也，酉字寓焉。

5.折字、蕴意综合法

如：魁折鬼，鬼金羊，未字寓焉。

6.谐音、联想法

如：石光珠祖父叫什么，书中没有交代，批者却知道，其祖曰守业，即守夜也，犬字寓焉。

这些方法，如果不是曹頫自己点破，别人是绝看不出来的。

《红楼梦》中写了多少人物？徐恭时先生统计：男495人，女480人，共计975人，但这都是小说人物。

按"本事"，主要历史人物，只有10个，他们是：

清代前六帝：努尔哈赤、皇太极、顺治、康熙、雍正、乾隆；

爱新觉罗氏家族中的三位不幸者：多尔衮、胤礽、弘皙；

《红楼梦》作者：曹頫。

这些人物在《红楼梦》中均是以异象出现的，都是经过"物化"的。解读《红楼梦》最关键的一步，就是将"文本"人物与"历史"人物准确链接。

二百多年来，所有索隐者错就错在“不能准确地链接”这一步。

《红楼梦》中有五组人物，须要准确链接：

一、曹頫幻入《红楼梦》中的意识形象；二、十二钗；三、副、又三钗；四、贾政、贾敬、薛蟠、刘姥姥等雍正《行乐图》人物，五、甄士隐、平儿、北静王等。

此外，还必须注意一个问题，即原型人物、小说人物同隐寓人物三者之间的关系问题。

根据曹頫著书策略，常常采取“以假乱真”的手法，因此，稍不留意，就会隐入“迷茫”中，不可自拔。

曹頫成功地塑造了许多栩栩如生的形象，如：宝玉、黛玉、宝钗、凤姐、贾母、李纨、湘云、袭人、晴雯、紫娟等，但，他们都是小说人物。

这些人物大都有原型，如“宝玉”，他的原型，年龄取自曹雪芹，长相，性格、事迹取自曹頫。他的隐寓更复杂，正笔正文中隐寓曹頫，曹頫身前身后隐寓曹氏前辈和后辈。

贾母原型是曹李氏，从护玉角度看显然隐寓康熙。

李纨的原型是曹顒之妻马氏，但《红楼梦》中只是借用一下而已，他的作用是隐寓清代第十任皇帝——同治。

曹頫当年身边的几个丫鬟，分别被派上用场，如袭人、晴雯，这里也仅仅是借用一下。但也赋予他们隐寓之职，袭人隐寓多尔衮，晴雯隐寓弘皙。

曹頫家族，同爱新觉罗家族融合塑造成“贾府”，这种“混一法”几乎迷惑了所有读者。

这里注意区别：其一，原型与隐寓无关，如李煦之子李鼎、李鼐，在《红楼梦》中分别写作史鼎、史鼐。因此有些红学家便从此认定“四大家族”写法可信，无形中陷入一个陷阱。

其二，原型人物塑造成小说人物后，专隐一人。

如袭人，原形就是曹頫的一个贴身大丫鬟，塑造成“袭人”后，隐寓多尔衮。这样，原型人物、小说人物、隐寓人物融为一体。脂批中有时故意强调他的原型身份，以达到“以假乱真”的目的。如元妃原型是曹佳氏，脂砚斋先姊长先姊短的叫，目的在于转移视线，分散注意力。

原型人物、小说人物同隐寓人物三者之间的关系极为复杂，解读者稍不留心就将落入陷阱。

“十二钗”是解读《红楼梦》一个难点，“十二钗”是全书的核心，破译了“十二钗”，基本上就解读了《红楼梦》。

下面，我们根据作者在书中的暗示，脂砚斋的提示，来解读“十二钗”。

一、十二钗来历

曹頫创作“十二钗”的灵感来自《雍正十二美女图》，胤禛未登帝位前，命人给他绘制了十二幅《美人图》，摆放到他在圆明园的书房中。曹頫因此受到启发，好啊，既然你喜欢美人，我也给你来个“十二美女”——这就是曹頫创作的《金陵十二钗》。

《雍正十二美女图》中美女的原型是他的皇后那拉氏，贵妃年氏、纽祜禄氏，妃李氏、耿氏，嫔宋氏、刘氏等。

曹頫的十二钗却另有用意，另有所指。

第五回《警幻仙姑赋》第一句云：“方离柳坞……”

无疑，是从柳坞而来，柳坞在哪里？在圆明园，全名叫：深柳读书堂，它是胤禛未继位前的书房。

曹頫仿《十二美女图》，塑造了自己笔下的“十二钗”。当然，曹頫的“十二钗”与雍正的《十二美女》含义截然不同。

二、“十二钗”漫议

笔者经过多年的研究，悉心探索，解读出“十二钗”隐寓“大清”十二帝，根据是作者的暗示和脂砚斋批语、畸笏叟批语等。

1.《离骚》之亚

第一回，畸笏叟有一眉批说：

开卷一篇立意，真打破历来小说窠臼。阅其笔，则是《离骚》《庄子》之亚。（甲·1F·JⅢ0021）

《离骚》最典型、最独特的手法就是以美女、香草喻君。《红楼梦》既是《离骚》之亚，那么《红楼梦》中的美女——十二钗，必是帝王无疑了。

2.天下望族

作者写到甄士隐时，脂砚批道：

本地推为望族，宁、荣则天下推为望族，叙事有层落（次）。（甲·1F·JⅢ0035）

前已说明，甄士隐，影射李煦。李家只能在本地称为望族，这是毫无疑问的。

宁、荣则天下推为望族，这里说的宁、荣，绝非金陵的宁、荣。倘若是金陵一地的宁、荣，也只能是本地望族。所以这里说的宁、荣——天下望族，是北京的宁、荣，只有皇帝家才称得起。

天下望族——皇帝之家。

由此来看，宁、荣两府，不是“贾氏”之府，而是“假氏”之府。“宝玉”在荣府是独立的一纲，十二钗是另一纲。

3.仿《推背图》

第五回，畸笏有一眉批：

世之好事者，争传推背图之说，想前人断不肯煽惑愚迷，即有此说，亦非常人供谈之物。此回悉借其法，为儿（几）女子数运之机，无可以供茶酒之物，亦无干涉政事，真奇想奇笔。（甲·5F·JⅢ0205）

《推背图》有许多版本，但无论真伪，都是预测朝代、帝王和国家大事的。

作者生活在乾隆时代，前六帝是亲闻亲睹者，无须预测（乾隆后半生是预测）。而作者身后六帝却全部是预测。

4.其理、其运、其数

第一回，作者写英莲时，畸笏叟批道：

家国君父，事有大小之殊，其理、其运、其数，则略无差异。知运知数者，则必谅而后叹也。（甲·1F·JⅢ0053）

这里，脂砚直接点明“家国君父”四字。一“国”字，一“君”字，《红楼梦》所写的范围是：

一家——爱新觉罗家；

一国——大清。

5.秦玉大纲目

第七回，作者写到秦钟时，脂砚由“秦”想到“玉”，写下一条莫名其妙的批语：

设云秦钟。古诗云：“未嫁先名玉，来时本姓秦”，二语便是此书大纲目、大比托、大讽刺处。（甲·7F·ZⅡ0653）

一“秦”一“玉”，秦可卿、秦钟都早早地就去世了，他们怎么能成为大纲目、大比托、大讽刺？

原来，根据作者的“谐音秘法”，“秦”谐音“清”。“秦”代表“大清”，“玉”代表“曹家”，自然是大比托了。

《红楼梦》正是写的两家之事，岂不是大纲目？

雍正之后，两家人变成“仇家”，但在书中却是“一家人”，这岂不是大讽刺吗？

三、“十二”——运终数尽之数

“十二”从何而来？

这确实是个问题，曹頫将清代“运终数尽”之数锁定为“十二”，怎么得来的？历史也就巧得很，清帝国恰恰是十二帝而终。是曹頫料事如神，还是能掐会算？还是巧合？

对“十二”这个数字，曹頫坚信不疑，整部《红楼梦》中，千皴万染，多次照应“十二”，一点都不含糊的。

曹頫身处乾隆时代，乾隆是“大清”第六帝，一半是“六”，全部自然的是“十二”。

笔者认为，“十二”，是曹頫根据历史、科学推断的结果。

请看汉代以后各个朝代的帝王数：

西汉：十二帝；东汉：十三帝；西晋：四帝；东晋：十一帝；唐代：二十一帝；宋代：十八帝；元代：十二帝（至元顺帝退出北京为止）；明代：十七帝。

《红楼梦》中，好几处提到谶言。谶言预后，曹寅就有过，在他生前十多年时就预见到：康熙死后，会出现“树倒猢狲散”的情况。曹頫的结局，正如其所料。

曹頫学曹寅，反过来预测“大清”结局。

清王朝“十二帝”而终，是历史发展的必然结果。

曹頫预言，一半是推断，一半是巧合。

曹頫在十年酝酿中判定“大清”运终数尽之数为：十二。

曹頫是根据什么判定的？一时还搞不清楚。是预测？是谶语？还是科学推论？反正历史证明了他的判断是正确的，“大清”确确实实是十二帝而终。

曹頫神机妙算，料事如神，让人钦佩，让人赞叹不已。

从《红楼梦》中看，曹頫对自己的判断坚信不疑，对“十二”这个数字千皴万染，唯恐读者看不出来。

他还选定“贾”字为主人公姓氏，“贾”字十二笔，且分为上下两部分，曹頫恰在其正中间；末笔又短又小，以示末帝时间短暂。

笔者认为，曹頫可能是对历朝皇帝世系数分析后得出的结论，同时受《庄子·胠箧》启发：大盗窃国，田成子十二世有齐国。

雍正生前最喜欢“十二”这个数字，因此之故有《十二美女图》、《十二月诗》等。

“十二”这个数字，让曹頫怦然心动，隐约感到这是个神秘数字，是一句谶言。在对历史上各个朝代运终数尽之数分析后，断定“十二”就是清王朝运终数尽之数。

一部《红楼梦》中，除了"十二钗”，其他地方还多次提到“十二”。

脂砚斋明确地说：凡用十二字样，皆照应十二钗。（甲·7F·ZⅡ0600）

作者一而再再而三地提到“十二”，是因为“十二”具有独特的含义，特定的意义，那就是“十二”是“大清”帝国运终数尽之数，“十二世”而终。

要知道，曹頫生活在乾隆时代，乾隆，第六帝，那时还正是盛世。

曹頫这个判断的根据是什么？他如此自信，且坚信不疑，他真有未卜先知，预测未来的功能吗？

笔者百思不得其解，经反复分析，可能是作者剖析历史朝代兴衰规律，结合预测得出的结果。

四、“十二钗”排序规律

下面，我们看一看，“十二钗”是如何排序的，作者为了掩饰自己的创作目的，故意打乱顺序，给人一种零乱无序的感觉。

正册中图、曲排序是一样的。

册中次序	十二钗姓名	隐寓清帝次序	册中次序	十二钗姓名	隐寓清帝次序
（前六钗）			（后六钗）		
一、	薛宝钗	六			
二、	林黛玉	四			
三、	元　春	二			
			四、	探　春	七
			五、	史湘云	八
六、	妙　玉	三			
			七、	迎　春	九
			八、	惜　春	十一
九、	王熙凤	五			
			十、	巧　姐	十二
			十一、	李　纨	十
十二、	秦可卿	一			

猛然一看，“十二钗”排序杂乱无章，其实，井然有序。

这个排序，很有意思，在元春、妙玉之间，妙玉、王熙凤之间，王熙凤、秦可卿之间各插入后六帝二人（用仿宋字体表示）。将前六帝，后六帝混在一起，目的无非是瞒人、混人罢了。

下面，将前六帝与后六帝分开来看，先看前六帝：

册中次序	十二钗姓名	隐寓清帝次序
一、	薛宝钗	六
二、	林黛玉	四
三、	元　春	二
六、	妙　玉	三
九、	王熙凤	五
十二、	秦可卿	一

“隐寓清帝次序”，排序有两个特点：

（1）首尾倒置，如末位“六”放在第一的位置上，而真正的第一帝“一”（秦可卿）却放在最后。这是在掩人耳目。

因为，钗、黛是书中主角，所以黛紧随钗后。

（2）中间二、三、五按序排列。

其次，再看后六帝：

册中次序	十二钗姓名	隐寓清帝次序
四、	探　春	七
五、	史湘云	八
七、	迎　春	九
八、	惜　春	十一
十、	巧　姐	十二
十一、	李　纨	十

这个排序的特点：与现实比照，基本按序，只有一位有差错，就是李纨应该从末位提到第十一位前。

1.“前六帝”——证言评价

由于前六钗是曹頫亲身经历过的，判词、图、曲的重点放在了对他们的总体评价上，如：

秦可卿：（隐寓努尔哈赤）情天情海幻情身；（谐音一个清字。）

元　春：（隐寓皇太极）虎兕相逢大梦归；（明军、清军两大势力交锋时）

妙　玉：（隐寓顺　治）可怜金玉质，落陷污泥中，风尘骯髒违心愿；（出家心愿不能达到。）

林黛玉：（隐寓康　熙）玉带林中挂；（死非生身之地）

王熙凤：（隐寓雍　正）忽喇喇似大厦倾；（脂批：见得到。）

薛宝钗：（隐寓乾　隆）纵然是齐眉举案，到底意难平。（尽管乾隆对曹家好了一些，但心里总是不痛快。）

2.“后六帝”——预测谶言

探　春：（隐寓嘉　庆）一帆风雨路三千，把家园骨肉齐抛闪；

湘　云：（隐寓道　光）云散高唐，水涸湘江；

迎　春：（隐寓咸　丰）金闺花柳质，一载赴黄粱；

李　纨:(隐寓光　绪)桃李春风结子完;

惜　春:(隐寓同　治)独卧青灯古佛傍,到头谁把秋捱过;

巧　姐:(隐寓宣　统)事败休云贵,家亡莫论亲。

3.《金陵》详解

“金陵”,一是指南京,一是指北京房山县金太祖完颜阿骨打等人的陵墓,明朝曾将其平毁,清初修复,埋有金太祖以下六位帝王。1616年,努尔哈赤在赫图阿拉称汗,国号也称“金”,史称后金。

“陵”就是陵寝,薄命司正册其实是生死簿。

查清代十二陵为:福陵(努尔哈赤);昭陵(皇太极);孝陵(顺治);景陵(康熙);泰陵(雍正);裕陵(乾隆);昌陵(嘉庆);慕陵(道光);定陵(咸丰);惠陵(同治);崇陵(光绪);献陵(宣统)。

《红楼梦》的“金陵“,曹頫是一笔多意,深层含义是取后者,《金陵十二钗》就是《清陵十二帝》。

有人担心:倘若《红楼梦》隐寓一部“清史”,有什么意思?事实上,曹頫只是抓住了“前六帝”的性格特征及兴衰规律阐述,以及运终数尽的必然性。

曹頫的隐寓,不是再现历史,而是追求神似,表明作者的情感而已。

因此,《红楼梦》一书,立意深远、博大、宏伟,关系到国家社稷命脉,是政治家的必读经典。

“十二钗”是《红楼梦》中的一条主线,与宝玉形成“两山对峙”的双线结构,两线交织,演绎出一部震撼人心的悲剧。

第八章　曹頫的意识形象

一、著书人

谁写的《红楼梦》? 曹頫想说是自己,但又不敢,不说心有不甘,曹頫才智过人,他使了一个“烟云模糊”之计,假托数人,请看:

空空道人从青埂峰经过,忽见一大石上字迹分明,编述历历;

空空道人从头至尾抄录回来,改《石头记》为《情僧录》;

至吴玉峰题曰《红楼梦》;

东鲁孔梅溪则题曰《风月宝鉴》;

后因曹雪芹于悼红轩中披阅十载,增删五次,纂成目录,分出章回,则题曰《金陵十二钗》。

这一段文字中提到石头、空空道人、吴玉峰、孔梅溪、曹雪芹等,初看让人眼花缭乱,不知所云,仔细琢磨,曹頫的用意还是清晰的。

1.原作者:石头——女娲补天遗石;

2.抄录者:空空道人;

3.题、改书名者:空空道人,吴玉峰、孔梅溪、曹雪芹

4.增删者:曹雪芹。

其中特别突出了曹雪芹,笔者说过,曹雪芹。最初是曹頫意识形象,取“荆轲刺秦王”的故事——血溅秦(清)廷之意。

《甲戌本》畸笏叟批语说得十分明白:

……这正是作者用画家烟云模糊处,观者万不可被作者瞒弊了去,方是巨眼。(甲·1F·JⅢ0031)

根据这条批语,作者就是“石头”,也就是曹頫,其他说法全是“烟云模糊”中的掩饰,所以,上述五位全都是曹頫的意识形象。

二、度脱者

第一回,当补天遗石正在嗟悼之时,见一僧一道远远而来,生得骨格不凡,丰神迥异。

脂砚斋在此批道:这是真相,非幻象也。(府·1F·LⅠ0005)

真相,什么意思? 谁的真相? 初读,确实不理解。后来看到《靖藏本》上畸笏叟也有一批云:作者自己形容。(靖·1F·ZⅢ0001)

原来,一僧一道是作者自己幻入《红楼梦》中的形象,这时方才恍然大悟。入世前,分别叫茫茫大士、渺渺真人,入世后,分别是癞头和尚、跛足道人。

第一回中,道人对那僧说:“你我何不也去,下世度脱几个,岂不是一场功德。”《红楼梦》里,作者以

僧道形象实施他的“度脱”。曹頫借二人形象，表达自己的意旨，即度脱有关人员出世，成为“出世醒人”。

度脱，也就是“超脱”，在这里是“警醒”的意思。

甄士隐，就是跛足道人用“好了歌”度脱的，畸笏叟称之为“出世醒人”。

《红楼梦》中前八十回里，僧、道还出现了六次，均与度脱有关。

A、第一回，癞头和尚见甄士隐抱着英莲，便说“舍我罢，舍我罢！”

B、第三回，黛玉说：“……一个癞头和尚说要化我去出家。”

C、第八回，说起宝钗的金锁，莺儿笑道：“是个癞头和尚送的。”

D、第十二回，跛足道人给贾瑞送风月宝鉴。

E、第二十五回，当宝玉、凤姐被魇魔时，来了一个癞头和尚，一个跛足道人。

F、第六十六回，尤三姐自刎后，柳湘莲遇到跛足道人，被点化而去。

由此看出，“度脱”成功的有：甄士隐、柳湘莲；度脱失败的是：贾瑞；黛玉和宝钗，有度脱之意，但未度脱。

根据脂批透露的信息，宝玉最后也被度脱成功。

作者的《红楼梦》就是风月宝鉴，就是度脱天下“痴情”者。由此来看，一僧一道就是作者另一种场合下的“意识”形象，代表作者的著书意图——警醒世人。

一僧一道，二人形影相随，混在一起，其实只有一僧才是曹頫隐寓者。

脂批点明说：僧因凤姐，道因宝玉，一丝不乱。（甲·25F·ZⅡ1733）

三、作者代言人

《红楼梦》是曹頫在长期的“枷号”中酝酿、构思成的巨著，一旦有了落笔机会，便如火山般爆发出来。有些警世警言警句，须有一个适当的人叙说。这就需要设计出这一类人物，如冷子兴、张友士、冯紫英、倪二等。这些人自然都是曹頫自己的意识形象。

1.冷子兴

第二回回前批说：

此回亦非正文，本旨只在冷子兴一人，即俗谓冷中出热、无中生有也。……（列·1F·ZⅠ0017）

脂批解释了“冷子兴”名字的含义：“冷中出热、无中生有也”。

塑造冷子兴，目的是什么？目的是演说荣府，且看他怎么说：“如今外面的架子虽未甚倒，内囊却也尽上来了。”还说：“更有一件大事，谁知这样钟鸣鼎食之家，翰墨诗书之族，如今的儿孙竟一代不如一代了。”

特别是那首回前诗：“欲知目下兴衰兆，须问傍观冷眼人”，确是点睛之笔。

冷子兴，就是为说“兴衰”特意设置的人物。

这里的关键，是要搞明白，是说谁的“兴衰”？

曹頫的书和批一样，常用的手法都是“龙无头，凤无首”，或者不点名，或者指东说西。

根据“大旨说情（清）”的立意本旨，当然是说“大清”王朝了。

2.张友士

根据谐音法，张友士，意为：此章有史。

第十回，张友士只出现过一次，他的作用就是为秦可卿看病。《王府本》第十回回前批说得明白：

新样幻情欲收什，……谁知今日寻病源。（府·10F·LⅠ0347）

看病寻病源，是常事，可是，这里作者却慎其事，提示读者注意：谁知今日寻病源？

“寻病源”，显然是书眼，是一个关注点。

秦可卿之病是政体病，病源就是女真族的先天不足。

秦可卿病入膏肓，张友士论病源一节很有意思，述医理，讲医道，滔滔不绝，许多红学家惊异万分，说作者懂医。其实，一篇宏论就为出四个字：水亏木旺。

努尔哈赤称汗时，国号是“金”，作者在“金”字上做文章，“水亏木旺”。

曹頫借张友士之口，说出了自己对努尔哈赤政权的看法。

3.冯紫英

第二十六回，薛蟠过生日，冯紫英来了，下面一段对话大有深意。

薛蟠见他面上有些青伤，便笑道：“这脸上又和谁挥拳来著，挂了幌子了？”

冯紫英笑道：“……是前日打围，在铁网山被兔鹘捎了一翅膀。”

宝玉道：“几时的话？”

紫英道：“三月二十八去的，前儿也就回来了。”

最后，冯紫英感慨地说了一句：“这一次大不幸之中又大幸。”

笔者认为这是一段“隐语微词”，暗示了曹頫“骚扰驿站”事件。这个事件中曹頫被革职、抄家，几乎丧命。“大不幸之中又大幸”是曹頫劫后余生感慨万千的庆幸语。

所以，冯紫英也是曹頫的意识形象之一。

还有倪二等。

以上三组人物，共10多位，均暗隐着曹頫的身影，但还不能因此说他们就隐寓曹頫，只是曹頫的意识形象而已。

第九章 《红楼梦》的价值

一、《红楼梦》的艺术价值

“巨眼看红楼”，看出一个新的《红楼梦》，一个与众人眼中不同的《红楼梦》。这就需要重新评价《红楼梦》的价值。

1.作者首创了一本罕见的具有“一书二读”功用的书。

《红楼梦》是一部立体书，书的容量是一般书的几倍，内容错综复杂，让读者在多个层次中上下穿行，步移景换，妙不可言。

多层次结构，供人多层次欣赏，雅俗共赏，使《红楼梦》赢得更多的读者。

正面“文本”虽然不是作者的“本旨”，但为中国乃至世界留下一部堪称经典的文艺作品。作者的艺术水准达到了文学创作的顶峰，可以说前无古人，后无来者。

反面“隐寓”使《红楼梦》跻身于“三坟，五典，八索、九邱……”的行列，是一部杰出的政论。

总之，《红楼梦》是一部奇书，多层次，多结构，多旨意，多手法，多笔调，多含义。因此，看《红楼梦》不能只看表面，要上下、左右、前后、内外，全方位多维观看。

2.作者创造了罕见的秘法著书法，秘法之多，令人惊异。

这是特殊背景下的特殊手法，表现了作者惊人的胆略和超人的智慧。

3.对雍正刻画得罕见手法——分散隐寓，综合显现。

作者选用了50位人物分散隐寓雍正，一人一点，一人一面，当你将这些人物的人品、恶行综合起来后，你会发现一个有血有肉的，活生生的全息雍正已经立在你面前。

曹頫对雍正的刻画惟妙惟肖，入木三分，正如畸批中说的：

第一笔，阿凤三魂六魄，已被作者拘定了，后文焉得不活桃(跳)纸上？此等(文字)非仙助，即非(亦)神助，从何而得此机栝耶。(甲·3F·JⅢ0164)

曹頫归结为“仙助”，“神助”，其实是他匠心独运，以罕见手法，创独特效果。他的“异笔”字里，有个“匠”字(甲·16F·P347)，充分暗示了他的匠心。

二、《红楼梦》的思想价值

面对雍正的残酷打击，曹頫没有妥协，而是以笔墨为武器，奋起反击。以意象表达方式，对雍正四面出击，十面埋伏，万箭穿心。

曹頫是以冲天胆略，以必死之心，投入战斗的。

笔者认为："雪芹"是他的笔名，根据谐音秘法，是借"荆轲刺秦王"典故，血溅秦廷之意，来表达自己的意图。

第四回，当作者写到趋吉避凶者为君子

脂砚批道：近时错会书意者，多多如此。（甲·4F·ZⅡ0327）

此批是说，作者不是"趋吉避凶"那种人。

曹頫深谙"以其人之道，还治其人之身"的道理，《红楼梦》就是三证雍正之言，三借雍正之诗画写成的。

曹頫任江宁织造时，雍正曾多次贬评曹頫，有三句话让曹頫终生难忘，最后成了曹頫著《红楼梦》的动因。这三句话是：

（1）"原不成器"；《红楼梦》中，竭力说明，曹頫是个什么"器"，是"补天遗石"，是宝玉，但"清"天不补，还要做"神瑛"，做败石。

（2）雍正曾声明曹頫败落"不与朕相干"；《红楼梦》中看似与雍正不相干，可是当你看懂贾政、贾环、马道婆、赵姨娘等都隐寓雍正后，岂止是不相干，雍正还是直接肇事者。

（3）"少乱一点"，这是雍正警告曹頫的话。曹頫却反其道而行，索性大肆乱情，写情淫，写情诱，写以情害人，写雍正恶迹，写大清必亡。

《红楼梦》为"清王朝"谱写了一曲挽歌，科学地、客观地、准确地展现了它由盛而衰的必然规律。用文学艺术形式表达一个朝代的兴衰，这还是首次。

作者对清王朝的整体运势走向把握得十分准确，对运终数尽之数料事如神，体现了作者对社会具有透彻的分析判断能力，以及超人的远见卓识的本领。

太平天国运动震撼了清王朝，辛亥革命结束了清王朝。《红楼梦》则是在它的盛世预见了它的衰亡，并且形象地描绘了它衰亡的过程、方式，以及大致时间——十二世。

可以说，《红楼梦》之功同于"太平天国"，"辛亥革命"。

清王朝是我国封建社会的最后一个王朝，因此这曲挽歌，也就成了整个封建社会的挽歌。

曹頫对"大清"前六帝，因为是亲闻亲睹的，已经经过的，所以重在一个"评"字；对后六帝是身后事，未曾经历，所以重在一个"测"字。

《红楼梦》中"评"、"测"交织在一起，或评或测，笔似游龙，需认真辨析。

1.巨笔评"清"

努尔哈赤，一个字——孽。

皇太极，两个字——贤德。

顺　治——气质美如兰，才华阜比仙。

康　熙——尧舜一类人物。
雍　正——莽、操一类奸雄。
乾　隆——唐玄宗一类人物。

2.谶言测“清”

后六帝整体预测分散在《红楼梦》中，如
第五回，后六钗的词、图、舞曲；
第七回，送宫花，点缀式预测；
第二十二回，迎、探、惜三春灯谜；
第六十三回，借宝玉生辰，掣签预测。
五次皴染，后六帝的基本走向、趋势一目了然了。

三、《红楼梦》研究的现实意义

1.政治家必读

《红楼梦》的反面着重谈的是“圣贤齐治，世道兴衰”，这就使它具有了同“《三坟》、《五典》、《八索》、《九邱》、《春秋》、《尚书》、《志乘》、《梼杌》”等书一样的功能，是历史通鉴，是谈政治，讲圣贤齐治的，所以作为一个政治家治国理政，岂能不读《红楼梦》?

《红楼梦》为我们展现了“大清”帝国的衰亡过程，警示后人引以为戒。清王朝的衰亡，不仅丧权辱国，人民处于水深火热之中，而且造成空前劫难，那是中华民族的一场噩梦。事实上，清王朝的积弱积贫，腐败无能，将中华民族带进了最黑暗、最耻辱的年代，在封建化，奴隶化的基础上逐渐又走上殖民化，中国走进了历史的低谷。

孙中山、李大钊等无数的志士仁人，为救中国，为振兴中华，开始了“复兴梦”。

1921年中国共产党的成立，为实现“崛起、复兴中华梦”，前仆后继，不惜流血牺牲，方使中华民族一天天强大起来。

当然，实现真正的“崛起、复兴”之梦，尚需努力!

今天的“复兴梦”，正是为了根治“红楼”里的那个“衰亡梦”，“衰亡梦”是前因，“复兴梦”是必然结果。

认真了解前因，可以激发我们的斗志，明确肩上重任，激励我们奋勇向前。

今天，我们谈振兴中华，讲大国崛起，就应该充分认识清王朝的腐败无能就是中华民族衰落的根源。中华民族的真正崛起，必须彻底根除腐败无能，增强国力、军力，使中华人民共和国永远屹立于世界。

2.治国与医国

位居九五之尊的皇帝，除开国者和少数开明些的皇帝外，大都养尊处优，久而久之，不谙世事，不了解国之弊病，致使亡国。

《红楼梦》中，秦可卿的血亏，黛玉的弱症，王熙凤的血崩，宝钗的热毒症暗显出努尔哈赤、康熙、雍正、乾隆四朝的弊端。此四位不懂得病入膏肓，不懂得对症下药，致使“大清”后世软弱无能，日趋衰败。

治国者，对国之病，看得出，下得狠手，才能达到医国之目的。

《红楼梦》实质上写的就是关于“圣贤齐治，世道兴衰”的大事，是政治家必须关注的重大课题，因此，作为一个英明的政治家，《红楼梦》是必读之书。

四、言必有据，据必有证

《红楼梦》解读有一个怪现象，即“前说”往往被“后说”否定，不久“后说”又被“后后说”否定，……

如蔡元培的《石头记索隐》，问世不久就被胡适的“自传说”否定，而胡适的观点又被潘重规等否定。

按逻辑规律，肯定——否定——肯定——否定——最后肯定

这是认识的必然规律，《红楼梦》问世二百六十多年了，为什么还不到最后肯定阶段，还要“肯定——否定——”？

准确地、科学地解读《红楼梦》真的是“难于上青天”吗？

前人解读《红楼梦》，大都是主观推断，缺乏有效的、科学的依据。因此经不起历史和事实的验证。

笔者接受红学史上的教训，本着“言必有据，据必有证”的原则来解读。

特别是“十二钗”，“宝玉”两个要点，关节点，更要注重证据。

“十二钗”是《红楼梦》的核心，是作者倾注了全部心血的人物，是全书的主线。它是一个群体，一个整体，一个系列，一个高档次、高级别的人物群，他们都是“正册”中人物。他们隐寓的对象也应该是这样，否则隐寓不能成立。

以前的索隐派忽略了这一点，他们的隐寓与“正册”脱节，显得不伦不类，难以说服人。

为了找到解读“十二钗”的证据，笔者这几年颇费周折。

1.畸笏叟批语：《离骚》之亚，即“美女喻君”。

2.脂砚斋批语：士隐为本地旺族，宁、荣则天下旺族；

3.脂砚斋批语：秦、玉大纲目，大比托，大讽刺。

4.曹頫文意：十二钗=十二世；

5.回前诗：十二花容色最新，……家住江南本姓秦。

以上五证，说明至少不是孤证。由于曹頫是当事人，因此他的解读具有权威性，不可动摇性。

六年来，笔者经过了数十次，上百次的验证，力求万无一失。

验证的方法：

A、以分验总，以个体验总体。取出其中一个人，检验其是否与总体吻合。如秦可卿，看其历史地位，是不是第一帝？“千古风流造业人”，“情天情海幻情身”，均说明是第一帝。

B、前六钗，特别是“亲睹”三钗黛玉、凤姐、宝钗，在书中的地位均是主要人物，是详写内容。

C、与作者立意本旨是否吻合?

“怀金”,缅怀前三钗;悼玉,悼念康熙;秉刀斧之笔,王熙凤;不情,宝钗;预测后世,后六钗。

D、与历史真相是不是一致?

从曹世选入清,到康熙关爱曹寅、曹颙、曹頫,到雍正抄家,曹頫败落……一系列历史事件完全吻合。

F、与《红楼梦》中的写作秘法是否一致?

如“大旨谈情”,根据谐音秘法,“十二钗”就是“清”之十二帝,完全一致。

《红楼梦》中最难解读的是“宝玉”。

胡适先生、周汝昌先生力主“宝玉”就是曹雪芹;赵冈先生等认为“宝玉”是曹頫;还有些红学家笼统地说“宝玉”是曹氏家族化身。

都沾了些边,但都不准确。

笔者认为:

正面看,作者是借自己的生活素材来写的;

反面看,“宝玉”主隐一人,兼隐数人。主隐一人——曹頫,兼隐数人——曹氏家族。

这样看“宝玉”,就比较全面,比较完整了。

当宝玉同秦可卿、元春、妙玉在一起时,此时的“宝玉”隐寓的绝非曹頫,而是曹氏家族前三代。

当宝玉同迎春、探春、惜春等后六钗在一起时,“宝玉”还当曹頫看,就不合榫了,而应该是曹氏后人。

所以胡适、周汝昌、赵冈等难以自圆其说,问题就出在“宝玉”隐寓不准确上面。

有证有据,还要注意合榫,必须注意解读信息的“综合性”,即书、批、清史、曹史等之间要全部合榫,只要有一丝一扣错榫,就会出现问题。

五、曹頫,一个伟大的小说家,政论家,预言家

当我们弄清了《红楼梦》作者是曹頫,明白了《红楼梦》的真谛后,下一步就是如何评价曹頫了。

赵同在他《颠倒红楼》谈到曹頫的创作目的时,说:“……他的目的不过是想把往事记录下来,把害他潦倒半生的雍正帝大骂一顿,出出这口怨气而已。”

赵同这个说法,代表了相当一部分人,说明他们不仅没有读懂《红楼梦》,更不理解《红楼梦》的含义,所以也认识不到曹頫的贡献,当然也就不能正确评价曹頫了。

首先,如何看待1727年曹頫被革职、抄家那一场灾难?曹頫持什么态度?从《红楼梦》中看曹頫持庆幸态度,由于这场劫难,他从痴情中觉醒了(一步行来错,回头已百年),曹頫借冯紫英之口说这是“不幸之中的大幸”。

其次,这场劫难给了曹頫一次难得的契机,给了他研究“大清”兴衰,研究其运其理其数的机遇,这是一次天赐机缘。曹頫适时地把握住了机会,创作诞生了旷世名著《红楼梦》。

当然,《红楼梦》中,曹頫没有放过雍正,痛斥了雍正,而且斥批得淋漓尽致。但这不是出于狭隘的报复心理,而融合在“圣贤齐治,世道兴衰”的大课题中。

曹頫立足天下,着眼未来,从中华民族振兴的大局出发,从历史的角度来写《红楼梦》的。

雍正将中华民族带进历史的低谷,不仅该骂,而且应该永远钉在历史的耻辱柱上。

今天，从《红楼梦》的巨大成就来看，曹頫应该是：

伟大的小说家，诗人

俗话说："有心栽花花不活，无心插柳柳成荫。"

曹頫就是这样，曹頫煞费苦心经营的《红楼梦》反面一直不被人看好，而正面却大放异彩，光芒万丈。虽然《红楼梦》的正面不是曹頫潜心写作的重点，但它毕竟是我国小说创作的巅峰，是小说界的典范，根据"一书二读"观念，应该两书并重，正面作为文学鉴赏，成就不可抹杀。

此外，《红楼梦》中的一百多首诗词，以及曹頫的其他诗词，好多已经脍炙人口，诗学界应有其一席之地。

从这个意义上说：曹頫是一个伟大的小说家、诗人。

杰出的政治家、政论家

今天，我们大讲复兴，为何要反复强调复兴？正是因为我们曾经有过衰落，这个衰落远在二百多年前就被曹頫看出来了，他那敏锐的政治目光，非一般的政治家可比，因此笔者说：曹頫是一个杰出的政治家、政论家。

英明的预言家

预见未来是一个政治家必不可少的素质，但预见准确，却不是人人能做到的，但曹頫做到了，他不仅预见到"大清"十二世而亡，还预见到出问题的地点——"汉南春历历"，节令——某一个秋天。

由于他的预见性是罕见的，所以说：曹頫是一个罕见的预言家。

曹頫的《红楼梦》证明了他具有冲天的胆略，超人的智慧；表现出他的博大的胸怀，深邃的目光；此外还具有巧妙的斗争艺术。

曹頫站得高，看得远，心怀天下，着眼未来，总之，他是中华民族一位优秀的、杰出的代表。他留给我们的《红楼梦》，无论在文学界，还是史学界都是经典巨著，是中华民族永远的宝贵的精神财富。

后 记

——解读《红楼梦》的路径

《高曰解红楼》九易其稿终于完成了。六年之前，一次偶然，进入《红楼梦》的研究领域，从此不可自拔。

《红楼梦》作者是谁？脂砚何人？“本旨”是什么？“本事”是什么？谁之红楼？谁之血泪？谁解其中味？谁是智者，谁又能通？……

一个个惊世骇俗的疑问，令人震撼，从而将我引进这深邃奥秘的红学中。《红楼梦》研究仿佛是一个迷宫，时而碰壁，时而有所发现、有所感悟，迷茫与兴奋交替着，艰难地行进。冥冥中仿佛有一种无形的力量支配着我，指导着我由浅入深，由幻入真，一步步走出迷宫。

回顾六年多以来的《红楼梦》研究历程，大体上经历了四个阶段：

头戴濛头甕

根据文本和批语暗示，《红楼梦》有隐寓，但隐寓什么？却茫然不知。这时，正如立松轩形容的，是：头戴濛头甕。

看万花筒

好在研究《红楼梦》的专著汗牛充栋，多不胜数，可是，当你一本本翻阅后，给人的感觉如同看万花筒，面对众说纷纭的《红楼梦》研究现象，不知谁是谁非，不知何去何从，不知从何入手。

闯溶洞，登险峰

本人性格喜欢探奇探险，自己干吧，入迷宫，闯溶洞，攀险峰，凌绝顶。一次次发现，一次次惊喜，一次次柳暗，又一次次花明，这个过程，让人感到无比的喜悦和欣慰。

一览众山小

终于有一天，基本上解开了红楼梦之谜，这时有一种“会当凌绝顶，一览众山小”的感觉，“濛头瓮”敲碎了，看清楚了《红楼梦》中的绿水青山。

这也许就是我与《红楼梦》的缘分，历史给我创造了这个机遇，赋予了我神圣的责任，让我同《红楼梦》有了信息沟通的灵感，最终解读了这部不朽的名著。

下面，是我探索的纪录，它将告诉你：我是怎么样抽丝剥茧，一点点解读《红楼梦》的。

一次又一次推翻，一次又一次校正，一次又一次的完善……

我喜欢这期间的过程，一次次茅塞顿开的惊喜，让我领略到《红楼梦》的奇妙，《红楼梦》的博大精深；它像一架智商检测仪，考验着人们的智慧；测试着人们的智商。

因此，我十分重视整个解读过程……

一、解读经历

2010年

9月4日，午睡前，翻阅《千古之谜·作品篇》，其中有一篇文章：《红楼梦》的原作者是谁？该文让我大吃一惊，难道说《红楼梦》另有作者？

从这一天开始，查找资料，阅读原著，探觅作者究竟是谁。

9月7日，阅读中发现：脂砚斋说法竟然有十几种，引发了研究脂砚斋的兴趣。

11月13日，关于曹雪芹生年，也有歧见，原来芹为谁子，也说不清，探索范围扩大了

11月17日，《红楼梦》是部什么样的书？主题是什么？众说纷纭，莫衷一是，确实罕见。探索范围越来越大了。

12月21日，畸笏叟，这么古怪的名字，必有古怪的经历，应该一探究竟。

12月30日，怎么找不到脂砚斋的三评呢？

2011年

1月11日，对脂砚斋，畸笏叟的批语初步进行了“划清批次，辨明批属”的工作。

1月18日，决定写一篇《脂砚其人》的论文。

3月9日，研红中发现脂砚斋是曹棠村。

4月4日，感悟到“情”字，谐音“清”字，“不情”就是“不清”。“不清”是曹雪芹主旨之一。

4月9日，感悟到书有两面，正面写“情”，反面写“清”。

4月11日，编辑出脂批、畸批总汇。

5月9日，意识到如何读《红楼梦》是一个关键问题。

6月10日，凌晨4时，思索“十二钗”有无隐寓？10时多想到与清帝王有无联系？查找清帝系列，果然是十二帝。以后的很长一段时间，寻找证据，反复验证。

6月12日，“一书二读”观念逐步形成。

7月04日，各种版本之间的叙述，紊乱，无条理，前后矛盾，感觉应该有一个完整的系统——“版本综述”。

7月20日，书稿改名：《脂砚斋解读<红楼梦>》，拟写一本小册子。

9月8日，揭秘了副、又三钗：香菱，隐寓胤礽；晴雯，隐寓弘皙；袭人，隐寓多尔衮。

9月24日，书稿第三次改名：《解密脂砚斋·解读<红楼梦>》。

10月05日，找到了预测后六帝的证据：“此系身前身后事”，及“仿推背图”批语。

10月12日，感悟到“十二”这个数，是贾府运终数尽之“数”，“贾府”应是“清室”。

10月17日，“千古风流造业人”，验证了秦可卿隐寓努尔哈赤。

10月23日，探索《红楼梦》是一本什么样的书？主题是什么？主线是什么？作者立意本旨是什么？引申，扩大了研究课题。

11月4日，看出作者写“女儿”是幌子，是借笔，实质是写大清帝国。解读了“宁国府”，“荣国府”。

11月6日，看出了作者对十二帝的不同态度：怀金，前三帝；悼玉，康熙；刀斧之笔，王熙凤；不情，宝钗；冷眼预测，后六帝。

11月23日，找到破解“十二钗”隐寓的根据：《离骚》之亚，即美女喻君。

12月3日，发现冷子兴排序，明为贾府，实为“十二钗”。

12月12日，书名第四次改为：《反读<红楼梦>——概说“曹”，“清”》

12月26日，解读《风月宝鉴》，风月，“情”也，即《情鉴》，谐音《清鉴》，正面王熙凤，反面死去的雍正。

12月28日，“箕裘颓废皆从敬”解读，贾敬隐寓雍正，意为：不能继承祖业实从贾敬（雍正）开始。

2012年

1月26日，研究诗词曲赋、酒令、雅谜中的隐意、寓意、深意。

1月29日，研究薛蟠、刘姥姥、贾母等人形象含义。

2月14日，破解贾雨村，是胤禛未继位时的形象。

2月19日，看出了《红楼梦》的正笔正文，主要写作内容是康熙、雍正、乾隆三朝事。

2月22日，解读了“谁之红楼？”，乃是“大清”之红楼。

2月25日，发现“三角眼，掉梢眉”是雍正“写照”。

3月25日，根据“鹡鸰之悲”的批语，判断出曹雪芹是曹顒之子，曹頫之侄。

4月3日，将《红楼梦》定位为：隐寓小说，隐曹寓清。

4月7日，书稿第五次改名为：《<红楼梦>·终极解码》

4月16日，发现了曹雪芹的“写作秘法”。

5月1日，解读了“玉在匮中求善价，钗于奁内待时飞”。

5月6日，彻底解读了“贾雨村”。

5月15日，整理出脂砚斋的思想特征、性格特征、艺术特征。

5月16日，解读了“姓贾不是一家子”的批语。

6月5日，发现了作者写“曹”五部曲。

6月20日，认识到索隐派的方向是正确的。

6月28日，发现警幻、兼美、秦可卿原是一个人。

7月4日，发现曹頫同《红楼梦》有一种特殊的关系，他是《石头记》的改定者，最后定稿人，解读权威。

7月17日，发现秦钟、秦业是诠释秦可卿的，三人共隐寓一人。

7月20日，发现《红楼梦》写的是两家——曹家和爱新觉罗家，不是贾、王、史、薛四家。

7月22日，发现作者对十二钗写法不同：前六钗，是亲闻亲睹者，是总结概括式写法，准确，语气肯定；后六钗，是身后事，是预测式写法，带着猜度，含糊，茫然。

8月11日，根据资料和自己的认识，整理出符合实际的《红楼梦》成书过程。

8月16日，剖析了作者的“立意本旨”：是怀金（前三帝），悼玉（康熙），秉刀斧之笔（雍正），不情（宝钗），预测后世（后六帝）。

8月23日,认识到作者的回前诗、回后联是作者自己对书和书中人物的解读,属批语性质。

8月25日,认识到"文本派"的片面性,俗解性,表面性。

8月29日,探析脂砚斋的解读手法。

8月30日,发现《红楼梦》中有作者隐藏的密码,如甄士隐、贾雨村、几世几劫、几个女子等。

9月9日,突然悟到:甄士隐,隐寓李煦,以前一直认为是曹頫。

9月10日,薛蟠隐寓也是雍正。

9月16日,赤瑕宫另一含义:宝玉入世时间——康熙时代。

9月22日,第一次解读"第一淫人"——脏唐臭汉淫清。第一个将"淫"字冠于"大清"国号上的人。

10月13日,认识到"大观园"是一个幻景,是作者将"清室"与"曹宅"融合在一起的组合体。

10月19日,开始写《红楼梦版本综述》。

11月16日,在解读"几世几劫"时发现了《红楼梦》的时间坐标,青埂峰——北邙山。(1616年—1912年)

11月19日,从《甲戌本》上发现了畸笏叟三评,为彻底解读开《红楼》之谜找到了金钥匙。

11月24日,发现了作者写作《红楼梦》的秘法。

11月27日,将书名第六次改为:《高曰解红楼》,副标题是:准确地、科学地解读《红楼梦》。

12月24日,归纳了曹雪芹解读《红楼梦》的方法主要有:谐音法,千皴万染法,回前诗,回后联,草蛇灰线等。

12月28日,推断《红楼梦》后回遗失,是曹頫腰斩。

12月29日,发现《红楼梦》中,大量采用了借××,写××手法,使一部《红楼梦》扑朔迷离,云龙雾雨,不知所云。

2013年

1月7日,弄清了《红楼梦》版本源流。

1月15日,绘制出《红楼梦》版本一览图。

1月21日,香菱裙子被染,是对雍正指责曹頫的绸缎掉色的回应。

1月25日,研究脂批、畸批解读的方法,特点。

2月12日,解读二十回、二十一回《续庄子》,是作者隐现"大盗窃国"十二世而有齐国。

2月17日,判定《己卯本》,《庚辰本》十二回——八十回,系《丙子本》原文。

2月26日,发现贾珍、贾政等多人也隐寓雍正。

3月16日,雪芹,根据谐音秘法,应该是血清,取荆轲刺秦王,血溅清廷之意。

3月23日,形成了一套完整的解读理论,即:确立"一书二读"观念;以脂批、畸批为依据;应用考证法,以索隐为方向,综合研究;应用"巨眼"式的辩证法,去伪存真,探析"本旨","本事";解幻为真。

4月2日,对"宝玉"形象地理解升华为"主隐一人,兼隐数人"。

4月16日,揭开了《红楼梦》中的重重帷幕。

5月12日,看出了"一僧一道"中的"茫茫大士",是作者幻入书中的艺术形象。

5月22日,甄士隐的另一含义:自是羲皇上人,标示朝代年纪的。

6月6日,贾母为宝钗过生日的含义是,乾隆时代,天穿了。

6月10日,第二十八回回前畸批,是曹頫幻入《石头记》的证据。

6月14日，归纳出曹雪芹文笔特点十余条，如：荒唐之笔，瞒人之笔，游戏之笔，借写之笔……

6月18日，解读王熙凤“不识字”三个字的来源。

7月26日，判断出“箕裘颓废皆荣王”是正确的，“荣玉”是误笔。

8月10日，拟出《红楼梦》早期钞本特点。

8月11日，意识到“石化玉”情节是曹頫有意识地删笔，目的是为了保持顽石——宝玉之间的直接关系，不想节外生枝。

9月1日，晴雯撕扇，是对当初“献扇”的反思。王夫人逐晴雯，王夫人这里影射乾隆。

9月7日，《红楼梦》写黛玉宛如一篇悼词；写王熙凤就是一篇讨伐檄文；写宝钗好似一篇“不情”宣言。

9月19日，拟写“本旨”，“本事”通解。

10月6日，解读“宝玉”挨打原因。

10月9日，《红楼梦》中关于秦可卿、黛玉、王熙凤、宝钗等人疾病不是生理病，而是政体病。

10月12日，第四十回，酒令解读要点：酒令数字=清帝序号。

10月14日，宝玉的为臣难，为人更难议论，是调侃雍正印章：“为君难”。

10月24日，第七十一回——七十四回，是曹頫被抄家史实的艺术再现。

10月29日，第七十五回，“贾府异兆”是暗示八月二十三日，雍正死。王熙凤夺锦梦——方相之约，也是暗示雍正死。

11月3日，看了康熙第五次南巡，才明白黛玉室内的鹦鹉、手中的玉杯，均是当年曹寅进奉之物。黛玉剪裁，是从康熙“千丝一剪截纵横”诗意中化出。

11月8日，撰写《后记》。

11月20日，感悟到“第一淫人”的另一个含义。是对曹頫一生的高度概括和总结，它的含义是“极度钟情人”，也就是说曹頫是一个“最忠于清王朝的人”。

当然，这是对曹頫的讥讽和讽刺。雍正上台初，曹頫发誓效忠(有奏折为证)，想以此取得雍正的信任。他的母亲——李氏，鉴于李煦之败，和曹寅生前预言“树倒猢狲散”，多次劝他收敛，而曹頫执意不听。《红楼梦》中“宝玉”的恶劝就是他的写照。

11月23日，突然想到“兴儿”，“旺儿”名字必有用意。第六十七回“闻秘事凤姐讯家童”，凤姐得知贾琏偷娶尤二姐后，先是痛骂旺儿：“混账王八崽子”“糊涂王八崽子”，后责令兴儿自抽嘴巴。

显然是暗示：雍正朝是“大清”兴时，旺时，在王熙凤的折腾下，哪有不败之理？

11月28日，确认《甲戌本》是曹頫手迹，并发现曹頫“异笔”。

12月01日，发现《庚辰本》，《己卯本》中的曹頫“异笔”，两本均为曹頫手迹。

12月3日，在研究《庚辰本》时发现脂砚斋是假托者，脂砚斋批语其实是曹頫批语。

12月4日，发现《郑藏本》也是曹頫手迹，并判断它是最初定稿本，即《五稿本》。由此推断曹頫是《红楼梦》的作者。

12月16日，《杨藏本》，不是曹頫手迹，是程伟元和他的朋友们的抄本。

12月18日，发现曹頫的“十二钗”创意来自《雍正十二美女图》。

12月19日，发现《五美吟》是为贾敬之死而写。

12月23日，悟出北静王影射皇太极。

12月28日，发觉《王府本》也是曹頫手迹，侧批，回前、回后批均是曹頫手迹，并确认立松轩也是曹頫假托者。

2014年

1月9日，发觉曹頫的自创字，融有他的旨意，应该称为“融旨字”。

1月25日，绘制《曹頫异笔》比对总表，寻找曹頫过录的版本。

1月30日，发现《列藏本》也系曹頫笔迹。

2月5日，在《列藏本》上找到脂Ⅰ评。

2月21日，判断出《卞藏本》也是曹頫笔迹。

2月28日，推翻了《红楼梦》作者是曹雪芹的定论。

3月14日，发觉曹頫著《红楼梦》，是在雍正行乐图启发下，将雍正的“百变之身”化入《红楼梦》中。所以有许多人物隐寓、影射雍正。

3月24日，发觉《梦觉本》也是曹頫手迹，我惊呆了。曹頫原本竟多达八个。

3月25日，发现《靖藏本》就是《脂Ⅲ评本》，部分独出批语就是脂砚斋Ⅲ评。

4月16日，重新绘制了《红楼梦》版本一览图。

4月26日，破解了贾母隐寓康熙，刘姥姥隐寓雍正，王夫人隐寓乾隆。至此《红楼梦》人物隐寓全部破解。

5月6日，脂Ⅱ评、立Ⅰ评、畸Ⅲ评，是解读《红楼梦》的重要武器。

5月18日，《红楼梦》是曹頫一个人的独角戏。

6月2日，突然悟到：第三回，“黛玉入府”，是写康熙1705年4月第五次南巡，进入江宁织造府，曹頫第一次见到康熙，时曹頫七岁。由此推断出曹頫当生于1698年(戊寅·康熙三十三年)。确定曹頫生年，是研究红楼梦的一个重要的基点。

由此判断出《王府本》成书于1768年。

6月12日，看出《红楼梦》正笔正文起止时间为：1705年4月(康熙四十四年)——1742年9月(乾隆七年)，即康熙第五次南巡——弘皙去世。

6月14日，完成“幻”←→“真”之间的对接。

6月18日，发现《红楼梦》的结构有如毕加索的画，倒置、错乱。如六十四回，贾敬死，七十二回后方写其预兆，结果在前，预兆在后。

6月19日，意识到“三反三借”是曹頫著书的动因和手法，三反是：反驳雍正圣旨中的“原不成器”，“少乱一点”，“不与朕相干”三条；三借是借“雍正十二美女图”，“雍正行乐图”，“雍正十二月行乐诗”仿其手法写成《红楼梦》。

6月24日，发现芳官也是雍正幻入《红楼梦》的百变之身。芳官是宝玉手中玩物。

7月8日，终于搞明白《红楼梦》是一部类似“三坟、五典、八索、九邱、春秋、尚书、志乘、梼杌”之类的政治书籍。

7月30日，整理出《红楼梦》解读路线图。

8月12日，完成了“红学革命”新“典范”构想，即：准确解读“三个前提”，确立“五个新观念”，完成“两个对接”。

9月6日，整理出解读《红楼梦》的现实意义。

10月12日，完成了《红楼梦》“内在结构”的整理。

10月18日，绘制出《红楼梦》人物隐寓图。

10月22日，解读了贾芸、红玉故事是康熙选择胤禛事迹。
11月2日，判断出《甲戌本》是原本，而不是过录本。
11月20日，汇集了曹頫“文笔特点”。
12月10日，绘制出“大清衰亡图”。
12月26日，梳理出《红楼梦》分解，五大篇章。

2015年

01月12日，完善了《曹頫的意识形象》章节。
01月22日，重解《楔子》。
01月28日，完善了“一书二读”章节。
3月5日，补写“内在结构”的三个层次。
3月13日，撰写《高曰解红楼》简介。
4月8日，破解了《真真女儿国》女儿国诗。
4月20日，完善了“重大改笔”内容。
5月18日，本书破解了关于《红楼梦》的十大疑案，公案，悬案。
6月8日，破解了第五十七回，黛玉回苏州，宝玉疯癫情节。
6月26日，重写“百科文化，只为一旨”。
7月2日，破解了“巧姐”命名，芳官改名含义。
7月18日，明白了雍正幻入《红楼梦》有五十个身份。
7月20日，对《红楼梦》的认识升华——雍正是中华民族的千古罪人。
7月22日，看出了一僧一道中的“渺渺真人”是雍正百变之身之一。
7月25日，找到雍正幻入《红楼梦》第四十九身——封肃。
7月30日，绘制《甲戌本》“异笔”字表。
8月4日，正本清源，确认“曹雪芹”是曹頫的笔名，而不是曹霑。
8月6日，悟出解读《红楼梦》：“钗”定朝代，“事”定年纪。
8月12日，撰写“曹雪芹”名、字辨析
8月22日，破解了《红豆曲》和《代别离》的含义。
8月24日，找到《靖藏本》残页照片，确认《靖藏本》是曹頫原本。
8月26日，重写后六钗。
8月28日，《推背图》语言研究
8月30日，曹頫的三十六计
9月6日，改副标题——曹頫自解《红楼梦》
9月12日，发现了曹頫抄家余波
9月16日，归纳出十二项重大发现和研究成果。
10月4日，发现曹頫异笔来自王羲之行书草书。
10月16日，发现《列藏本》中有五次增删中旧稿。
11月28日，结构调整，分为上篇：《趣解红楼》，下篇：《揭秘红楼》。
12月2日，重写《趣解红楼》。

12月20日，完成第九稿《高曰解红楼》。

2016年

01月29日，结构调整，分为上篇《趣解红楼》；中篇《作者探秘》；下篇《揭秘红楼》。

2月22日，破解金钏儿之死，影射1748年3月，孝贤纯皇后随乾隆东巡时落水而死。

2月24日，找到《大观园》是《紫禁城》的证据：第十六回，丈量准了，三里半大。故宫面积150000平方米，周长约三里多。

3月5日，重解海棠诗。

3月11日，重解菊花诗。

3月15日，发现《红楼梦》大梦框架。

3月17日，探析出“五次增删”中的前四稿。

4月01日，判定《红楼梦》成书截止时间为1751年（约），即乾隆题写“神瑛”那一年。

从而，也确定了《红楼梦》的创作期为1741年—1751年（约）。

4月5日，突然悟到：《葬花吟》是康熙逝世时曹頫的悼念诗。

4月8日，绘制《红楼梦》网络结构图，发现了“节点”，“节点”承载着时间坐标和历史史实。

4月20日，破解了《咏红梅花诗》和《妨妙玉乞红梅》诗。

5月12日，完成《破译“密码”，解密红楼》一文。

5月16日，撰写《“21世纪红学”构思与展望》。

7月2日，完成了《曹頫奏折》与《红楼梦》古钞本“异笔”比对。

7月9日，雍正幻入《红楼梦》五十个化身终于找全找齐。

7月20日，完善了立松轩批语解读。

8月13日，完成了《曹頫奏折》与各批者的“异笔”比对。

9月16日，《高曰解红楼》定稿。

回顾这六年多的研红，如游漓江，船移景换；探溶洞，奇妙惊险；如登黄山，目不暇接。不断地“发现”，不断地“感悟”，惊喜连连。更让人欣慰的是锤炼了一双“巨眼”，让我们透视般地看到了《红楼梦》中的“本旨”，“本事”。

回顾这段历程，要想解读《红楼梦》须做到几点：

二、解读要点

（1）综合研究

也就是说，文本、脂批、畸批、清史、曹史、版本，以及与《红楼梦》相关的文献典籍的含义综合在一起研究，单单研究一个方面是不行的。

也就是说研究者应具备政治、历史、文学等相关知识。

（2）研究要有深度

达到什么程度才行？人们常说“寻根究底”，就是说要一竿子插到底。

（3）独立思考

坚信自己,从零开始,不受任何人的干扰,不为名人专家之说迷惑。

(4)感悟力

须具有"致知、格物、参玄、悟道"能力,能看出"不写之写"内容。这里也许还有一个"缘分"问题。试套《真真女儿国》女儿诗:"书本无古今,红缘自浅深"。

时至今日,值得庆幸的是最初的几个疑问都有了答案:

《红楼梦》的作者?——曹頫;

谁批红楼?——曹頫;

谁之红楼?——"大清"之红楼;

谁之血泪?——曹頫之血泪。

解读《红楼梦》,我走了许多弯路,回头看时,才发觉有一条捷径。为了让后来者不走弯路,笔者绘制了一份《解读<红楼梦>路线图》,以供参考。

三、解读途径

解读《红楼梦》,如解迷宫,首先要找准入口,也即切入点;其次是选择好路径,一步走错,前功尽弃。

下面,就是笔者解读《红楼梦》的途径:

一、从深入研究《甲戌本》入手,有两项重要发现,一项是曹頫"异笔";一项是"畸Ⅲ评"。以下分两条路径进行。

二、由《曹頫"异笔"》发现曹頫的八个抄本,即原本。

三、判定《红楼梦》作者是曹頫。

四、由《曹頫"异笔"》""字,认识主人公"宝玉"。

五、由"宝玉"对照"曹頫生平"。

六、此时探索作者"本旨",可得出:"大旨谈清","小旨谈曹"的结论。

《畸Ⅲ评》路径:

七、结合曹頫九个原本可得出"所有批者都是曹頫"的结论。

八、接着研究曹頫的十个批次,认识"十二钗",辨明"十二钗"就是"清十二帝"。

九、由此看出《红楼梦》中的"本事"主要就是大清兴亡史。

至此,一部《红楼梦》昭然若揭。

附:解读《红楼梦》路线图

解读《红楼梦》路线图

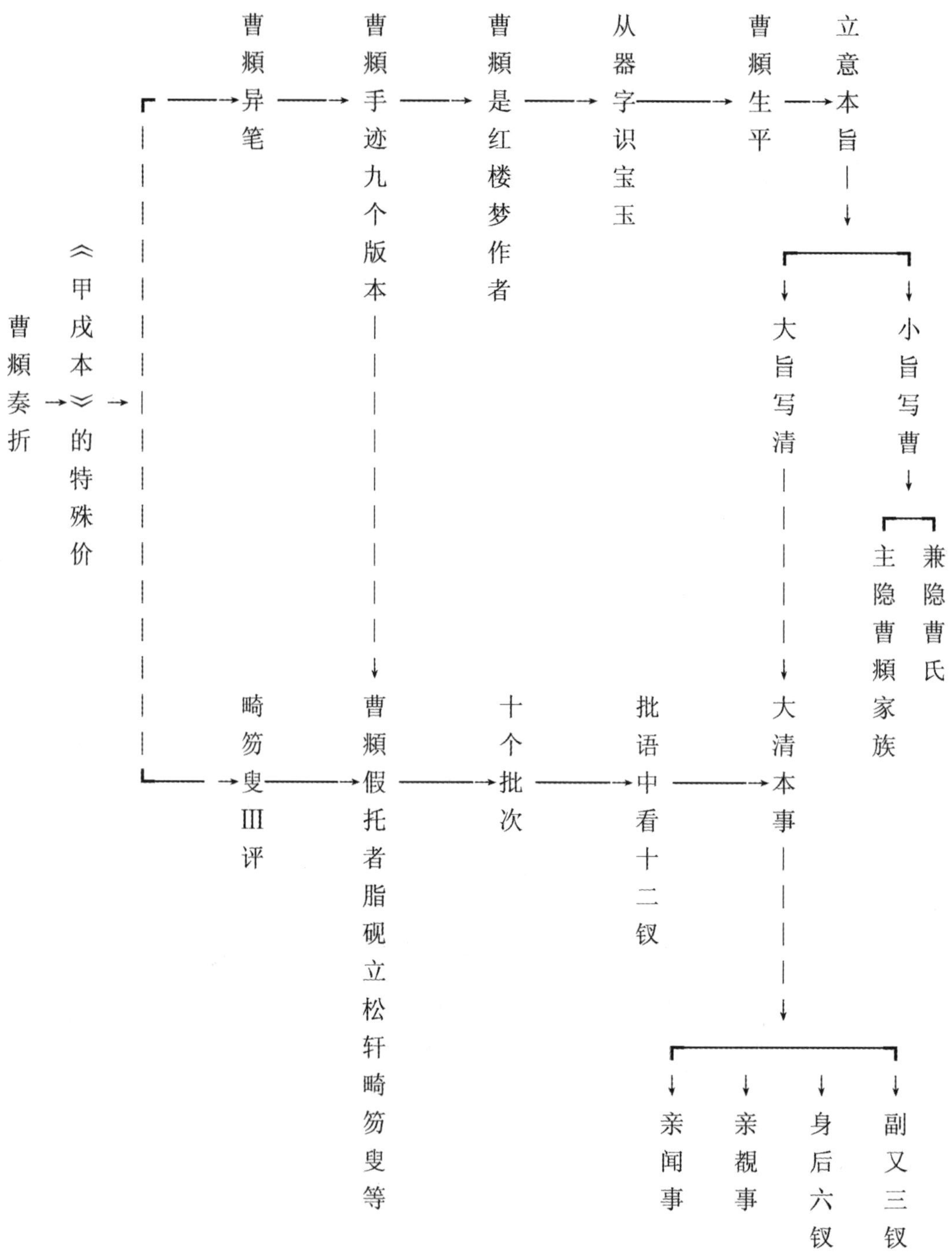
曹頫奏折
《甲戌本》的特殊价
曹頫异笔
曹頫手迹九个版本
曹頫是红楼梦作者
从器字识宝玉
曹頫生平
立意本旨
大旨写清
小旨写曹
主隐曹頫家族
兼隐曹氏
畸笏叟Ⅲ评
曹頫假托者脂砚立松轩畸笏叟等
十个批次
批语中看十二钗
大清本事
亲闻事
亲覩事
身后六钗
副又三钗